U0165053

文学
经典鉴赏

SONGSHI
SANBAISHOU

宋诗三百首

上海辞书出版社文学鉴赏辞典编纂中心 编

上海辞书出版社

编者小识

　　"三百首鉴赏辞典系列"是我社古典文学鉴赏方面的一套小丛书，至今已陆续出版了近二十个品种，历时近二十年。它依托于我们一套编纂历史更长、规模更大的"中国文学鉴赏辞典系列"，延续其风格，具体而微。因其选目精当，篇幅适中，深受读者欢迎，已成为古典文学图书市场上的畅销书，也是长销书。其中《唐诗三百首鉴赏辞典》《宋词三百首鉴赏辞典》《古文观止鉴赏辞典》《元曲三百首鉴赏辞典》等自面市以来，已数十次重印。

　　为了更好地满足读者的需求，我们感到有必要对"三百首鉴赏辞典系列"从内容到形式做一些升级。在内容的修订方面，首先，对篇目进行了调整完善，以期更好地反映这些年文学研究的进展、读者阅读口味的变化。我们注重经典，也尽力了解和满足新一代读者的审美风尚。我们还参考了最新的课程标准，尽可能地囊括了新编教材的篇目。其次，我们再一次地对全书内容进行了审校，订正了多年习而不察的舛误。在形式上，我们采用精装的形式，版式上力图醒目、美观，一改过去"字小纸透"的缺陷。种种修订、更新，我们只有一个目的，就是让读者能更好地体验传统文学的魅力。因一些品种如古文、楚辞不足三百之数，为名实相符，我们索性将此系列更名为"文学经典鉴赏"。

　　需要说明的是，"文学经典鉴赏"仍保持我社文学鉴赏辞典的特色。不唯在选目上精益求精，在鉴赏文方面也一如既往地讲究辞理俱佳、典雅博洽，使赏析和原作相得益彰。相比于时下众多选本蜻蜓点水似的评论，我们的鉴赏文字均由古典文学领域的专家精心撰写，凝聚了他们深厚的学术功底和文学修养，看似"冗长"，实则字字珠玑，内涵丰富。各位作者娴熟运用现代文艺理论，全面而深入地分析作品的写作背景、艺术特色、文学成就，解释"古典""今典"，揭示"诗心""文心"，仿佛旧小说里所讲的"车轮战法"——通过各个角度、各个层面的解析，使文学作品丰富的意蕴纤毫毕现。

　　奇文共欣赏，疑义相与析，让我们跟随名家的步伐，逐渐地提高自己的审美鉴赏能力吧。

文学鉴赏辞典编纂中心

2021 年 10 月

目 录

目录

送王四十五归东都　　徐　铉

> 海内兵方起，离筵泪易垂。
> 怜君负米去，惜此落花时。
> 想忆看来信，相宽指后期。
> 殷勤手中柳，此是向南枝。

据传徐铉幼时即有文才，十岁能属文。后与韩熙载齐名，在南唐并称"韩徐"。其弟徐锴亦有文名，传说宋使李穆至江南，见到他们兄弟二人的文章，曾大加赞叹，认为"二陆不能及也"（按："二陆"为西晋文学家陆机与弟陆云的并称）。

徐铉仕南唐时，曾受命巡抚楚州（治所在今江苏淮安），因得罪"权近"，被以"擅杀"的罪名流舒州（治所在今安徽安庆），又改徙饶州（治所在今江西波阳），不久又召回京师。《送王四十五归东都》即写于召回京师之后。

这是一首送别诗。生离死别，是人生痛苦事。因此，送别之诗大多消沉凄苦，读来使人感到沉闷。唐初王勃的《送杜少府之任蜀川》摆脱了这种传统的写法，成为送别诗中的名篇，徐铉的这首送别诗，虽不及王作那样有名，但也别开生面，有其独到之处。

"王四十五"未知其名，"四十五"是在兄弟（包括从兄弟中）的排行。"东都"指江都府（今江苏扬州）。五代南唐都江宁府（今江苏南京），称西都，遂把五代吴的旧都江都府称为东都。诗的首联扣题，写送别，先写送别时的形势。当时南唐偏安江南，其他地区正战乱不绝。赵匡胤在公元960年发动陈桥兵变，夺取后周政权以后，先后用兵攻破荆南、湖南、后蜀、南汉等，进行着统一全国的战争，诗中"海内兵方起"即指此而言。朋友相别，离愁别绪，本来就够凄苦的了，现在又值兵乱不绝，自然更令人焦心。这"海内兵方起"一句，包含甚富，突出了感离伤别的浓重气氛，自然带出下句"泪易垂"之意。颔联归结到王四十五身上，并抒发了自己的惜别之情。"负米"事见《孔子家语·致思》："子路见孔子曰：'由也，事二亲之时，常食藜藿之实，为亲负米百里之外。'"后来就把"负米"用作孝养父母的故实。王四十五离开相对安定的地区，不辞艰险，回家尽孝，我爱之重之。怜，即爱的意思。下句作一转折：当此落英缤纷之时，我们二人正应把臂同行，赏花饮酒，你要回家尽孝，我只得在此送别，只可惜辜负了春光。"无可奈何花落去"，惜别之情更见凄婉。送别的气氛，与王四十五的情谊，至此可以说已抒写得淋漓尽致了。于是颈联语气一转，由伤离而劝慰。"想忆"指别后思念。"后期"，指后会之期。诗人另有一首《七夕应令》诗云："斗柄易倾离恨促，河流不尽后期长。""后期"亦同此义。这句是说，一别之后，可以鱼雁往来，相互宽慰，终还有相逢之日。末联"殷勤"，是情意恳切的意思。"折柳"相赠，则是我国古代朋友相别时的习惯，以后就成了送别的代称。《三辅黄图·桥》即记"霸桥在长安东，跨水作桥，汉人送客至此桥，折柳赠别"。唐代权德舆《送陆太祝》诗亦有"新知折柳赠，旧侣乘篮送"之句。这一联是说：我情意殷勤，折柳相赠，君须记取：此乃是向南之枝！为什么要这样写呢？因为东都江都在江北，江宁则在江南，友人虽北去，然而思念朋友之时，必定会翘首南望的，所以特地说"此是向南枝"。这样，末联以折柳相赠，慰藉友人归结全诗。

此诗表达了朋友间的真挚情意,抒写了离别时的缠绵情思,但伤别之中有劝慰,并不一味消沉。诗的语言也平易朴实,颇能感人。在送别诗中,可说是上乘之作。(徐世琤)

新市驿别郭同年　　张　咏

驿亭门外叙分携,酒尽扬鞭泪湿衣。
莫讶临歧再回首,江山重叠故人稀。

郭同年,不知何许人。从"同年"二字看,是与张咏同一年中进士者。新市驿当是新市县之驿。其地宋时属河北西道中山府(见《新唐书·地理志三》及《宋史·地理志二》),与相州毗邻。此诗当作于张咏任相州通判或离任之际。其时,他尚未登台阁,未与西昆诗人杨亿等唱酬,故此诗语言明净,并未染上华靡浮艳的习气。

"驿亭门外叙分携,酒尽扬鞭泪湿衣。"点出与郭同年分别的地点和气氛。别易会难,古今所重。何况"分携"之处,又在"驿亭门外",客中离别,而所别之人,又是同年。科举时代,每重同年之情;而张咏自号乖崖,以为"乖"则违众,"崖"不利物(见《宋史·张咏传》)。平素落落寡合,因而与故友分袂之时,情意尤殷。"酒尽",不是写酒少,而是言"叙分携"之际语多时长。"扬鞭泪湿衣",与柳永《雨霖铃》词:"留恋处、兰舟催发。执手相看泪眼,竟无语凝噎"数语,用意相近。所不同者:一别故友,一别情人;一骑马,一乘舟而已。

"莫讶临歧再回首",承前再作渲染。从逻辑上说,"反"包含先有"正",诗人只有在做出了令人惊讶的举动之后,才会有"莫讶"之语。临歧,临别。临歧回首,人情之常,不会令人惊讶,更不会使送别者惊讶。只有在行者一再回首、不断回首的情况下,送别者才会感到惊讶。此处,诗人正是用"莫讶"二字,突出其对郭同年恋恋不舍的深情。

"江山重叠故人稀"言诗人"临歧再回首"之由。"江山重叠",言征途之险峻。唐人《元和郡县图志》卷十八谓:中山府(唐称定州)一带多山,其地有恒山、孤山、尧山、无极山等。天险倒马故关,便因"山路险峭,马为之倒"而得名。明乎此,对"江山重叠"四字,对征途的困苦和艰险,便会有更深的理解。异乡客地遇见故人,固可令人分外高兴;异乡客地与故人"分携",必然分外留恋和伤感,何况是"故人稀"的张咏,故陈衍《宋诗精华录》评此七字曰:"眼前语说得担斤两。"

此诗语浅情深,看似自出机杼,其实是翻用王勃《送杜少府之任蜀川》诗意,可贵的是浑化无迹,"用事不使人觉,若胸臆语也"(《颜氏家训》语)。与《晚泊长台驿》诗同看,则诗人善作翻案诗之本领,可见一斑。(刘初棠)

塞　上　　柳　开

鸣骹①直上一千尺,天静无风声更干。
碧眼胡儿三百骑,　尽提金勒向云看。

注　① 鸣骹(xiāo):一种响箭。

这首诗是柳开的名作,诗人犹如技术高超的摄影师,在最引人注目的一瞬间按下快门,给读者留下了一幅渗透着力之美的画面:

塞外的大漠上,风儿不吹,云彩不动,一切都像凝固了,突然,一支响箭呼啸着直刺云霄,窥探宋朝边境的胡骑蓦然举首,仰望长空……

自然,这幅画并不能全部概括这首诗。如果一首诗只是一幅静止的画面,那就未免会使人产生单调之感,一首好诗应该给人以画面的流动感、扣人心弦的音乐感以及丰富的内涵。

诗人赋予塞上辽阔、苍茫的背景以两个动体——箭和胡骑。而迅捷得不见其形、只闻其声的箭则是使整个画面移动的牵引力。随着它冲向无垠的天空,在它身后牵引着数百胡骑的视线。箭在疾飞,视线在延长,使整个画面都活动起来。除了这画龙点睛的移动感之外,诗人又以简洁的手法给这活动的画面配上富于塞外情调的音乐。整幅画卷在响箭的呼啸声中展开,它刺破了宁静的氛围,又引起了大群战马突然被勒住而发出的嘶鸣声,这不是箭的独奏,而是由箭的呼啸、胡骑的嘶鸣组成的一首感情激越、节奏急促的交响曲,它伴着移动的画面,进入读者的想象中,造成一种紧张、强大的气势,赋予全诗以力之美。后两句是全诗高潮,胡骑"尽提金勒向云看"这个群像式的造型把响箭疾飞的效果淋漓尽致地表现出来,诗也就在这里戛然而止。至于箭的余响,骑士们注视响箭时的心理反应,诗人则让读者自己去倾听,用自己的想象力去完成,而读者也正是通过这种想象,感受到诗的无穷魅力。

诗人通过对一个瞬间场面的描摹,给人以美的艺术享受。他的笔下虽无刀剑相交,仅响箭一支,但人们从这支来无影、去无踪的响箭中,可以感受到诗人某种自豪的心理和高亢的精神,这当然是宋初国势的相对强盛在当时人们精神上的反映。(王　劼)

畲田①词五首(其四)　王禹偁

北山种了种南山,相助力耕岂有偏?
愿得人间皆似我,也应四海少荒田。

> 注　① 畲田(shē tián):采用刀耕火种方法耕种的田地。宋以后在一些地区仍流行。

"北山种了种南山"一句,概括交代了"斫(zhǔ,砍、斫)畲"劳动分别先后、协力共同进行的特点。这一句的着眼点即在于强调劳动者的协作精神,所以便很自然地引出了下一句"相助力耕岂有偏"。"相助力耕"是一种一家垦畲,四邻相助的淳朴高尚的美德,也是一种古老的风俗习惯。"杀尽鸡豚唤厮畲,由来递互生涯"(《畲田词》其二),只要谁家有事于畲田,四围乡亲"虽数百里如期而至,锄斧随焉"(《畲田词》序)。"岂有偏"系承接上句而来,是把"北山""南山"一视同仁、无所遗留的意思。

"愿得人间皆似我,也应四海少荒田"二句,借农夫之口,表达了在劳动中产生的自豪感。畲田广种,不局限于一山一地,若人间皆能如我,那就"四海少荒田"了!此二句,同时又双关诗人的政治志向。王禹偁出身农家,熟悉和关心农事,又时值宋初承五代战乱之后,人口流徙,土地抛荒,提倡开荒种地是地方亲民之官的首要任务,为此,诗人提倡畲田,想做到"四海少荒田",恢复遭到破坏的农业生产,其意义是很大的。

此诗清朗上口，民歌风味很浓郁。"普天之下莫非王土"，诗人希望当朝的执政者"择良二千石暨贤百里"，也就是说要精选州官和县官（二千石是古代郡守的代称，百里是县令的代称），使全国各地都能提倡开荒，又希望能够"化天下之民如斯民之义"，要是天下的农民都能像商州人民那样"更互力田，人人自勉"，那么"庶乎，汙莱尽辟矣"（《畬田词》序），全国农业之振兴就有希望了。（金菊林）

村　行　　王禹偁

> 马穿山径菊初黄，信马悠悠野兴长。
> 万壑有声含晚籁，数峰无语立斜阳。
> 棠梨叶落胭脂色，荞麦花开白雪香。
> 何事吟余忽惆怅，村桥原树似吾乡。

这首诗，是王禹偁于太宗淳化二年（991）被贬为商州团练副使时写的。王禹偁以妖尼道安诬陷徐铉，当以反坐论罪，反获谴于朝廷，从开封贬官到商州的。他自解是："平生诗句是山水，谪宦方知是胜游。"（《听泉》）他在"商山五百五十日"（《量移自解》）写了不少写景抒情的诗。《村行》是出色的一首。

诗一开始，在动态中写景，马穿过黄菊夹道的山径，真是马蹄有色，马蹄踏香。"信马悠悠野兴长"，马既悠然自得，人亦野兴正浓。这一句看起来是两件事，实际上是由于人有野兴，才放任马的随意而行。为什么？因为贪看景色。颔联紧接着写景："万壑有声含晚籁，数峰无语立斜阳。"景是由下而上，由深而高。"万壑"，明言山壑之多。"有声"，暗写山泉淙淙。炼一"含"字，写声全在壑里，全从壑出。"晚"字点时间，又呼出下句的"斜阳"。"籁"字是应"有声"。这一句本属平平，但对下句有衬托作用。"数峰无语立斜阳"，是全篇的精策。山峰本不能言，以"无语"称之，是透过一层写法，无理中有理。"立斜阳"，更见晚山可爱，无限好景。人对山而忘言，山对人而"无语"，真是契合无间，人与大自然融为一体。这句诗，确实不只是修辞的技巧，而是有妙理在焉。本联对仗精工，音节响亮，自不待言。这一联又是大景。颈联则又从行道中所见的草木写起。"棠梨叶落胭脂色，荞麦花开白雪香。"这里色彩鲜明，有红有白，有果实，有繁花。棠梨经秋成熟，叶落而果实累累，红如胭脂，悬空而垂；荞麦秋季开花，宛如白雪一片，只是不寒而香，布满大地，预告丰收。美景如此，看来当叫人流连忘返。然而陡顿一转，不是赏心乐事，而是"何事吟余忽惆怅"，吟诗之后，悲从中来，真有点煞风景，也叫人莫测。一问之后，一答收场。"村桥原树似吾乡。"作者对景而思家了，但却不明说。辗转委婉，原来村庄里的桥、平原上的树，都像诗人家乡的风物一样。按常理上讲，看到异乡的风物宛如自己的家乡，也该是件高兴的事，然而诗人却以"惆怅"二字，引起下面的一句。全是写景写事，"惆怅"之情，渗入在景事中。作者宦游异乡，复遭贬谪，抱负难展，不如归去。但又有家归不得，所以看到景物似家乡而感叹。

这首诗，风格飘逸，淡中有味，明白自然，看起来似不费力，实在是从千锤百炼中得来。王禹偁自称"本与乐天为后进,敢期子美是前身"。他确实是能得白居易七律的精神,而也能继承杜甫在长安、成都两地所作的七律风貌的。(金启华)

访杨云卿淮上别墅　　惠　崇

地近得频到,相携向野亭。
河分冈势断,春入烧痕青。
望久人收钓,吟余鹤振翎。
不愁归路晚,明月上前汀。

杨云卿其人不详,他在淮水之上有一套别墅。僧惠崇乃淮南人,两人邻近,因此过从甚密。这首五律便是惠崇至淮上别墅访杨云卿时所作,写两人相携同游的情致。

首联点题,写过访。因为两人居处邻近,所以惠崇得以屡到淮上别墅访杨云卿,一个春日的下午,他又去了。宾主二人便相携向郊野一个亭子走去,那里无遮无拦,正可饱览野外景色。

颔联描写郊野景致。河,该就是指淮河了。烧痕,火烧草地所留之痕。二人站在野亭之中,纵目远望淮河,看到河水冲过山脊(冈)滔滔而来,将那冈势一断为二;又游目观望四野,见那曾被野火焚烧过的草地上,经春风吹拂,又长满了青草,正是"尽放青青没烧痕"(苏轼句)了。这一联写景句,原是惠崇取唐司空曙、刘长卿二人的诗句合成,故颇为人所诋,有人便公然讥其犯古,作诗嘲曰:"河分冈势司空曙,春入烧痕刘长卿。不是师兄多犯古,古人诗句犯师兄。"(宋司马光《温公续诗话》,后两句宋刘攽《中山诗话》中又作:"不是师偷古人句,古人诗句似师兄。")直到明代,王世贞还在批评:"剽窃模拟,诗之大病。……乃至割缀古语,用文已陋,痕迹宛然,如'河分冈势''春入烧痕'之类,斯丑方极。"(《艺苑卮言》卷四)其实,取古人诗句入于己诗并不自惠崇始,而这种手法亦不应简单归为"犯古""剽窃",倒是刘攽之说较为合乎情理,他在引上述嘲诗后,又说:"杜工部'峡束苍江起,岩排石树圆',顷苏子美(即苏舜钦)遂用'峡束苍江,岩排石树'作七言句。子美岂窃诗者,大抵谓古人诗多,则往往为己得也。"这类例子不胜枚举,如向负盛名的林逋《山园小梅》中"疏影横斜水清浅,暗香浮动月黄昏"一联,便是取南唐江为"竹影横斜水清浅,桂香浮动月黄昏"入诗,仅换了两个字,而后梁翁宏《春残》颔联"落花人独立,微雨燕双飞",则被小晏原封不动地用入《临江仙》(梦后楼台高锁)一词内,也颇为人激赏。由此可见,于古人成句不论有意全取,还是裁剪、点化,只要用得精妙、妥帖,仍属一种创造,依旧不失为佳句。正是在这个意义上,可以说,惠崇当是看到眼前之景恰与前人诗境相合,于是便随手拈来两句构成一联,由于用得得当、精警,他还"尤自负"呢(《温公续诗话》)。

颈、尾两联拉归宾主身上,写他二人的浓厚游兴,亦景亦情。惠崇、杨云卿两人久久瞻望四野景色,忘记了时间的流逝,连那专心致志的河边垂钓者都收起钓具往回走了,他俩却还不肯挪步。望中抽暇,两人还一唱一和,即景吟诗抒怀,一首长诗吟罢,只见那临水已久的白鹤也振翅(翎,鸟的羽毛,这里指鹤翅)飞去了。其时天已向晚,暮色降临,可惠、杨二人还在意兴不倦地观赏着。他们岂不担心,再过会儿归途难行吗? 不,惠崇心中有底,他轻松地说:"不愁归路晚,明月上前汀",月光已洒照在前汀之上(汀,水边平地),愁什么! 词气之中,充溢着悠然适意的情调。

惠崇之诗,在宋初"九僧"中最负盛名。这首诗写出了游兴的浓厚,情态的闲适,景物的美好,且吐词属语,浅近自然,又有情致,颇见艺术才华。(周慧珍)

寻隐者不遇　魏　野

寻真误入蓬莱岛,香风不动松花老。
采芝何处未归来,白云满地无人扫。

唐诗中以访隐不遇为题材的小诗有好几首。而以贾岛的《访隐者不遇》最为后人激赏。读魏野这首七绝总会令人联想到"松下问童子,言师采药去。只在此山中,云深不知处"的诗句,这两首诗意境确是相似的。诗题中的"隐者"为谁,人们已不得而知,魏野本人即是宋初有名的隐士,他与不少隐逸者有交往,这里反映的就是诗人生活的这一方面,写的是隐者相寻,终未得遇。与贾岛诗相比,诗题首字易"访"为"寻",仅换一字,内中含义却昭然有别。贾岛诗中,隐者在"云深不知处",但毕竟"只在此山中",还是有目标可见的,而此诗中的隐者,行迹更加漂泊不定,难以捉摸。

"寻真误入蓬莱岛",首句点出寻访的地点,这位隐士看来是个道士,诗人称之为得道成仙的"真人",足见敬仰之情。"误入"二字,既说明诗人是不知不觉中来到此地的,也表现了他对此幽寂之景的惊异之情。"香风不动松花老"具体写所见之景。香风不动,松花自落,隐者居处之清幽可见。

第三句"采芝何处未归来"为一转折。贾岛诗中虽略去问句,却还有一回答的童子出现,魏野则将发问的对象也略去了。他自问自答道:满地白云,杳无行迹,隐者想必采灵芝去了。灵芝,历来被认为是长生不老之药,长在深山峭壁,采取不易,隐者这一去,何时归来就难以肯定了。诗人虽未能见到隐者,内心却向往之,他伫立于此,极目远眺,隐隐透出惘然若失的感情,诗篇已终,余音未了。

在宋初诗人中,魏野的风格是近于唐人的。《宋史》本传云:"野为诗精苦,有唐人风格,多警策句。"写访隐不遇的诗,除贾岛一首外,唐人如高骈"落花流水认天台,半醉闲吟独自来。惆怅仙翁何处去,满庭红杏碧桃开",李商隐"城廓休过识者稀,哀猿啼处有柴扉。沧江白石樵渔路,日暮归来雪满衣",韦应物"九日驱驰一日闲,寻君不遇又空还。怪来诗思清人骨,门对寒流雪满山",等等,在唐诗中都属上乘之作。"意味闲雅"(蔡正孙语)是这些诗总的风格。魏野一生没有出仕,居处是"清泉环绕,旁对云山,景趣幽绝"(《宋史》本传),真宗遣使召之,他"闭户逾垣而遁"(《宋诗纪事》卷十),是个真隐士,他写的《寻隐者不遇》诗,于"闲雅"之外,就更有隐逸之风。前人称他诗风"平朴而常不事虚语"(《玉壶野史》),这首诗纯用白描手法,青松郁郁,白云悠悠,构成鲜明的艺术形象。将香风引入诗句,更使整个画面增辉。而这些都显示了隐者的高洁,表达了诗人的向往之情。

宋人蔡正孙对这首诗有"模写幽寂之趣,真所谓蝉蜕污浊之中,蜉蝣尘埃之表"(《诗林广记》后集卷九十七)的评语,对阅读此诗,应该说是不无启发的。(黄　刚)

春日登楼怀归　　寇　準

高楼聊引望,杳杳一川平。
野水无人渡,孤舟尽日横。
荒村生断霭,古寺语流莺。
旧业遥清渭,沉思忽自惊。

这首五言律诗,有人认为"当是莱公谪外时所作"(见王文濡编《历代诗评注读本》上册),其实不然。它作于寇準二十岁左右的青年时期。王辟之《渑水燕谈录》说:"莱公初及第,知归州巴东县(故城在今湖北巴东县西北)",司马光《温公续诗话》道:"年十九进士及第,初知巴东县,有诗云:‘野水无人渡,孤舟尽日横。’"王士禛《带经堂诗话》卷十二引《蜀道驿程记》亦道:"公在巴东有‘野水、孤舟’之句为人传诵",另外葛立方《韵语阳秋》也有类似说法。此说当可信。

全诗前三联写春日登楼见闻,尾联由见闻而怀归。

首联首句即点明登楼。聊,姑且。引,长,引申为"远"。一个春日的下午,诗人公务之暇,大概这样想:闲着也是闲着,姑且登上高楼去眺望一下吧。

次句至颈联都写望中之景。次句总览。上楼伊始,放眼望去,首先摄入诗人眼中的,是"杳杳一川平",一片广袤无际的平野。因为他站"高"眺望,所见自然杳远。

颔联俯察。诗人从平野尽头收回视线,开始细细察看楼前底下有无别致的景色。原来在这片广野中,竟横卧着一条河流,水上还有一条渡船。不过,四野空旷无人,既不见渡者,连那船家也不知到哪儿去了。诗人不由好奇,便将目光久久地停留在那儿。但是看了好半天,也不见有个人来,只有那条孤零零的渡船横转在水里漂啊悠的,诗人心里琢磨着:看来这条渡船自清晨渡人后,就一整天地被船家撂在这儿了。这一联纯粹的写景句,宋人葛立方竟认为:"寇忠愍少知巴东县,有‘野水无人渡,孤舟尽日横’之句,固以公辅自期矣,奈何时未有知者。"(《韵语阳秋》卷十八)这是从何说起呢?因此遭到清人何文焕的诘难:此联"乃袭‘野渡无人舟自横’句,葛公谓其‘以公辅自期’,强作解矣。"(《历代诗话考索》)何氏的意见是正确的。寇準因为"平昔酷爱王右丞、韦苏州诗"(范雍诗序语),所以此地看见相仿景色时,很自然地受到韦苏州(韦应物)《滁州西涧》诗的触发,便随手点化了韦句,而意境比韦来得丰厚,如斯而已,何来"公辅自期"之思?葛立方之说显然是穿凿附会。

颈联写抬眼见闻。霭,轻烟;断霭,谓烟时起时没。诗人伫望楼头已久,因此当他目光移开渡船,抬眼向荒村望去时,已近黄昏,村里人家大约已在点火做饭了,所以冒出了缕缕轻烟。高楼不远处还有一座古寺,听得出有几只黄莺在那儿啼唤着。

也许是流水、渡船、炊烟勾起了诗人对故乡类似景色的回忆，抑或是无所栖托的黄莺（流莺）的啼声唤出了诗人心中对故居的思念，总之，登楼见闻领出了尾联的怀归之情。此时，诗人不可遏止地怀念起故乡来：在那遥远的地方，那清清的渭水（泾水浊，渭水清）流经的下邽（今陕西渭南），就是自己的故里，在那里，有自己的田园家业（故业），有自己的亲人……迷离恍惚之中，诗人仿佛已置身故园，看到了家乡的流水，家乡的渡船，家乡的村庄……他完全浸入了沉思之中。蓦地一阵心惊，他回过神来：咳！此身还在异乡巴东呢！这时，他的心头该有何感想呢？然而他不说了，就在"惊"字上收住了笔。

全诗一首一尾的"聊"与"惊"二字下得极妙。"聊"，说明他并非因怀归而登楼，然后再因登楼见闻逗引出怀归之情，诗意与诗题相合。"惊"字下得生动警切，它揭示了诗人由遐想到突然惊悟的心理状态，含蕴着初入仕途乍离家乡的青年诗人对故园的依恋之情。

由于写景是全诗的重心，因此读者的注意力也多被这对仗工稳、生活气息浓郁的二联景句所吸引。尤其"野水"一联，妙手偶得，浑然天成，更博得了人们赞赏。宋僧文莹《湘山野录》以为它"深入唐人风格"。王渔洋把它转引入《带经堂诗话》的"佳句类"内，连北宋翰林图画院也将此联作为考题来品评考生高低，这都说明这首诗以写景驰名，以致本来写得并不差的抒情句却为它所掩了。（周慧珍）

无题三首（其一）　钱惟演

误语成疑意已伤，春山低敛翠眉长。
鄂君绣被朝犹掩，荀令熏炉冷自香。
有恨岂因燕凤去，无言宁为患侯亡？
合欢不验丁香结，只得凄凉对烛房。

无题诗始自晚唐李商隐。大抵以隐衷不便直述，故权以"无题"标目。历来以解无题诗为难。盖以既无标题，则归趣难求，往往只能见仁见智，此其一；又玉谿无题，衍楚骚余绪，芳草美人，时有寓托，此其二。元好问云"诗家总爱西昆好，独恨无人作郑笺"，主要就指的是无题一类诗作。故欲解钱氏此诗，当先于此二节有一大体判断。按《西昆集》中《无题三首》由杨亿原唱，钱惟演、刘筠各如数和作。既为唱和，则当无不便为他人言之之微意在，大抵仿玉谿体裁，而同咏一事。又既三人同咏，则诗意可相互发明。由此窥入，差可得其仿佛。

此诗实写一女子之爱情纠葛。

"误语成疑意已伤"，按杨亿原唱之一有云："才断歌云成梦雨，斗回笑电作雷霆"，可知此女子与现时的爱人本相恩爱，然而因自己无意间说错了话，引起猜疑，欢笑顿然变作雷霆之怒。杨诗又云"不待萱苏蠲薄怒，闲阶斗雀有遗翎"，说的是其爱人之怒意，虽有忘忧的萱草，亦未可缓解，因此这女子只得独自神伤。"春山低敛翠眉长"，她低首蹙额，那涂着黛翠的修眉，如同春山般秀美，如今却也染上了一抹薄雾愁云。相传卓文君形容姣好，"眉色如望远山，脸际常若芙蓉"（《西京杂记》），又传西施常患心痛，以手捧心，眉尖若蹙，二句合用二典，刻画出含愁佳人楚楚可怜的情态。

《说苑·善说》记鄂君子晳泛舟于中流,为他摇桨的越女歌曰:"今夕何夕兮,搴洲中流;今日何日兮,得与王子同舟……山有木兮木有枝,心悦君兮君不知。"于是鄂君"乃掩修袂行而拥之,举绣被而覆之。"又东汉荀彧是有名的美男子,他曾为尚书令,人称荀令君,《襄阳记》载其衣带生香,"至人家,坐处三日香"。三、四两句用此二典,承上而言,朝来还是唱随绸缪,恩爱犹如鄂君之与越女,而曾几何时,"斗回笑电作雷霆",他已一怒而去,只剩得他常日熏衣的香炉中的缊缊余香在勾起无尽的忆念。

"有恨""无言"二句,继写女子的幽思并暗点这一场纠葛的缘由。《飞燕外传》记汉成帝后赵飞燕与其妹一起私通宫奴燕赤凤,争风反目,遂为帝知觉。《左传》记楚国灭息,载息夫人归,三年不言,楚人问之,对曰:"吾一妇人,而事二夫,纵弗能死,其又奚言!"这里燕凤、息侯均代指过去的情人。二句说自己现在含恨抱愁,并非因恋着过去的情人,而默默无言亦非为思念以往的恋情。至此可知,"误语"云云,原来是她对爱人戏说起旧时的情人,就"误"字观之,此人或非实有,而大抵为有失考虑的戏言。

然而一时之失慎,却产生了严重的后果,《古今注》云:"欲蠲人之忿,则赠之青堂,青堂一名合欢,合欢则忘忿。"又"丁香体柔弱,乱结枝犹垫"(杜甫《江头四咏·丁香》),因此一直作为愁结不解的象征,李商隐诗即云"芭蕉不展丁香结,同向春风各自愁"(《代赠》)。此刻,这女子纵有合欢在手亦不能消去爱人的愤怒,而空落得满腹排遣不去的愁怨,正如杨亿原唱之二所云"合欢蠲忿亦休论,梦蝶翩翩逐怨魂",于是她只得独处烛光似泪的空房而凄切怅惘。

这诗虽未必有深刻的寄托,然而在表现手法上却深得李商隐无题诗的神韵。张采田评李诗曰"哀感沉绵""宛转动情"(《李义山诗辨正·无题》),钱惟演此诗从造型、布局两方面都较完美地体现了这一特色。

此诗活用典故与句法运用巧妙,言简意长,耐人寻味。如"春山"句合用卓文君、西施二典,将美与愁相糅合,又以"翠眉长"作殿(按:意即最后、最下),女子楚楚可怜的神态毕现。中间二联,上下句均各用一典。二联上句正用,下句反用,又通过"朝犹掩""冷自香"中"犹""自"二虚字的勾联,表现了女子无限叹惋的心情。"朝"字言变化之迅疾;"冷"而仍"香"状恋情之绵长,更得缊缊吞吐之致。三联句法与二联相异,出句与对句同意,而均不明言,却用"岂因""宁为"连续二问,更将委曲之情表现得百回千折。

在布局上,先用"误语成疑"造成悬念,前四句引而不发,只是反复极写愁怨之态,直至三联方打转,应首句之"误语",点明本末缘由,四联合拢,反照"意已伤",起结开合,包蕴密致而舒回迂徐,尤能切合当事人的潜流的思绪。因为失意人总是在目睹身边事物(如绣被、熏炉)触发联想后,再进而反省事件之起由(如燕凤、息侯)的。如在"误语"后直接燕凤、息侯,则全诗就直致而索然寡味了。这些就是此诗在艺术上的成功处。(赵昌平)

山园小梅　　林　逋

众芳摇落独暄妍,占尽风情向小园。

疏影横斜水清浅，暗香浮动月黄昏。

霜禽欲下先偷眼，粉蝶如知合断魂。

幸有微吟可相狎，不须檀板共金樽。

这首诗录自《林和靖诗集》。《宋诗纪事》题作《梅花》。

诗一开端作者就直接抒发对梅花的赞赏："众芳摇落独暄妍，占尽风情向小园"，它是在百花凋零的严冬迎着寒风昂然盛开，那明丽的景色把小园的风光占尽了。一个"独"字、一个"尽"字，突出了梅花生活的独特环境、不同凡响的性格和那引人入胜的风韵。"占尽风情"，更是写出它独有的天姿国色。作者虽是咏梅，但实际是他"弗趋荣利""趣向博远"的思想性格的自我写照。苏轼在《书林逋诗后》说："先生可是绝伦人，神清骨冷无尘俗。"《四库全书总目》说："其诗澄澹高逸，如其为人。"可知其诗确是作者人格的化身。

颔联对梅花作具体的描绘："疏影横斜水清浅，暗香浮动月黄昏。"这一联简直把梅花的气质风韵写尽写绝了，它神清骨秀，高洁端庄，幽独超逸。尤其是"疏影""暗香"二词用得极好，既写出了梅花稀疏的特点，又写出了它清幽的芬芳。"横斜"描绘了它的姿态，"浮动"写出了它的神韵。再加上黄昏月下、清澈水边的环境烘托，就更突出了梅花的个性，绘出了一幅绝妙的溪边月下梅花图。那静谧的意境，朦胧的月色，疏淡的梅影，缕缕的清香，确实令人陶醉。所以这两句咏梅诗成为千古绝唱，一直为后人所称颂。欧阳修说："前世咏梅者多矣，未有此句也。"陈与义说："自读西湖处士诗，年年临水看幽姿。晴窗画出横斜影，绝胜前村夜雪时。"（《和张矩臣水墨梅》)他认为林逋的咏梅已压倒了唐齐己《早梅》诗中的名句"前村深雪里，昨夜一枝开"。王十朋对其评价更高："暗香和月入佳句，压尽千古无诗才。"辛弃疾在《念奴娇》词中奉劝骚人墨客不要草草赋梅："未须草草赋梅花，多少骚人词客。总被西湖林处士，不肯分留风月。"因为这联特别出名，故"疏影""暗香"二词就成了后人填写梅词的调名(此二调创自姜夔)。可见林逋的咏梅诗对后世影响之大。

然而这两句诗也并非纯出作者自己创造，而是有所本的。五代南唐江为有残句："竹影横斜水清浅，桂香浮动月黄昏。"这两句既写竹，又写桂。不但未写出竹形的特点，且未道出桂花的风神。因没有传下完整的诗篇，未构成一个统一和谐的意境，感触不到主人公的思想情绪，故缺乏感人力量。而林逋只改了两字，将"竹"改成"疏"，将"桂"改成"暗"，这"点睛"之笔，使梅花神态活现，可见林逋点化诗句的功力。《宋史》本传说："其词澄澹峭特，多奇句"，大概是指的这类诗句。

颔联重在描写梅花本身，而颈联则是着意作环境的渲染："霜禽欲下先偷眼，粉蝶如知合断魂。"霜禽，一作冬鸟；一作白鹤、白鸟。依据林逋"梅妻鹤子"的情趣，还是作"白鹤"解为好。前句极写白鹤爱梅之甚，它还未来得及飞下，就迫不及待地先偷看梅花几眼。"先偷眼"三字写得何等传神！后句则变换手法，用设想之词，来写假托之物，意味更其深远。而"合断魂"一词则更是下得凝重，因爱梅而至销魂，就把粉蝶对梅的喜爱夸张到了极点。通过这联的拟人化手法，更进一步烘托作者对梅花的喜爱之情及幽居之乐。联中那不为人留意的"霜""粉"二字，其实也是诗人精心择取，用以表现一尘不染的情操和恬淡的趣味。

以上三联,是写眼中之梅、胸中之梅,作者自己的感情则是隐曲地流露于其中。至尾联,作者被梅所陶醉,其喜爱之情不能自抑,于是从借物抒怀一跃而为直抒胸臆:"幸有微吟可相狎,不须檀板共金樽。"檀板,是檀木制成的拍板,演奏音乐时用以打拍子。这两句是说:如在赏梅之时低声吟诵,那么,在恬静的山林里尽可自得其乐,檀板金樽的豪华热闹场面又有何用呢? 这就把诗人的情操趣味和盘托出,使咏物与抒怀达到水乳交融的地步。(苏者聪)

书寿堂壁　　林　逋

湖上青山对结庐,坟前修竹亦萧疏。
茂陵他日求遗稿,犹喜曾无封禅书。

这首诗最早曾书于林逋自作寿堂壁上,是他临终明志之作。诗题一作"先生临终之岁自作寿堂因书一绝以志之",当是后人所题,不出林逋之手。

"湖上青山对结庐,坟前修竹亦萧疏"二句,从"结庐"和"坟前"落笔,由生前写到身后,概括了他的一生。林逋是个清苦的隐逸诗人。绿波荡漾的西子湖水,翠竹葱茏的湖心孤山,令这位"梅妻鹤子"的诗人流连徜徉。这面湖依山的庐舍,正是他朝夕相处之所。诗人在此,虽"家贫衣食不足",却"性恬淡好古,弗趋荣利",杭州近在咫尺,居然"二十年足不及城市"(均见《宋史》本传),足见其安贫乐道的志趣。首句侧重写的是"庐",是述他生前,次句紧扣的则是"坟",是述他身后。林逋生前作圹庐侧,自有长眠于湖光山色间之意。"亦萧疏"三字,示身后的萧条,正见隐士本色。这两句形象地总结了他的一生。

《后村诗话》说林逋一生苦吟,自摘十三联五言,唯五联存集中,梅尧臣序其诗集,更叹"所存百无一二焉,于戏惜哉!"林逋也曾说:"吾方晦迹林壑,且不欲以诗名一时,况后世乎!"但好事者往往窃记之,所以遗稿尚有数百篇。"茂陵他日求遗稿,犹喜曾无封禅书"二句,即以遗稿中并无封禅书一类阿谀谄媚文字自慰,以示高洁。茂陵,汉武帝陵墓,这里即指汉武帝。据《汉书·司马相如传》,司马相如死后,汉武帝曾从他家中取到一卷谈封禅之书。所言不外歌颂汉皇功德,建议举行"封泰山、禅梁父"的大典。林逋借古喻今,表明决不屑于像司马相如那样希宠求荣。"犹喜""曾无"俱为庆幸之语,感情色彩很浓。这两句是和靖名句,颇为后人传诵,所以如此,并非在于它是奇语、丽句,而是因为它表现出诗人的高尚志节。宋真宗时,大臣王钦若等伪造符瑞,怂恿真宗东封泰山,借以邀宠。林逋这两句诗是针对此事而发,立意高绝。秦少游曾赞曰:"识趣过人如此,其风姿安得不高妙也!"后代文人在用司马相如草封禅书之事时,有正用、反用之别,王禹偁《谪守黄冈谢表》中"茂陵封禅之书,惟期死报"之语,是正用,林逋这里是反用。对此,《艺苑雌黄》评曰:"自非学力高迈,超越寻常拘挛之见,不规规然蹈袭前人陈迹者,何以臻此",认为林逋要高出王禹偁一筹,这是很有见地的。以后胡仔虽颇不以为然,但和靖此二句流传之广,绝非元之可比,却是事实。

林逋生当北宋盛世,诗文颇有名,却淡于荣利,终生布衣。诗中所表白的,并非虚语,所透出的是一股高逸淡远之气。(黄　刚)

柳 絮 刘 筠

半减依依学转蓬, 斑雅无奈恣西东。
平沙千里经春雪, 广陌三条尽日风。
北斗城高连蠛蠓①, 甘泉树密蔽青葱。
汉家旧苑眠应足, 岂觉黄金万缕空?

> 注 ① 蠛蠓(miè měng):虫名,一种小虫。

自《小雅·采薇》"昔我往矣,杨柳依依"起,杨柳,后又有柳絮,就与诗歌结下了不解之缘。仅在西昆诗人所崇尚的李商隐集中,以柳命题者,就有近二十首之多。历代写柳和柳絮之诗,名章佳句,固络绎如云;而陈辞熟语,更连篇累赘。刘筠此诗则能在众作如林中别开生面。

王夫之云:"把定一题、一人、一事、一物,于其上求形模,求比似,求词采,求故实,如钝斧子劈栎柞,皮屑纷霏,何尝动得一丝纹理? 以意为主,势次之;势者,意中之神理也。"(《薑斋诗话》)这首咏柳絮诗好处就在于不入熟滥,不规矩于形相的刻画、藻彩的敷饰,而能在立意取势上透过一层,以此驱遣典实,熔裁物象,在吞吐断续、若即若离中,借柳絮的形象道出了诗人的一缕淡愁。

这诗主要的吟咏对象是宫柳。宫柳在南朝以来一直为王侯勋贵所歌咏叹赏。《南史》记刘悛之为益州刺史,献蜀柳数枝,条甚长,状若丝缕,齐武帝植于太昌云和殿前,常玩嗟之,曰"杨柳风流可爱,如张绪当时"。"暖暖阳云台,春柳发新梅。柳枝无极软,春风随意来。"梁简文帝这首《和湘东王〈阳云楼檐柳〉》诗,又将宫柳描绘得何等柔美而自在。然而在刘筠看来,宫柳却有双重的悲愁。

《大戴礼·夏小正》"正月":"柳稊:稊也者,发孚也。"柳树伴着春风的到来而始发。鹅黄著枝,轻罗笼烟,二月间它又如此婀娜多姿。然而春犹未尽,柳却已经过了"当时"之"年"。它那"依依"可怜之态业已半减,虽在春时,那蒙蒙飞絮恰似秋日离根飘荡的转蓬,只平添东西南北的离别人,马上折枝为赠时无可奈何的怅触。然而此时,"平沙千里经春雪,广陌三条尽日风"。平沙千里指野外,广陌三条为城市,二句互文见义。柳树丰姿半减之时,正是万物经过春雪的滋润,在风和日丽中竞艳争芳之际。这是柳所共有的悲哀。

然而宫柳比起一般柳树来,更有其独特的可伤处。《三辅黄图》记,"(汉)惠帝更筑长安城,城南为南斗形,城北为北斗形。今人呼汉京城为斗城"。扬雄《甘泉赋》:"翠玉树之青葱。"颈联借汉言宋。树入禁中,身价陡增,被称为玉树,京城上应星象,紫气蒸腾,似有无数蠛蠓(飞虫)在空中浮游,更与仙境琼府相仿。然而宫柳在其中是否真的幸运呢?"汉家旧苑眠应足",《三辅故事》记:"汉苑中柳,状如人形,曰人柳,一日三眠三起。"柳在宫中,更见娇慵,为贵人所狎玩。然而高城隔绝,禁中森严,待它睡足醒来,"柳色黄金嫩"的韶光已经过去,它已是一片青绿,步入了中年。"岂觉黄金万缕空?"是全诗的结穴,冷然一问,分外警醒。常柳虽然风华短暂,然而它们在平沙千里、广陌三条的风光中也曾品尝了青春的快乐,也能领略事过境迁的悲哀,它们的"生活"是流动的,活生生的。而闭锁于高城禁苑中的宫柳,却只是度着死水一潭般的年光,尽管已万缕空空,而自己尚未必有丝毫的觉察呢!

《柳絮》寄托的愁思,如果孤立地看,可理解为替宫柳传神,也可理解为代幽居的宫人感叹身世。然而分析一下刘筠的思想以及当时的境遇,可知诗中意象实寄托着作者所别具的怀抱。

此诗见录于《西昆酬唱集》。此集起于景德二年(1005),迄于大中祥符二年(1009),时筠以秘阁校理预修《册府元龟》,而距其咸平五年(1002)入校太清楼书,擢为第一,初入宫禁,已多历年所,年龄则已过三十五而尚不满四十。刘筠与杨亿是西昆诗人中对现实政治比较清醒,又较有正义感的人物。所以他虽身居清华之职,却并未为"昆山玉府"的"仙境"所陶醉。当时他与杨亿在《宣曲》《汉武》《明皇》等作品中就已对内外政策作了借古喻今的讽喻。后来在与权臣丁谓(亦为西昆体作者)的斗争中更因守正不阿而外放,曾有"奸人用事,安可一日居此"之壮语,而为朝野所敬佩。由此可知,《柳絮》诗所写眠足而起,不知韶华已虚度的宫柳形象,实是久居宫禁而青春刚过的诗人的自伤与自警。这就使此诗在立意上先占一地步。《西昆集》中与刘筠此诗同题唱和的还有杨亿、钱惟演各一首,均不如此诗之立意超迥,这并非是才力之高下,而是因为杨亿虽正直而当时已早过中岁,不可能再有刘筠这种青春方逝的感触,而钱惟演人格不高,后来依附丁谓以为进身之阶,故不能有刘筠这样的襟怀。

立意得势,立意的超胜使得此诗的开合结构,深得曲折回互之势;遣句造景亦能推陈出新。首联以春日柳絮比秋日断蓬,迷茫中暗寓迟暮之感。次联忽然抛开柳絮主体,而写城乡的明媚春光,看似不续,而实为反衬,笔致开脱而意脉暗连。由次联之"广陌三条"又进而荡开,引到北斗城、甘泉树,似与首联相去弥远。然而末联复用人柳、黄金柳二典,收向主体,冷然一问,始知中间步步曲折原来都归向一个"空"字,既与首联相应,又翻出一层新意。杨亿曾评李商隐诗谓"包蕴密致,演绎平畅,味无穷而炙愈出,钻弥坚而酌不竭"(《韵语阳秋》引),刘筠此诗在艺术上也正深得义山之奥秘。(赵昌平)

代意二首(其一)　　杨　亿

梦兰前事悔成占,却羡归飞拂画檐。

锦瑟惊弦愁别鹤,星机促杼怨新缣。

舞腰试罢收纨袖,博齿慵开委玉奁。

几夕离魂自无寐,楚天云断见凉蟾。

《代意》二首,载杨亿编的《西昆酬唱集》。杨亿首倡,李宗谔、丁谓、刁衎、刘骘各和一首,刘筠和二首。题名代意,似代人立言,而这个人从诗里所描写的事情来看,当是指一离妇。古人常以男女比拟君臣,这从屈原以来就是如此,所以这诗,结合杨亿的身份来说,当系有所为而作,但又不能过于实指,以免穿凿附会。

诗一起即用典,梦兰事,本出《左传·宣公三年》:"郑文公有贱妾曰燕姞,梦天使与己兰,曰:'以是为而子,以兰有国香,人服媚之如是。'既而文公见之,与之兰而御。辞曰:'妾不才,幸而有子,将不信,敢征兰乎?'公曰:'诺。'生穆公,名之曰兰。"

这一典故,本系吉利的事。而起句云:"梦兰前事悔成占",所悔何来? 当指下面的仳离之事。首句确实是饱满而又曲折,顿挫生姿。炼一"悔"字,把全首诗意包含其中。第二句"却羡归飞拂画檐","羡"字系从"悔"字引来,因悔前事,自羡眼前。"归飞"字样,本是用《诗经·小弁》:"弁彼鸒斯,归飞提提。"这一语典的运用,自然衬出一己之孤单,和双飞鸒鸟归来之可乐。虽不明说,而其意自见。首联实沉重凝练,而又大开大阖,对照鲜明。艳丽中有凄凉意。

颔联"锦瑟惊弦愁别鹤,星机促杼怨新缣",字面秾丽,属对精工,"别鹤""新缣"两典,在此联中尤显出凄婉之致。"别鹤",是"别鹤操"的简称。据《古今注》云:"别鹤操,商陵牧子之作也。娶妻五年而无子,父母将为之改娶,妻闻之,中夜起,倚户而悲啸。牧子闻之,怆然而悲,乃援琴而歌,后人因为乐章焉。"妻子即将遭受"七出"的不平待遇,这当然是个悲剧。"新缣"之典,出于汉代乐府民歌:"新人从门入,故人从阁去。新人工织缣,故人工织素。织缣日一匹,织素五丈余。将缣来比素,新人不如故。"(《上山采蘼芜》)这又是妻子已遭遣出,而让织缣的新人当门户了。总之,弹瑟也好,织机也好,皆是妇女的不幸遭遇。此联在美丽的辞藻下用哀怨的夫妻离异的典故构成。"梦兰"事本成空,所以这一联证明"悔"的事实。诗的结构章法,有线索可寻。写离妇之遭遇,可谓淋漓尽致。颈联再从闺中之乐事写起,歌舞、博弈本都是赏心乐事,但由于离异,所以是"舞腰试罢收纨袖,博齿慵开委玉奁"。"博齿"是一种赌博游戏,由来已久。《楚辞·招魂》:"成枭而牟,呼五白些。"王逸注:"五白,博齿也。"这一游戏,今已不传,现在掷骰子游戏庶几近之。这一联,以人间乐事反衬今之寂寞,实加深对梦兰前事成占而又反悔的描绘,是"悔"字的再伸延。尾联不再以典出之,直接抒情,"几夕魂魂自无寐,楚天云断见凉蟾。"她该有多少不眠之夜,多少离愁!在这静夜里,楚天澄净,明月高照,然而人在何处? 较之"隔千里兮共明月"更为凄凉。因为"自无寐",是自己相思不寐,而所思者则未必如己之重相思的。所以更为沉痛。

这首诗,题为代意,实为自抒己意,有难言之隐,而又不能已于言,终于用比兴手法写出这首诗。屈原云:"初既与予成言兮,后悔遁而有他。"(《离骚》)杨亿的遭遇有点类似。据欧阳修《归田录》载:"真宗好文,初待大年(杨亿字)眷顾无比,晚年恩礼渐衰。"杨亿于此时期判史馆,奉命和王钦若等同修《册府元龟》,"亿素薄其人,钦若衔之,屡抉其失"(《宋史·杨亿传》),而"陈彭年方以文史售进,忌亿名出其右,相与毁訾"(同上书)。《归田录》又载:"杨文公亿以文章擅天下,然性特刚劲寡合,有恶之者,以事潛之。大年在学士院,忽夜召见于一小阁,深在禁中。既见,赐茶,从容顾问,久之,出文稿数箧以示大年,云:'卿识朕书迹乎?皆朕自起草,未尝命臣下代作也。'大年惶恐不知所对,顿首再拜而出。乃知必为人所潛矣。"这真是"众女嫉余之娥眉兮,谣诼谓余以善淫。"(《离骚》)从杨亿的遭遇来看,这首《代意》当是在如此的背景中写成的,真是"抒情空拟《四愁》诗"(李宗谔和本诗诗句),"年少情多岂易禁"(刘骘和本诗诗句)。《代意》诗是有这如许含义的。(金启华)

江上渔者^①　　范仲淹

江上往来人,但爱鲈鱼美。
君看一叶舟,出没风波里。

注 ① 江上渔者:《诗人玉屑》卷九引《翰府名谈》,题为《赠钓者》,诗中"但爱"作"尽爱","风波"作"风涛"。

这首语言质朴、形象生动的小诗，自会使人联想到唐诗中"谁知盘中餐，粒粒皆辛苦"（李绅《悯农》）的名句，联想到作者"先天下之忧而忧，后天下之乐而乐"的思想。全诗仅二十个字，但言近而旨远，词浅而意深，可以引发丰富的联想。

首句说江岸上人来人往，熙熙攘攘，十分热闹。他们在干什么？自然引出第二句。原来人们往来江上的目的是"但爱鲈鱼美"。但爱，即只爱。鲈鱼体扁狭，头大鳞细，味道鲜美。人们拥到江上，是为了先得为快。但是有谁知道鲈鱼捕捉不易，有谁体察过捕鱼者的艰辛呢？世人只爱鲈鱼的鲜美，却不怜惜打鱼人的辛苦，这世道是多么不公平啊！于是作者在三、四句构拟了一幅生动的图画来反映江上渔民的辛劳。一叶扁舟，出没在风波里，真是"人命危浅，朝不虑夕"。渔民们为什么要冒这样的风险呢？诗人没有明说，便戛然而止，而读者已经能够体会到作者的弦外之音了。这就是：渔民们完全是为生活所迫，鲈鱼之美是靠渔民之苦换来的啊！这种言尽意不尽的手法，使诗歌含蓄隽永，耐人回味。

诗中饱含了诗人对那些驾着一叶扁舟出没于滔滔风浪中的渔民的关切与同情之心，也表达了诗人对"只爱鲈鱼美"的江上人规劝之意。在江上和舟中两种环境、"来往"和"出没"两种动态、吃鱼人和捕鱼人两种生活的强烈对比中，显示出了诗人的意旨所在。（詹杭伦 沈时蓉）

煮海歌 柳永

煮海之民何所营？ 妇无蚕织夫无耕。
衣食之源何寥落， 牢盆煮就汝输征。
年年春夏潮盈浦， 潮退刮泥成岛屿。
风干日曝盐味加， 始灌潮波塯①成卤。
卤浓盐淡未得闲， 采樵深入无穷山；
豹踪虎迹不敢避， 朝阳出去夕阳还。
船载肩擎未遑歇， 投入巨灶炎炎热；
晨烧暮烁堆积高， 才得波涛变为雪。
自从潴②卤至飞霜， 无非假贷充糇③粮；
秤入官中充微值， 一缗④往往十缗偿。
周而复始无休息， 官租未了私租逼；
驱妻逐子课工程， 虽作人形俱菜色。
煮海之民何苦辛， 安得母富子不贫！
本朝一物不失所， 愿广皇仁到海滨
甲兵净洗征输辍， 君有余财罢盐铁
太平相业尔惟盐， 化作夏商周时节。

> 注 ①塯：通"溜"，流动貌。 ②潴（zhū）：泛指液体停聚。 ③糇（hóu）：干粮。 ④缗（mín）：穿钱的绳子。亦指成串的钱，一千文为一缗。

柳永是北宋早期的著名词人。他的《乐章集》里，大多是写男欢女爱的作品。他的诗流传下来的只有三首,这首《煮海歌》反映了盐民的艰辛生活,深刻地揭露了当时的社会现实,可以看出,柳永除"偎红依翠,风流事,平生畅"外,还有关心民瘼、为民请命的另外一面。

《煮海歌》层次井然,开头四句领起全诗,先说不事耕织的盐民,以"煮海"为业,引出下面煮盐艰辛的一段;接着再引出盐民在官租、私租逼迫下过着苦难生活的一段。最后八句是议论,寓讽谏之意,全诗结构谨严。

柳永担任过浙江定海晓峰盐场的监督官,对盐民生活有所了解,成为他写《煮海歌》的现实基础。在描绘煮盐的艰辛时,柳永用他擅长的铺叙手法,层层展现盐民的劳动过程。潮涨潮落,盐分积淀泥中,盐民匍匐刮泥,堆成"岛屿",让它风吹日晒。诗人所说"始灌潮波塯成卤"是指淋卤。把含盐的泥块"铺于席上,四围隆起,作一堤垱形,中以海水灌淋,渗入浅坑中"(宋应星《天工开物·作盐》),成为盐卤。然后上山砍柴,不论远近,不避虎豹,早出晚归,船载肩扛,运柴归来,用来熬卤成盐。白花花的盐是盐民经历千辛万苦得来的。清代《如皋县志》曾这样记载盐民之苦:"晓露未晞,忍饥登场,刮泥汲海,伛偻如猪,此淋卤之苦也。暑日流金,海水如沸,煎煮烧灼,垢面变形,此煎办之苦也。"这正是柳永此段诗意的极好注解。

劳动的艰辛还不足以说明盐民的痛苦。他们的痛苦更在于官租、私租的重重剥削,因而食不果腹,衣不蔽体,虽作人形,面俱菜色。这构成了《煮海歌》的又一重要内容。写艰苦劳动场面,用的是铺叙手法;而接着揭露高利贷盘剥之重,官府赋税之苛,入官盐价之低,触及到了封建剥削的实质。作者采用了寓论断于叙事之中的手法。不同的艺术手法,适应不同内容的需要。前者引起对盐民的同情,后者激起读者的不平感。

宋诗喜发议论,《煮海歌》也不例外。"煮海之民何苦辛,安得母富子不贫!"以母子喻政府和人民,正好说明盐在宋代是由官府专卖,低价收购,官府成为盐民最凶狠的剥削者。后二句为盐民请命,祈求朝廷施行仁政,提高盐价,以活民命。由此减少的国家财政收入,只要"甲兵净洗",去冗兵之弊,就足有余财,尽可罢盐铁之税。诗的最后又寄希望于宰相。像《尚书·说命》所说,治国就像烹饪,宰相即为调味的作料,"若作和羹,尔惟盐梅"。只要宰相得人,恢复"三代治世"是指日可待的。那时,盐民便能安居乐业了。由盐民之苦生发一番大议论,表达了作者的政治见解,卒章显志,体现了曲终奏雅的讽谏之意,体现了对"煮海之民"的深切关怀。

后来元代王冕作《伤亭户》,清代吴嘉纪作《风潮行》,都切实写出了盐民的苦辛。《煮海歌》成了这类诗的先驱。(吴　锦)

示张寺丞①王校勘②　　晏　殊

元巳清明假未开,小园幽径独徘徊。
春寒不定斑斑雨,宿醉难禁滟滟杯。
无可奈何花落去,似曾相识燕归来。
游梁赋客多风味,莫惜青钱万选才。

注　①寺丞:即太常寺丞。太常寺,掌宗庙祭祀之事。寺丞为主官之佐贰,亦为内部事务官性质。②校勘:指崇文院校勘,掌图书著作之事,为儒臣之职。

晏殊一生富贵闲适,风流多才思;又雅好宾客,喜拔擢后进。幕府之中经常游宴歌吟,诗酒唱和,多有即景感怀、娱宾遣兴之作。本诗即其一,是示与幕中诗侣张先、王琪的。

首联因时兴感。起句点明时令。时值暮春三月,元巳清明将至未至之际,草木萌发,生机勃然。达官贵人,休假踏青;王孙仕女,倾城游赏,最是一年好风光。一幅清明游春图刚欲展现,诗人却用"假未开"三字煞住。次句写实景,有景有人。富贵之家,园林景致清幽。诗人没有用纤秾的彩笔着意渲染,而是用白描手法勾画出一个徘徊幽径的自我形象。"独徘徊"流露出淡淡的哀愁。

颔联承上思绪,渲染气氛,烘托"徘徊"心情。清明时节天气多变。诗人捕捉住蒙蒙细雨的物象,用一个"寒"字来抒发此时此地的身心感受。由于"雨不定",水汽浮动空间,带来一股漠漠轻寒。"斑斑雨"还暗示花落。清明佳节尚未到来,不定的春雨却已透露春将阑珊的消息。年迈的诗人想到时光流转,人生短暂,迟暮之感油然而生。雨不止,愁不断,只得借酒自遣。"斑斑"形容雨点滴不断之态,"滟滟"写酒满溢之状,两组叠字,低徊要眇。酒和雨本无联系,但都浸透了诗人的伤春愁绪。景、物、情三者交融,浑然一体。

颈联与上相承,又转出新意。"花落去""燕归来"都是眼前景,具体可感。"无可奈何""似曾相识",却是抽象的思绪。两句都出之以虚实相间的笔法。出句描写诗人对花落去的眷恋,对句借燕子归来抒写岁月流转,梦耶非耶的朦胧思绪。两句属对工巧,音节流畅,形成委婉凄迷的意境,写景抒情中又含理趣。大化流转,花开花落,人力奈何不得。而旧燕归来,似曾相识,可见人事兴衰,无往不复。二句中所含哲理,颇耐人寻味。李渔云:"琢句炼字,虽贵新奇,亦须新而妥,奇而确,总不越一'理'字。欲望句之惊人,先求理之服众。"此言甚谛。连晏殊本人也自爱此联之工。《四库全书总目提要》谓:"《浣溪沙》春恨词'无可奈何花落去,似曾相识燕归来'二句,乃殊《示张寺丞王校勘》七言律中腹联。……今复填入词内,岂自爱其词语之工,故不嫌复用耶?"

尾联反转点题,出人意表。诗人既已领悟到人生的哲理,伤春叹逝,无济于事,猛然从愁思中振起,表示要以及时选才为己任。主旨豁然呈露。

"梁园赋客",借用汉代梁孝王好宾客,一时才士多游梁园之典故以喻之。《宋史》本传:"殊平居好贤,当世知名之士……皆出其门。"显然,诗人把张先、王琪比作当年梁园中的司马相如与枚乘之辈。"风味"即韵味,极称其学识富赡,才思出众。《复斋漫录》云:"晏元献因对王琪大明寺诗板大加称赏,召至同饭,饭已,又同步游池上。对春晚,有落花,晏公每得句,书墙壁间,或弥年未尝强对。且如'无可奈何花落去'一句,至今未能对也。王应声曰:'似曾相识燕归来。'自此辟置馆职,遂跻侍从。"记载是否属实,姑置不论,而晏殊对王琪赏识,由此可知。

"莫惜青钱万选才"一句,诗人旷达豪俊的性格毕现。晏殊地位显要,厚于自奉,且不惜钱财收留宾客。欧阳修也出自晏殊之门,他在《六一诗话》中说:"晏元献公文章擅天下,尤善为诗,多称引后进。"一个"万"字,写出自己的选才宏旨,显出宰相风度。

此诗回环委婉,波澜曲折。前六句写景,一气呵成,伤春情致含蓄缠绵。结句翼然振起,直抒胸臆。感情基调与前文殊不协调。此乃抑扬之法,先饱抒衰迟之愁,"无可奈何"一句暗转,后突然扬起,气局转新,焕发出异常精神。愁思而不失理智,感伤而不失气度,使对方受到激励。

"无可奈何"两句乃全诗警句,不仅寓情于景,还寓情于理,可谓情理兼胜,所以千百年来

传诵不衰。读之令人产生不断的艺术联想，又从中领悟到人生的哲理。对后来宋诗以理路入诗，也许是个启迪。（许理绚）

重展西湖二首（其一） 宋 庠

绿鸭东陂已可怜，更因云窦注西田。

凿开鱼鸟忘情地，展尽江河极目天。

向夕旧滩都浸月，过寒新树便留烟。

使君直欲称渔叟，愿赐闲州不计年。

今河南许昌，是北宋时许州的州治所在地。西湖是许昌城里一个占地百余亩的大湖。据说这是唐朝名将曲环镇守许昌时，挖土筑城，引潩河水灌注而成。西湖原分东西两半，中间以横堤相隔。西部比东部大数倍，水却很浅。皇祐年间（1049—1054）宋庠贬官知许州，兴工疏浚了西湖，并凿断横堤，使东西相通，连成一片。完工以后，他写下了《重展西湖》二首以记其事，这里选其中的第一首。

首联描述凿通西湖时诗人喜悦的心情。"绿鸭"写湖水的色彩。古人常以"鸭头绿""鸭绿"形容绿色，"绿鸭"即"鸭绿"的倒文。李商隐"绿鸭回塘养龙水"（《射鱼曲》），李贺"水凝绿鸭琉璃钱"（《屏风曲》），都用"绿鸭"形容水色。陂，池塘。"东陂"，指西湖的东半。此句意谓，东半湖虽然面积不大，但绿波荡漾，水光粼粼，风景已经十分可爱了。接着以递进句"更因"承接上文，说明凿断横堤后东半湖的水流入西半湖，其景更令人陶醉。鲍照《登庐山》诗云："松磴上迷密，云窦下纵横"，窦，指山的孔穴，云窦，指从山穴或山谷中涌流而出的云。在这首诗中，作者借用"云窦"比喻从横堤上凿开的孔穴中滚滚流出的湖水。"西田"并非指田，实指西半湖，因水浅故曰"田"。东半湖水深、水位高，东半湖的水源源流注到西半湖，于是东西两半湖连成了一片，使西湖平添无限风光。

领联写重展后的西湖胜景。由于凿通了东西两湖，西湖的面积扩大了，又由于浚治，西部的水也加深了。这两个变化带来的一个最直接的后果是，鱼和鸟得到了更广阔的天地。诗人用一个动词"凿开"，十分准确地交代了疏浚之功，又用"忘情地"三个字，在模拟鱼鸟的欢情之余，透露出诗人自己喜悦的心境。下一句"展尽"是个双关的动词。一方面是说，湖面开阔了，就像大江大河一样无边无垠；另一方面是说，诗人极目远眺，看到水天一色，胸怀顿觉舒旷。诗人并不直接表达自己的情怀，而是寓情于景，显得含蓄而有韵味。这一联曾被人们广泛传诵。但《西清诗话》认为此联本于五代徐仲雅的诗"凿开青帝春风圃，移下姮娥夜月楼"，但"用古句摹拟，词人类如此"，只是宋庠用而化之，胜于常人罢了。（《宋诗纪事》卷十一）

颈联深一层写新湖的夜色："向夕旧滩都浸月"，写得很细腻。"旧滩"当指西半湖的湖沿，整治前因水浅，故成"滩"。但现在不同了，西半湖的水位明显升高，昔日的湖滩，现在也被水淹没了。入夜，皓月当空，水中映出月亮的倒影。"都浸月"三字，写水波浩渺、水月交辉之状如见。"过寒新树便留烟"，在朦胧的月色中，新枝摇曳，就像蒙上了一层薄薄的烟雾。这是多么迷人的夜景！

尾联即景抒怀。古人称太守、郡守、刺史之类的地方长官为使君。这时宋庠正贬官许昌，为知州，故自称"使君"。"直欲"即"真欲""真想"；"称渔叟"，就是做个渔翁，意即归隐。"愿赐闲州不计年"，但愿朝廷赐给我一个闲散的州郡，让我在大自然恬适清闲的环境里度过一生。这表达了诗人热爱自然、厌恶官场庸俗生活的强烈感情。当然，也流露出消极厌世的情绪。

这首诗在艺术上颇有特色。诗人善于寓情于景，通过鲜明生动的意象，表达丰富、热烈的感情，自然而含蓄。诗人的观察力比较细密，故状物、写景细腻传神，中间两联的对仗十分工整精巧。（朱杰人）

落花二首（其一）　宋　祁

坠素翻红各自伤，青楼烟雨忍相忘。
将飞更作回风舞，已落犹成半面妆①。
沧海客归珠迸泪，章台②人去骨遗香。
可能无意传双蝶，尽付芳心与蜜房。

> **注** ① 半面妆：《南史·后妃传》载梁元帝徐妃，"以帝眇一目，每知帝将至，必为半面妆以俟，帝见则大怒而出。" ② 章台：汉长安章台下街名。旧时用为妓院等地的代称。

真宗天禧五年（1021），宋祁二十四岁，与其兄庠以布衣游学安州（治所在今湖北安陆），投献诗文于知州夏竦，以求引荐。席间各赋"落花"诗，夏竦以为宋祁有台辅器，必中甲科。祁亦因此在宋初文坛崭露头角。足见此诗非一般惜花伤春之作。清沈德潜说："诗贵寄意，有言在此而意在彼者。"（《说诗晬语》）本诗即是。

首联破题，刻画落花时一片迷离凄苦的景象，状物而不滞于物。起句，诗人捕捉住所咏物的自然特征，以"素""红"代指花。唐人韩偓有"皱白离情高处切，腻红愁态静中深"（《惜花》）之句，以"白""红"状花。用借代这一修辞手法，使事物形象逼真。花的娇艳、春的绚丽如在目前。然而，它们却红颜薄命，夭折了，令人叹惋。"坠""翻"两字形象生动，情态感人，是从杜牧《金谷园》"落花犹似坠楼人"句化出。花本无情之物，却道"各自伤"，分明说花有人性。原来落花之自伤飘零，乃绸缪于青楼烟雨，别有难忘的幽恨。

颔联承上"落"意，从时空角度深入描绘了落花的全过程，极缠绵悱恻之致。出句描写落花飞动的舞姿。"更作"二字个性鲜明，感情强烈。"飘飘兮若流风之回雪"（《洛神赋》），其态可掬，"悲回风之摇蕙兮，心冤结而内伤"（《楚辞·九章·悲回风》），其状可哀。对句写花终于落地之后，在地上仍不甘香消玉殒，虽已着地，仍不失红粉佳人的美容。其执着之情，从"犹成"两字中渗透出来。"半面妆"用的是梁元帝徐妃的典故。此两句不仅刻画落花尽态极妍，栩栩如生，而且融入了诗人自己深沉的感受，一往情深，不能自已。人物交融，托物寓情。看似描写外界景物，实则处处有我在，景物始终著有我的色彩。"更作""犹成"二语更加强了感情色彩。李商隐《和张秀才落花诗》中有"落花犹自舞，扫后更闻香"之句，乃李商隐借落花勉励张秀才，不要因落第而颓废，应似落花一样自振自珍。宋祁此诗于此取法，所以刘克庄《后村诗话》说："'将飞更作回风舞，已落犹成半面妆'，宋景文《落花》诗也，为世所称，然义山固已云已。"不过,此诗之学李义山,不在镂红刻翠,恍惚迷离之貌,而在于缠绵悱恻,一往情深之神。表面上咏物,实质上写我。至于所写的具体情事,则颇难道破,亦不必深求。然而诗人的感受读者完全能体会得到,即是屈原那种"虽九死其未悔"的精神。义山诗的神髓在此,此诗的神髓也在此。这正是此联能传诵后世的原因所在。颈联以沧海客归,珠犹迸泪,章台人去,骨尚遗香,喻落花的精诚专一,表现了诗人的忠厚悱恻之情。龚自珍《己亥杂诗》中"落红不是无情物,化作春泥更护花",即由此点化而成,都是加一层描写了"虽九死其未悔"的执着精神。

此诗借落花引起象外之义,感情沉郁,寄托遥深,传达给读者的是感受,而不是具体情事,确是达到了陈廷焯《白雨斋词话》所说"必若隐若现,欲露不露,反复缠绵,终不许一语道破"的境地。(许理绚)

山 馆　余 靖

野馆萧条晚,凭轩对竹扉。
树藏秋色老,禽带夕阳归。
远岫穿云翠,畲田得雨肥。
渊明谁送酒?残菊绕墙飞。

此诗大约是诗人晚年所作,有陶潜、王维田园诗的遗韵,在对自然景物的描写中带孤独惆怅之情。

一开头,诗人就把人们带进了一幅凄清孤寂的图画里。"野馆萧条晚"一句,点明了时间、地点和诗人所处的环境。而"萧条"两字,不仅渲染了田园的冷落,更表现了诗人此时的情怀。诗人凭轩远眺,摄入眼底的是"树藏秋色老,禽带夕阳归"的景象。"老""归""藏""带"四字,不知融入了诗人多少的情感!紧接着的"远岫穿云翠,畲田得雨肥"两句,把景物描写得更活了。"穿""肥"两字,十分鲜明、生动。诗人越是把美赋予自然景物,就越能反衬出他自己黯然神伤的心情。至此,他直抒胸臆了:"渊明谁送酒?残菊绕墙飞",真有雷霆万钧之力。陶渊明隐居田园,贫无酒钱,尚有亲朋好友送酒上门,如今,诗人在此寂寞、凄清的山馆,又有谁来嘘寒问暖呢?只有绕墙的残菊陪伴着自己。诗至此戛然而止,凄凉之意,溢于言外。

综观全诗,诗人采用了由近及远,从景到情的写法。先写"山馆"的萧条,再作自然景物的刻画,最后则一泻情怀。过渡自然,浑然一体。情思借助于自然景物来表达,含蕴丰富,耐人寻味。(张 兵)

范饶州坐中客语食河豚鱼　梅尧臣

春洲生荻芽,　春岸飞杨花。
河豚当是时,　贵不数鱼虾。

注 ① 豕(shǐ):猪。　② 镆铘(mò yé):同"莫邪",宝剑名。　③ 咄嗟(duō jiē):吆喝。

其状已可怪，　　其毒亦莫加。
忿腹若封豕①，　　怒目犹吴蛙。
庖煎苟失所，　　入喉为镆铘②。
若此丧躯体，　　何须资齿牙？
持问南方人，　　党护复矜夸。
皆言美无度，　　谁谓死如麻！
我语不能屈，　　自思空咄嗟③。
退之来潮阳，　　始惮飱笼蛇。
子厚居柳州，　　而甘食虾蟆。
二物虽可憎，　　性命无舛差。
斯味曾不比，　　中藏祸无涯。
甚美恶亦称，　　此言诚可嘉。

景祐五年(1038)梅尧臣将解知建德县(今属浙江)任,范仲淹时知饶州(治所在今江西波阳),约他同游庐山。在仲淹席上,有人绘声绘色地讲起河豚这种美味,引起尧臣极大兴趣。他本是苦吟诗人,居然于樽俎之间,顷刻写成这首奇诗(见《六一诗话》)。

全诗分五层写,中多转折,读时最当留意。

首四句赞河豚以起。"河豚常出于春暮,群游水上,食絮而肥,南人多与荻芽为羹,云最美。"(《六一诗话》)"春洲生荻芽,春岸飞杨花",不仅善言暮春物候,而且暗示"正是河豚欲上时"。鱼虾虽美,四时毕具,而河豚上市有季节性,物以稀为贵,加之其味的确鲜美,所以一时使鱼虾为之杀值。"河豚当是时,贵不数鱼虾"二句,妙尽情理。此诗开篇极好,无怪欧阳修说:"故知诗者谓止破题两句,已道尽河豚好处。"(同上)

以下八句忽作疑惧之词,为一转折。"其状已可怪,其毒亦莫加"二句先总括。以下再分说其"怪"与"毒"。河豚之腹较他鱼为大,有气囊,能吸气膨胀,目凸,靠近头顶,故形状古怪。诗人又加夸张,谓其"腹若封豕(大猪)""目犹吴蛙(大蛙)",加之"忿""怒"的形容,河豚的面目可憎也就无以复加了。而更有可畏者,河豚的肝脏、生殖腺及血液含有毒素,假如处理不慎,食用后会很快中毒丧生。诗人用"入喉为镆铘(利剑)"作比譬,更为惊心动魄。要享用如此口味,竟得冒生命危险,是不值得的。"若此丧躯体,何须资齿牙"二句对河豚是力贬。

看来,怕死就尝不着河豚的美味,而尝过河豚美味的人,则大有不怕死者。"持问南方人"四句表现了一种与上节完全对立的见解,又是一转折。河豚产于沿海,故南方的"美食家"嗜之如命。他们几乎是异口同声,津津乐道,说河豚美得不得了,全不管什么贪口者"死如麻"之类的警告。"美无度"(语出《诗经·魏风·汾沮洳》)的极言称美,"党护"(偏袒)的过激行为,写出了一种执着的感情态度。这自然是"我语不能屈(说服)"的了。非但如此,这还使"我"反省以"自思"。

从"我语不能屈"句至篇终均写"我"的反省。可分两层。诗人先征引古人改易食性的故事,二事皆据韩愈诗。韩愈谪潮州,有《初南食贻元十八协律》云:"唯蛇旧所识,实惮口眼狞。

开笼听其去,郁屈尚不平。"柳宗元谪柳州,韩愈有《答柳柳州食虾蟆》云:"余初不下喉,近亦能稍稍……而君复何为,甘食比豢豹。"诗人综此二事,谓可憎如"笼蛇""虾蟆",亦能由"始惮"至于"甘食",可见食河豚或亦未可厚非。然而又想到蛇与虾蟆为物虽形态丑恶,食之究于性命无危害,未若河豚之"中藏祸无涯",可是联系上文,河豚味之"美无度",似乎又是蛇与虾蟆所不可企及的。

"美无度",又"祸无涯",河豚真是一个将极美与极恶合二而一的奇特的统一体呢。于是诗人又想起《左传》的一个警句:"甚美必有甚恶。"觉得以此来评价河豚,是再恰当不过的了。

古人说:"不入虎穴,焉得虎子?"人类在制定食谱的问题上也是富于冒险精神的。综观全诗,尧臣对南方人"拼死食河豚"的精神,还是颇为嘉许的。但他没有这样说,而是设为论难,通过诗中"我"与南方人的诘辩,及"我"的妥协,隐隐地表达了这个意思。构思奇特,风格诡谲。诗中旁征博引,议论纵横捭阖,既以文为诗,又以学问为诗,但形象性与抒情性仍是很强的,欧阳修目为"绝唱",并非溢美。至于其以丑为美,以文为诗,又大有得力于韩愈之处。(周啸天)

田家语①　　梅尧臣

谁道田家乐?　春税秋未足。
里胥②扣我门,　日夕苦煎促。
盛夏流潦③多,　白水高于屋。
水既害我菽,　蝗又食我粟。
前月诏书来,　生齿复板录④。
三丁籍一壮,　恶使操弓韣⑤。
州符⑥今又严,　老吏持鞭朴。
搜索稚与艾⑦,　唯存跛无目。
田间敢怨嗟?　父子各悲哭。
南亩焉可事?　买箭卖牛犊⑧。
愁气变久雨,　铛缶⑨空无粥。
盲跛不能耕,　死亡在迟速。
我闻诚所惭,　徒尔叨君禄⑩。
却咏归去来,　刈薪向深谷。

> **注** ①原序:"庚辰(康定元年)诏书,凡民三丁籍一,立校与长,号弓箭手,用备不虞。主司欲以多媚上,急责郡吏;郡吏畏,不敢辨,遂以属县令。互搜民口,虽老幼不得免。上下愁怨,天雨淫淫,岂助圣上抚育之意耶?因录田家之言次为文,以俟采诗者。"②里胥:地保一类的公差。③流潦:"潦"同涝,指积水。④生齿:人口。板录:同版录。在簿册上登记人口,称版录。版,籍册。⑤恶使:迫使。弓韣(dú):弓和弓套。⑥州符:州府衙门的公文。⑦艾:五十岁叫艾。这里指超过兵役年龄的老人。⑧"买箭"句:汉龚遂为渤海太守,教民卖剑买牛,卖刀买犊。(见《汉书·龚遂传》)这里反用这个故事。⑨铛缶(chēng fǒu):锅和罐。⑩徒尔:徒然。叨:不配享受的待遇而享受了叫"叨"。君禄:指官俸。

这首五言古诗反映了北宋田家生活的痛苦。仁宗康定元年(1040)六月,为了防御西夏,匆匆忙忙地下诏征集乡兵,加强戒备。而官吏们借此胡作非为,致使人民未遭外患,先遇内殃,上下愁怨,情景凄惨。作者满含同情记录了田家的语言,是继杜甫、元结、白居易等诗人之后产生的深刻地揭示民生疾苦的诗篇。

　　开头四句是说,谁讲田家快乐呢? 春天的租税,到秋天还未能交足。地保、里长敲打我家的门,正没早没晚地催迫交税呢! 这四句写租税的繁重,田家感叹春税到秋都未能交完,而催促又急,痛苦可知。次四句写在水灾、蝗灾的侵袭下,秋收难有指望。盛夏五、六月,内涝成灾,白水比住房还高,豆类、谷类都受到严重的灾害。作者此时在河南襄城县做县令,这里靠近许昌,地临汝河。河水涨时,河岸里面即就形成内涝;河中之水常常高过堤岸下的人家居屋。这四句写灾祸频仍,因而田家处境更加悲惨。接着"前月诏书来"以下八句,是诉说除了租税剥夺和天灾威胁之外,兵役又带来严重的灾难。就在这年(仁宗康定元年)夏天,西夏攻宋,朝廷增置河北、河东、京东西诸路弓手,襄城地处京西路,前月诏书下来登记人口,三丁抽一壮丁("三丁籍一壮",即指三丁抽一。),强迫人民操持弓箭。现时州里又下了公文,严紧地催迫,老吏拿着鞭子和敲扑,到乡下来搜索,连老年和幼年,也都在抽兵之列。幸免于役的,只有跛子和瞎子。这八句写官吏变本加厉地为非作歹,抽丁太滥,造成田家都无壮丁在室,情况倍加凄惨。下面"田间敢怨嗟"以后八句,写在兵役、租税、水灾等灾难的煎逼下,田家生活艰难,欲诉无门,走投无路。诗中先写面临重重追迫,田家哪敢怨嗟,只有父子相悲哭。种田地哪还再有指望? 为了买下弓箭,只好把牛犊卖掉。次写淫雨不止,天意愁怨,锅子里罐子里连稀粥都装不上了。瞎子和跛子都没有劳动力,不能耕种,死亡只在早晚之间了。这八句总写人祸、天灾给田家带来的苦难。以上各节,全是田家自诉之语。是诗的第一部分。

　　结尾四句,是作者听了田家语所兴的感慨。也是诗的第二部分。"我闻诚所惭,徒尔叨君禄。却咏归去来,刈薪向深谷。"作者是地方官,听完田家悲酸的诉说,感到内心的惭愧。自己身为县令,徒然受到从人民身上剥夺来的官俸的供养,却不能为人民解除忧患,拯民于水火之中,只好吟诵《归去来兮辞》,学陶渊明弃官归田,回到深山幽谷,刈点薪柴,自食其力。全诗朴质无华,感情深厚。白居易说:"文章合为时而著,诗歌合为事而作。"作者为诗,正是继承了这样的光辉传统。作者论诗以平淡自励,力挽北宋初期西昆体所形成的华而不实的诗风,对于转移诗坛风气,起了积极的作用。唐诗人韦应物《寄李儋元锡》诗说:"身多疾病思田里,邑有流亡愧俸钱。"作者这首诗的结尾四句,和韦诗同样感人。(马祖熙)

汝坟贫女　梅尧臣

汝坟贫家女,　　行哭声凄怆。
自言"有老父,　　孤独无丁壮。
郡吏来何暴,　　县官不敢抗。
督遣勿稽留,　　龙钟去携杖。
勤勤嘱四邻,　　幸愿相依傍。
适闻闾里归,　　问讯疑犹强。
果然寒雨中,　　僵死壤河上。
弱质无以托,　　横尸无以葬。
生女不如男,　　虽存何所当!

拊膺呼苍天， 生死将奈向？"

这首诗作于仁宗康定元年(1040)，时作者任河南襄城县令。

诗里通过汝河边上一位贫家女子的悲怆控诉，描述了一个由于征集乡兵，致使贫民家破人亡的典型事例，反映宋仁宗时期人民在兵役中所遭受的苦难。和另一首《田家语》是作于同一年的姊妹篇。

起笔两句入题："汝坟贫家女，行哭声凄怆。"这个诗题《汝坟贫女》定得很有意义，原来《诗经·周南》中，就有一篇《汝坟》诗，"汝坟"，指汝河堤岸边上。那篇诗是用一位妇女的口气描写乱世的诗歌，说丈夫虽然供役在外，但父母离得很近，仍然有个依靠。这一篇取《汝坟》旧题，也用一位女子的口吻来描述，但这位妇女的遭遇却更加悲惨。作者从她走着哭着的凄怆声音，引入下文悲酸的诉说。诗从第三句"自言有老父"到末句"生死将奈向"，全是贫女控诉的话语。这段话可分为三小段。第一小段由"自言有老父"至"幸愿相依傍"八句，诉说老父被迫应征的情况。前四句诉说家中孤苦，没有丁壮，老父年迈无依。郡吏征集弓手，强迫老父应征，县官虽知实情，不敢违抗。后四句诉说老父被督遣上路，符令紧迫，不许稽留，老人只得挂着拐杖应役。在老父上路之时，贫女殷殷地嘱托同行的乡邻，恳求他们照顾年迈的父亲。按照当时诏书"三丁籍一"的规定，这家本不在征集之内，但是官吏们取媚上司，多方搜集丁口，以致超过兵役年龄的老人，也被搜索入役。《田家语》诗中所写的"搜索稚与艾，唯存跛无目"正是最好的例证。

第二小段由"适闻闾里归"至"僵死壤河上"四句，诉说老父出征之后，隔了一段时日，闾里有人从戍所回来。贫女前来问讯，怀疑她父亲还在勉强撑持，哪知回答的是她父亲已在寒雨中僵冻而死，露尸在壤河边上。

第三小段由"弱质无以托"至结尾句"生死将奈向"六句，叙说老父死后，贫女弱质，孤苦无依，老父的尸体运到村里，也无力安葬。只好捶胸痛哭，呼天抢地，悲痛自己是个女儿，不如男子，虽然活在世上，却没有什么用，就连自己是生是死，也不知如何了结。

全诗语言质朴，字字悲辛，纯用自诉口气，真挚感人。诗里写的，仅仅是在兵役中被折磨而死的一个实例，但这个事例，是成千成百事例中的一个，很有代表性。它道出了当年兵役过滥，使人民遭受苦难的悲惨实况。诗的小序说："时再点弓手，老幼俱集，大雨甚寒，道死者百余人，自壤河至昆阳老牛陂，僵尸相继。"可见当时无辜的人民，未遭外患，先受内殃，所造成的社会悲剧是如何的惨痛。(马祖熙)

鲁山山行　　梅尧臣

适与野情惬，千山高复低。
好峰随处改，幽径独行迷。
霜落熊升树，林空鹿饮溪。
人家在何许？云外一声鸡。

　　"远上寒山石径斜,白云生处有人家。停车坐爱枫林晚,霜叶红于二月花。"在以《山行》为题的诗中,杜牧的这首七绝历来脍炙人口。这首《鲁山山行》虽不如杜牧的《山行》著名,但也很有特色,不愧佳作。

　　鲁山,一名露山,故城在今河南鲁山县东北,接近襄城县西南边境。仁宗康定元年(1040),梅尧臣知襄城县,作此诗。

　　这是一首五律,但不为格律所缚,写得新颖自然,曲尽山行情景。

　　山路崎岖,对于贪图安逸、怯于攀登的人来说,"山行"不可能有什么乐趣。山野荒寂,对于酷爱繁华、留恋都市的人来说,"山行"也不会有什么美感和诗意。此诗一开头就将这一类情况一扫而空,兴致勃勃地说:"适与野情惬"——恰恰跟我爱好山野风光的情趣相合。下句对此作了说明:"千山高复低。"按时间顺序,两句为倒装。一倒装,既突出了爱山的情趣,又显得跌宕有致。"千山高复低",这当然是"山行"所见。"适与野情惬",则是"山行"所感。首联只点"山"而"行"在其中。

　　颔联进一步写"山行"。"好峰"之"峰"即是"千山高复低";"好峰"之"好"则包含了诗人的美感,又与"适与野情惬"契合。说"好峰随处改",见得人在"千山"中继续行走,也继续看山,眼中的"好峰"也自然移步换形,不断变换美好的姿态。第四句才出"行"字,但不单是点题。"径"而曰"幽","行"而曰"独",正合了诗人的"野情"。着一"迷"字,不仅传"幽""独"之神,而且以小景见大景,进一步展示了"千山高复低"的境界。山径幽深,容易"迷";独行无伴,容易"迷";"千山高复低",更容易"迷"。著此"迷"字,更见野景之幽与野情之浓。

　　颈联"霜落熊升树,林空鹿饮溪",互文见意,写"山行"所见的动景。"霜落"则"林空",既点时,又写景。霜未落而林未空,林中之"熊"也会"升树",林中之"鹿"也要"饮溪";但树叶茂密,遮断视线,"山行"者如何能够看见"熊升树"与"鹿饮溪"的野景!作者特意写出"霜落""林空"与"熊升树""鹿饮溪"之间的因果关系,正是为了表现出那是"山行"者眼中的野景。唯其是"山行"者眼中的野景,所以饱含着"山行"者的"野情"。"霜落"而"熊升树","林空"而"鹿饮溪",多么闲适!多么野趣盎然!

　　苏轼《高邮陈直躬处士画雁》诗云:"野雁见人时,未起意先改。君从何处看,得此无人态?无乃枯木形,人禽两自在!……"梅尧臣从林外"幽径"看林中,见"熊升树""鹿饮溪",那正是苏轼所说的"无人态",因而就显得那么"自在"。熊"自在",鹿"自在",看"熊升树""鹿饮溪"的人也"自在"。

　　欧阳修《六一诗话》云:"圣俞尝语余曰:'诗家虽主意,而造语亦难。若意新语工,得前人所未道者,斯为善也。必能状难状之景如在目前,含不尽之意见于言外,然后为至矣。'"此联就可以说是"状难状之景如在目前"。是不是还"含不尽之意见于言外"呢?也可以作肯定的回答。"熊升树""鹿饮溪"而未受到任何惊扰,见得除"幽径"的"独行"者而外,四野无人,一片幽寂;而"独行"者看了"熊升树",又看"鹿饮溪",其心情之闲静愉悦,也见于言外。从章法上看,这一联不仅紧承上句的"幽""独"而来,而且对首句"适与野情惬"作了更充分的表现。

　　全诗以"人家在何许?云外一声鸡"收尾,余味无穷。杜牧的"白云生处有人家",是看见了人家。王维的"欲投人处宿,隔水问樵夫",是看不见人家,才询问樵夫。这里又是另一番情景:望近处,只见"熊升树""鹿饮溪",没有人家;望远方,只见白云浮动,也不见人家;于是自己问自己:"人家在何许"呢? 恰在这时,云外传来一声鸡叫,仿佛是有意回答诗人的提问:"这里有人家哩,快来休息吧!"两句诗,写"山行"者望云闻鸡的神态及其喜悦心情,都跃然可见、宛然可想。

方回《瀛奎律髓》评这首诗说:"尾句自然;'熊''鹿'一联,人皆称其工,然前联尤幽而有味。"胡仔《苕溪渔隐丛话后集》卷二四说:"圣俞诗工于平淡,自成一家。如《东溪》云:'野凫眠岸有闲意,老树着花无丑枝',《山行》云:'人家在何许,云外一声鸡',《春阴》云:'鸠鸣桑叶吐,村暗杏花残',《杜鹃》云:'月树啼方急,山房人未眠',似此等句,须细味之,方见其用意也。"这些意见,都可以参考。(霍松林)

小　村　　梅尧臣

淮阔洲多忽有村,棘篱疏败漫①为门。
寒鸡得食自呼伴,老叟无衣犹抱孙。
野艇鸟翘唯断缆,枯桑水啮只危根。
嗟哉生计一如此,谬入王民版籍论②。

> **注** ①漫:轻易地,这里意为草草地。　②王民:臣民。版籍:交租税的户籍。论:看待。

这首诗作于仁宗庆历八年(1048)秋天,诗人把淮河地区惨遭水灾之后人民所忍受的痛苦,通过一个沙洲上小村所见的情景,作了朴素的描绘。

诗的开头两句:"淮阔洲多忽有村,棘篱疏败漫为门。"写大水泛滥以后,淮墙许多低地,沦为泽国,其高处却出现一些沙洲。作者经过这里,忽然见到沙洲上有个小村。这村中人家,用荆条编成的篱笆,已经稀疏地破败了。篱边草草地留了个门,景象萧条,村上没有一间像样的住屋。三、四两句:"寒鸡得食自呼伴,老叟无衣犹抱孙。"进一步描写村中的情况,寒鸡偶然寻得食物,还在呼唤它的伙伴,诗用"寒"字形容这儿的鸡子,已冷得瑟缩可怜,点明季节已是深秋。村中的老头儿没有裹体的衣服,却抱着孙子,用自己的身子为孙儿取暖。村里家禽很稀少,人也很稀少,诗中没有写丁壮的人,暗示壮年已经流离到外地去谋生了。五、六两句:"野艇鸟翘唯断缆,枯桑水啮只危根。"水上飘着一只小船,船头翘起,犹如鸟雀翘着尾巴,船上阒然无人(弃置无人顾,故曰"野艇"),唯余断缆。村上没有树木,枯了的桑树也被水啮走了,只剩下一点残留的根子。以上六句,画出这个小村的凄凉情景。这儿没有完好的房屋,编棘为门;没有多少食物,鸡子寻食也不容易;没有衣着,老的小的,都在禁受寒冷,甚至连船只和桑树也没有。说明残留的居民,生计艰难,家家户户在饥寒中忍受煎熬和痛苦。然而使作者更为痛心的,还不止这些。诗的结尾中写道:"嗟哉生计一如此,谬入王民版籍论。"尽管沙洲村上人家,灾后现状,如此凄惨,他们还是被谬误地编入交租完粮的户籍,作一般的王民看待,得不到应有的抚恤,这是多么可悲的事啊!作者咏叹至此,不再作评论,可见他对这些穷苦灾民,倾注着满眶同情的泪水。

近人陈衍评此诗说:"写贫苦小村,有画所不到者。末句婉而多风。"(《宋诗精华录》)可谓确评。(马祖熙)

送门人欧阳秀才游江西　　梅尧臣

客心如萌芽，忽与春风动。
又随落花飞，去作西江梦。
我家无梧桐，安可久留凤。
凤巢在桂林，乌哺不得共。
无忘桂枝荣，举酒一相送。

　　这是一首送别诗，作于嘉祐四年(1059)，作者五十八岁，在汴京(今河南开封)任国子监直讲，奉命编修《唐书》。欧阳秀才名辟，字晦夫，桂州灵川(今属广西)人，据苏轼跋此诗语，他此时二十五岁(见《东坡题跋》)，曾和弟简从梅尧臣学诗。"秀才"本指才能优异的人，汉代以来曾作为荐举人员的科目之一，唐初设有"秀才"科，后废去。这里用作读书应举的士人的泛称。"江西"指宋代江南西路地区，在今江西省一带。

　　此诗同送别亲人或朋友的诗不同，是送别门人游江西。这里的"游"兼含游历和游学两种意思，它可以长阅历，增见识，广交游，是封建社会读书人及第入仕之前常常要从事的一项活动。欧阳秀才对这次出游充满了美好的向往；诗人送行，则表示热切的希望，离情别绪自然是有的，但在这里已不是重要的东西，所以诗中略而不写，完全从前者着笔。

　　全诗分作两节。前四句先从对方着笔，写门人欧阳即将启程出游。诗中用了两个比喻。首句的"客"即指在汴京作客的欧阳秀才。春风一吹，草木都发出萌芽，欧阳秀才心中也像草木发芽一样，产生了出游的愿望。"忽与春风动"点出时间。"忽"字、"动"字下得特别精当。春天的花草树木，往往头一天看还似光秃秃的，第二天却忽然绽出颗颗新芽来了。"动"字不仅是说萌芽的发生，还指它在春风吹拂下不断成长；它一经萌发，不久就要长出枝叶，开出鲜花。出游的念头也是如此，它一经产生，就不断滋长，变得愈来愈强烈。所以第三句用"又随"二字紧接转入下文。由萌芽而开花，花又被风吹落，飞向天空，欧阳秀才的心，又随着落花，飞向西江。"西江"指大江(长江)下游西段，也就是题中的"江西"。古典诗词写落花，常常带着感伤的情调，此诗写其飞举飘扬，却充满生机。"西江梦"指想象中即将开始的江西游历生活。梦境是变幻莫测、飘忽无定的；既可以梦见过去，也可以梦见未来。用"梦"形容游历生活，可以引起无穷联想：使人联想到欧阳秀才去江西后的行踪不定，生活的丰富多样、难以预测，使人联想到他醒里梦里对此日客居京中这段生活——包括作者这次送别在内的回忆；既充满了对未来的美好憧憬，也包含着对过去的深长怀念，情致绵邈，意味无穷，造语之妙，已臻绝致。这四句比喻新颖贴切，把欧阳秀才游江西之事，完全变成生动的形象描绘，可见作者的才思和艺术创造力。

　　下面六句转到作者方面，正写送别，仍然全用比喻。凤凰是传说中的神鸟，据说它非梧桐不栖，非竹实不食，天下安宁，它才出现。诗中用它比喻欧阳秀才，是说他才华出众，非常人可比，表达了作者对他的赞赏，同时也是希望他今后能为朝廷建功立业。"家无梧桐"云云既是自谦，也是对门人的勉励，愿他振翅高飞，奋力进取。门人即将远行，作老师的对他今后的一切,当然非常关心,下面两句就是对他的谆谆嘱咐。传说桂林是凤凰栖集之处。《天地运度经》云:"泰山北有桂树七十株……常有九色飞凤、宝光珠雀鸣集于此。"刘向《九叹》:"桂树列兮纷敷,吐紫华兮布条。实孔鸾兮所居,今其集兮惟鸦。"鸾为凤属。旧说乌能反哺。晋代束皙《补亡诗·南陔》:"嗷嗷林乌,受哺于子。"此诗即以"乌哺"指乌鸦,是凡鸟,借喻平庸之辈。屈原《楚辞·涉江》:"鸾鸟凤凰,日以远兮。燕雀乌鹊,巢堂坛兮。"比喻贤士远离,小人窃位,可见凤凰乌鸦,品类不同,不能共处。此诗"凤巢"两句即暗用其意,是要欧阳秀才去江西以后,善自择居,慎于交友,不要同卑俗之人居处和往来;同时也是奖誉欧阳秀才,说他今后前程远大,绝非"乌哺"辈所能相比。这是作者的临别赠言。结尾紧接"桂林",举酒相送,以功名相期,补足送别之意。《晋书·郤诜传》:"累迁雍州刺史,武帝于东堂会送,问诜曰:'卿自以为何如?'诜对曰:'臣举贤良对策,为天下第一,犹桂林之一枝,昆山之片玉。'"后因称科举及第为"折桂"。"无忘桂枝荣",就是要欧阳秀才不要放弃科举;举酒相送既是送别,也是祝愿他异日科举及第,不负所学,施展平生的抱负。在科举时代,一般读书人要跻身仕列,只有应试及第一途,所以作者以此作结,郑重叮咛,表达了对门人的殷切期待。据《宋诗纪事》记载,在这次送别后的三十二年,欧阳辟中了元祐六年(1091)进士,没有辜负老师的希望。元符三年(1100),苏轼南迁过合浦(今属广东),见到欧阳辟,欧阳将珍藏的梅尧臣送他的这首诗给他看。苏轼和欧阳辟同出于梅尧臣之门,并受知遇之恩。所以苏轼见此诗后,还写了一段很有情意的跋语。

　　古代诗歌运用比喻手法的很多,但像这首十句的五言古诗,通篇从头到尾全都采用比喻的,却不多见。这正是此诗艺术上的成功之处。比喻可以使诗含蓄蕴藉,更富形象性,增添诗情画意。欧阳修称"圣俞(尧臣字)覃思精微,以深远闲淡为意"(见《六一诗话》)。本篇绝无华丽秾艳语,精致细密,越读越觉真味悠长,正是一个很好的例证。(王思宇)

清明后同秦帅端明会饮李氏园池　　文彦博

洛浦林塘春暮时,暂同游赏莫相违。
风光不要人传语,一任花前尽醉归。

　　读文彦博这首诗,会很自然地想到老杜《曲江二首》(其二):"传语风光共流转,暂时相赏莫相违。"杜甫的意思是:可爱的风光呀,你就同穿花的蛱蝶、点水的蜻蜓一起流转,让我欣赏吧,哪怕是暂时的;可别连这点心愿也违背了啊!文彦博此诗中二、三两句,显然是化用杜诗语,然意思却不尽相同。且看其诗。

　　秦帅端明姓司马,是文彦博的老友。清明后的一日,诗人与他会饮于李氏园池,首句便作描写:时当清明后的暮春,二人来到李氏园池。李氏园恰临洛水,园中树木丛聚,池水汪汪,真是"天气澄和,风物闲美"(陶潜《游斜川》诗序语)。因此紧接第二句便说:"暂同游赏莫相违"。单就字面意思而言,与老杜的大致不差,但由于所言对象有别,故诗意便不尽相同了。老杜乃以拟人化的语气与"风光"言,诗人在此却向同游者说道:既然良辰美景当前,游园会饮便是赏心乐事了,让我们共同尽情游赏吧,尽管是暂时的(短时间的),可也莫违背了我的心愿啊! 更何况,诗人接下两句说,我们还有游赏的有利条件呢:"风光不要人传语,一任花前尽醉归。"传语,寄语也。老杜还须寄语风光,求得风光首肯以后方能游赏,诗人在这里却说,他们"不要传语",此句意思,详而言之,乃是苏东坡所说:"天地之间,物各有主……惟江上之清风,与山间之明月,耳得之而为声,目遇之而成色,取之无禁,用之不竭,是造物者之无尽藏也"(《前赤壁赋》),简而言之,便是李太白所道:"清风朗月不用一钱买"(《襄阳歌》),因此不须人先去传语,可以听任我们于花前觥筹交错,恣意观赏,尽兴方归了。

老杜的那一联另有深意,自不待言。诗人这首诗所表现的,则是他悠然闲适、尽情享受李氏园内阳春烟景的感情。语言圆美流转,格调清新明快,值得玩味。(周慧珍)

戏答元珍　　欧阳修

春风疑不到天涯,二月山城未见花。
残雪压枝犹有橘,冻雷惊笋欲抽芽。
夜闻归雁生乡思,病入新年感物华。
曾是洛阳花下客,野芳虽晚不须嗟。

仁宗景祐三年(1036)五月,欧阳修降职为峡州夷陵(今湖北宜昌)县令,次年,朋友丁宝臣(字元珍,其时为峡州军事判官)写了一首题为《花时久雨》的诗给他,欧阳修便写了这首诗作答。题首冠以"戏"字,是声明自己写的不过是游戏文字,其实正是他受贬后政治上失意的掩饰之辞。

欧阳修是北宋初期诗文革新运动倡导者,是当时文坛领袖。他的诗一扫当时诗坛西昆派浮艳之风,写来清新自然,别具一格,这首七律即可见其一斑。

诗的首联"春风疑不到天涯,二月山城未见花",破"早春"之题:夷陵小城,地处偏远,山重水隔,虽然已是二月,却依然春风难到,百花未开。既叙写了作诗的时间、地点和山城早春的气象,又抒发了自己山居寂寞的情怀。"春风不到天涯"之语,暗寓皇恩不到,透露出诗人被贬后的抑郁情绪,大有"春风不度玉门关"之怨旨。这一联起得十分超妙,前句问,后句答。欧阳修自己也很欣赏,他说:"若无下句,则上句何堪? 既见下句,则上句颇工。"(《笔说》)正因为这两句破题巧妙,为后面的描写留有充分的余地,所以元人方回说:"以后句句有味。"(《瀛奎律髓》)次联承首联"早春"之意,选择了山城二月最典型、最奇特的景物铺开描写,恰似将一幅山城早春画卷展现在读者面前,写来别有韵味。夷陵是著名橘乡。橘枝上犹有冬天的积雪。可是,春天毕竟来了,枝丫上留下的不过是"残雪"而已。残雪之下,去年采摘剩下的橘果星星点点地显露出来,它经过一冬的风霜雨雪,红得更加鲜艳,在白雪的映衬下,如同颗颗跳动的火苗。它融化了霜雪,报道着春天的到来。这便是"残雪压枝犹有橘"的景象。夷陵又是著名的竹乡,那似乎还带着冰冻之声的第一响春雷,将地下冬眠的竹笋惊醒,它们听到了春天的讯息,振奋精神,准备破土抽芽了。我国二十四节气中有"惊蛰","万物出乎震,震为雷……蛰虫惊而出走。"(《月令七十二候集解》)故名惊蛰。蛰虫是动物,有知觉,在冬眠中被春雷所惊醒,作者借此状写春笋,以一个"欲"字赋予竹笋以知觉,以地下竹笋正欲抽芽之态,生动形象地把一般人尚未觉察到的"早春"描绘出来。因此,"冻雷惊笋欲抽芽"句可算是"状难写之景如在目前"的妙笔。

诗的第三联由写景转为写感慨:"夜闻归雁生乡思,病入新年感物华。"诗人远谪山乡,心情苦闷,夜不能寐,卧听北归春雁的声声鸣叫,勾起了无尽的"乡思"——自己被贬之前任西京留守推官的任所洛阳,不正如同故乡一样令人怀念吗?然后由往事的回忆联想到目下的处境,抱病之身又进入了一个新的年头。时光流逝,景物变换,怎不叫人感慨万千!该怎样排遣心中的郁闷呢?诗人并没有消沉,于是末联落到"待春"的自为宽解的主题上去:"曾是洛阳花下客,野芳虽晚不须嗟。"我曾经在产花的名园洛阳饱享过美丽的春光,因此,目下不须嗟叹,在这僻野之地等待着迟开的山花吧。

这首诗在写景方面,于料峭春寒中见出盎然春意,颇富生机;在抒情方面,于寂寞愁闷里怀着向上的希望,不觉低沉;实在是诗人之笔,政治家之情,二者融为一体,诗情画意,精妙之极,自具一种独特的艺术境界。(李敬一)

丰乐亭游春三首　欧阳修

绿树交加山鸟啼,　　晴风荡漾落花飞。
鸟歌花舞太守①醉,　　明日酒醒春已归。

春云淡淡日辉辉,　　草惹行襟絮拂衣。
行到亭西逢太守,　　篮舆酩酊插花归。

红树青山日欲斜,　　长郊草色绿无涯。
游人不管春将老,　　来往亭前踏落花。

> 注 ① 太守:汉代一郡的地方长官称太守,唐称刺史,也一度用太守之称,宋朝称权知某军州事,简称为知州。诗里称为太守,乃借用汉唐称谓。

丰乐亭在滁州(治所在今安徽滁县)西南丰山北麓,琅琊山幽谷泉上。此亭为欧阳修任知州时所建,时在庆历六年(1046)。他写了一篇《丰乐亭记》,记叙了亭附近的自然风光和建亭的经过,由苏轼书后刻石。美景、美文、美书,三美兼具,从此成为著名的游览胜地。

丰乐亭周围景色四时皆美,但这组诗则撷取四时景色中最典型的春景先加描绘。第一首写惜春之意,第二首写醉春之态,第三首写恋春之情。

先看第一首。头两句说:绿影婆娑的树木,枝叶连成一片,鸟儿在山上林间愉快地歌唱。阳光下和煦的春风轻轻吹拂着树枝,不少落花随风飞舞。"交加",意为树木枝叶繁茂,种植紧密,所以枝叶交叉重叠,形成一片绿荫。"荡漾"两字写出春风在青山幽谷、林间草坪飘扬的神理,也写出游人在撩人春景中的愉快心境。明媚春光,令人心醉。诗人呢,野鸟啁啾,杂花乱飞,他一概不闻不见,他也进入了醉乡。次日酒醒,春无踪迹,原来已悄然归去了。第四句"明日酒醒春已归",表面说醉了一天,实际是醉了整整一个春天。此句用夸张的语言反衬春景的迷人和春日短暂,带有浓厚的惋惜之意。

第二首前两句说:天上是淡云旭日,晴空万里;地上则是春草茂盛,蓬勃生长,碰到了游人的衣襟;而飞舞着的杨花、柳絮洒落在游人的春衣上,"拂了一身还满"。一个"惹"字写出了春草欣欣向荣之势,春草主动来"惹"人,又表现了春意的撩人;配上一个"拂"字,更传神地描绘了春色的依依。此句与白居易的名篇《钱塘湖春行》中"乱花渐欲迷人眼,浅草才能没马蹄"两句相比,功力悉敌,简直把春景写活了!

第三、四句写游人兴之所至,来到丰乐亭,在亭西碰上了欧阳太守。太守在干什么呢?他双鬓和衣襟上插满了花卉,坐在竹轿上大醉而归。篮舆,是竹轿。他不乘一本正经的官轿,而坐悠悠晃动、吱嘎作响的竹轿,显示出洒脱不羁的性格。因为坐的是敞篷的竹轿,故而人们得以一睹这位太守倜傥的丰采。

第三首写青山红树,白日西沉,萋萋碧草,一望无际。天已暮,春将归,然而多情的游客却不管这些,依旧踏着落花,来往于丰乐亭前,欣赏这暮春的美景。有的本子"老"字作"尽",两字义近,但"老"字比"尽"字更能传神。这首诗把对春天的眷恋之情写得既缠绵又酣畅。在这批惜春的游人队伍中,当然有诗人自己在内。欧阳修是写惜春之情的高手,他在一首《蝶恋花》词中有句云:"泪眼问花花不语,乱红飞过秋千去",真是令人肠断;而本诗"来往亭前踏落花"的多情游客,也令读者惆怅不已。

综观三诗,都是前两句写景,后两句抒情。写景,鲜艳斑斓,多姿多彩;抒情,明朗活泼而又含意深厚。三诗的结句都是情致缠绵,余音袅袅。欧阳修深于情,他的古文也是以阴柔胜,具一唱三叹之致。如果结合他的散文名作《醉翁亭记》和《丰乐亭记》来欣赏本诗,更能相映成趣。(周锡山)

边　户　欧阳修

> 家世为边户,年年常备胡。
> 儿童习鞍马,妇女能弯弧。
> 胡尘朝夕起,虏骑蔑如无。
> 邂逅辄相射,杀伤两常俱。
> 自从澶州盟,南北结欢娱。
> 虽云免战斗,两地供赋租。
> 将吏戒生事,庙堂为远图。
> 身居界河上,不敢界河渔。

"边户",边境地区的住户。此指与辽(契丹)交界处的居民。此诗为作者至和二年(1055)冬充任贺契丹国母生辰使(后改贺登位国信使)出使契丹途经边界时有感而作,揭露了屈辱的澶州之盟给国家人民带来的深重灾难,抨击朝廷的腐败无能,对边户的不幸遭遇表达了深厚的同情。

　　此诗通篇都是采用边民叙述的口吻。全诗分为两部分。前八句叙说澶州之盟以前边民对契丹的抵抗和斗争。北宋从建国开始,就受到契丹的严重威胁。从太宗(赵光义)以来,契丹就不断南攻,特别是澶州之盟前一个时期,进攻更加频繁。开头两句,正是这种形势的真实写照。"家世"句是说家里世世代代都在边地居住,可见时间之久。而在这很长时期中,不仅年年都要防备契丹的侵扰,而且一年之中,时时刻刻都处在战备状态。"胡"是古代对西北方少数民族的称呼,这里即指契丹。正是这种长期的战斗生活,培养了边民健壮的体魄和勇武性格,以致孩子还没有长大就已开始练习骑马,妇女们都能弯弓射箭。"儿童"包括男女而言,并非单指男孩。边民的英武表现在各个方面,作者也会从边民那里听到或看到许多这方面的事例,如果件件罗列出来,就会拖沓冗长,没有重点,难以给人留下深刻的印象。诗中只写儿童妇女的"习鞍马""能弯弧",取材很精。儿童习马,妇女射箭,这在别处是很难见到的,最能体现边民的尚武特点。这个富有典型意义的细节,不仅有着现实的依据,还同悠久的历史传统有关。河北地方,从春秋战国以来,一直是经常征战之地,当地人民,历来就有尚武之风,加之宋朝建国以来与辽长期对峙,自然使尚武之风更加发展。孩提妇女都能弯弓射箭,青壮年男子自然更加骁勇善战。

　　这样英武的人民,当然绝不会任人侵侮,下面四句,就写边民对契丹的英勇斗争。"胡尘"谓胡骑践踏扬起的尘土,指契丹来犯。"朝夕"是早晚、时时之意,表明辽军不仅攻扰频繁,而且出没无常,威胁极大。"虏骑"即指辽军。"蔑如"是轻视之意,是说边民对契丹毫不畏惧,根本没有把他们放在眼中,表现了边民的英雄气概。因为契丹经常入犯,边民常常同他们不期而遇,一见之后即互相射杀,双方死伤常常相当。"俱"是相等、一样之意,表明辽军异常凶悍,也体现了边民为保卫国土、保卫自己的和平生活而英勇战斗的精神。

　　上面虽然讲到残酷的战斗,巨大的伤亡,情调却是高昂的,下面转到澶州之盟以后,情调就不同了。宋真宗景德元年(1004)闰九月,辽主萧太后和圣宗(耶律隆绪)亲率大军南攻,直抵澶州(今河南濮阳县南),威胁汴京(今河南开封)。真宗本想听从王钦若、陈尧叟之计迁都南逃,因宰相寇準力排众议,坚持抵抗,只得勉强去澶州督战。由于部署得当,加之宋军士气高涨,在澶州大败辽军,并杀其大将萧挞凛(凛一作览),辽军被迫请和。结果战败的辽,不但没有退还半寸幽燕的土地;打了胜仗的宋朝反而同意每岁赠辽绢二十万匹、银十万两,同辽签定和约,史称"澶渊之盟"。这次议和可以说是宋辽关系的一个转折点,从此以后,宋廷对辽即完全采取妥协屈服的方针了。诗中的"结欢娱",即指这次议和,这本是统治者的语言,边民引述,是对最高统治者和那帮主和派大官僚的辛辣讽刺。据和约,以后辽帝称宋帝为兄,宋帝称辽帝为弟,似乎情同手足,"欢娱"得很。宋朝廷用大量绢、银买得了"和平",以为可以笙歌太平了;契丹统治者打了败仗,还得到这样丰厚的贡献,确是得到了"欢娱";而受苦的却是宋朝劳动人民,这大量的绢银,全都将从他们身上榨取出来。而对于边民说来,他们更要同时向宋、辽两方交纳赋税,遭遇更加悲惨。朝廷既然对辽采取妥协屈服的方针,边境上的将吏自然害怕同辽发生纠纷,便约束边民,不准他们"生事",实际上就是要边民服服帖帖听凭契丹骚扰,不得反抗。朝廷为了欺骗民众,便把这种妥协求和以求苟安一时的行径,说成是深谋远虑。"庙堂"本指太庙的明堂(天子宣明政教和举行重大典礼的地方),诗中用来代指朝廷。"远图"本是统治者欺骗人民的话头,诗中用作反话,加以讽刺。诗的最后两句就是"远图"的具体说明。"界河"在今河北中部,上游叫巨马河,下游叫白沟河,故道流经涞县、新城、霸县、天津等地入海,宋辽以此为界,故称"界河"。这里本来是中原故土,现在却成了宋辽边界,而且由于朝廷的妥协退让,住在界河上的边民,甚至连去界河打鱼的权利也被剥夺了。"不敢"不仅是说要遭到辽军的横蛮干涉,还包括宋朝将吏的制止,因为他们害怕得罪辽军。澶渊之盟以后边民长期蒙受着这样的屈辱。到了庆历二年(1042),宋在辽的武力威胁下,又对辽岁增绢十万匹、银十万两,并改"赠"为"纳",屈辱就更甚了。庙堂的"远图"在哪里? 末两句极悲愤沉痛,是对朝廷的尖锐谴责。

此诗写法同杜甫的名篇"三别"相同,都是采用诗中人自叙的口吻。这样写可以使人感到更加真切,增强作品的感染力。诗中把澶州之盟的前后作为对照,也使对朝廷主和派的揭露更加深刻有力。欧阳修前期在政治上站在以范仲淹为代表的改革派一边,对辽和西夏主张坚决抵抗,反对妥协。他在庆历三年写的《论西贼议和利害状》,就主张对西夏采取强硬态度。《边户》一诗,正是这种政治主张的反映。(王思宇)

梦中作　　欧阳修

夜凉吹笛千山月,路暗迷人百种花。
棋罢不知人换世,酒阑无奈客思家。

在古典诗歌中,写梦或梦中作诗为数不少。清赵翼在《瓯北诗话》中曾说陆游的集子里,记梦诗竟多至九十九首。这类作品有的确实是写梦,有的则是借梦来表达诗人的某种感情。

欧阳修此诗四句分叙四个不同的意境,都是梦里光景,主题不大容易捉摸,因为诗人在这里表达的是一种曲折而复杂的情怀。

首句写静夜景色。从"凉""月"等字中可知时间大约是在秋天。一轮明月把远近山头照得如同白昼,作者在夜凉如水、万籁俱寂中吹笛,周围的环境显得格外恬静。"千山月"三字,意境空阔,给人一种玲珑剔透之感。

次句刻画的却是另一种境界。"路暗",说明时间也是在夜晚,下面又说"百种花",则此时的节令换成了百花争妍的春天。这里又是路暗,又是花繁,把春夜的景色写得如此扑朔迷离,正合梦中作诗的情景。此二句意境朦胧,语言幽隽,对下二句起了烘托作用。

第三句借一个传说故事喻世事变迁。梁代任昉在《述异记》中说:晋时王质入山采樵,见二童子对弈,就置斧旁观。童子给王质一个像枣核似的东西含在嘴里,就不觉得饥饿。等一盘棋结束,童子催归,王质一看,自己的斧柄已经朽烂。既归,亲故都已去世,早已换了人间。这句反映了作者超脱人世之想。

末句写酒兴已阑,思家之念不禁油然而生,表明作者虽想超脱,毕竟不能忘情于人世,与苏东坡《水调歌头》所说的"我欲乘风归去,又恐琼楼玉宇,高处不胜寒",意境相似。

四句诗虽是写四个不同的意境,但合起来又是一个和谐的统一体,暗寓作者既想超越时空而又留恋人间的仕与隐的矛盾思想。

"诗言志",读完全诗,寓意就逐渐明朗了。诗人的抑郁恍惚,与他当时政治上的不得志有关。这诗在《居士集》卷十二,它前后的二首目录原注都标明为皇祐元年(1049),可能为同时所作。这时欧阳修还在颍州,尚未被朝廷重用。所以这四句是在抒发心中的感慨,它的妙处是没有把这种感慨直接说出。这种意在言外的手法,要仔细体察才能明其究竟。

明代杨慎在《升庵诗话》中曾对此诗作过分析。他认为古人绝句诗一般有两种不同特点:一种是一句一绝,四句诗是四个不同的独立意境,如古时的《四时咏》:"春水满四泽,夏云多奇峰。秋月扬明辉,冬岭秀孤松";杜甫《绝句》:"两个黄鹂鸣翠柳,一行白鹭上青天。窗含西岭千秋雪,门泊东吴万里船";以及欧阳修这诗都属此类。另一种是"意连句圆",四句意思前后相承,紧密相关,如金昌绪的《春怨》即是。这首《梦中作》,确如升庵所说,写的乃是秋夜、春宵、棋罢、酒阑等四个不同的意境,但又是浑然天成,所以陈衍说:"此诗当真是梦中作,如有神助。"(《宋诗精华录》)

这诗另一个特点是,对仗工巧,天衣无缝,前后两联字字相对。这显然是受了杜甫《绝句》诗的影响。(曹中孚)

夏 意 苏舜钦

别院深深夏席清,石榴开遍透帘明。
树阴满地日当午,梦觉流莺时一声。

苏舜钦这首《夏意》诗,能于盛夏炎热之时写出一种清幽之境,悠旷之情。

"别院深深夏席清":"夏"字点明节令,而"别院""深深""清"三词却层层深入,一开始即构成清幽的气氛。别院即正院旁侧的小院。深深,言此小院在宅庭幽深处。小院深深,曲径通幽,在这极清极静的环境中有小轩一座,竹席一领。韩愈《郑群赠簟》诗曾以"卷送八尺含风漪""肃肃疑有清飙吹"形容竹席。"夏席清",正同此意,谓虽当盛夏,而小院深处,竹席清凉。深深是叠词,深深与清,韵母又相近,音质均清亮平远。这样不仅从文字形象上,更从音乐形象上给人以凉爽幽深之感。

"石榴开遍透帘明":"帘"字承上,点明夏席铺展在轩屋之中。诗人欹卧于其上,闲望户外,只见榴花盛开,透过帘栊,展现着明艳的风姿。韩愈曾有句云"五月榴花照眼明"(《榴花》),第二句化用其意,却又加上了一重帷帘。隔帘而望榴花,虽花红如火,却无刺目之感。

陶渊明有句云:"蔼蔼堂前林,中夏贮清阴。"(《和郭主簿》)此诗第三句正由陶诗化出,谓虽当中夏亭午,而小院中仍清阴遍布,一片凉意。此句与上句设色相映,从"树阴满地"可想见绿树成林,不写树,而写阴,更显得小院之清凉宁谧。

在这清幽的环境中诗人又在干什么呢?"梦觉流莺时一声",原来他已为小院清景所抚慰,虽然烈日当午,却已酣然入睡,待到"梦觉",只听得园林深处不时传来一两声流莺鸣啼的清韵。写莺声而不写黄莺本身,既见得树荫之茂密深邃,又以阒静之中时歇时现的呖呖之声,反衬出这小院的幽深宁谧。南朝王籍诗云:"鸟鸣山更幽"(《入若耶溪》),王维《辛夷坞》:"月出惊山鸟,时鸣春涧中"。末句意境正与二诗相类。

此诗无一句不切夏景,又句句透散着清爽之意,读之似有微飔拂面之感。

诗的表现手法尚有三点可注意:

笔致轻巧空灵:写庭院,落墨在深深别院;写榴花,则施以帷帘;写绿树,从清阴看出;写黄莺,从啼声听得,句句从空际着笔,遂构成与昼寝相应的明丽而缥缈的意境。

结构自然工巧:诗写昼寝,前三句实际上是入睡前的情景,但直至末句才以"梦觉"字挑明,并续写觉后之情景。看似不续,其实前三句清幽朦胧的气氛句句都是铺垫,而"日当午"一语更先埋下昼寝的伏线,待末句挑明,便觉悄然入梦,骤然而醒,风调活泼可喜,避免了质直之病。

风格清而不弱。唐代常建的《破山寺后院》云:"曲径通幽处,禅房花木深",形象与此诗一二句相似,但常诗写出世之想,寂灭之感,而此诗给人的印象是洒脱不羁。欧阳修称舜钦"雄豪放肆"(《祭苏子美文》),故虽同写清景,却能寓流丽俊爽于清邃幽远之中,清而不弱,逸气流转,于王、孟家数外别树一格。(赵昌平)

初晴游沧浪亭[①]　　苏舜钦

夜雨连明春水生, 娇云浓暖弄阴晴。
帘虚日薄花竹静, 时有乳鸠相对鸣。

注 ① 沧浪亭:在今江苏苏州市内。原为五代吴越广陵王钱元璙的池馆,北宋庆历五年(1045),苏舜钦以四万钱购得,筑亭其中,取名沧浪。园内有假山曲水,尤多草树花竹。

一般说,苏舜钦写景物的诗并不以再现自然美见长。他笔下的景物大多带有很强的主观色彩,比如"绿杨白鹭俱自得,近水远山皆有情"(《过苏州》),"老松偃蹇若傲世,飞泉喷薄如避人"(《越州云门寺》),写的是经过诗人"加工"过的景物,形象本身就具备了诗人的性情。这有些像李白的山水诗。还有一种情况,就是诗人写景,虽然郁积深厚,却不直接说出,而是创造一种境界,让人去体味。这有些像柳宗元写山水游记。《初晴游沧浪亭》就是这种写法。

诗写于庆历六年(1046)春,诗人受人倾陷,革职为民,退居苏州已一年多了。一年来,他时时携酒独往沧浪亭吟诗漫步,此诗即写春日雨霁,他在沧浪亭畔所见到的自然景象。首句"夜雨连明春水生",写诗人目睹池内陡添春水,因而忆及昨夜好一阵春雨。诗由"春水生"带出"夜雨连明",意在说明雨下得久,而且雨势不小,好为下写"初晴"之景作张本。正因昨夜雨久,虽然今日天已放晴,空气中湿度依然很大,天上浓密的云块尚未消散,阴天迹象明显;但毕竟雨停了,阳光从云缝里斜射下来,连轻柔的春云也带上了暖意,天正由阴转晴。以上就是诗中"娇云浓暖弄阴晴"所提供的意境。句中"弄"字乃吴越方言,作的意思。诗抓住雨后春云的特征来写天气,取材典型。第三句"帘虚日薄花竹静"写阳光透过稀疏的帘孔,并不怎么强烈;山上花竹,经过夜雨洗涤,枝叶上雨珠犹在,静静地伫立在那里。"帘虚"即帘内无人。如果说这句是直接写静,末句"时有乳鸠相对鸣"则是借声响来突出静,收到的是"鸟鸣山更幽"(王籍《入若耶溪》)的艺术效果。显然,诗中写由春景构成的幽静境界和题中"初晴"二字扣得很紧。乍看,题中"游"字似乎在诗中没有着落,但我们从诗中诸种景象的次第出现,就不难想象得出诗人在漫游时观春水、望春云、注目帘上日色、端详杂花修竹、细听乳鸠对鸣的神态。诗中有景,而人在景中,只不过诗人没有像韦应物那样明说自己"景煦听禽响,雨余看柳重"(《春游南亭》)而已。

诗人喜爱这"初晴"时的幽静境界是有缘由的。他以迁客身份退居苏州,内心愁怨很深。在他看来,最能寄托忧思的莫过于沧浪亭的一片静境,所谓"静中情味世无双"(《沧浪静吟》)。他所讲的"静中情味",无非是自己在静谧境界中感受到的远祸而自得的生活情趣,即他说的"迹与豺狼远,心随鱼鸟闲"(《沧浪亭》)。其实他何曾自得闲适,在同诗中,他不是在那里曼声低吟"修竹慰愁颜"吗?可见诗人在《初晴游沧浪亭》中明写"静中物象",暗写流连其中的情景,表现的仍然是他难以平静的情怀。胡仔说苏舜钦"真能道幽独闲放之趣"(《苕溪渔隐丛话前集》卷三十二),此诗可为一例。(熊礼汇)

北塘避暑　　韩　琦

尽室林塘涤暑烦,旷然如不在尘寰。
谁人敢议清风价?无乐能过百日闲。
水鸟得鱼长自足,岭云含雨只空还。
酒阑何物醒魂梦?万柄莲香一枕山。

这首诗大约作于韩琦晚年因反对王安石变法,罢相守北京(今河北大名)之后。首句擒题,交代了时间(夏天)、地点(尽室林塘),次句渲染极为幽静的自然环境(如不在尘寰),并以"旷然"一词挑明题旨,抒发其超尘拔俗的思想感情和"不羞老圃秋容淡,且看黄花晚节香"(《皇朝类苑》)的正直清廉的高尚情操,表现了他的宽阔胸怀。

第二句用"如不在尘寰"比喻旷然之情,空灵飘逸。但作者犹嫌不足,在颔联中再进一步为"旷然"作注。在炎夏酷暑中,一般俗士,每喜以管弦消遣。但作者不借外物,只以沐浴清风自娱,悠然自得,摆脱了尘寰的炎热和烦恼。"清风"何以有如许魅力?且看稍后的苏轼《赤壁赋》:"惟江上之清风,与山间之明月,耳闻之而得声,目遇之而成色,取之无禁,用之不竭",即可明了。倘悟此意,即能烦恼冰消。"清风"一词语意双关,又表明正直无私,两袖清风。这里用"谁人敢议"的反诘句法,加强语气,著一"敢"字,尤为雄健峭拔,与下句"能"字对照,一个突兀而起,一个平平淡淡,起伏跌宕,足见诗人的功力。

颈联虚实并用,熔写景、抒情、说理于一炉。"水鸟得鱼""岭云含雨",一近一远、一俯一仰,这是实写。"长自足""只空还"抒发作者感情,这是虚写。但细细品味,知其不唯写景抒情,还是以象征手法阐发人生哲理,所写之景不必是眼前实景。全联意谓要像水鸟那样"知足保和",岭云那样来去无心。亦即庄子所谓"至人无己,圣人无功,神人无名"的"无为"思想。不去追求功名利禄,外在的事物都是有限的;追求内在的精神品格,才是他要表现的主要思想,也是他能旷然自得的根源所在。据《宋史》本传,他屡次主动辞位,确能"长自足"。但从他"凡事有不便,未尝不言","前后七十余疏"看,他也不薄事功。不过,"达则兼济天下,穷则独善其身"，本是儒家传统思想。韩琦如此，并不矛盾。

尾联是讲修养之法。韩琦不需要逃入酒乡以求忘忧，他酒醒之后，自有清心澄虑之物，即"万柄莲香一枕山"。这句衬托出他胸襟的清高脱俗。

这首诗含蓄蕴藉，境界高远，有雍容闲适之致。（周凤岗）

次韵孔宪蓬莱阁^①　　赵抃

> 山巅危构傍蓬莱，水阁风长此快哉。
> 天地涵容百川入，晨昏浮动两潮来。
> 遥思坐上游观远，逾觉胸中度量开。
> 忆我去年曾望海，杭州东向亦楼台^②。

注 ① 宪：御史的省称。蓬莱阁：在越州（今浙江绍兴），位于鉴湖之滨。　② 末句原注："杭有望海楼。"

一位带御史衔的姓孔的朋友，登越州蓬莱阁，写了一首观潮的诗寄给赵抃，本篇是赵抃的和作。

前四句是一幅蓬莱阁上望潮图。首句写阁的地势和建构之高，以见观潮视野的广阔。它在句法上是倒装，若把主谓语的顺序调整一下，便成"蓬莱危构——傍山巅"，意思也就非常容易明白。次句"水阁风长此快哉"，语言结构和声调都不像上句那样顿宕错落，又用了语气词"哉"，句势在律体中显得特别雄直。读之确实有水阁凌空、海风悠长的快感。这在情感和语气上已经为观潮作了准备，给全篇定下了基调。颔联写潮水，但在写潮水前先写大海。"天地涵容百川入"，说大海总汇江河百川之水，将天地包容在它的怀抱里。有此一笔，就写出了大海的广阔和气派，潮势即不待言而读者自能想见，故第四句未对潮势作正面描绘，腾出笔墨写晨昏两次起潮，以见大海的动荡不息。

诗的前半，不仅写了水阁、大海和海潮，也透露了临海观潮时的感受和兴奋心情。写得这样真切，似乎观潮人就是作者自己，但诗题是"次韵孔宪蓬莱阁"，观潮者实际上是孔宪。如何把前面似乎直接写自身所见所感转移到孔宪一边？带着这个问题看第五句，便觉得诗人在开合收纵方面从容自如，运调得力。"遥思坐上游观远"，"遥思"二字极自然地把上四句所写的感受，转移给了孔宪。而"游观远"不仅概括了观潮的宏远景象，且将笔势拓开，由宏大阔远的视觉感受，引向"逾觉胸中度量开"的心境感受。设想对方此时必然格外心胸开豁。这虽是出于作者的揣度，但由于有前四句作铺垫，使人觉得"度量开"既豪宕而又着实有力。以情结景，成为前面写观潮的绝好收束。至此，诗意已经丰足，但收尾又转折推宕开去。"忆我去年曾望海，杭州东向亦楼台。"由对方转而联想到自己，回忆去年在杭州亦曾望海。虽只似淡淡提起，但"忆"字却又可以引人回味前六句所写的观潮情景，原来那情景作者亦曾是亲有体会的。由遥思对方而"忆"及己方。围绕观潮，诗人的想象和情感萦绕回环，给这首总体上是雄直豪迈的诗增添了回环之美。

这首诗无论写海潮，写人的胸襟，都显出一种开阔的景象、健举的气概，但不靠描摹刻画，而多用健笔直接抒写，那水阁风长的快感，那涵容天地百川的大海，那晨昏两次浮动的海潮，那"游观远"的视野,"度量开"的心胸,都显得开张雄阔。语言上绝去藻饰,不用典故,造语的质朴劲健,感情的豪迈,加上章法的开合转折,于律诗中融进了参差拗健之美。《宋诗钞》说赵抃写诗"触口而成,工拙随意,而清苍郁律之气,出于肺肝",这首诗是能够体现这一特点的。(余恕诚)

忆钱塘江　　李　觏

当年乘醉举归帆,隐隐前山日半衔。
好是满江涵返照,水仙齐著淡红衫。

浙江流经今杭州市南的一段,别名"钱塘江"。诗以追忆之笔,描绘了钱塘江薄暮的奇丽景色。

首句即紧扣题面。当年,一作"昔年",意同,切题"忆"字。"举归帆"三字,切"钱塘江"三字。举,高挂。当年,诗人可能是在钱塘江里坐船回故乡去,故称"归帆"。诗人道:想当年,我乘着酒醉,高挂起归船的风帆,回故乡南城(今属江西)去。"乘醉"二字统摄全诗,故其忆中之景,似真似幻,若实若虚,具有一种缥缈空灵之美。

次句写落日奇观。诗人在船上,先抬眼望远。"前山日半",是说天已薄暮,夕阳西沉,前面山头上只余下了一半太阳。此是常景,不足为奇。然而,冠以"隐隐",接上一"衔",却是这位带着一副蒙眬醉眼的诗人所看到的奇观:船摇晃着,隐隐地看见前方有一座山峰,它已衔进了半只金乌(太阳),余出的另半只,正在山顶上抖动着耀眼的金光。

末两句咏江面奇景。涵,容受。水仙,指水中女神。钱塘、西湖一带有水仙王庙,苏轼有诗曰:"一杯当属水仙王。"(《饮湖上初晴后雨二首》其一)诗人目光继又下移,观赏金光洒照的江面。此时江上景色,但见:返照入江,江水全红,片片白帆也泛着淡红光芒,景致十分瑰丽。不过,这位眼花耳热、醉态可掬的诗人,所见又自不同:看那斜阳返照的江面,江水一片灿红;水面上,一群穿着淡红衣衫的水仙,凌波微步,美艳动人。

上面二景,山能衔日,白帆变水仙,出人意想之外。然而,这一切都出之于诗人醉中的幻觉,因而又在情理之中。唯其如此,其景才由瑰丽而成奇丽,给人以一种新异的美感。

凭借回忆写景,却写得活灵活现;想象奇特,譬喻巧妙,却又纯乎天籁;对大自然的无限喜悦、热爱之情见于言外。(周慧珍)

读长恨辞　　李　觏

蜀道如天夜雨淫,乱铃声里倍沾襟。
当时更有军中死,自是君王不动心。

这首诗是李觐在读了白居易《长恨歌》以后所抒发的感慨。起始两句"蜀道如天夜雨淫,乱铃声里倍沾襟。"用《长恨歌》"夜雨闻铃断肠声"诗句本意,而略加扩展。作者用"淫雨"表示久雨;用"乱铃声"表示明皇在经过栈道时凄惶的心情;用"倍沾襟"表示他思念贵妃的哀痛之深。《明皇杂录》有这样一段记载:明皇奔蜀,到了斜谷口,正当霖雨不止,在栈道中夜闻铃声与雨声相应,明皇既悼念杨妃,因采其声制成《雨淋铃》曲。作者所追叙的,正是这段故事的简化。

从白居易《长恨歌》的内容来看,虽有讽喻的成分,但不占主导地位,歌辞用大量笔墨写李、杨之间天上人间生死不渝的爱情,并不把明皇对杨妃的宠爱说成是促成安史之乱的根本原因,而杨妃马嵬驿前的惨死,也就并非罪有应得。如果明皇和贵妃,只是一对普通的爱情伴侣,那么悼念自己的爱人,自然无可非议,可惜唐明皇是一代君王,在"安史之乱"这场巨大的祸乱当中,因战祸遭受苦难的人民,因抗抵叛军而流血牺牲的将士,不啻亿万。君王对他们的流离失所,浴血军前,并不动心,所悼念的只是马嵬驿前宛转死去的蛾眉,那么君王的沾襟泪水,原不过是怀念当日"承欢侍宴"的荒淫的生活,从这一角度来看,似乎"安史之乱"对明皇来说,只不过是失去一位宠妃。作者兴感至此,于是慨然写下了后两句:"当时更有军中死,自是君王不动心。"作者以军中将士之死,和杨妃马嵬之死作对比,以"倍沾襟"和这里的"不动心"作对比,这谴责,是颇有分量的。作者愤惋的是这位君王"不爱江山爱美人",忘记了遭受灾难的人民,忘却了在战争中为国牺牲的战士。这样的论调可以算得是皇皇史笔了。可见作者此诗和《长恨歌》的主题是截然不同的。《长恨歌》同情李、杨的爱情,所写的"希代之事",显然是指传说中明皇和杨妃那种"在天愿做比翼鸟,在地愿为连理枝"的爱情故事。作者此诗立意翻新,发前人所未发,和唐代著名诗人刘禹锡《华清宫》、杜牧《华清宫》、郑畋《马嵬坡绝句》之并不责备明皇或李益《过马嵬》、李商隐《马嵬二首》、罗隐《帝幸蜀》之为杨妃鸣不平者完全相反,以新奇取胜,耐人寻味。(马祖熙)

游嘉州龙岩　　苏　洵

系舟长堤下,日夕事南征。
往意纷何速,空岩幽自明。
使君怜远客,高会有余情。
酌酒何能饮,去乡怀独惊。
山川随望阔,气候带霜清。
佳境日已去,何时休远行!

嘉州,治所在今四川乐山。龙岩,《嘉定府志》卷四《山川》:"九龙山,城东北四里,三龟山之右,一名龙岩,一名灵岩,又名龙泓。山上石壁刻石龙九,相传唐朝明皇时所镌,强半磨泐,其存者矫然有势。山最幽邃,号小桃园。"

嘉祐元年(1056),由于文坛领袖欧阳修的推荐和称誉,苏洵名动京师,但求官未遂。第二年四月其妻程氏卒于眉山,苏洵父子匆匆返蜀。直至嘉祐三年十一月朝廷才对欧阳修的举荐作出答复,决定召苏洵试策论于舍人院。苏洵拒不赴试,他在《与梅圣俞书》中说:"仆岂欲试者?唯其平生不能区区附合有司之尺度,是以至此穷困。今乃以五十衰病之身,奔走万里以就试,不亦为山林之士所轻笑哉!"嘉祐四年六月朝廷召命再下,梅圣俞又寄诗(《题老人泉寄苏明允》)劝其入京,加之二子服母丧期满,苏洵才勉强决定入京。同年十月三苏父子沿岷江、长江舟行南下至江陵,再陆行北上赴京。父子三人一路探幽访胜,"发于咏叹",共作诗文一百七十三篇,分别编为《南行前集》和《后集》。苏洵南行途中诗,今通行本《嘉祐集》皆失载,宋残本《类编增广老苏先生大全集》载有十余首,此诗是其中的一首。由于苏洵这次入京非常勉强,因此此诗充满了抑郁之情。

诗的前四句写因匆促南行而不能从容欣赏嘉州龙岩风光。"系舟"表明是"舟行适楚"(苏轼《南行前集叙》)。征,远行。南征,沿岷江、长江南行。"日夕事南征",从早到晚,整天都在忙于南行。"日夕"二字已充满怨气。往意,前行之意,而缀以"纷何速",特别是缀一"纷"字,进一步抒发了勉强南行的不快之情。"空岩"指嘉州龙岩。"幽自明"的"自"字用得很精,它表明龙岩虽幽静明丽,"号小桃园",可惜却无人欣赏,只是"自明"而已。前三句是因,后一句是果,遣词造句充满了强烈的感情色彩。

中四句写嘉州知州盛宴招待他们父子,而自己因心情不快,兴致索然。使君,汉代指刺史,汉以后作为对州郡长官的尊称。此指嘉州知州,姓名不详。高会,盛会,指嘉州知州为他们举行的盛大宴会。余情,富有感情。前两句表现了苏洵此时虽为布衣,但社会地位已有显著变化。苏轼《钟子翼哀辞》说,庆历七年(1047),苏洵应制科试不中,到庐山等地游览,"方是时,先君未为时所知,旅游万里,舍者常争席。"这次南行是在嘉祐元年三苏父子名动京师以后,情况大变,沿途都有地方官吏,亲朋好友迎送。除嘉州知州为之"高会"外,过泸州,有老友任遵圣相候,苏轼兄弟都有《泊南井口202任遵圣》诗;经渝州(今四川重庆),有渝州知州张子立"谒我江上"(见苏洵《答张子立见寄》);至丰都(今属四川),有"知县李长官"迎候(见苏洵《题仙都山麓并叙》);苏轼《入峡》诗说:"野宿荒州县,邦君古子男。放衙鸣晚鼓,留客荐霜柑。"至江陵,他们父子更成了王荆州的座上客。可见,"高会有余情",并不止嘉州一地,它充分说明了苏洵社会地位的提高。但苏洵被雷简夫誉为"王佐才""帝王师"(见邵博《闻见后录》卷十五),他本人也自称"有志于当世"(苏洵《上富丞相书》),当然不会满足于虚名。他对朝廷不能破格重用自己深感失望,嘉祐二年返蜀后,已决心不再入京:"自蜀至秦,山行一月;自秦至京师,又沙行数千里。非有名利之所驱,与凡事之不得已者,孰为来哉!洵老矣,恐不能复东。"(《上欧阳内翰第三书》)朝廷召他试策论于舍人院,他更感到是对自己的不信任:"昨为州郡发遣,徒益不乐乎。"(《答雷简夫书》)这就是"酌酒何能饮,去乡怀独惊"的主要原因,也是他整个南行途中情绪低沉的原因。

最后四句是申说前句之意。"山川随望阔"切地,嘉州是岷江、大渡河、青衣江三水汇聚之地,冲积成辽阔的平原,苏轼《初发嘉州》诗也有"旷荡造平川"语,因此,这一"阔"字正把握住了嘉州龙岩所见的特征。"气候带霜清"切时,苏洵父子于嘉祐四年十月初启行,正是深秋初冬时节,"霜清"二字准确地交代了时令。"佳境"指故乡山水,苏轼《初发嘉州》诗所谓"故乡飘已远,往意浩无边。锦水细不见,蛮江(青衣江)清可怜",正好作这一句的注脚。结句"何时休远行",更集中抒发了诗人勉强赴京的抑郁之情。苏洵《游陵(今作凌)云寺》诗,描写了凌云大佛的壮观,歌颂了夏禹、李冰治水的功绩,抒发了壮志不酬的苦闷:"今余劫劫(忙碌貌)独何往,愧尔前人空自哈(自嘲)。"他在《和杨节推见赠》中也说:"予懒本不出,苦为人事劫。相将犯苦寒,大雪满马鬣。"南行途中的这些诗句都可与"何时休远行"互证。

　　这首诗虽题作《游嘉州龙岩》,但并不以写景胜,对龙岩的描写着墨不多,用语也比较抽象;而是以抒情胜,全诗感情沉郁,格调苍凉,集中表现了这位饱经风霜、名满天下而前程渺茫的老人的抑郁之情。(曾枣庄)

插花吟　　邵　雍

头上花枝照酒卮,酒卮中有好花枝。
身经两世太平日,眼见四朝全盛时。
况复筋骸粗康健,那堪时节正芳菲。
酒涵花影红光溜,争忍花前不醉归?

　　这是一曲在太平时世中自得其乐的醉歌。"头上花枝照酒卮,酒卮中有好花枝",插花者即是年过花甲的作者自己。花插头上,手持酒杯,酒杯中又浮现出花枝,诗人悠然自得的神态如见。
　　诗人何以会这么陶醉?颔颈两联以醉歌的形式作了回答。一生度过了六十年的太平岁月(一世为三十年),亲眼见了真、仁、英、神四朝的盛世,再加以筋体康健,时节芳菲,老人的心遂完全被幸福涨大了。笑眯着醉眼,再看面前的酒杯吧。只见杯中涵着花影,红光溜转,面对这花,这酒,这位处在盛世中高龄而又健康的老人,他的一生乐事都好像被召唤到了眼前,怎能不痛饮到大醉方归呢?
　　本篇与崇尚典雅的传统五、七言律诗相比,风格显然不同。它有白居易的通俗,而其实和白诗并非一路。白诗在平易中一般仍包含着高雅的意境,邵雍这类诗则表现了一种世俗的情怀。它纯用口语,顺口妥溜,吸收了民歌俚曲的因素,又略带打油的意味,具有一种幽默感和趣味性。诗格虽不甚高,但充溢着浓烈的太平和乐气氛。这种气氛的形成,固然由于内容是歌唱时康人寿,但还有其他方面的因素:老人白发上簪着红花,乐陶陶地对着酒杯,这一形象一开始就给诗带来一种气氛;语言节奏的流走顺畅,"花""酒"等字的反复回环出现,也显得和乐遂意;颈联"况复""那堪"等词语的运用,末联"争忍……不"的反诘句式,又都能把气氛步步向前推进,让人读了真觉得有那种击壤(按:邵雍有《伊川击壤集》)而歌的意味。对于这类诗,固然不可能望有盛唐诸公作品的宏伟气象,但尚能近于"安闲弘阔"(《颐山诗话》评邵雍诗)。从中不难窥见北宋开国后"百年无事"的升平景象,一些人在小康中安度一生的那种心满意足的精神状态。(余恕诚)

题春晚　　周敦颐

花落柴门掩夕晖,昏鸦数点傍林飞。
吟余小立阑干外,遥见樵渔一路归。

"题春晚"之"春晚",据首句"花落"之意,当是暮春之晚。诗所描写的,乃是乡村暮春晚景。

红日西沉,夜色降临之前,一位"吟余小立阑干外"的诗人,正在游目观赏村野景致。吟,可以指作诗,亦可以指诵读诗文。这位诗人可能白昼一天都在伏案,薄暮时分,微感疲倦,便走出屋子,在楼台(其居处也许是简陋小楼,故有"柴门"之语)栏杆外稍立片刻,略事休息。一、二、四句便是他"小立"时所见之景。

他先近看柴门。时已晚春,花儿纷纷飘落,有的还扬进了门内,把那夕阳的余晖挡在门外,可见落花堆积之多。

继又远看林子。稍远处有一片树林。苍茫暮色之中,可以看到几只黄昏时的乌鸦,忽高忽低、时上时下,紧挨林子飞着。鸦而曰"点",乃是因为距离较远,天色昏暗,望去自然成"点"。

最后诗人放目遥望。在那乡间小路的尽头,远远望见樵夫渔子,担柴提鱼,一路归来。

展现在诗人眼前的这"春晚"三景,景景都扣题中"晚"字,而起笔"花落"则点明了(暮)"春"字。三景相合,融汇成村野薄暮时分谐和、静谧的意境。然而,诗人笔下所现之静境,又并不显得冷清、空寂:花自"落",鸦在"飞",人正"归"。点缀在诗行之中的三个动词,为这静谧的环境增添了鸢飞鱼跃的活泼泼的气息,诗人就置身在这恬静而又富有生意的境界之中,饶有兴味地"小立"观赏。

周敦颐是北宋理学的开山祖。理学家论人物,颇重所谓"气象"。程颢曾说:"自再见周茂叔之后,吟风弄月以归,有'吾与点也'之意。"说的是茂叔(敦颐字)为人的气象。此诗的境界与他的为人一样,也是静而不寂,饶有生意,颇有"浴乎沂,风乎舞雩,咏而归"(《论语·述而》)的气象。(周慧珍)

望云楼　文　同

巴山楼之东,秦岭楼之北。
楼上卷帘时,满楼云一色。

此诗原总题为《守居园池杂题》,原诗共三十首,此为第十二首,是作者熙宁八年(1075)秋冬之间至熙宁九年春初在洋州(治所在今陕西洋县)任知州时作。望云楼是作者居宅内的一座楼,诗写登楼所见的壮丽景色。

开头两句并不仅仅是写望云楼的位置,主要还是写楼头所见之景:向东望去,可见巍峨的巴山;向北望去,可见雄伟的秦岭。"巴山"即大巴山,为陕西汉中盆地和四川盆地的界山。"秦岭"在今陕西省南部。在望云楼可以同时望见两山,可见其楼之高,及其位置之佳。两山均极高峻,望见其山,自然可以望见山间飘荡的云彩。看去只写了山,实际也写了云。登楼远望,巴山、秦岭,峰峦起伏,连绵不绝,朵朵云彩,缭绕山间,景象非常壮丽。

上面两句是由楼中望秦岭、巴山,三、四两句又把目光收回到楼中来;上两句写云、写楼高是暗写,三、四两句则转为明写。诗意是说,因为望云楼飞檐凌空,所以楼上卷帘之时,紫绕在高楼四周的云彩即飞入楼中，呈现出"满楼云一色"的奇观，写出了晴空万里、云海浩茫、危楼隐现于云彩之中的奇丽景象。这两句紧承上文，仍是写楼中卷帘所见之景，如果是从下面远望楼中，就看不到"满楼"的景象了。这样一座高峻的望云楼，晴日登临，大有"荡胸生曾云"（杜甫《望岳》）之概，自然使人视野开阔，神清目爽，难怪作者要写诗赞美它了。

文同是北宋大画家。此诗全用画笔，意境瑰奇，情致缥缈，俨若一首题画诗。用语极淡雅朴素，画面却极奇伟动人。每句用一"楼"字，显系作者有意安排，然而读来却如脱口而出，丝毫不显得重复，堪称宋诗中的佳作。苏轼有和诗云："阴晴朝暮几回新，已向虚空付此身。出本无心归亦好，白云还似望云人。"（《和与可洋川园池三十首·望云楼》）一为画家之笔，一为感慨身世之诗，对照读来，颇有意味。（王思宇）

怪　石[①]　　黄　庶

山阿有人着薜荔，廷下缚虎眠莓苔。
手磨心语知许事，曾见汉唐池馆来。

黄庶有《和柳子玉官舍十首》，分咏柳子玉官舍内外的景物。这首《怪石》是十首之七。子玉，名瑾，工诗，善行草，与黄庶父子交谊甚厚。

诗题为《怪石》，头二句便突出地描写其"怪"：如山阿之女鬼，披挂着薜荔藤蔓；似庭下之卧虎，安眠于莓苔之上。"山阿有人着薜荔"，是化用楚辞《九歌·山鬼》"若有人兮山之阿，被薜荔兮带女罗"句。"山阿"，山之曲隅；"薜荔"，蔓生的香草。"廷下缚虎眠莓苔"，则与苏轼"丑石半蹲山下虎"诗句取譬相似。"廷"，同"庭"，即庭院；"缚虎"，以怪石被藤蔓缠缚，故云；"莓苔"，苔类小草。这两句写怪石的形状，蒙上了一层神秘、怪异的色彩。

后二句写怪石阅世之多，"手磨心语知许事，曾见汉唐池馆来。"（来，语助词。）是说人们在怪石上手磨袖拂，依稀听到怪石的心声，在诉说历历往事：它历经千年，曾见过汉唐池馆。盛衰兴亡之感，自在言外。二句中，前句系从韩愈"手磨袖拂心语口"诗句脱胎而来。

题为"怪石"，出语怪，设想奇，通篇突出了一个"怪"字，很有特色。前二句是实写，一写其形状之怪异：如山鬼，似伏虎。二写其年代之久远：若非千年怪石，恐无薜荔缠绕，莓苔缀生。后二句是虚写，写其经历长，阅世多，见识广，很像一位历史的见证人，经历过千百年时代的盛衰，见识过前朝后代池馆的兴废。这一点，尤其发人深思。咏物诗能逼真传神地状写出事物的真面目，已属佳作了，如能在对事物本身的描写中自然生发出一定的哲理，则更耐人咀嚼。黄庶的这首《怪石》便是。所以陈衍评论道："落想不凡，突过卢仝、李贺。"（《宋诗精华录》）此外，此诗遣词造句避熟避俗，力求生新，为其子庭坚所效法，下开了江西派的诗风。（李敬一）

城南杂题四首（其三）　　刘　敞

盘姗不称三公位，掩抑空妨数亩庭。

只有老僧偏爱惜，倩人图画作书屏。

刘敞《城南杂题》诗，共有四首，分咏开封城南四景。这一首题写短槐，其自注云："短槐在水陆院。"水陆院是一座僧院。

首二句表现短槐的姿态委琐可笑。本来，一般树木即使身段矮小，也不会成为人们嘲讽的对象。但槐树却例外，因为它和社会生活中庄严不凡的"三公"形象联系在一起。据《周礼·秋官·朝士》载："面三槐，三公位焉。"原来，周代外朝植有三棵槐树，三公之位则依次班列其下，于是后人便称三公为"三槐"。这样，槐树在中国古代的人们心中，就被涂上了一层神圣色彩。而反过来，人们也就要求槐树仪态轩昂，以与它所代表的名位相称。可是水陆院的这株槐树如何呢？它身材短小，枝叶盘姗，一副衰败老迈的样子。同认识现实中所有的畸形事物一样，诗人正是从它极端卑微的形象与极端神圣的象征意义之间的对比感到了它的荒唐：是啊，由这样一个角色来扮演三公，岂不令人忍俊不禁？于是，就从"盘姗不称三公位"着笔，一语中的，然后又用"掩抑空妨数亩庭"的实写进一层否定，喷涌而出，一气流注，嘲讽得酣畅淋漓。很明显，诗人的矛头是指向那些既不称职而又贪恋禄位的老官僚。

嘲讽短槐说到底是为了嘲讽老僧。的确，如此"短槐"，既无观赏价值，又无实用价值，除了极端反常的人，有谁会"爱惜"呢？这一次，仍然是通过对比——通过"老僧偏爱惜"与人们谁也不爱惜的对比，诗人强烈地意识到这个和尚性情的乖谬。说"只有"，正是为了强调除"老僧"之外再无他人，突出了"老僧"和他人的对比；说"偏"，则更进一层勾勒出他的乖谬，从而让读者自然引出一个结论：这老和尚实在太反常了。由此可见，诗人不仅善于从对比中发现对象的滑稽可笑，也善于勾勒突出，写得丰满完足。

"倩人图画作书屏"由第三句生发，具体表现出老僧的"偏爱惜"之情。自然界有多少动人的景致，他单单将短槐绘入屏风，确实够偏爱了！然而，仅仅写出这点，仍旧稍嫌浅直，更精彩的一笔在于用"倩人"二字写出了"图画作书屏"的曲折过程：如果是老僧亲自描绘，那样倒也罢了；但他没有这个能耐，他还要去请人。于是，这老僧的"偏爱惜"之情，他的庸俗性格，就表现得入木三分，更耐人寻味。

这首诗中"短槐"和"老僧"的形象，既是实写，但又通过二者概括了现实生活中某一些人的特征，所以富于象征意义。这一类诗，极易写得庄重有余，情味不足，但刘敞能以轻松的笔调出之，寓庄于谐，饶有风趣。（陈文新）

西 楼 曾 巩

海浪如云去却回，北风吹起数声雷。
朱楼四面钩疏箔，卧看千山急雨来。

曾巩长于古文，是唐宋八大家之一。但有人尝"恨曾子固不能作诗"（惠洪《冷斋夜话》引彭渊才语），认为他"短于韵语"（陈师道《后山诗话》）。其实曾巩亦堪称诗坛射雕手，其《元丰类稿》即存古今体诗四百来首（另外佚诗数目不详），后人称赞其诗者亦不乏人。钱钟书即指出："就'八家'而论，他的诗远比苏洵、苏辙父子的诗好，七言绝句更有王安石的风致。"（《宋诗选注》）又说曾诗七绝体尤佳。他的七绝风格以清隽淳朴为主，但也有遒劲壮丽一路的。《西楼》就是具阳刚壮美之佳作。

"西楼"即诗中所谓"朱楼"，所以称"西楼"，恐与东面的海相对而言。它的位置当是依山面海。此诗是一首描写海滨雨前自然景色的作品。诗人选择了"最富于孕育性的顷刻"（莱辛《拉奥孔》语），渲染了一种"山雨欲来风满楼"的氛围与气势，描绘出海滨自然界特有时刻的壮美情态；并披示了诗人开阔的胸襟；给人一种崇高的审美感受。

首句写西楼前面的景色，直接截取了风云变幻的高潮的顷刻：乌云低垂，水天一色，只见海浪拍岸，宛如骏马驰骋，去而复回，呈现出一种动与力的壮美。

第二句从听觉的角度描写雷雨迫在眉睫的情态：忽然北风卷过，挟带"数声"震耳欲聋的雷响，平添了赫然的声势，壮美之情益显。"吹起"二字可谓笔力千钧，十足显示了狂飙的威力。在这场威武雄壮的戏剧中，"北风"是个"最佳配角"。风是雨的使者，诗人敏锐地捕捉到雷雨之前这个自然特征加以渲染，令人赞叹。

"朱楼四面钩疏箔"，"箔"是用苇或秫秸织成的帘子。此句在全诗结构上位置颇为重要，起一种衬垫作用。有了这一句，全诗避免了一气直下，显得跌宕有致。西楼是处在海山之间，诗写景是由海（楼前）——楼侧——楼——山（楼后）的顺序。此句写"朱楼"既是点题，更是从楼前海景通向楼后山景的桥梁，也是由写景转向抒情的过渡。考察诗意，此楼当雄踞于某座近海的青山之上，视野开阔，可回顾千山。"四面钩疏箔"，指楼上人也即诗人把楼四面窗户垂挂的疏帘用钩卷起。这个动作颇出人意料。按常理推测，风雨将至之际，应当闭窗才是。但诗人此刻偏要敞开四面窗户，原因何在呢？

"卧看千山急雨来"，诗人于尾句道出了内心的豪情，也解除了读者的疑问。前两句写风吹、云涌、浪卷、雷鸣，这是一支壮美的序曲，诗人最欲欣赏的乃是作为"主角"登场的"千山急雨来"的出色表演。他要看"急雨"冲刷这重峦叠嶂的更为壮美的画卷，他要享受"急雨"打破雨前沉闷局面而呈现的新鲜境界，以开阔心胸。这种美学境界的追求，反映了诗人力求上进、欲有所作为的思想境界。诗中一个"卧"字亦耐人寻味，它把诗人那种雍容气度生动表现出来，动中寓静，以静衬动，跌宕有致之妙于此可见。

曾巩诗曾学李白，此诗即是一例，语言如"清水出芙蓉，天然去雕饰"（李白），堪称"格调超逸，字句清新"（符遂《曾南丰先生诗注序》）。全诗气势磅礴，尺幅千里，而又不失雍容之态，充分表现了曾诗特色。（王英志）

游赏心亭　　王　珪

六朝遗迹此空存，城压沧波到海门。
万里江山来醉眼，九秋天地入吟魂。
于今玉树悲歌起，当日黄旗王气昏。

人事不同风物在，怅然犹得对芳樽。

赏心亭，建康(今江苏南京)名胜，北宋丁谓所建。在"下水门之城上，下临秦淮，尽观览之胜"(《景定建康志》卷二十二)，文人多有题咏，本篇是王珪登赏心亭所作。《诗林万选》题为《再登赏心亭》，《华阳集》(《丛书集成》本)卷三题作《游赏心亭》。

诗前两联，描述登赏心亭所见，侧重在写景。建康是东吴、东晋、宋、齐、梁、陈等六朝旧都，遍地古迹名胜，城郭北濒大江，滚滚波涛，东流入海。无论从历史地位还是从地理形势角度看，都非同寻常。故诗的开端二句，作者从宏观着眼下笔，一下就抓住了这座名城历史的和地理的特征。它使人们仿佛面临城北汹涌奔流的江水，不禁想起在建康这一壮阔的历史舞台上，几百年来曾经演出过多少朝代更迭、风云变幻的政治戏剧！然而，如今存留的却只有令人怅望的历史陈迹了。"此空存"，一个"空"字，含有多少感慨，这与刘禹锡"潮打空城寂寞回"，是同一境界。"城压沧波"，一个"压"字，写出了江城的险峻。前一句是从时间上来写，后一句是从空间上来写。

三、四两句，紧承第二句，继续从空间范围上大笔勾勒。"城压沧波到海门"，是一幅境界极其宏阔的画面，"城压"，见出高城的强固，足以镇住呼啸的水势；"沧波"，见出江水的浩渺，一望无际；"到海门"，见出江水源长而流远，一泻千里。"万里江山"、"九秋天地"，由此生发而来，都是这宏阔境界的伸展。"来醉眼"，暗示诗人襟怀郁勃，举杯遣怀，于醉中登高眺远。"入吟魂"，透露诗人触景生情，感慨弥深，不吐不快。"来""入"两个动词，使客观景物动化，写出了无限江山奔赴眼前的态势，见出炼字之工。这两句既显示了赏心亭凭高眺远、视野宽阔，又为下文感怀作了适当的铺垫和过渡。

诗的后两联，主要在写情，即抒发登临的感慨。五、六两句感慨史事。南朝陈后主陈叔宝沉湎声色，制作艳曲《玉树后庭花》，日夜与幸臣宠姬酣歌宴游，敌国进兵，恃长江天险，歌舞不歇，隋兵攻下建康，他匿入井中，国破被俘。前人多咏此事，如李白之"天子龙沉景阳井，谁歌玉树后庭花"(《金陵送别范宣》)；杜牧之"商女不知亡国恨，隔江犹唱后庭花"(《泊秦淮》)；许浑之"玉树歌残王气终，景阳兵合戍楼空"(《金陵怀古》)；都是名篇。王珪这一联"于今玉树悲歌起，当日黄旗王气昏"，由当今追溯往昔，是说：如今耳边不时响起《玉树后庭花》的歌声，它使人想起当年陈后主由于沉湎歌舞，荒废朝政，导致国破身俘。"黄旗紫盖"，是帝王气象，"王气"，旧指王朝的运数。"黄旗王气昏"，犹言陈王朝寿终正寝。听到玉树歌，人们不禁想起陈朝覆灭的历史悲剧。这亡国的悲歌，可说是晓悟后人莫蹈覆辙的警钟。唐人诗句陈述史事较为具体，讽喻性显豁。王珪这两句侧重提醒人们重视前车之鉴，不再追述史事，寓意较为隐曲。

七、八两句，承五、六两句而来。"人事不同"，归结"于今""当日"；"风物在"，回应首联"遗迹""空存"；"怅然"将全诗回荡的低徊沉思的情韵一语点破；"对芳樽"，绾合前文的"醉眼"，也表明感慨之深，只得借酒消愁。

王珪长期身任词臣，诗文多金玉珠玑，时号"至宝丹"。本篇大笔勾勒赏心亭风物，由眼前景象引出对前代历史教训的凝想，从而抒感遣怀。视野空阔，意境苍凉，感慨深沉，不同于其他的摛藻敷采之作。(刘乃昌)

南园饮罢留宿，诘朝呈鲜于子骏、范尧夫彝叟兄弟　司马光

园僻青春深，衣寒积雨阕。
中宵酒力散，卧对满窗月。
旁观万象寂，远听群动绝。
只疑玉壶冰，未应比明洁。

鲜于子骏，名侁；范尧夫，名纯仁，乃范仲淹次子；尧夫弟彝叟，名纯礼，为范仲淹三子。三人与司马光皆有交谊。玩味末二句之意，这首五言古诗当写于宋神宗熙宁年间，王安石变法以后，司马光处于政治上不得志的时期。

一个春日的晚上，诗人与鲜于子骏、范氏兄弟聚饮南园，饮罢便留宿在那儿。夜半酒醒，写下这首诗，次日早晨(诘朝)呈送给子骏等三人。

开首两句写节候。青春，春季。时当初春，诗人却觉得春深，乃因置身僻园之故。连绵春雨方停，觉得身上衣有些难以抵挡这料峭春寒。

中间四句写夜半酒醒。万象，指宇宙间的一切事物。群动，指宇宙间的一切声响。在这雨后添寒的夜晚，诗人与好友相聚，痛饮一番后，不觉得酩酊大醉。夜半酒力发散，方才清醒过来。睁开眼睛一看，只见满窗皓月正与自己卧处相对，好不晃眼。沉醉中醒来，再难成寐，于是便游目旁观，侧耳远听，但见万象寂然，群动俱歇。

有心事的人往往如此：狂欢的时候，可以把一切都抛在脑后，然而一旦孤身独处，尤其是寂寂长夜难以成眠的时候，心头就不免要一阵阵地泛起涟漪了，现时诗人便正处于此种心境中。可以设想，他大概是想起了朝廷中那场关于变法的纷争。当初，他想，自己在神宗面前与王安石争得好激烈，还给王安石写过两封信进行劝阻，可是他不听，皇帝也支持他，新法终于推行了……我如此喋喋不休，难道是为了自己？还不是为了社稷、为了君上吗？司马光当然不以为王安石新法有进步意义，而他本人也确实认为自己是出于一片忠心的，因此最末两句便道："只疑玉壶冰，未应比明洁。"未应，一作"未足"，当为"未足"。南朝诗人鲍照《代白头吟》有句曰："直如朱丝绳，清如玉壶冰"，便以"玉壶冰"来比喻高洁清白的品格，以后还有盛唐诗人王昌龄，他用"一片冰心在玉壶"(《芙蓉楼送辛渐》)来自喻光明澄澈的品德，然而诗人这里说：我只怀疑"玉壶冰"这个比喻，还不足以用来比拟自己的明洁的品性和操守。这最末两句的点睛之笔，表白了诗人的心迹，也向朋友们流露了压抑于内心的一缕淡淡的委曲之情。

此诗虽然寄慨很深，却出之以淡笔，由景而情，缓缓道来，语言显豁，不事藻饰，因而读来不觉抑塞而仍有一种清新之感。这是这首诗艺术上的成功之处。(周慧珍)

闲　居　司马光

故人通贵绝相过，门外真堪置雀罗。

我已幽慵僮更懒,雨来春草一番多。

神宗熙宁三年(1070),王安石主持的变法达到高潮。司马光不满新法,但暂时又无力抗拒,于是从熙宁四年至元丰八年(1085),退居洛阳,仅任"坐享俸给,全无所掌"(《乞西京留台状》)的闲散职务,经营小筑,专意著书。本诗即写这一时期的生活情景。

诗题曰"闲居",但诗人笔下展示的生活场面却不是优游闲散,而是内外交困;诗人的心情也不是恬淡安详,而是抑郁不平。首句谈到过去与自己持同一政见的老朋友,都纷纷随风转舵,投靠了新贵,与自己断绝了过从往来。次句慨叹昔日宾客盈门的盛况不再复来,如今门庭冷落到了真可以安置罗网捕捉鸟雀的地步。作者将自己在洛中的田庄名之曰"独乐园",说明诗中描写的景况并非虚构。朋友如此冷淡,自己如此孤立,作者自然郁郁寡欢,衣冠也慵散不整。谁料家僮们又趁主人无心料理务之机而大偷其懒,庭院不打扫,花草不修剪,致使一场春雨过后,野草蔓生,把大好的春光都淹没殆尽。这便是三、四句描写的图景。

此诗内容与题目形成鲜明对比,因而具有强烈的讽刺意义。人情世态竟如此炎凉,"故人"僮仆皆如此势利,实在令人心寒齿冷!作者退居洛阳十五年,本是迫于形势;绝口不论时事,更非心甘情愿。从诗中可以看出,他并未忘怀国事。诗中对趋炎附势的"故人"的谴责,就流露出他对新法及其提倡、执行者的不满;对滋生的野草的厌恶,说明了他对这种闲居生活的反感。他希图重返京师,剪除"野草",整顿朝纲。然而,革新派得到神宗的支持,恰如时当仲春,天降霖雨,遍地野草蓬蓬勃勃。作者只好望"草"兴叹,借诗遣怀了。

这首诗自然朴质,明白如话。前三句带有议论,直抒胸臆,不假藻饰。末句以景作结。全诗虽仅四句,却内涵丰富,耐人寻味,平易中有深致,浅显中见沉郁,显示了司马光作为一个"学者型"诗人的思想深度和艺术功力。(詹杭伦 沈时蓉)

河北民　　王安石

河北民,　　　　　生近二边长苦辛。
家家养子学耕织,输与官家事夷狄。
今年大旱千里赤,州县仍催给河役。
老小相携来就南,南人丰年自无食。
悲愁白日天地昏,路旁过者无颜色。
汝生不及贞观中,斗粟数钱无兵戎!

王安石早年的诗歌创作学习杜甫关心政治、同情人民疾苦的现实主义精神,他的诗风也有取于杜诗的"沉郁顿挫"。本诗在王安石的早期诗作中是颇有代表性的。诗中反映河北人民在天灾人祸双重折磨下的苦难生活,字字句句饱含血泪,并透露出诗人内心无比的沉痛和人溺己溺的焦虑。这就有几分逼近杜诗的"沉郁"。而诗人因采取转折累叠、渐层深入、对比寄慨等表现手法而造成的文势跌宕之美,又可说是得力于杜诗的"顿挫"之妙。

　　"河北民,生近二边长苦辛"两句,开门见山地点明了一篇的题意。"二边"指邻近辽国与西夏的边界地区。辽与西夏是宋朝的敌国。按一般的想法,这一带的人民大概困于连年的战祸,自然难免要"长苦辛"了,但诗人压根儿没有提到这一点。当时北宋王朝用屈辱的妥协换来了苟安局面,边界上本无大的战事,那么边民究竟还有哪些"苦辛"呢?作者分三层来回答这一问题。

　　"家家养子学耕织,输与官家事夷狄。"这是第一层。河北之民,勤劳成习。"家家"者,风气普遍,无一例外之谓也。勤劳是取富之道。男耕女织,勿使相失,按照孟子的说法,可使"老者衣帛食肉,黎民不饥不寒。"(《孟子·梁惠王上》)可是现在的情况却不然。劳动所得先交给朝廷,朝廷转手送给辽国与西夏。送的名目,说来痛心,对辽称"纳",对西夏称"赐"。"赐"字虽然比"纳"字中听些,但哪有受人威胁而又"赐"人以物之理呢?王安石用一个"事"字来概括,可谓得体。"事"即防御之意(钱钟书《宋诗选注》)。用予敌银、绢的办法来御敌,虽然有点荒唐,但这是北宋的一项国策,要长期奉行,因此河北之民只好"长苦辛"了。在这一层中,前后两句在对比中造成转折之势,从而波浪式地把诗意向前推进。

　　"今年大旱千里赤,州县仍催给河役"。这是第二层。大旱之年,赤地千里,哀鸿遍野,作为官府,理应开仓赈济,活彼黎庶,但现实的情况恰恰相反,州县两级官吏不顾人民死活,把最有生产自救能力的丁壮抽去上河工,丢下老弱妇孺不管。"仍"字见官府墨守成规,赋役杂税,无一减免。"催"字状其急如星火。用字极为精确。对外怯懦畏葸,对内凶狠强横,这也是北宋朝廷长期奉行的国策,因此河北之民又只好"长苦辛"了。在这一层中,前后两句在对照中造成累叠之势,这是诗家所谓的"加一倍写法"(《岘佣说诗》),从而使文气旋转而下。以下即写人民不得不离乡背井。

　　"老小相携来就南,南人丰年自无食。"这是第三层。边地既无活命希望,边民只好向南逃荒求生。"老小相携"四字寓无限悲惨之意。盖丁壮既为官府抽调,所剩只有老弱妇孺。在忍饥挨饿的情况下长途跋涉,老弱需要搀扶,妇孺需要照顾,而现在一切都无所巴望,只好老小相携而行。好在一个诱人的消息在鼓舞着他们:南方丰收,就食有望。哪知当他们吃尽千辛万苦来到黄河之南以后,竟发现河南人民也在挨饿。希望终于破灭。至此,两边人民的生计完全断绝。他们中间的大部分人必将困饿而死;侥幸活下来的人,则更将"长"伴"苦辛",永无尽期。在这一层中,前后两句在映衬中造成开拓之势,从而暗示出"长苦辛"不是河北之民所独罹,河南之民以及其他内地之民无不如此;"长苦辛"的原因,不止是因为"近边""大旱",即使是内地与丰年照样不能幸免。这就启发读者去思考造成这种局面的原因,扩展了全诗的思想意义。

　　上述三层,紧扣开头"长苦辛"三字而来,一层比一层深入地铺叙了河北之民所受"苦辛"的可悲,字里行间还透露出诗人对这种现象的严重关注和对受苦人民的深切同情。尽管前者是明写,后者是暗寓,但正由于在叙事中寓有主观的情韵,所以虽然用的是赋法,而感人的力量同样极为强烈。至第三层叙毕,边民的深愁极苦已无以复加,作者的心情也惆怅难述,于是便转换角度,专事气氛的渲染:"悲愁白日天地昏,路旁过者无颜色。"上句为正面描写,形容边民的悲愁之气犹如阴云惨雾,弥漫太空,致使白日为之无光,天地为之昏黑。下句为侧面描写,指出道旁行人见此惨相,也不禁感到悲痛欲绝,色沮神丧。这两句都承上文理路而来,但前者虚,后者实,通过虚实相生,使诗中所写的内容更为惊心动魄,作者的感情脉络也趋于明朗。

篇末两句采用古今对比的手法寄托自己的深意："汝生不及贞观中,斗粟数钱无兵戎!"贞观是唐太宗李世民的年号。贞观十五年(641),唐太宗曾对侍臣谈到自己有二喜:"比年丰稔,长安斗粟直三、四钱,一喜也;北虏久服,边鄙无虞,二喜也。"(《资治通鉴》卷一九六)北宋积贫积弱的局面和对外退让的情形正好与唐太宗所说的"二喜"构成鲜明对比。王安石用感叹的口吻对流民宣传"贞观之治"的美好,这与其说是对流民的安慰,倒不如说是对时政的批判。

王安石是宋朝的大政治家。这首诗表明他有敢于抨击时政的胆识,这正是一位有作为的政治家和诗人最为可贵的品格。(吴汝煜)

思王逢原三首（其二）　　王安石

蓬蒿今日想纷披,冢上秋风又一吹。
妙质不为平世得,微言惟有故人知。
庐山南堕当书案,湓水东来入酒卮。
陈迹可怜随手尽,欲欢无复似当时。

中外都有不少才高而命短的诗人,北宋诗人王令(字逢原)就是其中之一。他以高尚的节操和卓越的才华闻名于世,而人们所以知道他的名字,是与王安石的揄扬分不开的。王安石于至和二年(1054)由舒州通判被召入京,路过高邮,逢原赋《南山之田》诗往见安石,安石大异其才,遂成莫逆之交,并将妻妹嫁于逢原,为他四方延誉,使这位年轻诗人的作品得以广为流传。然而,嘉祐四年(1059)秋,逢原仅以二十八岁的青春年华而逝世,这怎不令王安石痛心疾首,黯然神伤!第二年秋天,便写下了三首悼念故友之作,这是其中的第二首。

《礼记·檀弓》上说:"朋友之墓,有宿草而不哭焉。"宿草就是隔年的草,意指一年以后对于已去世的朋友不必再哀伤哭泣了。"宿草",后世便成为专指友人丧逝的用语,这里蓬蒿泛指野草,句意正是由《礼记》脱胎而来,暗喻故友虽去世一年,而自己犹不能忘情。当时王安石身在汴京而王令之墓则在千里之外的常州,然凭着诗人沉挚的感情与驰骋的想象,在读者眼前展现出一幅凄怆悲凉的画面。哀痛之情也于景中逗出,于是从坟地写到了长眠地下的人。

"妙质"二字,今人注本往往释为"美妙的品德、卓越的才能"云云,其实不然。只要一读原诗第一首的尾联:"便恐世间无妙质,鼻端从此罢挥斤。"便可知这里是用《庄子》上匠石运斤成风的典故,这里的"质"指质的、箭靶,用以比喻投契的知己。因而"妙质不为平世得"一句是说世人不能像匠石深知郢人那样理解王逢原。据当时记载,逢原为人兀傲不羁,不愿结交俗恶献谀之徒,甚至在门上写道:"纷纷闾巷士,看我复何为?来即令我烦,去即我不思。"可见他清高孤傲的性格,其不为世重,也就是很自然的事了。

"微言"是用了《汉书·艺文志》中"仲尼没而微言绝"的话,意指精辟深刻的思想言论。这句说只有深深了解死者的人才明白他的微言。言外之意,自己才是唯一理解王令的人,因而逗出下联的回忆。这两句用典熨帖精确而又不害词意畅达,并通过典实的运用,给原来枯燥板滞的议论注入了活力和丰富的意蕴，可见王安石铺排典故的娴熟技巧，陈师道怀黄鲁直诗："妙质不为平世用，高怀犹有故人知"，即从此联化出。这两句对怀才不遇、知音者稀的感慨，关合彼我，虽是为王令叹息，也包含着对自身的感喟。

颈联是追忆当年与王令一起读书饮酒的豪情逸兴。嘉祐三年（1058），王安石提点江东刑狱，按临鄱阳，王令六月中便去鄱阳与安石聚会，诗句就是写这次会晤：庐山向南倾侧，犹如自天而降，对着我们的书案；溢水滔滔东来，像是流入了我们的酒杯。这两句以雄伟的气魄、丰富的想象、精炼的字句成为荆公诗中的名联。庐山如堕、溢水东来，已是雄奇绝伦，并以"当"与"人"两个动词作绾带，遂将自然景物的描写与人事的叙述融为一体，且气势阔大，令人可以想见他们当日豪迈的气概，诚笃的友谊，庐山、溢水便是他们的见证。这种昂扬的格调，宏阔的意境与前文凄凉悲慨的调子适成鲜明对照，而诗人正是以这种强烈的对照，表达了今日不可压抑的悲愁，同时也自然地引出了尾联无限的今昔之感。

诗人沉痛地慨叹道：一切往事都随你的离世烟消云散，昔日的欢会已一去不返。全诗便在深沉的悲哀中戛然而止。

这首诗所以成为王安石的名作，就在于其中注入了真挚的情意，无论是对故友的深切思念，还是对人生知己难遇的怅恨，或是对天不怜才的悲愤，都是出于肺腑的至情。这正说明王安石不仅是一个铁腕宰相，同时又是一个富于感情的诗人。此诗通首以第二人称的口气出之，如对故友倾诉衷肠，因而读来恻恻感人。短短八句中，有写景，有议论，有回忆，有感叹，运用了想象、使事、对比等手段，总之，体现了王安石高超的律诗技艺，所以有人以此诗为他七律的压卷之作，恐也是不无道理的。（王镇远）

泊船瓜洲① 　王安石

京口②瓜洲一水间，钟山只隔数重山。
春风又③绿江南岸，明月何时照我还？

注 ① 瓜洲：在今江苏扬州市邗江区南，临江。 ② 京口：今江苏镇江。 ③ 又：《临川先生文集》卷二九作"自"。兹据张氏涉园影元本《王荆文公诗笺注》卷四三校改。

王安石喜欢改诗。他不仅为同时代人刘贡父、王仲至改诗（见《王直方诗话》），而且还为古人改诗。谢贞的《春日闲居诗》："风定花犹舞"，王安石"改'舞'字作'落'字，其语顿工。"（《彦周诗话》）对于自己的诗作，他更是不惮多改。《泊船瓜洲》是他修改己作使之更为完美的著名例证。

这首诗作于熙宁八年（1075）二月。当时王安石第二次拜相，奉诏进京，舟次瓜洲。首句"京口瓜洲一水间"，以愉快的笔调写他从京口渡江，抵达瓜洲。"一水间"三字，形容舟行迅疾，顷刻就到。次句"钟山只隔数重山"，以依恋的心情写他对钟山的回望。王安石于景祐四年（1037）随父王益定居江宁（今江苏南京），从此江宁便成了他的息肩之地，第一次罢相后即寓居江宁钟山（今南京紫金山）。"只隔"两字极言钟山之近在咫尺。把"数重山"的间隔说得如此平常，反映了诗人对于钟山依恋之深；而事实上，钟山毕竟被"数重山"挡住了，因此诗人的视线转向了江岸。

古人云："望秋云神飞扬，临春风思浩荡。"第三句"春风又绿江南岸"，描绘了江岸美丽的春色,寄托了诗人浩荡的情思。其中"绿"字是经过精心筛选的,极其富于表现力。洪迈《容斋续笔》卷八云:"吴中士人家藏其草。初云'又到江南岸'。圈去'到'字,注曰'不好'。改为'过',复圈去而改为'入'。旋改为'满'。凡如是十许字,始定为'绿'。"作者认为"到""过""入""满"等字都不理想,只有"绿"字最为精警。这是因为,一、前四字都只从风本身的流动着想,粘皮带骨,以此描写看不见的春风,依然显得抽象,也缺乏个性;"绿"字则开拓一层,从春风吹过以后产生的奇妙的效果着想,从而把看不见的春风转换成鲜明的视觉形象——春风拂煦,百草始生,千里江岸,一片新绿。这就写出了春风的精神,诗思也深沉得多了。二、本句描绘的生机盎然的景色与诗人奉召回京的喜悦心情相谐合。"春风"一词,既是写实,又有政治寓意。曹植《上责躬诗表》:"伏惟陛下德象天地,恩隆父母,施畅春风,泽如时雨。"王建《过绮岫宫诗》:"武帝去来罗袖尽,野花黄蝶领春风。"这两处"春风"实指皇恩。宋神宗下诏恢复王安石的相位,表明他决心要把新法推行下去。对此,诗人感到欣喜。他希望凭借这股温暖的春风驱散政治上的寒流,开创变法的新局面。这种心情,用"绿"字表达,最微妙,最含蓄。三、"绿"字还透露了诗人内心的矛盾,而这正是本诗的主旨。鉴于第一次罢相前夕朝廷上政治斗争的尖锐复杂,对于这次重新入相,他不能不产生重重的顾虑。变法图强,遐希稷契是他的政治理想;退居林下,吟咏情性,是他的生活理想。由于变法遇到强大阻力,他本人也受到反对派的猛烈攻击,秀丽的钟山、恬静的山林,对他产生了很大的吸引力。《楚辞·招隐士》:"王孙游兮不归,春草生兮萋萋。"王维《送别》:"春草年年绿,王孙归不归?"都是把草绿与思归联系在一起的。本句暗暗融入了前人的诗意,表达了作者希望早日辞官归家的心愿。这种心愿,至结句始明白揭出。

毋庸讳言,用"绿"字描写春风,唐人不乏其例。李白《侍从宜春苑奉诏赋龙池柳色初晴听新莺百啭歌》:"春风已绿瀛洲草,紫殿红楼觉春好。"丘为《题农父庐舍》:"春风何时至?已绿湖上山。"温庭筠《敬答李先生》:"绿昏晴气春风岸,红漾轻轮野水天"等,都为王安石提供了借鉴,但从表现思想感情的深度来说,上述数例,都未免逊色,因此本句可说是青出于蓝而胜于蓝了。

结句"明月何时照我还",从时间上说,已是夜晚。诗人回望既久,不觉红日西沉,皓月初上。隔岸的景物虽然消失在朦胧的月色之中,而对钟山的依恋却愈益加深。他相信自己投老山林,终将有日,故结尾以设问句式,表达了这一想法。

"文字频改,工夫自出。"(《童蒙诗训》)本诗曾获得"超然迈伦,能追逐李杜陶谢"(《彦周诗话》)的赞誉。这正是"频改"所致。但这首诗的佳处,并不限于一字之工,当玩赏其全篇的精神所在,方能得其体要。(吴汝煜)

后元丰行　王安石

歌元丰,
麦行千里不见土,
水秧绵绵复多稌①,
鲥鱼出网蔽洲渚,

十日五日一雨风。
连山没云皆种黍。
龙骨长干挂梁柚②。
荻笋肥甘胜牛乳。

> 注　①稌(tú):糯稻。　②柚(lǒu):屋檐。③堑(qiàn):挖掘。　④杙(yì):木桩。这里用作动词,指把小舟系于木桩。　⑤白下:白下城,南朝齐、梁时曾为南琅邪郡治所。北宋时为金陵的别称。故址在今南京市金川门外。

百钱可得酒斗许，　虽非社日长闻鼓。
吴儿踏歌女起舞，　但道快乐无所苦。
老翁堑③水西南流，　杨柳中间杙④小舟。
乘兴欹眠过白下⑤，　逢人欢笑得无愁。

　　本诗与《元丰行示德逢》是姊妹篇，也作于元丰四年（1081）。以年号为诗题，虽然或许受到韩愈《永贞行》的启发，但本诗实是效法杜甫。不过，杜甫那些以诗歌记时事，深刻反映当时社会现实的诗作，基本上是写实，而本诗则把理想和现实紧紧结合起来，为北宋中叶的变法改革唱了一曲颂歌，因而是一篇富于理想色彩的史诗。

　　全诗分为三个部分。第一部分是开头两句，歌颂元丰年间风调雨顺的气象："歌元丰，十日五日一雨风。"元丰年间风调雨顺是客观事实。反对新法的范纯仁也曾写道："赖睿明之在上兮，常十雨而五风。"（《喜雪赋》）相传周公辅政时，天下太平，岁无荒年，曾出现过这样的奇迹（见《盐铁论·水旱》）。古人认为政有德，则阴阳调、风雨时。这种说法当然不科学，但却寄托着古人对于理想政治的褒美之意。"五风十雨"之数为加倍形容之词，故王充曾说："言其五日一风，十日一雨，褒之也。风雨虽适，不能五日、十日正如其数。"（《论衡·是应篇》）王安石化用这个典故入诗，也是"褒之也"。从全篇来分析，"五风十雨"还是新法的象征。新法所至，如东风变枯，时雨润苗，万物得所，兆民以宁。这从下文的描写中可以看出。

　　第二部分是中间四句，歌颂元丰年间五谷丰衍、物产精美的盛况。"麦行千里不见土，连山没云皆种黍"，写旱田作物长势喜人，且播种面积极为广大。"麦行"就是麦垄。"千里"状其遥远。"不见土"形容麦苗稠密茂盛。"连山没云"即无边无际、远与天齐之意，不单指延伸得很远的山丘。如此广大的原野都种满了黍麦，则秋后粮食之家给人足和国无饥馑之患，固不待赘言。"水秧绵绵复多稌，龙骨长干挂梁梠"，写水田作物花色品种的增加，且农田管理比较省力。"稌"是糯稻，产量低，一般用以酿造美酒。由于连年丰收，粮食有余，故能多种糯稻，多酿美酒。此句与下文"百钱可得酒斗许"暗相呼应。"龙骨"句上承"十雨五风"而来。因为风雨顺适，所以抗旱用的龙骨水车也就长年沾不到水滴，被挂在梁上檐下，任其赋闲。农民不用为灌溉操劳，也就乐得轻松了。他们出其余力，经营副业。"鲥雨出网蔽洲渚，荻笋肥甘胜牛乳"两句，把江南鱼米之乡的富庶和农民生活的美好，渲染得令人神往。鲥鱼、荻笋原是佐酒佳肴。欧阳修《离峡州后回寄元珍表臣》诗云："荻笋鲥鱼方有味，恨无佳客共杯盘"可证。故以下便以酒事承之。

　　第三部分是最后八句，歌颂元丰年间人民的幸福生活。先总写农村的欢乐气氛："百钱可得酒斗许，虽非社日长闻鼓。"社日是古代春、秋两季祭祀土神的日子。四邻互相招邀，带上酒肉、社糕，搭棚于树下，先祭土神，然后会餐。社日击鼓，唐诗中就有描写。刘禹锡《秋日送客至潜水驿》："枫林社日鼓，茅屋午时鸡。"便是一例。由于连年丰收，酒肉便宜易得，故不待社日，同样可以聚会欢饮，击鼓自娱。总写以后，再分写青年人与老年人各自的快乐。南国水乡，本来就有男女青年在花前月下踏歌起舞的风俗，大熟之年，更为这种古老的风俗增添了欢声喜气。"吴儿踏歌女起舞，但道快乐无所苦。"不仅描绘了青年们纵情欢乐的情景，而且还写出了他们美滋滋、乐陶陶的内心世界。"但道"者，只用一句话来表达之谓也。"快乐无所苦"，即一切美满如意。言外之意是说,这些青年的爱情、婚姻生活也是十分甜蜜的。乡村老农纯朴率真,爱说爱笑。如今丰收在望,心里越想越美,一肚子的开心话总想找个地方说说。"老翁棹水西南流"四句,生动地勾画了老人坐船进城寻亲访友的快乐和对于生活心满意足的情态。

王安石与多数宋代诗人一样,喜欢以学问为诗,但他能够把渊博的学问纵横役使,入手而化,因此又不觉其掉书袋。这是一种很高的艺术素养。本诗虽然有其现实基础,但整篇的构思和命意却从《礼记》中来。《礼记·礼运篇》描绘先王的大顺之治云:"用民必顺,故无水旱昆虫之灾,民无凶饥妖孽之疾,故天不爱其道,地不爱其宝,人不爱其情……则是无故,先王能修礼以达义,体信以达顺,故此顺之实也。"本诗第一部分写天从人愿,慷慨助顺,仁风惠雨,略不失时,即"天不爱其道"之意;第二部分写满山遍野,谷稼弥望,江河沼泽,产物无穷,即"地不爱其宝"之意;第三部分写美酒易得,鼓声长闻,青年欢舞,老人嬉游,即"人不爱其情"之意。诗中未援引《礼运》篇上的片言只语,而其内容与《礼运》篇所描绘的大顺之治丝丝入扣,合若符契。杨万里尝称黄庭坚写诗"备用古人语而不用其意。"(《诚斋集》卷一一四《诗话》)本诗则正好相反,可说是"备用古人意而不用其语"。这样做,不仅可以避免书卷气,而且还可以收到言浅意深、味外有味的艺术效果。

反变法派刘述等曾上书宋神宗:"陛下欲致治如唐、虞,而安石操管、商权诈之术。"(《续资治通鉴》卷六十七)王安石罢相以后,继续受到攻击,因此他身虽闲居,外示平淡,内心实系念新法,忧思深切。如果说,《元丰行示德逢》旨在宣传新法的成效的话,那么本诗则进一步指出,元丰朝国富民安的景象已经使唐、虞的盛世复见于今日,新法完全符合尧、舜致治安民之道。他把《礼记》上记载的大顺境界织进了富于江南水乡特色的农村丰乐图中,顿使这首史诗化作一团神光,不仅护住了自己,而且还替新法抹上了神圣的光彩。以此歌颂新法所取得的辉煌成果,歌颂宋神宗有"修礼达义,体信达顺"之功,就如堂堂之鼓、正正之旗,而有理直气壮之势了。(吴汝煜)

题西太一宫壁二首　　王安石

柳叶鸣蜩绿暗,荷花落日红酣。
三十六陂春水,白头想见江南。

三十年前此地,父兄持我东西。
今日重来白首,欲寻陈迹都迷。

宋人六言绝句,以这两首《题西太一宫》传诵较广,苏轼、黄庭坚都有和韵诗。陈衍《宋诗精华录》卷二录此诗,评为"压卷"之作。

王安石擅长绝句。严羽云:"荆公绝句最高,得意处高出苏黄。"杨万里云:"五七字绝句难工,唯晚唐与介甫最工于此。"这些看法是符合实际的。王安石的五绝、七绝中,都有不少脍炙人口的名篇。这两首六言绝句，也写得"意与言会，言随意遣"，情景交融，浑然天成，可与他的五绝和七绝中名篇相媲美。

据《宋史·礼志》、叶梦得《石林燕语》、洪迈《容斋三笔》：东太一宫，在汴京东南苏村；西太一宫，在汴京西南八角镇。这两首六言绝句，是王安石重游西太一宫时即兴吟成，题在墙壁上的，即所谓题壁诗。

王安石于景祐三年(1036)随其父王益到汴京，曾游西太一宫，当时是十六岁的青年，满怀壮志豪情。次年，其父任江宁府(今江苏南京)通判，他也跟到江宁。十八岁时，王益去世，葬于江宁，亲属也就在江宁安了家。嘉祐六年(1061)，王安石任知制诰，其母吴氏死于任所，他又扶柩回江宁居丧。熙宁元年(1068)，王安石奉神宗之召入京，准备变法，重游西太一宫，距初游之时已经三十二年，他已是四十八岁的人了。在这初游与重游之间的漫长岁月里，父母双亡，家庭多故，自己在事业上也还没有做出成绩，因而触景生情，感慨很深。这两首诗，正是他的真情实感的自然流露。

先谈第一首。

"柳叶鸣蜩绿暗，荷花落日红酣。"这两句，一作"草色浮云漠漠，树阴落日潭潭"，似稍逊色，但看得出都是写夏日的景色。"绿"而曰"暗"，极写"柳叶"之密、柳色之浓。"鸣蜩"，就是正在鸣叫的"知了"(蝉)。"柳叶"与"绿暗"之间加入"鸣蜩"，见得那些"知了"隐于浓绿之中，不见其形，只闻其声，视觉形象与听觉形象浑然一体，有声有色。"红"而曰"酣"，把"荷花"拟人化，令人联想到美人喝醉了酒，脸庞儿泛起红晕。"荷花"与"红酣"之间加入"落日"，不仅点出时间，而且表明那本来就十分娇艳的"荷花"，由于"落日"的斜照，更显得红颜似醉。柳高荷低，高处一片"绿暗"，低处一片"红酣"，色彩绚丽，境界甚美。

第三句补写水，但写的不仅是眼中的水，更主要的，还是回忆中的江南春水。苏轼《奉敕祭西太一和韩川韵四首》其四云："陂水初含晓渌，稻花半作秋香。"可见西太一宫附近是有陂塘的。根据其他记载，汴京附近，也有名叫"三十六陂"的蓄水塘。《续资治通鉴长编》卷二九七载：神宗元丰二年三月，"引古索河为源，注房家、黄家、孟、王陂及三十六陂高仰处，潴水为塘以备。"王安石在江宁住过多年，那里也有陂塘，他的《北陂杏花》诗就写了"一陂春水绕花身"，《北山》诗也写了"北山输绿涨横陂，直堑回塘滟滟时"。此诗的三、四两句"三十六陂春(一作"流")水，白头想见江南"，有回环往复之妙。就是说，读完"白头想见江南"，还应该再读"三十六陂春水"。眼下是夏季，但眼前的陂水却像江南春水那样明净，因而就联想到江南春水，含蓄地表现了抚今追昔、思念亲人的情感。

前两句就"柳叶""荷花"写夏景之美，用了"绿暗""红酣"一类的字面，色彩十分浓艳美丽。这"红"与"绿"是对照的，因对照而"红"者更"红"，"绿"者更"绿"，景物更加动人。第四句的"白头"，与"绿暗""红酣"的美景也是对照的，但这对照在"白头"人的心中却引起无限波澜，说不清是什么滋味。

再谈第二首。

"三十年前此地，父兄持我东西"。这两句回忆初游西太一宫的情景。三十年前初游此地，他还幼小，父亲和哥哥(王安仁)牵着他的手，从东走到西，从西游到东，多快活！而岁月流逝，三十多年过去了，父亲早已去世了，哥哥也不在身边，真是"向之所欢，皆成陈迹"！于是由初游回到重游，写出了下面两句："今日重来白首，欲寻陈迹都迷！"——"欲寻陈迹"，表现了对当年与父兄同游之乐的无限眷恋。然而呢,连"陈迹"都无从寻觅了!

四句诗,从初游与重游的对照中表现了今昔变化——人事的变化,家庭的变化,个人心情的变化。言浅而意深,言有尽而情无极。比"同来玩月人何在,风景依稀似去年"(赵嘏《江楼感旧》)之类的写法表现了更多的内容。

蔡絛《西清诗话》云:"元祐间,东坡奉祠西太一宫,见公旧题两绝,注目久之,曰:'此老野狐精也。'遂次其韵。""野狐精",在这里是个褒义词,由此可见苏轼对王安石写诗技巧的叹服。(霍松林)

明妃曲二首(其一) 　王安石

明妃初出汉宫时,	泪湿春风鬓脚垂。
低徊顾影无颜色,	尚得君王不自持。
归来却怪丹青手,	入眼平生未曾有。
意态由来画不成,	当时枉杀毛延寿。
一去心知更不归,	可怜着尽汉宫衣。
寄声欲问塞南事,	只有年年鸿雁飞。
家人万里传消息,	好在毡城莫相忆!
君不见咫尺长门闭阿娇,人生失意无南北。	

此诗作于嘉祐四年(1059)。当时,梅尧臣、欧阳修、司马光、刘敞皆有和作;前此年余,刘原甫(敞)也写过《昭君辞》,梅也和过。

北宋时,辽、夏"交侵,岁币百万"(赵翼《廿二史札记》)。景祐以来,"西(夏)事尤棘"。诗人们借汉言宋,自然想到明妃。梅、欧诗中皆直斥"汉计拙",对宋王朝屈辱政策提出批评。王安石则极意刻画明妃的爱国思乡的纯洁、深厚感情,并有意把这种感情与个人恩怨区别开来,尤为卓见。

当时的施宜生、张元之流,就因在宋不得志而投向辽、夏,为辽、夏出谋献策,造成宋的边患。所以,王安石歌颂明妃的不以恩怨易心,是有着现实意义的。当时有些人误解了他的用意,那是由于他用古文笔法写诗,转折很多,跳跃甚大,而某些人又以政治偏见来看待王安石,甚至恶意罗织之故。清代蔡上翔在《王荆公年谱考略》中千方百计地替王安石辩解,但还未说得透彻。近代高步瀛还是说他"持论乖戾"(《唐宋诗举要》),其实也没有读懂此诗。

明妃(王昭君)是悲剧人物。这个悲剧可以从"入汉宫"时写起,也可以从"出汉宫"时写起。而从"出汉宫"时写起,更能突出"昭君和番"这个主题。王安石从"明妃初出汉宫时"写起,选材是得当的。

绝代佳人,离乡去国,描写她的容貌愈美,愈能引起人们的同情。《后汉书·南匈奴传》的记载是:"昭君丰容靓饰,光明汉宫,顾影徘徊,竦动左右,帝见大惊。"江淹《恨赋》上也着重写了她"仰天太息"这一细节。王安石以这些为根据,一面写她的"泪湿春风""徘徊顾影",着重刻画她的神态；一面从"君王"眼中，写出"入眼平生未曾有"，并因此而"不自持"，烘托出明妃容貌动人。所以"意态由来画不成"一句是对她更进一层的烘托。当然，"意态"不仅是指容貌，还反映了她的心灵。明妃"徘徊顾影无颜色"正是其眷恋故国无限柔情的表现。至于"杀画师"这件事，出自《西京杂记》。《西京杂记》是小说，事之有无不可知，王安石也不是在考证历史、评论史实，他只是借此事来加重描绘明妃之"意态"而已。而且，这些描绘，又都是为明妃的"失意"这一悲剧结局作铺垫，以加重气氛。

上面写"去时"，下面写"去后"。对于去后，作者没有写"紫台朔漠"的某年某事；而是把数十年间之事，概括为"一去心知更不归，可怜着尽汉宫衣"。这两句间，省略了一个转折连词"然犹"，即"然而犹且"，意思是说："明妃心里明知绝无回到汉宫之望，然而，她仍眷眷于汉，不改汉服。"这能说明什么呢？

近代学者陈寅恪曾经指出：我国古代所言胡汉之分，实质不在血统而在文化。孔子修《春秋》就是"夷而进于中国则中国之"的。而在历史上尤其是文学上，用为文化的标志常常是所谓"衣冠文物"。《左传》上讲"南冠"，《论语》中讲"左衽"，后来一直用为文学典故。杜甫写明妃也是着重写"环珮空归月夜魂"，这与王安石写的"着尽汉宫衣"，实际是同一手法。杜、王皆设想通过"不改汉服"来表现明妃爱乡爱国的真挚深厚感情，这种感情既不因在汉"失意"而减弱，更不是出于对皇帝有什么希冀（已经"心知更不归"了），不是"争宠取怜"。因此，感情更为纯洁，形象更为高大。接着又用补上"寄声欲问塞南事，只有年年鸿雁飞"，把明妃一心向汉、历久不渝的心声，写到镂心刻骨。梅尧臣也说"鸿雁为之悲，肝肠为之摧"。王安石写的比梅更为生动形象。

最后，又用"家人万里传"言，以无可奈何之语强为宽解，愈解而愈悲，把悲剧气氛写得更加浓厚。更妙的是：笔锋一带，又点出了悲剧根源，扩大了悲剧范围。前面已经说过，明妃这一悲剧的起点可以从"入汉宫"时写起。汉宫，或者说"长门"，就是《红楼梦》中贾元春所说的"见不得人的地方"，从陈阿娇到贾元春，千千万万"如花女"，深锁长闭于其中。以千万人（有时三千，有时三万）之青春，供一人之淫欲。宫女之凄凉寂寞，可想而知。而况女之失宠与士之不遇，又有某种情况的类似，故自司马相如《长门赋》至刘禹锡的《阿娇怨》，还有许许多多的《西宫怨》之类，大都皆写此一题材，表现出对被侮辱、被损害的广大宫女的同情，或者抒发出"士不遇"的愤慨。唐人"宫中多少如花女，不嫁单于君不知"，本已先王安石而言之，只是说得"怨而不怒"；王安石却多少有点怒了。李壁说：王安石"求出前人所未道"，是符合实际的；至谓"不知其言之失"，则是受了王回、范冲等人的影响。王回引孔子说的"夷狄之有君不如诸夏之无也"，却忘了孔子也说过"夷而进于中国则中国之"（《论语》）；特别是误解了"人生失意无南北"一句。王回本是反对王安石变法的人，以政治偏见论诗，自难公允。（吴孟复）

明妃曲二首（其二） 王安石

明妃初嫁与胡儿，毡车百辆皆胡姬。
含情欲说独无处，传与琵琶心自知。
黄金杆拨春风手，弹看飞鸿劝胡酒。

汉宫侍女暗垂泪，沙上行人却回首。
汉恩自浅胡自深，人生乐在相知心。
可怜青冢已芜没，尚有哀弦留至今。

首两句写明妃嫁胡，胡人以毡车百辆相迎。《诗经》上有"之子于归，百两（同辆）御（迓）之"之语，可见胡人以迎接王姬之礼来迎明妃。一般地说，礼仪之隆重，反映恩义之深厚，为下文"胡（恩）自深"作了伏笔。其中"皆胡姬"三字，又为下文"含情欲说独无处"作伏笔。

但明妃对此如何反应呢？诗中写她"含情欲说独无处，传与琵琶心自知"。梅尧臣《依韵和原甫〈昭君辞〉》中也说："情语既不通，岂止肠九回？"他们意思是说明妃（昭君）与胡儿言语也不通，自然谈不上"知心"，自然哀而不乐。

怎样才能写出明妃"哀"情呢？王安石突出了一个细节描绘：明妃一面手弹琵琶以"劝胡"饮"酒"；一面眼"看飞鸿"，心向"塞南"。通过这一细节，巧妙地刻画了明妃内心的矛盾与痛苦。接着，他又用明妃所弹的琵琶音调，感动得"汉宫侍女暗垂泪，沙上行人却回首"，听者被感动到这个地步，则弹者之内心痛苦自不待言。"哀弦"之哀，是从听者的反应中写出的。

前面是明妃入胡及其在胡中的情况与心情的描写；末四句则是进一步加以分析、议论。这四句分为三层：第一层是"汉恩自浅胡自深"——明妃在汉为禁闭于长门中的宫女，又被当作礼物送去"和番"，"汉恩"自然是"浅"；胡人对她以"百辆"相迎，"恩"礼自然较"深"。这句讲的是事实。第二层讲"人生乐在相知心"，这是讲人之常情。如果按此常情，明妃在胡就应该乐而不哀了。然而事实如何呢？这就接入第三层：明妃在胡不乐而哀，其"哀弦"尚"留至今"，当时之哀自可想见。为什么明妃之心与常情不同呢？原来，她深明大义，不以个人恩怨得失改变心意，而况胡人也并非"知心"。四句分三层，中有两个转折，有一个矛盾，只有把其中曲折、跳宕讲清，才能看出王安石的"用意深"及其"眼孔心胸大"处（方东树《昭昧詹言》）。南宋初，范冲"对高宗论此诗，直斥为坏人心术，无父无君"（李壁注中语，此据《唐宋诗举要》转引），直是没有懂得此诗。范冲是范祖禹之子，范祖禹是一贯反对新法的人，挟嫌攻击，更不足据。其实王安石这样描写明妃，这样委曲深入地刻画明妃心事，用以突出民族大义，恰恰是可以"正人心、厚风俗"的，在当时是针对施宜生、张元之流而发的，对后人也有教育意义。

在这两首《明妃曲》中，可以看到：王安石注意刻画人物，从描绘人物"意态"，到解剖人物心理，有渲染，有烘托，有细节描写，简直是把写小说的一些手法用入诗中。而在"用笔布置逆顺"及"章法疏密伸缩裁剪"等方面，则又是把韩、柳等古文家的技法用来写诗。这样，就使诗歌的艺术手法更加多样化，诗歌的表现能力更强。由于两者结合得较好，故虽以文为诗，而形象性并不因之减弱，此诗末四句以形象来进行议论，即其明证。还有值得一说的：王安石（欧、苏也常常如此）既以小说手法与古文笔法来写诗，读者也就应以读小说读古文之法来读它，才能读懂。读欧、苏（特别是其五、七言古诗）等人诗，亦当如此。（吴孟复）

张　良　王安石

留侯美好如妇人，五世相韩韩入秦。

倾家为主合壮士，博浪沙中击秦帝。

脱身下邳世不知，举世大索何能为？

素书一卷天与之，谷城黄石非吾师。

固陵解鞍聊出口，捕取项羽如婴儿。

从来四皓招不得，为我立弃商山芝。

洛阳贾谊才能薄，扰扰空令绛灌疑。

　　王安石有不少咏史的佳作，写得情文相生，饶有新意，往往能摆脱传统的陈腐之见，大胆地评价古人，发前人所未发。这类作品直抵一篇史论，与他散文中一些读史的文章如《读孟尝君传》《书刺客传后》等堪称异曲同工，这正是宋人以文为诗、以议论入诗的典型。这首《张良》即是其中一例，读来耳目一新，发人深省。

　　开头两句用欲扬先抑的手法，"留侯美好如妇人"，虽是出于《史记·留侯世家》中太史公所说："余以为其人，计魁梧奇伟，至见其图，状貌如妇人好女。"然王安石特举出此点以为起调，分明是要与后面所说的张良之奇功构成对照。"五世相韩韩入秦"句更明显地带有反衬的意味。张良的祖父相韩昭侯、宣惠王、襄哀王、父亲相釐王、悼惠王，故曰"五世相韩"，然"韩入秦"三字将韩国为秦并吞，张良失去了贵胄公子的地位等家国之痛、身世之感都包括入内，于是引出下文博浪椎击的描写。

　　史载秦灭韩后，张良年尚少，然弟死不葬，为报韩仇，悉以家财求刺客，后东见沧海君，得力士，埋伏于博浪沙中（在今河南原阳县境内）以椎击秦始皇，误中副车，始皇大怒，下令大索天下，于是张良变更姓名，亡匿下邳。"倾家"四句就写了张良的这段经历，但并不是平铺直叙，而带有强烈的感情色彩，这里不仅对张良的忠于韩国给予了高度评价，而且提到不可一世的秦始皇对于张良也无能为力，从而赞扬了他的勇敢与机智。

　　"素书"两句写张良在圯（桥名，一说是水名）上遇黄石公事，这个故事史书中记载得有声有色。《史记·留侯世家》上说：张良在圯上遇一老翁，翁命良为他拾取堕履，良长跪而进，遂相约五日后相见，届时良往，翁已先至，斥之而去，复约五日后相见，如此者再，至第三次，翁授良《太公兵法》一卷，曰："读是则可为王者师，后十三年，见我济北谷城山下，黄石即我矣。"这个故事颇有传奇色彩，因而引起了后人的怀疑，司马迁在《留侯世家》后说："学者多言无鬼神，然言有物，至如留侯所见老父予书，亦可怪矣。"王安石在此则彻底否定了这种说法，以为张良之深通兵书乃得自天赐而非传自黄石公，言外之意是说张良的奇才异智为其天赋而并非仰仗黄石公的指点。这正是王安石论史的特识处。

　　"固陵"两句是述张良在楚汉之争中所立下的奇功。据《史记·项羽本纪》载：汉高祖五年（前202），刘邦追项王至阳夏（今河南太康）南，与淮阴侯韩信、建成侯彭越约定共击楚军，而信、越兵不至，楚击汉军，刘邦退守固陵，形势万分危急，遂用张良计，许韩信、彭越封地，信、越遂出兵，大败楚军。"解鞍聊出口"是形容张良从容不迫而出奇制胜；"捕取项羽如婴儿"是用夸张的手法，将项羽这个叱咤风云的人物比作小儿，表现了诗人对张良的极度推崇。

　　"从来"两句便转入了汉朝一统后张良所表现的非凡才智。汉高祖晚年欲废太子，立戚夫人之子赵王如意，吕后甚恐，求教于张良，良令太子召商山四皓入辅，四皓指隐居商山的四位须眉皆白的老人,高祖曾召而不应。一日,四皓侍太子见高祖,高祖曰"羽翼成矣",遂辍废太子议。这两句即咏此事。据史载,四皓之来是"吕后令吕泽使人奉太子书,卑辞厚礼,迎此四人",而王安石说"为我立弃商山芝",显然是为突出张良而作的想象之词。

咏史至此,似已将张良一生的功业说尽,然结句忽宕开一笔,去写贾谊之事。洛阳人贾谊深得汉文帝赏识,为太中大夫,数上疏陈政事、言时弊,文帝欲以谊任公卿之位,为绛侯周勃、颍阴侯灌婴等人所忌,乃遭诋毁,出为长沙王太傅,迁梁怀王太傅而卒,时年仅三十三岁。

历代史家都以贾谊为年少才高,然王安石却说他"才能薄",分明是用此来作一反衬,烘托出张良的才智绝伦。然细析其中之意,也不是泛泛之言,张良功成名就后遂弃世学仙,欲从赤松子游,而正是这种视富贵如浮云的态度,使他成为汉高祖功臣中很少几个不受怀疑而得善终的人物。就这一点而言,他比知进而不知退的贾谊要高明得多。王安石另有《贾生》诗一首,就指出了贾谊缺乏高蹈出世的旷达胸怀。可知这二句诗虽写贾谊,其实未尝离开张良,而且正是顺次写来,由功成写到身退,全诗便神完气足。

咏史之作贵在能有高度概括史实和捕捉典型事件的本领。王安石这里选取了张良各个时期的主要活动,用极精练的语言写出,如在灭秦和楚汉之争中,张良屡建奇功。然此诗中仅取了固陵议封韩、彭之事,正因为这一战至关重要,直接引出了垓下之战,为汉高祖统一天下奠定了基础。又如写招四皓事,略去种种细节,只写四皓之初征不至而用良计得招至,抓住了要害,突出了张良的作用。

咏史之作往往融入诗人自己的感情和见解,表现了诗人对历史的重新理解和评判,此诗也不例外。诗人写出了自己的体会和见解,不受史书的拘限,如"素书一卷天与之,谷城黄石非吾师"一句就是对史书记载的否定,写固陵出奇谋而说"解鞍聊出口",述太子招商山四皓则云"为我立弃商山芝",都是凭着想象,用夸张笔墨写出。唯其如此,这篇诗作的意义就超过了一般史实的复述。诗中分明寓有在当日纷扰的政治斗争中作者自己的切身体验,结合王安石在推行变法中屡遭毁谤,最后终于辞官归隐的经历,则诗中对贾谊才薄的叹息与对张良高蹈出世的颂扬,正表达了他自己的深切感慨与立身大节,把咏史和抒怀巧妙结合。

至于此诗的音调高朗,语言畅达,起承缩合妥帖有序,都很明显,毋庸赘述。(王镇远)

北陂[①]杏花　　王安石

一陂春水绕花身,花影妖娆各占春。
纵被春风吹作雪,绝胜南陌碾成尘。

> 注 ① 陂(bēi):池。这里指池边或池中小洲。

清代吴之振说:"安石遗情世外,其悲壮即寓闲淡之中。"(《宋诗钞初集·临川诗钞序》)对于王安石后期诗歌来说,这个评价是深中肯綮的。《北陂杏花》诗就比较典型地体现了这一艺术特色。

杏花的形象,鲜艳绚丽而不落凡俗。傍水的杏花,更是风姿绰约,神韵独绝。本诗所描写的"北陂杏花",正是临水开放的。这种清幽的环境,使得杏花别具逸致。首句"一陂春水绕花身"，正描绘了这种逸致。"绕"字则以其特有的轻柔圆转之美，赋予"春水"以爱花、惜花和着意护卫、滋润"花身"的人格力量。春水尚且如此钟情，足见此花确实非常可爱。次句"花影妖娆"，是说树上繁花似锦，妖娆美丽，水中倒影荡漾，同样妖娆美丽，树上水下，相映生辉，相得益彰。宋人许顗《彦周诗话》称："荆公爱看水中影，此亦性所好。如'秋水泻明河，迢迢藕花底。'又《桃花诗》云：'晴沟春涨绿周遭，俯视红影移渔船'。皆观其影也。"（《苕溪渔隐丛话后集》卷二十五引）花影倒映在明净清澈的春水之中，于原有的娇艳之外，复增其渊默虚静之美。有时风行水上，微生涟漪，水中的倒影也跟着摇曳荡漾，生出千姿百态的美；而风止以后，它又渊默自若，未始失其虚静的韵味。影之于形，似一而实二，二者有着不同的审美特征。"各占春"，表面上是说各自包含着浓郁的春意，实际上亦即各有其美学价值之意。王安石晚年退居林下，淡然自得，泊乎无为。他对于水中影的欣赏，正好反映了他在这种特殊的心境下对于虚静的审美理想的追求。

如果说，前两句主要抒写了诗人闲淡的情志，那么后两句："纵被春风吹作雪，绝胜南陌碾成尘"，便带有几分悲壮色彩了。鲜艳的花瓣纵然被春风吹落，飘洒在清澈的春水上，其纯洁的芳魂，却一无所玷，春水上涨，也许还有机会"暗随流水到天涯"，又不失其远大之志，而那开放于车水马龙的南陌边上的杏花，最终将被车轮马蹄碾得粉身碎骨，变成尘土，这是多么可悲！"作雪"与"成尘"，分别为高尚与污浊的象喻。诗人原先积极推行新法，后来又被迫闲居江宁，出处进退虽然不同，而其进步的政治理想与高尚的情操实未尝有异。为坚持自己的理想而献身，这是诗人一贯的宗旨。"纵被""绝胜"，语气坚决悲壮，与屈原"九死未悔"的精神极为相似。前人曾说："末二语恰是自己身分。"（《宋诗精华录》）可谓一语中的。

王安石晚年曾眼看着自己亲手制定的新法被一一废止。他虽外示平淡，而内心实极痛楚。寓悲壮于闲淡的艺术风格，正是这种思想实际的深刻反映。（吴汝煜）

梅 花 王安石

墙角数枝梅，凌寒独自开。
遥知不是雪，为有暗香来。

据惠洪《冷斋夜话》记王安石此诗的写作缘由说："荆公尝访一高士不遇，题其壁。"这话的可靠性如何，难以遽断；王安石的诗文向无编年，除了作品中有事实可考、足以断定年代的以外，大多数无法确断其具体年限，从而也无法从写作年代来考索其行事、交往和作诗的情况，所以只能就诗论诗。

诗的第二句"凌寒独自开"，对梅花极表赞赏。严冬群芳纷谢，独有梅花凌寒开放，报道将至的春讯，诗人所钦慕的就是这种崛犟的风骨。这不仅从字面可以看出，而且"有诗为证"。诗人另有《红梅》一绝，首两句说："春半花才发，多应不奈寒"。"奈""耐"字古通，"不奈"即"不耐"，不堪忍受之意。总之，诗人对红梅之惧寒而迟发，是并不恭维的。对比之下，此诗的"凌寒独自开"，其倾倒之意自见。因此，"凌寒"一句，应是这首咏梅诗的主心骨。

　　因梅花的洁白,因开在百卉俱谢的严寒季节,自古的咏梅诗都联系到雪。如梁简文帝《雪里觅梅花》:"绝讶梅花晚,争来雪里窥";何逊《咏早梅》:"衔霜当路发,映雪拟寒开";阴铿《咏雪里梅》:"春近寒虽转,梅舒雪尚飘"……唐宋以后,更举不胜举。但此诗并不在画面上以雪映梅,也不是在意象上以梅拟雪。虽然繁花似雪,但诗人"为有暗香来",已"遥知不是雪"。提出雪,是为了逗出梅花的香。意思是说,雪是高洁的,但梅花除了具有雪一般的高洁以外,还具有雪所不具有的香的品格。这梅花不仅凌寒呈艳,而且在严寒中播送出暗香。严寒既压不倒梅花的色,也压不倒它的香,于此更显出它"凌寒"的傲骨。"暗香"一词显然出自林逋"暗香浮动月黄昏"这一咏梅名句。

　　南宋人李壁《王荆文公诗笺注》论此诗时道:"《古乐府》'庭前一树梅,寒多未觉开。只言花似雪,不悟有香来。'荆公略转换耳,或偶同也。""偶同"未必,李壁或以为说"偶同",即能为王安石开脱剿袭之嫌,其实王安石反用前人之意,正是他的高明之处。这首《古乐府》不过是就梅花咏梅花,形象和意境都不出梅花本身;而王安石则以"凌寒"一句显示了诗人对梅花的感情,故其中有所寄托。这样,诗人自己就进入了诗,所咏的是"有我之境",这首诗就不再是冷冰冰的纯客观的描写了。

　　王安石是善于化用前人诗句的。如前面所举的《红梅》后两句:"北人初未识,浑作杏花看",也是翻用晏殊的《红梅》诗"若更迟开三两月,北人应作杏花看"的句意,不过后者是正用,前者是反用而已。诗的好坏原不在前人是否曾道过,贵在虽用前人诗句却能别开生面,推陈出新,铸造自己独特的意境。能做到这样,即使不是无意的"偶同",而是有意的袭用,又有什么不好呢?(何满子)

书湖阴先生壁二首(其一)　　王安石

茅檐长扫静无苔,　　花木成畦手自栽。
一水护田①将绿绕,　　两山排闼②送青来。

> 注　①护田:《汉书·西域传序》:"自敦煌西至盐泽,往往起亭,而轮台、渠犁,皆有田卒数百人,置使者校尉领护。"　②排闼:推开门。《汉书·樊哙传》:"高帝尝病,恶见人,卧禁中,诏户者无得入群臣,哙乃排闼直入。"闼(tà):宫中小门。

　　这是王安石题在杨德逢屋壁上的一首诗。杨德逢,别号湖阴先生,是作者退居金陵(今江苏南京)时的邻居和经常往来的朋友。

　　首二句赞美杨家庭院的清幽。"茅檐"代指庭院。"静"即净。怎样写净呢?诗人摒绝一切平泛的描绘,而仅用"无苔"二字,举重若轻,真可谓别具手眼。何以见得?江南地湿,又时值初夏多雨季节,这对青苔的生长比之其他时令都更为有利。况且,青苔性喜阴暗,总是生长在僻静之处,较之其他杂草更难于扫除。而今庭院之内,连青苔也没有,不正表明无处不净、无时不净吗?在这里,平淡无奇的形象由于恰当的用字却具有了异常丰富的表现力。"花木"是庭院内最引人注目的景物。因为品种繁多,所以要分畦栽种。这样,"成畦"二字就并非仅仅交代花圃的整齐,也有力地暗示出花木的丰美。既整齐又不单调。

　　这清幽环境令人陶醉,所以当诗人的目光从院内花木移向院外的山水时,他的思致才会那样悠远、飘逸,才会孕育出下面一联的警句,"一水""两山"被转化为富于生命感情的亲切的形象,而为千古传诵。但后二句所以广泛传诵,主要还在于这样两点:一、拟人和描写浑然一体,交融无间。"一水护田"加以"绕"字,正见得那小溪曲折生姿,环绕着绿油油的农田,这不恰像一位母亲双手护着小孩的情景吗?著一"护"字,"绕"的神情明确显示。至于"送青"之前冠以"排闼"二字,更是神来之笔。它既写出了山色不只是深翠欲滴,也不只是可掬,而竟似扑向庭院而来!这种描写给予读者的美感极为新鲜、生动。它还表明山的距离不远,就在杨家庭院的门前,所以似乎伸手可及。尤其动人的,是写出了山势若奔,仿佛刚从远方匆匆来到,兴奋而热烈。所有这些都把握住了景物的特征,而这种种描写,又都和充分的拟人化结合起来——那情调、那笔致,完全像在表现"有朋自远方来"的情景:情急心切,竟顾不得敲门就闯进庭院送上礼物。二者融合无间,相映生色,既奇崛又自然,既经锤炼又无斧凿之痕,清新隽永,韵味深长。二、这两句诗也与杨德逢的形象吻合。在前联里,已可看到一个人品高洁、富于生活情趣的湖阴先生。所居仅为"茅檐",他不仅"扫",而且"长扫(即常扫)",以至于"静无苔";"花木成畦",非赖他人,而是亲"手自栽"。可见他清静脱俗,朴实勤劳。这样一位高士,徜徉于山水之间,当然比别人更能欣赏到它们的美,更感到"一水""两山"的亲近;诗人想象山水有情,和湖阴先生早已缔结了深厚的交谊。诗以《书湖阴先生壁》为题,处处关合,处处照应,由此也可见出诗人思致的绵密。

此诗对于"一水""两山"的拟人化,既以自然景物的特征为基础,又与具体的生活内容相吻合,所以气足神完,浑化无迹,成为古今传诵的名句。

在修辞技巧上,三、四两句也堪作范例。"护田"和"排闼"的典故都出自《汉书》,是严格的"史对史"、"汉人语"对"汉人语",可见诗律极为工细精严。但读来自然天成,全似未尝着力——准确地说,由于诗人将典故融化在诗句中,我们只觉得他采用了拟人手法,而不感到是在"用事"。"用事"而不使人觉,这正是其成功之处。(陈文新)

北　山　王安石

北山输绿涨横陂,直堑回塘滟滟时。
细数落花因坐久,缓寻芳草得归迟。

王安石晚年隐居金陵(今江苏南京),筑室于钟山(今紫金山)的山腰中,因自号"半山"。钟山又叫北山。这首诗就是写他住在钟山时的闲适之情。

人们会发现,这首诗的重点在后面两句,而后面两句却又颇有点蹈袭前人的痕迹。那是怎么回事呢?

王维有两句诗说:"兴阑啼鸟缓,坐久落花多。"(《从岐王过杨氏别业应教》)。刘长卿有两句诗说:"芳草独寻人去后,寒林空见日斜时。"(《长沙过贾谊宅》)那么,此诗的"细数落花""缓寻芳草"是不是有抄袭唐人诗句的嫌疑?

宋、元以来,有些诗评家往往把两个诗人表面相同或相近的字眼拿来互相对比,硬指某人抄袭某人。这种说法,是不符合创作实践的。诗人触景生情或借景抒情,他着重的是当前的情和景;当前的情景是这样,他就按照这样来写他的诗。至于古人的诗句,因为读得多了,往往会在潜意识中出现;这种潜意识通常是本人不自觉的,但又会在潜移默化中影响诗人的构思。因而有些句子完成以后,不期而然的会同古人在某些方面有些暗合。这不是抄袭,更非有意。

王安石在北山闲居,日长无事,常到附近坐坐走走。这首诗便是写他的闲适生活。开头说,北山把它的翠绿的泉水输送给山塘,于是涨满了陂堤;不管是直的堑沟、曲的塘岸,都呈现一片滟滟的波光。两句概括了眼前的景色。下面转一笔就写自己:由于心情悠闲,一坐下来就是半天;也因为心情悠闲,看见树上的残花一瓣、两瓣飘落地上,索性便一、二、三、四地计数着,看看这会子功夫到底落了多少瓣。待他感到坐倦了,于是站起身来,缓缓向家走去。他此时仍是一样心情悠闲,一边走着,一边注意地上长的青草。春天快过去了,比起前些时,草地又扩展了,草也再长高了。他走走停停,悠然适然,也不知这回家的路到底走了多少时间。

这就是他当情当景写出来的诗。他哪里想到要去蹈袭前人。

当然,"坐久落花多""芳草独寻人去后"或其他近似的句子,很可能在他的潜意识里暗暗出现,他也许多少感觉到,也许仍然不自觉。但终究来说,他是写自己的诗。

用"细数落花"来摹写"坐久",不仅形象很美,而且构思精细。用"缓寻芳草"来解释"归迟",不仅大有理由,而且写尽闲适之情。《三山老人语录》云:"欧公(欧阳修)'静爱竹时来野寺,独寻春偶过溪桥。'与荆公'细数落花'诗联,皆状闲适,而王为工。"评论是公允的。(刘逸生)

春　尽　郑獬

春尽行人未到家,春风应怪在天涯。
夜来过岭忽闻雨,今日满溪俱是花。
前树未回疑路断,后山才转便云遮。
野间绝少尘埃汙,唯有清泉漾白沙。

郑獬与王安石同朝,二人政见不同,但诗风却颇相似,律诗极类唐人,本诗便是一例。诗中写的是暮春时节,一位行色匆匆的旅人在返家途中所见到的景色和心理感受,不尽之意寓于景物描写之中,明快自然,工丽整饰,颇有唐人风调。

首句七个字,便将时间(春尽)、人物(行人)、地点(未到家)一一交代清楚。游子浪迹天涯,离家日久,又逢春色,能不倍添惆怅?连春风也要来责怪:为何不好端端在家,跑到这天涯来干什么?这就是第二句的意境,含蓄风趣。

思家心切,而路程遥远,当然只得昼夜兼程。颔联仍以景物描写来表现行人盼望早日回家的急迫心情。"夜来过岭忽闻雨",高山上的气候变化多端,忽而晴、忽而雨是常事。过岭时突然遇雨,可以想象翻越的山岭是多么的高;而过岭又是在漆黑的夜间,看不见雨点,只能"闻"到雨声,又可以想象翻越山岭是多么的难。作者没有从正面写山高路险,而是用"忽闻雨"写出"夜来过岭"的特点,给读者留下了广阔的想象余地。"今日满溪俱是花",写东方既白,小雨初霁,行人来到飘旋着落花的山溪边。夜间风雨打下的花瓣勾起了他满腹心事。"逝者如斯夫"!时值暮春,落红无数,而在外宦游多年的行人也到了迟暮之年。他不愿如残英随波逐流,而希望叶落归根,回到故乡,回到亲人身边,所以才这样不顾艰险,昼夜兼程。读者从中可以体味到行人淡淡的惆怅和隐隐的伤感情绪。这一联《宋诗纪事》标为名句,确实是诗人精心锤炼而成。

颈联写人在曲折重叠的山间行走时的感觉,着重写动势。山势陡峭,忽上忽下,下坡时能远远望见前面路边的树,上坡时视线被山挡住,不但看不见前面的树,而且仿佛小路在山顶被突然截断了。气喘吁吁上了山顶,再回头望去,团团白云飘然而至,身后的山峦已经淹没在茫茫云海之中。真是移步换形,气象万千!此情此景,没有亲身体验的人是感受不到,也描写不出的。

尽管长途跋涉,旅程辛苦,但山间空气清新,野趣宜人,加上归家在即,所以尾联洋溢着行人如脱羁之鸟重返自然般的兴奋喜悦之情。当然野外的景色绝不会"唯有清泉漾白沙"的,作者如此写,自有其更深的含意。他是为了着重点出"清白"二字,使野间的"清白"同尘世间的"汙污"形成鲜明对比,让读者从主人公对"绝少尘埃汙"的喜爱中体味他对乌烟瘴气之官场的厌恶。作者曾任翰林学士,后被新党所恶,宦途失意,屡遭贬谪。此处就自然流露出了他的身世之感。

唐人诗重在炼意,宋人诗重在炼句。北宋王安石、郑獬一派诗人,都善于精细地刻画自然物态,通篇写景而情寓其中。郑獬此诗可以说是"状难写之景如在目前,含不尽之意见于言外",读者随着行人的视野、脚步,能从字里行间感受到作者心情的变化,领略到在崎岖漫长的山路上跋涉的滋味,但全诗却没有一句是直接抒情,可见作者的艺术匠心。(詹杭伦 沈时蓉)

雨后池上 　刘　攽

一雨池塘水面平,淡磨明镜照檐楹。
东风忽起垂杨舞,更作荷心万点声。

这里,展现在我们面前的是一幅雨后池塘图,从诗中写到的东风、垂杨、荷等物象来看,显然是春季,因此,再确切些说是一幅雨后池塘春景图,给人以清美的艺术享受。

首二句展示的是雨后池上春景的静态美。第一句写雨后池塘水面的平静,只淡淡地出一"平"字。如果只读这一句,也许会觉得它过于平常,但在这句之后紧接以"淡磨明镜照檐楹",却境界顿出。"淡磨"二字颇可玩味。施者是春雨,受者是池面,经春雨洗涤过的池面,好比经人轻磨拂拭过的明镜,比中有比,比中有拟人,这就使"水如镜"这一浅俗的比喻有新鲜之感。不仅能使人感受到春雨后池上异常平静、明净的状态,并能进而联想到前此蒙蒙细雨随着微风轻拂池面的轻盈柔姿。"淡磨明镜照檐楹",创造的正是非春雨后池塘莫属的艺术境界。与此相适应,这两句语势平缓,无一字不清静,连略带动感、略为经意的"淡磨"二字,也一如字面,给人以一种轻淡的心理感受,显得毫不着力。

三、四句由静而动,进一步写雨后池上的动态美。东风忽起,舞动池边的垂杨,吹落垂杨柔枝细叶上缀满的雨滴,洒落在池中舒展的荷叶上,发出一阵清脆细密的声响。这里,诗人笔下荡漾的东风、婆娑起舞的垂杨、荷心的万点声,无一不具有一种流动的韵致和盎然的生意,与前二句相比,自然别是一番情趣。与此相随,语势节奏也由平缓而转向急促,字字飞动起来。"忽起"二字,首先造成突兀之势,展示出景物瞬息间由静而动的变化,给人以强烈的动感;随后再用"更作"二字作呼应回旋,造成一种急促的旋律,从而把上述有形的与无形的、动态的和声响的景物连贯起来,组成一幅形声兼备的艺术画卷。

雨后池上景物之美,诗人既写其静态,又写其动态,不仅显得丰富多姿,而且构成对比,收到以静显动,以动衬静,相得益彰的艺术效果。首句平直叙起,次句从容承之,而以第三句为主,尽宛转变化工夫,再以第四句发之,本是绝句的一般构造法(见《唐音癸签》卷三引杨仲弘语)。诗人用这一方法巧妙安排,使语言结构形式与内容和谐统一,成因势置景、笔随景迁之妙。(张金海)

题滕王阁　王安国

滕王平昔好追游,高阁依然枕碧流。
胜地几经兴废事,夕阳偏照古今愁。
城中树密千家市,天际人归一叶舟。
极目沧波吟不尽,西山重叠乱云浮。

滕王阁旧址在今南昌市新建县西章江门上,是唐高祖李渊之子滕王李元婴在高宗时期任洪州都督时所建。它背负名城,下临赣江,是历代游览胜地。王勃青年时远道省父途经洪州(今江西南昌),曾参与阎都督举行的宴会,即席作《滕王阁序》并诗,以精美多彩的文笔,描绘高阁胜景,滕王阁从此著称于世。据《能改斋漫录》卷十一载,王安国这首诗,是他十三岁时登临滕王阁所作,时为康定元年(1040)。据说当时"郡守张侯见而异之,为启宴张乐于其上。"王安国是安石四弟,安石在《平甫墓志》中称安国"年十二,出其所为铭、诗、赋、论数十篇,观者惊焉。自是遂以文学为一时贤士大夫誉叹。"据此看来,王安国十三岁写作《题滕王阁》诗,不是没有可能的。王勃、王安国两位早慧的诗人,都在青年时代登临滕王阁,留下了为人传诵的名篇,这可说是唐宋诗坛上的佳话。

首联开门见山,用平叙笔墨写滕王阁的来历和现状。滕王李元婴喜好游赏歌舞,因此兴建此阁。虽物换星移,历经沧桑,高阁依然完好地保存下来。滕王"好追游",并非凭空而发,王勃当年不是有"佩玉鸣鸾罢歌舞"之句吗?足见滕王当时的歌舞盛况。"依然",强调这一游览胜地历久不废。"枕碧流",点出高阁的所在,它安然高卧于一派深碧的滚滚江流之上。这一联对滕王阁虽有空间形势的交代,但主要是从时间角度叙写,上句写昔,下句写今。

颔联紧承首联,着重从时间着眼,写滕王阁这块胜地在历史长河中所经历的沧桑之变。从唐高宗显庆四年(659)建阁,到王安国十三岁游览此地,纵观这三四百年的历史,风云变幻,几度沧桑。"兴废事""古今愁",含蕴丰富,引起人们的种种遐想。"几经"和"偏照"强调变迁之匆迫,兴废之不常。在自然和人事的隐隐对比中,包含着无限吊古之思,今昔之感。

颈联以下转为从空间着眼,写高阁所在的地理形胜和周围风光。颈联出句写城,南昌向为名都,人烟稠密,市街繁荣,是商贾荟萃之所。对句写江,赣江由赣州曲折北流,经吉安、清江,流经南昌,纵贯今江西全省,是省内最大河流。登阁俯瞰,城中绿树浓荫,千家栉比,市井兴旺;凭栏远眺,赣江遥接云天,江面上一叶扁舟,摇曳而过,仿佛游人从天边归来。上句是近景,下句是远景,"树密""千家",给人以繁荣之感;"天际""一叶",具有淡远闲静之趣。两句有远、有近,疏密衬映,一静一喧,相互对照,写出了滕王阁背城面江的独特风光。

尾联宕开视野,继续写景,而于写景中收煞全诗。"极目"在意念上与前句"天际人归"紧密相关,"沧波"与首联"碧流"遥相呼应。放眼江流,气象万千,非诗句所能写尽,这就将无限风光囊括其中。客观景物吟咏不尽,正是暗示诗篇将尽。正在吟咏不尽之时,西山之上乱云重叠,晚烟出岫,又展现出一幅新的图景。"珠帘暮卷西山雨"(王勃《滕王阁序》),也许西山的晚云将要带来一番风雨吧!凭阁四望,胜地的晦明变化谁能预测其妙呢?"西山重叠乱云浮",意象苍茫缥缈,虽以景结,而含蕴浑厚,言尽而意不尽,极有韵味。(刘乃昌)

水村闲望　　俞紫芝

画桡两两枕汀沙,隔岸烟芜一望赊。
翡翠闲居眠藕叶,鹭鸶别业在芦花。
溪云淡淡迷渔屋,野旆翩翩露酒家。
可惜一绷真水墨,无人写得寄京华。

俞紫芝仕途失意之后,过着隐逸的田园生活,写了些抒发闲情逸致、描绘自然风光的诗篇,《水村闲望》即为其一。

《水村闲望》按"望"组织题材,以"水"显示特色,集中表现了"闲"的心境,写得幽远恬静、雅丽自然,确不愧王安石评为"初日红蕖碧水流"的境界。

先写粗望。放眼一望,只见:"画桡两两枕汀沙,隔岸烟芜一望赊。""画桡",有着彩绘和雕饰的船。桡,原指桨,这里代指船。成双的船泊于沙滩,"枕"状其静泊之态。再抬头远望,隔岸衰草凄迷,寒林萧疏,一片迷蒙景象。"赊"在此为语助词。李商隐《昨日》诗:"昨日紫姑神去也,今朝青鸟使来赊。未容言语还分散,少得团圆足叹嗟。"此中"赊"为助词。杨万里《多稼亭看梅花》诗:"先生次第即还家,更上城头一望赊。"可证赊字也是助词。"隔岸烟芜一望赊"犹云隔岸的烟芜一望收。"芜",写秋草已衰败,下句有"芦花",这时当为深秋,因而称草木为"芜"。"烟",见其远,如烟雾茫茫。此联构成了沉寂、荒漠的意境。

接写细看:"翡翠闲居眠藕叶,鹭鸶别业在芦花。""翡翠"即翠鸟,一种羽色青翠的水鸟。翠鸟眠卧在荷叶之下。鸟羽和叶色相近,加之又眠而不动,不细看不见。"鹭鸶"即白鹭,"别业"即别墅。白鹭栖息在芦花丛中,鸟羽和花色近似,且是安居其间,也是不细察不辨。水中有荷叶如云,岸边有芦花似雾,一绿一白,相映成趣。荷下眠着翠鸟,芦中藏着鹭鸶,无风无声,动物不动,静物更静,物态中传出人情,闲适之意漾荡纸面。

再写远望。诗人的望眼,由河中沙滩转到隔岸烟树,又回到河内的荷叶,再移到岸边的芦花,最后又沿河望去,只见"溪云淡淡迷渔屋,野斾翩翩露酒家"。溪云淡淡,暮霭沉沉,渔屋迷茫,酒旗招展,有一种朦胧的美。溪云、渔屋、绿树、酒旗,一动一静,动中有静,静中有动,更增情味。

最后在极力描绘水村美景之后,写出感慨:"可惜一绷真水墨,无人写得寄京华。"眼前所见犹如一幅水墨画,"绷",指绣出的画面。诗人不说纸上画,而言刺绣画面,使人感到画面栩栩如生。可惜无人写了寄京华。为什么要寄去京都呢? 京城之中,多追名逐利之徒,而这种悠然恬适的田园生活,无疑是一帖清醒剂,使他们知道这里才是赏心悦目的。由此可见,诗人不是为写景而写景,而是以景述怀。诗人厌弃混浊的官场,向往无羁绊的自然生活之情,于此披露无遗。

俞紫芝经过了"白浪红尘二十春,就中奔走费光阴"(《旅中谕怀》)的求宦生活,官场失意后才彻悟了应该归返自然,于是蛰居水村,寄情于山水。如《吴兴》诗中所写:"沽酒店穿斜巷出,采莲船傍后门归。翠沾城廓山千点,清蘸楼台水一围。"和《水村闲望》一样,展现了另一天地。这一类诗表现了诗人与世无争、独善其身的高尚心志。(徐应佩 周溶泉)

花下饮　　徐　积

我向桃花下,立饮一杯酒。
酒杯先濡须,花香随入口。
花为酒家媪,春作诗翁友。
此时酒量开,酒量添一斗。
君看陌上春,令人笑拍手。
半青篱畔草,半绿畦中韭。
闲乌下牛背,奔豕穿狗窦。
潜身猫相雀,引喙禽呼偶。
包麻邻乞火,穿桑儿饷糒。
物类虽各殊,所乐亦同有。
谁知花下情,犹能忆杨柳。
中心卒无累,外物任相揉。
余方寓之乐,自号闲人叟。

这是一首即兴之作。作者已届老年,心境恬淡,花下饮酒,随意点染,既不含蓄,又不用典,而真趣盎然,有意到笔随之妙。全诗分三段,第一段八句,点题扣题,写花下饮酒之乐。时值芳春,作者站立在桃花树下,举杯饮酒。杯中的酒,先沾濡着他的胡须,花的香味,也随着酒的芳香流进口中。这桃花仿佛是酒家的老媪,这春天的景色,仿佛是诗翁的朋友。由于心境的欢愉,作者的酒量顿增,此刻再添上斗酒,他也不会吃醉的。第二段十二句,写饮酒之后所见的陌上景象。这段头两句:"君看陌上春,令人笑拍手。"句意率真,而欢忭之情,展然纸上。作者用"君看"两字,表示与人同乐的心情,以"笑拍手"一句,显现此时内心的欢畅,并就此开展下面八句所写的物景。篱边的春草已经半青了;畦中的春韭已转绿了;牛背上飞下了悠闲的乌鸦;狗窦中穿过奔跑的小猪。猫儿潜着身子,蹲伏在那里瞄着麻雀;鸡儿寻到食物,正伸着长喙在呼唤着伴侣;包着麻秆的邻居正向人家讨火;穿过桑林的村童在向田间送午饭。所有这些物象,有动物,有植物,有成人,有儿童,无不欣欣然各具生态,各有所乐,真是一片生机。这样就很自然地拈来这段的结语:"物类虽各殊,所乐亦同有。"诗人眼里的阳春,是多么公正而无私啊。

　　末段六句,写花下闲适之情。这段开头,作者说:"谁知花下情,犹能忆杨柳。"作者此刻所忆的杨柳,也许是年轻的时候,曾经折下赠别自己朋友的柳枝;也许是和自己的妻子分手时那些楼前的垂柳,也许是自己作客他乡所见的渡头杨柳。杨柳是最能牵惹人们的情思的,诗人未必无情,但它所引起的,原不过是人生旅程中的过眼云烟,一霎即逝,诗人此刻的内心,是无所累挂的。可见他的情怀,仍然是非常旷达的。这段结尾两句说:"余方寓之乐,自号闲人叟。"不汲汲于富贵,不戚戚于贫贱,一杯在手,任物自适,触处皆春,飘然于利禄之外,也许就是作者此刻的心情吧。

　　这首诗的特点是:诗中所描绘的全是乡村中普普通通的景物,生活气息较浓。文字不避俚俗,绝少设色绘彩的笔墨,因之相雀之猫,呼偶之禽,穿窬之豕,皆可入诗。乞火的邻友,送午饭的村童,莫不怡然自得。而所有客观的描绘,无不寓以诗人主观的忻喜之情。诗人自我的形象,展现得非常鲜明,除了饮酒之乐以外,他还分享着自然界和社会生活的欢乐。(马祖熙)

假　山① 　王　令

鲸牙鲲鬣②相摩挓③,　巨灵戏撮天凹突。
旧山风老狂云根,　重湖冻脱秋波骨。
我来谓怪非得真,　醉揭碧海瞰蛟窟。
不然禹鼎魑魅形,　神颠鬼胁相撑揍。

> 【注】 ①《嘉业堂丛书》本《广陵先生文集》作《吕氏假山》,此据《宋诗纪事》引《广陵集》。 ②鬣(liè):鱼颔旁小鬐。 ③挓(zuó):摩擦、触击。

　　王令因"见知"于王安石,"一时附丽之徒,日满其门"。(见《王直方诗话》)他是一个"倜傥不羁束",对"为不义者"敢于"面加毁折,无所避"的诗人。王安石很欣赏他的才识,认为"可以共功业于天下"(刘发《广陵先生传》),即以吴夫人的女弟嫁给他。可惜"二十八岁而卒",甚为"天下士大夫"所"痛惜"(王安石《王逢原墓志铭》)。

　　这首诗写于仁宗皇祐(1049—1054)年间,宋人夏均父曾说:"此诗奇险,不蹈袭前人。"(《墨庄漫录》)其实王令的古诗深受中唐韩孟诗派的影响。全诗只有八句,侧重刻画了石假山的外形。

　　首句"鲸牙鲲鬣相摩挓",用溟海中大鱼身上的器官作比。鲸、鲲是两个庞然大物,鲸牙鲲鬣相互摩捽，自然要给人以剑拔弩张的奇壮感。石假山造型异乎寻常，也许是神话中“劈开”华山的河神“巨灵”在变“戏”法，“巨灵戏撮天凹突”，他用巨掌把插入天外的崇山“撮”缩成凹突起伏的样式。他为石假山涂上一层神话色彩，给人以遐想。

不过，对石假山的成因也可以作如下设想：“旧山风老狂云根，重湖冻脱秋波骨。”上句说，大约它原是一座史前就岿然形成的“旧山”，由于饱经沧桑，长期受风飚袭击而不断“老”化，单剩下一片白云托根的怪石。下句说，或许它本是耸峙在重湖上的一个奇峰，由于严霜侵凌，“冻脱”了林木，在秋波中空余嶙峋而立的瘦“骨”。诗人把山石说成是山之“骨”，是从韩愈《石鼎联句》“巧匠斫山骨”句中学来。

但诗人还想从别的角度来评价假山。“我来谓怪非得真，醉揭碧海瞰蛟窟”，他认为单纯强调假山造型很“怪”，似乎还未能反映它全部“真”相。说实话，它倒像酒仙醉后，卷去碧海的波涛，揭开海底的秘密，尽瞰“蛟龙”的“窟”穴。因为从假山的结构看，它的故乡可能在海上。

然而诗人犹恐这解释不够确切，又作了新的探索：“不然禹鼎魑魅形，神颠鬼胁相撑揬。”揬，通“突”，有“触”的意思。诗人说，要“不然”，它更像《左传》所说，大禹铸九鼎时，在鼎上集中塑造的各种鬼怪的形象。“螭魅罔两，莫能逢之”，本意是在引起人们的戒备。因为在假山上东支西突的峰峦和传说中害人的山神林鬼，用头顶肩胁相撑（柱）相揬（触）的架势，几乎没有什么两样。

此诗对假山的奇险造型反复进行刻画，自出心裁，气概雄阔。透过假山形象的描写，诗人的精神面貌和奇倔性格，也大略可以窥见。从鲸牙鲲鬣的相互“摩捽”到河神巨灵的“戏撮”“凹突”，这在一定程度上反映了诗人志在天下，羞伍流俗的生活态度。“旧山风老”，而“云根”犹存，“重湖”霜“冻”，而劲“骨”依旧，更体现了诗人凛然挺立、不畏风霜的性格特点。至于“醉揭碧海”，尽“瞰蛟窟”，铸形禹鼎，使木魅山鬼，原形毕现，就进一步表现了诗人“揭天心，探月窟”之概。

王令的《假山》同梅圣俞的《木山》具有相近的思想与艺术倾向。《木山》实际是把苏洵父子作为描写对象，而《假山》则是作者思想性格的艺术体现。虽然在艺术构思上，诗人的设想离奇古怪，不同凡响，却始终同他对待现实的态度相联系。诗里的假山，只是真山的一个微型。诗人把它放在宏观的范围来发挥艺术想象，天上地下，无处不在。在艺术结构上，由于运用了多层次的手法，短短八句诗，内容不断变换，真是神出鬼没，难以捉摸。但只要把握住全诗主题和结构，仍能理出脉络。

王令才识甚高，却不能表现出来，他连土丘都不如，只好以假山自况。他在《题假山》中就表达了这样的思想：“扰扰人心巧谓何？我肠愚只爱无它。目前好且留平地，浪爱山高险自多”。他写《假山》，大约有孤芳自赏的意思。难怪王令死后，王安石追念他，写下“妙质不为平世得，微言唯有故人知”（《思王逢原》）的诗句。王令生前也曾写道：“叩几悲歌涕满襟，圣贤千古我如今。冻琴弦断灯青晕，谁会男儿半夜心？”（《夜深吟》）对王令这首《假山》，也可作如是观。（陶道恕）

暑旱苦热　王　令

清风无力屠得热，落日着翅飞上山。

人固已惧江海竭，天岂不惜河汉干。
昆仑之高有积雪，蓬莱之远常遗寒。
不能手提天下往，何忍身去游其间。

王令胸怀济世大志，虽身处贫困，常思有以拯济天下之人。这首《暑旱苦热》，本因苦热而发，但诗中所表现的是天下人之苦热。即或有清凉世界，如果不能提携天下人同往，自己也便不忍独游其间。这种乐以天下、忧以天下的胸襟抱负，正是他所承受的儒家思想的可贵之处。

诗的开头说："清风无力屠得热，落日着翅飞上山。"写清风本应能够驱热，此刻却无力驱除暑热；太阳能够助热，此刻却应落不落。这两句中"屠"字用得新奇，"屠"字本意为屠杀，也可引申为消灭。"着翅"一词，用得生动。落日本来无翅，"着翅"上山，显其不肯降落。这是诗人自铸新词的例子。"屠"字以示对暑热憎恨之深，"着翅上山"以示盼望日早落山之切。三、四两句："人固已惧江海竭，天岂不惜河汉干。"诗人从人间忧惧江海之枯竭，联想到天上也该怜惜河汉的将干。暑旱虽烈，未必能使江海都竭，但人们却有这种心情。河汉也未必能干涸，但上天应得为河汉之将干而担忧。前句用实写，后句是想象。笔墨开阔，寄情深挚。这两句用人意推测天心，以天人对照，显示天心之不可理解，与人意不同，正见诗人驰想之高远。第五、六两句："昆仑之山有积雪，蓬莱之远常遗寒。"诗人由名山想到仙岛。第三、四句是渲染暑旱的严重，这五、六两句则是写追寻清凉的紧迫心情。诗人想到昆仑山上有的是积雪，那里可能是凉爽宜人。蓬莱仙岛在虚无缥缈的海雾中间，那里可能留有寒气。诗人用"积雪"以示昆仑之高大雄伟，所以有终年不化的积雪。用"遗寒"以示蓬莱是神话中传说的仙岛，那里远隔人间，或者有不曾为暑热所驱逐而遗留下来的寒意。在诗人的想象中，这两处该是清凉世界，也是他所向往的地方。

结尾两句："不能手提天下往，何忍身去游其间！"紧承"昆仑"两句，表现了作者甘愿与天下人共苦难的情操。作者表白，虽有这样清凉的世界，但当天下人都在苦热之时，如果不能和天下人共同前往，自己也便不忍独游其间。诗人自恨不能拯天下人脱离火坑，也就不愿独自一个人去避暑追凉了。诗人这种要把整个世界提在手里的胸怀气魄和深厚的情谊，是和他的另一首诗作《暑热思风》里的"坐将赤热忧天下，安得清风借我曹"，可以互相印证。他的终极关切是兼济天下，在这篇诗中正是表白了他这种情操和思想。（马祖熙）

感 愤 王 令

二十男儿面似冰，出门嘘气玉蜺横。
未甘身世成虚老，待见天心却太平。
狂去诗浑夸俗句，醉余歌有过人声。
燕然未勒胡雏在，不信吾无万古名。

本诗采取直抒胸臆的方式，通过感愤言志，抒写了诗人内心的巨大抱负和强烈的报国愿望。一般地说，直抒胸臆的诗易失之浅露；本诗由于蕴蓄着一股深厚切至的爱国激情和踔厉奋发的精神力量，又凭借一腔峭峭雄直之气喷涌而出，因此用笔虽然劲直，而用情则极为深沉。

首联以奇肆的笔触，勾勒了抑塞磊落、俊伟慷慨的自我形象。"二十男儿"，血气方刚，按理说，应该是容光满面，青春焕发，正是大有作为的时候。现在诗人的情况却完全不是这样。他形容枯槁，面色似冰。由此可以想见，贫困的处境给予诗人的折磨是多么无情！但他并没有被压倒。艰难的困境使他锻炼出一种浩乎沛然的堂堂正气；他没有听从于命运的摆布，胸中蓄积了一腔敢于抗争的愤激之气。"出门嘘气玉蜺横"，生动地描绘了慷慨负气的形象。曹植《七启》形容上古俊杰之士："挥袂则九野生风，慷慨则气成虹蜺。"王令化用此句，以见其抑郁之气有如贯日之白虹，横亘天际，则其德行之卓异，心胸之阔大，以及愤激之情的深切，概可想见。

颔联承上抒写了力图有所作为的壮怀。出句是说，不甘虚度此生，要自强不息。他的志趣不在博取高官厚禄，而是为了修己及物，用王令自己的话来说，叫做"正己以待天下"（《答刘公著微之书》）。北宋中叶积贫积弱的局面已经形成。朝廷对于辽国、西夏采取妥协政策，每年都要输送大批财物给他们。这就大大增加了人民的负担，而结果却并没有换来太平。王令对此非常愤慨，曾说："何哉二氏（指辽、西夏）日内坏，不思刷去仍资存？"（《别老者王元之》）对句正是这种思想的表现。"天心"一词，最早见于《古文尚书·咸有一德》："克享天心，受天明命。"原指天的心意。后来也指君主的心意。孙缅《唐韵序》："愧以上陈天心"可证。"待见天心"，包含着待见明主的意思。"却"字在这里当返回讲。"却太平"三字见于韦庄《汉州》诗："人心不似经离乱，时运还应却太平。"意即返回到太平盛世去。诗人希望获见明主，以自己的才干张大国威。

一个二十岁的青年具此豪情壮志，自是难能可贵。但若才干、学识两不相称，便有大言欺人之嫌了，故颈联复从自身的才学着笔："狂去诗浑夸俗句，醉余歌有过人声。""狂"字是兴酣落笔情状的自我写照。他自己曾谦虚地说："狂搜得无奇，猛吐复自吮。"（《对月忆满子权》）"去"字应作"来"讲，属于反训。"浑"字之义，据杜甫《江上值水如海势聊短述》："老去诗篇浑漫与"解之，应作"直"讲（张相《诗词曲语词汇释》）。"浑漫与"，意即简直是率意对付。王令此句正从杜句脱胎而来。全句是说，兴来写诗，简直有夸俗之句。王令之诗，其同时代人王平甫已叹为"天上语，非我曹所及"（宋张邦基《墨庄漫录》卷一引），后来刘克庄也说他"骨气苍老，识度高远"（《后村诗话前集》）。以"夸俗"自诩，尤见其拔乎流俗、戛戛独造的才情。"醉余"即酒醉之后。诗人壮志凌云而报国无门，心情愤激难平，所以难免要借酒浇愁；而酒入愁肠，百感交集。国步之艰难，政事之日非，己身之牢落，种种不堪一想而又不能不想的愁闷事、心酸事、不平事触绪纷来，无法排遣，只能长歌当哭。所谓"过人声"，不当理解为声音的美妙动听，而是说他的一腔感慨及夫忧国忧民之情，较之一般诗人更为深广。因此，从某种意义上说，诗人的"过人"之声，正是他的过人才学、过人抱负、过人识见的意象化的喻示。

尾联以述志自励作收："燕然未勒胡雏在，不信吾无万古名。"燕然，指燕然山，即今蒙古人民共和国杭爱山。据《后汉书·窦宪传》记载，窦宪曾追北单于，登燕然山，勒石纪功而还。"燕然未勒"是说功业未就。以"胡雏"代指辽国与西夏，本于西晋王衍称石勒为胡雏，带有轻蔑之意，与朝廷的畏之如虎适成对照。诗人渴望投笔从戎，一奋英雄之气，立功边塞之外。结句以孑然一身、贫困潦倒之"吾",而希求万古不朽之"名",沉着痛快地显示了青年诗人敢作敢为的鲜明个性。当时朝廷对辽和西夏一味退让,有识之士怃然伤心。结合当时的政治现实来看,王令希望通过勒石燕然来建立不朽的功名,实际上宣传了一种主战必胜的信念,表现了他的积极抗争的态度。诗人另有《寄王正叔》诗云:"近嫌文字不足学,欲出简札临渊抛。""安得铁马十数万,少负弩矢加予腰。""东西南北四问罪,使人不敢诬天骄。"与本诗并读,有珠联璧合、相映生辉之妙。

郑燮说:"文章以沉着痛快为最。""至若敷陈帝王之事业,歌咏百姓之勤苦,剖析圣贤之精义,描摹英杰之风猷,岂一言两语所能了事?岂言外有言、味外取味者所能秉笔而快书乎?"(《郑板桥集·潍县署中与舍弟第五书》)王令此诗的长处,正在"沉着痛快"。(吴汝煜)

读老杜诗集　王　令

气吞风雅①妙无伦,　碌碌②当年不见珍。
自是古贤因发愤,　非关诗道可穷人③。
镌镵④物象三千首,　照耀乾坤四百春。
寂寞有名身后事⑤,　惟余孤冢未江滨。

注 ①气吞风雅:元稹《杜工部墓系铭》称杜甫诗:"上薄风雅,下该沈宋,言夺苏李,气吞曹刘。"王令活用其意。 ②碌碌:平庸无能。 ③"非关"句:欧阳修《梅圣俞诗集序》:"非诗之能穷人,殆穷者而后工也。" ④镌镵(juān chán):雕刻。 ⑤"寂寞"句:本杜甫《梦李白》其二:"千秋万岁名,寂寞身后事。"

王令对于大诗人杜甫是非常尊敬的。《读老杜诗集》这首七律,既对杜甫诗歌作出高度的评价,又对诗人一生悲辛的遭际,寄予真挚的同情。诗的开头两句:"气吞风雅妙无伦,碌碌当年不见珍。"作者赞叹杜诗的成就,是继承了《诗经》以来的优良传统,又"气吞风雅",达到精妙无比的程度。然而诗人在当时却被认为是碌碌无奇,虽有绝代的才华,并不能为时所用。《诗经》中的《国风》《大、小雅》,大都是写实的诗篇,反映出当时的时代面貌。杜甫的名篇《三吏》《三别》《羌村》三首等作,不殊《国风》;《兵车行》《丽人行》《哀江头》《哀王孙》等作,可比《小雅》;《自京赴奉先咏怀五百字》《北征》《述怀》《彭衙行》等篇,可方《大雅》。所以在杜甫身后,元稹、白居易、韩愈、杜牧、李商隐等诗人,无不对杜诗倍加赞扬,杜诗对后世影响之大,也是无与伦比的。杜甫在世,遭遇坎坷,生活极端困苦,像《同谷七歌》写他自己"岁拾橡栗随狙公,天寒日暮山谷里";像《醉时歌》"但觉高歌有鬼神,焉知饿死填沟壑。"感叹"儒术于我何有哉,孔丘盗跖俱尘埃。"都可以说明他的一生大多在乱离穷困之中度过,并不为当时所重。王令用这两句概括杜甫的一生,用意是极为深沉的。

第三、四两句:"自是古贤因发愤,非关诗道可穷人。"进一步表明杜甫诗歌和古代圣贤一样是因发愤而作。司马迁在《报任安书》中,有"诗三百篇,大抵皆圣贤发愤之所为作也"的话,杜诗也是如此。时代的动乱,人民的苦难,国事的艰危,都使诗人在感情上受到巨大的触动。这就是杜诗创作力量的源泉。诗人的生活,确实大多是困穷的,但王令认为不能因此说他们的诗是因"穷而后工",更不能说是"诗道可以穷人"。历史上有不少英雄豪杰,他们在没有乘时而起以前,极度困穷,如韩信乞食淮阴,伍员吹箫吴市,他们都不是诗人,也一样的穷困,可见"诗道可穷人"不是确论。有些诗人如曹植、谢灵运、谢朓等人,诗也写得好,却不因"穷而后工"。足见"穷而后工"之说,至多也只能有部分的道理;尽管工诗者以穷人为多,"诗道可以穷人"的说法,王令是极不赞成的。

诗的第五、六两句,是王令诗中被公认的名句:"镌镂物象三千首,照耀乾坤四百春。""三千首"是约数,杜甫现存的诗歌,只有一千四百多首,但这些诗篇牵涉的内容极为广阔,诗人忧国家之所忧,痛人民之所痛,面对复杂艰虞的社会现实,广泛而深刻地揭示安史之乱给人民带来的深重的灾难。杜甫对于人民的苦难,有着深切的同情;对于国家的命运,有着真挚的关心,不管自己生活多么困苦,而忧国忧民的热情,始终没有衰歇过。除了上述诸种主题以外,即使是咏吟自然景象,怀念亲友,咏史怀古,题画、论艺、论诗、论字,也都有杰出的诗篇。因此"镌镂物象三千首"这句,是颇能概括杜诗的内容的。"四百春"也是举其大数,由唐玄宗开元十八年(730)杜甫成年计起,至王令在世的宋仁宗嘉祐四年(1059),约近四百年,杜甫的诗歌引起后世的崇拜和共鸣,激励着一代一代的爱国者。那么"照耀乾坤四百春"这句,的确是王令发自内心的崇敬的声音。

诗的结尾两句,是王令对于杜甫的悼念和感叹:"寂寞有名身后事,惟余孤冢耒江滨。"作者感叹杜甫虽然大名辉耀后世,诗篇流传千古,但是这"千秋万岁名",毕竟是"寂寞身后事"。据《旧唐书》及其他有关记载,杜甫在代宗大历五年(770),避乱往郴州依其舅氏崔伟,行至耒阳,因贫病交加,卒于舟中。当时草草葬于耒江边,直到四十三年之后(宪宗元和八年),才由他的孙子杜嗣业把灵柩运归,安葬在今河南偃师西北的首阳山下。诗人的遗体,在王令写诗的时候,已经不在耒阳了。所以有"惟余孤冢耒江滨"的感叹,无非是就杜甫身后萧条的情况而言,以增加对诗人的悼念之情罢了。

全诗寄慨深沉,以赞颂为主,而以叹惋悲愤的心情出之。几千年来,有许多伟大的作家,多不能得志于当世,杜甫是其中之一。王令借此诗代鸣不平,所以有一种傲兀之气,跃然纸上。(马祖熙)

村 居 张舜民

水绕陂田竹绕篱,榆钱落尽槿花稀。
夕阳牛背无人卧,带得寒鸦两两归。

诗里所描写的是一幅静谧淡雅又带有一缕清寂气息的秋日村居图。

"水绕陂田竹绕篱",选材如同电影镜头的转换,由远景转到近景。村居的远处是流水潺潺,环绕着山坡上的田地。住宅外的小园,青竹绕篱,绿水映陂,一派田园风光。"榆钱落尽槿花稀",槿花,又称木槿,夏秋之交开花,花冠为紫红色或白色。槿花稀疏,表明时已清秋,一树榆钱早就随风而去了。所以院落内尽管绿荫宜人,可惜盛时已过,残存的几朵木槿花,不免引起美人迟暮之感,清寂之意自在言外。

"夕阳牛背无人卧,带得寒鸦两两归。"牛蹄声打破了沉寂,诗人把镜头又转换到小院外。夕阳西沉,暮色朦胧,老牛缓缓归来。这景象早在《诗经》中就被咏唱过:"日之夕矣,牛羊下来。"(《王风·君子于役》)然而诗人并不去重复前人诗意,而是捕捉到一个全新的艺术形象:老牛自行归来,牛背上并不是短笛横吹的牧牛郎,而是伫立的寒鸦。寒鸦易惊善飞,却在这宁静的气氛中悠闲自在,站立牛背,寒鸦之静附于牛之动,牛之动涵容了寒鸦之静,大小相映,动静相衬,构成了新颖的画面。宋人诗力求生新,于此可见一斑。"无人卧"三字是不是赘笔呢?为什么不直说:"夕阳牛背寒鸦立?"这正是此诗韵味所在。"无人卧"是顿笔,引起读者提出问题:那么到底有什么东西在牛背上呢?于是引出"带得寒鸦两两归",形象宛然在目。没有这一顿挫,则太平直,缺少韵致了。牛背负鸟这一景象,与张舜民时代相近的诗人也曾描写过。如苏迈的断句:"叶随流水归何处?牛带寒鸦过别村"(见《东坡题跋》卷三《书迈诗》),贺铸的"水牯负鸲鹆"(《庆湖遗老集》卷五《快哉亭朝暮寓目》)。张舜民此诗显然意境更高。一是融进了自己的感情色彩。牛背寒鸦,体现了乡村生活的宁静和平,但作者使用"夕阳""寒鸦"来渲染气氛,在静谧之外又笼上一层淡淡的闲愁。二是刻画形象更为细腻生动。"带"与"两两"相互配合,则牛的怡然自得、牛和鸦的自然无猜,神态毕现。看似淡淡写来,却已形神兼备、以形传神。

宁静,是这首小诗的基调。前两句选择的是绿水、田地、翠竹、屋篱、榆树、槿花等静物,以静写静。后两句却是变换手法,以动写静。牛蹄得得、行步迟迟,有声响也有动态,但是没有破坏环境的和谐统一,奥秘就在于动作的迟缓、声调的单一。这显然与王维的山水诗如《山居秋暝》《鸟鸣涧》等手法相同,以动写静,更显其静。

此诗通过细致地观察生活,以清雅自然的语言,勾勒出新颖的形象,表达了诗人悠闲宁静而又略带清愁的心境,构成了浑成和谐的意境,给人以优美的艺术享受。(何丹尼)

凤凰台次李太白韵　　郭祥正

高台不见凤凰游,浩浩长江入海流。
舞罢青蛾同去国,战残白骨尚盈丘。
风摇落日催行棹,湖拥新沙换故洲。
结绮临春无处觅,年年荒草向人愁。

凤凰台在金陵(今江苏南京)西南凤凰山上。据云,南朝刘宋元嘉年间曾有凤凰集于山上,乃筑台,并以"凤凰"分别命名山与台。唐天宝年间,大诗人李白离长安南游金陵,与友人崔宗之同上凤凰台,赋《登金陵凤凰台》七律一首。洎乎北宋,诗人郭祥正(表字功甫)步太白后尘,亦登台赋诗。《娱书堂诗话》道:"郭功甫尝与王荆公(王安石封号荆国公)登金陵凤凰台,追次李太白韵,援笔立成,一座尽倾",说的即是本诗。这首诗不仅在形式上用太白原韵,而且在意义上,也是发挥太白诗颔联的"吴宫花草埋幽径,晋代衣冠成古丘"怀古意味,于眺景之中,抒发了吊古伤今的深沉感慨。

首联写眼前景物。诗人此日登上了金陵凤凰高台,已经看不见凤凰游的盛景了,唯剩脚下的一座空台。台下,浩浩长江汹涌澎湃,入海东流。这联意思实际上相当于太白诗的第二句:"凤去台空江自流",但由于郭诗以二句扩展一句的内容,因此他便得以在第二句中缀以"浩浩""入海"二词,来壮大长江的气势,使永恒的江山与下面衰歇的人事形成强烈对比。当然,首联的意思并非仅仅如此而已。在古代,凤凰向被认为是祥瑞的象征,惟太平盛世方始出现。如今此地已"不见凤凰游"了,当年建都此地、盛极一时的六朝自然也相继随凤之去而消逝得无影无踪了,而唯有高台、大江在作着历史的见证人。

次联承上,很自然地转入怀古。诗人不由想起了六朝之中的最末一个王朝——陈的最末一个君王——后主陈叔宝。想当年,那个荒淫奢侈的昏君,日日灯红酒绿,沉溺在歌舞、美女之中,纵情作乐。不料笙歌未彻,隋军鼙鼓已动地而来,惊破了"玉树后庭花"之曲,匿于景阳宫井中的后主被搜出,执至长安,那一批粉黛青蛾也都凄凄惶惶跟着他一起被掳离故国,再无时日重返陈宫翩跹起舞了。唯有当时两军激战而弃下的白骨,依旧满满地掩埋在长江边野草丛中的累累古墓中,令人触目惊心。

三联先宕开一笔,然后又拉回到追念古昔的思路之上。夕阳西下时,刮起了风,滔滔长江中正行着几条船,风助浪势,不断地催送着那些船向前、向前;西半天上,渐渐下沉的红日也不时随着云朵晃动着,仿佛要被那风摇落下来似的。这种景象,使诗人想道:大自然的力量真是巨大的,可不是吗,那湖水不断地拥来新沙,日久天长,便改换了故洲的结构,如今岂不是唯见新滩而不见故洲了?

末联紧承上联,并以感慨兼讽喻作结。真是沧海桑田呀,岂止故洲如此?诗人进而又想到那后主至德二年(584)营造的结绮、临春两阁(当包括"望仙",凡三阁),它们都高数十丈,并数十间,窗牖、栏槛之类,都是用沉檀香作成,又饰以金石、珠翠,如此华美、坚固的建筑,而今安在哉?与那寻欢作乐的陈后主一样,都无处寻觅了。楼阁的故址处,如今荒草年年发,清风徐来时,随风飘动,似乎在诉说着不尽的愁意。讽喻之意于此已溢于言表,足够发人深省的了。

这首七律在内容上虽发挥太白诗颔联之义,却并不等同于太白诗意,而有其独特的怀古感受。艺术上则于模仿之中,又确实能得太白之神韵,兼之诗思敏捷,故不仅为当时人所倾倒,而且后人亦多有激赏之者,如明朱承爵《存余堂诗话》道:"真得太白逸气。其母梦太白而生,是岂其后身邪?"后句虽属荒诞之辞,前句还是有其道理的。(周慧珍)

和子由渑池怀旧　　苏　轼

人生到处知何似?应似飞鸿踏雪泥。
泥上偶然留指爪,鸿飞那复计东西?
老僧已死成新塔,坏壁无由见旧题。
往日崎岖还记否?路长人困蹇驴嘶。

仁宗嘉祐六年(1061),苏轼出任凤翔府(今属陕西)签判,其弟苏辙送他到郑州,然后返回京城开封,寄给他一首诗,题为《怀渑池寄子瞻兄》。苏轼和了这首诗,完全依照苏辙的原韵。

苏辙十九岁时,曾被委为渑池县主簿,但未到任便中了进士(苏辙《怀渑池寄子瞻兄》自注:"辙曾为此县簿,未赴而中第。"),因此他对渑池有一种特殊的感情。他寄给哥哥的诗里就说:"曾为县吏民知否?旧宿僧房壁共题。"很有怀旧之情。所以苏轼此诗开头四句就发表了一段议论。

就一个人来说,或是为了谋生,或是为了读书、应举、做官,东奔西走。像什么呢?像一只鸿雁。那鸿雁或是到南方过冬,或是回北方生养,来来去去。脚爪踏在雪泥之上,无非偶然留下指爪的痕迹,转眼它又飞走了;至于那留下的痕迹,它哪能记着啊;何况,痕迹又是很快会消失的。

这一段带有哲理性的议论,苏轼把这段议论用四句诗概括起来,形象生动,寄意深沉,因此很快就传扬开来了。此后,"雪泥鸿爪"便成了惯用的成语。

但这四句诗之受到广大读者欣赏,还不仅因其中所含的理趣;从艺术技巧来说,也是使人倾倒佩服的。清人纪昀评此诗说:"前四句单行入律,唐人旧格;而意境恣逸,则东坡之本色。"律诗三、四两句本来要作成对仗,意思两两相对。有些诗人有意打破这个限制,变成似对仗而又不是对仗。换句话说,文字是对仗的,意思却不是两两相对。这就叫"单行入律"。崔颢的《黄鹤楼》诗开头四句就是这种格式,他是完全不理会对仗的。王维的《敕赐百官樱桃》开头说:"芙蓉阙下会千官,紫禁朱樱出上兰。总是寝园春荐后,非关御苑鸟含残。"第二联在文字上是对仗,意思却是承上而下,这也是"单行入律"。苏轼的"泥上偶然留指爪,鸿飞那复计东西。"从文字看,也是对仗,但那意思则是承上直说下去,所以也是"单行入律"。因为若不是运用这种格式,整个意思就难于圆满表达,而且行文气势也因此大受影响,所以非要打破不可。

打破原来的束缚,顺着自己要发挥的议论直写下去,就能圆满透达,纵横恣肆,显出行文的气势,思想的透辟。不是格律限制了我,而是我来驱遣格律了。这正是苏轼本领高强之处。

下面四句是应和弟弟诗中的怀旧之情。"老僧已死成新塔,坏壁无由见旧题。"据苏辙的诗注说:"昔与子瞻应举,过宿县中寺舍,题老僧奉闲之壁。"苏轼兄弟二人从前在渑池县的僧寺中投宿,又写了诗题在墙上。但如今老和尚死了,只剩下新建的埋葬骨灰的塔;至于当日题的诗句,也因为墙壁损坏,再找也找不着了。这两句,既是暗暗回应了"雪泥鸿爪"的意思,也回答了苏辙原作"旧宿僧房壁共题"的怀旧。可见人的一生,偶然留下痕迹,随时变灭,也是一种自然规律,是没有必要过分去怀念的。

最后,苏轼提起一件往事,又可以看出他的人生态度。他说:弟弟,你还记得吗?那一年,我和你路过崤山,在二陵之间颠颠簸簸走着,不料骑的马累死了,只好改赁了驴子。那时路又长,人又乏,那跛驴子不停地叫着。这种情景,你可还记得?(作者自注:"往岁,马死于二陵,骑驴至渑池。"二陵即河南省渑池之西的崤山。)

仔细看来,这两句其实不是怀旧,而是希望他弟弟珍惜现在,开拓将来。内里的潜台词是这样:从前我兄弟二人经历过不少艰难困苦,如今彼此都中了进士,前途光明,同往日大不相同了。那些往事何必去怀念他,即使是怀念,也无非要鞭策自己奋发向前罢了。我想这层意思,他弟弟是看得懂的。

这首诗是苏轼的名作。从中可以看出他早年的积极态度,以及后来处在颠沛之中的乐观精神的底蕴。(刘逸生)

游金山寺　　苏　轼

我家江水初发源，宦游直送江入海。
闻道潮头一丈高，天寒尚有沙痕在。
中泠南畔石盘陀，古来出没随涛波。
试登绝顶望乡国，江南江北青山多。
羁愁畏晚寻归楫，山僧苦留看落日。
微风万顷靴文细，断霞半空鱼尾赤。
是时江月初生魄，二更月落天深黑。
江心似有炬火明，飞焰照山栖乌惊。
怅然归卧心莫识，非鬼非人竟何物①？
江山如此不归山，江神见怪警我顽。
我谢江神岂得已，有田不归如江水！

注　①"江心"四句苏轼自注："是夜所见如此。"

宋神宗熙宁三年（1070），苏轼在京城任殿中丞直馆判官告院，权开封判官。当时王安石秉政，大力推行新法。苏轼写了《上神宗皇帝书》《拟进士对御试策》等文，直言不讳批评新法，自然引起当道的不满。苏轼深感仕途险恶，主动请求外任。熙宁四年，乃有通判杭州的任命，苏轼当时三十六岁。他七月离京赴任，十一月初三，途经镇江金山，访宝觉、圆通二僧，夜宿寺中而作此诗。

全诗二十二句，大致可分三个层次。前八句写金山寺山水形胜，中间十句写登眺所见黄昏夕阳和深夜炬火的江景，末四句抒发此游的感喟。贯穿全诗的是浓挚的思乡之情，它反映了作者对现实政治和官场生涯的厌倦，希望买田归隐的心情。

开头二句随意吐属，自然高妙，看似浅易，实则言简意赅，精彩动人。"我家"句，开门见山点出思乡主旨，"宦游"句写出门求仕，顺流而下，引出下文。"江入海"，点出金山独特的地理位置。施补华《岘佣说诗》："'我家江水初发源，宦游直送江入海'，确是东坡游金山寺发端，他人抄袭不得。盖东坡家眉州，近岷江，故曰'江初发源'；金山在镇江，下此即海，故曰'送江入海'。"汪师韩《苏诗选评笺释》称"起二句将万里程、半生事一笔道尽"，都说得很精当。"闻道"二句一虚一实，一动一静，将传闻中长江激浪拍天潮卷金山的景象和眼前水落石出沙痕历历的情状，描绘得有声有色，长江景观，这二句大体上包涵无遗。"天寒"二字则点明了这次来游的季节。接着二句写金山在长江中的方位和形象。中泠是泉水名，即闻名于世的天下第一泉，金山在"中泠南畔"。"石盘陀"，写出了金山山石巨大而突兀不平的形状。"古来"句概括时空，写金山中流砥柱出没波涛的风貌（唐、宋时期金山远在江中，明以后江水北移，始成陆地）。"波涛出没"，也寄寓了作者对自古以来仕途的感慨，风险若此，自当视为畏途。以上六句有情有景，有古有今，有虚有实，有时有地，思绪飘忽，意象开阔，充分体现了苏轼七言古风天马行空、波澜浩大的特色。"试登"句把初到金山百感苍茫的思绪作一个收束，用"望乡国"

来回应首句，并照应篇末"有田不归"，是诗中枢纽。"青山多"应是丽景，可是诗人似乎并无欣赏之情，却有嗔怪之意，仿佛怪青山多事，不知趣地遮断了迁客的望乡之眼。其实大江两岸青山固然众多，但是即便是一马平川，想在长江下游望见眉山故乡，那也绝不可能。这种跌宕多姿的写法，突出了诗人望乡的一片痴情。这二句无论在命意还是结构上都起到了承上启下的作用。

诗的第二层就从"望"字着眼，着力刻画深夜江心的特殊之景。这在时间上就需要有个过渡，"羁愁"二句便起到了这种作用。"羁愁"是苏轼当时心境的真实写照，他面对眼前胜景，并无闲情逸致，而是思绪万千。不过，如果就此"寻归楫"，还是心有不甘的，所以便来一个"山僧苦留"，似乎是不得已而留下望落日。其实这是诗人故弄狡狯，不然他何以竟望到二更月落呢？这二句诗情曲折，波澜横生。"微风万顷靴文细，断霞半空鱼尾赤"二句，色彩绚丽，境界壮美，是写景名句。"靴文"（即靴纹），状江面因微风而起的粼粼细浪；"鱼尾赤"，形容血红晚霞，重叠如鱼鳞。这两个比喻新颖贴切，可见"子瞻作诗，长于比喻"（见《诗人玉屑》卷十七）的特点。"是时"句转入夜景，也巧妙地点出来游的日期。《礼记·乡饮酒义》："月之三日而成魄。"（"魄"是指月缺时光线暗淡而仅有圆形轮廓的那一部分），"初生魄"即初三，苏轼来游正当十一月初三。"二更"句点出"天深黑"的异常背景，预示将有不寻常事物出现，为"炬火"闪现作了渲染。炬火，本指束苇而烧的火炬，但这里显然不是，因为它那么明亮，那么突然，甚至光焰照山，惊动栖乌，这的确有点奇怪。但古人对此现象也有所记载，木华《海赋》："阴火潜然。"曹唐《南游》："涨海潮生阴火灭。"这大概就是所谓的"阴火"，或许是由某些会发光的浮游生物聚集水面而形成。在这里，它被苏轼神化了，或者竟是幻由心生，表达了诗人归田之情的浓重和执着。"炬火"的出现，为末一层的感慨预作地步，由景而情，把诗情推向了高潮。"非鬼非人竟何物"，用一个令人深思的悬念作结，逗出下文。

悬念揭开，出人意表，诗人悟出"炬火"是江神显灵示警，怪"我"冥顽不化，宦游不归。这种悟，主观色彩极浓，可见其命意所在。"不归山"本非己愿，现在神又来责怪，更见欲我归山乃天意。叙写可称奇幻。结尾二句直抒心曲。"岂得已"，蕴含着多少无可奈何之情，内涵丰富。"如江水"，是指水发誓，与对天盟誓相似，古人常用。如《左传·僖公廿四年》记晋公子重耳对子犯说："所不与舅氏同心者，有如白水！"《晋书·祖逖传》："（祖逖）中流击楫而誓曰：'祖逖不能清中原而复济者，有如大江！'"此时苏轼是向江神立誓：只要家有薄田，足以糊口，一定立即归隐。末层四句总束全篇，使前二层的情景有了归宿，堪称画龙点睛。《四库全书》总裁官纪昀批末段道："结处将无作有，两层搭为一片。归结密之极，亦巧便之极。设非如此挽合，中一段如何消纳。"批得中肯。

苏轼七言古诗与韩愈一脉相承。这首诗与韩愈《山石》在结构和立意上有异曲同工之妙。两首诗前面部分的叙写都是兴象超妙，情景如绘，而最后四句也都由游览而引起感慨，点明主题。一云"有田不归如江水"，一则云"安得至老不更归"，语意很相似。

金山寺，原名龙游寺，又名泽心寺、江天寺。天禧初，宋真宗梦游此寺，乃赐名金山寺，"为诸禅刹之冠"，殿宇巍峨，佛像庄严，文物既富，名胜也多。游寺而写寺景，也是题中应有之义，但往往难出新意。历来咏金山诗不少，但大都以刻画模写为能事，构思雷同而缺乏情致，所以佳作寥寥，传世绝少；只有唐人张祜"树影中流见，钟声隔岸闻"颇得神韵。"赋诗必此诗，定知非诗人"，苏轼这两句诗确是深刻的经验之谈。他写游金山寺，便神思独运，另辟蹊径。他对金山寺本身景观皆略而不写,着重写登眺望远高旷绵邈之景,而景中则交织一片诚挚而浓郁的乡情,使人既感到景之新,也感到情之真。汪师韩《苏诗选评笺释》说:"一往作缥缈之音,觉自来赋金山者,极意著题,正无从得此远韵。"此诗之所以广泛传诵,与艺术上的这种"远韵"是分不开的。(曹光甫)

出颍口,初见淮山,是日至寿州　　苏　轼

> 我行日夜向江海,枫叶芦花秋兴长。
> 长淮忽迷天远近,青山久与船低昂。
> 寿州已见白石塔,短棹未转黄茅冈。
> 波平风软望不到,故人久立烟苍茫。

熙宁四年(1071)六月,东坡以太常博士直史馆出为杭州通判。七月离开汴京,沿蔡河舟行东南赴陈州,历颍州,十月,出颍口,入淮水,折而东行,至寿州,过濠州、临淮、泗州,渡洪泽湖,又沿运河折而东南行,经楚州、山阳,抵扬州,渡江至润州、苏州,以十一月二十八日到杭州通判任。这首诗是他赴杭途中由颍入淮初见淮山时作。颍口在今安徽寿县西正阳关,颍水由颍上县东南流至此入淮,春秋时谓之颍尾。寿州治所在今安徽寿县。

这是东坡的名作之一。第一句"我行日夜向江海",实写由汴京赴杭州的去程,言外却有一种"贤人去国"的忧愤抑郁之情,令人想起古诗"行行重行行",想起"相去日已远,衣带日以缓,浮云蔽白日,游子不顾返"这些诗句中所包含的意蕴来。王文诰说:"此极沉痛语,浅人自不知耳。"这领会是不错的。东坡此次出都,原因是和王安石政见不合,遭到安石之党谢景温的诬告,东坡不屑自辩,但力求外放。其通判杭州,是政治上遭到排斥、受到诬陷的结果。"日夜向江海"即"相去日以远"意,言一天天愈来愈远地离开汴都,暗示了一种对朝廷的依恋、对被谗外放的愤懑不堪之情。全诗有此起句,以下只是实写日日夜夜的耳闻目见,不再纠缠这一层意思,但整个诗篇却笼罩在一种怅惘的情绪里。这是极高的艺术,不应该随便读过的。

第二句点时令。东坡以七月出都,十月至颍口,其间在陈州和子由相聚,在颍州又一同谒见已经退休的欧阳修于里第,颇事流连。计算从出都至颍口这段路程,竟整整花去了一个秋天。"枫叶芦花秋兴长",形象地概括了这一行程。

三至六句是题目的正面文字,其描写中心是"波平风软"四字。这是诗人此时此地的突出感受,是审美对象的突出特征。

"长淮忽迷天远近,青山久与船低昂"二句是一篇的警策。这里没有一个生僻的字眼和华丽的辞藻,更没有什么冷僻的典故,只是冲口而出,纯用白描,言简意深地表现了一种难言之景和不尽之情,表现得那么鲜明,那么新颖,那么自然。诗人把自己的亲切感受毫不费力地讲给人们听,使人们感到这一切都活脱脱地呈现在眼前。这种境界,是那些字雕句琢、"字字挨密为之"的诗人永远也达不到的。东坡谈艺,尝言"求物之妙"好像"系风捕影",诗人不仅对他所写的东西做到了"了然于心",而且做到了"了然于口与手"。这两句诗,可以说是抓住了此

时此地的"物之妙"，而且做到了两个"了然"的例子。淮水源多流广，唐人尝称之为"广源公"（见《唐书·玄宗纪》，原作"长源公"，此据郭沫若校改）。诗人沿着蔡河、颍水一路行来，水面都比较狭窄，沿途所见，不外是枫叶芦花的瑟瑟秋意，情趣是比较单调的。一出颖口就不同了，面对着水天相接的广阔的长淮，顿觉耳目一新，精神为之一振。"忽迷"二字表达了这种情景交融的新异之感。而两岸青山，连绵不断，隐隐约约，像无尽的波澜，时起时伏。诗人此际，扁舟一叶，容与中流，遥吟俯唱，逸兴遄飞，他的心和江山胜迹已融合在一起了。究竟是山在低昂？水在低昂？船在低昂？他说不清；他只觉得一切都在徐徐地流动，徐徐地运行；他处在一种波浪式前进的过程中，他完全在大自然的怀抱中陶醉了！七个字写出了船随水波起伏，人在船上感觉不出，只觉得两岸青山忽上忽下；其中"久与"二字写出了"波平风软"的神情，也曲折地暗示了诗人去国的惘惘不安、隐隐作痛，"行道迟迟，中心有违"的依约心情。这两句诗，看来东坡自己也是十分得意的，他在后来写的《李思训画长江绝岛图》诗中写道："沙平风软望不到，孤山久与船低昂"，重复用了这首诗的第四、第七两句，只换了一个"沙"字，一个"孤"字。

"寿州已见白石塔，短棹未转黄茅冈"二句振笔直书，用粗笔浓涂大抹，一气流转，使人忘记了这中间还有对仗。寿州的白塔已经在望，要到达那里，还得绕过前面那一带黄茅冈。说"已见"，说"未转"，再一次突出了"波平风软"的特色。这里的黄茅冈不是地名，而是实指长满黄茅的山冈，前代注家已经辨明过了。

七、八句乘势而下，用"波平风软"四字总束了中四句描写；用"望不到"三字引出第八句这个抒情的结尾。不说自己急于到达寿州，却说寿州的故人久立相待，从对面着笔，更加曲折有味。后二十三年（绍圣元年，即1094），东坡尝纵笔自书此诗，且题云："余年三十六赴杭倅过寿作此诗，今五十九，南迁至虔，烟雨凄然，颇有当年气象也。"据东坡这段题记，知至寿州之日当有小雨。此诗"烟苍茫"三字就是描写那"烟雨凄然"的气象的。又，诗中所称"故人"不知指谁，翁方纲《石洲诗话》说"故人即青山也"，义殊难通。以本集考之，疑此"故人"或即李定。与东坡同时有三个李定，此李定即《乌台诗案》中所称尝"承受无讥讽文字"者。其人此时在寿州，东坡有《寿州李定少卿出钱城东龙潭上》诗可证。

这首诗情景浑融，神完气足，光彩照人，是一个完美的艺术整体。方东树评之云："奇气一片"，正是指它的整体美，不能枝枝节节地求之于一字一句间的。赵翼《瓯北诗话》评东坡诗云："东坡大气旋转，不屑屑于句法字法中别求新奇，而笔力所到，自成创格。"又云："坡诗实不以锻炼为工，其妙处在乎心地空明，自然流出，一似全不着力，而自然沁人心脾。""此不可以声调格律求之也。"参看这些评语，对于理解这首诗的艺术特点是有帮助的。从声调格律看，这是一首拗体律诗，前人又称之为"吴体"的。许印芳《诗谱详说》卷四云："七律拗体变格，本名吴体，见老杜《愁》诗小注。"按杜甫有《愁》诗一首，题下自注云："强戏为吴体。"吴体之名始见于此。所谓吴体，是说它有意破坏一般律诗的格律声调，把民歌或古诗的声调运用于律体之中，构成一种特殊的音乐美，以适应特定内容的需要。《杜臆》在论老杜《愁》诗时说："愁起于心，真有一段郁戾不平之气，因以拗体发之。"朱熹《清邃阁论诗》称杜诗"晚年横逆不可当"。正是指杜的拗体律诗别有一种"横逆"难当的风格。纪昀评东坡此诗云："吴体之佳者。"汪师韩《苏诗选评笺释》云："宛是拗体律诗，有古趣兼有逸趣。"东坡此诗正是把古诗的声调运用于七律，以表达其郁勃不平之气。王士祯《居易录》所谓"苍莽历落中自成音节"者，东坡此诗实足以当之。（白敦仁）

六月二十七日望湖楼醉书五绝(其一、其二)　　苏　轼

黑云翻墨未遮山，白雨跳珠乱入船。
卷地风来忽吹散，望湖楼下水如天。

放生鱼鳖逐人来，无主荷花到处开。
水枕能令山俯仰，风船解与月徘徊。

　　熙宁五年(1072)苏轼在杭州任通判。这年六月廿七日，他游览西湖，在船上看到奇妙的湖光山色，再到望湖楼上喝酒，写下五首绝句。这里选的是其中两首。

　　两首诗写的都是坐船时所见，而各有妙趣。先看第一首：

　　诗人写一场风雨变幻，十分生动。他那时是坐在船上。船正好划到望湖楼下。忽见远处天上涌起来一片黑云，就像泼翻了一盆墨汁，半边天空霎时昏暗。这片黑云不偏不倚，直向湖上奔来，一眨眼间，便泼下一场倾盆大雨。只见湖面上溅起无数水花，那雨点足有黄豆大小，纷纷打到船上来，就像天老爷把千万颗珍珠一齐撒下，船篷船板，全是一片乒乒乓乓的声响。船上有人吓慌了，嚷着要靠岸。可是诗人朝远处一看，却分明知道，这不过是一场过眼云雨，转眼就收场了。你看，远处的群山不是依然映着阳光，全无半点雨意么。

　　开头两句写的就是这场景象。

　　也确实是如此。这片黑云，无非是顺着风势吹来，也顺着风势移去。还不到半盏茶工夫，雨过天晴，依旧是一片平静。水映着天，天照着水，碧波如镜，又是一派温柔明媚的风光。

　　诗人把一场忽然而来又忽然而去的骤雨，抓住它几个要点，写得如此鲜明，富于情趣，确是颇见功夫。用"翻墨"写出云的来势，用"跳珠"描绘雨的特点，自然是骤雨而不是久雨。"未遮山"是骤雨才有的景象。"卷地风"说明雨过得快的原因，都是如实描写，却分插在第一、第三句中，彼此呼应，烘托得好。最后用"水如天"写一场骤雨的结束，又有悠然不尽的情致。句中又用"白雨"和"黑云"映衬，用"水如天"和"卷地风"对照，用"乱入船"与"未遮山"比较，都显出作者构思时的用心。这二十八个字，好像是随笔挥洒，信手拈来，仔细寻味，便看出作者功力的深厚，只是在表面上不着痕迹罢了。

　　第二首是写乘船在湖中巡游的情景。

　　北宋时，杭州西湖由政府规定作为放生池。王注引张栻的话说："天禧四年，太子太保判杭州王钦若奏：以西湖为放生池，'禁捕鱼鸟，为人主祈福。'"这是相当于现代的禁捕禁猎区；所不同的，只是从前有人买鱼放生，还要挂个什么"祈福"的名堂罢了。西湖既是禁捕区，所以也是禁植区，私人不得占用湖地种植。诗的开头，就写出这个事实。那些被人放生、自由成长的鱼鳖之类，不但没有受到人的威胁，反而受到人的施与，游湖的人常常会把食饵投放水里，吸引那些小家伙围拢来吃。便是你不去管它，它们凭着条件反射，也会向你追赶过来。至于满湖的荷花，也没有谁去种植，自己凭着自然力量生长，东边一丛，西边一簇，自开自落，反而

显现出一派野趣。

　　然而此诗的趣味却在后面两句。"水枕能令山俯仰"——山也能俯仰吗？人们都读过杜甫"风雨不动安如山"(《茅屋为秋风所破歌》)的句子,杜牧也有"古训屹如山"(《池州送孟迟》)的说法,如今却偏要说"山俯仰",山真能俯仰吗？诗人认为是能的。那理由就在"水枕"。什么是"水枕"？枕席放在水面上。准确地说,是放在船上。船一颠摆,躺在船上的人就看到山的一俯一仰。这本来并不出奇,许多人都有过这种经验。问题在于诗人把"神通"交给了"水枕",仿佛这个"水枕"能有绝大的神力,足以把整座山颠来倒去。这样的构思,就显出了一种妙趣来。

　　"风船解与月徘徊"——同样是写出一种在船上泛游的情趣。湖上刮起了风,小船随风飘荡。这也是常见的,不足为奇。人们坐在院子里抬头看月亮,月亮在云朵里好像慢慢移动,就像在天空里徘徊。因此李白说:"我歌月徘徊,我舞影零乱。"(《月下独酌》)这也不算新奇。不同的地方是,苏轼把船的游荡和月的徘徊轻轻牵拢,拉到一块来,那就生出了新意。是的,船在徘徊,月也在徘徊,但不知是月亮引起船的徘徊,还是船儿逗得月亮也欣然徘徊起来呢？假如说,是风的力量使船在水上徘徊,那又是什么力量让月亮在天上徘徊呢？还有,这两种徘徊,到底是相同呢还是不同呢？确实,把"船"和"月"两种"徘徊"联系起来,就使人产生许多问号,似乎其中包了什么哲理,要定下神来,好好想一想才是。如此说来,这句诗岂不是饶有情趣吗！

　　人们常说"风马牛不相及"。假如能把一些本不相及的东西拉在一块,那又如何？读了苏轼这句诗,也许对读者有些启发吧。(刘逸生)

吴中田妇叹　　苏　轼

今年粳稻熟苦迟,　　庶见霜风来几时。
霜风来时雨如泻,　　杷头出菌镰生衣。
眼枯泪尽雨不尽,　　忍见黄穗卧青泥!
茅苫一月陇上宿,　　天晴获稻随车归。
汗流肩赪①载入市,　　价贱乞与如糠粞②。
卖牛纳税拆屋炊,　　虑浅不及明年饥。
官今要钱不要米,　　西北万里招羌儿。
龚黄满朝人更苦,　　不如却作河伯妇。

注　① 赪(chēng):赤红色。　② 粞(xī):碎米。

　　本诗熙宁五年(1072)冬作于湖州。诗题下有自注云:"和贾收韵。"贾收,字耘老,吴兴人。平生钦佩苏轼,著有《怀苏集》一卷。苏轼作此诗时,王安石的一系列新法正在全国范围内逐步施行。这对缓和宋王朝的社会矛盾,调节封建生产关系等方面虽然有积极作用,但也出现一些弊端,苏轼有感于此,蒿目时艰,写下了《吴中田妇叹》《山村五绝》一类的社会政治诗。这些诗篇里虽然夹杂了诗人对新法的偏见,但并没有冲淡诗中倾注作者同情民生疾苦的基调。

　　这首《吴中田妇叹》是在江南秋雨成灾的背景下写出的。诗人借田妇的口吻,集中描绘了江浙一带农民的悲惨生活情景。全诗分为两大段。前八句为第一大段,写雨灾造成的苦难。后八句为第二大段,写虐政害民更甚于秋涝。

　　诗的开头二句写今年粳稻的成熟期甚晚,幸亏没有多时秋天就来到了。点明了秋收的季节。紧接着诗人运转笔锋,直写雨灾。"霜风"二句写滂沱大雨使快成熟的粳稻无法开镰收割。杷,同钯。爬梳的农具因长期天雨潮湿而发了霉,镰刀也生了锈。这里用农具"出菌""生衣"来表现灾情之严重,使常景变成了奇句,显示出诗人独特的艺术才华。

　　"眼枯泪尽雨不尽",这是化用杜甫《新安史》:"莫自使眼枯,收汝泪纵横;眼枯即见骨,天地终无情"的诗意。在即将收割的秋季遇上连续如注的大雨,农民怎不忧心如焚,伤心得落尽眼泪呢?又怎能忍心看着金黄色的稻穗倒伏在泥田里呢?"茅苫"二句由内心的伤痛转写抢收的行动。为了抢救粳稻,农民在田头边搭起了茅草棚,住宿在里面看管了一个月。好不容易盼到了晴天,赶紧抢收运载而归。然而他们却不能享受这辛勤劳动得来的果实。

　　"汗流"以下八句通过谷贱伤农的事实,抨击了造成钱荒的新法流弊。诗人先叙述农民担粮入市,汗流浃背,磨肿肩膀;后写米价低贱就同糠和碎米一样。经过多么艰苦的劳动,换来的却是那么微薄的收入!"卖牛"二句承上揭示了赋税的繁重。农民无奈只有卖牛凑钱纳税,为了烧饭,只得拆下屋里的木头,以解救燃眉之急,而顾不上明年的饥荒。这种夸张的笔墨,与司马光在熙宁七年《应诏言朝政阙失状》中所写农民"若值凶年,无谷可粜,责其钱不已,故卖田,则家家卖田;欲卖屋,则家家卖屋;欲卖牛,则家家卖牛"一样,都是片面的夸大言辞。不过,在新法条例中,如青苗法、免役法等都规定赋税要钱不收米。当时百姓有米而官府不要米,百姓无钱而必要钱。这就造成一时米贱钱荒的社会问题。诗中"官今要钱不要米",触及时政流弊的实质。"西北"句是指当时为了抗击西夏,王安石采用王韶的建议,对西北沿边羌人蕃部进行招抚,虽有利于巩固边防,但也花费了不少钱。这必然加重人民的负担,而官吏催逼,唯钱是求,使农民走投无路,难以为生。最后二句借用典故收结,把全诗的气氛推到了高潮。"龚黄",指汉代的龚遂和黄霸。龚遂任勃海太守,黄霸任颍川太守,他们都是以恤民宽政著名的官吏。这里的"龚黄满朝"是带着明显嘲讽意味的。"河伯妇",是用《史记》中西门豹传的故事。在战国时邺县豪绅与女巫假托"河伯娶妇",敲诈勒索,残害百姓。西门豹任邺县令时,为民除害,施计把巫婆投入河中。作者借用来表明百姓被逼得无路可走,不如投河自尽。这种用意苏轼后来在元祐元年(1086)写的《乞不给散青苗钱斛状》中说得很明确:"二十年间,因欠青苗,至卖田宅、雇妻子、投水自缢者,不可胜数,朝廷忍复行之欤?"

　　苏轼这首讥讪新法的诗篇,它的特点并不是用政治图解的方式来表达思想倾向,而是选取典型的生活情景和人物的行动,通过叙事抒情,间用议论的方式,形象地反映社会现实生活,读来感到真实动人。全诗的结构布局紧紧扣住诗题的"叹"字,写得层次分明而又步步深入。首先叹息稻熟苦迟,其次哀叹秋雨成灾,复次喟叹谷贱伤农,末以嘲讽官吏,逼民投河作结,更令人触目惊心。整个诗篇的字里行间充满了诗人对劳动农民苦难遭遇的深切同情,尽管这是与反对新法的偏见交织在一起,也是不能轻易抹杀的。(曹济平)

新城道中二首　　苏　轼

东风知我欲山行，吹断檐间积雨声。
岭上晴云披絮帽，树头初日挂铜钲^①。
野桃含笑竹篱短，溪柳自摇沙水清。
西崦人家应最乐，煮葵烧笋饷春耕。

身世悠悠我此行，溪边委辔听溪声。
散材畏见搜林斧，疲马思闻卷斾钲。
细雨足时茶户喜，乱山深处长官清。
人间歧路知多少？试向桑田问耦耕。

> **注** ① 钲(zhēng)：古代乐器。又名"丁宁"，形似钟而狭长，有长柄可执，击之而鸣。

　　神宗熙宁六年(1073)的春天，诗人在杭州通判任上出巡所领各属县。新城在杭州西南，为杭州属县(今浙江富阳县新登镇)。作者自富阳赴新城途中，饱览了秀丽明媚的春光，见到了繁忙的春耕景象，于是用轻松活泼的笔调写下这两首诗，抒写自己的途中见闻和愉快的心情。

　　第一首主要写景，景中含情；第二首着重抒情，情中有景。

　　清晨，诗人准备启程了。东风多情，雨声有意。为了诗人旅途顺利，和煦的东风赶来送行，吹散了阴云；淅沥的雨声及时收敛，天空放晴。"檐间积雨"，说明这场春雨下了多日，正当诗人"欲山行"之际，东风吹来，雨过天晴，诗人心中的阴影也一扫而光，难怪他要把东风视为通达人情的老朋友一般了。出远门首先要看天色，既然天公作美，自然就决定了旅途中的愉悦心情。出得门来，首先映入眼帘的是那迷人的晨景：白色的雾霭笼罩着高高的山顶，仿佛山峰戴了一顶白丝绵制的头巾；一轮朝阳正冉冉升起，远远望去，仿佛树梢上挂着一面又圆又亮的铜钲。穿山越岭，再往前行，一路上更是春光明媚、春意盎然。鲜艳的桃花，矮矮的竹篱，袅娜的垂柳，清澈的小溪，再加上那正在田地里忙于春耕的农民，有物有人，有动有静，有红有绿，构成了一幅画面生动、色调和谐的农家春景图。雨后的山村景色如此清新秀丽，使得诗人出发时的愉悦心情有增无减。因此，从他眼中看到的景物都带上了主观色彩，充满着欢乐和生意。野桃会"含笑"点头，"溪柳"会摇摆起舞，好不快活自在！而诗人想象中的"西崦人家"更是其乐无比：日出而作，日入而息；田间小憩，妇童饷耕；春种秋收，自食其力，不异桃源佳境！这些景致和人物的描写是作者当时欢乐心情的反映，也表现了他厌恶俗务、热爱自然的情趣。

　　第二首继写山行时的感慨，及将至新城时问路的情形，与第一首词意衔接。

　　行进在这崎岖漫长的山路上，不禁使诗人联想到人生的旅途同样是这样崎岖而漫长。有山重水复，也有柳暗花明；有阴风惨雨，也有雨过天晴。应该怎样对待人生？诗人不知不觉中放松了缰绳，任马儿沿着潺潺的山溪缓缓前行。马背上的诗人低头陷入了沉思。"散材""疲马"，都是作者自况。作者是因为在激烈的新、旧党争中，在朝廷无法立脚，才请求外调到杭州任地方官的。"散材",指无用之才(典出《庄子·逍遥游》),此处为作者自喻。"搜林斧",喻指深文周纳的党祸。即使任官在外,作者也在担心随时可能飞来的横祸降临,即便是无用之材,也畏见那搜林的利斧。作者对政治斗争、官场角逐感到厌倦,就像那久在沙场冲锋陷阵的战马,早已疲惫不堪,很想听到鸣金收兵的休息讯号。所以,作者对自己目前这样悠然自在的生活感到惬意。他在饱览山光水色之余,想到了前几日霏霏春雨给茶农带来的喜悦,想到了为官清正的友人新城县令晁端友。临近新城,沉思之余,急切间却迷了路。诗的最末两句,就写诗人向田园中农夫问路的情形,同时也暗用《论语·微子》的典故:两位隐士长沮、桀溺耦而耕,孔子命子路向他们问路,二人对曰:"滔滔者,天下皆是也,而谁以易之?且而与其从避人之士也,岂若从避世之士哉?"诗人以此喻归隐之意。

两首诗以时间先后为序,依原韵自和,描绘"道中"所见所闻所感,格律纯熟,自然贴切,功力深厚。尤其是第一首"野桃""溪柳"一联倍受前人激赏,汪师韩以为是"铸语神来"之笔,"常人得之便足以名世"(《苏诗选评笺释》卷二)。其实不仅此联,即如"絮帽""铜钲"之比拟恰切,"散材""疲马"之颇见性情,不也各有千秋,脍炙人口吗?(沈时蓉　詹杭伦)

饮湖上初晴后雨二首(其二)　　苏　轼

水光潋滟晴方好,山色空蒙雨亦奇。
欲把西湖比西子,淡妆浓抹总相宜。

苏轼于神宗熙宁四年(1071)到七年在杭州任通判期间,曾写了大量咏西湖景物的诗。这是最脍炙人口的一首。

诗的上半首既写了西湖的水光山色,也写了西湖的晴姿雨态。首句写晴日照射下荡漾的湖波;次句写雨幕笼罩下缥缈的山影。联系诗题《饮湖上初晴后雨》来看,两句所描摹的正是当天先后呈现在诗人眼前的真实景观。联系同题第一首诗的前两句"朝曦迎客艳重冈,晚雨留人入醉乡"来看,那一天,诗人在西湖游宴终日,早晨阳光明艳,后来转阴,入暮后下起雨来。而在善于领略自然并对西湖有深厚感情的诗人眼中,无论是水是山,或晴或雨,都是美好奇妙的。从"晴方好""雨亦奇"这一赞评,读者不仅可以想见在不同天气下的湖山胜景,也可想见诗人即景挥毫时的兴会及其洒脱的性格、开阔的胸怀。

下半首诗里,诗人没有紧承前两句,进一步运用他的写气图貌之笔来描绘湖山的晴光雨色,而是遗貌取神,只用一个既空灵又贴切的妙喻就传出了湖山的神韵。喻体和本体之间,除了从字面看,西湖与西子同有一个"西"字外,诗人的着眼点所在只是当前的西湖之美,在风神韵味上,与想象中的西施之美有其可意会而不可言传的相似之处。而正因西湖与西子都是其美在神,所以对西湖来说,晴也好,雨也好,对西子来说,浓妆也好,淡抹也好,都无改其美,而只能增添其美。对这个比喻,今人有两种相反的解说:一说认为诗人"是以晴天的西湖比淡妆的西子,以雨天的西湖比浓妆的西子";一说认为诗人是"以晴天比浓妆,雨天比淡妆"。两说都各有所见,各有所据。但就才情横溢的诗人而言,这是妙手偶得的取神之喻,诗思偶到的神来之笔，只是一时心与景会，从西湖的美景联想到作为美的化身的西子，从西湖的"晴方好""雨亦奇"，想象西子应也是"浓妆淡抹总相宜"，当其设喻之际、下笔之时，恐怕未必拘泥于晴与雨二者，何者指浓妆，何者指淡妆。今天欣赏这首诗时，如果一定要使浓妆、淡妆分属晴、雨，可能反而有损于比喻的完整性、诗思的空灵美。

这里，诗人抒发的是一时的才思，但这一比喻如陈衍在《宋诗精华录》中所说，"遂成为西湖定评"。从此，人们常以"西子湖"作为西湖的别称。苏轼本人对这一比喻也很得意，曾在诗中多次运用，如《次韵刘景文登介亭》诗有"西湖真西子，烟树点眉目"句，《次前韵答马忠玉》诗有"只有西湖似西子，故应宛转为君容"句。后人对这一比喻更深为赞赏，常在诗中提到，如武衍在《正月二日泛舟湖上》诗中就说："除却淡妆浓抹句，更将何语比西湖？"

王文诰在《苏文忠公诗编注集成》中称这首诗是"前无古人，后无来者"的"名篇"。其特点之一是概括性特别强。它写的不是西湖的一处之景或一时之景，而是对西湖的全面写照和全面评价，因而它就具有超越时间的艺术生命，一直到今天还浮现在西湖游客的心头，使湖山因之生色。（陈邦炎）

有美堂暴雨　　苏　轼

游人脚底一声雷，满座顽云拨不开。
天外黑风吹海立，浙东飞雨过江来。
十分潋滟金樽凸，千杖敲铿羯鼓催。
唤起谪仙泉洒面，倒倾鲛室泻琼瑰。

熙宁六年（1073），苏轼任杭州通判时作此诗。有美堂在西湖东南面的吴山上，为杭州知州梅挚于嘉祐二年（1057）所建。堂名"有美"，乃取自宋仁宗赐梅挚诗"地有吴山美，东南第一州"中的二字。

乍读此诗，常使人错以为是截取古风诗中的一段，其气势、节奏和结构与一般的七律颇不相同。例如，开篇便不取律诗寻常开合之法，而是直接将大暴风雨的声势突兀展现出来。俗话说高雷无雨，一旦雷起脚底，其雨势便可想而知了。"一声"二字，更显出雷霆之迅烈。第二句，"云"上冠一"顽"字，已见云层之厚重浓密，再接一个强烈的动词"拨"，拨而不开，笼罩满座，更兼脚底霹雳，其景其情，历历如在目前。

接下一联，诗人更舒笔大写暴雨突来、风起云涌之势。风本无形无色之物，何以色黑？海又何以能掀立半空？但非如此写，其波澜壮阔之貌，惊心动魄之状，便不能形容得如此淋漓尽致。"吹海立"是从杜甫《朝献太清宫赋》"四海之水皆立"句化出。古代以钱塘江为浙江，浙东乃指钱塘江以东的地区。这句中连用三个动作延续性较长的动词"飞""过""来"，极为生动地展示出大雨自远而近、横跨大江、呼啸奔来的壮观奇景。这种对暴风雨作动态的过程描绘，令丹青妙手为之缩手。

本诗题为"有美堂暴雨"，然直到第四句，才写及雨之飞来，前半重心，乃在写其"暴"，故诗人饱蘸浓墨,大笔勾勒云雷天风,显现其倾天泼海之势,接下才真正转到正面写雨,因而,雨未下,而其势已见。

五、六两句,或状形,或绘声,写实写意兼用,表现诗人站在吴山高处对暴风雨的独特感受。前句化用杜牧《羊栏夜宴》诗"酒凸觥心激滟光",滟滟是水满溢动的样子,这里是形容雨中的西湖像一樽酒满将溢的金盏。在艺术上,"白发三千丈"式的扩展事物原貌是夸张,为达到特殊效果而缩小其比例,也是一种夸张。在诗人俯瞰之中,偌大的西湖,仿佛只是天地间的一只酒杯,其气魄之雄奇实不亚于李贺的"一泓海水杯中泻"(《梦天》)。羯鼓是一种西域乐器,"其声焦杀鸣烈,尤宜促曲急破"(见南卓《羯鼓录》)。唐代宋璟曾描述击鼓"手如白雨点",苏轼反用其意,以羯鼓之急促状雨点之骤密,铿锵澎湃之声,如万鼓齐奏。

《旧唐书·李白传》载:"玄宗度曲,欲造乐府新词,亟召白,白已卧于酒肆矣。召入,以水洒面,即令秉笔,顷之成十余章。"苏轼于跳珠泻玉般的急雨中,由上联的酒的意象联想到李白故事,不禁忽发奇想:该不是天帝欲造新词,便倾水洒面,以唤起"谪仙人"李白,于是这珍珠琼玉般的仙泉洒落人间,即化作这满天的大雨了。全诗便在这"心游万仞"的奇想中戛然而止。

苏轼在这首诗中,似乎有意背离中国古代"诗以言志"的传统和微言大义式的象征暗示手法,完全站在客观地位,充分发挥自己的全部感受能力,任凭想象力驰骋于大自然的奇观之中。其创作态度,其笔法,恰如写生画家即兴挥毫,临摹自然实景。诗人正是通过这种纯粹客观式的画面,使人们领略到大自然的壮丽雄奇的景色。当然,透过这画面,我们也同样能感受到诗人创作时起伏激荡的情绪。在具体写法上,诗人紧紧扣住疾雷、迅风、暴雨的特点进行刻画,使全诗的节奏和气势亦如自然风暴般急促,来如惊雷,陡然而至,令人应接不暇;去如飘风,悠然而逝,使人心有余悸。其用词之瑰丽,其想象之奇特,无不令人想到唐代诗人李贺,但其气势之奔腾不羁,其韵律之琅琅悦耳,却又超越李贺,分明显示出苏轼个人的特色。(胡晓晖)

与毛令方尉游西菩寺二首　　苏　轼

推挤不去已三年,鱼鸟依然笑我顽。
人未放归江北路,天教看尽浙西山。
尚书清节衣冠后,处士风流水石间。
一笑相逢那易得,数诗狂语不须删。

路转山腰足未移,水清石瘦便能奇。
白云自占东西岭,明月谁分上下池。
黑黍黄粱初熟后,朱柑绿桔半甜时。
人生此乐须天赋,莫遣儿曹取次知。

诗写于熙宁七年(1074)杭州通判任上,时诗人年三十九。"西菩寺"一作"西菩提寺"。寺在於潜(今浙江临安)西的西菩山,始建于唐天祐年间,宋时易名为"明智寺"。毛令,於潜县令毛国华。方尉,於潜县尉方武。是年苏轼因察看蝗灾,过於潜,八月二十七日与毛、方二人同游西菩寺,作此二诗。

苏轼生性爱好登山临水,对祖国山河具有浓厚的兴致。政治上的失意,使他更加纵情于山水之间,以领略人生的另一种乐趣。这组七律,既写其游山玩水之乐,又抒其心中感慨。

第一首前二联诗人的万端感慨已涌现于笔端了。诗人自熙宁四年十一月到杭州任,至此时已届三年。三年来,虽与知州陈述古唱酬往还,交谊颇深,但仍遭人排挤,故曰:"推挤不去已三年。"仕途既艰,则该稍敛锋芒。熙宁初,因为诗人数次上书论新法不便于民,退而亦多与宾客讥诮时政,其表兄文同就极不以为然,故在他出为杭州通判时,就有《送行诗》相赠:"北客若来休问事,西湖虽好莫吟诗",可是诗人不听,继续不断作诗讥刺新政,诸如《山村五绝》《八月十五日看潮五绝》等等,不一而足。所以诗人自己也觉得好笑:这就怪不得连那鱼鸟也要嘲笑我的顽固不化了。首联诗人慨叹自己实在过于"赋性刚拙,议论不随"(见《乞罢学士除闲慢差遣劄子》),便也怨不得自己不能"放归江北路"了。江北路,指回京师汴京(今河南开封)之路,汴京在长江以北,故云。诗人杭州之任,虽属自愿请行,但也形同放逐(那是由于政敌的攻击,不使安于朝廷),因道:放逐南来,既未蒙赐环,我也就乐得任性逍遥,这可是天教我"看尽浙西山"了。浙西,据李吉甫《元和郡县志》,浙西有州六:润、常、苏、杭、湖、秀,这一带是山明水秀之区,真够诗人尽兴游赏的了。颔联在达观之言的后面,强抑着内心的愤懑。

诗人为首,一行三人,迤逦而行,尽管感慨丛生,然而去游寺,毕竟是令人高兴的事,故而下面二联便转笔写同游者,写他自己随兴赋诗的心情。尚书,指曹魏尚书仆射毛玠。玠典选举,所用皆清正之士,故太祖(曹操)尝叹曰:"用人如此,使天下人自治,吾复何为哉!"(《三国志·魏志·毛玠传》)衣冠,指士大夫阶级。处士,古时称有才德而隐居不仕的人,此处则指唐末诗人方干。干字雄飞,终身不仕,隐居于会稽(今浙江绍兴)鉴湖之滨,以渔钓为乐,时号"逸士"(义同"处士")。颈联先赞美县令毛国华是有清风亮节的毛尚书之后(这是赞美之词,实际上毛国华并非毛玠后人),又将县尉方武比作"风流水石间"的处士方干。同游者既都是清流雅望之士,诗人自然觉得十分难得:"一笑相逢那易得",由不得他不兴致勃勃起来。诗人兴来必要赋诗,又自以为"数诗狂语不须删"——这几句诗乃我率真狂放的本色之言,不必过于认真,推敲删改。

其时三人已来到了寺前,故第二首方始入题写游寺。一、二联描写寺景。首联概写。众人驻足观赏,故曰"足未移",而脚下之路却迤逦盘陀,早已绕过了西菩山腰,因说"路转山腰"。这时,对大自然的奇妙美景一向有敏锐观察力的诗人,于俯仰之间,已经发现了西菩寺内、外的奇景:"水清石瘦便能奇"。颔联便分写水、石奇境。《於潜图经》云:"寺前有东西两山,或有云晦,遥望如岭焉",《咸淳临安志》曰:"明智寺中,有清凉池、明月池",寺景所奇便在此二山、二池上。诗人如此描写:先承"石瘦"写两山:"白云自占东西岭"。两峰屹然,直插云霄,白云浪涌,时掩峰顶,其情景便仿佛是那白云自己占据了东、西二岭。又承"水清"写二池:"明月谁分上下池"。天已向晚,一轮明月早已钻出了云缝,它一视同仁,不分上下,使两池共婵娟,而池水清澈,漾出了一双月影。在这两联中,诗人将他诗家的眼光所捕捉到的景物特点,以奇特的想象和灵动的笔致,加以渲染,便使那客观景物染上了浓厚的主观色彩,情态逼真,奇趣横生,生动地展现了西菩寺的无限奇妙风光。

颈联的描写,又变换了手法。诗人在游目庭院、田野时,看见了累累秋实:初熟的小米、高梁、半甜(半熟)的柑和桔,就重研丹青,为它们分别抹上了黑、黄、朱、绿四种较实物更为浓艳而鲜明的色彩,绘成了一幅色泽斑斓的秋色图。入胜境而观奇景、美景,诗人的游览之乐于此时便达到了极点,尾联便直说其乐:人生这种登山临水、探奇访胜之乐,是要由老天爷赐给的(言外之意:何况是老天爷特意赐给我的),可千万别让小儿辈们随随便便得知个中消息。方其时,诗人似乎已全然忘却了胸中深藏的许多烦恼了,实则非也。"天赋"已暗兜"天教",分明有慨;而"莫遣"句,出自《晋书·王羲之传》:"羲之既去官,与东土人士尽山水之游……谢安尝谓羲之曰:'中年以来,伤于哀乐,与亲友别,辄作数日恶。'羲之曰:'年在桑榆,自然至此,顷正赖丝竹陶写,恒恐儿辈觉,损其欢乐之趣'。"诗人之意为:自己的探胜幽趣,如果让儿辈们知道,也会遭到非议,使人败兴。虽有这种言外之意在,又妙在比前首更为含蓄。

钱基博曾说:苏轼"好为嘻笑,虽羁愁之文,亦出以嘻笑,萧然物外,逸趣横生,栩栩焉神愉而体轻,令人欲弃百事而从之游焉。"移来品评此诗情调,也颇恰当。然而此乃坡公胸怀使然,他人难以学到。在艺术上,二诗于随意吐属、一气奔放之中,又属对精妙,格律精严,用毛、方二古人之典以切毛令、方尉之姓,毫无着力之痕,堪谓挥洒自如与意匠经营融合无迹的佳构。
(周慧珍)

送 春 苏 轼

梦里青春可得追? 欲将诗句绊余晖。
酒阑病客惟思睡, 蜜熟黄蜂亦懒飞。
芍药樱桃俱扫地, 鬓丝禅榻两忘机。
凭君借取《法界观》, 一洗人间万事非。

《送春》是苏轼《和子由四首》中的一首。苏辙于熙宁七年(1074)春末任齐州(治所在今山东济南)掌书记时,作《次韵刘敏殿丞送春》,苏轼诗就是和这一首的,可称和诗的和诗。但苏轼《和子由四首》并非与原唱作于同时,因为其中的《首夏官舍即事》有"令人却忆湖边事"句,湖指杭州西湖,"忆"字表明作这四首和诗时已不在杭州。苏轼是熙宁七年八九月间由杭州通判改任密州知州的,十一月到密州任,苏诗旧注本系此诗于熙宁八年密州任上作,是大体可信的。

这是一首七律,律诗的格律已经很严,而次韵诗又多一重限制,不易写好。苏轼诗中的次韵之作竟达三分之一。有人指责他骋才,搞文字游戏。其实,艺术本来就是戴着枷锁跳舞,限制越严,表演越自由,越能赢得观众的喝彩。即以此诗为例,苏辙的原唱是:"春去堂堂不复追,空余草木弄晴晖。交游归雁行将尽,踪迹鸣鸠懒不飞。老大未须惊节物,醉狂兼得避危机。东风虽有经句在,芳意从今日日非。"这当然不失为一首佳作,抒发了伤春之情,寄托了身世之感。但与苏轼和诗相比,却不能不说略逊一筹。无论就思想深度,还是就艺术水平看,和诗都超过了原唱。

原唱的首联是惜春,和诗的首联却语意双关,既可说是惜春,又可说是伤时,感伤整个"青春"的虚度,内涵丰富得多。出句以反问语气开头,着一"可"字,表示"青春"已无可挽回地消逝了,比原唱的陈述句"不复追",语气强烈得多。绊,羁绊。杜甫《曲江》诗有"何用浮名绊此身"句,苏轼反用其意,表示"欲将诗句绊余晖"。诗名虽也是浮名,但诗人已把功名事业一类浮名排除在外了,也就是"我除搜句百无功""更欲题诗满浙东"(《秀州报本禅院乡僧文长老方丈》)之意。青年苏轼"奋厉有当世志",本以"致君尧舜"为目的。但这种雄心壮志早已像春梦一般过去了。他因同王安石的分歧被迫离开朝廷,无法施展抱负,只好以"搜句"来消磨时光。这对他来说是很痛苦的,可见开头两句就感慨万端,有很多潜台词。

　　颔联紧承首联,进一步写自己的心灰意懒。《唐宋诗醇》说:"'酒阑'句是赋,'蜜熟'句是比,对句却从上句生出。"前句直赋其心灰意懒之情,以"惟"字加强语气;后句用一"亦"字,以黄蜂之懒比己之懒。颈联出句写景,遥接首句的伤春,"俱扫尽"的"俱"字说明春色已荡然无存;对句抒情,是"酒阑"句的进一步发挥,说自己淡泊宁静,泯除机心,不把老病放在心上。这一句是化用杜牧《题禅院》"今日鬓丝禅榻畔,茶烟轻飏落花风"句意。苏辙原唱颔联是比,颈联是赋,对仗平稳。苏轼和诗中间两联颇富变化,元人方回称其情和景相互交织,虚虚实实,"一轻一重,一来一往"(《瀛奎律髓》卷二十六);清人纪昀也说:"四句对得奇变,此对面烘托之法。"(《纪评苏诗》)

　　《法界观》,即《注华严法界观》,唐代杜顺述,宗密注。据苏轼自注,苏辙"近看此书",而他还"未尝见",故说"凭君借取"。苏辙原唱以伤春始,以伤春结,和诗尾联的内涵丰富得多,所谓"人间万事非"既包括了个人仕途的失意,也包括了对时局的感喟。而"一洗"二字,更表现出平时感喟甚深,想利用佛教华严宗圆融无碍之说洗却人间一切烦恼。苏辙喜作律诗,并严守格律。苏轼才气横溢,"妙年诗律颇宽,至晚年乃神妙流动。"(方回《瀛奎律髓》卷二十六)此诗尾联上句五仄落脚,下句不作拗救,正是"诗律颇宽"的表现。但读起来并不觉得他未守诗律,反能给人以"神妙流动"之感。(曾枣庄)

祭常山回小猎　　苏　轼

青盖前头点皂旗,黄茅冈下出长围。
弄风骄马跑空立,趁兔苍鹰掠地飞。
回望白云生翠巘,归来红叶满征衣。
圣朝若用西凉簿,白羽犹能效一挥。

　　诗题一作《习射放鹰》,熙宁八年(1075)作于密州(今山东诸城)知州任上。是年十月,诗人到郡城南二十里的常山祈雨,回来路上和同官在常山东南的黄茅冈举行了一次习射会猎,此诗便是此时豪兴遄飞、挥毫写就的。

　　首联点题,勾画出了狩猎队伍的气派和场面。青盖,指青盖车,一种安有青色布盖的车子,古代本为王者所用,这里则指州长官所乘之车。知州出猎,侍从很多,故云"点皂旗"。护卫们手持皂旗在车前开道,浩浩荡荡,开向狩猎场所——黄茅冈下。"出长围",长,自然不仅指长度,也兼指宽度,是说圈出一个大围场。此处为下句"骄马跑空"作了铺垫。

领联转入猎射场面的描绘。此时广袤的围场内,呼鹰策马,箭镞纷飞,场景定然十分紧张热烈。诗人从全景之中,剪取出最英武的两个场面,加以精细描写。两个场面的主角分别为一马一鹰。马非常马,乃是一匹骄马。骄,不光指其形体之壮健,更指其神采之骏异。空,指马蹄下黄茅冈这个围场,因为其平坦(苏轼同一主题的《江城子·密州出猎》词云:"千骑卷平冈"),兼之开阔广大,所以能听凭骄马纵横驰骋。马儿追逐猎物跑得性起,有时竟能竖起身子,腾踔而立。"骄马跑空立"五字已写得神完意足,形象飞动,尤妙在冠以"弄风"二字。"云从龙,风从虎",此匹如虎骏马于一驰一骤、一腾一跃之间,扬起阵阵劲风,故而风因马起,马鼓风劲,所以谓之"弄风"。有此一"弄"字,则境界全出矣!鹰亦非凡鹰。此苍鹰"趁兔"——追逐狡兔,竟至于"掠地"而"飞"。掠地,擦地,既足见其训练有素,又具见其凶猛异常。其以"掠地飞"的擎云下攫之势追捕逃兔,不难想象,鹰爪之下,必无完兔。此联写得既警动有势,又状物如在目前,很具画意。至此,不禁使人想到王维《观猎》名句:"草枯鹰眼疾,雪尽马蹄轻",也写鹰写马,意境相似,然其"疾"其"轻",要通过人的想象才能体味出来,倘用画面很难传达出此中诗意。苏轼却写得形肖神似,任何一个丹青手都可以据此画出生动传神的马、鹰图。相比之下,苏诗就显得更为精警,更富形象性,所以清人何曰愈说他"七律之新警,于唐人外别开生面"(《退庵诗话》卷一),确非溢美之词。

颈联写罢猎归来的风度神采。翠巘,苍翠的山峰,指常山。经过紧张的围猎,诗人现在一身轻快,不由回过头去眺望方才鏖战之处,但见常山白云缭绕,远远望去,恰似在不断吐出云气。俯视自己,一路归来,火红的枫叶已落满了征衣。二句表现了诗人顾盼自如的神态,而白云、绿岭、红叶,色彩对比鲜明,更增强了诗情中的画意。

至此,诗人还意犹未尽,在尾联中直接倾吐怀抱,一吐豪情。西凉簿,指晋谢艾。白羽,即白色的羽扇,儒将所持。据《晋书·张重华传》:重华据西凉,以主簿谢艾为将军,进军临河,攻麻秋。艾冠白帕踞胡床指麾,大败之。而苏轼生活的北宋时代,边患不时发生,因此他在诗词中,时时抒发自己渴望驰骋疆场的激情。尾联即以谢艾自许,说朝廷如果委予边任,定能麾兵败敌。所以朋九万《东坡乌台诗案》也说苏轼"祭常山回,与同官习射放鹰,作诗一首,题在本州小厅上,除无讥讽外,云:'圣朝若用西凉簿,白羽犹能效一麾',意取西凉主簿谢艾事。艾本书生也,善能用兵,故以此自比,若用轼为将,亦不减谢艾也。"其意与前面提到的《江城子》词下阕:"持节云中,何日遣冯唐?会挽雕弓如满月,西北望,射天狼。"互相阐发,胸襟抱负如此磊落正大,而当时言官竟强为曲解,把此诗列为讽刺新法之作,真是欲加之罪,何患无辞了。

全诗感情昂扬,气势飞动,对仗工稳,遣词用字尤见功力,如"点""出""跑""立""掠""飞""生""满"等字,富于表现力,下得贴切,难以移易;"青""皂""黄""苍""白""翠""红"等字,使所描写的事物色调鲜明,又与诗情十分相合,堪称苏诗七律中的上乘之作。(周慧珍)

待月台　苏　轼

月与高人本有期,挂檐低户映蛾眉。

只从昨夜十分满，渐觉冰轮出海迟。

这首诗是苏轼《和文与可洋州园池三十首》中的第十首，于熙宁九年（1076）知密州任上作。文与可，字文同，善画竹及山水。他是苏轼的从表兄，二人相交甚厚，经常有诗文往来。文与可守洋州（治所在今陕西洋县）时，曾寄苏轼《洋州园池三十首》，苏轼皆依题和之。

根据家宜父所编《石室先生年谱》"先生赴洋州，在熙宁八年秋冬之交，至丁巳秋任满还京"的记述，可知文与可守洋州是在熙宁八、九年间，其时正是苏轼被排挤出朝廷之后，由杭州通判调任密州知州时期。

文与可的《待月》诗的原文是："城端筑层台，木梢转深路。常此候明月，上到天心去。"诗中写出了诗人对待月台的喜爱以及到待月台赏月时产生的悠然神往、飘然欲仙的心境，引起了东坡的共鸣。

苏轼是继李白之后，甚喜明月并写有大量吟颂明月的诗、文、词的作家，藉此寄寓诗人特有的旷达胸怀。正因为苏轼对月有着特殊的情感，所以才对别人的咏月诗有着敏锐的感受。他对文与可寄素心与明月的一片深情，十分理解，所以和诗的第一句便说："月与高人本有期。"不仅视文与可同调，认为他是高雅之士，而且在苏轼心中，高雅之士都是爱月的，所以才说月与高人早有期约，因为他们本来就是"心有灵犀一点通"的。

"挂檐低户映蛾眉"一句，既是眼前之景，心中之情，又是从前人诗句中化来的。南朝鲍照的《玩月城西门廨中》诗有"末映西北墀，娟娟似蛾眉"之句，唐人李咸用也有"挂檐晚雨思山阁"之句。前人诗句一经苏轼点化，不仅意境新颖，而且更加凝练。"挂檐低户映蛾眉"一句说明，由于月的侵檐入户，使月与人显得十分亲近，而娟娟似蛾眉的柔情美态，也就显得更为动人。这看似写景的一笔，却使"月与高人本有期"的内涵更加具体化、形象化了。

诗人观月动情，从月的圆缺上想到人的命运。"只从昨夜十分满，渐觉冰轮出海迟"二句，写出了因满招损的自然规律。满月给人间曾带来无限美景和喜悦之情，然而满即缺之始。诗人久久伫立，眺望远海，等待着迟迟升起的一轮冰月，心中不免泛起淡淡的愁绪。"冰轮"二字写出了月的光洁、纯净，同时也略带清寒之意。此时诗人那官场失势的往事，大概正随着海上徐徐升起的明月而浮现在犹如海波一样动荡不宁的思绪之中了。

诗人以人拟月，借月抒感，把月写得有情有思。这种以人拟物、借物抒怀的高超技法，是苏轼诗的一个显著特征。（袁行霈　崔承运）

司马君实独乐园　苏　轼

青山在屋上，流水在屋下。
中有五亩园，花竹秀而野。
花香袭杖履，竹色侵杯斝。
樽酒乐余春，棋局消长夏。

洛阳古多士，风俗犹尔雅。

先生卧不出，冠盖倾洛社。

虽云与众乐，中有独乐者。

才全德不形，所贵知我寡。

先生独何事，四海望陶冶。

儿童诵君实，走卒知司马。

持此欲安归？造物不我舍。

名声逐吾辈，此病天所赭。

抚掌笑先生，年来效喑哑。

此诗熙宁十年(1077)在徐州作，东坡时年四十二岁。东坡以熙宁九年罢密州任，最初的任命是移知河中府。十年正月初一日离开密州，取道澶、濮间，打算先去汴京。走到陈桥驿，又得到徙知徐州的任命。时不得入国门，只好寓居郊外范镇的东园。范镇于三月间往游嵩洛，带回来司马光为东坡《寄题超然台》的诗。四月二十一日，东坡到徐州任所。五月六日，读到司马光寄来的《独乐园记》，写了这首诗。

独乐园是司马光熙宁六年在洛阳所建的园。司马光与王安石政见不合，熙宁三年，神宗欲大用司马光，王安石反对，认为这"是为异论者立赤帜也"。司马光也不愿意留在朝廷，神宗任他为枢密副使，他上疏力辞，请求外任。是年九月，出知永兴军，熙宁四年四月，改判西京御史台，来到洛阳。六年，他在洛阳尊贤坊北国子监侧故营地买田二十亩，修造了这个园子，取名独乐园，并写了《独乐园记》和三首《独乐园咏》诗。

司马光给他的园子取名叫"独乐"是有深意的。在《记》文里，他首先说明自己既不同于王公大人之乐，也不同于圣贤之乐，而是像鹪鹩巢林、鼹鼠饮河一样"各尽其分而安之"。又说自己不敢比君子"所乐必与人共之"，所以叫"独乐"。在三首《独乐园咏》诗里，他用董仲舒、严子陵、韩伯休比拟自己，说董仲舒"邪说远去耳，圣言饱充腹。发策登汉庭，百家始消伏"；说严子陵"三旌岂非贵，不足易其介"；说韩伯休"如何彼女子，已复知姓字。惊逃入穷山，深畏为名累"。他对自己无力阻止新法的推行，不得不请求外放，实际上是满腹牢骚而又充满自信的。东坡这首诗针对司马光的这种思想矛盾提出自己的看法，他其时并未去过洛阳，更没有到过独乐园。

诗的主旨，据东坡《乌台诗案》自言："此诗言四海望光执政，陶冶天下，以讥见任执政不得其人。"全诗分四段：

"青山在屋上"八句为第一段，正写独乐园。前四句写园的自然环境、园中景物；后四句以花、竹、棋、酒概括园中乐事。据《独乐园记》：园中有见山台，可以望见万安、辕辕、太室诸山；又有读书堂，"堂南有屋一区，引水北流贯宇下"。诗云："青山在屋上，流水在屋下"，谓此也。园内又有浇花亭、种竹斋，故曰"花竹秀而野"。诗的首四句形象地概括了《记》文中的很大一部分内容。纪昀评云："直起脱洒"，是恰当的。据李格非《洛阳名园记》："独乐园极卑小，不可与他园班。"此诗用自然脱洒的笔调极写园的朴野之趣，是和园的"卑小"和主人公的思想、性格相一致的。又，如前所述，东坡并未亲涉园地，只是根据《记》的内容加以概括，如果写景过细,反而会给人一种不真实的感觉。胡应麟《诗薮》讥此四句为"乐天声口","失之太平","取法"太"近",意思是说它缺乏盛唐诗人的那种"高格响调"。他不理解诗人的审美情趣是不能离开审美对象的特征的。

"洛阳古多士"六句为第二段,是由"独乐"二字生发出来的文章。马永卿《元城语录》说司马光把园名叫做"独乐",盖"自伤不得与众同也"。这自然是司马光《记》文中所包含的意思,但说得太直露,太简单。东坡这里却放开一步,绕一个弯,从"与众乐"中来突出"独乐",更觉深婉有致。洛阳自古以来就是名流荟萃的地方,风俗淳美,你即使高卧不出,而洛社冠盖也会为之倾倒,会云集在你的周围,你是不可能不"与众乐"的;所以用"独乐"名园者,并非真有遁世绝俗之意,只不过是"有心人别有怀抱"耳。"虽云与众乐,中有独乐者"二句,和欧阳修在《醉翁亭记》中说的"人知从太守游而乐,而不知太守之乐其乐也"用意略同。司马光的《记》文和诗,其弦外之音,都流露出一种失职者的不平,东坡深知此意,但说得十分委婉、曲折,所谓露中有含,透中有皱,最是行文妙处。白居易晚年退居洛阳,爱香山之胜,与僧如满等结社于此,号称"洛社"。此借用以指司马光在洛阳的朋友们。

"才全德不形"以下八句是第三段,是全诗的主旨所在。这一段承接上文"先生卧不出,冠盖倾洛社"这层意思加以发展,先引老、庄之语作一顿挫,随即递入全诗的主旨。"才全德不形",用《庄子》原话。《庄子·德充符》篇说,卫国有个叫哀骀它的人,外貌十分丑陋,但在他身上却有一种特殊的吸引力,无论男女,都会受到他的吸引,离他不开。鲁哀公和他相处不久,竟至甘心情愿想把国政交托给他,还生怕他不肯接受。庄子说,这是由于他"才全而德不形"。所谓"才全",按照庄子的意思就是把生死、得失、穷达、贫富、贤与不肖、毁与誉,乃至饥渴、寒暑等都看成是一种自然变化,而不让它扰乱自己的心灵。所谓"德不形",意谓德不外露。德是最纯美的内心修养,虽不露于外,外物却会自自然然来亲附你,离不开你。按照《老子》的说法:"知我者希,则我贵矣。"人是愈不出名愈好的。你现在虽然无求于世,把毁誉、得失看得很淡,但由于你的才全德充,众望所归,虽欲逃名,其可得乎?据《渑水燕谈录》:"司马文正公以高才全德,大得中外之望。士大夫识与不识,称之曰君实;下至闾阎畎亩,匹夫匹妇,莫不能道司马公。身退十余年,而天下之人日冀其复用于朝。"诗中"儿童诵君实,走卒知司马",说的就是这种情况。司马光是当时反对派的旗帜,士大夫不满新法的自然寄希望于司马光的起用。《乌台诗案》云:"言儿童走卒皆知其姓字,终当进用。……意亦讥朝廷新法不便,终用光改变此法也。"这正是全诗的主旨所在。

"名声逐吾辈"四句是第四段,把自己摆进去了。说,我们都背上了名气太大这个包袱,用道家的话说,真所谓"天之僇民",是无法推卸自己的责任的;奇怪的是你近年却装聋作哑,不肯发表意见了。《乌台诗案》云:"意望光依前上言攻击新法也。"《东都事略》记司马光退居洛阳,"自是绝口不论事"。司马光自己也曾在神宗面前公开承认说自己"敢言不如苏轼"。作为一个政治家,他不像东坡似的诗人那么天真,他是很老练的。

此诗借《题独乐园》这个题目,对司马光的德业、抱负、威望、处境以及他内心深处的矛盾进行了深微的描写和刻画。在熙宁党争中,这是一个很尖锐的政治主题,东坡向来是不隐瞒自己的观点的。全诗于脱洒自然中别有一种精悍之气,东坡前期作品往往具有这样的特点。

(白敦仁)

韩幹马十四匹　　苏　轼

二马并驱攒八蹄，二马宛颈鬃尾齐；
一马任前双举后，一马却避长鸣嘶。
老髯奚官骑且顾，前身作马通马语。
后有八匹饮且行，微流赴吻若有声。
前者既济出林鹤，后者欲涉鹤俯啄。
最后一匹马中龙，不嘶不动尾摇风。
韩生画马真是马，苏子作诗如见画。
世无伯乐亦无韩，此诗此画谁当看？

　　苏轼既是诗人，又是画家，他的题画诗，多而且好。七绝如《惠崇春江晚景》和《书李世南所画秋景》都至今传诵。五古如《高邮陈直躬处士画雁》，纪昀称为"一片神行，化尽刻画之迹"。这首《韩幹马十四匹》则是七古中题画名篇。

　　韩幹，唐代京兆蓝田（今属陕西）人，相传年少时曾为酒肆雇工，经王维资助学画，与其师曹霸皆以画马著名，杜甫在《丹青引》里曾经提到他。他的《照夜白图》等作品尚存，而苏轼题诗的这幅画，却不复可见。诗题说是"马十四匹"，画中的马，却不止此数。南宋楼钥在《攻媿集·题赵尊道渥洼图序》里说：他看见的这幅渥洼图，乃是李公麟所临韩幹画马图，即苏轼曾为赋诗者。"马实十六，坡诗云'十四匹'，岂误耶？"楼钥因而题苏轼诗于图后，自己还作了一首"次韵"诗。李公麟临那幅画，自属可信。临本中的马是"十六匹"，也很值得注意。王文诰"据公诗，马十四匹，楼所见并非临本也"的案语，是缺乏根据的。细读苏轼的这首题画诗，就发现那些说"据公诗，马十四匹"的人，漏数了一匹，搞混了一匹，实际上是十六匹，和李公麟所临本相副。

　　诗题标明马的数目，但如果一匹一匹地叙述，就会像记流水账，流于平冗、琐碎。诗人匠心独运，虽将十六匹马一一摄入诗中，但时分时合、夹叙夹写，穿插转换，变化莫测。先分写，六匹马分为三组。"二马并驱攒八蹄"，以一句写二马，是第一组。"攒"，聚也。"攒八蹄"，再现了"二马并驱"之时腾空而起的动态。"二马宛颈鬃尾齐"，也以一句写二马，是第二组。"宛颈"，曲颈也。"鬃尾齐"，谓二马高低相同，修短一致。诗人抓住这两个特点，再现了二马齐步行进的风姿。"一马任前双举后，一马却避长鸣嘶"，两句各写一马，合起来是一组。"任"，用也。一马在前，用前腿负全身之重而双举后蹄，踢后一匹；后一匹退避，长声嘶鸣。大约是控诉前者无礼。四句诗写了六匹马，一一活现纸上。

　　接着，诗人迅速掉转笔锋，换韵换意，由写马转到写人，以免呆板。"老髯"二句，忽然插入，出人意外，似乎与题画马的主题无关。方东树就说："'老髯'二句一束夹，此为章法。"又说："夹写中忽入'老髯'二句议，闲情逸致，文外之文，弦外之音。"他把这两句看作"议"（议论），而不认为是"写"（描写），看作表现了"闲情逸致"的"文外之文"，离开了所画马的本身，这都不符合实际。至于这两句在章法变化上所起的妙用，他当然讲得很中肯；但实际上，其妙用不仅在章法变化。第一，只要弄懂第三组所写的是前马踢后马、后马退避长鸣，就会恍然于"奚官"之所以"顾"，正是由于听到马鸣。一个"顾"字，写出了多少东西！第二，"前身作马通马语"一句，似乎是"议"，但议论这干什么？其实，"前身作马"，是用一种独特的构思，夸张地形容那"奚官"能"通马语"；而"通马语"乃是特意针对"一马却避长鸣嘶"说的。前马踢后马，后马一面退避、一面"鸣嘶"，"奚官"听懂了那"鸣嘶"的含义，自然就对前马提出警告。可见"通马语"所暗示的内容也很丰富。第三，所谓"奚官"，就是养马的役人，在盛唐时代，多由胡人充当。"老髯"一词，用以描写"奚官"的外貌特征，正说明那是个胡人。更重要的一点是："老髯奚官骑且顾"一句中的那个"骑"字，告诉我们"奚官"的胯下还有一匹马。就是说，作者从写马转到写人，而写人还是为了写马：不仅写"奚官"闻马鸣而"顾"马群，而且通过"奚官"所"骑"，写了第七匹马。

以上两句，把画面划分成前后两大部分；又以"奚官"的"骑且顾"，把两大部分联系起来，颇有"岭断云连"之妙。所谓"连"，就表现在"骑"和"顾"，"奚官"所骑，乃十六马中的第七马，它把前六马和后九马连成一气。"奚官"闻第六马长鸣而回顾，表明他原先是朝后看的。为什么朝后看？就因为后面还有九匹马，而且正在渡河。先朝后看，又闻马嘶而回头朝前看，真是瞻前而顾后，整个马群，都纳入他的视野之中了。

接下去，由写人回到写马，而写法又与前四句不同。"后有八匹饮且行，微流赴吻若有声"：八马饮水，微流吸入唇吻，仿佛发出汨汨的响声。一个"后"字，确定了这八匹与前七匹在画幅上的位置：前七匹，早已过河；这八匹，正在渡河。八马渡河，自然有前有后，于是又分为两组。"前者既济出林鹤"，是说前面的已经渡到岸边，像"出林鹤"那样昂首上岸。"后者欲涉鹤俯啄"，是说后面的正要渡河，像"鹤俯啄"那样低头入水。四句诗，先合后分，共写八马。

"最后一匹马中龙"一句，先叙后议，赞美之情，溢于言表。《周礼·夏官·庾人》云："马八尺以上为龙。"说这殿后的一匹是"马中龙"，已令人想见其骏伟的英姿。紧接着，又来了个特写镜头："不嘶不动尾摇风。""尾摇风"三字，固然十分生动、十分传神；"不嘶不动"四字，尤足以表现此马的神闲气稳、独立不群。别的马，或者已在彼岸驰骋，或者即将上岸；最后面的，也正在渡河。而它却"不嘶不动"，悠闲自若。这是为什么？就因为它是"马中龙"。真所谓"蹄间三丈是徐行"，自然不担心拉下距离。

认为"据公诗马十四匹"的王文诰，既没有发现"奚官"所"骑"的那匹马，又搞混了这"最后一匹"马。他说："此一匹，即八匹之一，非十五匹也。"其实，从句法、章法上看，这"最后一匹"和"后有八匹"是并列的，怎能说它是"八匹之一"？

十六匹马逐一写到，还写了"奚官"，写了河流，却一直未提"韩幹"，也未说"画"。形象如此生动，情景如此逼真，如果始终不说这是韩幹所画，读者就会认为他所写的乃是实境真马。然而题目又标明这是题韩幹画马的诗，通篇不点题，当然不妥。所以接下去便点题。归纳前面所写，自然得出了"韩生画马真是马"的结论。"画马真是马"，这是对韩幹的赞词。而作者既赞韩生，又自赞，公然说："苏子作诗如见画。"读完下两句，才看出作者之所以既赞韩生又自赞，乃是为全诗的结尾作铺垫。韩生善画马，苏子善作画马诗；从画中，从诗中，都可以看到真马，看到"马中龙"。可是，"世无伯乐亦无韩，此诗此画谁当看？"——世间没有善于相马的伯乐和善于画马的韩幹，连现实中的骏马都无人赏识，又何况画中的马、诗中的马！既然如此，韩生的这画、苏子的这诗，还有谁去看呢？两句诗收尽全篇，感慨无限，意味无穷。

全诗只十六句,却七次换韵,而换韵与换笔、换意相统一,显示了章法上的跳跃跌宕,错落变化。

这首诗的章法,前人多认为取法于韩愈的《画记》。如洪迈《容斋五笔》卷七和方东树《昭昧詹言》卷十二都这样说。这当然是不错的,但这首诗穷极变化,不可方物,似乎更多的是受了杜甫《韦讽录事宅观曹将军画马图》的启发。(霍松林)

李思训画长江绝岛图　苏　轼

山苍苍,水茫茫,　大孤小孤江中央。
崖崩路绝猿鸟去,惟有乔木擦天长。
客舟何处来?　　棹歌中流声抑扬。
沙平风软望不到,孤山久与船低昂。
峨峨两烟鬟,　　晓镜开新妆。
舟中贾客莫漫狂,小姑前年嫁彭郎。

苏轼知画善画,他作了大量评画、题画的诗文,本诗是其中的名篇之一。诗中对画未加评骘,只是如《韩干马十四匹》诗中所说的"苏子作诗如见画",将画的内容传达给读者,表示了对李思训这幅作品的肯定。

李思训是我国"北宗"山水画的创始人,他是唐朝的宗室,开元间官至右武卫大将军,新、旧《唐书》均有传。他的山水画被称为"李将军山水"。他曾在江都(今属江苏扬州)、益州(州治在今四川成都)做过官,宦程所经,长江风景是他亲身观赏过的,此画即使不是对景写生,画中景色也是经过画家灵敏的眼光取得了印象的,和向壁虚构和对前人山水的临摹不同。诗中所叙的"大孤小孤",大孤山在今江西九江市东南鄱阳湖中,四面洪涛,孤峰挺峙;小孤山在今江西彭泽县北、安徽宿松县东南的大江中,屹立中流。两山遥遥相对。"崖崩"两句,极写山势险峻,乔木苍然,是为画面最惹眼的中心。"客舟"以下四句,写画中小船,直如诗人身在画境之中,忽闻棹歌,不觉船之骤至。更进一步,诗人俨然进入了小舟之中,亲自体会着船在江上低昂浮泛之势。诗人曾有《出颍口初见淮山,是日至寿州》一律,其颔联"长淮忽迷天远近,青山久与船低昂",和第七句"波平风软望不到",与这首诗的"沙平"两句,上下只改动了两个字,可见这两句是他舟行时亲身体会而获的得意之句,不觉重又用于这首题画诗上。至此,画面上所见的已完全写毕,照一般题画诗的惯例,应该是发表点评价,或对画上的景物发点感叹了,但苏轼却异军突起地用了一个特别的结束法,引入了有关画中风景的当地民间故事,使诗篇更加余音袅袅。

小孤山状如女子的发髻,故俗名髻山。小孤山又讹音作小姑山,山所在的附近江岸有澎浪矶,民间将"澎浪"谐转为"彭郎",说彭郎是小姑的夫婿。南唐时,陈致雍曾有请改大姑、小姑庙中妇女神像的奏疏,吴曾《能改斋漫录》载有此事,可见民间流传的神幻故事已定型为一种神祇的祀典。苏轼将江面和湖面喻为"晓镜",将大小孤山比作在晓镜里理妆的女子的发髻,正是从民间故事而来。"舟中贾客"两句,与画中"客舟"呼应,遂使画中事物和民间故事融成一体,以当地的民间故事丰富了画境,实际上是对李思训作品的肯定。而这一肯定却不露痕迹,无怪清人方东树《昭昧詹言》评此诗时,称其"神完气足,遒转空妙。""空妙"的品评,对诗的结尾,可谓恰切之至。(何满子)

初到黄州　苏　轼

自笑平生为口忙,老来事业转荒唐。
长江绕郭知鱼美,好竹连山觉笋香。
逐客不妨员外置,诗人例作水曹郎。
只惭无补丝毫事,尚费官家压酒囊①。

⊛ ① 作者自注:"检校官例,折支多得退酒袋。"

　　元丰二年(1079)底,苏轼得脱"乌台诗案"之狱,被贬为检校尚书水部员外郎黄州团练副使,并于次年抵达黄州(治所在今湖北黄冈)。这首诗,从题目看,可知是苏轼初到之时所作,它表现了诗人面对即将到来的严峻生活,内心复杂微妙的感情。

　　开篇二句,诗人以自嘲的口吻回顾了自己的人生道路。自幼便"奋厉有当世志"(苏辙所撰《墓志铭》)的苏轼,当然不会仅为口腹之欲而干禄,而且他自嘉祐二年(1057)初就科举,便以其惊人才华一直为朝廷重臣所注目,被视为宰相之器。然而,二十余年之后,不但没有"功成名遂",反而蹉跌至此,无怪诗人自笑老来荒唐。其实他这时才四十六岁,正是壮盛之年。"荒唐"二字,看来轻松诙谐,却内含多少难言的自伤之情。

　　领联宕开一笔,描绘初到所见。黄州三面临江,著名的武昌鱼便产于附近;大江两岸青山连绵,秀色可人,素来以产竹著称。宋初王禹偁的《黄冈竹楼记》,开篇便道"黄冈之地多竹"。苏轼于初到之际,风尘仆仆之中,见江波而思鱼美,望修竹而羡笋香,喜悦之情,溢于言表。其中"知""觉"二字,以想象之辞入实见之景,描写对即将到来的生活的憧憬,紧扣初到题意,尤觉意味深长。

　　苏轼之谪黄州,所领一大串官衔都是虚授之职,并无实权,且是"本州安置,不得签书公事",形同流放之罪人。故颈联中,诗人以逐客自命,并非夸张愤怼之辞。此联的出句是承接前面两联并由此转下:既然自己平生一无所成,而黄州鱼美笋香,身为窜逐之人,在此作一名闲散的"员外"散官(员外,正员之外的官。),又何乐而不为呢? 在对句中,更以古今诗人自喻。水曹郎是属于水部的郎官,在以前的诗人中,何逊、张籍以及孟宾于都曾作过水部郎。苏轼借用这种巧合,幽默地说,这种职位好像总是为诗人而设。另外,苏轼本人正是因作诗攻击变法而险遭杀身之祸,最后贬谪黄州。因此,这句自我宽慰的话,不无牢骚之意。"不妨""例作"二字,牢骚之中兼带诙谐与放达,很能体现苏轼的个性。

　　末联则是反话正说,表现出东坡所特有的风格:如绵里藏针,平和中见锋颖,谈笑诙谐之际,令对手情伪毕露、无地自容。宋朝惯例,官吏俸禄,有相当一部分是用实物折价抵算,个人拿到这些不切于用的实物之后,只好再折价变卖,因此名义薪俸与实际所得常相去甚远。

苏轼作检校官,按规定要用朝廷造酒后废弃的退酒袋子(即压酒囊)折抵薪俸。故这表面是自惭尸位素餐,实际上却是说,贬官到此,今后将会破费朝廷许多抵作俸禄的"压酒囊",这画龙点睛的一笔,勾勒出一种风趣而带讽刺性的喜剧气氛。这既是诗人苦中作乐的自嘲,也是对朝廷权势者的嘲笑。

这首诗,语言平实清浅,颇具行云流水之势,但其中的情感内涵却非常丰富,它不仅深刻地刻画出苏轼初到黄州时的复杂矛盾的心绪,而且还由这种心理变化体现出苏轼一贯的人生态度。这就是,无论遭到多大的打击和迫害,始终保持自己乐观超旷的胸襟,决不向命运低首屈服,更不为此摇尾乞怜,而是在自然中发现美,在逆境中寻求生活的乐趣,使生命永远充满活力和笑声。(胡晓晖)

东 坡 苏 轼

雨洗东坡月色清,市人行尽野人行。
莫嫌荦确坡头路,自爱铿然曳杖声。

东坡是一个地名,在当时黄州州治黄冈(今属湖北)城东。它并不是什么风景胜地,但对作者来说,却是灌注了辛勤劳动、结下深厚感情的一个生活天地。宋神宗元丰初年,作者被贬官到黄州,弃置闲散,生活很困窘。老朋友马正卿看不过眼,给他从郡里申请下来一片撂荒的旧营地,苏轼加以整治,躬耕其中,这就是东坡。"荒田虽浪莽,高庳各有适。下隰种秔稌,东原莳枣栗",诗人不只经营起禾稼果木,还在这里筑起居室——雪堂,亲自写了"东坡雪堂"四个大字,并自称东坡居士了。所以,他对这里是倾注着爱的。

诗一开始便把东坡置于一片清景之中。僻冈幽坡,一天月色,已是可人,又加以雨后的皎洁月光,透过无尘的碧空,敷洒在澡雪一新、珠水晶莹的万物上,这是何等澄明的境界!确实当得起一个"清"字。谢灵运写雨后丛林之象说:"密林含余清。"诗人的用字直可追步大谢。

诗人偏偏拈出夜景来写,不是无谓的。这个境界非"市人"所能享有。"日中为市",市人为财利驱迫,只能在炎日嚣尘中奔波。唯有"野人",脱离市集、置身名利圈外而躬耕的诗人,才有余裕独享这胜境。唯幽人才有雅事,所以"市人行尽野人行"。这读来极其自然平淡的一句诗,使我们不禁从"市人"身上嗅到一股奔走闹市嚣尘的喧闹气息,又从"野人"身上感受到一股幽人守志僻处而自足于怀的味道,而那自得、自矜之意,尽在不言中。诗人在另一首诗里说:"也知造物有深意,故遣佳人在空谷。"那虽是咏定惠院海棠的,实际是借海棠自咏身世,正好帮助我们理解这句诗所包含的意境。

那么,在这个诗人独有的天地里,难道就没有一点缺憾吗?有的。那大石丛错、凸凹不平的坡头路,就够磨难人的了。然而有什么了不起呢?将挂杖着实地点在上面,铿然一声,便支撑起矫健的步伐,更加精神抖擞地前进了。没有艰险,哪里来征服的欢欣!没有"荦确坡头路",哪有"铿然曳杖声"!一个"莫嫌",一个"自爱",那以险为乐、视险如夷的豪迈精神,都在这一反一正的强烈感情对比中凸显出来了。这"荦确坡头路"不就是作者脚下坎坷的仕途么!

作者对待仕途的挫折,从来就是抱着这种开朗乐观、意气昂扬的态度,绝不气馁颓丧。这种精神是能够给人以鼓舞和力量的。小诗所以感人,正由于诗人将这种可贵的精神与客观风物交融为一,构成浑然一体的境界,句句均是言景,又无句不是言情,寓情于景,托意深远,耐人咀嚼。同一时期,作者有《定风波》词写在风雨中的神态:"莫听穿林打叶声,何妨吟啸且徐行。竹杖芒鞋轻胜马,谁怕?一蓑烟雨任平生。"与此诗可谓异曲同工,拿来对照一读,颇为有趣。(孙 静)

海 棠 苏 轼

东风袅袅泛崇光,香雾空蒙月转廊。
只恐夜深花睡去,故烧高烛照红妆。

《王直方诗话》记载:东坡谪黄州,居定惠院之东,杂花满山,而独有海棠一株,土人不知贵。对于这株幽居独处的海棠,横遭贬谪的苏轼自元丰三年(1080)一到黄州,便目其为知己,并数次小酌花下,为之赋诗。这首七绝也当是咏此海棠。

诗的开头两句,并不拘限于正面描写,也兼顾侧面渲染。"袅袅",微风吹拂;"崇光",此指海棠花光泽的高洁美丽。这两句把读者带入一个空蒙迷幻的境界,十分艳丽,然而略显幽寂。

在后两句中,作者由花及人,生发奇想,深切巧妙地表达了爱花惜花之情。"只恐夜深花睡去"一句,似借用了唐明皇、杨贵妃的一段故事。施注《苏诗》引《明皇杂录》:唐明皇登沉香亭,要召见杨贵妃,而她酒醉未醒。等到高力士和侍女把她扶来后,她醉颜残妆,鬓乱钗横,不能拜见。明皇笑道:"岂是妃子醉耶?真海棠睡未足耳。"明皇是以人喻花,而苏轼这里是以花喻人。在诗人的想象中,面前的这株海棠说不定会像人一样因夜深而睡去,所以,他特意点燃高烛,照耀海棠,使她打起精神,不致"睡去"。古人作诗,常有痴语。人花对话,怕花睡去,这当然只是诗人的想象,是痴语。这种痴语是从李商隐"客散酒醒深夜后,更持红烛赏残花"(《花下醉》)化出,较李诗更有情致。诗人叹良辰之易逝,伤盛时之不再,其深情绵邈之致在这两句中充分显现。虽然用了典故,却使人不觉,原因在于运化入妙,情景真切。

这首绝句,由于造语之工,想象之妙,感情之真诚,构思之别致,所以历来脍炙人口。早在南宋时期,它便和东坡的另一首作于元丰三年的七古诗(《寓居定惠院之东,杂花满山,有海棠一株,土人不知贵也》)一起,为人们广泛传诵。如果把这首绝句和其他几首作于黄州的"海棠"诗结合起来读,或许理解会更加深刻。(徐少舟)

题西林壁 苏 轼

横看成岭侧成峰,远近高低各不同。
不识庐山真面目,只缘身在此山中。

苏轼于神宗元丰七年（1084）由黄州贬所改迁汝州（治所在今河南临汝）团练副使。据南宋施宿《东坡先生年谱》："四月发黄州，自九江抵兴国，取高安，访子由，因游庐山……"可知此诗约作于是年五月间。同时所作的游庐山诗，有《初入庐山五言绝句》（三首）、《瀑布亭》、《庐山二胜》（两首）、《赠总长老》等七首。《庐山二胜》前有短序云："余游庐山，南北得十五六（意谓游程所至达全山十分之五六），奇胜殆不可胜纪，而懒不作诗，独择其尤佳者作二首。"又《东坡志林》卷一"记游庐山"条自述在庐山所作诸诗，"最后与总长老同游西林"，"仆庐山诗尽于此矣"。可知这是他游遍庐山之后带有对庐山全貌的总结性的题咏。知道了这一背景，极有助于对这首诗的理解。

西林寺又称乾明寺，位于庐山七岭之西。姚宽《西溪丛语》评此诗首句谓："南山宣律师《感通录》云：'庐山七岭，共会于东，合而成峰。'因知东坡'横看成岭侧成峰'之句，有自来矣。"如果不是泛游了全山，收摄远近高低的全部峰岭在胸中构成整体的形象，就正如《初入庐山》第一首中所说："青山若无素，偃蹇不相亲。要识庐山面，他年是故人"那样，只能看到峰峦陂陀的偃蹇（偃蹇，高耸貌）之状了。

次句"远近高低各不同"，一本作"远近看山各不同"，语意更明晰，但内涵较窄，只有"远近"而不及"高低"，颇疑苏轼初作如此，而以后改成今句。所以此句实应读作为"远近高低看山各不同"，方与次句的"识"字紧密扣合。远处、低处所"识"的庐山，只是青山偃蹇，葱茏一片；愈贴近、愈登高，则眼中所"识"之山中景物又随身之所至而各各不同。此时此际，庐山的局部的"真面目"方能收于眼底。若问："庐山就如你眼中所见么？"如果答道："那还有问题！我不是亲自经历了庐山么？"这回答好像没有错。其实仅就所见的一峰一峦、一树一石，和别的山一峰一峦、一树一石相比，并无多大差别，并不足以反映庐山的全部风貌。庐山的全景，庐山的"真面目"，它的总体形象，反而只有在远眺和鸟瞰时才能显现。因此诗人叹道："不识庐山真面目，只缘身在此山中。"

全诗道出了一个平凡的哲理，包括了全体与部分、宏观与微观、分析和综合等耐人寻思的概念。苏轼慨叹身在山中反不识山的真面目之时，其实是识了庐山真面目之后的见道之言。是经过了横看、侧看、远看、近看、高看、低看，在胸中凝聚了局部的诸认识因而对庐山的全貌有了深刻的印象之后，才悟到"身在山中"，即在山的某一局部时反而不识其真面目的事理。这时如果再下山回顾，眼中的山势虽仍然"偃蹇"如旧，但已不是如未游之前的"无素"和"不相亲"了。这时的庐山，在他已不是笼统的肤泛的面目，而是达到了具体的抽象。

这样，山水诗就具有了哲理性，不仅赢得了读者的广泛传诵和吟味，同时也成了人们讽喻某种社会现象的熟语。能产生这样的作用，就证明了这首诗的强大生命力。（何满子）

惠崇春江晓景二首（其一）　　苏　轼

竹外桃花三两枝，春江水暖鸭先知。
蒌蒿满地芦芽短，正是河豚欲上时。

　　这首诗,一题作《惠崇春江晚景》,或题作《书衮仪所藏惠崇画》,是苏轼于神宗元丰八年(1085)在汴京(今河南开封)写的一首题画诗。一首好的题画诗,既要点明画面,使人如见其画,又要跳出画面,使人画外见意,从而既再现了画境,又扩展和深化了画境。

　　惠崇是能诗善画的僧人,郭若虚《图画见闻志》称其"工画鹅、雁、鹭鸶,尤工小景,善为寒汀远渚,潇洒虚旷之象"。这首诗所题的惠崇画,是一幅以早春景物为背景的春江鸭戏图。诗的前三句写了六样景物:竹子和竹外开放的桃花、江水和水上浮游的鸭子、布满地面的蒌蒿和新出嫩芽的芦苇。这些应当都是画中所有。分别来看,第一句写的是地面景;第二句写的是江上景;第三句写的是岸边景。从这三句诗,大致可以想见这幅画的取景和布局。

　　欣赏一幅画,如果只局限在目所能见的范围之内,那么,画笔所描摹、画面所展示的只是景物的色彩、形态、位置、数量、体积。就惠崇的这幅画而言,只画出了桃花之盛开、春江之溶漾、桃枝之在竹外、鸭群之在水上、蒌蒿之密、芦芽之短,这是画家在自然界所能见到的,也是欣赏画的人在画幅上所能见到的。但是,苏轼的这首题画诗,却还写了要凭触觉才能感到的水之"暖"、要用思维才能想出的鸭之"知"、要靠经验和判断才能预言的河豚之"欲上"。这些,无论在自然界或画幅上,都不是目所能见,是通过诗人的想象和联想得之于视觉之外、得之于画面之外的。而这首诗的高妙处,正在于以这些想象和联想点活了画面,使画中的景物变得生机勃发,情趣盎然,不复是无机的组合、静止的罗列。这生机和情趣,可以是画幅本身所蕴含而由诗人的灵心慧眼发掘出来的,也可以是画幅所无而由诗人赏画时外加上去的。这也就是谭献在《复堂词录叙》中所说的"作者之用心未必然,而读者之用心何必不然"。

　　当然,读者用心之所以然,不应是漫无依据的胡思乱想。其想象的契机、联想的线索,应当是有端倪可寻的。诗人在欣赏惠崇这幅画时所以产生"水暖鸭先知"的想象,是因为画面本来有水有鸭,更从桃花开、蒿芦生所显示的季节而想到江水的温度和鸭子的感知。至于诗人之写"河豚欲上",可以是因画面景物,而想起梅尧臣《范饶州坐中客语食河豚鱼》诗的前四句"春洲生荻芽,春岸飞杨花,河豚当是时,贵不数鱼虾";更可能是从河豚食蒿、芦则肥,初生的蒿、芦又可用以羹鱼而生发的联想。可以与这首诗参读的有作者的一首《寒芦港》诗:"溶溶晴港漾春晖,芦笋生时柳絮飞。还有江南风物否?桃花流水鳖鱼肥。"两诗所写景物、季节及其思路,都很相似。

　　题画诗是题在画上的,应当做到诗与画两相映发,成为珠联璧合的整体;同时,作为一篇文学作品,它又应当离开了画仍不失其独立的艺术生命。今天,尽管人们早已看不到惠崇的这幅画了,而苏轼的这首诗却依然是众口传诵的名篇。不必看画,只从这首诗所再现的景物美、所创造的意境美,从诗人所表露的对大自然、对生活的兴会中,读者自会为之吸引,受到感染。(陈邦炎)

书鄢陵王主簿所画折枝二首　　苏　轼

论画以形似,　　见与儿童邻。
赋诗必此诗,　　定非知诗人。

注　① 毫楮(chǔ):毫,笔;楮,纸。　② 悬知:猜想。

诗画本一律， 天工与清新。

边鸾雀写生， 赵昌花传神。

何如此两幅， 疏淡含精匀。

谁言一点红， 解寄无边春。

瘦竹如幽人， 幽花如处女。

低昂枝上雀， 摇荡花间雨。

双翎决将起， 众叶纷自举。

可怜采花蜂， 清蜜寄两股。

若人富天巧， 春色入毫楮①。

悬知②君能诗， 寄声求妙语。

　　这是两首题画诗。鄢陵，即今河南鄢陵县。主簿，官职名。王主簿，生平不可考。折枝，花卉画的一种表现手法，花卉不画全株，只画连枝折下来的部分，故名折枝。

　　第一首从诗画创作理论谈起，由大处入笔，然后层层推进，最终归结到王主簿的折枝画。第二首与此相反，它以王主簿折枝画为描写对象，至篇末才以诗代简，表示愿意听到王主簿对写诗作画的"妙语"。这组诗虽然分为二首，但围绕"以诗题画"，由画到诗，再由诗到画，最后仍然归结到诗，离中有合，体现了作者构思的精密。

　　第一首结合王主簿折枝画，抒写诗人对于"形似"论的意见。他认为，"以形似"作为论画的标准，和以为写诗只有写得形似才算好诗，都是错误的。他主张在"天工与清新"中赋咏事物之神韵。他所以推崇王主簿此画，叹美它能用"一点红""寄无边春"，正是因为这幅画虽然着墨不多，没有在纤毫毕肖上下工夫，但画家善于捕捉事物的精神韵态，所以更深刻地反映了事物的本质，做到了以少胜多。

　　苏轼精通诗、画，这里阐述的有关形似的艺术见解出于他多年的创作实践，在我国古代艺术理论中占有重要地位。但是，数百年来对苏轼的这首诗产生过种种误解。《韵语阳秋》卷十四云："欧阳文忠公诗云……东坡诗云：'论画以形似，见与儿童邻。赋诗必此诗，定非知诗人。'或谓：'二公所论，不以形似，当画何物？'曰：'非谓画牛作马也，但以气韵为主耳。'谢赫曰：'卫协之画，虽不该备形妙，而有气韵，凌跨雄杰。'其此之谓乎？陈去非作《墨梅诗》云：'含章檐下春风面，造化工成秋兔毫。意得不求颜色似，前身相马九方皋。'后之鉴画者，如得九方皋相马法，则善矣。"《升庵诗话》卷十三也说："东坡先生诗曰：'论画以形似，见与儿童邻。作诗必此诗，定知非诗人。'（原文如此——引者注）言画贵神，诗贵韵也。然其言有偏，非至论也。晁以道和公诗云：'画写物外形，要物形不改。诗传画外意，贵有画中态。'其论始为定，盖欲以补坡公之未备也。"否定苏轼，说他是在主张画牛作马，当然是没有根据的。称许苏轼，以为他主张作画应如九方皋相马那样，虽不辨牝牡骊黄，只要能识得千里马就行，同样有违本意。对苏轼毁誉参半，像晁以道那样"欲以补坡公之未备"，亦无必要。诚然，苏轼在否定"论画以形似"的同时没有专门论述形似与神似的关系，不过苏轼是在写诗，不是作科学论文。何况诗中说"论画以形似",指的乃是把形似当作论画的唯一标准。"赋诗必此诗"是指只有形似、死于句下的诗。再说,第二首诗中对王主簿折枝画的描写是那么逼真、生动,也说明了苏轼赞许的是既能形似更能传神的作品,他否定的只是没有意趣、没有韵味的形似之作而已。

从章法上看,第一首诗的前四句分别阐述论画、赋诗的标准。"见与儿童邻""定非知诗人"二句斩钉截铁,表明了作者在深思熟虑之后的明晰认识和坚定态度。五、六句诗、画总提,正面标出观点。"边鸾"两句对理论来说是例证,对王主簿来说是对比与反衬,对本篇的行文来说又是从说理到咏画的过渡。边鸾,唐代画家,所画花鸟极精美,据说他画的孔雀跟活的一样,好像能鸣叫。赵昌,宋代画家,善画折枝花卉,人谓他能与花传神。最后四句归结到王主簿所画折枝。有了边鸾、赵昌作铺垫,再用"何如"二字褒贬,王主簿此画的地位已十分清楚。"疏淡"指用笔不多,着色清淡。"精匀"指精巧匀称。前面的"边鸾"两句意为互文,谓边、赵二人的绘画既能刻画工致,写物如生,又能揣摩意态,用笔传神,此类画已属形神兼备。这里,诗人用"疏淡含精匀"进一步置王画于边、赵二家之上,采用的是同类相比法。

第二首诗咏画,特点是精当、形象。说它精当,是因为其中出现的画面正可用来印证前首所述的艺术理论;说它形象,是因为诗中对王主簿的折枝画描写得如此生动,可给读者以优美的艺术享受。一、二句写竹用"瘦",写花用"幽",已颇具情致,同时再用"幽人"比竹、"处女"比花,则进一步状出了竹与花的风韵,这自然是诗人以"神似"论画、赋诗的结果。三、四句写雀。"低昂"二字再现构图的照应配合,"摇荡"二字传达画中生物呼之欲出的神态,正是于"疏淡含精匀""天工与清新"中表现内在情味的妙句。"双翎"句再写雀。决,急速。《庄子·逍遥游》:"决起而飞。""决将起",指将起而未起。"众叶纷自举",再写折枝。"纷"字、"举"字,显示出叶片争欲挺出的神气。这两句所揭示的是意念中的动作,是画家传神的结果。七、八句描写细腻,连蜂儿股上的"清蜜"也分明可辨。这应该是苏轼并非全盘否定"形似"的明证。总观画面,不过一丛竹、数枝花、两头雀、一只蜂,却带来了盎然春意。"若人富天巧,春色入毫楮。"既是对画家技艺的总评价,同时又呼应前首,点明王主簿以"一点红""寄无边春"的艺术功力。最后两句别出新意,与"题画"的主题似断似续,正是苏轼"大略如行云流水,初无定质,但常行于所当行,常止于不可不止"(《答谢民师书》)这样一种写作方法的体现。

这两首诗是苏轼用诗歌形式评论文艺作品的名篇,其中关于"形似"的见解颇受后人注目。写作方法上,前首几乎全用议论,又是苏轼以"议论为诗"的一首代表作。宋人喜在诗中说理,不过,如不将哲理融于情景之中,难免理障,令人读来淡乎寡味。但苏轼此诗,不但议论中肯独到,而且与情景描写配合有致,故能摇曳多姿,不愧是诗歌园地里的一朵奇葩。(李济阻)

书王定国所藏烟江叠嶂图　　苏　轼

江上愁心千叠山,　　浮空积翠如云烟。
山耶云耶远莫知,　　烟空云散山依然。
但见两崖苍苍暗绝谷,　中有百道飞来泉。
萦林络石隐复见,　　下赴谷口为奔川。

> 川平山开林麓断，　　　小桥野店依山前。
> 行人稍度乔木外，　　　渔舟一叶吞江天。
> 使君何从得此本，　　　点缀毫末分清妍。
> 不知人间何处有此境，　径欲往买二顷田。
> 君不见武昌樊口幽绝处，东坡先生留五年！
> 春风摇江天漠漠，　　　暮云卷雨山娟娟。
> 丹枫翻鸦伴水宿，　　　长松落雪惊昼眠。
> 桃花流水在人世，　　　武陵岂必皆神仙？
> 江山清空我尘土，　　　虽有去路寻无缘，
> 还君此画三叹息，　　　山中故人应有招我归来篇。

此诗题下自注云："王晋卿画。"王诜（1037—1093），字晋卿，太原人，居开封，北宋开国功臣王全斌之后（见《宋史·王全斌传·附传》）。妻英宗之女蜀国长公主，官驸马都尉。虽为贵戚，却远声色而爱文艺，与诗人画家苏轼、黄庭坚、米芾等交好。作宝绘堂于私第之东，收藏颇富，苏轼为作记。善诗词、书法，尤以工山水画著名。好写江上云山、幽谷寒林与平远风景，用李成皴法，也有金碧设色。兼善墨竹，学文同。据苏诗查注：这首诗另有苏轼墨迹流传，其后有"元祐三年十二月十五日子瞻书"十三字。

方东树《昭昧詹言》卷十二云："起段以写为叙，写得入妙而笔势又高，气又遒，神又王（旺）。"所谓"以写为叙"，是指这一段实质上是叙述《烟江叠嶂图》的内容，但没有抽象叙述，而是形象描写。其实，如果既不看诗题，又不看诗的下一段，就不会认为这是介绍《烟江叠嶂图》，只感到这是描写自然景物。

前四句，着眼于高处远处，写烟江叠嶂的总貌。"江上"，点"千叠山"的位置。"愁心"，融情入景。"浮空积翠"，是"积翠浮空"的倒装，其主语为"千叠山"。"积翠"，言翠色之浓。"千叠山"积蓄了无穷翠色，在远空浮动，像烟，也像云。而烟消云散之后，则山形依然。几句诗，变静景为动景，写远嶂千叠、翠色浮空之状如在目前。

次四句，由远而近，由高而低，先突现苍苍两崖，再从两崖的绝谷中飞出百道泉水；这百道飞泉，萦林络石，时隐时现，终于"下赴谷口"，汇为巨川，奔腾前进。在这里，诗人以飞泉统众景，从而运用了以明见暗、以隐见显的艺术手法。两崖之间，有无数幽谷，因为"暗"而不见，无从写；只写百泉飞来，而百泉之所自出，即不难想见：这是以明见暗。林木扶疏，奇石磊落，可见可写；但要一一摹写，就不免多费笔墨，分散重点，于是只写百泉之"隐"，就不难想象其所以"隐"：这是以隐见显。

后四句，诗人把读者的视线从百泉的合流出谷引向近景。"川平、山开、林麓断"，展现了三个画面；"林麓断"处，"小桥""野店""乔木""行人"，历历如见。而"渔舟一叶"，又把视线推向开阔的烟江。"吞江天"三字，涵盖了"烟江叠嶂"的全景，真有尺幅万里之势。

"使君"以下四句自为一段。纪昀评云："节奏之妙，纯乎化境。"方东树云："四句正锋。""使君何从得此本"一句回到本题，既变真景为画景，又点出此画乃王定国所藏；而此画之巧夺

天工,也不言而喻,为"点缀毫末分清妍"的赞语提供了有力的根据。"不知人间何处有此境"一句,又由画境想到真境,希望于"人间"寻求如此美好的江山,买田退隐,从而把全篇的布局,从写景转向抒情和议论。

"君不见"以下是最后一段。以"君不见"领起,将读者引向诗人回忆中的天地。这回忆对于诗人来说,并不那么愉快。元丰二年(1079)三月,苏轼罢徐州知州,改知湖州。四月,到湖州任。何正臣摘引《湖州谢表》中的话,指斥苏轼"妄自尊大";舒亶、李定等又就其诗文罗织罪状。七月二十八日,苏轼于湖州被捕,投入御史台狱,这就是"乌台诗案"(御史台又叫"乌台")。十二月结案,贬黄州团练副使,本州安置、不得签书公事。苏轼从元丰三年二月到达贬所,至元丰七年四月改任汝州团练副使,共在黄州度过了四年多的辛酸岁月。现在,他因看《烟江叠嶂图》而有所感触,唤起了对往事的回忆。"君不见"领起的"武昌樊口幽绝处",点贬谪之地的幽深;"东坡先生留五年",言贬谪之时的漫长。以下四句,吴北江认为分写"四时之景",固然不算全错,因为的确写了景;但更确切地说,并非单纯写景,而是借景叙事、因景抒情。这四句,紧承前两句而来,概括了诗人在那"幽绝处""留五年"的经历和感受:春天,闲看"春风摇江天漠漠";夏季,独对"暮云卷雨山娟娟";秋夜寂寥,"丹枫翻鸦伴水宿";冬日沉醉,"长松落雪惊醉眠"。一年,两年,三年,四年……年年如此! 贬谪生涯,贬谪心情,都通过四时之景的描绘而得到了形象的表现。

"桃花流水"二句,用"桃花源"的典故而翻新其意。陶渊明所写的"桃花源",是苦于暴政的人们所追求的"春蚕收长丝,秋熟靡王税"的理想社会,后人又附会为仙境。苏轼则说:桃花源就"在人世",那里的人们也不见得都是"神仙"。这两句,就是对前面"不知人间何处有此境"的回答。"江山清空我尘土"一句,句中有转折。"江山清空",紧承"桃花流水在人世";"我尘土",遥接"君不见"以下六句,既指黄州的"五年"贬谪生活,又包括了当前的处境。唯其"我尘土",才想到买田退隐。第一段的画境,第二段的"不知人间何处有此境",第三段的"桃花流水在人世"和"江山清空"一线贯串,都指的是可以退隐的地方。而"虽有去路"以下数句,则是这条线的延伸。"寻无缘"的"寻",正是"寻"退隐之处。因为欲"寻"而"无缘",所以"还君此画三叹息"。虽"无缘"而仍欲"寻",故以"山中故人应有招我归来篇"结束全诗。

这首诗以《书王定国所藏〈烟江叠嶂图〉》为题,当然首先是给藏画的王定国和作画的王晋卿看的。诗中的"君"也首先指王定国和王晋卿。王定国名巩,因受苏轼"乌台诗案"的株连,与苏轼同时被贬。王晋卿也同样被卷入"乌台诗案",因为苏轼的那些"讥讽朝廷、谤讪中外"的诗,有些是王晋卿"镂刻印行"的。结果被贬到均州。还朝之后,三人相聚,"感叹之余,作诗相属,托物悲慨"(苏轼《和王晋卿》诗序)。此诗即是"托物悲慨"之作。(霍松林)

赠刘景文　苏　轼

荷尽已无擎雨盖,菊残犹有傲霜枝。
一年好景君须记,最是橙黄橘绿时。

这首诗作于元祐五年(1090)苏轼知杭州时。刘季孙,字景文,北宋开封祥符(今属河南开封)人,当时任两浙兵马都监,也在杭州。苏轼很看重刘景文,曾称他为"慷慨奇士",与他诗酒往还,交谊颇深。

诗中所咏为初冬景物。为了突出"橙黄橘绿"这一年中最好的景致,诗人先用高度概括的笔墨描绘了一幅残秋的图景:那曾经碧叶接天、红花映日的渚莲塘荷,现在早已翠减红衰,枯败的茎叶再也不能举起绿伞,遮挡风雨了;独立疏篱的残菊,虽然蒂有余香,却亦枝无全叶,唯有那挺拔的枝干斗风傲霜,依然劲节。自然界千姿万态,一年之中,花开花落,可说是季季不同,月月有异。这里,诗人却只选择了荷与菊这两种分别在夏、秋独擅胜场的花,写出它们的衰残,来衬托橙橘的岁寒之心。诗人的高明还在于,他不是简单地写出荷、菊花朵的凋零,而将描写的笔触伸向了荷叶和菊枝。这是因为,在百花中,"唯有绿荷红菡萏",是"此花此叶长相映"的(李商隐《赠荷花》)。历来诗家咏荷,总少不了写叶:如"点溪荷叶叠青钱"(杜甫《绝句漫兴》)、"接天莲叶无穷碧"(杨万里《晓出净慈寺送林子方》)、"留得枯荷听雨声"(李商隐《宿骆氏亭寄怀崔雍崔衮》)……由此看来,终荷花之一生,荷叶都是为之增姿,不可或缺的。苏轼深知此理,才用擎雨无盖表明荷败净尽,真可谓曲笔传神!同样,菊之所以被誉为霜下之杰,不仅因为它蕊寒香冷,姿怀贞秀,还因为它有挺拔劲节的枝干。花残了,枝还能傲霜独立,才能充分体现它孤标傲世的品格。诗人的观察可谓细致矣,诗人把握事物本质的能力亦可谓强矣!这两句字面相对,内容相连,是谓"流水对"。"已无""犹有",一气呵成,写出二花之异。

可是,不论是先谢还是后凋,它们毕竟都过时了,不得不退出竞争,让位于生机盎然的初冬骄子——橙和橘。至此,诗人才满怀喜悦地提醒人们:请记住,一年中最美好的风光还是在"青黄杂糅,文章烂兮"(屈原《橘颂》)的初冬时节!这里橙橘并提,实则偏重于橘。从屈原的《橘颂》到张九龄的《感遇(江南有丹橘)》,橘树一直是诗人歌颂的"嘉树",橘实则"可以荐嘉客"。橘树那"经冬犹绿林""自有岁寒心"的坚贞节操,岂止荷、菊不如,直欲与松柏媲美了。难怪诗人要对它特别垂青!

前人曾将此诗与韩愈《早春呈水部张十八员外》一诗相提并论:"'天街小雨润如酥,草色遥看近却无。最是一年春好处,绝胜烟柳满皇都。'此退之早春诗也;'荷尽已无擎雨盖……'此子瞻初冬诗也。二诗意思颇同而词殊,皆曲尽其妙。"(胡仔《苕溪渔隐丛话》)两诗虽构思和描写手法相似,艺术工力悉敌,内容却以苏诗为胜。这是因为,韩诗虽也含有一定哲理,却仍只是一首单纯的写景诗;苏诗则不然,它融写景、咏物、赞人于一体,借物喻人,赞颂刘景文的品格和节操。韩诗所赞乃人人心目中皆以为好的早春;苏诗却把那些"悲秋伤春"的诗人眼中最为萧条的初冬写得富有生意和诗意,于此也可见他旷达开朗、不同寻常的性情和胸襟。真是浅语遥情,耐人寻味。(陈文华)

壶中九华诗 并引　　苏 轼

　　湖口人李正臣蓄异石九峰,玲珑宛转,若窗櫺然。予欲以百金买之,与仇池石为偶,方南迁未暇也。名之曰壶中九华,且以诗纪之。

清溪电转失云峰,梦里犹惊翠扫空。

五岭莫愁千嶂外，九华今在一壶中。

天池水落层层见，玉女窗明处处通。

念我仇池太孤绝，百金归买碧玲珑。

　　湖口即今江西湖口，旧属九江府，地在鄱阳湖之口，当江湖之冲，所以得名。这是绍圣元年(1094)东坡六十岁时南迁道中写的诗。前一年，即元祐八年(1063)六月，东坡出知定州(今河北定县)，九月，主持"元祐更化"的高太后病逝，哲宗亲政，朝局再次发生变化。绍圣元年四月，东坡"坐前掌制命语涉讥讪"的罪名，责知英州(今广东英德)军州事，途中三改谪令，六月至安徽当涂，再次奉到"责授建昌军司马，惠州安置，不得签书公事"的谪令。他遣长子苏迈带领家属去常州就食，"初欲独赴贬所。儿女辈涕泣求行，故独与幼子过一人来"(本集《与王庠书》)奔赴惠州(州治在今广东惠阳)贬所。七月，行至湖口，写了这首诗。苏过也写了一首七言古诗(见《斜川集》卷三)，其小序云："湖口人李正臣蓄异石，广袤尺余，而九峰玲珑，老人名之曰湖(壶)中九华，且以诗记之，命过继作。"据苏过此序，知所谓壶中九华只不过是一个"广袤尺余"的石山，属于文人清供的案头小品之类。题材本身十分狭窄，诗人运用自己奔放的想象力，小题大做，加以开掘，写下了自己南迁生活的一段感情经历。这正是黄庭坚所谓"棘端可以破镞，如甘蝇、飞卫之射"，"诗之奇也"。

　　诗人从实际生活、从大处远处落墨："清溪电转失云峰，梦里犹惊翠扫空。"清清的溪流，斗折蛇行，迅转如电，舟行疾速，岸上入云的诸峰很快在眼中消失了。而爱山之情，梦寐不忘，在梦中犹时时看见那苍翠横空的山色，为之惊叹不置。二句想象飞越，感情浓至。东坡此次南迁，自陈留以下沿汴、泗南行，过扬州，越长江泊金陵，背离中原，远窜南荒，"兄弟俱窜(苏辙先贬汝州，再贬袁州)，家属流离"(《东坡续集》卷六《与程德孺书》)，其心情是凄苦的。诗中通过景物描写，透露了对中原山水的依恋之情。"云峰"泛指江上高耸入云的山峰。赵次公注以为实指庐山，也未为不可，因为在湖口是可以望见庐山的。东坡同时还写了一首《归朝欢·与苏坚别》词，开头四句云："我梦扁舟浮震泽，雪浪摇空千顷白，觉来满眼是庐山，倚天无数开青壁"。词的意境可以与此"梦里犹惊翠扫空"句相发明。"翠扫空"三字由贾岛《望山》诗："阴霾一以扫，浩翠写国门"化出，言苍翠的山色，像画家用大笔横扫，涂抹在广阔的天宇中的一幅画图。

　　三、四句承接上文惜山之意，一气旋转而下，"五岭莫愁千嶂外，九华今在一壶中。"微露主旨，点醒题目。查初白评"五岭"句云："三句带南迁意不觉。"这评语是恰当的。言"莫愁"，正见五岭千嶂之外之可愁；所以言"莫愁"者，由于"九华今在一壶中"，足以稍慰迁客寂寞之情耳。强作欢颜，聊以自慰，露中有含，透中有皱，最是抒情上乘。东坡以六十高龄，万里投荒，其愁苦是深重的，但他没有把自己的痛苦直白地倾吐出来，他轻轻地提出"莫愁"二字，从反面着笔，而这小小拳石，竟成了诗人此际的唯一安慰，则其中心的空虚、孤苦，可想而知。细细咀嚼饱含在语言形象中的情味，眼前便会出现一个老年诗人面对着这小小盆景、一往情深的孤苦形象，心情也会不自觉地受到感染。"一壶中"的"壶"，不过是盛放山石的盆盂之类，但由于"壶中"二字在文学上的传统用法，却给人带来一种灵异之感。《神仙传》说：一个叫壶公的人，"常悬一壶空屋上"，每天"日入之后"，他就"跳入壶中，人莫能见"，只有一个叫费长房的有道术的人能看见他，"知其非凡人也"。赵次公注云：此"壶公之壶也，中别有天地山川，故云耳"。有此二字，便把现实山石仙境化了，并为下文"天池水""玉女窗"作好准备，把读者带入一个虚无缥缈的神仙世界。

"天池水落层层见，玉女窗明处处通。"正面描写壶中九华形象。"层层见"言山石的层叠多姿，随着水落，一层层地显现出来，使人玩赏不置。"处处通"，写山石"玲珑宛转若窗櫺然"的特点。"天池"只是泛指天上之池，不必坐实去找它在什么地方，旧注拘泥于出处，或说在青城，或说在庐山，或说在皖山，这是不必要的。"玉女窗"见《文选·鲁灵光殿赋》："神仙岳岳于栋间，玉女窥窗而下视。"这是文学上常用的典故，李商隐诗："玉女窗虚五夜风"，是其例。用"天池水""玉女窗"构成一个优美的、恍恍迷离的仙境情调，诗人的想象力是十分活跃的。

结尾"念我仇池太孤绝，百金归买碧玲珑"，言所以欲买之意。仇池是东坡在扬州所蓄异石，东坡有《双石》诗，其小引云："至扬州获二石，其一绿色，冈峦迤逦，有穴达于背；其一正白可鉴，渍以盆水，置几案间。忽忆在颖州日，梦人请往一官府，榜曰仇池。觉而诵杜子美诗曰：'万古仇池穴，潜通小有天。'乃戏作小诗，为僚友一笑。"这就是仇池石的由来。这个仇池石是东坡心爱之物，他称之为"希代之宝"。为了它，曾和王晋卿一起往复写了好几首诗，讨论以石易画问题，传为艺林佳话。这里"太孤绝"三字，和前面第三句"千嶂外"一层映带生情，使全诗内在的抒情脉络贯串一气，萦拂有致，再一次抒写了诗人的孤愤之情。

这首诗通过一个狭小的题材，铭记了诗人南迁途中的一段感情经历。东坡对这段经历是难以忘怀的。八年之后（据黄庭坚和诗知为建中靖国元年四月十六日），东坡自海外遇赦放还，重经湖口，特意访问了石的下落，则已为好事者所取去。东坡乃自和前韵再次写了一首诗。次年，即崇宁元年（1102）五月二十日，黄庭坚自荆南放还，系舟湖口，李正臣持东坡诗来见，时东坡已去世，石亦不可复见了。黄庭坚也次韵和了东坡此诗。经过两位大诗人前后十年间反复题咏，这个壶中九华石也和仇池石一样传为石中珍宝了。（白敦仁）

荔支①叹　苏　轼

十里一置②飞尘灰，	五里一堠③兵火催。
颠坑仆谷相枕藉，	知是荔支龙眼来。
飞车跨山鹘横海④，	风枝露叶如新采。
宫中美人一破颜⑤，	惊尘溅血流千载。
永元荔支来交州⑥，	天宝岁贡取之涪⑦。
至今欲食林甫肉，	无人举觞酹伯游。
我愿天公怜赤子，	莫生尤物为疮痏⑧。
雨顺风调百谷登，	民不饥寒为上瑞。
君不见：武夷溪边粟粒芽⑨，	前丁后蔡相笼加⑩。
争新买宠各出意，	今年斗品⑪充官茶。

吾君所乏岂此物? 致养口体何陋耶!
洛阳相君忠孝家, 可怜亦进姚黄花⑫。

注 ① 荔支:即荔枝。 ② 置:古代的驿站,差官歇脚换马的地方。 ③ 堠(hòu):古代记里程的土堆,这里也指驿站。 ④ 飞车:古代神话中能在天空飞行的快车。鹘(gǔ):海鸟的一种,古代船上刻鹘作为装饰,这里指海船。 ⑤ 宫中美人:指杨贵妃。破颜:发笑。《新唐书·杨贵妃传》:"妃嗜荔支,必欲生致之,乃置骑传送,走数千里,味未变,已至京师。" ⑥ "永元"句:作者自注:"汉永元中交州进荔支龙眼,十里一置,五里一堠,奔腾死亡,罹猛兽毒虫之害者无数。" ⑦ 天宝岁贡:作者自注:"唐天宝中,盖取涪州荔支,自子午谷路进入。" ⑧ 尤物:特别美好的东西,一般用于贬义。疮痏(wěi):疮伤。 ⑨ 粟粒芽:武夷山名贵的茶。 ⑩ 前丁后蔡:指丁谓和蔡襄。丁谓,字谓之,真宗时为参知政事,封晋国公。蔡襄,字君谟,仁宗时进士。笼加:指包装。作者自注:"大小龙茶始于丁晋公,而成于蔡君谟,欧阳永叔闻君谟进小龙团,惊叹曰:'君谟,士人也,何至作此事!'" ⑪ 斗品:宋代有赛茶之风,官僚们把选赛出的名品,称为斗品。 ⑫ 姚黄花:牡丹花的名品,其始为姚姓所培育。作者自注:"洛阳贡花,自钱惟演始。"

这首七言古诗,作于哲宗绍圣二年(1095),作者正被贬谪在广东惠州(治所在今广东惠阳)。他初次尝到南方甜美的果品荔枝、龙眼,极为赞赏;但也不禁联想到汉唐时代进贡荔枝给人民造成的灾难。在诗中作者揭示了由于皇家的穷奢极欲,官吏媚上取宠,各地名产都得进贡的弊政。同时对宋代的进茶、进花,也作了深刻的讽刺。

开篇四句描写汉代传送荔枝刻不容缓、急如星火的情景。皇家为了要吃到南方进贡的新鲜荔枝,不惜叫差官十里换一次马,五里设一个站亭,拼命地传送。快马疾驰,尘土飞扬,有如传递紧急军事情报一样。人马由于奔跑太快,导致死伤的人很多。有的跌入土坑,有的倒在山谷,尸体散乱地堆叠在一起,给人民带来意想不到的灾难。接下去"飞车跨山鹘横海"以下四句,写唐代传送荔枝的情景,前两句指出唐明皇为了加快传递的速度,使尽一切办法,用飞车踏过山岗,用快船越过海道,让风枝露叶的荔枝,如同新采的一样,供他们享受。后两句描述唐明皇为着博得杨贵妃的欢心,在进贡荔枝的途中,不知摧残了多少人的生命,惊尘溅血,似乎千载而后,那些人的鲜血还没有干:"宫中美人一破颜,惊尘溅血流千载。"精神飞动,寄慨遥深,成为全诗警句。杜牧在《华清宫》诗中说:"一骑红尘妃子笑,无人知是荔枝来。"揭露的正是这种情况,但造语不及东坡的雄浑。

接着以"永元荔支来交州"等八句,总结汉唐两代进贡荔枝的弊政,并致以深沉的感慨和愿望。"永元"句总括开头四句,永元是汉和帝(刘肇)的年号,当时进贡的荔枝,来自两广南部的交州。"天宝"句总括次四句,天宝是唐明皇(李隆基)的年号,唐时岁贡的荔枝,是取自四川涪州(治所在今四川涪县)。"至今"两句,表明直到现今,人们都痛恨唐明皇时的宰相李林甫,他处处谄媚皇帝,阿谀取宠,对进贡荔枝,不加谏阻,人们恨不得吃他的肉,这自然是可以理解的。然而对汉和帝时的唐伯游(唐羌字),却很少有人醑酒来纪念他。唐伯游当年做湖南临武县令,见到传送荔枝,死亡惨重,曾经上书给汉和帝,建议罢除交州荔枝的进贡,和帝因而下令不再进献。他为人民做好事,却没有得到应有的尊敬。可见现在能够继承唐伯游精神的人是很少的。"我愿"以下四句,作者表白了自己虔诚的愿望,祝愿上天能够悯恤黎民,不要生出像荔枝那样特殊美好的珍品,给人民带来灾祸。只要风调雨顺,百谷丰收,人民无饥寒冻馁之忧,这便是国家上等的祥瑞。作者感念民瘼的深情,表达了他"悲歌为黎民"的愿望。

最后八句又为一段,由感叹汉唐进贡荔枝的弊政,联系到当世又有贡茶、贡花之事。进贡荔枝,固然使人民遭殃;贡茶贡花,同样是官僚们取媚皇家的行径,同样会给人民带来苦难。应当予以罢除。作者先以"君不见武夷溪边粟粒芽,前丁后蔡相笼加"两句,提出福建贡茶,开始于宋真宗时的奸相丁谓,后来仁宗时的学士蔡襄,也进贡过名茶。他们各出主意,贡上粟粒芽等名茶,借以争新买宠。就在今年,官吏们还借斗茶为名,所得名品,都成了进贡皇家的官茶。这种奉养皇帝口体之欲的东西,只不过是满足皇帝的物质享受,对治国安民又有什么好处?难道君王所缺乏的就是这些?这样做也未免太鄙陋了。结尾两句:"洛阳相君忠孝家,可怜亦进姚黄花。"进一步揭出贡花一事,始于洛阳相君钱惟演。钱惟演是吴越王钱俶的儿子,钱俶主动归降宋朝,被称为"以忠孝而保社稷"。钱惟演晚年曾为使相,(宋代对留守节度使,加上侍中、中书令、同平章事〔宰相〕职衔,称为使相),留守西京(宋以洛阳为西京)。所以称洛阳相君,他曾经把洛阳名贵的姚黄牡丹,进贡给仁宗。从此洛阳就年年贡花。这两句感叹即使如洛阳使相,本是忠孝之家,可惜也向朝廷进贡名花以邀宠,而不知这种做法,对人民有害,言外不胜惋惜。

这首诗历来被誉为"史诗"。诗中把描写和议论结合起来,把对历史的批判和对现实的揭露结合起来。表明作者虽在政治上累遭打击,但他忠于国家,即使在贬所也仍然关心现实,常常在诗中提出自己的政见,指陈得失,一颗赤子之心,是经常和人民的疾苦联系在一起的。就诗来说,也写得跌宕起伏,沉郁顿挫,深得老杜神髓。(马祖熙)

六月二十日夜渡海　　苏　轼

参横斗转欲三更,苦雨终风也解晴!
云散月明谁点缀,天容海色本澄清。
空余鲁叟乘桴意,粗识轩辕奏乐声。
九死南荒吾不恨,兹游奇绝冠平生!

绍圣元年(1094),哲宗亲政,蔡京、章惇之流用事,专整元祐旧臣;苏轼更成了打击迫害的主要对象,一贬再贬,由英州(州治在今广东英德)而惠州,最后远放儋州(州治在今广东儋县),前后七年。直到哲宗病死,才遇赦北还。这首诗,就是元符三年(1100)六月自海南岛返回时所作。

纪昀评此诗说:"前半纯是比体。如此措辞,自无痕迹。""比"者,"以彼物比此物也";既"以彼物比此物",很难不露"痕迹"。但这四句诗,的确是不露"比"的"痕迹"的。

"参横斗转",是夜间渡海时所见;"欲三更",则是据此所作的判断。曹植《善哉行》:"月没参横,北斗阑干。"这说明"参横斗转",在中原乃是天快黎明之时的景象。而在海南,则与此不同,王文诰指出:"六月二十日海外之二、三鼓时,则参已早见矣。"这句诗写了景,更写了人。一是表明"欲三更",黑夜已过去了一大半;二是表明天空是晴明的,剩下的一小半夜路也不难走。因此,这句诗调子明朗,可见其时诗人的心境。而在此之前,还是"苦雨终风",一片漆黑。连绵不断的雨叫"苦雨",大风叫"终风"。这一句紧承上句而来。诗人在"苦雨终风"的黑夜里不时仰首看天,终于看见了"参横斗转",于是不胜惊喜地说:"苦雨终风也解晴。"

三、四两句，就"晴"字作进一步抒写："云散月明"，"天容"是"澄清"的；风恬雨霁，星月交辉，"海色"也是"澄清"的。这两句，以"天容海色"对"云散月明"，仰观俯察，形象生动，连贯而下，灵动流走。而且还用了句内对：前句以"月明"对"云散"，后句以"海色"对"天容"。这四句诗，在结构方面又有共同点：每句分两节，先以四个字写客观景物，后以三个字表主观抒情或评论。唐人佳句，多浑然天成，情景交融。宋人造句，则力求洗练与深折。从这四句诗，既可看出苏诗的特点，也可看出宋诗的特点。

三、四两句看似写景，而诗人意在抒情，抒情中又含议论。就客观景物说，雨止风息，云散月明，写景如绘。就主观情怀说，始而说"欲三更"，继而说"也解晴"；然后又发一问："云散月明"，还有"谁点缀"呢？又意味深长地说："天容海色"，本来是"澄清"的。而这些抒情或评论，都紧扣客观景物，贴切而自然。仅就这一点说，已经是很有艺术魅力的好诗了。

然而上乘之作，还应有言外之意。三、四两句，写的是眼前景，语言明净，读者不觉得用了典故。但仔细寻味，又的确"字字有来历"。《晋书·谢重传》载：谢重陪会稽王司马道子夜坐，"于时月夜明净，道子叹以为佳。重率尔曰：'意谓乃不如微云点缀。'道子戏曰：'卿居心不净，乃复强欲滓秽太清耶？'"（参看《世说新语·言语》）"云散月明谁点缀"一句中的"点缀"一词，即来自谢重的议论和道子的戏语，而"天容海色本澄清"，则与"月夜明净，道子叹以为佳"契合。这两句诗，境界开阔，意蕴深远，已经能给读者以美的感受和哲理的启迪；再和这个故事联系起来，就更多一层联想。王文诰就说：上句，"问章惇也"；下句，"公自谓也"。"问章惇"，意思是：你们那些"居心不净"的小人掌权，"滓秽太清"，弄得"苦雨终风"，天下怨愤。如今"云散明月"，还有谁"点缀"呢？"公自谓"，意思是：章惇之流"点缀"太空的"微云"既已散尽，天下终于"澄清"，强加于我苏轼的诬蔑之词也一扫而空。冤案一经昭雪，我这个被陷害的好人就又恢复了"澄清"的本来面目。从这里可以看出，如果用典贴切，就可以丰富诗的内涵，提高语言的表现力。

五、六两句，转入写"海"。三、四句上下交错，合用一个典故；这两句则分别用典，显得有变化。"鲁叟"指孔子。孔子是鲁国人，所以陶渊明《饮酒诗》有"汲汲鲁中叟"之句，称他为鲁国的老头儿。孔子曾说过"道不行，乘桴浮于海"（《论语·公冶长》），意思是：我的道在海内无法实行，坐上木筏子漂洋过海，也许能够实行吧！苏轼也提出过改革弊政的方案，但屡受打击，最终被流放到海南岛。在海南岛，"饮食不具，药石无有"，尽管和黎族人民交朋友，做了些传播文化的工作；但作为"罪人"，又哪里能谈得上"行道"？如今渡海北归，回想多年来的苦难历程，就发出了"空余鲁叟乘桴意"的感慨。这句诗，甩典相当灵活。它包含的意思是：在内地，我和孔子同样是"道不行"。孔子想到海外去行道，却没去成；我虽然去了，并且在那里待了好几年，可是当我离开那儿渡海北归的时候，又有什么"行道"的实绩值得自慰呢？只不过空有孔子乘桴行道的想法还留在胸中罢了！这句诗，由于巧妙地用了人所共知的典，因而寥寥数字，就概括了曲折的事，抒发了复杂的情；而"乘桴"一词，又准确地表现了正在"渡海"的情景。"轩辕"即黄帝，黄帝奏乐，见《庄子·天运》："北门成问于黄帝曰：'帝张咸池之乐于洞庭之野，吾始闻之惧，复闻之怠，卒闻之而惑；荡荡默默，乃不自得。'"苏轼用这个典，以黄帝奏咸池之乐形容大海波涛之声，与"乘桴"渡海的情境很合拍。但不说"如听轩辕奏乐声"，却说"粗识轩辕奏乐声"，就又使人联想到苏轼的种种遭遇及其由此引起的心理活动。就是说：那"轩辕奏乐声"，他是领教过的；那"始闻之惧，复闻之怠，卒闻之而惑"，他是亲身经历、领会很深的。"粗识"的"粗",不过是一种诙谐的说法,口里说"粗识"其实是"熟识"啊!

尾联推开一步,收束全诗。"兹游",直译为现代汉语,就是"这次出游"或"这番游历",这当然首先照应诗题,指"六月二十日夜渡海"。但又不仅指这次渡海,还推而广之,指自惠州贬儋县的全过程。绍圣元年,苏轼抵惠州贬所,不得签书公事。他从绍圣四年六月十一日与苏辙诀别、登舟渡海,到元符三年六月二十日渡海北归,在海南岛渡过了四个年头的流放生涯。这就是所谓"兹游"。很清楚,下句的"兹游"与上句的"九死南荒"并不是互不相蒙的两个概念,那"九死南荒",即包含于"兹游"之中。当然,"兹游"的内容更大一些,它还包含此诗前六句所写的一切。

弄清了"兹游"的内容及其与"九死南荒"的关系,就可品出尾联的韵味。"九死"者,多次死去也。"九死南荒"而"吾不恨"者,是由于"兹游奇绝冠平生",看到了海内看不到的"奇绝"景色。然而"九死南荒",全出于政敌的迫害;他固然达观,但哪能毫无恨意呢?因此,"吾不恨"毕竟是诗的语言,不宜呆看。这句既含蓄又幽默,对政敌的调侃之意,也见于言外。读至此,诗人的旷达襟怀和豪放性格也就跃然纸上了。(霍松林)

游西湖　苏　辙

闭门不出十年久,湖上重游一梦回。
行过闾阎争问讯,忽逢鱼鸟亦惊猜。
可怜举目非吾党,谁与开樽共一杯?
归去无言掩屏卧,古人时向梦中来。

元符三年(1100)哲宗去世,徽宗继位,想调停新旧两党。元祐年间官至副相的苏辙从岭南遇赦北归,居于颍昌(今河南许昌市东)。调停未成,徽宗很快又重新迫害元祐党人,而且比哲宗朝有过之而无不及。为了避祸,苏辙杜门颍水之滨,自号颍滨遗老,"不复与人相见,终日默坐,如是者几十年。"(《宋史·苏辙传》)说也奇怪,政和二年(1112),也就是他去世的这一年,苏辙突然改变了"不踏门前路"的决定,不但出游颍昌西湖,而且泛舟浯水,写了两首纪游诗。

首联出句,一笔带过十年的生活。这十年来,他对不出门、不见人是自持甚严的。徐度《却扫篇》卷中说:"苏黄门子由南迁,既还居许下,多杜门不通宾客。有乡人自蜀来见之,侍候于门,弥旬不得通。宅南有丛竹,竹中为小亭,遇风日清美,或徜徉亭中。乡人既不得见,则谋之阍人(守门人),阍人使侍于亭旁。如其言,后旬日果出,乡人因趋进。黄门见之大惊,慰劳久之,曰:'子姑待我于此'。翩然而去,追夜竟不复出。"这则轶事生动反映了苏辙晚年杜门颍滨的实际情况。"湖上重游"点题,"一梦回"说明他时时梦游西湖,"闭门不出"完全是为时势所迫。他在《泛浯水》中说:"早岁南迁恨触胪,归来平地忆江湖。""忆"字也表明,"闭门不出"的生活是苦闷的。

颔联写颍昌市民对他出游西湖的反应。苏辙在颍昌虽然住了十年有余,但当地闾阎(里巷)父老却很少见过这位昔日副相,因此争相打听他是什么人,以致连鱼鸟见到这位白发老人都为之惊猜。出句还比较平淡,对句的拟人手法使诗味倍增。

颈联是写自己的感慨,时仅十年,恍如隔世,举目非其党,无人共酒樽,抒发出没有同调的孤独之感。在徽宗朝,已经变质的新党如蔡京辈当权,元祐党人贬的贬,死的死,到苏辙去世前,他的昔日同僚已经很少有人在世了。因此,他晚年时时发出没有同调的感慨。崇宁五年(1106)他在《九日独酌》中写道:"府县嫌吾旧党人,乡邻畏我昔黄门。终年闭户已三岁,九日无人共一樽。"可以参看。

尾联写现实中既然没有同调,只好与古人为友了。"归去"句抒发出一种无可奈何之情,聊可借以自慰的是"古人时向梦中来。"苏辙晚年除编辑《栾城》三集,修改《诗集传》《春秋集解》《古史》等学术著作外,还新著了《历代论》《论语拾遗》等。他在《历代论引》中说:"卜居颍川,身世相忘……复自放于图史之间。"这就是结尾一句的具体内容。

《游西湖》真实地记录了苏辙晚年的生活,并从一个侧面反映了徽宗朝的政治黑暗。他晚年诗风变得沉郁苍凉,读了这首诗,我们仿佛看到了这位饱经风霜的老人郁郁寡欢的神情。

(曾枣庄)

江上秋夜　　道　潜

雨暗苍江晚未晴,井梧翻叶动秋声。
楼头夜半风吹断,月在浮云浅处明。

宋人写景,往往不满足于总体印象的概括或静态的勾勒,而是刻意追求深细地表现出时间推移过程中的自然景物的变化。这首七绝就是通过描写苍江从傍晚到夜半、天气由阴雨转晴的变化过程,烘托出江上秋夜由萧骚渐入静谧的气氛,构成了清冷寒寂的意境。全诗四句四景,分别选择最适宜的角度表现了阴雨、风起、风停及将晴时分的景色,虽一句一转,却合成一幅完整的画面。

首句写阴雨笼罩中的苍江到晚来还没见晴,"暗"字气象浑涵,下得精当,不但用浓墨绘出了天低云暗、秋水苍茫的江景,而且使浓重的雨意和渐渐来临的暗夜自然连成一气,一句写尽了白昼到傍晚的天色。如果说这句是从大处落墨,第二句则是从细处着意。井边的梧桐翻动着叶子,飒飒有声,自是风吹所致,因此时倘若还是"梧桐更兼细雨",便应是"到黄昏点点滴滴"(李清照《声声慢》)的另一番景象了。由梧叶翻卷的动静辨别风声,又可想见此时风还不大,始发于树间,因此这细微的声息暗示了风一起雨将停的变化,又是秋声始动的征兆。第三句写半夜里风声才停时的情景,"吹"与"断"说明风曾刮得很紧,从楼头判别风声,就不同于从桐叶上辨别风声了,必定要有相当的风力和呼呼的声响才能听出是"吹"还是"断"。所以这一句中的"断"字放在句断之处,与上一句井梧翻叶相应,虽只是写风的一起一止,却概括了风声由小到大,吹了半夜才停的全过程。这正是欧阳修所写"初淅沥而萧飒,忽奔腾而澎湃,如波涛夜惊"(《秋声赋》)的秋声。这两句全从江楼上人的听觉落笔,真切地写出了秋声来时江上暗夜中凄清而萧骚的气氛。这个"断"字还承上启下,带出了最后一句精彩的描写:风停之后,乌云渐渐散开,但尚未完全放晴,月亮已在云层的浅淡之处透出了光明。作者准确地抓住了浮云将散而未散的这一瞬间,表现出月亮将要钻出云层的动态,烘托出半夜风雨之后天色初晴时那种特有的清新和宁静的气氛。"明"字在首句"暗"字的映衬下,成为全诗最耀眼的亮色,在结尾处预示出一片雨过天晴的明朗境界。

这首诗纯以写景的真切细致取胜,但如果没有作者对秋意的敏锐感受,便不容易准确地捕捉住每个特定时刻的景物特征,如果没有精巧的构思和炼字,也不容易在一首短短的绝句中如此层次分明地展现出景色随天色阴晴而转换的过程,并形成浑成的意境。(葛晓音)

霁 夜　孔平仲

寂历帘栊深夜明,睡回清梦戍墙铃。
狂风送雨已何处?淡月笼云犹未醒。
早有秋声随堕叶,独将凉意伴流萤。
明朝准拟南轩望,洗出庐山万丈青。

这首诗写秋夜雨霁的清静景色,表现出爽快的精神境界。一般都因宋玉有"悲哉秋之为气也"之句,而发悲秋之感;但也有反其意而用之的,如李白之称"秋兴逸",刘禹锡之言"胜春朝"。《霁夜》表现清爽的心境,也是一种逸兴。

"霁夜",这里是指雨霁之夜。但是,为了更好地创造意境,不仅将时间延展了,而且将顺序交叉着。最先触发作者诗情的,是闯入梦境的戍墙响铃。然而诗的开头却先写从帘栊透入室内的明亮夜色,即先写醒后所见,次句再写梦醒。看夜色在前,而梦觉在后,这是一种倒叙;颔联出句又先写雨霁前风雨交加的情景,然后再写眼前"淡月笼云"的景色,又是一种回叙;颈联仍先写雨前秋风扫落叶,再写雨霁萤火横飞,仍然是回叙;末联由夜推想到朝,悬想经过雨洗之后的明日庐山,必然是苍翠欲滴!诗境不限于雨霁,而是回叙霁前的风雨和推想明日的山色。这种时间的交叉和延展,不仅避免了平直,而且扩大了容量。

清爽的秋兴是通过秋夜景物的描写来表现的。诗的核心是一个"清"字,"清兴"融化在"清景"之中。这清景,就是秋月、秋声、秋叶和秋萤。古人说,"秋风清,秋月明"。清风明月确是秋夜的富于特征性的景色;秋叶飘落伴随着秋声,再加上闪闪发亮的点点流萤,更为秋夜增添了清凉之意。描写这种清秋之景,诗人采用了对比映衬的手法,比起一般的景物点染,其艺术效果要强得多。诉诸视觉的朦胧月色,在夜深人静的时候,尤其显得"寂历",接着以诉诸听觉的戍墙之铃的清泠之声与之映衬,即所谓静中有动,动中有静,这便使人更加感到清寂。在提起"狂风送雨已何处"时,暗示读者,雨霁之前有一阵狂风暴雨。这狂风暴雨和眼前清寂的霁夜,恰又构成鲜明的对比。这便加强了雨过天清的切身感受。秋声是听出来的,堕叶也是听出来的,在夜里,落叶不是肉眼观察到的。这里用秋声堕叶的听觉动态和月夜飞萤的视觉动态交相辉映,对于引动清秋逸兴,也很有艺术效果。总之,用对比映衬手法描写秋夜景色,

从而很好地表现出清秋逸兴，也是这首诗的一个重要特色。（林东海）

赣上食莲有感　　黄庭坚

莲实大如指，	分甘念母慈。
共房头馣馣①，	更深兄弟思。
实中有么荷，	拳如小儿手。
令我念众雏，	迎门索梨枣。
莲心政自苦，	食苦何能甘？
甘飡②恐腊③毒，	素食则怀惭。
莲生淤泥中，	不与泥同调。
食莲谁不甘，	知味良独少。
吾家双井塘，	十里秋风香。
安得同袍子，	归制芙蓉裳。

注　①馣馣(jì jì)：聚集貌。　②飡(cān)：通"餐"，吃。　③腊(xī)：极。

元丰三年(1080)，庭坚在吉州太和县(在今江西，本作"泰和")做知县。四年，有事到虔州(今江西赣县)，即诗题所说的赣上，因吃莲子而作此诗。

开头说："莲实大如指，分甘念母慈。"看到莲子像手指大，就想到在家里时，母亲分莲子给他们吃，怀念母亲的慈爱。吃莲子时，是先拿到莲房，即莲蓬，一个莲蓬里有好多莲子，共占一房，头露出在房外。"共房头馣馣，更深兄弟思。"看到一房里的许多莲子，就想到一房里的众多兄弟，也像莲房里的莲子那样相处。馣馣状聚集，当作"溅溅"。《诗·小雅·无羊》："尔羊来思，其角溅溅。"羊来，角相聚集，不斗，有和睦意。正像一房莲子相处，因此加深对兄弟的怀念。"实中有么荷，拳如小儿手。"莲子中间有莲心，莲心头上有些拳曲，像小儿的手。"么荷"指莲心。"令我念众雏，近门索梨枣。"从小儿手就想到家里众小儿，作者回家时，众小儿在门口迎接，要梨枣吃。这是从看到莲房、莲子、莲心，引起对母亲、兄弟和众雏的怀念。

接下来从自身的体会上说。"莲心政自苦，食苦何能甘。甘飡恐腊毒，素食则怀惭。"承上就莲心说，莲心正是苦的，"政"通"正"。吃苦的东西怎么能感到甜呢？"甘飡恐腊毒"，"飡"同"餐"，吃甜的怕有极毒。《国语·周语下》："高位实疾颠，厚味实腊毒。"官位高的，实在很快会倒下来，味道厚的，实在有极毒。这里就自己的经历说，吃甜的怕有毒，比方做大官拿重禄，贪图享受，害了自己。"素食则怀惭"，做官不办事吃白食，便感到惭愧。《诗·魏风·伐檀》："彼君子兮，不素餐兮。"素餐即白吃，白吃是可耻的。庭坚在做知县，既不是高官，不拿重禄，又不白吃饭。在这里也表示了他的志节。

诗人然后又从另一角度发生感想。"莲生于泥中，不与泥同调。"莲生在淤泥之中，出淤泥却不受污染，指品德高洁的人能保持操守，像《史记·屈原传》赞美屈原那样，"自疏濯淖汙泥之中，蝉蜕于浊秽，以浮游尘埃之外，不获世之滋垢，皭然泥而不滓者也。""食莲谁不甘，知味

117

良独少。"讲到吃莲子的多,知味的却很少。这首诗主要是讲他的食莲而能知味,由于知味的少,这首诗写出了很少人知道的东西。

最后跟开头的"念母慈"呼应,想到"吾家双井塘",双井在分宁县(今江西修水),那里有池塘。"十里秋风香",池塘里荷花盛开,在初秋时香闻十里。这里又跟开头的"兄弟思"相应,"安得同袍子,归制芙蓉裳。"同袍,《诗·秦风·无衣》:"岂曰无衣?与子同袍。"袍,长衣。同袍本指友爱,这里当指兄弟。屈原《离骚》:"进不入以离尤(遇祸)兮,退将复修吾初服。制芰荷以为衣兮,集芙蓉以为裳。""归",指惧祸而退归。制芙蓉(荷花)裳,比喻保持高洁的情操。这里借用屈原的话,可见上文的"不与泥同调"也含有赞美屈原一尘不染的意思在内。

这首诗构思很新,写出了前人未写过的食莲知味。他从食莲子的分甘"念母慈",从莲房的共房多莲子想到"兄弟思",从莲子心的"拳如小儿手"而"念众雏",这是因食莲而起的对家人的怀念。再从莲心苦引出食甘,比喻禄重的有害,素餐的怀惭,是入仕经历的有感之言。再从莲生淤泥而不染而生新的感受。这样的食莲知味,就是从"分甘""食苦"中引出各种感想来。最后想到归隐,效屈原的修吾初服,含蓄地表示进不免遇祸,还不如退归,具有深切的感慨。(周振甫)

送王郎　　黄庭坚

酌君以蒲城桑落之酒,　泛君以湘累秋菊之英。
赠君以黔川点漆之墨,　送君以阳关堕泪之声。
酒浇胸次之磊块,　　　菊制短世之颓龄。
墨以传万古文章之印,　歌以写一家兄弟之情。
江山千里俱头白,　　　骨肉十年终眼青。
连床夜语鸡戒晓,　　　书囊无底谈未了。
有功翰墨乃如此,　　　何恨远别音书少。
炒沙作糜终不饱,　　　镂冰文章费工巧。
要须心地收汗马,　　　孔孟行世日杲杲。
有弟有弟力持家,　　　妇能养姑供珍鲑。
儿大诗书女丝麻,　　　公但读书煮春茶。

这首诗作于元丰七年(1084),时庭坚年四十,从知太和县(今属江西)调监德州德平镇(今山东德平)。王郎,名纯亮,字世弼,是作者的妹夫,亦能诗,作者集中和他唱和的诗颇多。这时庭坚初到德州,王纯亮去看他,临别之前,作此送王。

这首诗自起句至"骨肉十年终眼青"为第一段,写送别。它不转韵,穿插四句七言之外,连用六句九言长句,用排比法一口气倾泻而出;九言长句,音调铿锵,辞藻富丽:这在黄庭坚诗中是很少见的"别调"。这种机调和辞藻，颇为读者所喜爱，所以此诗传诵较广，用陈衍评庭坚《寄黄几复》诗的话来说，是"此老最合时宜语"。但此段前面八句，内容比较一般：说要用蒲城的美酒请王喝，在酒中浮上几片屈原喜欢吞嚼的"秋菊之落英"，酒可用来浇消王郎胸中的不平"磊块"，菊可以像陶渊明所说的，用来控制人世因年龄增而早衰；要用歙州黟县所产的好墨送王，用王维《渭城曲》那样"阳关堕泪"的歌声来饯别，墨好让王郎传写"万古文章"的"心印"（古今作家心心相印的妙谛），歌声以表"兄弟"般的"一家"亲戚之情。此外，这个调子，也非作者首创，从远处说来自鲍照《拟行路难》第一首"奉君金卮之美酒，玳瑁玉匣之雕琴，七彩芙蓉之羽帐，九华蒲萄之锦衾"等句；从近处说，来自欧阳修的《奉送原甫侍读出守永嘉》起四句："酌君以荆州鱼枕之蕉，赠君以宣城鼠须之管。酒如长虹饮沧海，笔若骏马驰平坂。"虽有发展，犹属铺张，不能代表庭坚的诗功。到了本段最后两句："江山千里俱头白，骨肉十年终眼青。"才见黄诗功力，用陈衍评《寄黄几复》诗的话来说，就是露出"狂奴故态"。这两句诗，从杜甫诗"别来头并白，相对眼终青"化出，作者还有类似句子，但以用在这里的两句为最好。它突以峭硬矗立之笔，煞住前面诗句的倾泻之势、和谐之调，有如黄河中流的"砥柱"一样有力。何以见得呢？从前面写一时的送别，忽转入写彼此长期的关系，急转硬煞，此其一；两句中写了十年之间，彼此奔波千里，到了头发发白，逼近衰老，变化很大，不变的只是亲如"骨肉"和"青眼"相看的感情，内容很广，高度压缩于句内，此其二；辞藻仍然俏丽，笔力变为遒劲峭硬，此其三。这种地方，最见黄诗本领。

第二段八句，转押仄韵，承上段结联，赞美王郎，并作临别赠言。"连床夜语"四句，说王郎来探，彼此连床夜话，常谈到鸡声报晓的时候，王郎学问渊博，像"无底"的"书囊"，谈话的资料没完没了；欣喜王郎读书有得，功深如此，别后必然继续猛进，就不用怨恨音书不能常通了。由来会写到深谈，由深谈写到钦佩王郎的学问和对别后的设想，笔调转为顺遂畅适，又一变。"炒沙作糜"四句，承上读书、治学而来，发为议论，以作赠言，突兀遒劲，笔调又再变而与"江山"两句相接应。炒沙，出于《楞严经》："若不断淫，修禅定者，如蒸沙石欲成其饭，经百千劫，只名热沙。何以故？此非饭，本沙石故。"镂冰，出自《盐铁论》："内无其质而学其文，若画脂镂冰，费日损力。"汗马，比喻战胜，作者《答王零书》："想以道义敌纷华之兵……要须心地收汗马之功，读书乃有味。"昊昊，明亮貌。这四句的意思是：追求写"工巧"的文章，像"炒沙作糜"，无法填饱肚子，像镂刻冰块，不能持久；应该收敛心神，沉潜道义，战胜虚华，才能体会出孔、孟之道如日月经天。庭坚肆力词章，力求"工巧"，但又有文要为"道"服务的观念，所以认为读书治学，要以身体力行孔、孟之道为主。实际上庭坚本身是诗人，不可能真正轻弃词章，这里只是表现他把儒家的修身、济世之道放在第一位而已。

最后四句为第三段。说王郎的弟弟能替他管理家事，妻子能烹制美餐孝敬婆婆，儿子能读诗书，女儿能织丝麻，家中无内顾之忧，可以好好烹茶读书，安居自适。王郎曾经考进士不第，这时又没有出仕，闲居家中，所以结尾用这四句话劝慰他。情调趋于闲适，组句仍求琢炼，表现了黄诗所追求的"理趣"。

这首诗多数人喜欢它的前半，其实功力见于"江山千里"以下的后半。方东树《昭昧詹言》说："入思深，造句奇崛，笔势健，足以药熟滑，山谷之长也。"要体会这种长处，主要在后半。

（陈祥耀）

寄黄幾复　黄庭坚

我居北海君南海，寄雁传书谢不能。

桃李春风一杯酒，江湖夜雨十年灯。

持家但有四立壁，治病不蕲①三折肱②。

想见读书头已白，隔溪猿哭瘴溪藤。

注 ① 蕲(qí)：求。　② 肱(gōng)：胳膊。

此诗作于神宗元丰八年(1085)，其时诗人监德州(今属山东)德平镇。黄幾复，名介，南昌(今属江西)人，与诗人少年交游，此时知四会县(今属广东)；其事迹见《黄幾复墓志铭》(《豫章黄先生文集》卷二三)。

首句"我居北海君南海"化用《左传·僖公四年》楚子问齐桓公"君处北海，寡人处南海"的话，起势突兀。写彼此所居之地一"北"一"南"，已露怀念友人、望而不见之意；各缀一"海"字，更显得相隔辽远，海天茫茫。作者跋此诗云："幾复在广州四会，予在德州德平镇，皆海滨也。""海滨"，当然不等于"海上"。作者直说"我居北海""君(居)南海"，一是为了"字字有来历"，二是为了强调相隔之远、相思之深。

"寄雁传书谢不能"，从第一句中自然涌出，在人意中；但又有出人意料的地方。两位朋友一在北海，一在南海，相思不相见，自然就想到寄信；"寄雁传书"的典故也就信手拈来。李白长流夜郎，杜甫在秦州作的《天末怀李白》诗里说："凉风起天末，君子意如何？鸿雁几时到，江湖秋水多。"强调音书难达，说"鸿雁几时到"就行了。黄庭坚却用了与众不同的说法："寄雁传书——谢不能。"——我托雁儿捎一封信去，雁儿却谢绝了。这样一来，立刻变陈熟为生新。黄庭坚是讲究"点铁成金"法的，这句可算成功的例子。

"寄雁传书"，本非实事，《汉书·苏武传》讲得很清楚。但既用此典，就要考虑雁儿究竟能飞到何处。相传大雁南飞，至衡阳而止，故王勃《秋日登洪府滕王阁饯别序》云："雁阵惊寒，声断衡阳之浦。"黄庭坚这一句，亦同此意；但写得更有情趣。

第二联在当时就很有名。《王直方诗话》云："张文潜谓余曰：黄九云：'桃李春风一杯酒，江湖夜雨十年灯。'真奇语。"这两句所用的词都是常见的，谈不上"奇"。张耒称为"奇语"，是就其整体的意境而说的。上句追忆京城相聚之乐，下句抒写别后相思之深。诗人摆脱常境，不用"当年相会"之类的说法，却拈出"一杯酒"三字。"一杯酒"，这太常见了！但唯其常见，正可给人以丰富的暗示。杜甫《春日忆李白》云："何时一樽酒，重与细论文？"故人相见，或谈心，或论文，总离不开饮酒。当日相聚时的种种情事，尽包含在这三字之中。诗人又选了"桃李""春风"两个词。这两个词，也很陈熟，但正因为熟，能够把阳春烟景一下子唤到读者面前，给人以美感和快感，同时又喻示了彼此少年时春风得意的神情。

下句"江湖"一词，能使人想到流转漂泊，远离朝廷。杜甫《梦李白》云："江湖多风波，舟楫恐失坠。""夜雨"，能引起怀人之情，李商隐《夜雨寄北》云："君问归期未有期，巴山夜雨涨秋池。"在"江湖"而听"夜雨"，就更增萧索之感。而"十年灯"，则是作者的首创。此语和"江湖夜雨"相联缀，就能激发读者的一连串想象：两个朋友，各自漂泊江湖，每逢夜雨，独对孤灯，互相思念,深宵不寐。而这般情景,已延续了十年之久!

温庭筠《商山早行》云:"鸡声茅店月,人迹板桥霜。"二句不用一动词,而早行境界全出。此诗吸取了温诗的句法,创造了独特的意境。"桃李春风"与"江湖夜雨",这是"乐"与"哀"的对照,快意与失望,暂聚与久别,往日的交情与当前的思念,都从时、地、景、事、情的强烈对照中表现出来,令人寻味无穷。张耒评为"奇语",确有见地。

后四句,从"持家""治病""读书"三个方面表现黄幾复的为人和处境。

"持家,——但有四立壁","治病,——不蕲三折肱"。这两个句子,也是相互对照的。作为一个县的长官,家里只有立在那儿的四堵墙壁,说明他清正廉洁,这句是化用司马相如"家居徒四壁立"的典故。"治病"句是化用《左传·定十三年》记载的一句古代成语:"三折肱,知为良医。"意思是:一个人如果三次跌断胳膊,就可以成为一个好医生:因为他必然积累了治疗和护理的丰富经验。在这里,是说黄幾复善"治国"。"治病"和"治国"的道理是相通的,所以《国语·晋语》里就有"上医医国,其次救人"的说法。黄庭坚在《送范德孺知庆州》诗里也说范仲淹"平生端有活国计,百不一试埋九京"。作者称黄幾复善"治病",但并不需要"三折肱",言外之意是他已经有政绩,显露了治国救民的才干,为什么还不重用,老要他在下面跌撞呢?

尾联以"想见"领起,与首句"我居北海君南海"相照应。在作者的想象里,十年前在京城的"桃李春风"中把酒畅谈理想的朋友,如今已白发萧萧,却仍然像从前那样好学不倦!他"读书头已白",还只在海滨作一县令。其读书声是否还像从前那样欢快悦耳,没有明写,而以"隔溪猿哭瘴溪藤"作映衬,就给整个图景带来凄凉的氛围;不平之鸣,怜才之意,也都蕴含其中。这句诗是从李贺"不见年年辽海上,文章何处哭秋风"(《南园》十三首之六)化出,而意思更为深沉。

黄庭坚好用典故,此诗虽"无一字无来处",但不觉晦涩;有的地方,还由于活用典故而丰富了诗句的内涵;而取《左传》《史记》中的散文语言入诗,又给近体诗带来苍劲古朴的风味。

黄庭坚又主张"宁律不谐而不使句弱"。他的不谐律是有讲究的,方东树就说他"于音节尤别创一种兀傲奇崛之响,其神气即随此以见"。此诗"持家"句两平五仄,"治病"句也顺中带拗,其兀傲的句法与奇峭的音响,正有助于表现黄幾复廉洁干练、刚正不阿的性格。

总之,此诗善用典实,内蕴丰富,以故为新,运古于律,拗折波峭,很能表现出黄诗的特色。

(霍松林)

次韵王荆公题西太一宫壁二首　　黄庭坚

风急啼乌未了,雨来战蚁方酣。
真是真非安在?人间北看成南。

晚风池莲香度,晓日宫槐影西。
白下长干梦到,青门紫曲尘迷。

这两首诗当是元祐元年(1086)秋天所作。王安石有《题西太一宫二首》："柳叶鸣蜩绿暗,荷花落日红酣。三十六陂春色,白头想见江南。"(蜩,即蝉。)三十六陂在今江苏江都县,所以称"想见江南",因三十六陂接近江南。"三十年前此地,父兄持我东西。今日重来白首,欲寻陈迹都迷。"王安石又有《西太一宫楼》:"草际芙蕖零落,水边杨柳欹斜。日暮炊烟孤起,不知鱼网谁家。"从诗看,西太一宫当已荒凉了。庭坚用王安石的诗韵和诗题来写,所以称《次韵题西太一宫》。

第一首开头"风急啼乌未了,雨来战蚁方酣"。这两句写眼前景物。王安石诗的开头写"柳叶鸣蜩"和"荷花落日",也是写眼前景物。这首诗里的写景似有寓意。《述征记》:"长安宫南有灵台,有相风铜乌。或云:此乌遇千里风乃动。"乌可以用来观察风。《易林·震之塞》:"蚁封穴户,大雨将至。"蚁是知道大雨要来的,为了争穴而斗。在乌啼蚁斗中间,说明风急雨骤。这两句的含意,从下两句中透露。"真是真非安在? 人间北看成南"。《庄子·齐物论》:"故有儒墨之是非,以是其所非,而非其所是;欲是其所非而非其所是,则莫若以明。"两派的是非不同,各以自己的是为是,以对方的是为非;以自己的是为是,以对方的是为非,还不如调过来说明问题,即用对方的是非来看自己的是非。这些都不是真是真非,那末真是真非在哪里?任渊注:"《楞严(经)》曰:'如人以表为中时,东看则西,南观成北。表体既混,心应杂乱。'在熙、丰则荆公为是,在元祐则荆公为非,爱憎之论,特未定也。"立一表为中心,在表的东面看,表在西面;在表的南面看,表在北面。这样把表的中心弄混了,方向也乱了。神宗熙宁二年(1069),用王安石为参知政事,设制置三司条例司,筹划变法,元丰时,变法实行,这段时期以王安石为是。哲宗元祐元年,用司马光为相,反对新法,以王安石变法为非。作者认为新旧两派的是非之争,只是两派的立场不同所造成的,分不清真是真非来。

本着"真是真非安在"来看,那末"风急""雨来",正指政治上的风雨;"啼乌""战蚁",暗指新旧两派的政治斗争。这种斗争不过是立场不同,并不能分清真是真非。这样看是有道理的。这首诗的"真是真非安在"是议论,但它跟开头一联的形象结合,并透露含意,所以还是诗的议论。

第二首写眼前景,第一句写晚景,"晚风池莲香度",第二句写晓景,"晓日宫槐影西"。王安石的诗句"荷花落日","芙蕖零落",也讲荷花。这里写"香度",从晚风送香来写,又有不同。西太一宫里是种槐树的,写"晓日宫槐"很自然。"白下长干梦到",白下,地名,本名白石陂,后人在此筑白下城,故址在今南京市金川门(北门之一)外南区。唐武德九年(626),曾改金陵为白下,因用以代指金陵。长干,地名,在今南京市南。王安石诗:"白头想见江南"。这里正写王安石的想望江南。"青门紫曲尘迷",《三辅黄图》:"长安城东出南头第一门曰霸城门,民见门色青,名曰青城门。"这里借指汴京的城门。紫曲,犹紫陌,指长安的道路。刘禹锡《元和十年自朗州承召至京》"紫陌红尘拂面来"。这句指京城里尘土使人迷茫,即用王安石诗:"今日重来白首,欲寻陈迹都迷。"这首诗的后两句,概括了王安石的两首诗意。这样的次韵,不仅用了王安石两首诗的原韵,还写了题西太一宫的景物,概括了原诗的诗意。但写得又有同有异。就写法说,王安石的第一首,先写景,后抒怀,这诗的第二首,也是先写景,后抒怀,是写法相同。但王安石抒自己的怀抱,这诗是概括王安石的怀抱,把王的第二首的感慨也概括进去,这就不同了。第一首联系新旧两派之争来写,就跟王的原作完全不同了。(周振甫)

双井茶送子瞻　　黄庭坚

人间风日不到处，天上玉堂森宝书。
想见东坡旧居士，挥毫百斛泻明珠。
我家江南摘云腴，落硙霏霏雪不如。
为君唤起黄州梦，独载扁舟向五湖。

双井茶是黄庭坚老家分宁(今江西修水)出产的一种名茶。元祐二年(1087)诗人在京任职时，家乡的亲人给他捎来了一些，他马上想到分送给好友苏轼品尝，并附上这首情深意切的诗。

诗篇从对方所处的环境落笔。苏轼当时任翰林院学士，担负掌管机要、起草诏令的工作。玉堂语意双关，它既可以指神仙洞府，在宋代又是翰林院的别称。由于翰林学士可以接近皇帝，地位清贵，诗人便利用了玉堂的双重含义，把翰林院说成是不受人间风吹日晒的天上殿阁，那里宝书如林，森然罗列，一派清雅景象。开首这一联起得很有气派，先声夺人，为下面引出人物蓄足了势头。

第二联转入对象本身。东坡原是黄州的一个地名。苏轼于元丰二年(1079)被贬到黄州后，曾在东坡筑室居住，因自号"东坡居士"。这里加上一个"旧"字，不仅暗示人物的身份起了变化(由昔日的罪臣转为现时的清贵之官)，也寓有点出旧情、唤起反思的用意，为诗篇结语埋下了伏笔。"挥毫百斛泻明珠"一句，则脱胎于杜甫《奉和贾至舍人早朝大明宫》诗中的"诗成珠玉在挥毫"。杜诗表现的是早朝皇帝的场面，用"珠玉"比喻诗句，在夸赞对方才思中兼带有富贵气象，与诗歌题材相切合。所以作者这里也用"明珠"来指称苏轼在翰林院草拟的文字，加上"百斛"形容其多而且快，更其是一个"泻"字，把那种奋笔疾书、挥洒自如的意态，刻画得极为传神，这也是化用前人诗意成功的范例。

第三联起，方转入赠茶的本事。云腴，即指茶叶。腴是肥美的意思，茶树在高处接触云气而生长的叶子特别丰茂，所以用云腴称茶叶。硙，亦作"碨"，小石磨。宋人喝茶的习惯，是先将茶叶磨碎，再放到水里煮沸，不像现代的用开水泡茶。这两句说：从我老家江南摘下上好的茶叶，放到茶碨里精心研磨，细洁的叶片连雪花也比不上它。把茶叶形容得这样美，当然是为了显示自己送茶的一番诚意，其中含有真挚的友情。但这还并不是本篇主旨所在，它只是诗中衬笔，是为了引出下文对朋友的规劝。

结末一联才点出了题意。作者语重心长地对朋友说：喝了我家乡的茶以后，也许会让您唤起黄州时的旧梦，独自驾着一叶扁舟，浮游于太湖之上了。五湖，太湖的别名。最后一句用了春秋时的典故。相传范蠡辅佐越王勾践灭掉吴国之后，不愿接受封赏，弃去官职，"遂乘轻舟以浮于五湖"(《国语·越语》)。苏轼贬谪在黄州时，由于政治上失意，也曾萌生过"小舟从此逝，江海寄余生"(《临江仙》)的退隐思想。可是现时他应召还朝，荣膺重任，正处在春风得意之际，并深深卷入了当时政治斗争的旋涡。作者一方面为友人命运的转变而高兴，另一方面也为他担心，于是借着送茶的机会，委婉地劝告对方，不要忘记被贬黄州的旧事，在风云变幻的官场里,不如及早效法范蠡,来个功成身退吧。末了这一笔,披露了赠茶的根本用意,在诗中起着画龙点睛的作用。而这番用意又并非一本正经地说出来,只是从旧事的勾唤中轻轻点出,不仅可以避免教训的口吻,也见得情味悠长,发人深思。

整首诗词意畅达,不堆砌典故,不生造奇词拗句,在黄庭坚诗作中属于少见的清淡一路。但由高雅的玉堂发兴,引出题赠对象,再进入送茶之事,而最终点明题意,这种千回百转、一波三折的构思方式,仍体现了黄诗的基本风格。(陈伯海)

戏呈孔毅父　黄庭坚

管城子无食肉相,孔方兄有绝交书。
文章功用不经世,何异丝窠缀露珠?
校书著作频诏除,犹能上车问何如。
忽忆僧床同野饭,梦随秋雁到东湖。

黄庭坚一生政治上不得意,所以常有弃官归隐的念头,而有时还不免夹带一点牢骚。这首写给他朋友孔毅父(名平仲)的诗,题头冠一"戏"字,正表现了他对自己浮沉下位、无所事事的生活境遇的自嘲自解。

开头两句就写得很别致。管城子,指毛笔。韩愈的《毛颖传》将毛笔拟人化,为之立传,还说它受封为管城子,诗语来源于此。食肉相,用《后汉书·班超传》的典故。据《后汉书·班超传》记载,看相的人曾说班超"燕颔虎颈,飞而食肉,此万里侯相也",后来班超投笔从戎,立功西域,果然封侯。孔方兄,钱的别称。古时的铜钱中有方孔,故有此称,语出鲁褒《钱神论》:"亲爱如兄,字曰孔方",暗含鄙视与嘲笑之意。绝交书,则取自嵇康《与山巨源绝交书》。两句诗的意思是:我靠着一支笔杆子立身处世,既升不了官,也发不了财。但作者不这样明说,而是精心选择了四个本无关联的典故,把它们巧妙地组合到一起,构成了新颖奇特的联想。笔既然称"子",当然可以食肉封侯;钱既然称"兄",也就能够写绝交书。将自己富贵无望的牢骚,用这样的方式表达出来,非但不觉生硬,还产生了谐谑幽默的情趣。

三、四句承上作进一步阐述:我的文章既然没有经邦济世的功用,那跟蜘蛛网上缀着的露珠又有什么两样呢?这是解释自己未能博取功名富贵的原因,归咎于文章无益于世,表面看来是自责,实际上说的反话,暗指文章不为世人赏识,在自嘲中寓有自负的意味。丝窠缀露珠,用清晨缀附于蛛网上闪闪发亮的露水珠子,来比喻外表华美而没有坚实内容的文章,构想新奇动人。

五、六句转入当前仕宦生活的自白。作者于元丰八年(1085)应召还京,受任秘书省校书郎,元祐二年(1087)改官著作佐郎,诗中"校书著作频诏除",就是指的这件事,"除"是授官的意思。但这两句诗不单纯是纪实,同时也在用典。北齐颜之推《颜氏家训·勉学》中谈到,梁朝全盛之时,贵家子弟大多没有真才实学,却担任了秘书郎、著作郎之类官职,以致当时谣谚中有"上车不落则著作,体中何如即秘书"的讽刺语。这里套用成语,说自己受任校书、著作,也跟梁代那些公子哥儿们一样，不过能登上车子问候别人身体如何罢了。校书郎、著作佐郎在宋代都是闲散官职，位卑言轻，无可作为。诗意表面上说自己尸位素餐，其实是对于碌碌无为的官场生涯的不满。

仕宦既不如意，富贵又无望，怎么办才好呢？于是逼出了最后两句的追思。诗人说：忽然回忆起当年跟你一起在僧床便饭的情景，我的梦魂便随着秋雁飞到了老家东湖边。东湖，在今江西省南昌市郊，距离作者的家乡分宁（今江西修水）不远。回忆东湖旧游，含有弃官归隐的意思。这是诗人在内心矛盾解脱不开的情况下所能想到的唯一出路。而不直说退隐，却写对往事的追忆，也给诗篇结尾添加了吞吐含茹的风韵。

这首诗抒写不得志的苦闷，却采用了自我嘲戏的笔调，感情上显得比较超脱，而诗意更为深曲。不明了这一点，反话正听，把作者真看成一个对功名事业毫不婴心的人，则是出于对诗篇的误解。文字技巧上的最大特点是善用典故，不仅用得自然贴切，还能通过生动的联想，将不同的故事材料串联组合起来，形成新的意象，取得出奇制胜的效果。这已经是一种艺术的再创造，没有深厚的文学修养是做不到的。黄庭坚为后来的江西诗人开了这个重要的法门，虽然他也不免有钻入牛角尖的时候。（陈伯海）

次韵王定国扬州见寄　黄庭坚

清洛思君昼夜流，北归何日片帆收？
未生白发犹堪酒，垂上青云却佐州！
飞雪堆盘脍鱼腹，明珠论斗煮鸡头。
平生行乐亦不恶，岂有竹西歌吹愁？

这首诗当作于宋哲宗元祐二年（1087），黄庭坚正在汴京为秘书省著作佐郎。王定国是真宗时名相王旦之孙，有才气。苏轼为其诗集作序，黄庭坚为其文集作序，可见他们关系密切。元丰年间，王定国受苏轼牵连也被贬。元祐初，苏轼还京，荐他为宗正丞，不久又遭指谪，出为扬州通判。他从扬州寄诗给黄庭坚，黄步其韵而成此诗，表达了对朋友的思念与劝慰之情，颇为感人。

古人常以流水为比，表达悠悠不尽的情思，如徐干《室思》："思君如流水，何有穷已时"、李白《沙丘城下寄杜甫》："思君若汶水，浩荡寄南征"、李煜《虞美人》："问君能有几多愁？恰是一江春水向东流"、欧阳修《踏莎行》："离愁渐远渐无穷，迢迢不断如春水"、鱼玄机《江陵愁望寄子安》："忆君心似西江水，日夜东流无歇时"等，例子举不胜举。这首诗第一句也是以流水喻情，而不用"是""如""若""似"等字，径直说是清洛在思君，是昼夜不断的流水向王定国送去绵绵情思，显得更为劲拔。元丰年间，导洛入汴，清洛即清汴。这一句既有喻义又是写实。它表明了诗人是在汴京（今河南开封），也暗示了王定国就是顺汴水到扬州的。汴水是联结汴京、扬州的纽带，是沟通朋友间信息的渠道，使两人诗歌唱和，息息相通。不仅如此，而且清洛也是王定国北归汴京的水道，所以诗人又写出了第二句，昼夜盼王定国早日归来，补足了思君的内涵。"何日"句见思念之切。王定国刚出任扬州通判,诗人就盼其北归汴京,足见两人友情之深,也表明诗人对朋友遭贬的不满。

在三、四句中,诗人对朋友现在的处境表示了关切。劝慰朋友趁白发未生,还可饮酒作乐;遗憾的是刚要直上青云又被外放扬州作副守。吴汝纶说:"'未生白发'……等联,皆痛撰出奇,前无古人,自辟一家蹊径。"(引自《唐宋诗举要》卷六)"犹""却"二字,转接有力,意思陡下,含有无限感慨。一句之中语意有变,两句之间也有曲折。两句诗顿挫有力,诚为奇警。

五、六句具体写王定国在扬州的生活。鱼腹细切成脍,堆放盘中像飞来的白雪;煮熟的鸡头米,像千万颗晶莹的珍珠。这是倒装句,借两个生动的比喻,特意把"飞雪""明珠"放在句首,以引起人们对美好事物的充分联想。美化这种生活,恰好说明实际上有可悲之处。因此可以说与上联意同,只是换了一种写法。

结联更作宽慰语。平生行乐本来不坏,哪有竹西的歌吹反倒惹起愁怀?隋唐以来,扬州一直是商业都会,歌舞繁盛之地。"岂有竹西歌吹愁"是从杜牧"谁知竹西路,歌吹是扬州"(《题扬州禅智寺》)脱胎而来。然而诗人并没幻想王定国会像杜牧那样在"春风十里扬州路"尽情享乐,"行乐亦不恶"的"亦"字有无可奈何的意味。王定国的原诗是以"愁"字作结的(次韵要求依原诗用韵次序)。"岂有"二字耐人寻味。因为愁与扬州的繁华热闹极不和谐,所以诗人希望朋友借歌吹以破愁。效果如何,不得而知。诗结束了,诗人对朋友的思念之情却像长江大河一样无穷无尽。全诗八句如同一句,一气回转而下,其中又多顿挫起伏。(朱明伦)

题子瞻枯木　　黄庭坚

折冲儒墨阵堂堂,书入颜杨鸿雁行。
胸中元自有丘壑,故作老木蟠风霜。

元祐三年(1088),庭坚在史局任著作佐郎。春天,苏轼知贡举(主管考试),庭坚做他的属官。苏轼这年曾在醴池寺壁画了小山枯木,庭坚作《题子瞻寺壁小山枯木》诗,苏轼又作枯木,庭坚题了这首诗。

任渊注:"第一句元作'文章日月与争光',后改焉。"为什么改?可能是因为"文章日月与争光"指苏轼是大作家,与《题子瞻寺壁小山枯木》之二"海内文章非画师"指苏轼是大作家,意思有些重复,所以改了。开头说:"折冲儒墨阵堂堂",折冲,本义是折坏敌方的战车,即打退敌人的进攻,这里是斟酌调停的意思。说苏轼用堂堂之阵来平息儒墨之争,学术不偏激,能得其平。"书入颜杨鸿雁行",苏轼的书法可跟唐朝颜真卿和后周的杨凝式相比。《晋书·王羲之传》:"我书比钟繇当抗行,比张芝草书犹当雁行也。"雁飞成行,指并列。这里不是说苏轼的书法像颜真卿、杨凝式,而是说他和颜杨两家一样是当时第一流的书法家。

后两句说,"胸中元自有丘壑,故作老木蟠风霜。"任渊注:"此两句元作'笔端放浪有江海,临深枯木饱风霜。'"为什么改?因为他的《题子瞻寺壁小山枯木》之一说:"白发千丈濯沧浪。""濯沧浪"跟"有江海"意思相近,所以改了。《世说新语·品藻》:"明帝问谢鲲:'君自谓何如庾亮?'答曰:'端委庙堂,使百官准则,臣不如亮;一丘一壑,自谓过之。'"这里指苏轼胸中原来有一种高尚的境界,所以画出老树蟠曲,迎接风霜。这里有以画喻人的意思。老树经过多年风霜的打击,造成蟠曲,正与苏轼历经政敌攻击而其节愈劲相似。这幅枯木,是他胸中的郁结自然吐露的。跟凡庸之辈不同,所以落笔作画,自有"老木蟠风霜"之态。至于称赞书法,当是画上有题字的缘故。这首诗的构思特点是,不光写"老木蟠风霜",还写出了苏轼的为人,写出了他的"折冲儒墨",写出了他的"胸中丘壑"。(周振甫)

题竹石牧牛 并引　　黄庭坚

　　子瞻画丛竹怪石,伯时增前坡牧儿骑牛,甚有意态。戏咏。

　　野次小峥嵘,幽篁相倚绿。
　　阿童三尺棰,御此老觳觫①。
　　石吾甚爱之,勿遣牛砺角!
　　牛砺角犹可,牛斗残我竹。

> 注 ① 觳觫(hú sù):因恐惧而发抖。这里代指老牛。

　　宋代绘画艺术特别繁荣,题画诗也很发达,苏轼、黄庭坚都是这类诗作的能手。本篇为苏轼、李公麟(字伯时)合作的竹石牧牛图题咏,但不限于画面意象情趣的渲染,而是借题发挥,凭空翻出一段感想议论,在题画诗中别具一格。

　　诗分前后两个层次。前面四句是对画本身的描绘:郊野间有块小小的怪石,翠绿的幽竹紧挨着它生长。牧牛娃手执三尺长的鞭子,驾驭着这头龙钟的老牛。四句诗分咏石、竹、牧童、牛四件物象,合组成完整的画面。由于使用的文字不多,诗人难以对咏写的物象作充分的描述,但仍然注意到对它们的外形特征作简要的刻画。"峥嵘"本用以形容山的高峻,这里拿来指称石头,就把画中怪石嶙峋特立的状貌显示出来了。"篁"是丛生的竹子,前面着一"幽"字写它的气韵,后面着一"绿"字写它的色彩,形象也很鲜明。牧童虽未加任何修饰语,而称之为"阿童",稚气可掬;点明他手中的鞭子,动态亦可想见。尤其是以"觳觫"一词代牛,更为传神。按《孟子·梁惠王》:"王曰:舍之,吾不忍其觳觫,若无罪而就死地。"这是以"觳觫"来形容牛的恐惧颤抖的样子。画中的老牛虽不必因恐惧而发颤,但老而筋力疲惫,在鞭子催赶下不免步履蹒跚,于是也就给人以觳觫的印象了。画面是静态的,它不能直接画出牛的觳觫,诗人则根据画中老牛龙钟的意态,凭想象拈出"觳觫"二字,确是神来之笔。诗中描写四个物象,又并不是孤立处理的。石与竹之间着一"倚"字,不仅写出它们的相邻相靠,还反映出一种亲密无间的情趣。牧童与老牛间着一"御"字,则牧童逍遥徜徉的意态,亦恍然如见。四个物象分成前后两组,而在传达宁静和谐的田园生活气息上,又配合呼应,共同构成了画的整体。能用寥寥二十字,写得这样形神毕具,即使作为单独的题画诗,也应该说是很出色的。

　　但是,诗篇的重心还在于后面四句由看画生发出来的感想:这石头我很喜爱,请不要叫牛在上面磨角！牛磨角还罢了，牛要是斗起来，那可要残损我的竹子。这段感想又可以分作两层："勿遣牛砺角"是一层，"牛斗残我竹"另是一层，它们之间有着递进的关系。关于这四句诗，前人有指责其"何其厚于竹而薄于石"的(见陈衍《石遗室诗话》)，其实并没有评到点子上。应该说，作者对于石与竹是同样爱惜的，不过因为砺角对石头磨损较少，而牛斗对竹子的伤残更多，所以作了轻重的区分。更重要的是，石与竹在诗人心目中都代表着他所向往的田园生活，磨损石头和伤残竹子则是对这种宁静和谐生活的破坏，为此他要着力强调表示痛惜，而采用递进的陈述方式，正足以体现他的反复叮咛，情意殷切。

说到这里，不免要触及诗篇的讽喻问题。诗中这段感想议论，除了表现作者对大自然的爱好和破坏自然美的痛心外，是否另有所讽呢？大家知道，黄庭坚所处的北宋后期，是统治阶级内部党争十分激烈的时代。由王安石变法引起的新旧党争，在神宗时就已展开。哲宗元祐年间，新党暂时失势，旧党上台，很快又分裂为洛、蜀、朔三个集团，互相争斗。至绍圣间，新党再度执政，对旧党分子全面打击。统治阶级内部的这种哄争，初期还带有一定的政治原则性，愈到后来就愈演变为无原则的派系倾轧，严重削弱了宋王朝的统治力量。黄庭坚本人虽也不免受到朋党的牵累，但他头脑还比较清醒，能够看到宗派之争的危害性。诗篇以牛的砺角和争斗为诫，以平和安谧的田园风光相尚，不能说其中不包含深意。

综上所述，这首诗从画中的竹石牧牛，联想到生活里的牛砺角和牛斗，再以之寄寓自己对现实政治的观感，而一切托之于"戏咏"，在构思上很有曲致，也很有深度。宁静的田园风光与烦嚣的官场角逐，构成鲜明的对比。通篇不用典故，不加藻饰，以及散文化拗体句式(如"石吾甚爱之"的上一下四，"牛砺角犹可"的上三下二)的使用，给全诗增添了古朴的风味。后四句的格调，前人认为是摹仿李白《独漉篇》的"独漉水中泥，水浊不见月；不见月尚可，水深行人没"(《陵阳先生室中语》引韩驹语)，但只是吸取了它的形式，词意却翻新了，不仅不足为病，还可看出诗人在推陈出新上所下的工夫。(陈伯海)

又答斌老病愈遣闷二首　　黄庭坚

百疴从中来，悟罢本谁病。
西风将小雨，凉入居士径。
苦竹绕莲塘，自悦鱼鸟性。
红妆倚翠盖，不点禅心净。

风生高竹凉，雨送新荷气。
鱼游悟世网，鸟语入禅味。
一挥四百病，智刃有余地。
病来每厌客，今乃思客至。

这两首诗是山谷在戎州(今四川宜宾市)以佛学观点答斌老病愈遣闷而作。佛学从东汉传入中国，经过长久的吸收融化，形成了具有中国特色的佛学——禅宗。一般文人学士都喜欢学点佛学，并与和尚打交道，韩愈与大颠、苏东坡与佛印都是最著名的例子。山谷生长于江西分宁，正是杨歧、黄龙两派佛学盛行之地，他也不例外受到了些影响。在诗歌创作上山谷喜欢在佛经、语录、小说等杂书里找典故，以它们作材料入诗，有时也以佛教的观点解释事物，本诗便是一个很好的例证。

"百疴从中来，悟罢本谁病"，按照佛学的"万法唯心""境由心生"的观点，人的得病首先是由心得病而产生的，心在人体的"正中"，故"百疴"俱从中来。如果参透了这个道理，就知道治病该先治心。"西风将小雨，凉入居士径"，既有佛学上的大彻大悟，再加上一阵西风带着小雨，使居士的周围更加清凉。心病好了，身病也会慢慢好起来。"苦竹绕莲塘"，莲是荷花，是佛教崇敬的一种花，按《大日经疏》卷十五所说，它是一种吉祥清净，能悦可众心的象征，因此山谷紧接说"自悦鱼鸟性"，这是从常建的"山光悦鸟性，潭影空人心"（《题破山寺后禅院》）那里学来的。"红妆倚翠盖，不点禅心净"，用的是维摩问疾、天女散花的故事。山谷在病时常以维摩自居，如《病起荆江亭即事十首》自称是"翰墨场中老伏波，菩提坊里病维摩"，"维摩老子五十七，大圣天子初立年"。本诗也是咏病，用维摩问疾的故事是非常自然的。维摩即维摩诘，乃在家居士，其神通道力远过于诸菩萨声闻等，佛遣其大弟子及弥勒佛等往问其疾，都辞避而不敢去。舍利弗是佛弟子中智慧第一人，毅然前往，维摩诘宅神天女以智辩窘之，甚至故违沙门戒法，以香花散著其身，使其有染，虽以神力去之而不得去。（见《说无垢称经》卷四）山谷以这个故事说明自己学佛有得，虽有红妆之艳，紧倚翠盖，也不能使自己的禅心受到点染，因而大彻大悟，战胜了疾病。本诗虽用了佛学典故，但由山谷的善于锻句，善于"以俗为雅，以故为新"，用了非常形象的"西风""小雨""苦竹""莲塘""红妆""翠盖"等最常见的词汇去烘托，因而融深奥晦涩的禅理于浅显易明的境界之中，使人读来丝毫不觉得艰深难懂，这显示出山谷艺术手法的高超。

下面一首是叙述病好了的心情，在病好之后，心情上得到解脱、安慰。魏了翁《鹤山文钞》卷十六《黄太史文集序》说："山谷以花竹和气，验人安乐。"这两句话真好像是针对这首诗说似的。它以"风生高竹凉，雨送新荷气"引入，使人顿时感到病后新愈的清爽。病好了，心情宽和了，周围的竹子、荷花都特别亲切近人。"鱼游悟世网，鸟语入禅味"是从陶渊明诗"望云惭高鸟，临水愧游鱼"化出，不过山谷更加之以禅学的见解。以为众生皆有佛性，因此鱼也能悟世网，鸟语也入了禅味。第五、六两句他更加深一层发挥佛学见解，认为学佛之后，人能得到更深邃的智慧，所有病害，都能蠲除。按《维摩诘所说经》："是身为灾，百一病恼"，肇注："一大增损，则百一病生，四大增损，则四百四病，同时俱作。"（卷上《维摩诘所说经方便品第二》）"四大"，照佛家的解释是地、水、火、风，人的身体均由四大假合组成，因此人身无常，不实，受苦，只有大悟大解脱之后才能把四百四病挥斥而去，才能恢复健康。最后两句"病来每厌客，今乃思客至"，这是用对比的手法描写病中与病愈的两种不同心情，病中心情是烦躁的，怕客人来，不想与客人打交道，可是病好了，烦恼解除了，心情舒畅，花木扶疏，佳客来时就感到高兴，一切都以乐观态度去欣赏，鸟飞鱼跃，都会生意盎然。全诗虽塞进了些佛教的东西，但稍加诠释，就易懂易欣赏，所以钱钟书评为"以生见巧"（《谈艺录》），在技巧上是可供我们借鉴的。

（龙　晦）

病起荆江亭即事十首(其一、其六)　　黄庭坚

翰墨场中老伏波，　菩提坊里病维摩。
近人积水无鸥鹭，　惟见归牛浮鼻过。

闭门觅句陈无己，　对客挥毫秦少游。
正字不知温饱未^①，西风吹泪古滕州。

注 ① 未：一作"味"。

这组诗是黄庭坚晚年作品。正如杜甫讲的"老去诗篇浑漫与"，往往随意挥洒；但"老去渐于诗律细"，愈老愈熟，愈趋平淡，则又觉自然而浑成。

这组诗中的第二首说到"……天子大圣初元年，传闻有意用幽侧(按：谓在野的人)，病起不能朝日边。"则此首当作于宋徽宗即位之初的建中靖国元年(1101)。徽宗刚即位时，有意调停"元祐"与"绍圣"两派矛盾，把年号定为建中靖国，起用了一批在放逐中的"元祐党人"。黄庭坚因此得于元符三年十一月离开戎州贬所，次年(即建中靖国元年)到峡州。在那里待命，并写了这组诗。

徽宗的"有意用幽侧"，给有志用世的黄庭坚带来了希望；但他经历过"熙丰"—"元祐"—"绍圣"的反复，他不能不有所担心。这时，他希望朝廷真能破除门户之见，大臣不要结党营私，应"实用人才"，一秉"至公"("不须要出我门下，实用人才即至公")。他的意愿是很好的；然而事实未必如此。秦观已死于贬所；陈师道召到京中，也只是一个"正字"小官，难免饥寒；他自己则还处在荒江之上。他就是在这种情况下写出这组诗的。

第一首是就自己来说的。第一句把自己说成"翰墨场中老伏波"，意谓自己是文坛老将，人虽老，但仍像汉代的伏波将军马援那样，精神矍铄，还有"可用"之处。《后汉书·马援传》载：马援六十二岁时自请出征，并"据鞍顾盼，以示可用"。马援还说自己"常恐不得死国事；今获所愿，甘心瞑目"。黄庭坚用了这个典故，表明了他为国效力的意愿与决心。苏、黄作诗，皆喜用典。典故用得好，能以最少的文字表达最丰富的含义，此即一例。

次句说自己像佛经上讲的维摩诘一样，还病在菩提坊中。维摩诘是佛经上一个有学问、文才的人，所以文人皆喜用以自比，王维即取以为字。而且，"文殊问疾"这段故事，在唐朝已成为说唱材料(现在还传有《维摩诘经变》)，故当为人所共知之典。山谷信佛，故自称"病维摩"。这句是说，他的"不能朝日边"，自非纯由于病的缘故。他有为国效力之心，而病卧荒江，其苦闷是不言而喻的。

第三、四句着重写所居之荒凉。黄庭坚《登快阁》云："万里归船弄长笛，此心吾与白鸥盟。"然而，这里却连鸥、鹭这样水鸟也没有，自然不是隐居的地方。当然，他也没想到隐居。这里可以见到的，"惟见归牛浮鼻过"水。这一描绘，使穷乡僻壤的荒寒景象，浮现如画，做到了"状难言之景如在目前"。而作者的苦闷心情也就寄于言外。牛浮鼻渡水，语出佛书，但也是实景，在乡村中到处可见。唐时就有陈咏写过："隔岸水牛浮鼻过，傍溪沙鸟点头行"(见《北梦琐言》)，任渊注说："此本陋句，一经山谷妙手，神采顿异。"比黄稍迟的孙觌也有"老牸浮鼻

水中归"，显然是就黄诗而点化的。

他只是写景，但景中有情，反映了他当时的境遇。不仅他个人境遇如此，他的朋友，像诗人陈师道、词人秦观，其境遇也不好。组诗第六首讲的就是这一点。

这一首写陈、秦两人。既写了他们的苦吟与"挥毫"，表现出他们不同的性格与诗风；也写了他们的饥寒或贬死，反映出文人的悲惨境遇。

用"闭门觅句"来描绘陈师道，是概括得很好的。朱熹说："陈无己（师道）平日出行，觉有诗思，便急归，拥被而思之，呻吟如病者，或累日而后起，真是'闭门觅句'也。"（《语录》）可见这一艺术概括合乎实际。但这不能视为"不接触社会广阔现实生活"，因为明明是"平时出行，觉有诗思"，才"急归""闭门"的，可见"诗思"正是"出行"所得。而且，作者构思，"其始也皆收视反听"（陆机《文赋》语）。中外古今，同此经验。因此，以为"闭门觅句"只能导致浮浅，与事实不符。

至于秦观的"对客挥毫"，朱熹认为："盖少游（按：乃秦观之字）只一笔写出，重意重字皆不问，然好处亦自绝好。"秦观"博综史传"（苏轼评语），作品"清新婉丽"（王安石《答东坡书》中语），且"语豪而工"（《艺苑雌黄》），黄庭坚也说他"笔力回万牛"，看来并非皆是"一笔写出"。看来，这里所说的"对客挥毫"，正如欧阳修讲的"挥毫万字，一饮千钟"，或者像黄庭坚讲的"想见扬州众年少，正围红袖写乌丝。"无非描绘其豪放与敏捷，而不是不加锻炼之谓。

两人的工力、才能如此，其境遇如何呢？

陈师道被召为秘书省正字，他自己当时也很高兴，甚至说正字一官"名虽文字之选，实为将相之储"，他是抱有幻想的。但时过不久，他就因郊祀时，不穿赵挺之所赠之衣，因而"寒冻得疾不起"了。黄庭坚诗中的担心，竟成事实，可谓"不幸而言中"了。至于秦观，则早已死在被贬的滕州，"西风吹泪古滕州"，讲的正是这一事实。这些事实也就揭穿了宋徽宗"用幽侧"的欺骗性。"人之云亡，邦国殄瘁"，北宋不久也就亡国了。

把这两首诗（还有其他几首）连贯起来看，可以看出当时社会生活的一个侧面。这样的诗，写的就不是个人感慨，而实是社会生活的镜子。如果再把它与"实用人才"等诗合起来看，还可以想到黄庭坚的政治敏感与识见。由于此诗是晚年作品，个别句子（如"近人积水无鸥鹭"）不免粗率一些，但总的来看，却能"锻炼而归于自然"，"出之以深隽"（《艺概》）。（吴孟复）

次韵中玉水仙花二首　黄庭坚

借水开花自一奇，　水沉为骨玉为肌。
暗香已压酴醾①倒，　只比寒梅无好枝。

淤泥解作白莲藕，　粪壤能开黄玉花。
可惜国香天不管，　随缘流落小民家。

> 注　① 酴醾（tú mí）：即茶蘼，落叶灌木，花白色，有香气，可供观赏。

水仙花在我国引种栽培已有一千多年的历史，宋元以来歌咏水仙的诗篇渐多，黄庭坚咏水仙诗写得最早、最多,也最好。

宋徽宗建中靖国元年(1101),黄庭坚结束了在四川的六年贬谪生活,出三峡,在荆州(今湖北江陵)住了一段时间,与荆州知州马瑊(字中玉)多有唱和。这两首诗就写在这一年的冬天。

第一首用比喻和对比手法刻画了水仙花的精神与性格。诗人要告诉人们的,不是水仙的绰约仙姿,所以少有形象的描写;他要写的,是水仙特有的性格,因此突出了幽香与柔美。

水仙花属石蒜科多年生草本植物,以水培法培育,不用泥土,宛如凌波仙子,婀娜多姿。"借水开花"虽奇,但确是实事。胡仔在《苕溪渔隐丛话》后集卷三十一讥这句诗说:"第水仙花初不在水中生,虽欲形容水字,却反成语病。"显然是片面的意见。杨万里《水仙花》诗也说:"天仙不行地,且借水为名。"可见黄诗不是语病。写水仙从水写起,恰恰是抓住了它的特征,传达出清雅高洁的神韵。第二句,诗人不作直接描写,而是连用两个比喻,说水仙花骨如沉香肌如玉,(水沉即沉香木。)写出了水仙特有的晶莹澄澈之美。第三句紧承上句,补写了水仙的芳香。酴醾,蔷薇科落叶灌木,初夏开大型重瓣花,色白味香,苏轼赞为:"不妆艳已绝,无风香自远"(《杜沂游武昌以酴醾花菩萨泉见饷二首》之一),韩维称之为:"花中最后吐奇香"(《惜酴醾》)。而水仙的暗香弥漫,却超过了酴醾。"压倒"一词用得有力,气魄惊人。幽香沁鼻,自然使人想起"疏影横斜水清浅,暗香浮动月黄昏"(林逋《山园小梅》)的梅花。的确,水仙与梅有相似之处,都是冲寒开放,色白香幽。无怪乎诗人在另一首咏水仙的诗中说"梅是兄"。然而这对兄弟性格迥异:梅花迎风斗雪,傲然挺立,显得坚强无比;水仙花不冒风雪,十分柔弱。"无好枝",正道出了两者品格之异。诗人不写两花之同,只写其异,目的是在对比之中显示水仙柔弱的性格,或者叫阴柔之美。

诗人写水仙的意旨何在呢?胡仔《苕溪渔隐丛话》前集卷四十七云:"苏、黄又有咏花诗,皆托物以寓意,此格尤新奇,前人未之有也。"此诗确有寓意,第一首说得含蓄,第二首比较明朗。

第二首诗表明了诗人对"流落"贫寒之家的美女的同情,也深寓自己身世之感。诗下原有注:"时闻民间事如此。"其本事为:"山谷在荆州时,邻居一女子闲静妍美,绰有态度,年方笄也。山谷殊叹惜之。其家盖闾阎细民。未几嫁同里,而夫亦庸俗贫下,非其偶也。山谷因和荆南太守马瑊中玉《水仙花》诗⋯⋯盖有感而作。后数年此女生二子,其夫鬻于郡人田氏家,憔悴困顿,无复故态。然犹有余妍,乃以国香名之。"(张邦基《墨庄漫录》卷十)黄庭坚以久沉下僚的积怨来写妍丽出众而不为人知的民间美女,笔端自然充满感情、流露不平之气。诗的前两句连用两个比喻:雪白莲藕出于淤泥,黄玉之花(黄玉花是水仙的别名)生于粪壤。由此引出以下二句:如此国色天姿的美女,却流落在小民之家!

"可惜"二字饱含了诗人无限的感慨。据说盛唐时期水仙曾被朝廷列为品花,而今在这荒远的荆州,少人赏识,岂不可惜!与此相似,眼前就有一位"闲静妍美、绰有态度"的佳人流落在闾阎细民之家,其身世岂不亦可惜!诗人自己满腹经纶,才华横溢,却久谪川蜀,远贬荆南,其仕途之坎坷岂不更为可惜!

结句"随缘"二字,显出诗人无可奈何之情:沦落天涯,韶华似水,一切都随机缘而来。"国香",既指名花,又指佳丽,同时也是诗人自喻。

诗从莲藕写到水仙,从水仙写到邻女,又兼寓自己,层层深入,结构严谨。正如方东树所说："凡短章,最要层次多……山谷多如此。"(《昭昧詹言》卷十一)咏物诗,形神俱佳方为上品。仅赋形写真是低层次的美;能传神寓意才是高层次的美。这两首诗意境风韵兼备,确为咏水仙的佳作。(朱明伦)

蚁蝶图　黄庭坚

蝴蝶双飞得意,偶然毕命网罗。
群蚁争收坠翼,策勋归去南柯。

这首诗是崇宁元年(1102)春作。建中靖国元年(1101),庭坚在荆南,朝廷召他做吏部员外郎,他辞去新命,求作太平州知州,在荆南等待朝廷命令。这年春还在荆南。

任渊注:"此篇盖有所属。陆龟蒙《蠹化》曰:'橘之蠹蜕为蝴蝶,翩旋轩虚(按:状起舞),曳扬粉拂,甚可爱也。须臾,犯蛛网而胶之,引丝环缠,人虽甚怜,不可解而纵矣。'"这篇当有所指,指什么已不清楚,可能从陆龟蒙的《蠹化》而来,但跟《蠹化》又有不同。主要的不同是《蠹化》里没有提到蚁,这篇着重提了。蝴蝶偶然触网死去,它们掉下来的翅膀,蚂蚁争着衔到窠里去,因此立了功,受到策封。策勋,立了功,朝廷用策书来封官,策是古代写在竹简上的公文书。南柯,唐李公佐作《南柯记》,写淳于棼梦梦到槐安国,娶了公主,作南柯太守,享尽荣华。以后公主死,被遣归。这才梦醒,原来槐安国是庭前槐树下的蚁穴,南柯郡是槐树南枝下的另一蚁穴。比喻富贵得失不过如蚁穴中的一梦。这里写南柯立功受封,也不过是蚁穴中的一梦罢了。

这首诗写一双蝴蝶触网死去,这不是蝴蝶的罪,是设置网罗者的陷害。群蚁收拾坠翼,这也算不得立功,在蚁国里因此策勋,也是可笑的。这里当是讽刺当时朝廷的某些策勋,就像群蚁收拾坠翼那样可笑。诗的重点在后两句,这是不同于陆龟蒙《蠹化》的创造。诗中的蝴蝶也有含意,蝴蝶只是双飞得意,不触犯谁,是无辜的。正因为得意,缺乏警惕,就陷入网罗死去。这说明当时到处有网罗,一不警惕,就容易陷入死地。这点用意,可能本于《蠹化》。但《蠹化》写蝴蝶为橘树的害虫所化,蝴蝶双飞,会生出更多的橘树害虫来,因此它们的触网而死,对保护橘树还是好的。这篇则没有这个意思,这对双飞得意的蝴蝶,成了无辜被害,意义就不同了。

这首诗在艺术上的特点是只讲比喻,什么也不点明。作者的感情通过比喻的叙述来透露。像"偶然毕命",写它们的死只是"偶然"陷入网罗,表达了同情。说"双飞得意",更显出它们的无辜。"争收坠翼"又显出策勋的可笑。"南柯"更见立功不过如一梦。这样的比喻,正因为没有点明它的用意,所以概括的意义更广些。(周振甫)

雨中登岳阳楼望君山二首　黄庭坚

投荒万死鬓毛斑,生出瞿塘滟滪①关。
未到江南先一笑,岳阳楼上对君山。

满川风雨独凭栏，绾结湘娥十二鬟。
可惜不当湖水面，银山堆里看青山。

这两首诗是黄庭坚七绝中的冠冕之作，兀傲其神，崛蟠其气，被广泛传诵。但奇怪的是却被清人方东树、黄爵滋、曾国藩等人所忽略。他们的《昭昧詹言》《读山谷诗集》和《求阙斋读书录》，曾评点了山谷的不少名篇，却视不及此。可能是沧海遗珠，也可能是因为文艺批评眼光不同。

这两首诗的妙处是境界雄奇。尽管第一首的雄奇偏于动，第二首的雄奇偏于静，却都显示了诗人的胸襟高旷和文辞挺拔，于政局动荡、频历艰难困苦之余，仍旧卓然兀立，雄视千古，诚为不易。

第一首首句"投荒万死"，沉痛而并不衰飒，这就轻轻地引出了次句的欢欣。前面分明讲到"万死"，但一转而为"生出"，特别是历经航行之险的"瞿塘滟滪"等地而"生出"，走向家乡，这确乎是值得高兴！不过，这欢欣之情，在山谷笔下，可绝对不落窠臼，正如清人赵翼所说，山谷"不肯作一寻常语"。(《瓯北诗话》卷十一)他不是泛泛地说欢欣，而是以历代古人作为幸福象征的充溢诗情画意的"江南"在望，道出欢欣；不说"在望"，而是说"未到"；不是说将到未到的盼望，而是把欢欣之情化为具体的表情动作"一笑"；不仅仅是空洞地写"一笑"；而且写即使未到，但当登上岳阳楼，家乡在迩、"江南"在望时，就早已笑了起来，也就是诗人所说的"先一笑"了。不用说，诗里暂时还不可能写到的还乡以后，那就会更加大笑而特笑了。

从投荒四川到行将重见江南，从"万死"到"生出"，从登楼到眺望，这都是一系列的"动"：有行程之变，有心情之变。

第二首正面写眺望，眺望写得十分出奇。如果说前首偏于雄，而本首则更偏于奇。从当前君山想到有关湘夫人的古迹不算，还把君山写成湘夫人的发髻。此其一奇。深憾水势不大，以致不能在白浪堆中饱看青山，其浮想之阔，寄怀之壮，构思之美，笔力之雄，确乎是把八百里洞庭的乾坤摆荡，写得蓬蓬勃勃。此其二奇。

第一首不正面写君山，但诗人写了他的旷达豪雄心情，也可以说已经为君山图景安排了"蓄势"。诗人之高旷如此，君山之雄浑亦必如此。及至读到第二首正面写到君山，果然如此。作者并不止于当前君山，而能融合今古，把眺望时的凝思引入奇境，藉远来而登高，藉登高而望远，藉望远而怀古，藉怀古而幻念，极迁想妙得之观。朱熹评山谷："措意也深。"旨哉斯言！
（吴调公）

武昌松风阁　　黄庭坚

依山筑阁见平川，夜阑箕斗插屋椽，
我来名之意适然。
老松魁梧数百年，斧斤所赦今参天，
风鸣娲皇五十弦，洗耳不须菩萨泉。

嘉二三子甚好贤，力贫买酒醉此筵。

夜雨鸣廊到晓悬，相看不归卧僧毡。

泉枯石燥复潺湲，山川光辉为我妍。

野僧早饥不能饘，晓见寒溪有炊烟。

东坡道人已沉泉，张侯何时到眼前？

钓台惊涛可昼眠，怡亭看篆蛟龙缠。

安得此身脱拘挛？舟载诸友长周旋。

　　山谷结束了在黔州、戎州"万死投荒，一身吊影"的放逐生活之后，于崇宁元年(1102)赴太平州任，不料到官九日即罢，只得暂往鄂州流寓，本诗即写于此年九月途经武昌(今湖北鄂城)之时。这时，诗人的前途未卜，凶多吉少，果然在第二年再次远贬宜州。但是经过各种挫折和磨难，诗人的心胸变得更超然淡泊了，即所谓"已忘死生，于荣辱实无所择"(《答王云子飞》)，"已成铁人石心，亦无儿女之恋"(《答泸州安抚王补之》)。他努力借助佛学与《庄子》，以应付逆境，正如他所说的："古之人不得躬行于高明之势，则心亨于寂寞之宅。功名之途不能使万夫举首，则言行之实必能与日月争光。"(《答王太虚》)这首诗所反映的正是这样的精神境界。

　　全诗可分两个部分。第一部分写夜宿山寺所见所闻，以写景为主；第二部分抒发感情，表达渴望自由生活的心愿。

　　写景部分，诗人从大处落墨，描绘了一幅壮丽的山水画卷，创造了一个澄澈明净、生机盎然的高妙境界，表现了诗人在大自然中适然愉悦之情。这一部分又可分为写"松风"与"夜雨"两个层次。第一层挽住题面写阁夜松风。此阁依山而建，从阁上能望到广袤的原野，但见星回斗转，月落参横，夜色将尽，古松参天而立，在朦胧的夜色中，露出魁伟的身影。"斧斤所赦今参天"一句真是奇思妙语，一个"赦"字尤为新奇，写当年伐木者刀下留情，放过了它，老松才有今日的雄姿。人们难道不能由此联想到劫后余生的诗人和他那峥嵘傲骨吗？诗人在写景中不仅绘影而且绘声，所以接下去就写到：风过处，掀起了阵阵松涛，好像奏着女娲氏的五十弦瑟，那清泠美妙的乐声，洗去了耳中的尘俗。瑟，传说是伏羲氏所作，又据《史记·封禅书》："太帝使素女鼓五十弦瑟，悲，帝禁不止，故破其瑟为二十五弦。"瑟本非女娲所创制，也许因为她是伏羲之妹(一说为其妇)，又有素女鼓瑟之事，所以诗人移花接木，杜撰了"娲皇五十弦"的说法，但用"娲皇"加以点染，更增加了神奇色彩，有"如听仙乐耳暂明"的效果。"洗耳"本是许由的故事，尧想让天下给他，他觉得此话玷污了他的耳朵，于是洗耳于颍水之滨，终身隐居不出。"洗耳不须菩萨泉"一句颇耐人寻味，表现出山谷造语入思之深。所谓"洗耳"，实际上就是荡涤心胸，祛除尘虑。"菩萨泉"原是武昌西山寺的一眼泉水，诗人用它来关合"洗耳"，出语双关，妙达奥旨，既指泉水洗耳，又使人联想到用禅理净化自我。但诗句的意思又翻进一层，"不须"是说有更神奇的东西能启迪人的心灵，这就是山水之清音。面对着它，人间的一切烦恼愁苦都可抛却，精神会变得崇高。山谷是禅宗信徒，禅宗主张摒弃坐禅读经，直接从自然与人生中体验佛性真如，即所谓"青青翠竹，尽是法身；郁郁黄花，无非般若"。

　　写了万壑松涛之后，接着写山中夜雨的壮丽奇景，把人们引入了一个空灵澄澈的清凉世界。这层写景除景物与音响的交融外,还穿插了人物的活动,使自然美与人情美融合在一起,诗也就更具意境。诗人与二三知己,酒醉山寺,夜宿不归。"夜雨鸣廊到晓悬",真切地写出了作者的感受,于是作者的精神也升华到了一个光明澄澈的境界。

这段写景气象峥嵘,意境宏阔。其中虽有松涛澎湃、夜雨淙鸣,但没有尘世的喧嚣,景中的人物也都是徜徉于山水之间的安贫乐道之士,人物的高风和山水的清音构成了清高脱俗的境界,逗出了下面的抒情。

"东坡道人"以下为抒情部分,洋溢着对上述美好境界的向往之情,是写景部分的自然发展,深化了意境,点明了题旨。在那神奇的夜景中,诗人似乎超脱了尘世,但黎明的来临又使他跌入现实。所以在炊烟四起之时,他想起了业已作古的东坡、正受贬谪的张耒。东坡在元丰间谪黄州,其地与武昌隔江相对,大江南北的溪山间留下了他往来的足迹。张耒也曾三次谪居黄州,最后一次即因悼念东坡、举哀行服而遭贬,这时正要赴黄州,所以山谷渴望与他相见,在友情与山水中摆脱现实的拘束。钓台与怡亭都是武昌江上的胜地,孙权曾畅饮于钓台,怡亭则在江中小岛上,有唐代书法家李阳冰篆书的铭文,故诗人说:"钓台惊涛可昼眠,怡亭看篆蛟龙缠。"诗的结句以感叹兼疑问的口气出之,既表现了对逍遥自在生活的向往,又透露出内心的疑虑与怅惘,感慨十分深沉。

山谷曾经这样评杜甫:"熟观杜子美到夔州后古律诗,便得句法,简易而大巧出焉,平淡如山高水深,似欲不可企及,文章成就,更无斧凿痕,乃为佳作耳。"(《与王观复》)他作诗虽曾力求奇拗古硬,但毕生在追求这种"不烦绳削而自合"的化境,这种境界他晚年的一些诗是达到了的,所以前人指出:"鲁直自黔南归,诗变前体。"(蔡絛《西清诗话》)本诗就是一篇达于炉火纯青境地的佳作。它不用僻典,不作拗语,但笔势自然老健,造语脱去凡俗;也没有谈玄说理,只是描绘出大自然宏阔的景象,但能使人感受到诗人博大的胸襟,这是他历经磨难,用禅学加以净化的精神境界的自然流露。但毕竟这只是一种消极的道德的自我完善,所以前人评为:"黄太史诗,妙脱蹊径,言谋鬼神,唯胸中无一点尘俗气,故能吐出世间语,所恨务高,一似参曹洞下禅,尚堕在玄妙窟里。"(同上)

就意境、章法而言,这首诗显然受到韩愈《山石》诗的影响。它们都是描写夜宿山寺,都是在记叙中写景,展现景物在时间推移中的移步换形。光线的晦明变化,山雨、松林及雨后的溪流潺湲等景物也为两诗所共有,最后也都是抒发向往之情。但山谷此诗将场景集中于"夜阑"至拂晓的一个阶段,借助深夜山景着力渲染超尘离世的氛围,而其他的情节多用逆挽的手法来交代。如诗的开头先写阁夜所见,接着"我来名之"一句是逆挽,对夜游作补充交代,松风之后的"嘉二三子"二句又是逆挽,读至此才知道诗人是与友人同游,然后转写夜宿赏雨。这样写,省去了流水账式的交代,笔势腾挪转折,叙写游踪有曲折掩映之致。本诗句句押韵,一韵到底,是所谓"柏梁体"诗,读来有累累若贯珠之妙。(黄宝华)

书磨崖碑后　　黄庭坚

春风吹船著浯溪,　　扶藜上读《中兴碑》。
平生半世看墨本,　　摩挲石刻鬓成丝。

明皇不作苞桑计①，　颠倒四海由禄儿。
九庙不守乘舆西，　万官已作乌择栖。
抚军监国太子事，　何乃趣②取大物为？
事有至难天幸尔，　上皇踽踽③还京师。
内间张后色可否，　外间李父颐指挥④。
南内凄凉几苟活，　高将军去事尤危。
臣结春陵二三策，　臣甫杜鹃再拜诗。
安知忠臣痛至骨，　世上但赏琼琚词⑤。
同来野僧六七辈，　亦有文士相追随。
断崖苍藓对立久，　冻雨⑥为洗前朝悲。

> **注** ① 苞桑计：《易·否·上九》"其亡其亡，系于苞桑"。疏："苞，本也。"意为把东西系在桑树的根上就牢固了，苞桑计即根本大计。 ② 趣：与促同，急忙的意思。大物：即天下。《庄子·天下》："天下，大物也。" ③ 踽踽(jú jí)：累足不安的样子。 ④ 颐指挥：以下巴的动向来指挥人，形容趾高气扬的傲慢态度，语出《汉书·贾谊传》。 ⑤ 琼琚词：贵重华美之辞，韩愈《祭柳子厚文》："玉佩琼琚，大放厥词。" ⑥ 冻(dōng)雨：《尔雅·释天》"暴雨谓之涷。"

　　诗人要敢于写大题目，方能为诗坛射雕手。而写大题目，要有大议论，有卓识伟见，才能扣人心弦；同时，要有驾驭语言的万钧之力，才能达到内容与形式的统一。这首《书磨崖碑后》在这两方面都表现了很高的造诣。

　　诗虽然是题元结的《中兴颂》碑文，但涉及对唐代玄宗、肃宗千秋功罪的评价，所以也是一篇史论。唐玄宗天宝十四载(755)发生了震惊朝野的安史之乱。次年六月，玄宗仓皇出走，在路上发生了马嵬兵变，兵士杀杨国忠，又逼明皇(玄宗)杀了杨贵妃，演出了一场"宛转蛾眉马前死"的千古悲剧。同时，父老请留太子讨贼。于是太子李亨治兵朔方(治所在今宁夏灵武西南)，七月，即位于灵武(今宁夏中卫及其以北地区)，是为肃宗，尊玄宗为太上皇。肃宗至德二载(757)安禄山被其子庆绪所杀。乾元二年(759)禄山部将史思明杀庆绪，上元二年(761)，思明又为其子朝义所杀，叛乱基本平息。这年八月，元结撰《大唐中兴颂》，歌颂肃宗的中兴之功。碑文为当时大书家颜真卿手书，刻于湖南祁阳县境内的浯溪临江石崖上。

　　黄庭坚这首诗作于崇宁三年(1104)，前一年，他以"幸灾谤国"的罪名从鄂州(治所在今湖北武昌)贬往宜州(治所在今广西宜山)，这一年春天，他途经祁县，泛舟浯溪，亲见《中兴颂》石刻，写下了这首名作。

　　开头四句是全诗引子。"春风吹船著浯溪"一句，横空而来，音调高朗，领起全首。特别是"著"字(同"着")，使人觉得春风像是有意吹送着诗人的小舟，将其置于浯溪之上。面对千古江山，往史陈迹涌上心头，这就引起了下文。藜即藜杖，诗人舍舟登岸，扶杖上山看碑。三、四两句作一跌宕，表现了诗人对此碑的向往之情。山谷作此诗时已六十岁，所以说半世以来只看到《中兴颂》的拓本，而如今亲手摸到石刻已是须发苍然了。

　　从第五句起一直到"世上但赏琼琚词"，都是论唐代的历史。四句一层，层层展开。"明皇"四句是说唐玄宗没有深谋远虑，又宠信安禄山，肇成大祸，遂使乾坤板荡，天子奔亡，百官降贼。九庙，是帝王祖先的庙，"九庙不守"即指京城失陷，"乘舆西"指玄宗出奔四川。为尊者讳，所以用"乘舆"代替皇帝。乌不择树而栖息，比喻乱军攻陷两京后，大臣如陈希烈等纷纷投降。这里用了形象而含蓄的笔致将玄宗失德、安史乱起、朝廷危殆的境况勾画出来。下面四句转入对肃宗的指责。

"监国",指皇帝外出时,太子留守代管国事。古来本有太子监国之事,因而山谷以为,肃宗何必袭取帝位。他还认为,安史之乱的平息,极为艰难,肃宗之成功乃是天幸。而"踽踽还京师",则写出了玄宗失位后的困境。

据史书记载,玄宗自蜀还京,当了太上皇,起初居于兴庆宫,太监李辅国与张后串通一气,离间他与肃宗的关系。上元元年(760)上皇登长庆楼,与持盈公主闲谈,正值剑南奏事官朝谒,上皇就令公主与如仙媛接待他,事后,李辅国诬奏"南内有异谋",并矫诏将上皇移到西内,持盈公主被软禁在玉真观,忠于玄宗的高力士等被流放到巫州。"内间张后"四句就指此事。诗意说:肃宗内中要看张后的颜色行事,外面又受制于李辅国。"南内",即指兴庆宫。上皇居于兴庆宫时已觉凄苦,几乎只是苟延残喘。到了高力士被流放,上皇幽居西内,则更是岌岌可危,朝不虑夕了。高力士曾为右监门将军,所以称他为"高将军",这也是当时朝廷大臣对高力士的称呼。这里虽然是叙述历史,但有诗人的褒贬与感情在其中,他对李辅国、张后这样的奸邪小人深恶痛绝,对玄宗这个煊赫一时而晚景凄凉的帝王表示了同情与惋惜,而对肃宗的懦弱无能也表示既愤恨又悲悯。

"臣结"四句笔锋一转,以元结的《舂陵行》和杜甫的《杜鹃》诗来表现当时政治的腐败与对玄宗被幽禁的慨叹。元结于代宗广德元年(763)授道州刺史,目睹民生疾苦,有感于横征暴敛,写下了《舂陵行》一诗,并两次上表,为民请命,时离上元二年玄宗被幽禁仅两年。杜甫的《杜鹃》诗则是感明皇被幽事而作,对玄宗的晚景凄凉表示了同情,所以黄庭坚认为这两首诗代表了当时忠臣节士对政治的意见。然而,人们只把它们当作美妙的诗歌来欣赏,而不究其衷曲。

最后四句又回到诗人的游踪,据黄𰒊《山谷先生年谱》记载,当时与山谷同舟游浯溪的有陶豫、李格、僧伯新、道遵等。次日,又有居士蒋大年、僧守能、志观、德清等来同游,遂赋此诗,所以说"同来野僧六七辈,亦有文士相追随。"山谷泛溪观碑,正值天降大雨。面对着前朝兴亡盛衰的记载,诗人情激如涌,甚至赋了大自然以强烈的感情:那眼前的暴雨像是要将前朝的悲愤冲洗干净。结句融景物与情感、眼前与历史为一炉,戛然而止,却神完气足。

这首诗的一个显著特点是章法谨严、层次清晰。山谷很重视长篇诗歌的立意布局,他说:"每作一篇,先立大意,长篇须曲折三致意,乃可成章。"(《王直方诗话》引)他的长诗往往有叙、写、议三部分。以本诗为例,前四句叙游览读碑事,用以点明题目;中间一大段夹叙夹议,气势雄峻,波澜开合,跳荡起伏,又能曲折尽意;最后四句写当时情形,记同游之侣,一依古文游记的章法,结语寓情于景,气势回荡,真有杜甫所说的"篇终接混茫"(《寄彭州高使君、虢州岑长史三十韵》)之概。

这首诗另一特点是音调高朗。山谷的诗力戒平庸,他不仅在遣词造句上力求奇拗硬涩,而且在声调上也追求不同凡响。本诗就是一例,全首一韵到底,既有顿挫,又一气直下,所以陈石遗说:"此首音节甚佳。"(《宋诗精华录》)此诗以高峻激昂的声调配合纵横恣肆的议论,形式和内容浑然一体。这样高超的诗艺功夫,真可谓炉火纯青。 (王镇远)

徐孺子祠堂　　黄庭坚

乔木幽人三亩宅,生刍①一束向谁论?
藤萝得意干云日,箫鼓何心进酒尊。

> 注 ① 生刍(chú):新割的草。《后汉书·徐穉传》:"及林宗(郭泰)有母忧,穉往吊之,置生刍一束于庐前而去。"后因此称吊丧礼物为"生刍"或"刍敬"。

白屋可能无孺子，黄堂不是欠陈蕃。

古人冷淡今人笑，池水年年到旧痕。

这是一首吊古咏怀的诗，即借对古人、古迹之题咏而"自吐胸臆"，故姚鼐谓其"自杜公（甫）《咏怀古迹》来而变其面貌"（《五七言今体诗抄》）。

它题咏的是徐孺子祠堂，亦即徐稚故居。《后汉书·徐稚传》言："稚字孺子，豫章南昌（今江西南昌市）人。家贫，常自耕稼，非其力不食。恭俭义让，所居服其德。屡辟公府不起。时陈蕃为太守，以礼请署功曹，稚不之免，既谒而退。蕃在郡，不接宾客，唯稚来特设一榻，去则悬之。去举有道，家拜太原太守，皆不就……灵帝初，欲蒲轮聘稚，会卒。"《舆地纪胜》言："孺子亭在东湖（在今江西南昌）西堤上，孺子宅即孺子亭也。曾南丰（巩）即其地创祠堂。"

杜甫《咏怀古迹五首》，以"自叙起"（杨伦《杜诗镜铨》），而黄庭坚则贴紧"徐孺子祠堂"来写。姚鼐所谓"变其面貌"者大约指此。第一句讲祠堂，乔木四围中，有三亩之宅，为幽人之居（《易》"幽人贞吉"，后世用"幽人"指高人、隐士）。第二句写来祠奠祭。"生刍一束"，是徐稚本人的故事。郭泰母丧，徐稚往吊，"置生刍一束于庐前而去"。别人很奇怪，郭泰说："此必南州高士徐孺子也。《诗》不云乎：'生刍一束，其人如玉。'吾无德以堪之"（《后汉书·徐稚传》）。这句既点明"幽人"之为徐稚，且赞美徐稚"其人如玉"。但徐稚已死，谁能理解自己心意呢？"向谁论"三字领起下文。

第三句"藤萝"承"乔木"而来。乔木高耸，藤萝依附乔木，也干云蔽日，显出"得意"的样子。看来以喻小人依附君子而得意，造成浮云蔽日之势。在当时，如果以指吕惠卿、蔡京等人，倒也确切。

第四句是写祠堂建成之后，便有人吹箫打鼓来进酒尊，但那是把徐稚当作神佛一样来祭拜求福的。"何心"一词，用得耐人寻味。

这两句从眼前景事写起，但寓意深微。下两句接写自己的感想。

"白屋"指贫士所居。"能"，义同"堪"（见《汉书·严助传》注）。意谓贫士中怎堪没有徐稚呢？按黄庭坚《题伯时画严子陵钓滩》："能令汉家重九鼎，桐江波上一丝风。"任渊注："东汉多名节之士，赖以久存，迹其本原，正在子陵钓竿上来耳。"徐稚正是东汉的"名节之士"，他虽只是生活在白屋之中，却对汉家天下的存亡起了重大作用。

"黄堂"指太守所居。"不是"犹言"若不是"。意谓：若不是太守中少了陈蕃，则白屋中亦未必没有徐稚。语有省略。又可理解为反问句，即白屋之无孺子，不是由于太守中少个陈蕃吗？亦可通。说得更明白点就是：每个时代都有像徐稚那样的高士，只是没有陈蕃那样的太守去发现他，敬重他。

他赞颂与藤萝的依附相反的"名节之士"，慨叹太守不能注意发现这样的人，这就是黄庭坚"自吐胸臆"。

结句言"古人冷淡今人笑"，但"湖水年年到旧痕"。意谓徐稚这样的古人不为人知，今人中有这样的人也可能受到讥笑。但这种人品格自在，犹湖水年年长在一样。以景结情，耐人寻味。

方东树说："山谷之妙，起无端，结无端……每每承接处，中亘万里，不相联属"，这就是说

其中跳跃很大，读时应该注意这点。（吴孟复）

弈棋二首呈任公渐（其一）　黄庭坚

偶无公事客休时，　席上谈兵校两棋。
心似蛛丝游碧落，　身如蜩甲化枯枝。
湘东一目[①]诚堪死，　天下中分尚可持。
谁谓吾徒犹爱日，　参横月落不曾知。

> **注** ① 湘东一目：据《南史》，梁湘东王萧绎，早年一目失明。

这是一首以描写下棋为题材的诗。通体而论，应属佳作；但最富于烹炼的警句，该推"心似""身如"这一联。

写事写物的诗有其难处：一是难以刻画入微并形中见神；二是富有寄托，寓言外之意，发人深思，并非易事。看来下棋更不易写。棋盘、棋子，这都是没有什么好写的，关键是要写出下棋的对手双方的心理活动。《苕溪渔隐丛话》曾引过一首《观棋歌》，其中有四句写得神采奕奕，十分符合下棋情景：

　　初疑磊落曙天星，次见搏击三秋兵。
　　雁行布阵众未晓，虎穴得子人皆惊。

首言布局之初，春云待展；次言双方鏖战之烈；再次变局忽露，但端倪难测；最后则突出险中取胜，出人意表。这一种写法，侧重于对手双方的拼搏，确是生龙活虎，但较之山谷老人的突出心理状态，思深笔健，富于哲理，毕竟稍逊一筹。

"心似蛛丝游碧落"这一句，取自常见事物，但却奇崛异常。"蛛丝"之小，对衬"碧落"之大，已是一奇。而又偏偏不曾断绝，这就更富奇观。其毅力之非凡，恰可喻弈棋人殚精竭虑，务求胜算。然而，胜算之得，又绝非轻而易举。左右为难的事，在棋局中是常见的。这就难免要徘徊，要沉吟，要冥思潜想。其深细，其浮动，其倏忽变化，的确像太空中随风飘荡的蛛丝了。至于"身如蜩甲化枯枝"，则出于《庄子》中佝偻丈人承蜩的故事。丈人一心捕蜩，意志专一，竟把身子当做枯树，手臂当作树枝。典故被运用到这里来，喻对局者意志集中，已达到忘我境界。会下围棋的人大概都会知道，这种情景委实是逼真的。

不过，更值得注意的不仅是逼真，而更在于传形得神，以沉蓄的精力，传写出深邃的神思。清人蒋澜只看到这两句的"穷形尽相""绘水绘声"（《艺苑名言》卷一），不免浅乎其言。这两句的刻画和铸境，总令人觉得初不止于弈棋，而有其更广泛的艺术概括。用于文思的专一可，用于科学家攻关时思维状态的描绘也可。

如果说颔联以刻画弈者的心思专一为主，那么颈联却是以描绘弈者的斗志坚韧为主；前者极写其忘我之境，后者极写其一意扭转危局之情。"湘东一目"，是用的南朝湘东王萧绎偏盲的典故，喻弈者处于不利之局。按理说，围棋要有两个"眼"才能活，可现在只有一眼，其结果可想而知。然而对此，弈者却决不服输，仍然在精心运筹，希望背城一战，总算还有个平分天下的局面。前面的"诚堪死"确乎是山穷水尽,后面的"尚可持"这一急转,却又表现为柳暗花明、蟠曲老辣之笔,充分展示了山谷的特色和擅长。

结尾虽说比较平淡,但却能席卷前文,并出以风趣之笔,以从容反问作结,表明一向珍惜光阴的人们,居然因一心鏖战,连夜阑更尽、星沉月堕也都忘却了。可以说把前文的心思专一和意志坚韧两层内容完全包罗,情景相生,使得眼前的对弈情境推向远处,不黏不滞,这就好像电影镜头的"淡化",得"远而不尽"之妙。

黄庭坚之所以能写出这一种化境,绝不仅仅是源于其弈棋经验,也可以说得力于其诗文构思和禅悟的触类旁通。庄子的技进于道,禅宗的所谓"心妙以了色"(《大十二门经序》),这一类哲理,大概都给予他以影响。(吴调公)

题落星寺四首(其三)　　黄庭坚

落星开士深结屋,龙阁老翁来赋诗①。
小雨藏山客坐久,长江接天帆到迟。
宴寝清香与世隔,画图妙绝无人知②。
蜂房各自开户牖,处处煮茶藤一枝。

> 注　① 自注:"寺僧择隆,作宴坐小轩,为落星之胜处。"　② 自注:"僧隆画甚富,而寒山拾得画最妙。"

落星寺在鄱阳湖北部,雄伟秀丽的庐山在其北。传说天上偶然陨落下一颗巨星,触地即化作一座小岛,那便是星子县境内著名的落星石,落星寺也因此得名。此寺嘘吸于湖光山岚之间,恍如仙境,加上那美妙的传说,自然成了墨客骚人流连忘返的去处。

黄庭坚是洪州分宁(今江西修水)人。从分宁沿修水向东,就可直抵鄱阳湖。他来过几次落星寺,今存于他诗集中《题落星寺》的诗共有四首,这里选的是最为脍炙人口的一首。诗题或作《题落星寺岚漪轩》。

开头两句点出寺院的幽深和吸引着文人雅士的题咏。"开士"就是和尚。"龙阁老翁"是指诗人的舅父李公择,他曾经做过龙图阁直学士,当时颇有诗名。这里其实是泛指历代曾来此题诗的墨客骚人,也含有作者自况的意思。"深结屋"的"深"字是全诗的关键,落星寺坐落在山间深处,因而幽静寂寥,下文便全从"深"字铺展开去。

三、四两句是此诗的警句,"小雨藏山"的"藏"字将雨和山都写活了。蒙蒙的细雨,从灰暗的天上飘散下来,密密麻麻的,给天地万象都蒙上了一层薄薄的轻纱,似乎要把眼前的一切都包藏在它无边无际的帷幔之中,诗人这里所捕捉的就是这样的形象。"藏山"二字,语本《庄子·大宗师》:"夫藏舟于壑,藏山于泽,谓之固矣。然而夜半,有力者负之而走,昧者不知也。"这是庄子的想象。而此句是想象与现实的结合,"小雨藏山",人们司空见惯,然而只有在洞察敏锐的诗人笔下,才能以凝练的字句再现出这一画面。

天公既以小雨留客,诗人只得在寺中闲坐,也许与高僧谈禅,也许有清茗一杯相伴,然偶尔极目一望,那远接天涯的长江上时有星星点点的风帆慢慢驶近,但终因相距太远,像是永远也驶不到跟前。这一句的诗意是从韦应物《赋得暮雨送李胄》"漠漠帆来重,冥冥鸟去迟"两句化出。这一联对仗自然工稳,而且一气流走,不露斧凿之痕,但仔细品味,自可见诗人锤炼冥搜的功夫。这里虽是写景,然而景中有人、有情,"客"是诗人自指,但好客的主人也已隐然可见。这两句于写景中表现了落星寺的清幽僻静,寺院本深处山中,而山又包围在雨中,整个寺院于是便蒙上了一层迷离惝恍的色彩;而那天际风帆,离寺那么遥远,遥远得恍若隔世,反衬出落星寺的远离尘嚣。

宴寝,指休息安寝的便室。韦应物有句云:"宴寝凝清香",(《郡斋雨中与诸文士燕集》)这第五句全从此化出。佛寺便室,清香一炷,淡淡氤氲,悠然而至,似与这山水、佛寺、小雨浑然一体,使人生出与世隔绝的感觉。诗人乘着游兴去看寺壁上的佛画,其中以僧隆的寒山拾得图最为妙绝。图画虽妙,但不为世人所知。这一句其实是脱胎于韩愈《山石》中的"僧言古壁佛画好,以火来照所见稀"两句。

黄庭坚论诗,有"点铁成金""夺胎换骨"之说。所谓"点铁成金",就是对古人陈言加以变化,便可化腐朽为神奇,成为自己的诗。所谓"夺胎换骨"依《冷斋夜话》的解释:"不易其意而造其语,谓之换骨法;规摹其意而形容之,谓之夺胎法。"五句可说是"点铁成金",六句则是"夺胎换骨"。这两句着意渲染落星寺的幽静,紧扣着起句"深结屋"三字。

末二句是说:寺中的僧房各各敞开着窗户,像是密集的蜂房一般,而到处都升起了缕缕青烟,告诉人们那里正在以一枝枯藤煮着香茗。枯藤在古代的诗画里经常出现,它不仅给人以凄幽的感觉,而且给人以美的联想。且不说杜甫的"蓝田丘壑蔓寒藤",或是像元人小令中"枯藤老树昏鸦"那样的名句;就是在中国画中,青藤、枯藤也是画家笔下的心爱之物,甚至有的画家将自己的名字取为青藤(徐渭);就连书法家也追求枯藤般的笔致。任华称赞怀素的草书说:"更有何处最可怜,裹裹枯藤万丈悬。"赵孟頫《论书》也说:"苍藤古木千年意,野草闲花几日春。"黄庭坚本人能书善画,自然深明枯藤在艺术中的美学价值,因而这里的以藤煮茶,自是山中雅事,在诗人看来,清冽的山泉,上好的香茗,只有枯藤文火,方可取其真味。从这个意义上讲,最后的一结,笔致轻淡,然而留给了读者无限低回的余地。曲折地体现了寺中幽居的清虚绝俗之情。

这首诗在艺术上很有特色。从诗律上看,此诗属于拗律,就是故意将句中的平仄交换,造成音调的拗折,使诗句有一种奇崛瘦硬、不近凡庸的风貌。这种拗体所以为黄庭坚及江西派诗人所喜用,是与他们标新立异、出奇制胜的论诗宗旨相关的。

此诗还有一个特点:不用典故,不加藻饰,而全凭诗人烹字炼句的娴熟技巧,以平淡的语言写出,这在黄庭坚的诗中也是不可多得的。我国古代有所谓"白战"的手法,犹如手无寸铁的斗士,全凭勇气和智慧取胜。也如高雅的戏曲,不必假借舞台上喧闹的场面和豪华的布景,只凭它美妙的戏文、动听的唱腔便可打动观众的心弦;而内行的鉴赏家,自可闭上眼睛,细细地咀嚼品味它的韵味。读这首小诗,似乎也像是聆听了一曲优雅的清唱。(王镇远)

登快阁　黄庭坚

痴儿了却公家事,快阁东西倚晚晴。
落木千山天远大,澄江一道月分明。

朱弦已为佳人绝，青眼聊因美酒横。

万里归船弄长笛，此心吾与白鸥盟。

这首诗是黄庭坚于元丰五年(1082)知吉州太和县(今江西泰和)时所作,年三十八岁。快阁在太和县治东澄江之上,以江山广远、景物清华,故名。(见《清一统志》)

起二句叙写于公余之暇登快阁眺望,但是构思奇妙。黄庭坚大概因为是快阁而联想到晋夏侯济的话:"生子痴,了官事,官事未易了也。了事正作痴,复为快耳。"(《晋书·傅咸传》)黄庭坚却说,自己正是痴儿了却官事,所以有空闲登快阁玩赏,显示出一种兀傲的神情,笔势亦健拔。"倚"字用得好,含有倚阁赏晚晴两重意思,如果用"赏"字,就显得呆板了。然这个字的用法实自杜甫《缚鸡行》"注目寒江倚山阁"句学来。第三、四两句写景,因为是雨后初晴,空气清朗,所以看到天之远大、月之分明,气象阔远。

第五、六两句提笔发抒感慨。第五句用伯牙、钟子期事。钟子期听伯牙鼓琴,最能知音。"钟子期死,伯牙破琴绝弦,终身不复鼓琴。"(《吕氏春秋·本味》)史容注说:"用钟期事,不知谓谁。"按黄庭坚此处不一定有所专指,只是慨叹自己的心怀志事,世无知者,所以如伯牙之绝弦不复鼓琴,而聊且借美酒以遣怀自娱而已。"青眼",用阮籍故事。阮籍能为青白眼,嵇喜来吊,籍作白眼,喜不怿而退。喜弟康闻之,乃赍酒挟琴造焉,籍大悦,乃见青眼。(《晋书·阮籍传》)"横"字用得生新。第二句"倚晚晴"之"倚"字,此处"聊因美酒横"之"横"字,都是极平常的字,但是经过黄庭坚的运化,即能点铁成金。可见黄诗炼字之法。末二句是说,想弃官归隐,"归船""长笛""白鸥"等,都足以增加诗中形象之美。

这是黄诗中的名作。通首"一气盘旋而下,而中间抑扬顿挫又极浏亮。"(潘伯鹰评语,见所编《黄庭坚诗选》)姚鼐认为,这首诗"能移太白歌行于律诗。"(方东树《续昭昧詹言》卷七转引)很能道出它的特点。元韦居安《梅磵诗话》说,太和的快阁,经黄庭坚作诗品题,"名重天下,前后和者无虑数百篇,罕有杰出者"。(缪　钺)

夜发分宁寄杜涧叟　　黄庭坚

阳关一曲水东流,灯火旌阳一钓舟。

我自只如常日醉,满川风月替人愁。

黄庭坚的诗歌一般写得生涩拗峭,蹊径独辟,但也有少量篇什声情流美,逼近唐人风韵的。这首小诗便是一例。此诗约作于诗人早年离开家乡赴地方官任时。分宁(今江西修水)是诗人的老家。杜涧叟名槃,是他的友人,看来在诗人出发时曾来送别。

提起送别,不能不想到著名的《阳关》曲。阳关在今甘肃敦煌西南一百三十里,是唐代出西域的门户。王维《送元二使安西》这首动人的送别诗,写成后广泛流传,被谱为歌曲演唱,称作"渭城曲";唱时还要把结尾一句重复三遍,所以又称"阳关三叠"。本篇以"阳关一曲水东流"发端,可见是在依依惜别的深情中乘船离开了乡土。故人有心,流水无情,不可解脱的矛盾，一上来就给全诗笼罩上感伤沉重的气氛。

次句承写舟中回望的情景。旌阳，山名，在分宁县东一里。舟船远去之际，旌阳山下的灯火仍依稀可辨，而自己已单独置身于一叶小舟之中，随流漂荡于江面上。此情此景，又何以堪？

以上叙写离别，尚未进入直接抒情。下联本应着力抒述内心的愁思，却突然翻出了新意：我只不过像平时那样喝醉罢了，倒是满川风月在替人悲愁啊！前一句语气极平淡，仿佛将满怀愁思都解除了；后一句出人意表，却又将悲愁加于江上的清风明月。难道真是愁思转移了吗？非也。物本无情，人自有情，以有情观无情，才会使无情之物染上人的主观情绪色彩。这一江风月的悲愁，不就是诗人离情的外射吗？诗人不但自己悲愁，还要让天地万物都来替他悲愁，这样的愁思可真是无边无际、难以排遣了。由此可以体会到前一句里的那个"醉"字，那并不是一般的酒醉，而是"借酒销愁愁更愁"呵！愁思浸满了心田，加上一点朦胧的酒意，放眼望去，满川风月，一片愁情。诗人确实感到自己醉了，但并非醉于酒，而是醉于那勃发浓郁的愁情。所以这句语气极平淡的话，其实包含着极深沉的苦味。

情景相生，是古典诗歌常用的手法，而形式多样，例子不胜枚举。本篇的后一联，将无情之物说成有情，而把有情的人，偏说成是无情，就形成了更为曲折、也更耐人寻思的情景关系，在艺术表现上是颇为新奇的。从这一点看来，诗的风格毕竟还打着黄庭坚个人的印记，与唐诗的自然浑成尚有差异。（陈伯海）

勿愿寿　　吕南公

勿愿寿，	寿不利贫只利富。
君不见生平龌龊南邻翁，	绮纨合杂歌鼓雄，
子孙奢华百事便，	死后祭葬如王公；
西家老人晓稼穑，	白发空多缺衣食，
儿孱妻病盆甑干，	静卧藜床冷无席。

这首诗以贫富悬殊的对比，表露了愤愤不平的情绪，为穷人发出了不愿长活受罪的心声。

诗一开篇，直言"勿愿寿"，这就出乎常理之外，诗人为什么对长寿有如此怪异的看法呢？原来是因为"寿不利贫只利富"，一下子点中要害，石破天惊，揭示了诗的主旨。

为了证明"寿不利贫只利富"，诗人引导读者来看富者与贫者迥然不同的生活情况。诗中出现了两个人物形象，一是"南邻翁"，一是"西家老人"。双方的家室，这边是荣华不尽，那边是赤贫如洗，一经相比，判若霄壤。诗人将此只作客观叙述，把两种截然相反的情形呈露出来，让人们从对比中作出结论。"南邻翁"，其人"生平龌龊"，为富不仁，而就"龌龊"两字来看，他可能是靠投机经商致富的。"南邻翁"身着纨绮，娱情于笙歌，陶醉于鼓乐，一派豪华气象。而他的儿孙亦锦衣玉食，任意挥霍。他的死后哀荣一如王公。把"南邻翁"的"富"写足写满，才更能突出"西家老人"的贫寒，也更能鲜明地表达主题思想。"西家老人"是"晓稼穑"的农夫,凭着自己一双手,本可以养家活口,却"白发空多缺衣食",贫困不堪。"白发空多",不只是写其年老,更是写其虽劳碌一世,依然衣食无着。这位老人的儿子孱弱,妻子罹病,别说是调养没有条件,就是把肚子填饱也不可能。"盆甑干"三个字,概括了粒米全无的辛酸。"甑",指古代做饭的一种瓦器。这种食不果腹的日子是多么的艰难啊!饥饿已忍受不了,再加上寒冷,岂不是更加痛苦吗? 在饥寒交迫中如此打发岁月,自然就产生了"勿愿寿"的绝念。"静卧藜床冷无席",静卧在草藜床上,连席子都没有,这就加重了"冷"感,身躯都冻僵了,活着还有什么生趣呢,把"勿愿寿"的立意发挥得淋漓尽致。

全诗语言明快爽切,说理即寓于叙事之中,且又感情诚挚,因此,虽不一唱三叹,自能感人。(周溶泉　徐应佩)

书　扇　李之仪

几年无事在江湖,醉倒黄公旧酒垆。
觉后不知新月上,满身花影倩人扶。

扇,是驱热消暑的用具,同时又是古代文人潇洒生活的象征。因此历来的题扇诗,或作轻松诙谐之辞,或为风流偶傥之语,大都是随意之作。这种诗往往正如扇子本身一样,只是生活的小摆设,为之者不甚经心,读之者亦不深索。李之仪此诗则不然,它以健爽流利的笔触抒写生活的情趣,清新隽逸,算得上宋人书扇诗中的佳品。

全诗以"无事"二字为其主干,通篇的描写都是围绕这两个字展开的:首句以"几年"写时间,以"江湖"写地点,在时间与空间的组合中,为"无事"创造了更悠闲、更自在的环境,诗篇一开始,便表达了优游自得的气氛,揭示了主题。第二句写无事中的事——醉。醉可以使人忘怀一切,因此"无事"的主人公更加解脱了。黄公酒垆,晋代酒家名(垆,酒店安置酒瓮的土墩,常代指酒店),竹林七贤中嵇康、阮籍、王戎等常在此酤饮。诗用"黄公旧酒垆",以嵇、阮等饮酒者不受羁绊的生活作风取喻,进一步补足"醉倒",自然也是进一步申说"无事"。"觉后"承"醉倒"。第三句说新月已上,然而诗人却还"不知",再次显示了他万"事"皆"无"的心理状态。末句的"花影"是景之至美者,"花影"而又"满身",充分表现了诗人醉倒花前的浪漫气质。"倩人扶"所突出的则是诗人的颓放。这一句描写醉态真是淋漓尽致,令人击节叹赏。

此诗第一句是生活与情操的概括说明,似戏剧中的序幕,一上来先从总体上给读者以完整的印象。后三句专写某次醉倒,则如电影中的特写镜头,是首句所述内容的生动再现。这种一、三分段的谋篇方法新颖、别致,李之仪巧用这一形式,使得在二十八个字的短小篇幅中,把情怀抒写得极为酣畅。

全诗虽仅有七言四句,但人物描写颇为成功:既有整体形象,又有细节刻画;既写形,又写神,读之可见其人。末二句虽只用"新月""花影"等片言只语写景,然而它们同主人公形象配合有致,所以构成的画面就十分新鲜、逼真——所有这些,都反映了作者所达到的高度艺术水准。苏轼跋李之仪诗说:"暂借好诗消永夜,每逢佳处便参禅。"像《书扇》这样的好诗,是足以

使大诗人苏轼爱不释手的。(李济阻)

春日五首(其一)　　秦　观

一夕轻雷落万丝,霁光浮瓦碧参差。
有情芍药含春泪,无力蔷薇卧晓枝。

这首七绝,以运思绵密、描摹传神见长。

春日大地,经过一夜细雨的滋润,春色更浓,各种花卉草木,千姿百态,穷丽极妍。对这特有的自然美,诗人没有作全面描摹,而是把镜头的焦点对准了庭园一角,摄下了一幅雨过初晴的精巧画面:琉璃瓦,浮光闪闪,犹如碧玉。那一株株芍药花,灿然盛开,由于水珠的重压,似在含泪欲泣,显得凄艳欲绝。蔷薇攀附着其他树枝,如佳人娇卧无力,百媚自生。在这里,有远景有近景,有动有静,有情有姿,随意点染,参差错落,描写生动细腻而又轻柔;在意境上以"春愁"统摄全篇,但通篇不露一"愁"字,读者则可以从芍药、蔷薇的情态中领悟到。

这首绝句,对自然景物不是一般的客观临摹,而是赋予人的情态,收到了情景相生的艺术效果。一夜细雨的沾润,娇嫩的花草已经感到承受不了。一个"含"字,一个"卧"字,不仅刻画了芍药、蔷薇经雨后的娇弱状态,传出了它们的愁绪,就连诗人的惜花之情,也都包孕在其中了。和风细雨尚且如此,狂风骤雨又将如何呢?芍药亭亭玉立,故有"含春泪"之态;蔷薇攀枝蔓延,故有"无力卧"之状。由于作者完全把握住了事物的不同特征和内在精神,因此状物能够传神。

诗的另一个特色是,用字精警,生动准确。"春""晓"二字,粗一看来,并没有什么特别之处,只是点明季节、时辰。但细细体味,正好渲染出此刻宁静的气氛,烘托了景物,使全诗更富有浓郁的诗情画意。同时,每句一个动词,用得极为巧妙。其中"落万丝"是全诗的脉络,对互不联系的景象:浮光,含泪,卧枝,起了纽带作用,使有轨辙可寻,脉断峰连,浑然一体。"浮""含""卧"三字,以实证虚,使读者更能体味到"落万丝"的情景。

此诗写得情思绵绵、百媚千娇,因此南宋敖陶孙评论道:"如时女步春,终伤婉弱。"(《诗人玉屑》引)金代元好问也说:"'有情芍药含春泪,无力蔷薇卧晓枝'。拈出退之山石句,始知渠是女郎诗。"(《论诗绝句三十首》)不过,这首写景小诗自具一种清新、婉丽的韵味,十分受人喜爱,原因在于体物入微而又融情入景。(冯海荣)

泗州东城晚望　　秦　观

渺渺孤城白水环,舳舻①人语夕霏间。
林梢一抹青如画,应是淮流转处山。

注 ① 舳舻(zhú lú):泛指船。

这是一首写景诗。画面的主色调既不是令人目眩的大红大紫,也不是教人感伤的蒙蒙灰色,而是在白水、青山之上蒙上一层薄薄的雾霭,诗人从而抓住了夕阳西下之后的景色特点,造成了一种朦胧而不虚幻、恬淡而不寂寞的境界。这种境界与诗人当时的心境是一致的,正如刘勰在《文心雕龙·物色》篇中所说:"山沓水匝,树杂云合,目既往返,心亦吐纳。"

据《元和郡县志》记载,唐代开元年间,泗州城自宿迁县移治临淮(在今江苏盱眙东北)。宋代仍其旧。北宋乐史的《太平寰宇记》说,泗州南至淮水一里,与盱眙分界。到了清代康熙年间,州城陷入洪泽湖。诗人当时站在泗州城楼上,俯视远眺,只见烟霭笼罩之下,波光粼粼的淮河像一条蜿蜒的白带,绕过屹立的泗州城,静静地流向远方;河上白帆点点,船上人语依稀;稍远处是一片丛林,而林梢的尽头,有一抹淡淡的青色,那是淮河转弯处的山峦。

前两句着重写水。用了"渺渺"二字,既扣住了题目中"晚望"二字,又与后一句的"夕霏"呼应,然后托出淮水如带,同孤城屹立相映衬,构成了画面上动和静、纵和横的对比。舳舻的原意是船尾和船头,在这里指淮河上的行船。诗人似乎是嫌全诗还缺少诉诸听觉之物,所以特意点出"人语"二字。这里的人语,不是嘈杂,不是喧哗,而是远远飘来的、若断若续的人语。它既使全诗的气氛不致沉闷,又使境界更为静谧。唐代诗人卢纶《晚次鄂州》诗云:"舟人夜语觉潮生",似为"舳舻"句所本。

三、四两句着重写山。在前一句中,诗人不从"山"字落笔,而是写出林后天际的一抹青色,暗示了远处的山峦。描写山水风景的绝句,由于篇幅短小,最忌平铺直叙,一览无余,前人因此这样总结绝句的创作经验:"绝句之法要婉曲回环。"(元人杨载《诗法家数》)对此中"三昧",诗人深有体会。在他笔下,树林不过是陪衬,山峦才是主体,但这位"主角"姗姗来迟,直到终场时才出现。诗的最后一句既回答了前一句的暗示,又自成一幅渺渺白水绕青山的画面,至于此山本身如何,则不加申说,留待读者去想象,这正符合前人所谓"句绝而意不绝"(同上)的要求。

秦观以词名世,他的诗风清新婉丽,和词风颇为接近,所以前人有"诗如词""诗似小词"的评语。就此诗而言,"渺渺孤城白水环"之于"斜阳外,寒鸦万点,流水绕孤村","林梢一抹"之于"山抹微云","应是淮流转处山"之于"郴江幸自绕郴山",相通之处颇为明显。但此诗情调尚属明朗,没有秦观词中常见的那种凄迷的景色和缠绵的愁绪。(王兴康)

题　画　李　唐

云里烟村雨里滩,看之容易作之难。
早知不入时人眼,多买燕脂画牡丹。

画上题诗,是我国绘画艺术的一大特色。早期的题画诗,大多数由诗人为画家或藏画家题写,如李白《当涂赵炎少府粉图山水歌》、杜甫《戏题王宰画山水图歌》和《画鹰》等都是。到了宋代,才出现了画家在画上自题所作的诗,从而逐渐形成融诗、书、画为一体的艺术传统。李唐这首《题画》诗,就是其中较早的著名作品之一。

这首诗名为"题画",而实际上涉及画本身的只有第一句;其余三句,都只是借题发挥,用以抒写个人的感慨和不平。它的弦外之音,是耐人寻味的。

明代郁逢庆《书画题跋记》载,钱唐人宋杞云:李唐初到杭州,无人赏识,靠卖纸画糊口,生活十分艰苦。他写了这首诗,用来讥讽当时社会上崇尚艳丽花鸟画的风气。

"云里烟村雨里滩"才七个字,就把一幅生动的画景形象地凸现出来。画面层次分明,很有立体感:上方是云烟缭绕的山村,下方是雨水滂沱的河滩,一静、一动,相互衬映。画中景色是朦胧的,但画面是清晰的,山村隐约可辨,滩声仿佛可闻,不给人任何晦涩的感觉。这幅画是经过艰辛的精神劳动才创造出来的。因此下句说:"看之容易作之难。"俗话说得好:"看人挑担不吃力,事非经过不知难。"这是常人都懂的生活哲理。但常人往往醉心声色犬马,贪图富贵荣华,缺少真正的审美能力,对这种意境高妙的画看不上眼。诗人写道:"早知不入时人眼,多买燕脂画牡丹"(牡丹,一名富贵花)。意思是说如果画牡丹花,施以浓色重彩,定会大受时人欢迎。这自然是反话。这种反话,既饱含着带泪的幽默,又喷射出忿世的怒火。亦庄,亦谐,痛快、淋漓。这种风格,为后世许多题画诗所效法。如明代徐渭《题墨牡丹》云:"五十八年贫贱身,何曾妄念洛阳春?不然岂少胭脂在,富贵花将墨写神!"就可明显看出李唐此诗对他的启迪。

李唐在山水画和人物画方面都很有造诣。特别是他的山水画,构图精炼,用笔有力,着重创造意境。在画水的技法上,他改用一种盘涡动态之势,颇使"观者神惊目眩"。如此诗首句"云里烟村雨里滩",就显示出李唐在创造意境和构图方面具有高度的才能。至于爱发议论,那是宋代诗人的习气,而李唐此诗的议论毕竟较富理趣,反而使人感到深刻有味。(蔡厚示)

垂虹亭　米　芾

断云一叶洞庭①帆,玉破鲈鱼金破柑②。
好作新诗寄桑苎③,垂虹秋色满东南。

❶ ① 洞庭:此乃太湖之别名,非湖南省之洞庭湖。《文选》李善注:"太湖在秣陵东,湖中有包山,山中有石室,俗谓洞庭。"　② 金破柑:此诗康熙甲寅仲冬涵芬楼印本《宋诗钞初集》第二句作"霜破柑",今据清厉鹗《宋诗纪事》改作"金破柑","金破柑"与"玉破鲈鱼"在句中正好对偶。米芾《将之苕溪戏作呈诸友》之第三联曰:"缕玉鲈鱼堆案,团金菊满洲",亦为金、玉相对,可作印证。　③ 桑苎:桑树与苎麻,民间养蚕与纺织所必需,此处因用以代指广植桑苎的家乡。

垂虹亭始建于宋仁宗庆历八年(1048),在太湖东侧的吴江(今属江苏)垂虹桥上,桥形环若半月,长若垂虹,甚为壮丽,宋代不少诗人、词人描写过。米芾此诗是以画家的心思、眼光、笔法来咏此亭。

诗歌的末句点明,诗人要写的是"垂虹秋色"。亭临太湖,秋季的湖水最为澄澈,湖的周围地区在秋季能为人们提供大量的鲈鱼与柑橘,诗人选取了这最能代表太湖秋天特色的景物入诗。不过,他不是通过叙述把景物告诉给人,而是通过绘制画面的手法,把景物展示于人:浩渺的太湖上一叶白帆,白亮亮的鲈鱼,金灿灿的柑橘,三者之间似乎没有什么必然的联系,但这正是诗人——画家为我们绘制的"秋水"与"静物"两幅画面。为使画面的形象更为生动和丰满,诗人在第一、二两句中用了三个比喻:湖上的白帆如同秋日晴空的一片白云,鲈鱼如同白玉雕成,柑橘如同黄金铸就。前一个比喻将"秋水共长天一色"的境界具体化了,天水为一,云帆难辨,极言秋季天朗水阔。后两个比喻写出了鲈鱼和柑橘的金玉之质、金玉之色。这一联有着明丽和谐的色泽,生动而富于立体感的形象,浓淡有致、远近相间的布局。这画幅不仅给人以视觉享受,使人神怡心旷,而且那静物写生还在诱发人的味觉快感,引人馋涎欲滴。这是垂虹秋色的真正迷人诱人之处。然而秋水与静物都是眼前所见,在空间范围内它们还毕竟没有超越诗人的视线,于是他在第三句中写道,要把这描绘秋景的新诗寄往遍植桑苎的家乡。一个"寄"字把垂虹与家乡联系了起来,使诗歌在空间上得到了扩展,最后一句更让垂虹秋色漫布中国大地的东南方,诗歌所描绘的空间再度得到更大的扩展。如果用"诗中有画"来评述这首小诗前两句的话,那么这结尾一句则是突破了画幅的局限,绘出了难以用画面来表现的浩然秋色,使东南大地都沉浸在金色的秋光之中。在景物的描摹之中,融汇着诗人——画家对大自然多么深厚浓挚的爱啊!

　　米芾自谓作画"不取工细",但这首小诗的选词炼句却很讲究,平易、别致、奇险兼而有之。首句由"断云""洞庭""帆"三个普通名词与数量词"一叶"组成,"一叶"不同于"一片",它与"帆"都具有漂浮的动感,因而全句虽不用动词,却能将动态隐含于名词与量词之中,诗句与画面反而都收到异常清明简净的效果。次句中的动词却又是两个相同的"破"字,此字很平常,但用来描绘秋日美景却既奇又险,而用不好是会大煞风景的。两个"破"字分别与"玉""金"搭配,既表现出玉破而成鲈鱼、金破而成柑橘的瑰奇境界,又形成"句中对",造成音节的和谐与明快。第三句本是平常的叙述句,但用"桑苎"代指家乡,十分新颖,使人联想到"绿树村边合"的质朴乡村,恰与具有绚烂色彩的第二句形成对比。末句中仅用一个"满"字,就写出了秋色的弥漫,正是"烟云掩映"的"米家"山水笔法。作诗专讲字句工巧终属下乘。清人沈德潜论诗之炼字:"以意胜不以字胜,故能平字见奇,常字见险,陈字见新,朴字见色。"用来评价米芾此诗,当不是过誉之辞。(顾之京)

清燕堂　贺　铸

雀声啧啧燕飞飞,在得残红一两枝。
睡思乍来还乍去,日长披卷下帘时。

　　这是一首写闲愁的小诗。

　　所谓闲愁,是一种无名的而又最令人难消受的愁。如能说出个所以然,可以一吐为快,倒也罢了。偏偏这种愁又是说不清、吐不尽的,这就难为诗人了。贺铸向以写闲愁擅长。他的《青玉案》词有几句最为脍炙人口:"试问闲愁都几许? 一川烟草,满城风絮,梅子黄时雨。"连用三个比喻把闲愁具象化,贴切而形象,故人称"贺梅子"。但上面这首绝句却别出机杼,它通篇不用比喻,纯用直言其事的赋法来写闲愁,同样写得很成功。

　　诗人成功的秘密就在于:他没有直接从正面去写内在的情绪,却从精神状态的外观上,捕捉了某个典型的细节,着意传达出闲愁的特殊滋味来。

149

诗的头两句,不仅在写景中点出暮春的时令,而且还隐隐透露出"闲愁"的消息。花事已了,春将归去,而随同春来的鸟雀却依旧在追逐嬉戏,不知春之将尽。美好的青春就在不知不觉之中悄然逝去,一去不返。这对一个敏感的青年诗人(当时贺铸才满二十六岁)来说,该是多么沉重的精神压力!满腔用世的热忱,乘时而起的期待,可是在现实中却无法施展,只能眼看韶华渐尽,徒唤奈何。诗借景语发端,正写出了闲愁之起。

"睡思"两句,极写闲愁之苦。时当春末,尚慵倦欲睡,不仅有关天气,而且也是心事太重的缘故。"乍来乍去"四字,进一步写出了醒而欲睡,睡又不酣的情态,活画出主人公坐卧不安、心烦意乱的神气。整个白昼,就在这种迷离恍惚的状态中反复折腾、受尽煎熬。当此日长如年之际,下帘独坐,别无消遣,只能读点儿书——可还是因为无聊才读书,不过换个法儿解闷罢了。诗人妙在不着一"愁"字,却写出了愁的无时不在、没完没了。这里没有"泪眼",没有"断肠",只有淡淡的、轻烟般的愁,虽说又淡又轻,却整日价撩不开、扫不尽,叫人心灰意懒、没精打采;叫人困恼、悒郁,不能去怀。比起那种"正春浓酒暖,人闲昼永无聊赖。厌厌睡起,犹有花梢日在"(贺词《薄幸》)的闲愁来,这里的愁,使人意兴更加阑珊。

这首诗不是从正面着笔,而是以偏锋取胜,一经拈出典型的细节,全篇皆活。清人赵执信曾以"神龙"喻诗,以为"神龙者,屈伸变化,固无定体;恍惚望见者,第指其一鳞一爪,而龙之首尾完好,故宛然在也。"(《谈龙录》)指鳞爪而识全龙,窥一斑而知全豹,这种因小见大的本领,在篇制最短的绝句中尤为需要。诗人同时还注意了"声情",诗人数处选用了舌、齿音的字,如"喷喷""在得""思""乍"等,以咭齿丁宁的口吻来写索寞恼恍的心情,以声情助诗情。所有这些,都是这首小诗的成功之处。(钟元凯)

秦淮夜泊（辛未正月赋）　　贺　铸

官柳动春条，　秦淮生暮潮。
楼台见新月，　灯火上双桥。
隔岸开朱箔①，　临风弄紫箫。
谁怜远游子，　心旆②正摇摇。

注 ① 朱箔:这里指红色的窗帘。　② 心旆(pèi):旆,泛指旌旗。这里指"心摇摇然如悬旌之无所终薄"(《史记·苏秦列传》)。

六朝以来,金陵(今江苏南京)的秦淮河管弦画舫,灯火楼台,是诗人吟咏的好题材。贺铸的这首《秦淮夜泊》写得清丽优美,不愧佳作。

这是一首五言律诗。全诗八句,就有六句是写景。开头两句,写诗人在一个春天的夜晚泊舟秦淮,春风拂柳,暮潮生岸,富于诗情画意。中间四句,正面写泊舟秦淮的所见所闻,是全诗的重心所在,也是全诗的精彩之处。新月楼台,双桥灯火,本为静景。著以"见"字、"上"字,则化静为动。五、六两句,"朱箔""紫箫",备极华丽;"隔岸""临风",更见缥缈之致;真是恍若蓬莱仙境。从景物描写角度看,这几句诗很有特点。首先,是位置经营之妙。诗人的视线从河岸楼台转到天空新月,接着又转到横跨秦淮河的小桥,转到河对岸的朱帘绣户。有近有远、错落有致,富有立体感。其次,造语十分讲究。如"隔岸""临风","开朱箔"

"弄紫箫",佳人绰约的身影、优雅的体态历历如绘。诗的整个画面清丽秀俊,鲜明地表现了秦淮河的特点,所以纪晓岚评此诗曰:"自然秀丽,雅称秦淮。"(《瀛奎律髓刊误》卷二十九)诗的末二句以抒情作结:眼前的景物美丽动人,但毕竟是外乡,加上正是暮夜时分,人们都在家中,而诗人却还独泊孤舟,于是一股乡愁不禁油然而生。这里要注意的是,这不是强烈的乡愁,而是那么一种淡淡的怅惘之情。这种情感是十分自然地产生的,同时又是比较微妙的,"摇摇"二字正十分生动贴切地传达出这种感受。只有这样理解,结尾两句才和全诗的情调和谐一致。

秦淮河是秦楼楚馆、歌儿舞女集中之处。贺铸这首诗色调明丽,不像杜牧的"烟笼寒水月笼沙"(《泊秦淮》)那样迷蒙清冷,因为它和杜牧诗感叹兴亡、讽喻现实的着眼点不同。人们从"春条""新月""灯火""朱箔"等意象中可以感受到一股温馨的气息,一种优美的情调。贺铸以词著名,但他其实是"诗文俱高,不独工长短句"(陆游《老学庵笔记》)。他曾经自负地说:"吾笔端驱使李商隐、温庭筠常奔命不暇。"(《宋史·贺铸传》)这首诗当得"清词丽句"之评,又比温、李诗歌的语言来得疏淡自然。从这里可以看到唐、宋诗差别的一个侧面。(何大江)

妾薄命二首　　陈师道

主家十二楼,一身当三千。
古来妾薄命,事主不尽年。
起舞为主寿,相送南阳阡。
忍著主衣裳,为人作春妍?
有声当彻天,有泪当彻泉。
死者恐无知,妾身长自怜。

叶落风不起,山空花自红。
捐世不待老,惠妾无其终。
一死尚可忍,百岁何当穷。
天地岂不宽?妾身自不容。
死者如有知,杀身以相从。
向来歌舞地,夜雨鸣寒蛩。

诗人表达感情的方式是多样的。陈师道的这二首《妾薄命》,以一位侍妾悲悼主人的口吻抒写了自己对老师曾巩的悼念。要不是原诗题下有自注:"为曾南丰作",后世的读者真会以为这是一首侍妾的哀歌呢。

至于陈师道与曾巩的关系,宋人笔记上说得颇带传奇色彩:曾巩路过徐州,当时的徐州太守孙莘荐师道往见,虽然送了不少礼,但曾巩却一言不发,师道很惭愧,后来孙莘问及,曾巩说:"且读《史记》数年。"师道因此一言而终身师事曾巩,至后来在《过六一堂》诗中还说:"向来一瓣香,敬为曾南丰。"(见陈鹄《耆旧续闻》)这种记载显系小说家言。其实,曾、陈的师生关系史有明文,《宋史》陈师道本传上说他"年十六,早以文谒曾巩,巩一见奇之,许其以文著,时人未之知也。留受业。"元丰间,曾巩典五朝史事,荐后山有道德史才,然终因他未曾登第而未获准,因而,后山对曾巩有很深的知遇之恩。故元丰六年(1083),当他听到曾巩的死讯后,即写下了这二首感情诚挚的悼诗。

第一首托侍妾之口,写主死之悲,并表达了不愿转事他人的贞心。起二句极言受主人的宠爱,"十二楼"即指十二重的高楼,鲍照《代陈思王京洛篇》中有"凤楼十二重,四户入绮窗"之句,这里是形容宫楼之高峻和豪华。"一身当三千"句,显取白居易《长恨歌》中"后宫佳丽三千人,三千宠爱在一身"的意思,然以五字概括,更为精炼,所以后山诗最权威的注释者任渊说,此句"语简而意尽"。这正体现了后山诗工于锻炼和善于点化前人诗句的特点。

"古来"二句陡然转折,悲叹自己不能至死侍奉主人,与上二句连读,可谓一扬一抑。"起舞为主寿"句承首二句,"相送南阳阡"句则承三、四两句。汉代原涉在南阳为父亲置办的墓地,称为"南阳阡",因而后世以此泛指墓地。此二句以极概括的语言抓住典型事件,构成鲜明对照:本来为祝祷主人长寿而翩翩起舞,转瞬间却往坟地为他送葬。两句中意象丰赡,节奏跳动,可见诗人用墨的简练,故陈模说,此二句"盖言初起舞为寿,岂期今乃相送南阳阡,乃不假幹澹字而意自转者"(《怀古录》)。刘禹锡的《代靖安佳人怨》悼宰相武元衡遇刺,说:"晓来行哭里门外,昨夜华堂歌舞人。"也是写乐极哀来,生死的变幻无常,意境与此二句略同,然而后山的造语更为高古凝练。

白居易《燕子楼》诗云:"钿晕罗衫色似烟,几回欲着即潸然。自从不舞《霓裳曲》,叠在空箱十一年。"此诗中"忍著"二句,与白诗意蕴相近,但并非泛咏男女之情,而另有很深的寓意。北宋中期,政治上风云变幻,元祐党、变法派轮番掌权,所以一般士人都讳言师生关系,以避免党同伐异,受到连累。一些趋炎附势之徒,则随波逐流,谄谀权贵。后山此诗正是对此种风气的批判,他责问道:难道忍心穿着以前主人赐予我的衣裳,去博取他人的欢笑吗?

末四句直抒胸臆,一腔悲慨,喷涌而出。然而死者无知,只有生者独自哀怜。整首诗便在生与死、哀与乐、有知与无知的对照中结束。

第二首则是第一首主题的延伸,表达了杀身相从的意愿,二首一气贯注。故范大士《历代诗发》评曰:"琵琶不可别抱,而天地不可容身,虽欲不死何为? 二诗脉理相承,最为融洽。"

"叶落"二句以写景起兴,然意味无穷,细察诗人用意,至少有三层可以揭出:此二句承上文"相送南阳阡"而来,故写墓园景象,且兴起下文,此其一;又写墓地凄惨之状,以飘零之落叶与绚烂之红花相衬,愈见山野之空旷寂寥,写景状物颇能传神,并烘托出苍凉凄迷的气氛,故任渊说:"两句曲尽丘源凄惨意象。"此其二;且此二句写景起兴中又带有比意,落叶分明指已逝之人,而红花显喻己身。唯落叶飘败,故花之娇艳,徒成空无。潘岳《悼亡诗》有句说:"落叶委埏侧,枯荄带坟隅。"已以落叶比人之长逝,然寓意之深刻远不及此,故陈模盛赞此二句说:"陈后山'叶落风不起,山空花自红。'兴中寓比而不觉,此真得诗人之兴而比者也。"(《怀古录》)此其三。

"捐世"以下八句一气流走,自然涌出,不可以句摘:主人不待年老即弃世而去,因而对我的恩惠未能到头。想来一死尚可忍受,而今后无穷的生涯怎样度过? 偌大的世界,却容不得自己微弱的一身,于是发出了最后的心声:"死者如有知,杀身以相从。"语气坚定,如铮铮誓言,真令读者对这位敢于以身殉情的侍妾肃然起敬。此八句层层相绾,语意畅达,纯自肺腑中流出,读来不觉其浅率,唯感其真诚。

至此感情的激烈已无以复加,全诗似应戛然而止了,然而"向来"二句,转以哀婉的情调结束:那以前歌声鼎沸、舞姿婆娑的地方,只留下夜雨的淅沥和蟋蟀的悲鸣,由此表达了盛时不再、人去楼空的感慨,一变前文率直奔放的激情,遂令诗意深远,避免了一览无余。这末尾的"歌舞"云云,正与第一首的开头"十二楼"首尾呼应,也表现了作者的匠心。

这两首诗向来被认为是陈师道的代表作,故《后山诗集》以此为冠,其原因便在于此诗集中体现了后山诗的风格。后山诗的佳处在于高古而具有真情,锻炼而以淡雅出之。如此二首,造语极平淡,乍看似了无典实,不作艰深之语,只是直陈胸臆,然细析则几乎无一字无来历。在此不妨再举一例,以概其余。第一首的末二句"死者恐无知,妾身长自怜",读来明白如话,然前句出自《孔子家语》:"子贡问孔子曰:'死者有知乎? 将无知乎?'"后句出于李白《去妇词》:"孤妾长自怜。"故任渊说:"或苦后山之诗非一过可了,迫于枯淡,彼其用意,直追《骚》《雅》。"意谓他的诗须细细品味,不是一读即可明白其中用意的,这正说明,后山诗在平淡的背后,有着惨淡经营的苦心。

除了平淡典雅,精炼浓缩也是后山诗的一个显著特点,如此诗中"一身当三千""起舞为主寿,相送南阳阡""叶落风不起,山空花自红"等语,都以极简练的字句表达了丰富的意蕴,有"以少许胜多多许"的特点,故刘壎《隐居通议》说,后山"得费长房缩地之法,虽寻丈之间,固自有万里山河之势"。

然而此诗最突出之处还在于用比兴象征的手法,以男女之情写师生之谊,别具风范。这种手法自然可追溯到《诗经》中的比兴,《楚辞》中的美人香草。这在古典诗词中是屡见不鲜的,因为男女之情最易感人。正如明人郝敬所说,"情欲莫甚于男女……声音发于男女者易感,故凡托兴男女者,和动之音,性情之始,非尽男女之事也。"(陆以谦《词林纪事序》引)因而托喻男女之情而实寄君臣、朋友、师生之谊的作品历代都有,然与后山此诗有明显血缘关系的可推张籍的《节妇吟寄东平李司空师道》,其辞曰:"君知妾有夫,赠妾双明珠。感君缠绵意,系在红罗襦。妾家高楼连苑起,良人执戟明光里。知君用心如日月,事夫誓拟同生死。还君明珠双泪垂,恨不相逢未嫁时。"此诗乃张籍为却郓帅李师古之聘而作,与后山此诗所述之事虽殊,但抒写手法颇多相通之处。虽然后世也有人对此执不同意见,以为此诗"比拟终嫌不伦"(陈衍《宋诗精华录》),然作为诗之一格,作为表达感情的一种方法,后山的这二首诗还是有新意、有真情的。(王镇远)

寄外舅郭大夫　　陈师道

巴蜀通归使,妻孥且旧居。
深知报消息,不忍问何如。
身健何妨远? 情亲未肯疏。

功名欺老病，泪尽数行书。

古代媳妇称公婆为"舅姑"，"外舅"则是女婿称呼岳丈。元丰七年(1084)五月，陈师道的岳丈郭概由朝请郎提点成都府路刑狱，因为陈师道家贫，无力赡养家室，所以妻子和一女三子都随郭概赴蜀，陈师道则留在长安(今陕西西安)。分手时陈师道写有《送外舅郭大夫概西川提刑》《送内》和《别三子》三首诗，都流露出至性至情。这首《寄外舅郭大夫》则是分别以后的"诗简"，表达对远居异地的妻儿的关怀问候，抒发家庭不能团聚的悲哀。

首句说从遥远的四川，回来一个带信的使者。看似起得平平，道来却也不易。首先映入人们眼帘的是"巴蜀"二字，立刻使人想起李白"噫吁嚱，危乎高哉！蜀道之难难于上青天"的诗句，古代四川的交通困难，早已使"巴""蜀"这些字眼染上一层滞重的色彩。因而紧接着的"通归使"也就显得特别难能可贵。那样"崎岖不易行"的蜀道居然"通"了，来了一位信使，而他所带来的又正是自己朝夕盼望的妻儿的消息，真是"家书抵万金"啊！"通"本来是一个普通的字眼，但把"巴蜀"和"归使"串联起来，就打上了强烈的感情印记。

"妻孥且旧居"，是作者的内心独白。娇妻幼子，关山阻隔，不知有多久没有互通音问了，他们的情况怎样？该不会有什么意外吧？……面对远道而来的信使，脑海里日夜浮现的妻儿形象都要跳出来了，可是作者却写了这样一句淡而又淡的诗。像是沉吟，像是揣度，又像是自我安慰，一个"且"字，把那种又迫切又犹疑，惊喜慰惧交集，满肚子话要问却欲言又止的心情传达出来了。此时此刻的作者，真可谓"欲说还休，欲说还休"别是一般滋味在心头了。

颔联两句把沉吟犹疑的原因挑明了。作者的心理是在交通不发达的古代形成的。家人分居异地，消息阻塞，祸福不知，一方面盼望消息，一方面对消息反而产生一种畏惧的心理，生怕会有坏消息传来，特别在战乱年代这种矛盾心理更为突出。宋之问《渡汉江》："岭外音书断，经冬复历春。近乡情更怯，不敢问来人。"杜甫《述怀》："自寄一封书，今已十月后。反畏消息来，寸心亦何有！"都是这种心理状态的写照。陈师道是师法杜甫的，这首诗无疑也受了杜诗的影响。

但不管怎样"不忍问"，害怕问，最后总得硬着头皮听消息。一旦获知妻儿都好，平安无事，那真像久囚遇大赦，长长地吐了一口气。心情立刻轻松起来，一扫嗫嚅之态，和信使也有说有笑了。因而"身健何妨远？情亲未肯疏"两句就带有明显的愉快情绪，既是对妻儿的安慰，也是一种自我慰藉。只要大家都身体健康，平平安安，那么即使隔山阻水也没有什么了。作者还进一步用温言絮语抚慰妻儿：夫妻、父子的亲情，绝不会由于分离而疏远、而隔膜，你们放心吧！

尽管有淡淡的微笑，却无法从根本上改变家庭异地分居、不能团圆的严酷现实。所以在最后一联，作者又情不自禁，悲从中来，不能抑制了。为什么自己就不能像别人那样合家团聚，共享天伦之乐呢？追根究底，还不是因为科名蹭蹬吗？古代读书人要想飞黄腾达，唯一出路是应举做官。陈师道尽管以孤介自许，实际上也未能免俗。"功名欺老病，泪尽数行书"，顾影自怜，年已老大，愁病交攻，连自己的妻儿都养活不了，想到这些，提笔回信之时，怎能不洒几点伤心之泪呢！全诗的思想深度也在此深入一步，由家庭的悲欢离合上升到身世的感慨，对社会不平的怨愤抗议也就意在其中了。

陈师道属于江西诗派,以"闭门觅句"的枯淡瘦硬风格著称,但他写家庭悲欢的几首诗都情真意切,通俗易懂。这首诗也是其中之一。通篇全以感情运行,首联平静,颔联沉抑,颈联以淡淡的欢快挑起,尾联复归结于感慨哀痛。起伏跌宕,得自然之趣,尽真情之妙。(梁归智)

示三子　　陈师道

去远即相忘,归近不可忍。
儿女已在眼,眉目略不省。
喜极不得语,泪尽方一哂。
了知不是梦,忽忽心未稳。

元丰七年(1084),陈师道的岳父郭概提点成都府路刑狱,因为师道家贫,妻子与三个儿子及一个女儿只得随郭概西行,而师道因母老不得同去,于是忍受了与妻子儿女离别的悲痛。将近四年以后,即元祐二年(1087),师道因苏轼、孙觉等人之荐,充任徐州州学教授,才将妻儿接回到徐州。纪录这一场生离死别,后山留下了不少情意诚笃感人至深的佳作,如《送外舅郭大夫概西川提刑》《送内》《别三子》《寄外舅郭大夫》等,这首《示三子》即是作于妻儿们刚回来之时,也是非常杰出的一首。

首二句说妻儿们去远了,相见无期,也就不那么惦记了;而当归期将近,会面有望,则反而控制不住自己的感情。"去远"句固然是记录了诗人的实情,然也深刻地表现了自己无可奈何的失望和悲伤,诗人绝非真的忘情于妻儿,而是陷于一种极度的绝望之中。"归近"一句正说明了他对亲人不可抑捺的情愫。

"儿女"二句写初见面的情形。因离别四年,儿女面目已不可辨认。后山的《送外舅郭大夫概西川提刑》中有句云:"何者最可怜,儿生未知父。"可见别时儿女尚幼,故至此有"眉目略不省"的说法,表明了离别时间的长久,并寓有亲生骨肉几成陌路的感喟。

"喜极"二句是见面之后复杂心情的表现。久别重逢,惊喜之余,千言万语不知从何说起,只是相顾无言,泪洒千行,然后破涕为笑,庆幸终于见面。此十字中,将久别相逢的感情写得淋漓尽致,诗人抓住了悲喜苦乐的矛盾心理在一瞬间的变幻,将复杂的内心世界展现出来。

"了知"二句更深一层作结,说虽然明知不是在梦中相见,但犹恐眼前的会面只是梦境,心中仍然恍恍惚惚,不能安定。这种心理的描绘,可谓入木三分。由此可以推知:在与亲人分离的四年中,诗人多少次梦见亲人,然而却是一场空欢,反增添了无限的愁思和悲苦,正因为失望太多,幻灭太多,所以当真的会面时,反而产生了怀疑,唯恐仍是梦中之事,深沉的思念之情便在此曲折表现了出来。这两句本于杜甫《羌村三首》中写回家初见亲人的惊喜和疑虑:"夜阑更秉烛,相对如梦寐。"意谓久别重逢,如相见于梦中,后来司空曙《云阳馆与韩绅宿别》中"乍见翻疑梦,相悲各问年",即用杜意;而陈师道此二句是翻用杜语,与晏几道《鹧鸪天》中所诉说的"今宵剩把银釭照,犹恐相逢是梦中",意境略同,可见后山取前人诗意能点化出新意。

此诗通首造语质朴浑厚，无矫饰造作气，然读来恻恻感人，其原因主要在于诗人感情的真挚，语语皆从肺腑中流出，所谓至情无文，即是艺术上一种极高的境界。此类浑朴的作品自然得力于后山向古乐府和杜诗的学习，然他并不在字句上摹仿前人，而在格调立意上借鉴前人，故张表臣于《珊瑚钩诗话》中传师道之言曰："今人爱杜甫诗，一句之内，至窃取数字以仿像之，非善学者。学诗之要，在乎立格、命意、用字而已。"这在他自己的作品中已有充分的表现。当然，陈师道论诗标举"宁拙毋巧，宁朴毋华"（《后山诗话》），即是他形成这种创作风貌的理论基础。可惜此类作品在他的集子中也并不很多，故弥觉珍贵。（王镇远）

田 家　陈师道

鸡鸣人当行，犬鸣人当归。
秋来公事急，出处不待时。
昨夜三尺雨，灶下已生泥。
人言田家乐，尔苦人得知。

陈师道这首五言古诗《田家》，从徭役的角度，反映了农民的悲惨境遇。

全诗只有八句四十个字。首二句用了相同的句式，每句五字中，三字完全相同。这在格律诗是不允许的，只有古体诗或歌行才有这样的自由。但是如果内蕴不深，联系不切，也极易雷同空乏，令人兴味索然。作者选取了农村中常见的鸡鸣狗吠，来点染主人的作息时间，首先给人一种亲近感。而鸡啼于凌晨，犬吠于深夜，又是生活中的常景，则当役之人的劳苦与疲惫，已寓于诗句之中。细品二句诗意，当是"当清晨人当行之时，人早已出门；当深夜人当归之时，人尚未回家。"可谓句拙而意工。三、四两句是对前两句的补充说明，表明当役之人如此夙兴夜寐，疲于奔命，原来是为了"公事"，即为公家服徭役。宋代徭役既重且多，是农民除了赋税之外又一沉重负担。这里值得注意的是一个"秋"字。秋天是收获的季节。农民一年的辛勤劳动，全指望于此得到报偿。但是官府征役"无间四时"，使"耕耘收获稼穑之业几尽废也。"（见司马光《乞罢保甲状》）从而断绝了农民的活路。著此一字更深一层表现了当役农民之苦。五、六两句从另一角度叙述当役人生活的悲苦辛酸。霏霏秋雨不恤人间苦况，只是一个劲地下着，至于积水三尺。"灶下已生泥"，除了表明当役人的屋漏墙敝，还暗示这个家庭已是多日炊火不举。屋内满地泥淖，一家人于何处安身？炊断食绝，妻儿老小以何果腹活命？这都是读者会很自然产生的联想。最后，作者以一组设问反诘句结束全篇：人们不是习惯于称说"田家乐"吗？农民的痛苦你们哪里得知！诗至此戛然而止，结得十分有力。

全诗无一僻字，接近口语，但读来并不感到平淡无味，而具有一种真朴自然的韵致。宋诗中不乏以徭役为题材之作，大都是正面铺叙农民在繁重的劳役中所受的苦难。此诗则另辟蹊径，以当役人的早出晚归及家中情形之狼藉这两个侧面来表现，体现了作者艺术上的创新精神。在布局上，一、二句与五、六句是形象的描绘，三、四句与七、八句，或为陈述，或为议论，使得具体与抽象参差错落，相辅相成。清代学者纪昀称陈师道"五古剀刻坚苦，出入于（孟）郊、

(贾)岛之间,意所孤诣,殆不可攀。"(《陈后山诗钞序》)从这首《田家》来看,并非溢美之词。

陈师道是江西诗派中与黄庭坚齐名的中坚人物。他写诗十分认真刻苦。"世言陈无己(师道之字)每登览得句,即归卧一榻,以被蒙首,恶闻人声,谓之'吟榻'。"(叶梦得《石林诗话》)但是,由于这个诗派的宗旨中,有一味追求字句之间标新立异的一面。所以,他们惨淡经营的诗作,往往不免于生拗艰涩之弊。而陈师道这首《田家》,却写得清新刚健,深沉感人,有江西派之长而无其短。师道一生清贫,比较接近人民,能体察农民的疾苦。这说明,当诗人有真挚的感情郁积于胸中,一旦发之于笔端,就能写出思想性、艺术性俱臻上乘的作品来。(王根林)

次韵秦少游春江秋野图二首　　陈师道

翰墨功名里,江山富贵人。
倏看双鸟下,已负百年身。

江清风偃木,霜落雁横空。
若个丹青里,犹须著此翁。

这两首五绝,作于哲宗元祐六年(1091)。当时作者任颖州州学教授。《春江秋野图》,为宗室某所作,(作者自注云:"宗室所画。")秦少游(观)有题图诗,作者依韵奉和。

第一首是为作图者写的。前两句:"翰墨功名里,江山富贵人。"表明作图的宗室,翰墨中早有功名,如今虽然力求超尘脱俗,但毕竟是江山中的富贵之人。他长期处在宫禁之中,过腻了富贵的生活,所以追求鱼鸟之乐,想求得一些山林清趣。视功名如脱屣。这种心情原是可以理解的。三、四两句:"倏看双鸟下,已负百年身。"仍从宗室某着笔,说明他有志与鱼鸟同游,陡然看到一双白鸟,飞下清江,如此自由自在,因此惋惜自己抽身不早,此时虽已觉悟,却已有"辜负百年身"的感叹了。"百年身",语本杜甫诗:"长为万里客,有愧百年身。"

第二首以规诚少游为主。首句"江清风偃木"点秋野之景:江水澄清,秋风偃木。次句"霜落雁横空"写秋空之景,北雁横空,寒霜遍野。时已深秋,是雁叫西风的时候,也是志士奋发有为的时候。古时候,人们到了秋季,常有"美人迟暮"之感,所以特别珍惜时光。三、四两句:"若个丹青里,犹须著此翁。"意思是说:在这样的画图里,还须放着个渔翁做什么?这是针对秦少游的原作写的。少游诗说:"请君添小艇,画我作渔翁。"作者以为少游这样的诗句,说是戏笔则可,如果真有此情,你秦少游正当壮年,就觉有点不相称。凭你的才华,正该有所建树,说是要和渔樵为侣,未免过早了一些。你和作图的宗室,是境地不同,经历不同,他久在樊笼,所以想回返自然,享受点鱼鸟之乐。你却应当珍惜年华,如果扮个渔翁,乘上小艇,同样是辜负百年之身,但在意义上和宗室某的"已负百年身",是迥然不同了。

这两首小诗立意很高,妙在隐而不露,意象深沉。对作图者,则嘉其能在富贵中力求超脱,能不贪权势,而与鱼鸟为友。对友人秦少游,则殷殷劝告,希望他以用世为志,不负华年,

不必如樵父渔翁,醉心于追求闲适之乐,而致无益于世,平白地辜负了此生。(马祖熙)

后湖晚坐　　陈师道

水净偏明眼,城荒可当山。
青林无限意,白鸟有余闲。
身致江湖上,名成伯季间。
目随归雁尽,坐待暮鸦还。

这首五律大约作于诗人自颍州教授任上罢归后,至绍圣初召为秘书省正字这几年家居赋闲之时。内容是写诗人后湖晚坐时所见景致,及其悠闲情怀。

前面两联写景不及人,但字里行间却隐然有一诗人在。晚坐后湖,首先扑入眼帘的自然是后湖,故首句即写"水净"。净,指水清。明眼,乃因水之明净而觉眼前一片明澈,极写水之清亮。偏,出乎寻常或意料之意,具有强烈的感受语气:那湖水竟是非同寻常的清澈啊。次句写荒城。城荒,写诗人其时看见自己所居之城很荒僻。因城市荒僻而以为"可当山",联系颈联之"身致江湖上"一句,是说,尽管诗人由于某种原因,不得隐于山林,只能隐于朝市,那么就把这座荒城权当山吧,在意念之中,自己便也就隐于山了。偏、可当,是诗人的感受、感觉,故而读者能于首联的带有主观感受色彩的景致外,感觉到诗人的存在。颔联写青林、写白鸟。暮色笼罩下,诗人看见远处青林中,不断地升腾起迷漫的雾气,蓊蓊郁郁,似那青林怀有着无限情意;又见白鸟时而停在湖边,时而集于树上,显得从容、悠然,仿佛极有余闲似的。其实,从这两句带拟人化色彩的景物描写中,读者又分明看到了诗人自己:因为他遥望青林,其意无限,故觉青林似亦有无限之意;恰是他长时间(极有余闲地)瞩目白鸟,才以为白鸟也很有余闲。于写林、写鸟中,含蓄地写出了诗人自己的悠闲情怀。

颈联便明写自己。江湖,指隐士居住之处,说明他现在正过着隐居生活,是一个无所羁绊的隐士(因而才能如此悠闲地长坐后湖,观赏着水、城与林、鸟)。伯季间,语本曹丕《典论·论文》:"傅毅之于班固,伯仲之间耳",又《晋书·王湛传》:"王济对武帝曰:'臣叔殊不痴,山涛以下、魏舒以上。'湛曰:'欲处我于季孟之间乎?'"此处当指二苏门下诸君。吴曾《能改斋漫录》(卷十一)云:"子瞻、子由门下客最知名者,黄鲁直、张文潜、晁无咎、秦少游,世谓之'四学士'。至若陈无己(无己,师道表字),文行虽高,以晚出东坡门,故不若四人之著。故陈无己作《佛指记》曰:'余以辞义,名次四君。'"后来陈师道、李廌与"苏门四学士"并称"苏门六君子"。此句即谓:(我虽隐于江湖之上)然则文名成于苏门诸君之间,亦颇为世人所称道。言外不无欣然自得之意。

尾联写景亦写自己。天色已晚,暮空中,雁儿急急归去。诗人纵目追随着它们的归踪,直至在视野中完全消失。雁既已归尽,人是否亦可兴尽而归?否,诗人还在饶有兴致地坐等着暮鸦归来。人之闲散,情之闲适,于此又可见矣。

后山诗在艺术上的最突出之处,便是淡而实腴,此诗亦然。虽出以淡淡的笔墨,诗味却是极其丰腴醇厚的。诗人将自己那种无案牍劳形、无诈虞伤神的无拘无束的悠闲之态、自得之情,蕴于淡墨描就的景物之中,清神幽韵,而又苍劲雅健。(张成德)

春怀示邻里　　陈师道

断墙著雨蜗成字^①,　老屋无僧燕作家。
剩欲出门追语笑,　　却嫌归鬓逐尘沙。
风翻蛛网开三面^②,　雷动蜂窠趁两衙^③。
屡失南邻^④春事约,　只今容有未开花。

注　① 蜗成字:蜗牛爬过之处留下的黏液,如同篆文,称为蜗篆。　② 网开三面:用商汤祝网故事。《吕氏春秋》:"汤见置四面网者,汤拔其三面,置其一面,祝曰:'昔蛛蝥作网,令人学之,欲高者高,欲下者下,吾取其犯命者。'"　③ 两衙:众蜂簇拥蜂王,如朝拜屏卫,称为蜂衙。蜂在排衙时,是海潮将上的征兆。任注引钱昭度诗:"黄蜂衙退海潮上,白蚁战酣山雨来。"　④ 南邻:作者此时经常和邻人寇十一来往。南邻,指寇君。

　　元符三年(1100)春天,作者家居徐州,生活清贫,以读书作诗自遣。这首七律是其时为示邻里而作,表现作者贫居闲静的心境,也微婉地流露出世路艰辛的愤慨。诗的开头两句:"断墙著雨蜗成字,老屋无僧燕作家。"以"断墙""老屋",点明所居的简陋。残破的墙壁上,在春雨淋湿之后,蜗牛随意爬行,留下了歪歪斜斜的蜗篆。老屋因久无人居,所以任凭燕子飞来做窠。(作家,做窠之意。)作者在这里不写"老屋无人",而代以"无僧",实际上是自嘲的戏笔。表明自己也不大像个游方和尚而已,是经常浪迹在外边的。(有人以为,作者赁居僧房,故曰"老屋无僧"。因无佐证,不采此说。)作者居住在这样的老屋之中,可见生活的清苦。
　　三、四两句:"剩欲出门追语笑,却嫌归鬓逐尘沙。"写自己也想外出追寻点笑语的机会,无奈又感到归来之后,鬓角上更会染上沙尘。(剩欲,更欲。剩,更,更加。)这两句显示作者虽然处于贫困之中,仍然保持傲然的清操,不愿在风尘中追逐。第五、六两句:"风翻蛛网开三面,雷动蜂窠趁两衙。"即景抒怀,屋角的蛛网,檐口的蜂巢,在"风翻""雷动"的情况之下,形成本地风光,而"开三面""趁两衙",则是有所寄寓的笔墨。作者先写风翻蛛网,却是网开三面,昆虫仍好有个避开的去处。次写雷动蜂衙,那些蜂儿也仍然有主,有秩序地拥簇在一起,就像排衙似的。而人在尘网之中,倒是网张四面,受到党祸牵连,难有回旋的余地。过去自己虽曾奔走多年,如今依旧有途穷之感,不似蜂儿还有趁衙的机会。语意中对世路崎岖深表慨叹。
　　结尾两句:"屡失南邻春事约,只今容有未开花。"容有,不复有。此二句表明自己在现实的情况下,平白地辜负了春天,虽然邻家几次以春事相邀,都因未能赴约而失去机会,如今不会再有未开的花儿,因为春天已去,欲赏无由了。(马祖熙)

渔家傲　　晁补之

渔家人言傲,城市未曾到。

生理自江湖，那知城市道。

晴日七八船，熙然在清川。

但见笑相属，不省歌何曲。

忽然四散归，远处沧洲微。

或云后车载，藏去无复在。

至老不曲躬，羊裘行泽中。

晁补之《鸡肋诗钞》中有《补乐府三首》，《渔家傲》即其中之一。所谓"补乐府"，其实便是乐府诗。补者，补缀承续也。这表明作者意欲直接继承汉乐府"缘事而发"和唐代新乐府"即事名篇，无复依傍"的写作方法。因此，这首《渔家傲》"因事立题"，述写世事，并不以入乐与否为衡量标准。

看诗题，便知此诗是描写渔家生活的。自古以来，渔家之困苦艰辛，人所共知。他们既备受生活煎熬，还得顽强地与大自然拼搏，成年累月地经受险风恶浪、出生入死的考验。在作者出生前一年谢世的范仲淹，对此便深有体会。其《江上渔者》一首，满怀恻隐之心。然而晁补之这首诗，却丝毫不见此种情景，有的却是欢歌笑语，完全是别一种情调。诗人笔下的"渔家"，行舟江河，傲放湖泽；逍遥自在，悠闲自乐。他们既不为名利所动，亦不因权贵折节；超然物外，远离尘器。显然，这是一种非现实的"渔家"生活，其中无疑寄托了作者的理想，含蓄蕴藏着他寄情山水、归隐湖泽的志向。

诗的前四句首先点题：先写"渔家"性格之孤傲，复写其"靠山吃山，靠水吃水"的谋生之道。诗中"城市未曾到""那知城市道"二句，看似文义重复，实质上乃是为了强调这些"渔家"非一般意义上的渔民，他们不是不能、而实是不愿与城市结缘，以致身惹红尘。因为在通常情况下，任何渔民未必一定不去或根本未曾想去见识一下车马喧器的城市。诗人之所以强调这一点，选择这样的"渔家"落笔，刻意经营，倍加颂扬，应该说大有其深意在。尤其是一个"未曾"，一个"那知"，充满了感情色彩，表现的是一种对"城市"不屑一顾的神态。

诗的中间六句，具体而微地描写了渔家生活和山水之乐。晴日里，七八条小船游弋清波，汇聚川上。时听笑语相属，但闻欢歌互答。待到暮色降临，渔舟归散，烟波江上，唯见远处的绿洲正隐约浮沉于一片微茫。诗人描绘的这一幅渔家行乐图，可谓动静相间，意态悠闲；诗情画意盎然，字里行间，令人神往。很清楚，这六句诗不只补缀上文，细写"渔家生理"，其实亦揭示了"渔家""城市未曾到""那知城市道"的原因，并隐隐透露了诗人企慕自然、不愿缚于尘网的消息。因为有如此自在的去处，又何恋"城市"之有！

最后四句托物言志，总摄全文，借彼"渔家"之口，写己心中所思。看到这里，读者会恍然大悟：原来，诗中所描写吟咏的"渔家"，根本不是一般的江泽渔民、山野村夫，而是遁迹江湖，隐名埋姓，愿终生以渔钓自乐的隐士。这样的隐士，实际上乃是诗人自己。

诗人采用了以我写彼、以彼显我的互透法。在一片扑朔迷离的物象中，最后这四句诗连用了三个典故；倘深入而观，则其庐山真面遂兀现于读者眼前。后车，语出《诗经·小雅·绵蛮》："命彼后车，谓之载之。"郑笺："后车，倅车(按：即副车)也。《孟子》：'后车数十乘，从者数百人。'"与作者同时的欧阳修，其《哭圣俞》诗云："河南丞相称贤侯，后车日载枚与邹。""河南

"丞相"乃钱惟演(曾任同中书门下平章事,位同丞相);枚指枚乘,邹指邹阳。枚、邹均汉代著名文士,二人曾为梁王幕客,极为梁王所知赏,待如上宾。欧诗用以喻梅圣俞,言其游宴交往者皆才学之士,均具相当社会地位。晁补之引用这个典故,意欲说明"渔家"无意功名富贵,主动逃名避世。诗中的曲躬,即弯腰行礼,引申为屈身事人。典出《晋书·陶潜传》:"吾不能为五斗米折腰。"不愿浮沉于宦海,诗人意欲何为? 诗的末句"羊裘行泽中",点出了归隐思想。羊裘,用后汉高士严光事。据《后汉书·严光传》:"光武即位,(光)乃变名姓,隐身不见。帝思其贤,乃令以物色访之。后齐国上言:'有一男子,披羊裘钓泽中。'帝疑其光,乃备安车玄缥,遣使聘之。三反而后至。"却终不为谏议大夫。又据《淮南子》:"贫人则夏被葛带索,冬则羊裘解扎。"在诗人的心目中,作一个逍遥于山水之间的贫士、隐士,远胜于在"城市"的达官贵人。这种思想既是消极,又是积极的;这是当时社会生活的一种曲折反映。

通观全诗,写来洒脱轻快,形象鲜明,笔致活泼,语言浅显通脱。诗以口语出之,间以白描勾勒。全诗凡六转韵,音调和谐,过渡自然;谋篇有方,立意高远。其颇具民歌风味的艺术特色,足见乐府歌辞之源远流长。宋代胡仔《苕溪渔隐丛话》:"余观《鸡肋集》,古乐府是其所长,辞格俊逸可喜。"近人陈衍亦曾说:"晁、张(耒)得苏(轼)之隽爽,而不得其雄骏。"若以此诗观之,亦可见其大概。(聂世美)

都下追感往昔因成二首　　晁冲之

少年使酒走京华，　纵步曾游小小家。
看舞《霓裳羽衣曲》，听歌《玉树后庭花》。
门侵杨柳垂珠箔，　窗对樱桃卷碧纱。
坐客半惊随逝水，　主人星散落天涯。

春风踏月过章华，　青鸟双邀阿母家。
系马柳低当户叶，　迎人桃出隔墙花。
鬟深钗暖云侵脸，　臂薄衫寒玉映纱。
莫作一生惆怅事，　邻州不在海西涯。

这两首诗的题目,《宋诗纪事》卷三十三作《追往昔二首示江子之》,并引《墨庄漫录》说:"政和间,李师师、崔念月二妓,名著一时,晁叔用(冲之字叔用)每会饮,多召侑席。其后十余年,再来京师,二人尚在,而声名溢于中国。……叔用追往昔,作二诗以示江子之。"这是此诗的写作背景。

第一首诗的前六句是追怀昔往的汴京之游。作者少年时代,是个裘马轻狂的贵公子。"少年豪华自放,挟轻肥游帝京,狎官妓李师师,缠头以千万,酒船歌板,宾从杂沓,声艳一时。"(《宋诗钞·具茨集序》)这段记载,可视为"少年使酒走京华"两句的注脚。"小小"指苏小小,她是南齐钱塘名妓,才倾士类,容华绝世,此诗以苏小小指代李师师。"看舞""听歌"两句,是回忆昔日的风月繁华和对名妓歌舞的欣赏。《霓裳羽衣曲》是唐乐,相传为唐明皇所制;《玉树后庭花》是陈后主所造,后主曾令后宫美人习而歌之。诗人想到这些轻歌曼舞来,至今仍觉声犹在耳,舞姿婆娑。紧接着,回忆起名妓李师师居处的豪华和环境的优美:绿柳夹道,门在柳荫深处,门上垂着珠帘绣箔,窗户上卷起碧绿的窗纱,窗口对着樱桃树,红的樱桃与绿的窗纱,色彩对比鲜明,更显出名妓居处的幽雅。但是这些都是十几年以前的事了。最后两句诗,发出眼前的感慨。昔日的风月繁荣如今已风流云散,昔日的座上客已一半不在人间(这句是从杜甫"亲朋半为鬼"句化出),李师师虽在,但文期酒会的主人也已如星之散落,彼此天各一方了。

第二首写法与第一首相仿佛,并且用同一韵,只不过变换了一下字面与典故,首句写春日步月的冶游之乐。章华台在楚,章华门在齐,汴京并无章华台或章华门,这里不过是借用其名喻指京华罢了。青鸟是西王母的使者,见《汉武故事》,以后"青鸟"便成了爱情的使者,这里是写诗人与名妓的欢会。颔联两句,与第一首的颈联相似。颈联两句写名妓装束与体态之美。最后两句是劝慰友人江子之并与友人共勉的话:劝友人不要一生惆怅,我们虽然将要分手了,但彼此所在,不过是相邻州郡,并不是天涯海角,还是后会有期的。

这二首七律在宋代曾传诵一时,或与晁冲之的风流韵事有关。诗人所追怀的是少年豪华自放的狎妓生活,在内容上并无多少可取之处;不过在艺术上却有值得称道之点。吕紫微(本中)把晁冲之放在江西诗派中,但他又认为晁冲之与江西诗派的师承不同。"众人学山谷,叔用独专学杜诗。"(《具茨集序》)从"系马柳低当户叶,迎人桃出隔墙花"一联中,可以看到他在学习杜甫的"香稻啄余鹦鹉粒,碧梧栖老凤凰枝"的句法。"鬓深钗暖云侵脸,臂薄衫寒玉映纱"两句,似从杜诗"香雾云鬟湿,清辉玉臂寒"化出,但他缺乏杜诗的沉郁顿挫,不免入晚唐纤巧一路。不过,这两首诗还是有为人称道的佳句。清人贺裳的《载酒园诗话》评晁冲之的诗说:"'猎回汉苑秋高夜,饮罢秦台雪作天'.'系马柳低当户叶,迎人桃出隔墙花',俱俊气可掬。"(刘文忠)

感春十三首(其一、其八)　　张　耒

　　春郊草木明,秀色如可揽。
　　雨余尘埃少,信马不知远。
　　黄乱高柳轻,绿铺新麦短。
　　南山逼人来,涨洛清漫漫。
　　人家寒食近,桃李暖将绽。
　　年丰妇子乐,日出牛羊散。
　　携酒莫辞贫,东风花欲烂。

　　浮云起南山,冉冉朝复雨。
　　苍鸠鸣竹间,两两自相语。

老农城中归，沽酒饮其妇。
共言今年麦，新绿已映土；
去年一尺雪，新泽至已屡；
丰年坐可待，春服行欲补。

张耒"有雄才，笔力绝健"，因苏辙的赏识而受苏轼"深知"（《宋史》本传），是"苏门"中最关怀人民生活的诗人。五古《感春》便是这方面的代表作。

《感春》共十三首，却非同时之作。这两首是张耒早年任寿安（在今河南宜阳县境）县尉时所写。两诗描写的，正是北方乡村春天"农事霭方布"的生活图景。前首写雨后信马游春时看到的郊野秀色，很像一幅自然景物速写，人只是其中的点缀。"草木明""尘埃少"，高柳"黄乱"，新麦"绿铺"，"南山"迎面，清"洛"初"涨"，北方原野上万物欣荣的盎然春意，引起诗人极大兴趣。雨后新晴，节近"寒食"，桃李的蓓蕾被暖烘烘的太阳熏得快绽苞了。村落里丁男妇女为丰年在望而分外喜悦，红日初升就把牛羊散放在牧场上。虽然手边不宽裕，人们还是利用劳动余暇入城"携酒"回来，与妻子同乐。树头开遍繁花的明烂春光如不及时欣赏，将会被东风带往天涯。后首基本上是前首"年丰妇子乐""携酒莫辞贫"二句的延伸和放大。它以洗练的笔触，塑造了一位老农城中沽酒归来，同老伴对饮共话的情态，很像一幅农家生活素描，人在其中居于主要位置。云起南山，晨雨冉冉，苍鸠两两，相语竹间，这便是画中人所处的自然环境。时晴时雨的天气，对作物生长很有好处。而苍鸠两两相语，和老农夫妇的斟酒"共言"，则起了烘托作用。这是借人们习用的鸣鸠唤妇的俗语起兴。老农夫妇的对话流露出丰收可望的愉快心情：去年下一尺深的雪，今春又屡降新雨，劳动没有白费，嫩绿的麦苗已在冒尖。看来丰年已可坐待，春衣快要补缝了。此诗以对话作为全篇重点，着墨不多，而形象丰满。

《感春》两首是诗人对北方农村春天的热情赞歌。雨水调匀，丰年在望，给农民带来了改善生活的实惠，通过诗人的主观感受，人们似乎呼吸着春天的气息，预享着丰收的快乐。老农夫妇祝愿丰收，入城沽酒，同乐共话的情景，表明他们对生活的热爱。作者生动具体地传达出农民这种感情，正是他关怀人民生活的表现。

"学文""急于明理"，这是张耒关于文学的基本观点之一。从这个观点出发，他认为写诗主要在于"理达"，不"以言语句读为奇。"（《答李推官书》）他晚年"益务平淡，效白居易体。"（《宋史》）这两首《感春》正体现了这一特色。作者所说的"理"，接近于现在所说的主题与思想倾向，所说的"达"，接近于现在所说的要尽可能地把二者表现出来。否则就是单纯追求"言语句读"的"奇"，是舍本逐末，不能算"理达"。以此诗而论，诗人运用多种艺术手法，作为他"寓理"的手段，诗人的真情实感，自然就从行间流露出来。在评论宋诗时，人们总爱把"理"与"情"对立起来，好像宋诗主理就不述情，这是一种误解。张耒这两首《感春》，是他"以理为主"的诗歌理论的具体实践，可是通首却看不出专言理的诗句，这很有助于破除上述偏见。

《感春》两首以不同的艺术结构和表现手法抒写对春天的感受，各有侧重，甚具匠心。第一首有作者出场，带有浓厚的主观抒情成分。第二首则以客观描写为主。两诗在人和自然的处理上颇有差异。第一首自然景物占主要位置,第二首则相反。在内容上既相连续,又相区别,或全面铺写,或个别集中,颇见错综之妙。在语言艺术上,尤能显示"平淡"之美。像"秀色如可揽","雨余尘埃少","南山逼人来","桃李暖将绽","苍鸠鸣竹间,两两自相语"等,毫不着意,却自然生动。张耒曾有"对偶""格最污下"(《与友人论文,因以诗投之》)的主张。两诗虽以散行为主,却也间用对句,如"黄乱高柳轻,绿铺新麦短""年丰妇子乐,日出牛羊散""丰年坐可待,春服行欲补"。而黄、乱、高、轻、绿、铺、新、短,刻画柳、麦的生态,很有锤炼之功。"新绿已映土""新泽至已屡",同"绿铺新麦短""雨余尘埃少",不避重复,是为了收相得益彰之效。
(陶道恕)

春日书事　　张　耒

虫飞丝堕两悠扬,人意迟迟日共长。
春草满庭门寂寂,数棂窗日挂空堂。

这是一首描写春日景物的小诗,题目叫《春日书事》,但所书之事不外是春天的小景物。王国维《人间词话》说:"一切景语皆情语",此诗景中含情,从这个意义上说,"书事"含有"抒怀"的成分,从诗中摄取的小事细景中,可以体会到作者春日闲居的寂寞与孤独。

春日的景物多是动人的,但诗人不去描写春天的美景,却首先拈出"虫飞丝堕两悠扬"一景,真有点大煞风景。蛛网坠落了,当然不会捕捉到虫子,"虫飞丝堕"暗寓万事落空,心灰意冷。"悠扬",含有飞动的意思,形容虫飞和丝堕之后的飘荡之状。"人意迟迟日共长"句,显示出主人公的无聊与厌倦。"共"字,兼春日与人意两者而言,故言"共长"。"迟迟"本指日长而暖,语出《诗经·豳风·七月》:"春日迟迟。"大凡人在无聊的时候,就会感到日永夜长,甚至有度日如年的感觉。这句诗突出感觉上的日长,来表现主人公的心绪不佳。"春草满庭门寂寂"是春日荒寞之景,春草长满了庭院,但门内却是静悄悄的,说明人迹很少。"数棂窗日挂空堂"句,承上句而来,因门内寂寂无人,春日和煦的阳光,只能透过窗棂,投射在空堂上。一个"空"字,见得堂内是空旷的,与上句的"寂寂"二字相呼应。一个"挂"字,把日光映在堂上的形象描绘得很逼真,有立体感。

此诗称得上"思与境偕"(《诗式》),主人公的感情,诗的气氛与景物描写和谐一致。诗人专门捕捉索寞、萧疏、枯寂的景物来构造诗歌的形象,给自然景物罩上一层暗淡的色调。作者以不愉快的感情来选择景物,又化景物为情思,使景物染上主人公主观的感情色彩。又加诗中的景物多是静态的,这就更衬托出主人公的寂寞与孤独。(刘文忠)

初见嵩山　　张　耒

年来鞍马困尘埃,赖有青山豁我怀。

日暮北风吹雨去,数峰清瘦出云来。

　　这是一首写嵩山的诗,写法很别致。诗人所见的对象——嵩山直到末句才出现。"数峰清瘦出云来",无疑是此诗最精彩的一句,但如把这一句提前,让嵩山一开始就露面,诗的意味不免索然。现在诗的首二句不是写嵩山,而是从作者宦游失意写起,"年来鞍马困尘埃,赖有青山豁我怀",让人想到作者奔走风尘,在困顿和疲惫中,全赖青山使他的情怀有时能得到短暂的开豁。这样,青山便在未露面之前先给了人一种亲切感,引起人们想见一见的愿望。在读者产生这种心理后,照说青山该出现了。但第三句"日暮北风吹雨去",仿佛又在期待中为人们拉开一道帷幕,直到第四句五岳之一的嵩山才从云层中耸现出来。由于有前面的重重笔墨给它做了渲染准备,嵩山的出现便特别引人注目,能够把人的兴味调动和集中起来。并且又因有上面的一番交代,末句点出嵩山,又不至于意随句尽,见其面貌即止,而是自然要引人想象雨后嵩山的特有韵味和诗人得见嵩山后的一番情怀。
　　诗写的对象是嵩山,但在很大程度上它又是表现诗人自己。人们在精神上以什么作为慰藉,往往能见出志趣和品格。困顿于宦途,赖以豁情慰怀的是嵩山,那么诗人的情志也多少可以想见。同时山究竟以什么样的面貌出现在艺术作品里,也往往受作者的主观感情支配。"我见青山多妩媚,料青山见我应如是。情与貌,略相似。"(辛弃疾《贺新郎》)这里有着主观感情对象化的问题。此诗用"清瘦"形容嵩山,不光是造语比较新奇,而且在诗人审美意识活动中也反映了他的精神气质与追求。中国士大夫中一些高人雅士,不正是常常留给后世以清瘦、清峻的印象吗?如王维给孟浩然画像,"颀而长,峭而瘦,衣白袍",就是典型的清瘦。因此,"数峰清瘦出云来",虽是写嵩山,却又是物我融而为一,体现了诗人感情的外化。读了这首诗,嵩山的面貌,以及诗人的精神风貌,可能同时留在我们的印象里,不容易分得很清。(余恕诚)

绝句二首(其一)　　关　澥

野艇归时蒲叶雨,缫车鸣处楝花风。
江南旧日经行地,尽在于今醉梦中。

　　从南朝以来,写江南风光的诗已经很多。前人写得越多,后人便越难措意。关澥所作的两首忆江南的绝句,虽未足名世,但追忆经行江南的前尘旧梦,抒写春日醉人而又怅惘的意绪,却也有其独到之处。这一首写的是诗人忆念中的江南之春:野渡口归来的小艇,蒲叶上沙沙的雨点,缫丝车旋转的鸣鸣声,谷雨节轻飔的楝花风。这些零散的印象和梦忆的片断,微漾着春的寂寞和春的骚动,又组成了一幅完整的江南乡村的风景小品。
　　头一句写的是春雨中的静趣,这既不是"野渡无人舟自横"(韦应物《滁州西涧》)的幽寂,也不是"钓罢归来不系船"(司空曙《江村即事》)的疏放,而是在野艇归来的时刻四顾悄然、静听雨声滴落在蒲叶上的惆怅之感。蒲叶一般指菖蒲,多年生草,长于水边,大蒲叶长三四尺,气味香烈。在野舟上领略蒲叶上的雨声,比起"画船听雨眠"来,又自有一种清新的野趣,春水的碧色、春蒲的香气、春雨的润泽也在悄默中沁透了心头。第二句以农家缫车的飞鸣和花信风的吹拂烘托出一片轻晕的醉意和春的风华。缫车即缫丝用的车,南方谷雨后收茧抽丝,缫车转动说明谷雨刚过。而楝花风则是谷雨节最后的花信风,徐锴《岁时记》说:"三月花开,名花信风。"《东皋杂录》说:"花信风,梅花风最先,楝花风最后。"楝是一种落叶亚乔木,高丈余,春月开花,色淡紫,果实椭圆如小铃,成熟后变成黄色,俗名金铃子。这一句从诸般春景中选出缫丝和楝花开放二事,既准确地扣住了谷雨节后的景物特征,又表现了江南蚕乡的独特风味。缫车转动的呜呜叫声又与楝花风形成有意无意的照应,正如前一句中野艇蒲叶在水和雨的关系上取得照应一样,使首二句构成春雨和春风的工整对仗,蒲叶和楝花,野艇和缫车的对仗又分别从村外和村里两方面为这幅小品画勾出了简单的轮廓,使零散的意象形成内在的联系,突出了作者最亲切的感受。后两句点明这一切不过是旧日在江南经行时所见,如今已尽入醉梦中了。这固然是表示对江南的留恋,连醉里梦里都难以忘却,更多的却是往事如梦的空幻之感。陈迹的追怀像短梦一般重现,那么对江南之春的怀念中又何尝没有人生之春的追怀? 正因为原本是切实的往事,今日看来就像一场人生的醉梦,那野渡的小艇和蒲叶上的雨声才带着几分凄清和寂寥,那缫车的鸣声和楝花风的飘扬才含着些微醉意和迷惘,这些构成了江南之忆的主要印象。

将某种人生感触融入精心选择的典型景物,虽意绪惆怅,却能在半醒半醉的神态中保持清爽俊逸的风调,这是杜牧七绝的特点,此诗可谓得其仿佛。(葛晓音)

春　雨　周邦彦

耕人扶耒语林丘,花外时时落一鸥。
欲验春来多少雨? 野塘漫水可回舟。

这首小诗题曰"春雨",并不咏春雨其物,也不描绘雨景,而是写春雨所带来的"喜"意。不过,"喜"意不曾显露在字面上,它蕴蓄在意象之中。

从诗意看,诗人似乎是站在一个什么地方观赏着春雨后的景象。从他视野之广来看,其时他似在楼上凭栏静观。

春天是万物萌芽生长的季节,需要雨露滋润,恰好连下了几场春雨。按照一般写法,在诗的开首,他应该先发出类似"好雨知时节,当春乃发生"那样的赞美,然后再写由此而生的喜意,然而他却略去了这个前奏,直接从喜意写起。

他从楼上放眼望去,先看见一群耕人,他们正在小树林的土堆旁,扶着耒(古代的一种农具,形状像木叉)交谈着什么。因为春雨下得透,有利于庄稼的生长,耕农们想必是在谈论着"春雨贵如油"啦,"风调雨顺,丰收在望"啦之类的话题吧? 一个"语"字,令读者想见耕人们的喜悦心情。

诗人目光移开耕者,又望见了花儿。那些花儿,几经春雨的润泽,早已是争开竞放、万紫千红，汇成一片花的海洋了，它挡住了诗人的视线，望不见花的那边还有什么，而唯见"花外时时落一鸥"。许是花外有条不太宽的河流吧，春雨之后，河水猛涨，碧波粼粼，喜得那鸥鸟不时扑入河中（去戏水）。"落"字用得妙：可以想见鸥鸟拍打翅膀，徐徐向下降落的神态，点缀着春雨后的自然景色。

一、二句，诗人全由侧面落笔，含蓄地描写了耕人、鸥鸟的喜意，那显然是由春雨而带来的喜意，但字面上还不曾出现"春雨"二字。三、四两句便作正面点题描写。看着眼前的景象，诗人不由想道：我倒也想要察看一下，入春以来已究竟下了多少雨？于是他的目光便搜寻着，搜寻着，发现了一处野塘，那塘水已经溢了出来，水面上简直可以转动一条小船，雨水下得真够多的了。此时，诗人心头之喜必也似水一样而"漫"了，不过他终究没有明写出"喜"字来，而留给读者自己去想象、去玩味。（周慧珍）

江间作四首（其一、其三）　　潘大临

白鸟没飞烟，微风逆上船。
江从樊口转，山自武昌连。
日月悬终古，乾坤别逝川。
罗浮南斗外，黔府若何边①？

西山连虎穴，赤壁隐龙宫。
形胜三分国，波流万世功。
沙明拳宿鹭，天阔退飞鸿。
最羡鱼竿客，归船雨打篷。

> **注** ①《苕溪渔隐丛话》前集卷五二引《潘子真诗话》载四首，《宋诗纪事》卷三三录二首。第一首第八句本作"古河边"，此据《宋文鉴》卷二一校改。

这两首诗大约作于宋哲宗绍圣二年（1095）到元符元年（1098）之间，原作共四首，这里选了其一、其三两首。潘大临隐居于黄州（今湖北黄冈），没有入过仕途。苏轼谪居黄州时，大临曾从之游，并跟他学诗。黄庭坚对潘大临的诗才也很赞赏。绍圣二年，苏、黄都被贬谪到边远地方，这两首诗就作于其后不久。

第一首开头两句写乘船入江：诗人乘船在微风淡荡的江面上，逆风行进。白色的水鸟向远处飞去，隐入一片雾霭之中。颔联两句写沿江行进时所看到的景色：黄州这个地方，江山秀丽。长江在樊口（今湖北鄂城西北）转了个弯，浩荡东去。郁郁葱葱的樊山延绵不断，直到武昌（今湖北鄂城）。颈联两句诗人抒发感慨：江山如旧，日月常悬，可是今日之乾坤已非昔日之乾坤，时光像滚滚东流的江水一样，一去不复返了。对这两句要结合诗人的生平来理解，他曾应试不第，其挚友张耒称他为"有志之狷士"（《潘大临文集序》），可见他并不是完全忘却世事的人。他面对滔滔东去的江水，慨叹时光的易逝，肯定包含着"功业未及建，夕阳忽西流"的怅惋。末联两句怀旧。诗人曾伴随苏轼在这一带徜徉啸傲，睹景生情，怀旧之心油然而生。苏轼和黄庭坚这两位诗坛泰斗，都是诗人的良师益友，而今俱远谪万里。诗人问道：东坡被贬至罗浮山(在今广东),那是比南斗星辰更为遥远的地方;至于山谷的贬所黔州(治所在今四川彭水),则是个从未听说过的处所,它究竟在哪个方向呢?诗人对苏、黄怀念的深厚情意,通过这两句委婉地表达出来。

后面一首从怀古开始。黄州濒临大江,赤鼻矶的石壁直插入江,地势险要,人们传说这儿就是三国时周瑜打败曹操大军的赤壁古战场(真正的赤壁位于今湖北蒲圻),苏轼于此处曾有"大江东去,浪淘尽、千古风流人物"的千古绝唱。潘大临曾伴随苏轼在此游览,说不定还亲耳聆听过东坡的豪放歌声。如今他独自来到这古代英雄驰骋争雄的地方,不禁浮想联翩。西山重岭叠嶂,连绵不绝,定有猛虎藏于其间。赤壁下临不测之深渊,那直插江中的嶙峋巨石,正是龙宫的天然屏障。这虎踞龙盘的形胜处所,是三国鼎立时兵家必争之地,历史上的英雄叱咤风云,建立了盖世功业,就像这滚滚东去的万叠波浪一样流之无穷。诗人从思古的幽情中省悟过来,把目光重新投向眼前的实景:俯视沙滩,觉得一片明亮,那是因为许多白鹭栖息在那里。仰望天空,天空是如此的开阔,以至高飞云端的鸿雁似乎不是在向前移动。俱往矣,群雄争渡的时代已一去不复返了。我现在最羡慕的是江上的垂钓者,钓罢驾着一叶轻舟在烟雨中归去,悠闲地听着雨打船篷的声音。

潘大临是属江西诗派,他的作品原有《柯山集》二卷,已佚。现在尚存的作品只有二十多首诗和那句脍炙人口的"满城风雨近重阳"。当时人们对他的诗歌评价甚高,黄庭坚称他"蚤得诗律于东坡,盖天下奇才也"(《书倦壳轩诗后》),后来陆游也说他"诗妙绝世"(《跋潘邠老帖》)。从上面所举两首诗来看,他确实是出手不凡。首先,这两首诗的思想内容比较充实。前一首慨叹岁月易逝并怀念远谪的好友,后一首缅怀古时的英雄而结以归隐之志,都具有较深的情感内蕴。虽说叹时思隐,情调比较低沉,但这是诗人在无可奈何的处境中所发出的不平之声。只要看"形胜三分国,波流万世功"这样的诗句,便可体会到,诗人对于历史上建立了丰功伟业的英雄人物是多么景仰,他何尝不希望能有一番作为?可是由于时代和社会的限制(当时章惇等人把持朝政,政治黑暗),他只能终老于江湖之上。尽管诗人故作平淡之语,读者却不难看出隐藏在平淡下面的一颗不甘寂寞的心。这使得全诗感情沉郁,得杜诗五律之妙处。

当然,更值得注意的还是这两首诗的艺术特色,简单地说,有下面三点:第一,意境阔大,笔力雄健。前一首一开始就把读者的目光引向烟斜雾横的远方,三、四句用"从""自"两字把眼前的江山一直连到远处,笔力遒劲。五、六句用"日月""乾坤"作对,这是杜诗中用过的,如果作者笔力纤弱,则这种字面容易成为没有内容的空腔。此处虽比不上杜诗的千钧笔力,但也没有举鼎绝膑之病。后一首则一开始就写出了龙盘虎踞的险要地形,然后缅怀古贤功烈。两首诗在时间和空间上都有很大的跨度,写景抒怀,气势雄大,绝无纤仄之弊。清人姚壎评为:"大气鼓荡,笔力健举"(《宋诗略》卷九),很准确地说出了其主要优点。第二,结构严整,对仗精工。前一首四联皆对,后一首也有三联对仗,大多属对精工。全诗的结构也非常谨严,比如后一首中,前半首缅怀古代的英雄业绩,开首两句就写了山环水绕、虎踞龙盘的险要地形;后半首抒发自己的归隐之志,五、六两句就写了鹭宿沙滩、鸿飞长天的宁静风景。彼此照应,构思极见匠心。第三,诗句凝练,炼字尤见功力。比如后一首的颈联,一个"明"字就写出了因毛羽皎洁的白鹭栖息于沙滩,从而使人望去觉得白光耀眼的情景,非常传神。"退"字的用法尤其使人叫绝。"六鹢退飞"本是《春秋》经语,但此处仅是字面上的借用,因为事实上飞鸿并不在往后退。只是由于天空太广阔了,高飞戾天的鸿雁在那么广阔的蓝天背景下飞行,使人无法觉察它们是在向前移动。如果凝望片刻,还可能误以为它们是在向后退飞呢。诗人就是这样巧妙地写出了在江面上仰望寥廓长天时所得的印象,使人读之历历如在目前。

总的说来,这两首诗工整凝练,诗味深永,颇类杜诗的风格。江西诗派本来是奉杜为"祖"的,在艺术上竭力学习杜甫,潘大临当然也不例外。王直方曾说:"邠老作诗,多犯老杜,为之不已,老杜亦难存活。使老杜复生,则须共潘十厮吵。"(《王直方诗话》)言下之意是潘大临(邠老)模拟杜诗过分了一些。由于潘大临的作品大半已佚,无法断定王直方此评是否合乎事实。如果仅从上面的两首诗来看,他并没有对杜诗作生吞活剥的模仿,而是着重于从中得到艺术手法上的启迪,这种借鉴是比较成功的。潘大临的好友谢薖赞扬他说:"杜陵骨已朽,潘子今似之。"(《读潘邠老庐山纪行诗》)并非溢美之言。(莫砺锋)

蜡　梅　高　荷

少熔蜡泪装应似,多爇龙涎[1]臭不如。
只恐春风有机事,夜来开破几丸书。

注 ① 龙涎:香名,抹香鲸病胃的一种分泌物。因得于海上,故称龙涎。

这是一首咏物诗。一般说来,咏物诗当然离不开对所咏之物的外形特征描写,但如果只注意到这一点,那就往往会滞于形相而缺乏神采。而对于一些常见的题材如牡丹、梅花等,更容易造成人云亦云、千篇一律,高荷此诗在追求神似方面却饶有新意。

首二句从色、香两方面刻画蜡梅外形:蜡梅色黄似蜡,熔化一点蜡汁来装点花朵,应该就像这个样子吧。至于蜡梅香气之浓郁,即使点上很多龙涎名香,也比不上它!应该指出,这两句诗虽然比较准确地写出了蜡梅的色、香,但是写得并不高明。黄如蜡汁,香胜龙涎,显得呆板而缺乏神采。如果全诗都像这样写,那么这将是一首平庸之作。但是诗人并没有停留于此,他笔锋一转,抛开蜡梅的形态,写它开花的过程。古人用蜡封书信作丸状以传递机密,取其易带且能防湿,蜡梅的花蕾形似蜡丸。诗人说:经过一夜春风,有几朵花蕾已坼苞开放了,大概是春风有什么机密要从这"蜡丸"中探取,所以把它们吹开了吧!这两句想象奇特新颖,出人意表,清人姚壎评曰:"奇特,咏物中之仅见者。"(见《宋诗略》卷九)是说得很中肯的。

这首诗前两句比较平凡,后两句则相当精警,诚如陆机《文赋》所云:"石韫玉而山辉,水怀珠而川媚。"由于有了后面两句"警策",使得全诗陡然生辉,从而不觉前两句之呆滞了。崇宁元年(1102),黄庭坚自涪州贬所东归逗留于荆南(今湖北沙市)时,高荷曾往献诗,诗中"点检金闺彦,凄凉玉笋班"之句极蒙黄之叹赏,称赞他作诗"用一事如军中之令,置一字如关门之键",并对他作了具体的指点。从这首小诗来看,后二句构思之奇巧确是得黄诗之所长。咏物诗一般只描写静态的物体,所以较难写得流动多姿。这首诗却选择了一个动态的过程作为描写的重点:蜡丸似的花蕾在春风中绽开。诗人展现在我们面前的不是一幅静止的图画,而是一组活动的镜头,不但春风被赋予了人的感情,而且蜡梅本身也显得生机勃勃。这样,诗人就突破了"形似"的局限,写出了蜡梅的神态。蜡梅在当时是比较罕见的花,许多诗人作诗咏它,黄庭坚集中就有好几首咏蜡梅的诗,但那些诗大多未能打破"形似"的局限,有新意者少。高荷此诗可谓青出于蓝而胜于蓝,成为咏物小诗中不可多得的妙品。(莫砺锋)

早 发 宗 泽

缴幄垂垂马踏沙,水长山远路多花。
眼中形势胸中策,缓步徐行静不哗。

宗泽是宋代与岳飞齐名的抗金名将,陆游有两句著名的诗"公卿有党排宗泽,帷幄无人用岳飞"(《剑南诗稿》二五《夜读范至能〈揽辔录〉言中原父老见使者多挥涕感其事作绝句》),就是把两人相提并论的。他的诗虽所存不过二十来首,但一部分诗从一个抗金将领的角度反映了宋朝的抗金战争,很有特色。《早发》便是其中较为有名的一首。

《早发》写宗泽率领自己的军队于清晨出发,去进行一次军事活动。全诗的气氛可以用诗中的一个"静"字来概括。这"静"既是早晨的大自然所特有的宁静,又是纪律严明的宗泽部队行军时的肃静,更是一场激战即将来临之前的寂静。这三种"静"交织在一起,构成了一幅逼真的行军图。

"缴幄垂垂马踏沙",写的是行进中的军队。"缴幄"(缴,通伞)是主帅行军时所用的仪仗,"垂垂"是张开的伞有秩序而无声地移动的样子,给人以静悄悄的感觉。"马踏沙"给人的感觉也是这样,那战马踩着沙地所发出的沙沙声,更衬托出行军队伍的整静。这一句的特色,就在于用一个视觉画面表现了一个听觉印象;而行军队伍的肃静不哗,正是反映了宗泽部队的纪律严明,有战斗力。

"水长山远路多花"写了行军队伍周围的自然景色。悠长的流水、绵亘的远山、点缀于路旁的野花,这三者所构成的意境,是一种大自然在清晨时分的静谧。大自然的宁静与行军队伍的肃静互相映衬。"水长山远"既是说的自然景色,又暗示了行军路线之长。而宗泽既有闲情雅致欣赏周围的山水花草,则表明他对即将来临的军事行动早已成竹在胸,为下面一句的正面描写作了很好的铺垫。

"眼中形势胸中策",正面描写了主人公的思想活动。"眼中形势",是指当时的抗金形势;"胸中策",是指自己将要采用的战略战术。宗泽骑在马上,分析着当前的形势,考虑着自己的对策,觉得一切都已了然于胸中。正因为这样,所以"缓步徐行静不哗",让部队放慢速度,坚定而又稳重地向前行进,静悄悄地没有喧哗之声。最后一句所表现的,是一种名将指挥下的部队的风貌。在"静不哗"中,既表现了严明的纪律,也表现了激战来临之前的肃穆气氛。

这首诗的最大特色,就在于它平平实实,不作豪迈语,却写出了一个大将的风度,至今仍脍炙人口。(邵毅平)

山中闻杜鹃　　洪　炎

山中二月闻杜鹃，百草争芳已消歇。
绿阴初不待熏风，啼鸟区区自流血。
北窗移灯欲三更，南山高林时一声。
言归汝亦无归处，何用多言伤我情！

钱钟书《宋诗选注》谓此诗"是金兵侵宋，洪炎逃难时所作"。据阙名者所著《洪炎小传》云："靖康初，炎家洪城(今江西南昌)。"建炎三年(1129)十一月，金兵入洪州，至次年四月退出。建炎四年二月，洪炎避居金溪。此诗应即写于此时此地。

杜鹃，一名鹈鴂，又名催归。《荆楚岁时记》载："杜鹃初鸣，先闻者主别离。"洪炎此时流落异乡，初闻鹃鸣，自不免增添几许别恨离愁。何况时犹早春二月，而鹃啼声声却预示着百草争芳的季节即将过去，正如屈原《离骚》所咏："恐鹈鴂之先鸣兮，使夫百草为之不芳。"这怎能不使诗人倍感凄怆呢？因而忧国愤时之念，混合着怀乡思家之情，便一时并集心头。诗人不禁为芳景的消歇而叹惋了。

南国山区，原不待熏风吹拂，即已遍地绿荫；这本不足奇。但对特别敏感的诗人来说，却处处觉得怪异。连小小杜鹃的流血悲啼，也只不过使诗人感到徒然多事罢了。这样，通过诗人的主观感受，使得审美客体都染上一层忧郁的色彩。也就是说，由于诗人的移情作用，大自然被人化了。

"北窗"点明地点；"三更"点出时间。当更深夜静，诗人在北窗下，朝着远在北面的家乡，自难免勾起不绝如缕的思念。他禁不住"移灯"向四周察看，好像要找回什么似的。却偏在这个时候，南山高林里不时传来一两声鹃啼。晚唐诗人崔涂曾经写过："故山望断不知处，鹈鴂隔花时一声。"(《湘中谣》)近人俞陛云评此二句说："隔花鹈鴂，催换芳年，益复动人归思。"(《诗境浅说》)那时洪炎正身当此种境地，又怎能不勾起令人肠断的乡思呢？

唐无名氏《杂诗》云："早是有家归未得，杜鹃休向耳边啼！"洪炎却想：如今金兵南侵吴楚，归路阻塞，杜鹃声声催归，它自己又何处归去呢(民间传说杜鹃产自西蜀)？又何必多言使我徒然伤感？如果说，唐无名氏《杂诗》写的是由物及己(由物候的变化引起诗人的伤感)；那么，洪炎则更进一层写出了由己及物(把诗人的感受物化)。这种奇中出奇、以故为新的写法，正是宋代江西派诗人自诩为"夺胎换骨"的奥妙所在。

综观全诗，所用字句都很寻常。但读者能从寻常的字句中隐隐觉出一股韵味。尽管诗里用了一些典故和化用了前人不少诗句，但从字面上却一时不易察觉。欣赏者只有多读书，才能更多地品尝出这类作品中所含蕴的深意。从这方面看，纪昀说洪炎诗酷似其舅黄庭坚，也不无道理。但王士禛评《西渡集》云："其诗局促，去豫章殊远"，认为洪炎诗题材狭窄，远比不上黄庭坚诗的挥洒自如。像这首诗，自始至终局限在鹃声所触起的乡思之中，而缺乏神游物外、大开大阖的气魄。阙名者所著《洪炎小传》谓炎诗"潇洒落拓，绝无羁愁凄苦之况"，看来并不尽然。相反地，洪炎此诗妙就妙在融思考于形象之中，能紧扣鹃声着笔，而抒写出"羁愁凄苦之况"。这正是宋诗擅长夹叙夹议而不同于唐诗力求"意境莹澈"的表现。

此诗为古体,但多用律句或拗句。前半押仄声韵,后半转用平声韵。给人一种拗中见平的美感。(蔡厚示)

寄隐居士　　谢　逸

先生骨相①不封侯,卜居②但得林塘幽。
家藏玉唾几千卷,　手校韦编三十秋。
相知四海孰青眼③,高卧一庵今白头。
襄阳耆旧④节独苦,只有庞公⑤不入州。

注 ① 先生:别本作"处士"。骨相:《后汉书·班超传》:"(班)超微时,有相者谓之曰:'君燕颔虎颈,是封侯骨相。'"又同传:"超少有大志,尝为官佣书,投笔叹曰:'大丈夫无他志略,犹当效傅介子、张骞立功异域,以取封侯,安能久事笔砚间乎?'" ② 卜居:古人选择住所,必先占卜吉凶,故称为"卜居"。 ③ 青眼:比喻对人重视。《晋书·阮籍传》,籍又能为青白眼,见鄙俗之士,以白眼对之。嵇康来见,对以青眼。 ④ 襄阳耆旧:晋习凿齿有《襄阳耆旧传》,录高士多人。 ⑤ 庞公:即庞德公,后汉襄阳人,居岘山南,未尝入城市。

这首诗题为《寄隐居士》,表达了诗人对高人逸士的敬佩心情,也寄寓了诗人自己甘心隐居林下的心志。"先生骨相不封侯,卜居但得林塘幽。"诗篇一开头即表明先生风操甚高,不慕荣利。先生自以为本无封侯的骨相,所以无志于封侯,也不羡慕封侯。先生以高隐明志,在选择住所方面,但求于林塘幽静处结个茅庵,即已满足,不艳羡住在朱楼翠馆,自婴尘网。

第二联:"家藏玉唾几千卷,手校韦编三十秋。"写先生藏书之富和读书之勤。"几千卷",极言藏书之多,且皆为珍贵的玉唾书。玉唾,即玉书。据《拾遗记》载:"孔子未生时,有麟吐玉书于阙里人家。"后世因称玉书为精贵之书。"三十秋",极言时间之长。孔子晚年,喜读《易经》,曾经留下韦编三绝的故事。"韦",是熟牛皮。古代用竹简写书,用熟牛皮筋把竹简编联起来,叫"韦编",后世因以"韦编"代表书籍。先生手校经籍达三十年之久,可见治学的辛勤。

诗的第五、六两句:"相知四海孰青眼,高卧一庵今白头。"表明先生在四海之内虽然不乏相知之辈,但他们多汲汲于功名富贵,和先生气味不同。以先生之高格,在这些人当中,谁也没有为先生所垂青,也不配先生给以青眼。先生高卧茅庵之中,甘与鸥鹭为盟、与田父野老为友,现今已经头发白了。"高卧":旧喻隐居之士,高枕安闲而卧,不预世事。如陶渊明高卧北窗之下自谓是羲皇上人;谢安曾高卧东山,天下想望其风采;都是例子。这两句着重说明先生尽管知交很多,但知音极少。所以甘愿高卧山林,任他头白。

结尾两句:"襄阳耆旧节独苦,只有庞公不入州。"进一步赞美先生的风操。如果拿襄阳耆旧来相比,那么先生是真正的隐士。他的德行,可以和汉末的庞德公比美。别人借隐居之名,以猎取名望,为延誉出山的准备,先生却独如庞公,清操自励,始终不入州门。先生的风格高尚,于此昭然可见。

全诗表意朴素,旨在歌颂真正的隐士,并以此自励。作者自己也终身未入仕途,可见其托

意之所在。此诗全篇用拗体，颇为劲健，为黄庭坚所赞赏。（马祖熙）

夏日游南湖　　谢　逸

麴①尘裙与草争绿，象鼻筩②胜琼作杯。
可惜小舟横两桨，　无人催送莫愁来。

注 ① 麴（qū）：通"曲"，即酒曲。　② 筩
（tǒng）：即"筒"，粗大的竹管。

　　南湖，在今江西抚州市附近。"麴尘裙与草争绿"，麴，为酒曲，麴尘是酒曲上所生的菌，色淡黄，所以诗歌中往往以麴尘代指浅黄色。夏日游湖，湖畔绿草丰茂，草上游人往来，特别是仕女的浅黄裙，在绿草的映衬下格外绚丽夺目，似乎在与绿草争艳。"象鼻筩胜琼作杯。"筩，竹筒。畅怀痛饮，用粗如象鼻的竹筒饮酒，胜过用赤玉精雕细刻成的酒杯，美景在目，美酒在手，诗人逸兴顿发。由游湖，见到小舟双桨，联想到莫愁这位美女。"可惜小舟横两桨，无人催送莫愁来。"莫愁有两个。一个是石城女子，善唱歌谣，所以在六朝乐府中留下了一首《莫愁乐》："莫愁在何处？莫愁石城西。艇子打双桨，催送莫愁来。"另一是洛阳女子。梁武帝《河中之水歌》："河中之水向东流，洛阳女儿名莫愁。"后人往往合二为一，作为美女代称。但在此诗中，还是偏重前者。诗人好用大杯狂饮而不爱华贵玉杯、怀想民间女子莫愁而不怀想娇艳的大家闺秀，游兴之高，发想之异，活现出一个洒脱不俗的诗人形象。在宋诗中，这类性灵自然流露、不加掩饰的作品，并不多见。

　　谢逸被南宋吕本中列入江西诗派，刘克庄称赞他作诗好苦思，此诗在语言上很有江西诗派的瘦硬特色。七言绝句的句法，一般是前四后三，读来富有音乐美，江西派诗人却上承韩愈诗派，力求生新。此诗首句"麴尘裙与草争绿"，句式是前三后四。次句"象鼻筩胜琼作杯"，句式是三、一、三。语言上还极力避熟求生，所以首句不用"浅黄裙"而用"麴尘裙"、次句不用"竹筒杯"而用"象鼻筩"。尤其是末二句十四字中，把《莫愁乐》末二句化入，但又是反用其意：处处都表现出江西诗派的作风。（何丹尼）

张　求　　唐　庚

张求一老兵，著帽如破斗。
卖卜益昌市，性命寄杯酒。
骑马好事久，金钱投瓮牖。
一语不假借，意自有臧否。
鸡肋巧安拳，未省怕嗔殴。
坐此益寒酸，饿理将入口。
未死且强项，那暇顾炙手。
士节久凋丧，舐痔甜不呕。

求岂知道者，议论无所苟。
吾宁从之游，聊以激衰朽。

这首古体诗生动地刻画了一个富有豪侠意气而又落魄潦倒的老兵形象，以他不畏权势的强项精神与士大夫舐痔吮痈的丑恶嘴脸相对照，抒写了作者对世风日下、士节沦丧的强烈愤慨。

诗以老兵之名张求为题，吸取新乐府首句标其目的作法。篇中描写老兵的侠义，处处都与他穷困的境遇联系在一起。首先开门见山亮出他的身份：一个退伍的老兵，头戴一顶破斗似的帽子，几个字就勾勒出一副落拓不羁的寒伧相。年既老而无以为生，只得在益昌（今四川昭化）市集上卖卜糊口，又进一步从他的行业点出这是一个下九流的人物。然而说他寄性命于杯酒之间，却并非以市集上嗜酒如命的醉汉视之，而是赞美他善豪饮，具有"三杯吐然诺，五岳倒为轻"（李白《侠客行》）、"笑尽一杯酒，杀人都市中"（李白《结客少年场行》）的意气。所以下面紧接着又写他一向好骑马好生事，以散财济贫为乐。《礼》云："蓬户瓮牖"，瓮牖即以破瓮口当窗，代指寒微之家。此处著一"投"字，足见张求对金钱的不在乎，联系上文所说老兵生活的贫困，这种仗义助人的精神更显得难能可贵。

尤其值得称道的是：老兵处世也有自己的原则，从不假借他人之语，对人对事自有褒贬，即使得罪了人，也无所畏惧。别看他胸膛瘦得像鸡肋，却能巧妙地用拳头自卫，从来不懂得怕人发怒斗殴（这是反用阮籍"鸡肋难当尊拳"的典故，见《晋书·阮籍传》）。这两句写老兵瘦弱的躯干中蕴藏着刚强正直的品格和胆大粗放的气质，有如人物速写，简妙生动。当然，老兵的这种侠义是不能为世俗所容的，他只会因此而更加穷困，甚至弄到挨饿的程度（"饿理将入口"用的是周勃的典故，见《史记·绛侯世家》），但只要不死，就要硬着脖子做人，决不轻易低头（"强项"出于《后汉书·董宣传》），对于那些炙手可热的权贵当然更是不屑一顾。前面愈是强调老兵在穷饿将死的情况下犹能仗义疏财、不肯摧眉折腰向权贵的骨气，便愈是显出那些舐痔吮痈不知恶心、反觉甘甜的趋炎附势之徒的可鄙。所以对士人节义的沦丧无须多写，只消拈出这一个细节加以对照，自可从张求种种可贵品格的反面推想一些士人寡廉鲜耻的言行。在全篇尽情摹写之后，结尾突出一个对立面，用对比的手法点明主旨，在阮籍的《咏怀》诗和白居易的新乐府中常见。不过前人用此法大多先铺写作者所要批判的内容，结尾突出的对立面才是作者正面的意思。此诗正相反，是以反面形象来衬托他所要歌颂的人物。然后再一次将张求的不知"道"和士人的知"道"两相对比，便更入木三分。《匡谬正俗》谓行无廉隅、不存德义叫做"苟"，张求岂是通晓儒道的人，但议论却无所苟且，那么言外之意分明是说那些蝇营狗苟的小人恰恰是熟读经书、深知道义的士人了。由此作者对两种人表示了鲜明的爱憎：尽管自己也是个士人，却宁可追随那不懂道义而言行无不合道的张求，希望以此激发起自己暮年衰朽的意气。结尾取新乐府卒章显其志的作法，明确点出创作意图，与开头相呼应。

此诗写人重在精神面貌，而绘其外形则只就一顶破帽，鸡肋上的一双拳头稍事勾勒，借以传神。语言通俗亦近似新乐府，但句调生硬拗口、滞涩不畅，又颇见宋诗避熟求生的特点。"饿理将入口""顾炙手""甜不呕"一类皆图生新而不避朴拙，在硬语怪句中求古意，形成豪放中带着苦涩的风格，却也与老兵仗义而又寒窘的形象相协调。游侠诗产生于魏晋时代，初、盛唐颇多颂扬豪侠意气的诗作,大都充满少年浪漫精神和积极进取的理想,中、晚唐这类作品就越来越少,宋诗中更不易见到。这首诗虽然不可能在一个穷困的老兵身上复活古人游侠诗中的浪漫气概和理想色彩,但作者能从下层市俗人物中发掘出他所追求的侠义和正气,并以此映照出士人阶层道德的普遍堕落,公然宣布了自己的向背,对于他所隶属的那个阶层确有刺激作用,这首诗的新意也正在此。(葛晓音)

春日郊外　　唐　庚

城中未省有春光,城外榆槐已半黄。
山好更宜余积雪,水生看欲倒垂杨。
莺边日暖如人语,草际风来作药香。
疑此江头有佳句,为君寻取却茫茫。

　　唐庚诗的成就,近体在古体之上。他的律诗,工锻炼,善属对,自饶新意,不袭前人。《宋诗钞》谓其"芒焰在简淡之中,神韵寄声律之外"。《春日郊外》是他的一篇有代表性的律诗。

　　诗先概括地提示:在城里人还不知领略春光的时候,郊外已是榆槐半黄,满原春色。这两句,已可看出诗人敏锐的感受力。下面一联写景句就很有特色了:"山好更宜余积雪,水生看欲倒垂杨。"远山一抹,衬以皑皑的未融积雪,色彩鲜明;近处则波明似镜,映出了垂杨的倒影。这一镜头,自比"溪柳自摇沙水清"的景象更吸引人。

　　接着,"莺边日暖如人语,草际风来作药香"一联,则又变化句式,换了描写的角度。本来,这首春郊诗的景句,只消"山好、水生,日暖、风来"便可树起整齐的骨架;而作者却不取"日烘莺暖、风送草薰"式的表现手法,他要强调的是,花底莺歌因日暖而繁,草际药香因风而发,以莺、草为主,以风、日为宾,写足阳春烟景。"如人语""作药香",也显示了自然物的有意含情,为春郊景色增添了诗意。

　　最后两句,"疑此江头有佳句,为君寻取却茫茫。"立意近于苏轼的"作诗火急追亡逋,清景一失后难摹"(《腊日游孤山访惠勤、惠思二僧》)、陈与义的"忽有好诗生眼底,安排句法已难寻"(《春日二首》之一)。风光满眼,清景难摹,佳句渺茫,稍纵即逝,诗人们的体会正有同感。但唐庚在此却出以不肯定的语气:此中疑有佳句,而欲为酒朋诗侣撷取之时,却早已雪泥鸿爪,无处寻踪了。这一怅然的感触,倍增良辰乐事自古难全之憾,更为深切地道出了忽有所悟、难落言诠的诗家甘苦;和陶渊明的"此中有真意,欲辨已忘言",立意不同。

　　唐庚作诗,极注意推敲,自谓写诗每每"悲吟累日,反复改正"。他甚至将讲求诗律提到了峻刻寡恩的地步。《唐子西语录》云:"诗在与人商论,深求其疵而去之,等闲一字放过则不可;殆近法家,难以言恕矣。故谓之诗律。东坡云:'敢将诗律斗深严',予亦云:'诗律伤严近寡恩。'"这首《春日郊外》,用心深而不显得费力,读来简练有味。诗律虽严,却没有斫丧自然,所以显得可贵。(顾复生)

崇胜寺后,有竹千余竿,独一根秀出,人呼为竹尊者,因赋诗　惠　洪

高节长身老不枯,平生风骨自清癯。
爱君修竹为尊者,却笑寒松作大夫。
未见同参木上座,空余听法石於菟。
戏将秋色分斋钵,抹月批风得饱无?

　　惠洪,俗姓彭,字觉范,是北宋后期诗僧、诗评家。这是一首赞美修竹的诗。崇胜寺,所在未详。据吴曾《能改斋漫录》:"黄太史(庭坚)见之喜,因手书此诗,故名以显。"看来可能是诗人大观中入京前的作品。

　　首联赞美修竹的节高风清。"长身"正点题内"一根秀出","高节"从"长身"来,而含义双关。风骨清癯,既写秀竹外形的颀长清峻,更传出其内在的美质与风神。这一联写修竹,形神兼备。"自"字强调其风骨天然生成,值得玩味。

　　颔联拍合题内"竹尊者"的称谓,以寒松对衬,进一步赞扬修竹的高节与风骨。秦始皇在泰山遇暴风雨,休于松树下,遂封其树为五大夫。"寒松作大夫"用此典故。修竹、寒松,本来都是高洁坚贞品格的象征,但现在修竹虽仍风骨凛然,作为隐君子的化身一向受到人们的喜爱,而寒松却接受了大夫的称号,成为尘俗中的官宦而受到人们的讥笑。寒松与修竹出处的不同,更衬托出修竹的风清骨峻。"尊者"系梵文 Ārya 的意译,指僧人德智兼备者。这里说"爱君修竹为尊者",似有以修竹隐指高僧之意,观后两联其意更明。

　　"未见同参木上座,空余听法石於菟。""同参木上座",指共同参拜木莲花座上的佛。修竹虽被呼为"尊者",却非真僧,故说"未见同参"。佛经故事中有老虎听法的故事(於菟即虎的别称),这里说"空余听法石於菟",谓"竹尊者"亦未听法。自唐代后期南宗禅流行,重顿悟而不重渐修,诗人暗示这位"竹尊者"也是这一流僧人。

　　"戏将秋色分斋钵,抹月批风得饱无?"抹月批风,谓用风月当菜肴,是文人表示家贫无可待客的戏言(细切叫抹,薄切叫批),苏轼《和何长官六言次韵》:"贫家何以娱客,但知抹月批风。"可参证。末联说,如果戏将修竹的一片秋色——深绿的竹色分给僧人的斋钵,不知道这"抹月批风"的秀色能否饱人饥肠? 言外之意是说,这秀竹之秋色虽可悦目怡情,却未必真可餐。语意幽默。

　　语句枯淡,不施涂泽,意境清雅,而骨子颇硬,并时有诙谐的风趣。这是此诗的特色,也正是后来江西派所追求的境界。无怪江西派开山祖黄庭坚见而喜,以致手书此诗了。(刘学锴)

题李愬画像　惠　洪

淮阴北面师广武,其气岂止吞项羽?

君得李祐不敢诛，便知元济在掌股。

羊公德化行悍夫，卧鼓不战良骄吴。

公方沈鸷诸将底，又笑元济无头颅。

雪中行师等儿戏，夜取蔡州藏袖里。

远人信宿犹未知，大类西平击朱泚。

锦袍玉带仍父风，挂颐长剑大梁公。

君看鞬橐见丞相，此意与天相始终。

《题李愬画像》是诗人赞颂中唐名将李愬的一篇七古。李愬为唐德宗时西平郡王之子，元和十二年(816)任唐、随、邓节度使，翌年曾率军雪夜攻克蔡州，生擒吴元济，封凉国公。后又历任武宁、昭义、魏博等地节度使。

起手两句，撇开题目，从楚、汉相争时的史事着笔。淮阴，指淮阴侯韩信。他击破赵军，俘虏了赵国的谋士广武君李左车，解其缚而师事之，并问广武君攻燕伐齐之计。广武君献计，韩信采纳，遂平燕、齐，项羽势孤。两句叙其事，并参以议论。说"其气岂止吞项羽"，言外意谓，韩信此举充分显示其远略和大将风度，岂止消灭一个项羽而已。用反诘语气，更显得气势充沛。

紧接着三、四两句，揽入本题，引出李愬事。李愬奉命讨伐淮西藩镇吴元济，俘获了淮西大将李祐，"诸将素苦祐，请杀之，愬不听，以为客……令佩刀出入帐下，署六院兵马使。……由是始定袭蔡之谋矣"(《新唐书·李愬传》)。两句是说，李愬俘获李祐而不加诛，从此吴元济的命运已落掌股之中，胜利可期。这件事最足以说明李愬的政治远略和大将风度。说"不敢诛"，正见李愬此举是经过周密考虑的。一、二句与三、四句，时代远不相及，事情的性质与结局却很相似，二者并写对映，用历史的类比突出了李愬的形象。

"羊公德化行悍夫，卧鼓不战良骄吴。"羊公，指西晋名将羊祜。他都督荆州军事，出镇襄阳。在镇十年，开屯田，储军粮，作一举灭吴的准备。平日则与吴将陆抗互通使节，各保分界，绥怀远近，以收江汉及吴人之心。"德化""卧鼓"即指上述情事。这两句又举史事作类比，说羊祜用德化手段来对待凶悍的吴国武夫，卧鼓不战，目的正是为了使吴人骄而不备。暗示李愬在淮西之战中所推行的也正是这种德化政策。他对待丁士良、吴秀琳、李祐、董重质等降将，可以说都是施行一贯的"德化"政策。这两句分别承上启下。

"公方沈鸷诸将底，又笑元济无头颅。"沈鸷，形容深沉勇猛。据史载，李愬代袁滋为随、唐、邓节度，讨吴元济，"以其军初伤夷，士气未完，乃不为斥候部伍。或有言者，愬曰：'贼方安袁公之宽，吾不欲使震而备我。'乃令于军曰：'天子知愬能忍耻，故委以抚养。战，非吾事也。'……蔡人以尝败辱霞寓等，又愬名非夙所畏者，易之，不为备。愬沈鸷，务推诚待士，故能张其卑弱而用之。"这正是采用羊祜卧鼓不战以骄吴的策略，也是李愬"沈鸷"性格的具体表现。当他示敌以弱，不露声色的时候，心里正在嗤笑吴元济恃强而骄，不加戒备，马上就要掉脑袋了。两句承上，进一步揭示李愬深于谋略，沈鸷勇猛的性格，这和前面所强调的德化政策，从不同的侧面表现了李愬的深谋远略。

接下来四句，写平蔡战役的神速秘密。李愬雪夜入蔡州，是军事上攻其不备的大胆行动。

"始发，吏请所向，愬曰：'入蔡州取吴元济！'士失色。……黎明，雪止，愬入驻元济外宅，蔡吏惊曰：'城陷矣！'元济尚不信，曰：'是洄曲子弟来索褚衣尔。'"这正是所谓"等儿戏""藏袖里"了。大胆而果决的行动，实际上是建筑在谨慎周密的调查判断基础上，而在不明就里的人看来，不免等同儿戏了。这里的"等儿戏"，正是极赞其取胜之轻松不费力。如此神速秘密，"远人信宿犹未知"，宜乎称之为"藏袖里"了。李愬的父亲李晟（封西平王，故称"西平"）在德宗时平定朱泚之乱，直击泚所盘踞的宫苑，"披其心腹"，用兵韬略与李愬袭蔡颇为相似。这里于叙述平蔡之役后顺带一笔，正所以见李愬韬略得自家传，故用兵有乃父之风。这就进一步突出了名将后代李愬的形象。这几句夹叙夹议，突出赞颂了李愬的历史功绩——夜袭蔡州，以及在这一战役中所表现出来的杰出的军事才能。

"锦袍玉带仍父风，拄颐长剑大梁公。"两句落到画像上，赞美画中的李愬锦袍玉带，俨然具有其父西平王的仪容风度；身上佩着拄颐长剑，又正像当年的唐朝功臣梁国公狄仁杰。"仍父风"承上"大类西平"，衔接圆转自然，狄梁公是诗人崇敬的兴唐功臣，《谒狄梁公庙》诗有"使唐不敢周，谁复如公者"之句，这里将李愬与其父西平王及狄仁杰并提，正表明在诗人心目中，他们的功绩是先后辉映的。

"君看鞬韔见丞相，此意与天相始终。"丞相，指裴度。裴度当时以同平章事（宰相）身份都督诸将讨伐吴元济。史载李愬破蔡后，"乃屯兵鞠场以俟裴度，至，愬以橐鞬（盛弓箭的器具，这里指背着弓箭袋）见，度将避之。愬曰：'此方废上下久矣，请以示之。'度以宰相礼受愬谒，蔡人耸观。"最后两句，抓住"鞬韔见丞相"这一典型事例，突出表现了李愬不居功自傲、善识大体的政治品质，表明了他对朝廷的赤胆忠心和政治远见，为李愬的形象增添了光彩照人的一笔。"此意与天相始终"，这里所盛赞的"意"正是李愬的忠贞与远见。

这首诗在构思上有一个显著的特点，即运用历史的类比来突出主人公李愬的形象。全篇四层，每一层都以古人古事作类比映衬（韩信师广武、羊祜行德化、西平击朱泚、狄仁杰拄颐长剑的形象）。这种类比，由于与主人公的行事非常相似，因而对主人公的形象和性格起着有力的衬托映照作用。这种方法作为整体的艺术构思的主要手段，在全篇中贯串始终。像这样有意识地运用历史类比手法，在诗歌中还不多见。诗用论赞体，议论的成分很浓，但由于能以议论驱驾史事，议论本身又挟带着浓郁的抒情色彩，读来并不感到抽象枯燥。全诗雄健稳当，有碑版文字气息，所以陈衍评论说："抵段文昌一篇碑文，不啻过之。"（《宋诗精华录》）（刘学锴）

春游湖　　徐　俯

双飞燕子几时回？夹岸桃花蘸水开。
春雨断桥人不度，小舟撑出柳阴来。

徐俯是黄庭坚的外甥，早年作诗受到黄庭坚的影响，所以被吕本中列入《江西诗派宗社图》。但他后来极力要摆脱江西派艰深雕琢的风格，追求平易自然，主张"必有是景，然后有是句"（曾季狸《艇斋诗话》）。从这首《春游湖》即可看出他暮年的诗风。

　　诗写早春游湖的幽兴,目之所及,自成佳境:成对的燕子掠过水面,夹岸的桃花临水怒放,雨后的春水漫过了桥头,一叶小舟从柳荫中悠悠撑出。像桃红柳绿、春水双燕这类为人所写熟的常见景色,倘若真的不费心思随手拈来,极易落入平熟率滑一路。这首诗之所以能给人以新鲜之感,主要是能够以意趣剪裁景物,根据觅春的心理和游湖的行踪来安排构图。

　　发端作一问句,起得突兀,仿佛诗人忽然发现了双飞的燕子,这才意识到春天已悄悄回来了。"几时"二字是对燕子如见老朋友一般的亲切问候,春天不知不觉地来临在诗人心里所引起的惊喜之情也自然溢于言外。再看湖上,果然桃花开遍枝头,已是一片春意盎然了。"夹岸"二字写桃花成林,极为繁盛,为"蘸"字作意:花既夹岸,枝条斜伸到水面,方有蘸水而开的妙想。而蘸水又可使人意会桃花的鲜艳水灵仿佛是由于蘸饱了水分的缘故,甚至可以进而联想到水中桃花的倒影,故下一"蘸"字,桃花之神态、意趣俱出。后两句从过桥与乘舟两路写游湖之兴,而能将游踪化为画意。雨后水涨,淹没桥头,断了人行,改为坐船摆渡。这小小的插曲,倒给诗人提供了现成的诗料,不但可见出春雨之后湖上波平水满的情状,而且因断桥而寂无人行,还给这幅明媚的春景添上了一点荒寒的野趣和清幽的情味。舍桥登船,柳荫中撑出一叶小舟,与上句自成因果,接得现成。正如上句由桥断而见水涨,这句也由舟小而见湖宽。中国画表现水景常用此法,只就桥、船落笔,不画波纹,自有水意。所以这两句诗体现了中国诗歌艺术的两个重要的审美特点:一是写景在秀丽之外须有幽淡之致。花开燕飞,固然明媚,然无断桥野浦,便少逸趣。二是以实写虚,虚实相生。只消写出小舟一篙撑出柳荫的悠然情态,水面的空阔宁静和满湖荫荫的柳色便如在目前,正如全诗并无一字刻画湖光水色,仅在近水景物上做文章,就将满湖春色烘托了出来。南宋词家张炎有一首描写春水的《南浦》词,其中的名句"荒桥断浦,柳阴撑出扁舟小"就是从徐俯这首诗蜕化的,因强调了断桥的"荒"意和扁舟的"小"字,就比徐俯诗更明确地点透了那点荒凉感在桃红柳绿中的调剂作用,以及诗歌构图以小衬大的辩证关系。徐俯此诗曾传诵一时,赵鼎臣说:"解道春江断桥句,旧时闻说徐师川"(赵鼎臣《和默庵喜雨述怀》),可见第三句尤为著名,而张炎的《南浦》词居然能在前人名句上稍事改作而成"古今绝唱",上述道理不是很耐人寻味吗?(葛晓音)

夜泊宁陵　　韩　驹

汴水日驰三百里,扁舟东下更开帆。
旦辞杞国风微北,夜泊宁陵月正南。
老树挟霜鸣窣窣,寒花垂露落毵毵。
茫然不悟身何处,水色天光共蔚蓝。

　　陆游曾见韩驹诗手稿一卷。他在《渭南文集》卷二十七《跋陵阳先生诗草》一文中说:"先生诗名擅天下,然反复涂乙,又历疏语所从来。"可见韩驹讲究字句锤炼,不惮一再修改;又爱自己注明字句出处,以证实"字字有来历"。这正是典型的江西诗风。但刘克庄《后村诗话》却说:"吕公(按,指吕本中)强之入派(指江西诗派),子苍(韩驹字)殊不乐。"则又可证韩驹入江西而能不为江西所囿，"非坡非谷"（见王十朋《梅溪先生文集》后集卷二《陈郎中赠韩子苍集》），"直欲别作一家。"（见《陵阳集》卷首小传）这首《夜泊宁陵》正是"别作一家"之诗。诗写水行风光，情景浑然一体，不假挢扯，显然有别于"生吞活剥"之作。

"汴水"是一条运河，从开封经杞县、宁陵东南入淮。诗人乘舟沿此顺流东下，又遇北风吹送，扬帆破浪。首联写舟行迅疾，如转丸而下。颔联"旦辞"，补足上联之意；"夜泊"二字点题。这两句对仗工稳，而又意义连贯，一气倾注，暗用太白《早发白帝城》诗意，令人不觉。后四句诗情一转，写夜泊情景。颈联"老树""寒花"，意境萧瑟，气象森严，节奏从轻快流走变为凝重沉着。尾联从眼前水天之景，转出茫然身世之情，境界变得深沉寥廓，含无限怅惘之意。韩驹始以受知于苏辙享誉诗坛，终坐苏氏之党而一再贬谪，死于抚州。从诗意看，这首《夜泊宁陵》当是被贬出都赴江西任所时所作。诗人把身遭党祸茫然不知所适的心情，表现在苍茫凄迷的水天月色之中，语淡而腴，境幽而远，结联更"如临水送将归，辞尽意不尽。"（见《唐音癸签》卷三）与黄庭坚的奇峭、陈师道的枯淡迥异。

《诗人玉屑》卷二引《躔翁诗评》说："韩子苍如梨园按乐，排比得伦。"这是说韩驹写诗讲究章法结构。《诗林广记》引《小园解后录》说："……子苍有《过汴河》诗云：'汴水日驰三百里'云云，人有问诗法于吕居仁，居仁令参子苍此诗以为法。"可见吕本中十分推重此诗章法。此诗的开承转合也确有妙谛。首联两句紧承，联翩而下。读了第一句也许要问：舟行一日驰三百里，何能如此迅速？次句就作了回答：乃因"扁舟""东下"顺风"开帆"所致。这一联宕开。第三句"旦辞杞国风微北"，是对第二句"东下""开帆"的补充。不因"风微北"，就不能"开帆""东下"。四句"夜泊宁陵月正南"，则为第一句"日驰三百里"提出佐证。不及"夜泊宁陵"，又何能夸口"日驰三百里"？再从联与联的关系看，这一联"旦辞""夜泊"，一意紧承，极言时间之倏忽，使首联"日驰三百里"具体化，因此这整个第二联又合为一意，对第一联作了补充。第五句"老树挟霜"承三句"风微北"。不因北风，老树不至有窣窣鸣声。六句"寒花垂露"则上应四句"夜泊"。若非月夜扁舟系岸，自然看不见"垂露落毵毵"。"挟""垂"二字，极见锻炼功夫。尾联则回应首联，绾结全诗，把一叶扁舟置于"水色天光共蔚蓝"的浑茫一色之中，自然令人生茫然不知身在何处之感。水色天光，一片蔚蓝，给全诗染上了幽暗的感情色彩。汴水、夜月，老树、寒花，构成了一个苍茫幽渺的意境。首联大开，尾联大阖，正好结住全诗。

当然，诗缘情而生，不当拘泥于法。但是如果既能情景相生，不见雕镂之迹，又能脉络勾连，通体圆紧，又何尝不可！韩驹此诗，诗中有法，而又不为常法所拘，是其戛戛独造。（赖汉屏）

和李上舍冬日书事　　韩　驹

北风吹日昼多阴，　日暮拥阶黄叶深。
倦鹊绕枝翻冻影，　飞鸿摩月堕孤音。
推愁①不去如相觅，　与老无期稍见侵。
顾藉微官少年事，　病来那复一分心？

这是一首和作。上舍,即上舍生的简称,宋代太学生之一。熙宁四年(1071)分太学为上舍、内舍、外舍,上舍是最高一级。李上舍,名未详,《冬日书事》是李的原唱。据吴曾《能改斋漫录》记载,这首诗是作者因坐苏氏学"自馆职斥宰分宁县时"所作。分宁属江西洪州,即今修水县,是江西诗派创始人黄庭坚的家乡。

首联写冬日的气候物色。北风劲吹,日色昏黄,白昼也显得阴晦无光。到了日暮时分,被风刮落的黄叶,已经深深地堆积起来,拥满了阶前。这是一幅黯淡凄寒的冬暮图景。凄厉的北风,阴霾的天色,昏黄的太阳,满阶的黄叶,处处显出萧飒残败的景象。而北风则在这里起着主要作用。"拥"字用得生动形象,与"深"字紧密配合,画出落叶满阶,紧贴阶前的情景。陆游曾指出"韩子苍(韩驹的字)喜用'拥'字,如'车骑拥西畴''船拥清溪尚一樽'之类"(《老学庵笔记》卷九),所举两例都不如"拥阶"的"拥"字用得精彩。因此,李彭有《建除体赠韩子苍》云:"平生黄叶句,摸索便知价。"一字锤炼,使全句也为之增色添价了。

颔联续写冬夜倦鹊、飞鸿的活动:"倦鹊绕枝翻冻影,飞鸿摩月堕孤音。"这一联刻画极工。上句化用曹操《短歌行》句:"月明星稀,乌鹊南飞。绕树三匝,何枝可依。""倦"字不但传出觅枝的乌鹊困惫的情态,而且表现出其长时间求栖息却无枝可依的处境。月夜朦胧,只能仿佛窥见乌鹊的身影,而冬夜凛冽的寒气,却使它在翻飞绕枝时显出瑟缩寒噤之态,故说"翻冻影"。这三字可说是字字着意锤炼,意新语奇,把冬夜的凛寒和倦鹊的孤凄传神地表现出来了。下句说飞鸿高翔,掠过清冷的月亮,投下了一声悲切的哀鸣。"摩"字,"堕"字,一从视觉,一从听觉,也都是着力刻画之笔。特别是"堕"字,不但描绘出声音的自高而下,而且传出听者心惊情凄的感受。这一联写"倦鹊"与"飞鸿",固然是冬日即景书事,但已明显融有诗人的身世之感。甚至不妨说,它们也就是在贬谪中的诗人孤子无依的身世的一种象征。随着时间由昼至夜的推移,凄冷的色彩更浓,主观抒情的成分也愈见突出,这就由借景抒情过渡到后半的直接抒怀,引出下联的"愁"字来。

"推愁不去如相觅,与老无期稍见侵。"前两联写气候物色,倦鹊飞鸿,实际上都已蕴含诗人的愁绪,这里便写到"推愁"。主观上想排遣愁绪,但愁却像是故意来寻找自己,硬是摆脱不掉。"如相觅",将推而不去的"愁"拟人化了,这就使直接抒情带有生动的形象性。下句是说,自己跟"老"并没有订立期约,而"老"却渐渐地来临了。这又是与主观愿望相违的现象。"老"的见侵,正是"愁"不能推的结果,上下句之间存在着因果关系。

"顾藉微官少年事,病来那复一分心？"末联承第六句,进一步抒写老来心境,说眷念微官,是少年时的情事,如今老病交加,怎能再为此挂心呢？后两联表面上和冬日景物没有直接关系,实际上,这"愁""老""病"都与寒冬衰暮有着内在的联系。

这首诗抒写了一个困顿失意的士人在阴冷凄寒的冬日愁病交侵的境遇与心情。全篇由景中含情到借景作比,再发展为直接抒情,情感的表现越来越显露,而衰飒的趋向也越来越明显。贺裳指出此诗"词气似随句而降"(《载酒园诗话》),是符合诗境特点的。诗工于刻画,骨格瘦劲。潘德舆说"倦鹊"一联,"纯是筋骨,然皆语尽意中,唐人不肯为者"(《养一斋诗话》),其实这正是典型的宋调。(刘学锴)

赴建康过京口呈刘季高① 　叶梦得

客路重经黄鹄前，　故人仍得暂留连。
长枪大剑笑安用，　白发苍颜空自怜。
照野已惊横雉堞②，　蔽江行见下楼船③。
灞陵醉尉无人识④，　漫对云峰说去年⑤。

> **注** ① 刘季高:刘岑,字季高,吴江人,尝知镇江府,后以得罪秦桧,坐赃废黜。　② 雉堞:城上排列如齿状的作掩护用的矮墙。此指防守的堡垒。　③ "蔽江"句:用晋将王濬治水军,从长江上游,浮江东下,楼船千里,一举攻下吴都建业(今江苏南京)的故事。刘禹锡《西塞山怀古》:"王濬楼船下益州,金陵王气黯然收。"　④ 灞陵醉尉:《史记·李将军列传》:"(广)尝夜从一骑出,从人田间饮,还至霸陵亭。霸陵尉醉,呵止广。广骑曰:'故李将军。'尉曰:'今将军尚不得夜行,何乃故也!'止广宿亭下。"　⑤ 原注:"时季高在新城上月观。"作者与季高相晤,当在此月观,故有"漫对云峰说去年"之句。

高宗绍兴八年戊午(1138),和议开始之后,当时主和派窃取了大权,南宋小朝廷媚敌求和、执行投降政策将成事实,作者此时以江东安抚制置大使兼知建康府的身份,在赴任途中,道经镇江,怀着满腔悲愤,访晤了知镇江府友人刘季高,感叹时事,赋呈此诗,表现对国事的共同忧虞,诗意悲慨苍凉,对和议深为不满。

开头两句:"客路重经黄鹄前,故人仍得暂留连。"表明这次重经镇江,仍然得有暂时和故人相聚的机会,算是此行的可喜之事了。"黄鹄",是镇江的山名,山北有竹林寺,是林涧幽美的所在,南朝周颙曾憩于此间(见《南史·周颙传》)。这里用来指代镇江。然而此时的国事,已和先前大不相同。旧地重过,又未免感到难言的悲痛。第三、四两句:"长枪大剑笑安用,白发苍颜空自怜。"感叹和谈已成定局,几年来艰难血战,将代之以苟且偏安,可笑这长枪大剑,将无可用之处;而自己也白发苍颜,壮志虽存,徒然只能自怜而已。作者前几年曾兼总四省漕计,以供馈饷,使军用不乏,前线诸将得以力战而无后顾之忧,如今眼看前功尽弃,恢复无望,所以在诗句中露出悲伤。第五句"照野已惊横雉堞"是说:前沿战地,依然烽火照野,战垒横陈,形势异常危险。谈和只能是饮鸩自醉。第六句"蔽江行见下楼船",担心长江上游,也有被金人占据的可能,一旦金兵突破那里的江防,行见楼船将蔽江而下,对金陵带来莫大的威胁。这两句忧虞和议告成,必然要导致军心涣散,民心沮丧的后果,因而产生莫大的忧虑。最后,在"灞陵醉尉无人识,漫对云峰说去年"这两句诗中,作者以灞陵醉尉自喻。作者当年留守建康,曾经巡防查夜,唯恐防务稍有不虞,如今边防行将坐废,当年浴血奋战的将军们,都将弃置不用,自己这个灞陵小尉(指地方官),自然更是无人认识,只好登上友人新建的城楼,漫对云山,在悲痛中谈论些去年的情况了。

全诗切于忧国之情,深沉悲壮。刘季高也是主战的爱国志士,所以作者以此诗奉呈,希望志同道合的友人,共洒一掬山河之泪。(马祖熙)

豁然阁 程　俱

云霞堕西山，飞帆拂天镜。
谁开一窗明，纳此千顷静。
寒蟾发淡白，一雨破孤迥。
时邀竹林交，或尽剡溪兴。
扁舟还北城，隐隐闻钟磬。

豁然阁，濒临太湖，在今江苏吴江。北宋蔡佃有《豁然阁》诗："长风东南来，浊浪挠清镜。小轩寂寞入，默视心独静。"厉鹗《宋诗纪事》蔡诗注说："见《吴江县志》。"程俱《豁然阁》诗是和蔡佃之作。

《宋史·程俱传》载，程俱早年曾"以外祖尚书左丞邓润甫恩补苏州吴江主簿，监舒州太湖茶场"。《豁然阁》就作于这一时期。程俱《游大涤》诗："太湖隐吏疏且顽，手板拄颊看西山。"（见《宋诗纪事》）《吴县游灵岩》诗："明霞堕西山，夜气郁已苍。"《太湖沿檄西原道即事三首》说："西山路暗光已夕，东山山头余日红。"（以上均见《北山小集》）这些诗句中的"西山"，与本诗第一句"云霞堕西山"相互印证，也可见《豁然阁》是诗人早年游太湖所作。

一、二句写诗人黄昏出游，飞帆驶入澄静的太湖。诗一开始就把人们引入奇美的境界，绚丽多姿的晚霞在西山上空飘浮，清风徐吹，帆船轻轻划破水平如镜的湖面，这景象，令人想起王勃《滕王阁序》的名句："落霞与孤鹜齐飞，秋水共长天一色。"

"谁开一窗明，纳此千顷静。寒蟾发淡白，一雨破孤迥。"诗人登上了豁然阁，凭窗远眺。阁窗直对湖面，湖光映照得十分明亮。他赞叹这窗开得巧，凭倚窗前，太湖千顷碧波尽收眼底。当幽暗的夜的帷幕缓缓下降的时候，湖景倍加奇丽，映照水面的明月射出淡淡的白光，朦胧而又神秘。（寒蟾，借代月亮，李贺《梦天》诗："老兔寒蟾泣天色，云楼半开壁斜白。"）一阵风挟来了一霎雨，破坏了平静，把如璧的湖月撕得粉碎，仿佛沉入了湖底。孤迥，借代月亮。

"时邀竹林交，或尽剡溪兴。"七、八句概述诗人的志趣。他时而邀朋聚会，这些朋友志趣高尚，如同晋代的竹林七贤；他又时而出访知交，如王子猷雪夜访戴，全凭兴趣（见《世说新语》）。

"扁舟还北城，隐隐闻钟磬。"结尾二句写乘舟返城。诗人乘着轻快的小船返回北城，途中隐隐约约听见清脆悠扬的钟磬声发自附近的庙宇。诗中隐隐流露了对豁然阁的依恋之情。

这首五古文笔轻淡，诗思摇漾，明显受了中唐诗人韦应物"高雅闲淡"的山水诗的影响。
（李良镕）

小斋即事 刘一止

怜琴为弦直，爱棋因局方；

未用较得失，那能记宫商？
我老世愈疏，一拙万事妨；
虽此二物随，不系有兴亡。

即事为诗，比较自由随便，不像军国大题目那么庄严。小斋即事，当然要与小斋生活情事相关。这首诗即从小斋常具之物琴、棋上着眼。不过诗并没有去描写琴棋生活，而是借琴、棋二物以写志抒怀，显得机杼独出，别开生面。

首联单刀直入，直陈本意。但由于所言均出常情之外，便有一种新颖引人的力量。怜，是爱的意思。爱琴，一般说来，自然是因为喜音。王维"独坐幽篁里，弹琴复长啸"（《竹里馆》），是把琴弹出声来，意在音，而不在琴。传说陶渊明抚无弦琴，不一定可靠。即使确有其事，当其抚时，也是在意想中听到了琴声。作者则不然，爱琴不是为了听音，而是为其"弦直"。爱棋，一般说来，自然是为了较智消闲，作者又不然，爱棋不是为了对弈娱戏，而是因其"局方"。"局"即棋盘，方形。二句都是在琴、棋上寻其品，言在物"品"，意在人"品"。"直"就是正直，不邪僻；"方"就是有棱角，不圆滑。作者在宋徽宗宣和三年（1121）登进士第后，曾官监察御史，"封驳不避权贵"，他的为官态度正好作"方""直"的注脚。

次联二句分承首联，是对首联句意的补说。"未用较得失"承"爱棋"句，因为只爱"局方"，不在对弈，所以没有用它较量胜负输赢；"那能记宫商"承"怜琴"句，因为只爱"弦直"，不在音声，所以没去记宫商五音。有了这两句，上两句句意更加显豁，对"为弦直""因局方"具有突出和强调的作用，并非赘语。

以"方""直"自守，其结果如何呢？便过渡到下两联。前两联言心之所尚，后两联言行之结局。古谣谚云："直如弦，死道边；曲如钩，反封侯。"在南北宋之交腐败现实中，方直自然更无容身之地。所以，年纪愈长，世也愈加疏远。不是诗人有意疏世，而是正直乃为浊世所疏。"拙"是与"巧"相对的。便佞应世，自能圆转自如，所以为"巧"；直道而行，百途不通，所以为"拙"。因此，一拙万事皆妨。二句字字是说己，却无字不是讽世，反语藏锋，颇多余韵。

末联将诗意再推进一步。虽然琴棋二物始终相随，方直之品持守不变，却只落得小斋独处，无关乎国家兴亡了。感慨由一己浮沉提升到了家国兴亡的高度，诗境更高了。方直之人无关国家兴亡，那么什么样的人占据着有系国家兴亡之重位呢？联系到徽宗以来，蔡京等"六贼"当路，国事日非的时局，更可体会到这联感慨之深。但表现上又是多么含而不露。这联同时又回扣首联的琴棋，使首尾紧密关合。

全诗主要是以陈述语说理抒慨，这样的诗最不易写好。由于作者抓住琴棋二物生发，便饶有趣味，并赋予琴、棋的品格以鲜明的形象性，构思极巧。吕本中、陈与义曾评论刘一止的诗说："语不自人间来"，大约也正是感受到了诗人标格甚高，较少俗味吧！（孙　静）

漫兴二首　汪　藻

晨起翛然曳杖行，一帘疏雨作秋清。

老来岁月能多少，看得栽花结子成？

燕子年年入户飞，向人无是亦无非。
来春强健还相见，送汝将雏又一归！

诗题《漫兴》，颇近今天的"随感"。前一首因天气突变而起兴，后一首则见燕飞而兴感。诗的语言明浅，意境却很深远。

先看第一首。春天，早晨，老诗人拖着根拐杖在散步，他的心情是舒适的。但不一会下起小雨，诗人回到室内，隔着疏帘，望着细雨，顿觉寒意侵人，时序似乎一下子进入了秋天。这时他突然感到：节候从春到秋，往来倏忽；人生自孩提到老死，不也是这样迅速么？三、四句应当并作一气读，意谓年岁日增，能有几度看得栽花结子？虽不无惆怅之意，然而冷眼观世，态度平静，与首句"翛然"相应，同时也引出下首的沉思。

第二首因燕飞入户而生遐想。燕子年去年来，不懂得人生有盛衰生死，也不管是否户换主人。它无是无非，似乎对谁都一样有情，又似乎对谁都一样无情。这头两句以燕子年年入户的"不变"与人生不断走向衰老死亡的"变"对比，以彼情之漠漠衬我生之匆匆，从事之永恒中透出我之有限。第三句又转而自慰，并向此年年入户之客殷勤致语：只要我能勉强健康地活到来春，一定能与你再见，再一次送你带着你的孩子飞回北方。

汪藻是南北宋之交诗坛名家，活了七十六岁，曾官翰林学士，六十七岁贬永州，客死于此。他的《浮溪集》诸诗，多言渊明、乐天、维摩（王维），足证其志趣高远。《漫兴》当是暮年居永州时所作。从这两首绝句看，这位被誉为"南渡后词臣冠冕"的诗人，老来深感人生倏忽，有来日无多之叹。但他把这个人生大限——死——看得很超脱，明知岁月无多，仍自不忘情于栽花结子，母燕将雏，具有陶渊明"纵浪大化中，不喜亦不惧"（《形影神·神释》）的风致。

这两首绝句含有一种哲理。诗中提供的形象，表露的感情，给了人们这样一种启示：人从孩提到老死，并非最后终结，归于虚无绝望，而是花落自有子存，燕子岁岁孵出幼雏，可证生命是"代代无穷已"，永远不会停息的；死亡中是孕育着新生的，一瞬中是包含了永恒的。这与苏轼在《赤壁赋》中所说"盖将自其变者而观之，则天地曾不能以一瞬；自其不变者而观之，则物与我皆无尽也"的宇宙观是一致的。不同的是，苏寄哲理于问答，是纯然议论；汪寓哲理于形象，因疏雨燕子而遐想人生，情缘境生，境与情会。诗的头一句说"翛然曳杖"，"曳杖"见其形象，"翛然"则见其心情——一种自在、超然的心情。从此诗的风韵看，也确实有超然象外、兴寄深远之致。可以看出，汪藻虽出入江西诗派（汪藻早岁在晋陵，见知于江西派徐俯、洪刍诸人，中年以后求列韩驹门墙，可证他与江西派的渊源），诗风却更近于苏轼。（赖汉屏）

即事二首　汪　藻

燕子将雏语夏深，绿槐庭院不多阴。
西窗一雨无人见，展尽芭蕉数尺心。

双鹭能忙翻白雪，平畴许远涨清波。
钩帘百顷风烟上，卧看青云载雨过。

汪藻的诗，主要受苏轼影响。他像苏轼那样，能敏捷地捕捉事物形象，略加点染，再现大自然的美，这两首小诗，即是其例。

夏深了，燕语呢喃，雏燕乍飞；幽静的庭院里，槐树的绿荫渐见浓密。一阵雨过，西窗下的芭蕉在人们不知不觉之中又长大了许多。这些本都是夏天里的寻常景物，但一经诗人描绘，便使读者感到生机勃勃，觉得大自然实在迷人。这迷人的魅力从何而来呢？

燕子，人们通常把它看做是春天的使者。它常常给江南的人们带来春天的信息。如今它生了雏燕，"将雏"（携着小燕）教飞，意味着春天已经过去，又是"石榴半吐"（苏轼词《贺新郎·乳燕飞华屋》句）的盛夏了。诗人只用呢喃的燕语声，衬出一幅幽静的夏景；这跟南朝王籍《入若耶溪》诗"蝉噪林逾静，鸟鸣山更幽"以噪显静是同样的手法。如果说，这句点明了季节；那么，下句便接着点明了地点——在庭院里。上句以燕语写声，下句以槐荫写色。有声有色，诗的意境就变得更为鲜明。后两句镜头一转，换了场景：西窗雨过，芭蕉叶肥。读者从这时空的运转中能获得快适的感觉，大自然毕竟处处显示出强大的生命力。钱钟书《宋诗选注》在"西窗一雨无人见，展尽芭蕉数尺心"下注释说："等于'一雨，西窗芭蕉展尽数尺心，无人见。'这种形式上是一句而按文法和意义说起来难加标点符号的例子，旧诗里常见。"这种句式能使读者产生一种断而复续或若断若续的流动感，且有一定的哲理意味，耐人寻思。

第二首是另一种写法。诗人动中见静，用许多跳动的画面组成特写，以反衬其悠然自得的闲适心情。请看：成双的鹭鸟振动着雪白的羽毛，飞来飞去是那样的忙；渺渺平畴涨起清波，望去是那样的遥远。诗人随手把窗帘钩起，顿时便似有无限风光扑上楼头。诗人悠闲地躺着，欣赏那一团团带雨的青云从空中飞过。这真有点像杜甫《江亭》诗所写："水流心不竞，云在意俱迟"，充分表现出一种以自然之眼观物的旷达襟怀。"能忙"，作"那么忙于"解；"许远"，作"如此远"解。这两句表面上看，是渲染翻飞之速和平畴之广；深一层看，则显示出双鹭的安闲和田野的静谧。"钩帘百顷风烟上"句着一"上"字，便把成百顷辽阔的风光写活了，好像大自然的美景都争先恐后似的扑来诗人眼底。末句"卧看青云载雨过"是否另寓深意，自无法确知。但联系到作者的生平，则此诗极可能作于政治上遭受挫折期间。汪藻一向怀抱青云之志，在几经政治风波之后，仍能泰然处之。此句所表现的，很可能就是这一境界。

汪藻的朋友孙觌叙汪藻诗说："兴微托远，得诗人之本意。"（《浮溪集原序》）从这句话中可以察知：汪藻诗的比兴和寄托是很微妙、深远的。但这两首小诗是否也有寄托，不必强作解人，但就诗里所显示的意象来看，恐不是单纯的流连光景之作，反映出一种怅惘心情。（蔡厚示）

移居东村作[①]　王庭珪

避地东村深几许？青山窟里起炊烟。
敢嫌茅屋绝低小，净扫土床堪醉眠。

注 ① 原注："山中有西泉寺故基。"按明刻本"移"作"和"。

鸟不住啼天更静，花多晚发地应偏。

遥看翠竹娟娟好，犹隔西泉数亩田。

　　王庭珪《卢溪集》的诗是先按体裁再依时间编排的。二十五卷诗中，七言律诗就有九卷（第二十五卷哀挽的七律尚不在内），他对这方面用力最深。从这首诗可以看出作者善于写一种极为幽静的情趣。

　　首句一问点题，也有力地领起全篇。"避地"在古诗中多指避乱或逃避世俗的干扰。从王庭珪的历史看，两层意思都有。这句交代题中"移居"的原因。下面都就这句生发。"青山窟里"回答"深几许"的问题。"起炊烟"点明"村"字。避地避到"青山窟里"，既表示避地之深，又暗示生活必然有新的困难。三、四两句就回答这样的问题。低小前下一"绝"字，可见其简陋。但为了避地，绝不敢厌弃。屋里连个绳床都没有，只是一张肮脏的土床，但扫干净了照常休息。"绝"字是入声，按正常的规律应是平声，下句"堪"字本该仄声却用了平声。晚唐以来常有这种对句，使人从音节上也产生一种峭拔的感觉。这三、四两句是叙事言怀，写初到的活动和感受，写居住的内景。五、六两句写住下之后外景的幽静。六朝王籍《入若耶溪》有："蝉噪林逾静，鸟鸣山更幽"之句。王安石翻案说："一鸟不鸣山更幽。"此诗第五句又把王安石的诗翻过来，比王籍的原作更加开阔深沉，"青山窟里"远离尘嚣，天本来就静，加上"鸟不住啼"就显得更静了。因为没有外界的干扰，所以鸟能够不住地啼。王籍两句是一意，这里一句却有两层，从鸟到天，人的感觉自在其中。六句从视觉写僻远幽静。因山地气候之寒，花也开得较平地晚。作者是从"花多晚发"推测到地处偏僻。"应"读平声，是推测之辞。这句"地应偏"也是强调幽静，不含贬义，和首句相呼应。外间花已落，这里花方盛开，这种"花多晚发"反而是难得的美景。白居易《长庆集》卷十六《大林寺桃花》说："人间四月芳菲尽，山寺桃花始盛开。长恨春归无觅处，不知转入此中来。"读到"花多晚发地应偏，"就很容易使人想起白居易这首诗的意境。这五、六两句写外景近处的幽趣。作者从近处的"花多晚发"向远处望去，隔着几亩田处，一丛娟娟的翠竹临风，原来那是古西泉寺的遗址。这个句子作者用"犹隔"二字，一方面写在望中，一方面表现急切往看的心情。"天下名山僧占多"，凡山间寺庙多取美好的风景点。作者用这两句收束，是用古寺来强调东村山景实堪爱赏，而且令人"发思古之幽情"。这样就把前面一联的写景推进一步，使前半首所写避地东村的得计显得更为酣畅。

　　这首诗作者只通过叙事和写景来表达移居之快感，而不用直接抒情赞叹的方式。一起直截了当，唤起全篇；一结曲折含蓄，耐人玩味，很自然地交代了题下的自注。在王庭珪写幽闲境界的七律中，这一篇是值得称道的。　（周本淳）

吴门道中二首　　孙　觌

数间茅屋水边村，杨柳依依绿映门。

渡口唤船人独立，一蓑烟雨湿黄昏。

一点炊烟竹里村，人家深闭雨中门。

数声好鸟不知处，千丈藤萝古木昏。

孙觌高宗朝仕至户部尚书，晚年"归隐太湖二十余年"（吴之振《孙觌鸿庆集钞序》）。这两首诗应作于此期间。

吴门（今江苏吴县）素称江南富庶之区，风光也很美。孙觌早年谄附权奸，"当时已人人鄙之"（纪昀《四库全书总目提要》）；晚岁被罢斥，退居乡间。很可能是他感到自己飞黄腾达已经无望，便索性徜徉林下，到处寻幽揽胜，悠游度日，注目于水边茅屋和渡口烟雨，怡情于炊烟、人家、鸟声、藤萝等幽静景观。

第一首着力描写乡里生活的萧散自得。几间茅屋的水边小村，杨柳扶疏，门窗尽绿。渡口有人在唤渡。虽然时值黄昏，唤渡人却仍不慌不忙，披蓑戴笠站在烟雨之中，不顾浑身湿透。景物中充满了诗情画意。前两句，纯用静物写生手法；后两句，才点出了人物，传出了声音，但画面却显得更为安谧。哪怕是连连传来的唤渡声，也只不过像是扔到浩渺湖水里的小石子，只能在湖面上掀起几小圈涟漪，并没有打破静谧。

第二首着力渲染山林风光的天然幽趣。一缕炊烟，引起了诗人的注意，发现了掩映在竹林深处的村庄。村子里的人家，在潇潇细雨中深闭着门户，不知从哪里传来了几声悦耳的鸟鸣；在高高的老树林里，藤缠萝（茑萝）绕，一片昏暗。这一句乃化用杜甫《白帝》"古木苍藤日月昏"句。第一首中还写到人声，第二首则只有鸟语；第一首还只是向往一种静谧的乡居生活，第二首则更进一步追求一个桃花源式的世界。虽然两首诗写的都是黄昏烟雨，但后一首显得更为幽寂，更为窈蔼迷蒙。

孙觌的为人，实在是至不足道。纪昀说："孔雀虽有毒，不能掩文章。"（《四库全书总目提要》）就这两首诗来说，写得萧散疏朗，富有情趣，颇类荆公晚年绝句，不应以人废言。（蔡厚示）

五禽言（其一、其三、其四、其五）　　周紫芝

婆饼焦

云穰穰，麦穗黄，婆饼欲焦新麦香。

今年麦熟不敢尝。

斗量车载倾困仓，化作三军马上粮。

提壶卢

提壶卢，树头劝酒声相呼。

劝人沽酒无处沽。

太岁何年当在酉，敲门问浆还得酒。

田中禾穗处处黄，瓮头新绿家家有。

思归乐

山花冥冥山欲雨,杜鹃声酸客无语。

客欲去山边,贼营夜鸣鼓。

谁言杜宇归去乐?归来处处无城郭!

春日暖,春云薄,飞来日落还未落,春山相呼亦不恶。

布　谷

田中水涓涓,布谷催种田。

贼今在邑农在山。

但愿今年贼去早,春田处处无荒草。

农夫呼妇出山来,深种春秧答飞鸟。

所谓"禽言"诗,是指依据鸟的叫声给鸟儿起一个有意义的名字(如"婆饼焦""提壶卢""思归乐""布谷"都是),再从这个名字上引申生发来抒写情感的诗。唐人偶有所作,宋人作者颇多(如梅圣俞、苏轼等),间涉游戏笔墨。而此诗作者生活在北宋后期,目睹国家内忧外患,农民无复生意。他就把现实性极强的内容,纳入这种歌谣风味的诗体,深入浅出,推陈出新,遂高于前人同类之作。

第一首,"婆饼焦"是依声取义的鸟名。这种鸟儿活跃在麦收季节。其时"丁壮在南冈",而妇人在家烙饼,这鸟叫就像提醒人们"婆饼欲焦"。在古诗中,常将待割的熟麦比作"黄云"。故此首起二句即云:"云穰穰(丰盛貌),麦穗黄。"翻腾的麦浪,有如风起云涌,丰收的景象中流露出农人的喜悦。这是打麦的季节,是烙饼的季节。"新麦"比陈麦可口;烙得二面黄,"欲焦"未焦的新麦炊饼,更是清香扑鼻。"婆饼欲焦新麦香"直写出难写的气息,几使读者垂涎。同时,它兼有欲夺故予的艺术功用。正是在这样美滋滋的诗句之后,"今年新麦不敢尝"一句才特别令人失望。为什么不敢尝?"斗量车载倾困仓,化作三军马上粮。"盖宋时军费开销极大,负担转嫁于平民。所以尽管是"斗量车载"的丰年,农人仍不免饥寒。在口中粮化作军粮的同时,丰收的喜悦也就化为乌有。"不敢尝""化作"(军粮),用字轻便,而其包含的控诉力量是极沉重的。

第二首"提壶卢","壶卢"通常作"葫芦",可为盛酒器具,所以"提壶卢"的叫声有若"劝酒"。然而鸟叫实出于无心,所以也就不必合于实际:"劝人沽酒无处沽。"在那种"夺我口中粟"、剥削甚重的世道,酒,在民间简直成为奢侈之物。麦且不敢尝,何论杯中酒!所以鸟儿的叫声,实令人啼笑皆非。前三句妙在幽默。话到这里,似更无可申说。殊不知诗人笔锋轻掉,来一个画饼充饥:"太岁何年当在酉,敲门问浆还得酒。"二句出自古谣谚"太岁在酉,乞浆得酒;太岁在巳,贩妻鬻子。"虽化用其前半,意谓盼望世道清平,年成丰收,酒贱如水;亦兼关后半,暗示而今是个"贩妻鬻子"的艰难世道。最后两句更将这种画饼充饥式的愿望写得形象、真切:"田中禾穗处处黄,瓮头新绿(指新酿酒)家家有。"唯其如此,更衬托出梦想者企盼的迫切,和现实处境的艰窘。

第三首,"思归乐"乃杜鹃别名,以其声若"不如归去"。此诗以兴法起:"山花冥冥山欲雨",造就一种阴沉沉的气氛,衬托出客子沉甸甸的心情。同时,将"思归乐"的鸣声放在这山雨欲来、山花惨淡的环境中写,更见酸楚。"客无语",是闻鹃啼而黯然神伤之故,"无语"适见有恨。既然"思归",这流落他县的游子为何不归去?原来"客欲去山边(即山外,指家之所在),贼营夜鸣鼓。"这横行不法者,不是一般的盗匪,而是一伙明火执仗、鸣鼓扎营的"贼"(不必指实)。可见时世是怎样的不太平了。杜鹃传说是古蜀王杜宇死后所化,因思念故国,故啼曰"不如归去"。下二句即就鹃声着想,加以反诘:"谁言杜宇归去乐?归来处处无城郭。""处处无城郭",指城市普遍遭到劫掠之苦,语近夸张。末四句进而劝鸟说,山中可恋,何必归去!一连用三个"春"字,"春日暖,春云薄"将"春山"写得那么迷人,以反衬城市居之不易。"亦不恶"三字,实是退后一步的说法,颇见其无可奈何。此诗后半只写鸟,而归趣却在于"客",可说是运用了宾主映衬手法。

第四首,"布谷"之鸣,在春耕播种之时。"田中水涓涓",正好插秧;而布谷鸟又声声催促。然而没有下文,看来此田难种。这不是农夫失职,而是因为"贼今在邑农在山"。世道正常应是农在田而"贼"在山的,而现在一切都颠倒了。"贼今在邑(城市)",似乎连官家一齐骂了。前首写城市无法安居;这里写农村也无法耕作,必然草盛而苗稀。以下就写农夫的祷愿:"但愿今年贼去早,春田处处无荒草。""但愿""去早",这真是个低标准的要求。所求之微,正反映出处境的可悲。"但愿今年贼去早",可见流寇横行,远不是一年两年的事情了。末二句说果如其然,则一定把妇女也动员起来,深种春秧,以报答布谷鸟的殷勤之意。似乎对鸟颇为内疚,语尤悫厚,这正是封建社会大多数善良农夫的写照。

这四首诗虽统一在"禽言"的题目下,但内容上各有侧重,艺术手法上也富于变化。它们以七言为主,杂用三、五言句,形式也不尽相同,笔致生动活泼。最基本的共同之点,是将严肃的内容,寓于轻松诙谐的形式,似谐实庄,是含泪的笑。虽然不著一字议论,不着意刻画,却能于清新爽利之中自见深意。(周啸天)

病 牛 李 纲

耕犁千亩实千箱①,力尽筋疲谁复伤?
但得众生皆得饱, 不辞羸病卧残阳。

注 ① 箱:通厢,仓廪。

这首诗题曰《病牛》,实非写牛,而是诗人自喻坎坷与辛酸。

"耕犁千亩实千箱",写牛为主人耕田千亩,粮谷满仓。发端就点出牛终生辛劳,硕果累累,紧扣诗题。句中虽无"病"字,却字字含"病"意:亩复亩,年复年,必然气力衰竭,病由此生,千箱亦因此而实。两个"千"字,极力夸张,互相对照,显出了牛的辛劳,也突出了牛的功绩。

"力尽筋疲谁复伤",承首句"耕犁千亩"。筋力已尽,谁复哀怜?点出了人们对这种结果的态度,是同情、哀怜,还是漠视、遗弃?这是诗人直接向人们提出的抱怨性的责问,具有强烈的感情色彩。言外之意是:并没有人对它同情、哀怜。

"但得众生皆得饱",以牛的口气作答,把牛人格化;语气由上句的悲怨转为乐观、高旷,由牛转向大众百姓,突破了传统的自叹自怜。连用两"得"字,使语气更为强烈。这牛是诗人的化身,这句话与诗圣杜甫"安得广厦千万间,大庇天下寒士俱欢颜"(《茅屋为秋风所破歌》)的忧国忧民精神极为相似。其实两者并非偶然巧合。诗人罢相后所作诗的自序中极力赞美杜甫,他说:"独杜子美得诗人比兴之旨","其辞章慨然有志士仁人之大节"(《梁谿全集·诗十三》自序);"平生忠臣心,多向诗中剖。爱国与爱君,论说不离口。"(《梁谿全集·诗十五·五哀诗》)可见诗人对杜甫是多么倾心,他的忧国忧民精神显然受到杜甫的影响。

结句是牛继续作答。"赢病卧残阳",把牛置于夕阳西下气息奄奄的特定环境中,更衬托出病牛的悲惨结局。然而,着上"不辞"二字,语气突然一转,变悲凉为慷慨,使诗的格调骤然昂扬。这和北宋诗人孔平仲的"老牛粗了耕耘债,啮草坡头卧夕阳"(《禾熟》)相比,意境似更胜一筹。原因就在于此诗的病牛"不辞赢病卧残阳",为的是"众生皆得饱",气概非凡。而孔诗中老牛的"卧夕阳",仅是因为"粗了耕耘债",是释重负后的自我安慰。魏庆之所说"诗以意义为主,文词次之;意深义高,虽文词平易,自是奇作"(《诗人玉屑·命意》),正可用于这首《病牛》诗。

此诗是李纲贬谪武昌(1128)后所作。他官至宰相,"负天下之望,以一身用舍为社稷生民安危";"忠诚义气,凛然动乎远迩"(《宋史·李纲列传》下);"概然以修政事,攘夷狄为己任"(《梁谿全集·朱熹序》)。然而,由于反对媾和,力主抗金,并亲自率兵收复失地,终为投降派谗臣所排挤,为相七十天即"谪居武昌",次年又"移澧浦",自称所历皆"骚人放逐之乡"(均见《梁溪全集·诗十三》自序),内心极为郁抑不平。为此,作《病牛》以自慰。此诗运用比兴和拟人手法,形象生动,感人肺腑,抒发了"先天下之忧而忧,后天下之乐而乐"的襟抱;语言通俗、凝练,意境高远。与其说这是一首咏物诗,不如说是一首言志诗。(张惠荣)

兵乱后杂诗五首(其一、其四、其五) 吕本中

晚逢戎马际,　处处聚兵时。
后死翻为累,　偷生未有期。
积忧全少睡,　经劫抱长饥。
欲逐范仔辈,　同盟起义师①。

万事多翻复②,　萧兰不辨真。
汝为误国贼,　我作破家人!
求饱羹无糁③,　浇愁爵有尘。
往来梁上燕,　相顾却情亲。

蜗舍嗟芜没,　孤城乱定初。

> 【注】 ①"同盟"句:作者自注:"近闻河北布衣范仔起义师。" ②翻复:翻,同反,即反复。此据清刻本《瀛奎律髓》卷三十二。 ③糁(sǎn):米粒。

> 篱根留散屦，　　屋角得残书。
> 云路惭高鸟，　　渊潜羡巨鱼。
> 客来阙佳致，　　亲为摘山蔬。

宋钦宗靖康元年(1126)丙午春正月，金兵围攻北宋都城汴京(今河南开封)。是年闰十一月，京师失守，城中一片混乱。第二年春，徽、钦二帝被掳北去。吕本中回到汴京，目睹国都残破的悲惨景象，触景伤怀，感而作此组诗。据方回《瀛奎律髓》卷三十二纪批："诗见《东莱外集》，凡二十九首。"而钱钟书《宋诗选注》云："《东莱先生诗集》里遗漏未收。"此据《瀛奎律髓》所录五首而选其中三首。

第一首写金兵南下事，抒发诗人的报国心愿。

"晚逢戎马际，处处聚兵时。"诗篇开头直点兵乱这一主题，渲染了战乱气氛。"戎马"，此指金兵。当时吕本中已四十多岁，故说晚年适逢金兵南犯，中原板荡，兵马四聚。首联揭示了背景，涵盖全篇。

"后死翻为累，偷生未有期。"此联承上。兵荒马乱的动荡年代，人命危浅，朝不保夕，苟且偷生亦非容易，真是"时危命亦轻"。"后死"与"偷生"对举，用语沉着，写出了战乱造成的苦难，表达了诗人对百姓命运的系念。

五、六句"积忧全少睡，经劫抱长饥。"这既是诗人忧伤国事的无限深沉的感慨，又是乱后人民遭受苦难的真实记录。据南宋徐梦莘《三朝北盟会编》卷三十记载，靖康元年正月，金兵攻都城，"围闭旬日，城中食物贵倍，平时穷民，无所得食，冻饿死者藉于道路"。因此，诗中所写"全少睡"与"抱长饥"的悲愁凄苦情景，并不是陶渊明《怨诗楚调示庞主簿邓治中》诗中"夏日长抱饥，寒夜无被眠"的个人贫寒交迫的境遇，而是汴京遭劫时哀鸿遍野的现实缩影。

末二句"欲逐范仔辈，同盟起义师。"以情收结，而与首句"戎马际"相呼应，道出诗人在国家急难之际奋身勤王报国的志节。逐，追随。诗人重来汴京，昔日繁华之地，如今满目疮痍，而金兵虽退，战乱未息。他们已窥测到中原虚实，定会随时派兵进逼。因此，当诗人听到河北布衣范仔率众抗金时，毅然地表示愿意追随他们，充分表现出一位赤诚的爱国者的形象。

第二首痛斥误国害民的奸贼，倾吐国破家残的悲愤。

首联"万事多翻复，萧兰不辨真。"北宋末年，歌舞升平的外像，掩盖着统治集团的昏庸腐朽。他们醉生梦死，沉湎酒色之中，没有料到北方女真兵鼙鼓动地来，惊破了升平美梦。世事的剧变，当然难以预料，但在这急难之际，有的弃官逃跑，有的忍辱乞和，而如李纲那样的坚决抗金者则很少。诗人在这里运用萧、兰作比喻。屈原《离骚》："户服艾以盈要兮，谓幽兰其不可佩。……何昔日之芳草兮，今直为此萧艾也？"意思是说，每户人家都有挂满腰的野艾，而散发出清幽芳香的兰花则说成是不可用来妆饰。(萧艾，指不芳的野草。)昔日芳草，今成萧艾。自屈原以后，不少诗文常常以兰、蕙象征君子，而以萧艾比作反复无常的小人。作者在这里的比喻，既指决策议和的权奸，又指那些在急难中贪生怕死的守土官吏。神州陆沉，他们不能辞其咎。

"汝为误国贼，我作破家人！"这是诗人发自内心的愤怒呼声。这些误国害民的奸贼，"报国宁无策，全躯各有词"，为了苟且偷生，丑态毕露。现在自己则和城中百姓一样，成了一个家破之人。面对这严酷的社会现实，诗人倾泄出一腔悲愤。这是个人的感慨，也反映了人民的心声。

五、六句"求饱羹无糁，浇愁爵有尘。"承上诉说家破后的贫困境遇，汤羹里没有米粒，填不饱肚子，满腹忧愁，也不能借酒来浇愁。"爵有尘"，指饮酒的器具积满了灰尘，暗示长久未用。

末二句以景语收结，情味深长。"往来梁上燕，相顾却情亲。"这是化用杜甫《江村》"自去自来梁上燕，相亲相近水中鸥"的诗句。不过，所表达的并非一般的落寞惆怅心境，而是寓寄着兴亡之感。这使人想起了北宋词人周邦彦《西河》词中"燕子不知何世，入寻常巷陌人家，相对如说兴亡，斜阳里"。诗中虽没有直接抒写古今兴亡之感，但城郭面目全非，而燕子往来，依旧与人情亲。由于作者是身历其境，有切肤之痛，所以诗的意境与周词相比，更加沉郁悲壮。

第三首写战乱中残破景象，反映了人民遭受的深重苦难。

起二句"蜗舍嗟芜没，孤城乱定初。"蜗舍指低矮简陋的住处。作者身居陋室，目睹这乱后一片荒芜景象，心绪翻腾，情不自禁地发出了深沉的感叹。

"篱根留敝屦，屋角得残书。"诗人细致地刻画了劫后城中的残破情景，那断残的竹篱门墙下留着破旧的鞋子，进屋可以看到残存的书籍。方回《瀛奎律髓》列举吕本中乱后杂诗的一些断句，其中有"檐楹锁可拾，草木血犹腥"，揭露战乱带来的创伤，尤为沉痛。这首诗中的"敝屦""残书"，在日常生活中是件小事，但在特定的环境中，以小见大，勾勒出乱后冷落凄凉的现实图画。

五、六句"云路惭高鸟，渊潜羡巨鱼。"这是化用杜甫《中宵》"择木知幽鸟，潜波想巨鱼"的诗句，但这里的意境不同，诗人看着那鸟儿在天空自由飞翔，鱼儿在深水来往游动，心中产生一种自惭的感受，似乎鱼鸟皆有依附，唯独自己走投无路。

最后二句"客来缺佳致，亲为摘山蔬。"具体地描写生活困顿的情景。客人前来，家中拿不出可口饭菜，只得亲到郊外采摘山野蔬菜。多么辛酸的凄苦情景，读来催人泪下。

这三首诗从不同的生活侧面反映了乱后苦难的社会现实，揭露了金兵破城和权奸误国的罪恶行径，抒发了诗人深沉的爱国情思。纪昀在《瀛奎律髓刊误》中批云："五首全摹老杜，形模亦略似之，而神采终不及也。"尽管如此，但此诗的感情沉痛深挚，又避免了江西诗派末流的生硬枯涩之弊。这表明，吕本中的诗风在靖康乱后有了变化。（曹济平）

读　书　　吕本中

老去有余业，读书空作劳。
时闻夜虫响，每伴午鸡号。
久静能忘病，因行当出遨①。
胡为良自苦，膏火自煎熬。

注 ① 因行：即因循，悠游闲散意。遨：游乐。

这首诗当作于高宗绍兴八年(1138)，作者因触怒权奸秦桧而被降职以后。时作者已年过半百，挑灯苦读至更深夜阑之际，不禁感到头昏眼花、腰酸手软。伴着微弱的孤灯，漫卷手中的诗书，一股苦涩悲怆的滋味随着倦意涌上心头。于是写下了这首诗，以抒发心中的感慨。

作者首先申明，仅仅是因为年老才操此读书"余业"，然而读书成底事，不过是"空作劳"而已。夜以继日，伴我者唯有虫鸣鸡号，这是何苦呢？自己年迈多病，养神修性、保重身体才至关重要，若得闲暇之际，完全可以命俦啸侣，一同外出游山玩水，何必黄卷青灯，如此苦读呢？岂非是自受煎熬？

作者友人谢薖有《读吕居仁诗》云："今晨开草堂，草帙乱无次。探囊得君诗，疾读过三四。"（《谢幼槃文集》卷一）可知诗人确实有夜间读书写作的习惯，而且一夜作诗可达数首之多，文思之敏捷令人吃惊。只是使人费解的是，作者出身于名门世家，幼承家学，且又"以诗为专门"（《四库全书总目提要》语），似当以读书为快事，何以会把读书看作是"空作劳""自煎熬"的"苦"事？何以诗中会笼罩着如此凝重、无可排遣的迟暮之感？细玩诗中词句，综考诗人身世，可以得出大致的答案。

诗的首联即引人思索。读书既为"余业"，那么何为"正业"呢？既为"空劳"，那么何为劳而有所得呢？年老时如此以为，年轻时恐怕未必吧？陆游《吕居仁集序》云："公自少时既承家学，心体而身履之，几三十年，愈踬学愈进，因以其暇尽交天下名士。其讲习探讨，磨礲浸灌，不极其源不止。故其诗文汪洋闳肆，兼备众体……一时学士宗焉。晚节稍用于时。"这段话正可为此诗下注脚。作者本酷嗜诗学，性喜读书，只因后被朝廷重用，便决心报国济时，心目中便把仕途上有所作为当成了"正业"。而现在呢，虽有经邦之才、励世之节，却只能优游闲散，以诗书自娱。书读得再多，于定国安邦又有何用呢？岂非"空作劳"乎？还不如颐养天年，自适其适。诗的后半部分，作者似乎是自嘲自笑，强作宽解。实际上蕴藏着不甘如此终老林下、以读书消磨时光的郁勃之志。他之所以不能"久静"，不愿"出邀"，而甘愿如此自讨苦吃，就是因为他从心底里还希望重返朝廷、从事"正业"，劳有所得，名垂青史。清人陆心源则以为，作者晚年"优游林下，著书教子，著述传于后世，有子蔚为大儒"，实在是一大幸事，还得感谢秦桧"玉成之"呢（《仪顾堂集》卷五）。孰得孰失，恐怕诗人始料所不及吧？（沈时蓉　詹杭伦）

夏日绝句　　李清照

生当作人杰，死亦为鬼雄。
至今思项羽，不肯过江东。

李清照是我国历史上最著名的一位女词人，她的诗作传世很少，也不甚为世所称，这首五言绝句却是一首名作，传诵很广。

诗意明白爽朗，所用的项羽故事，也是人人所知的熟典。她的词或轻柔婉丽，或缠绵悱恻，而诗则都是洗净儿女气的慷慨之音，和词风大不相同。

这其实是一首借古讽今、发抒悲愤的怀古诗。北宋靖康二年（1127），腐败的宋王朝在金兵的沉重打击下瓦解，徽、钦二帝及赵氏亲属和大批臣民被掳北去。以当时的形势言，金兵是孤军深入，黄河南北的许多州郡有的尚在宋人之手，有的虽已被占，但金兵数量不多，立足未稳；在金兵的进攻下，太行山一带抗金的义军蜂起，威胁着金兵的后方；如果高宗赵构能蓄志抗金，中原事是大有可为的。但赵构一开始就没有恢复国土保卫人民的愿望，带着臣僚仓皇南逃，先逃到扬州，后渡江而至临安（今浙江杭州），在金兵的追袭下，又先后逃越州（州治在今浙江绍兴）和明州（州治在今浙江宁波），喘息甫定，就在临安定都。当时不少主张抵抗的文武官吏都建议不要一味南迁，如徐梦莘《三朝北盟会编》中就载有吴伸所上的万言书，劝告赵构不要"止如东晋之南据"，可以代表当时有识之士的见解。李清照的这首小诗则是以诗歌形式写出的时事评论。

项羽在垓下一战，为刘邦所败，逃至乌江，乌江亭长劝他暂避江东，重振旗鼓，但他以"无颜见江东父老"而自杀。此事的得失可置之不论，但他的生为人杰、死为鬼雄的豪壮气概是令人感动的。举出项羽的不肯南渡，正是对怯懦畏葸、只顾逃命苟安的南宋君臣的辛辣讽刺。诗在字面上只是对千年以前英雄发感慨，但对时事的沉痛悲愤的谴责之情却溢于言表。

李清照之所以有如此沉痛悲愤的感情，是因为她本人正是在朝廷败逃的情势下被弄得家破人亡的。靖康之变迫使她丢弃了珍贵的图书文物而南奔。作为金石家和藏书家的丈夫赵明诚之死，和辛苦积累的文物全数丧失，对她打击极大。李清照自己更因此而颠沛流离，尝尽人间艰辛。面对时局，她不能不兴起"汝为误国贼，我作破家人"（吕本中《兵乱后杂诗》）的怨愤。这种怨愤也正是当时千万蒙难人民共同的怨愤。百姓是无辜的，他们平时受尽剥削压迫，一旦事起，有守土保民之责的朝廷却不能保卫他们的安全，只顾自己忍辱偷生，委弃他们而一逃了事，不以见父老为羞。因此，此诗不仅是发抒了个人的悲愤，又是广大百姓的心声。这种诗篇出自一位封建时代女子之手，极为难能可贵。（何满子）

三衢道中　　曾　几

梅子黄时日日晴，小溪泛尽却山行。
绿阴不减来时路，添得黄鹂四五声。

这是一首纪行写景的绝句，抒写诗人对旅途风物的新鲜感受。三衢，即衢州（治所在今浙江衢县），因境内有三衢山而得名。

首句点季候和天气。梅子黄时，正值江南初夏季节。这段时期，常常阴雨连绵。柳宗元《梅雨》："梅实迎时雨"，赵师秀《约客》："黄梅时节家家雨"，均可证。这里说"日日晴"，一方面是强调今年黄梅季节天气的特殊；另一方面则是以天气的晴和，为下文写旅途风物的清新张本。

次句"小溪泛尽却山行"，明点"道中"。衢州地当浙江上游，境内多山，所以道途兼有水陆。这句是说，泛舟小溪，溯流而上，当不能再行进时，便舍舟登陆，循着山间小路继续前行。"却"字含有转折意味，它把诗人由水转陆时的新鲜喜悦感细微隐约地表现出来了。这句叙行程，"山行"二字启下三四两句。这首诗写的就是"三衢道中"所见所闻。

"绿阴不减来时路，添得黄鹂四五声。"读到这里，才知道诗人在不久前，已经循着与这次相反的方向，经过三衢道中一次，这次是沿原路回去。绝句贵简，诗人不去追述"来时路"的情景，只顺便在这里点出，并与这次返程所见所闻构成对照，以突出此次旅途的新鲜感受，在构思和剪裁上都颇见匠心。山路上，夹道绿荫，似乎和不久前来时所见没有什么两样，但绿荫丛中，时而传来几声黄鹂的鸣啭，却是来时路上未曾听到过的。这"不减"与"添得"的对照，既暗示了往返期间季节的推移变化——已经从春天进入初夏，也细微地表达出旅人归途中的喜悦。本来，在山路上看到绿荫繁翳，听见黄鹂鸣啭，可以说是极平常的事，如果单就这一点着笔，几乎没有什么动人的诗意美，但一旦在联想中织进了对"来时路"的回想和由此引起的对比映照，这就为本来平常的景物平添了诗趣。这首纪行诗，看似平淡无奇，读来却耐人寻味，其原因即在此。（刘学锴）

题访戴图　　曾　几

小艇相从本不期，剡中雪月并明时。
不因兴尽回船去，那得山阴一段奇？

晋王徽之（字子猷）居山阴（浙江绍兴），一个雪夜忽忆戴逵，时戴在剡溪（曹娥江上游，自山阴可溯流上），遂连夜乘船往访。经一夜到达，没进门就回来了。人问其故，他说："吾本乘兴而行，兴尽而返，何必见戴？"事见《世说新语·任诞》及《晋书·王徽之传》。访戴之事向来只被视为魏晋名士任诞风度的表现，曾几却由于画家的启发而从中看出一段新意，因此，这首《题访戴图》虽咏故事而不落窠臼。

一、二句叙访戴事。王徽之访戴是乘舟前往，故云"小艇相从"。这次出访不是事先筹划，而是兴致勃发，临时决定的，故曰"本不期"。既是乘兴而往，那么，兴尽便归也就是十分自然的事了。"本不期"三字，道尽了魏晋名士纯任自然的意态。而王子猷所以心血来潮，是受了景物的感发。当时夜雪初霁，月色清朗，他中夜醒来，不能成寐，又读了左思《招隐诗》，忽然想起了戴逵（字安道），便动了出访的念头。"剡中雪月并明时"，既有画意，更具诗情。诗人将王子猷置于雪月并明的剡溪之上，益显其洒脱高远的风姿。

三、四句进而发挥，说子猷因访戴而饱览了山阴一段奇景。这两句，似应作"不因兴发孤舟往，那得山阴一段奇。"但诗人却说"不因兴尽回船去"，更耐人寻思。盖乘兴而往，毕竟还有会友的意念，不能全神贯注静赏雪月。待打消访戴的念头而"回船去"，诗人才能凝神揽胜。这里的"兴尽"是访戴之兴尽，而赏奇之兴转浓。要是他敲了戴门，进了戴家，岂不反败了这意兴？"兴尽回船去"五字，著以"不因""那得"，更饶兴味。

典故传习既久，容易成为熟套，了无新意。只有运用生活经验去读古人书，运用典故时方能光景常新。诗人认为，正因为王子猷风神洒落，把访戴而不见戴的事不挂心头，才能真正领悟到山阴山水之奇妙。不善于读书，不能探寻古人心境，运用典故怎能如此深入一层？此外，此诗措语皆活。"本不期""不因""那得"等虚字互相呼应，使全诗一气呵成，读来极为流畅。这样的题画诗，无疑使画大为生色。（周啸天）

送　春　朱弁

风烟节物眼中稀,三月人犹恋褚衣。
结就客愁云片段,唤回乡梦雨霏微。
小桃山下花初见,弱柳沙头絮未飞。
把酒送春无别语,羡君才到便成归。

朱弁是一个有气节的士大夫,曾于宋高宗建炎元年(1127)冬天出使金邦,因坚持正义,不受威胁利诱,被金邦拘留北方达十五年之久。从这首诗写的塞北春景与表现的故国之思来看,当是他被拘留时所作。

送春,本是一个常见的诗题,但作者能从自己特定的处境与心情出发,描绘塞北短促的春光,就别具新意。

全诗八句,反复咏叹塞北春天的短促,抒发思念故国的深情。诗的首联和颈联虽同样是写塞北春天的景物与人的感受,但层次不同,显示了时间的推移。首联着重表现塞北春天的姗姗来迟。三月的江南,已是百花斗艳、草长莺飞的暮春时节了,而塞北却仍寒气袭人,"风烟节物"(与春天季节相适应的自然风物)稀稀落落,人们还依恋着"褚衣"(以棉絮作衣谓褚),穿着过冬的棉袍。颈联则着重描写塞北春天的速归。"小桃"两句倒装,即"山下初见小桃花,沙头未飞弱柳絮。"意谓小桃花刚刚开放,柳絮也还未飘飞,春天就已经匆匆过去了。这无疑是一种夸张,但作者正是从对塞北春迟、速归,好似昙花一现的渲染中,衬托出江南丽春的宜人景色,而表现出对故国的无限深情。

在描写塞北春天短促的首联和颈联之间,作者插入写塞北"片云""细雨"的颔联,既预示在风风雨雨之中春将归去的信息,在结构上把首联和颈联的层次变化和时间推移联系起来,而"客愁""乡梦"的描写,更是直接抒发拘留异国之悲和思念故国之切的复杂感情。"客居"的悲愁,凝聚成片片的浓云、纷纷的细雨,把人从梦中的故园唤回。这种给客观事物涂上浓厚感情色彩的写法,增加了抒情的环境气氛,加强了艺术的感染力。

诗的最后一联点"送春"题意,而无限深情都在这"无语"和羡慕之中。这"把酒无语",表现了作者被拘留金邦年复一年迎春送春所引起的痛楚,真可谓"此时无声胜有声"了。那对刚到即归的塞北之春的羡慕,又恰好流露出长期被留北庭归期未卜的辛酸。

这首诗的最大特点,在于构思巧妙。题为送春,但诗人没有用很多笔墨写惋惜春之将去,而是极力描写塞北春天的迟到速归,短促得几乎使人感受不到春天已经来临,虽未免夸张,但却含蓄、婉转地表现出诗人被留塞北时间的漫长,抒发了诗人对故国的忠贞与眷恋。(邱俊鹏)

春日即事　李弥逊

小雨丝丝欲网春,落花狼藉近黄昏。

车尘不到张罗地，宿鸟声中自掩门。

这首诗大约是作者因反对和议而落职失势后所作。题为"春日即事"，说明这是因春日所见所闻有感而作。

首句"小雨丝丝欲网春"，写暮春时节的丝丝细雨，连续不断，相互交织，像是张开了一面弥天大网，要把即将逝去的春天网住。说雨丝如同网丝，将漫天丝雨想象成弥天大网，这还是比较平常的联想与比拟，但说雨丝"欲网春"，则是诗人的独特想象。"无边丝雨细如愁"（秦观《浣溪沙》），这春日的丝雨，本来就容易唤起人们春光将逝的寂寞惆怅，而含愁的思绪与"小雨丝丝"之间又存在某种形象上、意念上的联系。因此，由雨丝之网——愁绪之网，进一步联想到它"欲网春"，就非常自然了。从这个意义上说，似乎不妨把"小雨丝丝"看作是诗人伤春愁绪的外化。

丝雨虽欲网春，但春毕竟网留不住。眼前所见，唯有"落花狼藉近黄昏"的景象而已。落花狼藉，是风雨摧残的结果，也是春天消逝的标志。春残，加上日暮，景象更加凄黯，诗人的寂寞惆怅也更深了。

第三、四句转到诗人自身的处境："车尘不到张罗地，宿鸟声中自掩门。"西汉翟公做廷尉的高官时，宾客阗门；等到失势废官，宾客绝迹，"门外可设雀罗"。这里用"张罗地"借指自己闲居之所，既表现门庭的冷落，更含有对趋炎附势的世态的慨叹。"宿鸟"应上"黄昏"。宿鸟声在这里恰恰反托出了张罗地的冷寂。"自掩门"的"自"字，传出了一种空廓无聊赖的意味，暗示像这样寂寞自处、与外界隔绝已非一日。这里虽不免流露出空寂落寞之感，但同时又含有对炎凉世态的不屑之意。如果将作者失势的原因（反对和议，触忤秦桧）与诗中所抒写的情景联系起来体味，则后两句所蕴含的感慨便更深了。

诗的前幅写春残日暮的景象，后幅写闲居生活的冷寂，而从"丝网"联想到"鸟罗"，从"黄昏"过渡到"宿鸟""掩门"，上下承接得很自然。（刘学锴）

以事走郊外示友　　陈与义

二十九年知已非，今年依旧壮心违。
黄尘满面人犹去，红叶无言秋又归。
万里天寒鸿雁瘦，千村岁暮乌乌微。
往来屑屑君应笑，要就南池照客衣。

《宋史》本传记载，陈与义"天资卓伟，为儿时已能作文，致名誉，流辈敛衽，莫敢与抗"。但在二十四岁登徽宗政和三年（1113）上舍甲第后，却只被任命为文林郎、开德府教授这样闲散、卑微的官职。政和六年八月，与义解官归。至政和八年，复除辟雍录，这首诗即写于次年到任之后。因得不到重用而产生的怨恨与牢骚，是这一时期陈与义诗作的重要主题，也是这首诗的重心所在。

开头两句是对三十年的否定。否定什么？第一句中"知已非"用陶渊明《归去来辞》"实迷途其未远,觉今是而昨非"句意,所以否定的内容,当是作者自己对功名的追求。不过,陶渊明说"今是而昨非",与义此诗却说"今年依旧",其中包含着不能如陶令那样毅然归去来的难言苦衷,作者内心的悲怆就不是陶渊明可比的了。

第三句以下抛开过去,单说今年。颔联用人、秋作比,以秋归反衬人不仅难"归",而且还不得不"犹去"的凄凉境遇。对于"黄尘满面"一副劳碌相的人,红叶只是"无言",这神态,是同情诗人的不遇,或是劝其与秋同归？作者未讲,读者自可揣度。贺裳《载酒园诗话》谈到南宋诗歌时说："陈简斋诗以趣胜,不知正其着魔处,然其俊气自不可掩。如……《以事走郊外示友》'黄尘满面人犹去,红叶无言秋又归'……俱可观。"看出了这两句诗情味之所在。

如果说颔联是人、景一图,情、景互见的话,那么颈联则是用白描写景,情在景中了。天寒、雁瘦、岁暮、乌(乌乌,即乌鸦)微,这一幅幅衰飒凄厉的图画,正是作者心灰意懒情绪的反映。鸿雁乃信使,今瘦则无力,当然是寄书难达了。乌鸦至日暮便聚栖在村舍附近,诗中着一"微"字,表示暮色苍茫中视野模糊,更显作者的茫茫之感。因而这一联在字句的背后,还有思家的意思在。

尾联回头点题。"往来屑屑"照应"黄尘满面",用不堪奔波的情态描写,来说破"以事走郊外",从这里可以知道题目中所说的"事",当是诗人极为厌恶却又不能不为之奔走的"公事"。"君应笑",在点明"示友"的同时又照应首联。不过这里从友人的角度看作者的宦游生涯,比第一联中的否定就更进了一步。"南池照客衣",化用杜甫《太平寺泉眼》中"明涵客衣净"的诗句,是"示友"的另一个重要内容。杜甫在放弃华州司功参军之职后西入秦州,艰苦漂泊之中亦时时流连自然,太平寺之游即是诗人雅兴的流露。这种处境和爱好同陈与义此时的情况是相类似的。这首诗如此结尾,还足以使作者诗风中"俊雅"的一面成功地克服了由于牢骚太盛而可能产生的板滞和村伧气,把诗篇收束得雍容飘逸。

简斋早年的诗,常融新巧于平淡之中,自成一体。比如本篇意趣高远而描写沉着,感情苦涩而行文流丽,色彩丰富又不入秾艳,形象鲜明又不失尖巧,句法、字法都极平常却又不落俗套,正反映了陈与义诗风的独特之处。

此诗的情态描写也值得注意：用"黄尘满面""往来屑屑"写己,用"君应笑"状友,都极生动、形象,在主客之间构成既对立又统一的整体。此外,写鸿雁用"瘦",写乌乌用"微",不仅各具特征,宛然可见,而且很符合秋归之日的节令和本诗的题旨。(李济阻)

发商水道中　陈与义

商水西门语,东风动柳枝。
年华入危涕,世事本前期。
草草檀公策,茫茫杜老诗。
山川马前阔,不敢计归时。

这首《发商水道中》，是诗人南奔途中的第一首。胡穉《陈简斋年谱》"靖康元年"下云："正月，北虏入寇，复丁外艰，自陈留寻避地，出商水，由舞阳次南阳……"可见这是作者在陈留酒监任上，因遇靖康之变，径从陈留南奔，道经商水（河南商水）而小憩，复又从商水登程时所作。这是一首感时感事的诗。

首联，地、时、事兼叙。于地，则商水西门；于时，则东风动柳，是早春时季；于事，则临别告语。"语"字大约也从杜诗学来。杜甫《哀王孙》："不敢长语临交衢，且为王孙立斯须。"作者在商水小憩，现在又和陈州（商水属陈州）的故旧告别，斯须告语，见其奔亡道中，行程催迫。"商水西门语，东风动柳枝"两句，大有杜甫《发同谷县》"临歧别数子，握手泪再滴"之意。

次联，叙而兼议。"年华"，犹言年光。"年华入危涕"一句，从上"东风"句来，说年光虽然进入了一个新的春天，但是汴京失守，都下士民流散失所，莫不带着危苦涕泪。此联下句"世事本前期"是说，眼下时势方艰，但追本求源，也有其前事之因。"世事"暗射首句"西门语"，从而知道，西门窃语，必是时势艰难这番话题。

"草草檀公策"，紧承"世事"句，追究前事之因。"檀公策"，用刘宋时征北将军檀道济"三十六计，走为上计"事，讥刺北宋朝廷避金人，求苟安的失计。草草，鲁莽轻率。宋文帝元嘉七年，魏军南下，洛阳陷落，虎牢不守，继而进逼济南。时以檀道济为都护诸军事，率众救援。檀道济进至济上，初时颇有捷报，但后因粮饷不继而仓促撤退，遂导致魏军的进一步深入。诗人用这个典故，追究宣和末年北宋朝廷退避金兵，以致军机贻误、汴京被占的罪过。

"茫茫杜老诗。""杜老"即杜甫。杜甫在入蜀以后以及在湖湘时期，写到安史之乱或各地军阀的战争时，多用"干戈茫茫"字眼。如《南池》诗："干戈浩莽莽。"又如《惜别行送刘仆射判官》诗："九州兵革浩茫茫。"陈与义此句，径直以杜甫自比，意思是说：他此后也只能像杜甫颠顿蜀中、流落荆南一样，吟咏些"干戈茫茫"的诗句了。

最末一联："山川马前阔，不敢计归时。"作者自伤前途辽远，吉凶未卜，不敢率尔作归乡之计。感情凄恻，语意酸楚。

南宋诗评家刘辰翁（须溪）曾对陈与义诗逐一加以评点。他对《发商水道中》这首诗的"年华入危涕，世事本前期"二句，评云："乱离多矣，何是公之能语也！"称赞陈诗善叙乱离。刘又于"草草檀公策"以下四句，评云："经历如新，不可更读。"又称赞陈诗善用典故。刘辰翁评诗，类多标新立异，有时竟近于诡怪。上引两条评语，说到陈与义诗有杜甫沉郁苍茫的气韵，尽管语焉不详，但可供赏析时的参考。（韩小默）

感 事 陈与义

丧乱那堪说，干戈竟未休。
公卿危左衽，江汉故东流。
风断黄龙府，云移白鹭洲。
云何舒国步，持底副君忧？
世事非难料，吾生本自浮。

菊花纷四野，作意为谁秋！

这首五言排律作者在邓州(治所在今河南邓县)所写。按年谱：作者发商水后,继续南奔,至春末到达邓州南阳,寓居僚友之家。七月,作者复北还陈留,时事草草,不可留居,于是再从叶县方向南下,辗转至襄阳。建炎元年(1127)春,作者自襄阳之光化再入邓州,卜居城西。此诗即是年秋九月在邓所作。

诗题"感事",总指靖康、建炎以来的丧乱事变,诸如汴京被占,徽、钦二帝被俘,高宗播迁,以及公卿士大夫窜亡等等。"感事"之"事",蕴含广泛,非指一时一事。

"丧乱那堪说,干戈竟未休。"在百感交集之下,话却说自从头。自从靖康丧亡离乱以来,国事扰攘,国土日蹙,所不忍言;而兵争干戈之事方兴未艾,竟未能望其止息。"那堪""竟未",感慨苍凉沉至。

"公卿危左衽,江汉故东流。"上句用《论语·宪问》："微管仲,吾其被发左衽矣。""左衽",夷狄的服式。此句的意思是：公卿大夫害怕被金人所掳,化为夷狄之民,故而纷纷逃散。下句用《禹贡》："江汉朝宗于海。"但陈诗此句,是切自己所在之地而言,因邓州是长江、汉水邻近之地。"江汉故东流",是诗人说自己一定要像江汉朝宗于海一样,追随建在东南的南宋朝廷。

"风断黄龙府,云移白鹭洲。"黄龙府,即和龙城,地当今吉林宁安。五代时,后晋石敬瑭割燕云十六州以谄媚契丹,契丹封他为"儿皇帝"。公元九四七年,契丹逼晋,并俘虏了石敬瑭之子石重贵,把他囚禁在黄龙府。北宋亡国以后,徽宗、钦宗被金人所掳,囚禁于五国城(五国城：辽国地名,后内附;划归黄龙府),其事与晋事相类。"风断",风闻断绝,即消息隔绝之意。下句"云移白鹭洲","云",紫云,天子之气;"白鹭洲",长江中洲渚,在建康(今江苏南京)西南江中,以其上多白鹭而得名。当时宋高宗的朝廷移在扬州。这两句意谓：旧君远在黄龙府,音讯无闻;新君銮舆东幸,追随不及。这都是诗人所系念所感伤的事。

"云何舒国步,持底副君忧?""云何",犹言如何;"持底",犹言用什么。诗人说,自己没有什么办法可以纾解国难,也没有什么办法可以分担君忧。

"世事非难料,吾生本自浮。"上句亦《发商水道中》"世事本前期"之意。意云：今时势艰危如此,固非难以预料,而是事出有因。"吾生本自浮",虽则前事有因,而我生本自飘浮。命运如此,为之奈何?

"菊花纷四野,作意为谁秋!"时势艰危如彼,身世漂泊如此,已足使人感伤。然则秋日黄花,纷披四野,作此秋日之荣秀,更欲使何人观赏呢?

陈与义这首《感事》诗,确是逼近杜甫。从遣词用字上看,"那堪""竟未","危""故","断""移",等等,都是沉实的字眼,有杜诗的风味。从比兴手法上看,"风断""云移"一联,以天象喻人事,也深得杜诗的兴寄之妙。至于以景抒情作结,又是杜甫即事咏怀一类诗作的常见章法。全篇苍凉沉郁,居然老杜气韵。纪昀在《瀛奎律髓》批注中说："此诗真有杜意,乃气味似,非面貌似也。"诚为的评。比纪昀稍晚的南阳人邓显鹤,著有《南村草堂文钞》,他在一篇序文中说："自来诗人多漫浪湖湘间,如少陵、退之、柳州及刘梦得、王龙标辈,皆托迹沅、澧、郴、湘、衡、永间,绝无有至吾郡者,有之,自简斋始。"又说："简斋先生诗,以老杜为宗,避乱湖峤,间关万里,流离乞食,造次不忘忧爱,亦与少陵同。""不忘忧爱",是杜甫的大节,也是简斋的大节。用这四个字去看这首《感事》诗,正是十分契合。(韩小默)

除夜二首(其一)　　陈与义

城中爆竹已残更, 朔吹翻江意未平。
多事鬓毛随节换, 尽情灯火向人明。
比量旧岁聊堪喜, 流转殊方又可惊。
明日岳阳楼上去, 岛烟湖雾看春生。

这首诗是陈与义于宋高宗建炎二年(1128)在岳阳(今属湖南)度除夕时所作。自从钦宗靖康元年(1126)金兵南下攻宋,次年,陷汴京,俘徽、钦二宗北去。这时中原大乱,形势危急。陈与义于靖康元年自陈留(这时他正监陈留酒务)避兵南下,经舞阳、南阳、叶县,又经方城(以上诸地均在今河南境内),至光化(今属湖北),又入邓州(治所在今河南邓县)。建炎二年正月,自邓州往房州(州治在今湖北房县),又至均阳(今湖北均县),度石城(今湖北钟祥),至岳阳(以上据胡穉《简斋先生年谱》)。在这三年之中,陈与义饱经兵乱流离之苦,所以在除夕时作此诗抒怀。

头两句写除夕所闻,城中通宵放爆竹(古人于正月元旦爆竹于庭,以避山臊,以真竹著火爆之。后人卷纸为之,谓之爆仗,见《武林旧事》),已经到残更了,而城外北风吹动江水,涛声澎湃,似有抑愤不平之意。"吹"字读去声。古时音乐之用竽笙箫管者谓之"吹",后来引申为声响之意。"朔"是北方。"朔吹"即是指北风吹动的声响。"翻"字用得很生动。中间两联是抒怀。陈与义这时才三十九岁,并不算老,但是揽镜一照,鬓发已经变白,不由得怪它"多事",言外是慨叹两年多来避兵转徙,艰苦备尝;唯有灯火明亮,"尽情"相慰,言外是慨叹客居岑寂,都是用含蓄之法。"鬓毛随节换""灯火向人明",本是平常的诗句,但是加上"多事"与"尽情",就把人的感受注入无知的"鬓毛"与"灯火",显得意思深而句法活了。第五、六两句是说,现在暂时安居岳阳,比起前两年的颠沛流离,差足自慰,但是转念一想,"流转殊方",与家乡远隔千里,又很可惊叹。"聊"字与"又"字互相呼应,表现出忧喜交错之情。末两句换笔换意,宕开去说,预想明天元旦登岳阳楼,远眺"岛烟湖雾",仿佛看到春天的来临,寄托对于明年国势好转的期望。前六句情致凄怆,结处转出前景之有望,能有远韵远神。纪昀称赞这首诗是"气机生动,语亦清老,结有神致"(纪评《瀛奎律髓》)。

这首诗不用华丽辞藻,也无典故,平淡自然,清空如话,但是读起来还是觉得韵味醇厚。陈与义作诗是近法黄(庭坚)、陈(师道),远追杜甫的。杜甫的七律诗,风格多样,其中即有清空如话的一种,黄、陈也擅长此体。如杜甫《和裴迪登蜀州东亭送客逢早梅相忆见寄》云:"东阁官梅动诗兴,还如何逊在扬州。此时对雪遥相忆,送客逢春可自由。幸不折来伤岁暮,若为看去乱乡愁。江边一树垂垂发,朝夕催人自白头。"又如黄庭坚《新喻道中寄元明》,都是以清空如话见长。陈与义可能受到这一类诗的启发。(缪　钺)

春 寒　陈与义

二月巴陵日日风，春寒未了怯园公。
海棠不惜胭脂色，独立蒙蒙细雨中。

　　这首诗作于高宗建炎三年(1129)二月。当时南宋朝廷正处在风雨飘摇之际。金兵连陷青州、徐州，进攻楚州，大有席卷江北之势。高宗由扬州逃到镇江，再到杭州。此时作者正避乱于岳州(治所在今湖南岳阳)。这年正月，岳州发生大火，作者借郡守王接后园君子亭暂居，自号为"园公"(见自注)。他蒿目时艰，孤贞自守，见春寒细雨中独立的海棠，感物起兴，写了这首诗。
　　"二月巴陵日日风，春寒未了怯园公。"巴陵，古代郡名，治所在巴陵(今湖南岳阳)。二月的巴陵，春寒未尽，日日有风，料峭刺骨。对于漂泊异乡、僻居小园的诗人来说，这阴冷的天气更令人难以忍受。"怯园公"三字，道出了他此时的心境。
　　去年正月，金兵攻下邓州，作者逃难到房州，在房州险些被俘。此后离房州至均阳，经石城到岳州。一年之中，惊惶逃难，备尝险阻艰难。这两句平常的诗，只有结合诗人当时切身经历，才能体味出其中的含蕴。
　　"海棠不惜胭脂色，独立蒙蒙细雨中。"仲春二月，气候变化无常，五日一风，十日一雨，一阵寒风过去，便降下蒙蒙细雨。只见庭园之中，一株海棠，不惜污损胭脂之色，傲然挺立于蒙蒙细雨之中。这海棠，既有美艳之姿，又有清高之操。诗人用了"不惜""独立"等字面，更表现了海棠与春寒斗傲的孤高绝俗的精神。诗人写的是海棠，不是松竹，也不是梅菊，所以笔下所描绘的，不仅有孤傲的品格，而且有风流的雅致，与海棠的身份正相适合。而且诗人不仅写海棠，其中也隐含着自己的人格，不是泛泛咏物。写得既有风骨，又有雅致，堪称咏物诗的上乘之作。
　　海棠为名花之一，历代诗人多有歌咏，或赏其艳丽，或怜其凋落，大多风流有余，品格不足。唯有陈与义这首诗，别出新意，品格风流兼备。究其原因，在于他既融入了自己的思想、人格，又与海棠的形貌切合。(孟庆文)

伤 春　陈与义

庙堂无策可平戎，坐使甘泉照夕烽。
初怪上都闻战马，岂知穷海看飞龙！
孤臣霜发三千丈，每岁烟花一万重。
稍喜长沙向延阁，疲兵敢犯犬羊锋。

　　这首诗是陈与义于高宗建炎四年(1130)在邵阳(今属湖南)所作。据胡穉《简斋先生年谱》,陈与义于建炎四年春至邵阳,居紫阳山。这时南宋国事危急。建炎三年十一月,金兵大举渡江,攻破建康(今江苏南京),十二月,入临安(今浙江杭州),高宗逃至明州(今浙江宁波),乘舟入海。建炎四年正月,金兵破明州,以舟师追高宗,不及,高宗泛海逃至温州(今属浙江)。陈与义听到这个消息,心中非常愤慨忧念,所以作此诗以发舒之。

这首诗前四句一气贯注。头两句慨叹庙堂(即是朝廷)无有平戎之策,致使金兵深入。"甘泉照夕烽"是借用汉代故事。《史记·匈奴传》说,汉文帝时,"胡骑入代句注边,烽火通于甘泉、长安数月"。甘泉在今陕西淳化,汉帝有行宫在此。这句诗说,边塞的烽火照亮了甘泉宫,以汉事比况金兵逼近京都,用典贴切,而且形象化,如果直说则乏味了。第三、四两句表示痛心。"上都"指京都,班固《西都赋》:"实用西迁,作我上都。""飞龙"二字出于《周易》乾卦爻辞:"九五,飞龙在天。"中国一向用"龙"象征皇帝,此处借用《周易》"飞龙"的成辞以比高宗,暗喻其逃难远走。这两句诗是说,正在惊怪敌人的"战马"逼近京都,怎能想到皇帝竟然被迫逃入穷海之中呢?"初怪"与"岂知"互相呼应,不但句法灵活,而且表达出深切的哀痛。按当时高宗仓皇渡江,建都尚未定,不过,建康、临安均在选择之中,所谓"上都",盖即指此,"初怪"正见敌来之速。也还另有一种解释,认为此诗前四句是从北宋末说起,"上都"指汴京,慨叹金兵攻取汴京三年之后,现在皇帝又被逼浮海逃难。这虽然也可以讲得通,但是总觉得追溯得远了一些。

第五、六两句用虚浑之法,既伤叹国事,又融入自己。照一般作七律的方法,第五、六两句很重要,应当或提起,或宕开,或转折,才能使通篇有远势。陈与义这里运化了李白、杜甫的诗句:李白《秋浦歌》第十五首:"白发三千丈,缘愁似个长。"杜甫《伤春》第一首:"关塞三千里,烟花一万重。""孤臣"是陈与义自称,因为忧国情深,头发都白了,将原句的"白发"改为"霜发",使其形象鲜明。杜甫《伤春五首》是他于代宗广德二年(764)在阆州所作,原注:"巴阆僻远,伤春罢始知春前已收宫阙。"原来在前一年,即是广德元年十月,吐蕃攻陷长安,代宗逃奔陕州,不久,郭子仪击退吐蕃,收复长安。杜甫作此诗时,因道远尚未听到收复的消息,所以他的诗中说:"天下兵虽满,春光日自浓。西京疲百战,北阙任群凶。关塞三千里,烟花一万重。……"表达了深切的忧国之怀。"关塞"二句是说,阆州离长安很远,虽然心怀忧念,而听不到消息。这种情况与陈与义身居湖南而忧念远在江浙的朝廷危难恰好相似,所以他借用杜甫这句诗以托喻,可谓非常贴切,既能义蕴丰融,而又兴象华妙,由此可见陈与义诗艺之精。末二句转出一意,称赞向子諲的勇敢抗敌,说明宋人是不肯屈服于强敌的。这两句的句法也是从杜诗"稍喜临边王相国,肯销金甲事春农"(《诸将》)学来的。向子諲于建炎中知潭州(州治在今湖南长沙)。建炎三年,金兵攻潭州,向子諲率军民坚守,金兵围城八日,城陷,子諲督兵巷战,夺南楚门突围而出,后又收溃兵继续抗金。向子諲原是直秘阁学士,故陈与义借用汉官的"延阁"以称之。"犬羊锋"即是指金兵。

陈与义这首诗,雄浑沉挚,声调高亮,与其《除夜》诗风格不同。陈与义作诗是取法黄(庭坚)、陈(师道)而上追杜甫,《除夜》诗还近似黄、陈,而这首诗却嗣响杜甫。钱钟书认为,杜甫律诗的声调音节是唐代律诗中最弘亮而又沉著的,黄庭坚和陈师道学杜甫,忽略了这一点,"陈与义却注意到了,所以他的诗……词句明净,而且音调响亮,比江西派的讨人喜欢。"(《宋诗选注》146页)这段话说得很对。后来学杜甫而得其气格雄浑、音节高亮者也并不多,杰出者只有陆游、元好问,至于明代前后"七子"之学杜,浮声枵响,不足取也。(缪　钺)

渡 江 陈与义

江南非不好，楚客自生哀。
摇楫天平渡，迎人树欲来。
雨余吴岫立，日照海门^①开。
虽异中原险，方隅^②亦壮哉！

> **注** ① 海门：指钱塘江入海处。 ② 方隅：角落。指江南。

　　这首诗作于高宗绍兴二年(1130)。前一年的夏天，作者在广南奉诏，由闽入越，趋赴绍兴行在，任起居郎。至本年正月，随车驾返回临安，诗为渡钱塘江而作。诗中表示宋室局处江南一隅，虽属偏安，但形势也很壮观；虽不若中原的险固，国事仍可有为，在基调上比较开朗。

　　"江南非不好，楚客自生哀。"由赋情写起，表明江南地带，并非不好。然而自金兵入据中原之后，转眼五年，黄淮地区，大部分已非吾土。所以思念故国，仍不免使楚客生哀。"楚客"，指的是作者自己。作者虽说是洛阳人，在避乱期间，曾辗转襄汉湖湘等地，长达五年，所以自称"楚客"。第三、四两句："摇楫天平渡，迎人树欲来。"写渡江时情景。摇桨渡江，远望水天连成一片，仿佛天水相平。由于船在前进，所以江岸远处的树，颇似迎人而来。这两句写景入神，且景中寓情。"天平渡"，示天水无际，前进的水路，呈现开阔苍茫的气象；"树迎人"，示行进之时，江树渐次和人接近。隐喻国家正招揽人才，所以自己也被迎而至。

　　第五、六两句："雨余吴岫立，日照海门开。"融情入景。"吴岫"，即吴山。吴山在钱塘县南，和城内凤凰山相对，下瞰大江，直望海门。"雨余"，是初晴。吴山明朗，云雾尽散，"雨余山更青"，故用"立"字示意。天晴了，红日高照，海门开敞，金碧腾辉，故用"开"字示意。两句写雨后景象，象征国运亦如久雨初晴，光明在望。结笔："虽异中原险，方隅亦壮哉！"仍以赋情为主，赞美江南地带，尽管险固有异中原，但也擅有形胜，倘能卧薪尝胆，上下同心，凭藉此处以为"生聚教训"的基地，则复兴的希望，必能给人以鼓舞。这两句回映起笔，"虽异"句和"生哀"句相应，"方隅"句和"江南"句相应。在章法上，首尾应接，抑扬相间，笔有余辉。

　　全诗借开朗景象，以示此行的欣喜，却能不露痕迹，使外景和内心一致，这是诗人用笔高妙的地方。(马祖熙)

牡 丹 陈与义

一自胡尘入汉关，十年伊洛路漫漫。
青墩溪畔龙钟客，独立东风看牡丹。

　　此诗为陈与义咏物怀乡的名篇。读到此诗，自然很容易想起唐代岑参的怀乡诗《逢入京使》："故园东望路漫漫，双袖龙钟泪不干。马上相逢无纸笔，凭君传语报平安。"由于个人性情、时代环境等的差异，这首诗比岑诗显得更为思力沈挚，悲凉凄楚。这首诗作于绍兴六年

(1136)春,当时陈与义以病告退,除显谟阁直学士,提举江州太平观,寓居于浙江桐乡县北青墩(一名青镇)之寿圣院塔下,无论国家的局势,或者个人的身世,都使诗人感慨无限,他便以牡丹为题,抒发了自己真挚强烈的伤时忧国之情。

起句以回叙开篇,从金兵入汴写起。"一自"二字以口语入诗。此句语意陡峭,情感愤激。次句紧接起句,继续叙写十年来的漫长愁苦。靖康元年(1126)金兵攻破汴京(今河南开封),二年掳走徽钦二帝。北宋亡。从此诗人便流离失所,漂泊江湖,不觉已经十年。"伊洛",即伊河、洛河,伊河为洛河支流,洛河为黄河支流,《国语·周语》云:"昔伊洛竭而夏亡。"因此,"伊洛"既指诗人的故乡洛阳,又暗寓他那亡国的隐痛。"路漫漫"亦兼有两重意思:其一谓十年颠沛,北望故乡,长路漫漫,无由再达,即所谓"还顾望旧乡,长路漫浩浩"(《古诗·涉江采芙蓉》);其二谓国破家亡,乾坤板荡,虽无挽狂澜于既倒之力,但胸中的耿耿之志仍未消歇,即所谓"路漫漫其修远兮,吾将上下而求索"(屈原《离骚》)。可见前二句既有对敌方的谴责,又有对故国的怀恋,既有思乡之情,又有亡国之痛,而且"其用意深远,不露鳞角。"(胡穉《简斋诗笺又叙》)

三句亦与次句相承,意谓自己此时年龄虽未满半百,但体衰多病,早已疲惫乏力,数次以病剧辞,方得在此江南之青墩溪畔客居,此为身世抒写而语气平静舒缓,使感情的激流暂趋平缓,为末句蓄势。洛阳牡丹号称"天下第一"(欧阳修《洛阳牡丹记》),然而此时洛阳被占,有家归不得,偏偏今天在他乡看见了牡丹,这自然会使诗人情不能已,感慨万千!"独立",即谓"茕茕孑立,形影相吊"(李密《陈情表》)之意,表明诗人此时零丁孤苦,无有知音。陈与义出身世家,超世特立,不求显达而重名节,然而此时体衰多病,又孤掌难鸣,实无力报国,哀苦之情,令人黯然神伤。"东风看牡丹",似乎勾勒了一幅闲暇有致的画面,其实乃是一种极为悲苦的写照。诗人强压住悲痛,将他那伤悼故国、悲叹身世的全部感情都倾注于江南海滨的牡丹上,但牡丹不语,岂解人意,诗人便只有暗吞伤心之泪了。本诗以"牡丹"为题,却在结句的最末二字才点出,这并非一般的点睛之笔,而是凝聚了诗人全部的感情,收到了强烈的艺术效果。

全诗自然流畅,"用事深隐处,读者抚卷茫然,不暇究索。"(楼钥《简斋诗笺叙》)此诗作于诗人逝世前两年,葛胜仲所谓陈与义晚年"赋咏尤工"(《陈去非诗集序》),确非虚语。(萧作铭)

登垂虹亭①二首　　张元幹

一别三吴②地,重来二十年③。
疮痍兵火后,　花石④稻粱先。
山暗松江⑤雨,波吞震泽⑥天。
扁舟莫浪发⑦,蛟鳄正垂涎⑧。

熠熠⑨流萤火,垂垂饮倒虹⑩。
行云吞皎月,　飞电扫长空。
壮观江边雨,醒人水上风。
须臾风雨过,　万事笑谈中。

注 ①垂虹亭:亭在吴江(今属江苏)垂虹桥上,垂虹桥又名长桥。②《水经注》以会稽、吴郡、吴兴为三吴。即今绍兴、苏州、湖州一带。③"重来"句:作者《芦川词》中,有《石州慢·己酉吴兴舟中》一阕。己酉为高宗建炎三年,和《登垂虹亭》诗作年相同。这句"重来二十年",可见1109年左右他曾在江南作客。④花石:宋徽宗宣和间曾敕令江南各地交奇花异石,运送花石的船只,称"花石纲"。⑤松江:即吴淞江。⑥震泽:太湖古称震泽。⑦浪发:轻率地出发。⑧"蛟鳄"句:暗示当时各地风波仍然险恶,时局还在动荡。蛟鳄:指蛟龙和鳄鱼。按:这年高宗车驾至余杭,有苗、刘之变,隆祐孟太后垂帘听政,以平内难。故作者有蛟鳄正垂涎之叹。⑨熠熠:萤火的光亮。⑩饮倒虹:传说虹能吸饮,称为虹饮。

这两首诗作于宋高宗建炎三年(1129),是年春天,金兵南下,高宗从扬州仓皇渡江逃难,江北地区,大都失守。直到初秋,局势才稍为稳定。这时作者由故乡重来吴越,过吴江垂虹亭,感叹今昔,赋诗二首。

诗的首章,抒发了诗人旧地重游之感和对于时局的忧虞之情。开头两句:"一别三吴地,重来二十年。"三吴指苏南浙西一带地区。作者在二十年前(徽宗大观四年)曾在吴越一带作客,那时正值承平,自己也正当壮年,如今重到这里,人已垂老,国家的局势也发生了巨大的变化。作者抚今思昔,以三、四两句:"疮痍兵火后,花石稻粱先",表示自己深沉的感慨。自从三年前金兵攻入中原以后,汴京失守,北方大地,疮痍满目,江淮地带,也沦为战区。而在宣和年间,朝廷却不恤民力,在江南一带征花石纲,全不关心农事,使得人心涣散,民怨沸腾。二十年间的往事,真是触目惊心。第五、六两句,写这次重过垂虹亭,正值雨天,松江上面一派阴云;远处的山峰,都消失在云雾中间;太湖湖面,卷起吞天的波涛,而江南的局势也还没有完全安定。"山暗松江雨,波吞震泽天",正是此刻的实况。结尾两句:"扁舟莫浪发,蛟鳄正垂涎。"作者有感于当前风涛的险恶,深深地警戒自己说:"这扁舟可不能轻率地开发啊,水里的蛟鳄,正在向人垂涎呢!"对当时的局势来说,这两句也有双关的语意,在江南的朝廷里,也正有坏人,企图伺机作乱哩。

次章写垂虹亭畔秋晚下雨的情况。作者登上垂虹亭之后,适逢初秋的傍晚。亭子的周围,闪动着熠熠的萤火;长长的垂虹桥,仿佛正垂在江边进行虹吸。雨是刚刚才停止的,仰视天空,行云吞没了皎洁的月亮,闪电扫过长空而来。接着又下起了晚雨,烟水苍茫的太湖上,一片迷蒙的雨景。闪电从云层里映起红光,呈现出壮观的景象。秋风从江面上卷来醒人的凉意。一会儿,风雨过去了,在笑谈中又出现了雨后的清景。天时是多么变化无常啊!这首诗的结尾两句"须臾风雨过,万事笑谈中",是作者此刻对天时的愿望,也是他对时局的愿望吧。

(马祖熙)

汴京纪事二十首(其一)　　刘子翚

帝城王气杂妖氛,胡虏何知屡易君。
犹有太平遗老在,时时洒泪向南云。

刘子翚《屏山集》中,最为脍炙人口的是那些愤慨国事的作品。《汴京纪事二十首》写于靖康之变以后。国都失守、国土破碎的深哀巨痛,使作者的笔触变得凝重、深沉而又犀利。这一组七言绝句不仅集中反映了作者感时忧国的思想感情,而且犹如一幅五光十色的历史画轴,以靖康之变为轴心,展现了发生于汴京的众多历史事件的风貌。

本篇为《汴京纪事二十首》中的开卷之作,着重表现汴京(今河南开封)失守、二帝被掳后,遗民怀念故国、渴望光复的痛苦。首句写金人占领汴京。"帝城",即汴京。"王气",指象征帝王运数的祥瑞之气。古人认为王气的聚散与国运的盛衰密切相关。刘禹锡《西塞山怀古》诗有"金陵王气黯然收"句,许浑《金陵怀古》诗亦有"玉树歌残王气终"句。"杂妖氛",是喻指金人入犯。这一句隐含着作者对国运衰颓的深切叹惋和对金人入犯的强烈愤懑。次句是说金人不懂得"忠君爱国"的道理，因而并不在乎频繁地更换皇帝。"胡虏"，是对金人的蔑称。靖康二年（1127），徽宗、钦宗被掳北行，金人立张邦昌为楚帝；后至建炎四年（1130），金人重行占领汴京，复立刘豫为齐帝。"屡易君"，指此。从表面上看，这一句意在指斥金人不知礼义，其实，统全诗而观之，这里对金人的指斥不过是为下文揭示诗的主旨所作的一种铺垫——作者意在以不谙礼义的金人作为深明礼义的北宋遗民的反衬。所以，三、四两句便掉转笔锋，表现北宋遗民铭心刻骨的故国之思。"太平遗老"，即北宋遗民。"南云"，借指南宋。那些在金人统治下的北宋遗民，自幼读圣贤之书，把国家社稷看得比生命还重要，因而，他们怀着莫大的痛苦，无时不在盼望南宋统治者挥师北伐，使京都早日得以光复。这里，"时时"，写其痛苦和盼望之久；"洒泪"，写其痛苦和盼望之深；"向南云"，则写其痛苦和盼望之专。相形之下，不仅"何知屡易君"的金人显得粗俗，而且但求苟安，不图恢复的南宋统治者也显得那样昏庸——作者正是想通过对北宋遗民行为的描写，揭露南宋朝廷文恬武嬉、不图振作。

　　这首诗之所以具有感人至深的艺术力量，除了应归功于对比、反衬手法的成功运用外，作者善于塑造典型的形象，也是原因之一。"时时洒泪向南云"一句，具有高度的概括力，将北宋遗民的心情表现得淋漓尽致。如果作干巴巴的描述，即便笔墨十倍于此，也难以收到同样的艺术效果。后来，陆游《秋夜将晓出篱门迎凉有感》诗中"遗民泪尽胡尘里，南望王师又一年"二句，虽然很难说是自刘诗脱胎而来，但化用其意的痕迹却殊为明显。（萧瑞峰）

汴京纪事二十首（其七）　　刘子翚

空嗟覆鼎误前朝，骨朽人间骂未销。
夜月池台王傅宅，春风杨柳太师桥。

　　组诗的前一首意在抨击昏君，这一首则意在鞭挞奸臣。昏君的荒淫无道，使奸臣得售其奸；而奸臣的曲意逢迎，又使昏君得逞其昏。正是由于昏君、奸臣沆瀣一气，胡作非为，才带来了始而丧权辱国、终而失土亡国的不幸现实。虽然作者写作此诗时，当年窃据国柄的蔡京、王黼等权奸早已化为不齿于人类的几抔粪土，但他们的祸国殃民，仍使作者块垒难消。于是，他将极度的愤怒和鄙夷凝聚在笔端，通过描写其身后的情形，将这伙奸臣更深更牢地钉在历史的耻辱柱上。

　　首句语极沉着，意极惨痛。"覆鼎误前朝"，谓前朝奸臣误国，招致了覆亡的惨祸。覆鼎，语出《周易·鼎》："鼎折足，公覆𫗧"，比喻大臣失职。前朝，指北宋。这里，作者用一个"误"字对权奸葬送北宋朝廷的罪行作了精当的概括。然而，往事已矣，作者回想北宋覆亡之因，唯有空自叹息。着以"空嗟"二字，作者内心无力回天的郁闷灼然可见。次句"骨朽人间骂未销"承上句的"误"字而来，以饱含憎恶之情的议论揭示了奸臣弄权误国所应得的下场：尽管他们已埋骨荒冢，却仍然遭到人民不停地唾骂，他们生前的罪恶行径注定了将遗臭万年。"骂未销"，既见出人民对他们仇恨之深，反过来又证实了他们罪孽之大。三、四两句由议论改为写景，笔法陡变,波澜顿起。前二句虽曾对那些死有余辜的权奸痛加挞伐,却没有明言他们究竟是谁。这两句中,作者便以曲折的诗笔,点出他们的姓名。王傅,指官封太傅楚国公的王黼;太师,则指官封太师鲁国公的蔡京。王黼,徽宗时担任宰相,卖官鬻爵,专事搜刮,被称为"六贼"之一。钦宗即位后受到贬斥,在流放路上被杀。蔡京,也是徽宗所宠信的奸臣,为"六贼"之首。钦宗即位,放逐岭南,死于途中。这里,作者拈出"王傅宅"和"太师桥"来加以描写,用意殊为深曲。王、蔡二贼生前曾不遗余力地搜刮钱财来营建府第园林,妄图享尽人间的荣华富贵。《靖康遗录》载,王黼的住宅位于阊阖门外,"周回数里","其正厅事以青铜瓦盖覆,宏丽壮伟。其后堂起高楼大阁,辉耀相对"。"又于后园聚花石为山",侈丽之极。蔡京的府第则在都城之东,据《清波别志》卷下载,亦"周围数十里",其豪华与"王傅宅"相仿佛。不过后来毁于大火。"太师桥",指其遗址。历史的发展总是违背作恶多端的统治者的意愿。王、蔡当年"自言歌舞长千载,自谓骄奢凌五公",岂知民心不可侮,国人不可欺,曾几何时,他们便身败名裂,为天下笑。于是,昔时金阶白玉堂,即今唯见"风""月"在。作者描写"夜月池台""春风杨柳"的目的,正是为了以"风""月"的永恒来反衬王、蔡等的丑恶生涯的短暂;同时也是为了形象化地说明:正如"风""月"将长留人间一样,王、蔡等权奸的臭名连同其府第将永远是人们唾骂的对象。说这两句"用意深曲",即指此而言。全诗融议论、写景、抒情于一炉,时而直亮其刺,时而曲达其讽,可谓"刺"得深刻,"讽"得巧妙。　(萧瑞峰)

池州翠微亭　　岳　飞

经年尘土满征衣,特特寻芳上翠微。
好水好山看不足,马蹄催趁月明归。

岳飞是南宋初年的抗金名将。他从宋徽宗宣和四年(1122)十九岁从军,到绍兴十一年(1141)三十八岁时,被秦桧陷害身亡。为了抵抗金兵南下,保卫南宋的半壁山河,进而收复中原,长期转战在今两湖、浙、赣、苏、皖一带。绍兴四年和十一年,就曾两次在庐州(治所在今安徽合肥),击败金兵,十一年还驻军舒州(治所在今安徽安庆),因而这首作于池州(治所在今安徽贵池)的诗,难以确定其具体的写作时间。

"冲口出常言,法度法前轨。人言非妙处,妙处在于是。"苏轼这首论诗的诗,恰好道出了岳飞《池州翠微亭》的艺术特点。这首诗明白如话,不假雕饰,也没有用事用典,完全出之以口语、常言,却十分感人。其奥妙全在于以情取胜。这种"情"是从肺腑中倾泻出来的,所以,它冲口而出,是那样的自然、真挚。

只要了解了作者的身世、经历,就能较深地体味到诗中强烈的爱国感情。生当北宋末世的岳飞,亲眼看见了祖国的山河破碎,国破家亡,青年从军,以"还我河山"为己任。"三十功名尘与土,八千里路云和月",冒矢石,受风霜,为的是"收拾旧山河"。在这种特定的历史情况下,岳飞对祖国山川的一草一木都怀着一种特殊的感情。正是在这样的情感支配下,这位连年征战的青年将军,在戎马倥偬之际,面对为之战斗的祖国山川,热爱之情,油然而生,发而为诗。

诗的首句叙述自己的经历，从而把登池州翠微亭放在一个特定的背景下面，使读者感受到时代和诗人的脉搏是一致的。第二句用"特特"以强调这次登临（"特特"，作特地、特别解，叠字有强调之意），表明戎马倥偬，登临难得，而把自己的戎马生活与大好河山从感情上联系起来，同时，在结构上又起到了转折的作用，把感情抒发的重心移到对故国的爱恋上来，为最后一联直抒胸臆作了铺垫。三、四两句为全诗的中心。它展示了诗人对祖国的深厚情谊，使人们看到了诗人对祖国美丽河山流连忘返的心境，从而表现了诗的主旨。全诗即这样一气贯注，倾泻了一个驰骋沙场，为国而战的诗人的炽热感情。

《池州翠微亭》是岳飞"发于心而冲于口"的心声。它以它的真情和自然，叩击着读者的心扉，引起人们的共鸣。（邱俊鹏）

次韵傅惟肖　　萧德藻

竹根蟋蟀太多事，唤得秋来篱落间。
又过暑天如许久，未偿诗债若为颜。
肝肠与世苦相反，岩壑嗔人不早还。
八月放船飞样去，芦花丛外数青山。

傅惟肖曾知清江县（今属江西），是一个颇能同情民生疾苦的良吏。他许是诗人的朋友吧，然其诗不传。萧德藻这首次韵诗，抒发了他亟想退隐的情怀。

前两联写他落寞潦倒的心情。首联怪蟋蟀。蟋蟀在地下活动，啮食植物根部，诗人房舍周围的篱笆（篱落）是竹子编成的，故云"竹根蟋蟀"。又晋崔豹《古今注》云："蟋蟀，一名吟蛩。秋初生，得寒则鸣。"诗人独处室内，感到分外寂静、冷清，又在百无聊赖之中，听到了蟋蟀的鸣声。蟋蟀鸣声虽细，可在情绪本已不佳的诗人听来，觉得十分聒耳，况且那蟋蟀又是伴随着萧瑟之秋而来的，因此，诗人不由得责怪起蟋蟀来，怪它"太多事"了："唤得秋来篱落间。"这未免有点错怪了蟋蟀，原本是它随秋而生，可诗人却怪它将秋唤来。因为其时诗人情怀既恶，也就管不得蟋蟀的蒙受不白之冤了。次联转而怨自己。恼人的秋天既已来了，诗人意识到这点时，心头又一惊："又过暑天如许久"，不禁暗暗埋怨自己：计划要写的那些诗，至今都还不曾动笔——"未偿诗债"，真是难以为情啊！

由埋怨自己的"未偿诗债"，又进而埋怨自己的不早归山林（但话却是从反面说起），因而在三联中倾诉自己所怀未伸。先明言："肝肠与世苦相反"，世人肝肠，便是热衷仕进，看重名利，自己则与之相反，自甘淡泊，不求名利，不慕富贵，而唯有隐逸山林方是志趣所在。"苦"，含有此乃秉性所致，便是自己亦无可奈何之意。其时诗人也许正官乌程（属今浙江）令，因此接着便道，至今尚混迹官场（想当有原因），不能如愿归隐山林，所以便是连那岩壑也在嗔怪我何以不早还了。"还"，含有自己原是山林中人、而却流寓在外未归之意。

既想"还"而未能"还"，末联便生出幻想：就在这八月之中，我当能似陶靖节那样解职而归,可以放船像箭一样飞去,在芦花丛外,看到了青山座座,我就愿终老在这其中任何一座深山之中。末两句写出了诗人犹如网中之鱼忽得解脱,自由自在游回大海时的那种快感。这一联的虚写妙在逼真,仿佛实有其事。不过,后来诗人果如所愿,卜居在乌程的屏山。

这首诗虽然透露出了诗人的内心苦闷,但由于他笔致活泼,好以拟人化的手法从反面写来,如"蟋蟀唤秋""岩壑嗔人",故给作品带来了幽默感,而冲淡了其中苦涩的况味。艺术上,虽字字锻炼,却又能不露斧凿之痕,好像是"满心而发,肆口而成",于此可见诗人深厚的艺术功力。(周慧珍)

道间即事　　黄公度

花枝已尽莺将老,桑叶渐稀蚕欲眠。
半湿半晴梅雨道,乍寒乍暖麦秋天。
村垆沽酒谁能择? 邮壁题诗尽偶然。
方寸怡怡无一事,粗衣粝食地行仙。

这是一首纪行述怀之作。诗人以鲜明的笔触,刻画了江南初夏的田园风光,描述了恬淡闲适的行旅生活。

诗一起句,就选用富有时令特色的景物,点明了季节。"花"是春天的象征,"花枝已尽"用一"尽"字,写出了繁花凋落,春光消逝的景象。"莺"是报春的鸟,"莺将老"用一"老"字,说明雏莺渐长,啼声衰谢,春天已经归去。此中未遣一字表示感情,但已含有对韶华易逝的惋惜之情。次句又转换镜头,映出"桑叶渐稀"的画面。"渐稀"并非凋零,而是被采摘殆尽,这说明蚕要进入不食不动的眠期了。"蚕欲眠"以季节性和地区性的特点,形象地显示了诗人在初夏行经江南农村的情景。

"梅雨"是江南初夏特有的气候。诗人抓住这一季节特点,抒写路途境况,渲染初夏的气氛。黄梅雨是下一阵停一阵,行人还能在间歇中赶路,用"半湿半晴"形容梅雨天气的道路,十分贴切。要是阴雨连绵,道路泥泞,将另是一景。由于时下时停,阴晴不定,天气便是忽冷勿暖;这种"乍暖还寒时候",正是农历四月麦收季节。诗人将抽象的时间概念,化为易于感知的意象,称之为"麦秋天"。《初学记》卷三引汉蔡邕《月令章句》:"百谷各以其初生为春,熟为秋,故麦以孟夏为秋。"唐罗隐《寄进士卢休》诗:"从此客程君不见,麦秋梅雨偏江东。"此虽指事不同,而光景仿佛。

上两联写景,突出了时令特征,而且用对偶句式,把各种物象组合在一起,互相衬托,像电影中的"叠印"镜头,将江南乡村的初夏景色刻画得鲜明生动。作者还把养蚕和麦收等农事活动摄入诗中,不仅丰富了季节感,同时也增添了浓郁的生活气息。

下两联转入叙事抒怀。诗人在梅雨时节赶路,已见羁旅行役之苦。走累了,也只能在乡村酒店歇歇脚,饮几杯水酒解解乏,更显出沉滞下僚,仕途奔波之艰辛。"谁能择"一句反问,深化了意境,隐隐露出蹭蹬失意的情怀。逆旅生活的另一侧面也反映了诗人随遇而安,恬然自适的心境。在邮馆客舍的墙壁上,即兴题诗,把偶然的感受信手写出,只不过是为了排遣旅途的寂寞,消除心头的郁闷。旅人皆然,己亦如是。"尽偶然"与"谁能择"相对应,用全称判断加强语势,蕴含着不得不随俗浮沉,与时俯仰的衷曲。

尾联笔意洒脱,诗人决心丢开烦恼,以旷达求解脱。"方寸"指心,心中无一事是说无所希求,心地洁净。"怡怡"一词,用意精到。《宋史·隐逸传·宗翼》:"隐而不仕,家无斗粟,怡怡如也。"诗人仕途坎坷,生活清苦,但还有"粗裘粝食",自然应无怨尤。结句以"地行仙"自喻。地行仙是指住在人间的仙人,亦省作"地仙",多用以比喻生活闲散,无所忧虑的人。白居易《池上即事》:"身闲富贵真天爵,官散无忧即地仙。"苏轼《乐全先生生日以铁拄杖为寿》诗:"先生真是地行仙,住世因循五百年。"这首《道间即事》诗虽然寄托了仕宦不达,有志未酬的感慨,也表现出不慕荣利,洁身自好的精神。

此诗用白描手法,把眼前常见景象组合入诗,不堆砌辞藻,写得简淡而不近俗,在宋诗中是很有情味的作品。(李　敏)

咏　柳　　王十朋

东君于此最钟情,　妆点村村入画屏①。
向我无言眉自展,　与人非故眼犹青。
萦牵别恨丝千尺,　断送②春光絮一亭。
叶底黄鹂音更好③,　隔溪烟雨醉时听。

> **注** ① 画屏:有彩绘或画饰的屏风。　② 断送:送尽。　③ "叶底"句:用杜甫《蜀相》诗句"叶底黄鹂空好音"而变其句意。黄鹂,即黄莺。

这首《咏柳》诗,全从所咏的对象着笔,确切地说:咏的是春柳。全诗八句写了柳,也点染上春天的色彩。

开头两句:"东君于此最钟情,妆点村村入画屏。"东君,也就是人们乐于歌颂的春之神,他对于杨柳是最钟情的。只要春天的脚步来到了人间,陌头的杨柳,就首先呈现出金黄的颜色,渐渐地由鹅黄成为嫩绿。溪边村边池塘边,到处都是一样。它们把村村社社,装点在绿色的画屏中间。有了杨柳,人们便觉得春天的婀娜多姿;看到柳枝,人们就意识到他们又回到了风光旖旎的阳春的怀抱。的确,此时人们充满着青春的喜悦,仿佛生活在画图之间。这两句是总写。

接着三、四两句从细处着笔,写柳眉和柳眼:"向我无言眉自展,与人非故眼犹青。"人们习惯地把柳叶和翠眉相比,一到芳春季节,千万丝杨柳一齐吐翠舒眉,含情展黛,尽管她们相向无言,却饶有动人的韵致。人们如果仔细观察一下,只要柳条上露出点点的生机,那最先苏醒的,便是青青的柳眼。杨柳是多情的,尽管不是故交,她也还是以青眼相待,从来不用冷眼白眼看人,经常保持温柔的心性。"青眼"是用阮籍能用青白眼的典故。作者在第三句,用"向我"这个词组领句,第四句却用了"与人",这都是从主观方面去观察的,其实要是互换一下,句意还是一样。即:"向我"可以改成"对客","与人"可以改成"与余",这是诗歌中常用的手法。第五、六两句写柳丝和柳絮:"萦牵别恨丝千尺,断送春光絮一亭。"古人重视离别之情,往往在分手的当儿,折柳赠送行人,借柳条垂丝之长,萦牵离愁别绪,以示永不相忘。在春天将去的时候,柳老花飞,漫空飞絮,这纷飞的柳絮,仿佛送尽了春光,也恋恋不舍地送着行人在话别的长亭飞舞。"萦牵""断送"两个词都非常传神。

结尾两句写柳荫:"叶底黄鹂音更好,隔溪烟雨醉时听。"暮春时节,杨柳绿已成荫,这时候人们可以"载酒听鹂","叶底黄鹂三两声",这呖呖的声音,娇柔宛转,人们喝点酒,坐在柳荫下面,听着黄莺的歌唱,陶醉在明媚的风光之中,也算得上是"赏心乐事"了。要是在吃醉的时候,隔着溪流,在烟雨迷蒙中听上一番,那么"细雨润莺声",莺儿的歌喉,该更加清脆而圆润了。(马祖熙)

晚　泊　　陆　游

半世无归似转蓬,　今年作梦到巴东①。
身游万死一生地,　路入千峰百嶂中。
邻舫有时来乞火②,　丛祠③无处不祈风。
晚潮又泊淮南岸,　落日啼鸦戍堞空。

注 ①巴东:郡名。东汉末年益州牧刘璋置,包括今四川省奉节、云阳、巫山诸县。 ②乞火:借火。 ③丛祠:乡野林间的神祠。

宋孝宗乾道二年(1166),宋金和议已成,政局逆转,放翁以"交结台谏,鼓唱是非,力说张浚用兵"(《宋史·陆游传》)之罪,被劾免归,闲居山阴四年之久。乾道六年,始除夔州通判,初夏自里赴任,乘舟溯长江西上。此诗即作于西行途中。

首句自慨身世飘零,如九秋飞蓬。"转蓬离本根,飘飘随长风"(曹植《杂诗》),"多少残生事,飘零任转蓬"(杜甫《客亭》)。诗中一涉"蓬"字,诗人定有漂泊之恨。放翁于赴任前尝作诗自道:"残年走巴峡,辛苦为斗米。"(《投梁参政》)通判本属下僚,夔州又在蜀地,为此微禄,离家远游,岂能无感?但放翁志存国家,不忘用世,闲居多年,方得此职,又不能轻弃。故虽怀"转蓬"之叹,仍作"西游"之梦。次句"梦到巴东",正可见其赴任前不平静的心情。理解了他这种心情,也就能够理解其同时所作诗,为何又有"四方男儿事,不敢恨飘零"(《夜思》)、"不恨生涯似断蓬"(《武昌感事》)等句。这种矛盾的心情,伴随着他西上赴任,也充分表现在沿途所作诗篇之中。

颔联遥想入蜀途中的险难。沿长江入蜀,必经三峡,夔州即在瞿塘峡口。夔门雄峙,危岩欲坠,高江急峡,惊涛如雷;巫峡重峦叠嶂,水复江回,峡气萧森,日隐月亏;西陵礁石如林,险滩成堆,黄牛愁客,崆岭泣鬼。故诗中谓之万死一生之地、千峰百嶂之路。柳宗元谪官永州,复徙柳州,作诗自叹:"一身去国六千里,万死投荒十二年。"(《别舍弟宗一》)夔州僻远,与永州、柳州相近,放翁遭斥,不得重用,与子厚贬官情状也甚相似,故此句言"万死一生",就不仅说道路艰险,且有身世坎坷之恨了。

颈联写眼前所见。相邻之船,时有人借火;处处野庙,都有船子祈祷顺风,正是夜泊情景。

末联总结全篇。晚潮落日,点泊舟之时;淮南江岸,示泊舟之地;鸦啼戍楼,状泊舟所见之景。这二句虽多陈词,但此时此地此景,正可显示出久经战乱的荒凉萧瑟景状,也与诗人漂泊无归的凄凉心情正相吻合。诗题、诗情,于此一联,全部托出。

放翁论作诗,曾道:"大抵此业在道途则愈工,虽前辈负大名者,往往如此。愿舟楫鞍马间,加意勿辍,他日绝尘迈往之作,必得之此时为多。"(《与杜思恭书》)他此行入蜀沿途作诗甚多,或写眼前景物,或咏历史陈迹,或抒心中情思,无不可观。但江山之助,必待有心之人。唯其有难已之情,方能随物赋形,对景写意,穷天地之变化,发造物之奥秘。长江万里,有多少客舟和放翁同时夜泊,但能即景命篇的又有几人?(黄 坤)

游山西村　　陆　游

莫笑农家腊酒浑,丰年留客足鸡豚。
山重水复疑无路,柳暗花明又一村。
箫鼓追随春社近,衣冠简朴古风存。
从今若许闲乘月,拄杖无时夜叩门。

这是一首纪游抒情诗。

首联渲染出丰收之年农村一片宁静、欢悦的气象。腊酒,指上年腊月酿制的米酒。豚,是小猪。足鸡豚,意谓鸡豚足。这两句是说农家酒味虽薄,而待客情意却十分深厚。一个"足"字,表达了农家款客尽其所有的盛情。"莫笑"二字,道出了诗人对农村淳朴民风的赞赏。

次联写出山间水畔的景色,写景中寓含哲理,千百年来广泛被人引用。"山重水复疑无路,柳暗花明又一村。"读了如此流走绚丽、开朗明快的诗句,仿佛可以看到诗人在青翠可掬的山峦间漫步,清碧的山泉在曲折溪流中汩汩穿行,草木愈见浓茂,蜿蜒的山径也愈益依稀难认。正在迷惘之际,突然看见前面花明柳暗,几间农家茅舍,隐现于花木扶疏之间,诗人顿觉豁然开朗。其喜形于色的兴奋之状,可以想见。当然这种境界前人也有描摹,这两句却格外委婉别致,所以钱钟书说"陆游这一联才把它写得'题无剩义'"(《宋诗选注》)。人们在探讨学问、研究问题时,往往会有这样的情况:山回路转、扑朔迷离,出路何在?于是顿生茫茫之感。但是,如果锲而不舍,继续前行,忽然间眼前出现一线亮光,再往前行,便豁然开朗,发现了一个前所未见的新天地。这就是此联给人们的启发,也是宋诗特有的理趣。人人读后,都会感到,在人生某种境遇中,与诗句所写有着惊人的契合之处,因而更觉亲切。这里描写的是诗人置身山阴道上,信步而行,疑若无路,忽又开朗的情景。不仅反映了诗人对前途所抱的希望,也道出了世间事物消长变化的哲理。于是这两句诗就越出了自然景色描写的范围,而具有很强的艺术生命力。

此联展示了一幅春光明媚的山水图;下一联则由自然入人事,描摹了南宋初年的农村风俗画卷。读者不难体味出诗人所要表达的热爱传统文化的深情。"社"为土地神。春社,在立春后第五个戊日。这一天农家祭社祈年,热热闹闹,吹吹打打,充满着丰收的期待。这个节日来源很古,《周礼》里就有记载。《周礼·春官·籥章》:"凡国祈年于田祖,吹《豳雅》,击土鼓,以乐田畯(农官)。"又《地官·鼓人》:"以灵鼓鼓社祭。"苏轼《蝶恋花·密州上元》也说:"击鼓吹箫,却入农桑社。"到宋代还很盛行。而陆游在这里更以"衣冠简朴古风存",赞美着这个古老的乡土风俗,显示出他对吾土吾民之爱。

前三联写了外界情景,并和自己的情感相融。然而诗人似乎意犹未足,故而笔锋一转:"从今若许闲乘月,拄杖无时夜叩门。"无时,随时。诗人已"游"了一整天,此时明月高悬,整个大地笼罩在一片淡淡的清光中,给春社过后的村庄也染上了一层静谧的色彩,别有一番情趣。于是这两句从胸中自然流出:但愿而今而后,能不时拄杖乘月,轻叩柴扉,与老农亲切絮语,此情此景,不亦乐乎! 一个热爱家乡,与农民亲密无间的诗人形象跃然纸上。

此诗写于孝宗乾道三年(1167),在此之前,陆游曾任隆兴府通判,因为极力赞助张浚北伐,被投降派劾以"交结台谏,鼓唱是非,力说张浚用兵"的罪名,罢归故里。诗人心中当然愤愤不平。对照诈伪的官场,于家乡纯朴的生活自然会产生无限的欣慰之情。此外,诗人虽貌似闲适,却未能忘情国事。秉国者目光短浅,无深谋长策,然而诗人并未丧失信心,深信总有一天否极泰来。这种心境和所游之境恰相吻合,于是两相交涉,产生了传诵千古的"山重""柳暗"一联。

陆游七律最工。这首七律结构严谨,主线突出,全诗八句无一"游"字,而处处切"游"字,游兴十足,游意不尽。又层次分明,"以游村情事作起,徐言境地之幽,风俗之美,愿为频来之约"(方东树《昭昧詹言》)。尤其中间两联,对仗工整,善写难状之景,如珠落玉盘,圆润流转,达到了很高的艺术水平。(邓韶玉)

金错刀行　　陆　游

黄金错刀白玉装,　　　夜穿窗扉出光芒。
丈夫五十功未立,　　　提刀独立顾八荒。
京华结交尽奇士,　　　意气相期共生死。
千年史册耻无名,　　　一片丹心报天子。
尔来从军天汉滨,　　　南山晓雪玉嶙峋。
呜呼,楚虽三户能亡秦,岂有堂堂中国空无人!

孝宗乾道八年(1172)正月,陆游应四川宣抚使王炎之聘,自夔州(今四川奉节)赴陕西汉中任干办公事兼检法官。任职时间虽不长,但"从戎驻南郑"(《九月一日夜读诗稿有感,走笔作歌》),"射虎南山秋"(《三月十七日夜醉中作》),卫戍大散关,初步实现了"上马击狂胡,下马草军书"(《观大散关图有感》)的志向,更坚定了驱逐金兵、收复失地的信心,并把这种感情形诸笔墨。《金错刀行》即是从军后第二年供职嘉州(治今四川乐山)时所作。

此诗为七言歌行体,借咏刀以言志,抒发誓死抗金、坚信"中国"必胜的豪情。

第一、二句开门见山,先写刀外观之美。以黄金涂面、白玉饰柄,金玉相映,可谓华美。但最可宝贵之处乃在于"夜穿窗扉出光芒"。此乃刀内质之美。黑夜时其光芒竟可穿透窗扉而射出,真是锋芒毕露,这是化用龙泉剑气冲牛斗的典故,移剑为刀。与他篇所写"宝剑"的"殷殷夜有声"(《宝剑吟》)有异曲同工之妙。宝剑夜有声是"慨然思退征",宝刀夜出光芒亦是"逆胡未灭心未平"(《三月十七日夜醉中作》);其意不在刀剑,而在报国之心。

第三、四句由刀而引出"提刀"人:"丈夫五十功未立","丈夫"者,大丈夫之谓也,《孟子·滕文公下》曰:"富贵不能淫,贫贱不能移,威武不能屈,此之谓大丈夫。"陆诗《胡无人》"丈夫出门无万里,风云之会立可乘",正是形容大丈夫。"五十功未立"指年近五十而报国之功业未成。陆游此时四十八岁,曰"五十"乃取整数,此"丈夫"系自称,与其"丈夫无成忽老大"(《夏夜不寐有赋》)之句含义相同。"提刀独立顾八荒",形象生动,意境苍凉。"提刀"人渴望立功,金错刀急欲衅血,但因种种阻碍,有志难申,他四顾八方,涌起几多悲凉之感。但既"提刀",必将有所作为。诗人感慨万千,然而并不颓丧绝望。

值此天下兴亡,匹夫有责之时,诗人深感慰藉的是他并不孤立:"京华结交尽奇士,意气相期共生死。"隆兴元年(1163)孝宗即位,起用张浚,准备北伐。此时陆游亦由大理司直迁枢密院编修,被孝宗召见,赐进士出身。陆游除积极提出军政建议外,并结交了一批力主抗金的奇卓之士,与张浚亦为知心,对其北伐事业更是热心支持。他们"相期共生死",充满了胜利的希望。诗人的字里行间洋溢着同仇敌忾的自豪感。

"千年史册耻无名,一片丹心报天子。"这七、八两句,又深入抒写了诗人与奇士的内心世界。他们并非汲汲于个人名利,此"名"乃是"功"的同义词,因为唯有杀敌立功,才可名垂青史。一个"耻"字深刻地表现了切盼"灭虏"立功名之心。"报天子"虽有忠君色彩,但在当时,"天子"与国家难以分开,故"报天子"亦即报效国家,因此诗人的"一片丹心"仍具积极意义。

第九句"尔来从军天汉滨","尔来"即"近来"。"南山晓雪玉嶙峋",形容积雪之终南山。写山之洁白嶙峋,意在与刀之光芒四射相映衬,使得二者相得益彰。陆游尝建议:"经略中原,必自长安始;取长安,必自陇右始。当积粟练兵,有衅则攻,无则守。"(《宋史·陆游传》)他对汉中(陇右)"地连秦雍川原壮"(《归次汉中境上》)的雄壮山川、丰盛物产、豪迈民风非常欣赏,认为"会看金鼓从天下,却用关中作本根"(《山南行》),欲以汉中为恢复中原的根据地,因此到汉中,就产生了大干一番的雄心壮志,不能不兴奋激动。诗写至此,心潮澎湃,势不可遏,终于发出了最强音。

"呜呼,楚虽三户能亡秦,岂有堂堂中国空无人!"全诗蓄势至此,非此浩叹不能抒其豪情。前句借用了战国时两句楚民谣:"楚虽三户,亡秦必楚。"楚败于秦,楚人欲雪此恨,乃有此谣。诗人则借此典故比喻宋人之恨亦非雪不可。所谓"岂有堂堂中国空无人"之理! 这一反诘句真是笔力千钧,充满浩然正气。"堂堂",盛大貌。"中国",这里指汉族所居之地。尽管事实上南宋国力衰微,但诗人感到正义在我,士气必盛,又有汉中之地,定能收拾河山。更何况"京华"多"奇士","中国"并非"空无人",必能使"群阴伏,太阳升;胡无人,宋中兴!"(《胡无人》)慷慨之音、激越之气,跃然纸上,诗的结尾几句具有巨大的鼓舞力量。

陆游尝自述:"我昔学诗未有得,残余未免从人乞。力屡气馁心自知,妄取虚名有惭色。"(《九月一日夜读诗稿有感,走笔作歌》)又曰:"我初学诗日,但欲工藻绘。"(《示子遹》)但自从"四十(按:实际为四十八岁,此取整数,与'丈夫五十'义同)从戎驻南郑",有了亲历军旅生活与接触社会现实的"诗外"工夫以后,诗风发生了根本转变,《金错刀行》即是一例。此诗意气慷慨,境界恢宏,声势雄壮,虽不乏议论,但"带情韵以行"(沈德潜《说诗晬语》),非语录押韵者所可比拟。此外,此诗四句一转韵,适应诗人感情的变化,语气自然,具大声镗鞳之美。(王英志)

归次汉中境上　　陆　游

云栈屏山阅月①游，马蹄初喜踏梁州。
地连秦雍川原壮，水下荆扬②日夜流。
遗虏屑屑宁远略？孤臣③耿耿独私忧。
良时恐作他年恨，大散关头又一秋。

注　①阅月：过了一个月。"阅"与"越"通。
②荆扬：均古州名，此指湖北、江苏等地。
③孤臣：作者自指。

　　陆游于宋孝宗乾道八年（1172）正月自夔州赴汉中（今属陕西）任四川宣抚使司干办公事兼检法官。在这年十月因事到四川阆中，这首诗即写于从阆中返回汉中境上。题中的"归次"是归途停留止息的意思。全诗先写诗人回到汉中的喜悦心情，然后通过对山川形胜及金人军事力量的描述，抒发了他渴望光复国土的心愿。

　　诗一开始用"云栈屏山阅月游"，叙述了去阆中的经历和时间。从"阅月"得知诗人这次去阆中往返有一个多月光景。在这一个多月里，途中所见风光，主要写了"云栈"和"屏山"。"云栈"即连云栈。从汉中去阆中，沿路都是崇山峻岭，悬崖峭壁，十分艰险，前人架木为栈道，故称"云栈"。"屏山"即阆中名胜锦屏山，山上有大诗人杜甫的祠堂。诗人到阆中特意游览了锦屏山，并写下《游锦屏山谒杜少陵祠堂》一诗，表达对杜甫的仰慕之情。诗人往来于汉、阆之间，所见景物很多，但这里只选了"云栈"和"屏山"，这样高度的概括，表现了他的精炼特色。诗的第二句，既是点题，又表达了诗人回到汉中的喜悦心情。这里的梁州，即古代的梁州郡（治所在今汉中），用以代指汉中。诗人这次远行归来，路途艰险，风尘仆仆，好不容易回到汉中，一看到广阔的汉中川原，当然有说不出来的喜悦。但诗人避而不说，却写出了"马蹄初喜踏梁州"。唐人孟郊用"春风得意马蹄疾"来形容中进士后的得意，而这里却用"马蹄初喜"反衬诗人回到汉中的欢快心情，真有出蓝之妙。

　　诗的三、四句，承前意而来。汉中地连秦雍（指秦国故地，今陕西、甘肃一带）。秦川八百里，地势宽阔，民风豪壮，物产丰富。又有水利之便，汉水流经汉中平原，注入长江，更可远达荆州和扬州。山川形势如此好，正是兵家用武之地。诸葛亮北伐中原，就曾以此为根据地。诗人在描述汉中地理形势之后，接着又对金人的军事力量作了描绘。"遗虏屑屑宁远略"，"遗虏"是指金人留在陕西的兵力。"屑屑"形容敌方怯懦软弱无力。像这样兵力不多，又缺少战斗力的对方，怎会有深谋远略呢？言外之意是，正好趁此大好时机进行反攻，夺回失地，重整山河。陆游从青年时期就立下了匡扶之志，但不被重用，自来汉中之后，看到陕南的山川形胜，他心中又起收复中原的希望。他曾积极建议朝廷"经略中原，必自长安始，取长安，必自陇右始。"（《宋史·陆游传》）但此时南宋统治者已和金人订了"隆兴和议"，无意收复失地。当他看到"将军不战空临边"和"朱门沉沉按歌舞"（《关山月》）的情景时，不免黯然"私忧"，"孤臣耿耿独私忧"就是他当时心情的写照。此诗中间两联的描写，使读者既看到了汉中川原雄伟壮阔的地理形势，也看到了诗人深谋远虑的战略思想。而首联的"初喜"和颈联的"私忧"，不仅反映了陆游深沉的爱国热忱；而且在诗的写法上表现出跌宕多姿。

　　最后两句，抒发了诗人的感叹。这种感叹是承接"私忧"而来。诗人一生都在忧国忧民，而当他亲临西北前线,观察山川形胜,分析敌情之后,认为这时正是收复中原的大好时机,时不可失,机不再来,一旦失去,便成为千载的遗恨。"良时恐作他年恨",正反映了诗人此时深切的忧虑。"恐作"是推测之语,也是论定之词。由他后来写的"中原机会嗟屡失"(《楼上醉书》),更可证实诗人的判断是正确的。诗的最后一句,"大散关头又一秋",表达了无可奈何的悲叹。大散关位于今陕西宝鸡县西南,当时是南宋的边防要塞,宋、金曾以关为界。陆游自从来到汉中以后,不仅积极向四川宣抚使王炎提出建议,由此收复中原;而且时着戎装,骑战马,戍守边关,"铁马秋风大散关"(《书愤》)形象地反映出陆游此时得意的军旅生活。然而年复一年,按兵不动,岁月空逝,壮志难伸,使他不得不发出"又一秋"的哀叹。最后两句,是全诗的总结,既要总括全诗,又要开拓出去,给人以深思遐想。此诗的尾联,虽说是表达了诗人壮志难酬的哀叹,又何尝不是对国家前途的无限深愁呢?

陆游诗向以"多豪丽语,言征伐恢复事"(见《鹤林玉露》)见称。此诗正表现了诗人的"寄意恢复",而"云栈"和"地连"两联更见其"豪荡丰腴"(《南湖集·方回序》)的特色。这首律诗的另一特点是对仗工整,名词、动词、叠字都对得极工,无怪沈德潜说:"七言律队仗工整,使事熨贴,当时无与比埒。"(《说诗晬语》)(孟庆文)

剑门道中遇微雨　　陆　游

衣上征尘杂酒痕,远游无处不消魂。
此身合是诗人未?细雨骑驴入剑门。

这是一首广泛传诵的名作,诗情画意,十分动人。然而,也不是人人都懂其深意,特别是第四句写得太美,容易使人"释句忘篇"。如果不联系作者平生思想、当时境遇,不通观全诗并结合作者其他作品来看,便易误解。

这首诗作于南宋孝宗乾道八年(1172)冬。当时,陆游由南郑(今陕西汉中)调回成都,途经剑门山,写了此诗。陆游在南郑,是以左承议郎处于四川宣抚使王炎幕中,参与军事机密。"大散关头北望拳,自期谈笑扫胡尘"(《追忆征西幕中旧事》),讲的就是当时的生活、思想。南郑是当时抗金前方的军事重镇,陆游在那时常常"寝饭鞍马间"(《忆昔》)。而成都则是南宋时首都临安(杭州)之外最繁华的都市。陆游去成都是调任成都府路安抚使司参议官;而担任安抚使的又是当时著名诗人,也是陆游好友的范成大。他此行是由前线到后方,由战地到大都市,是去危就安、去劳就逸。然而,诗人是怎样想的呢?

他先写"衣上征尘杂酒痕,远游无处不消魂"。陆游晚年说过:"三十年间行万里,不论南北怯登楼"(《秋晚思梁益旧游》)。梁即南郑,益即成都。实则此前的奔走,也应在此"万里""远游"之内。这样长期奔走,自然衣上沾满尘土;而"国仇未报",壮志难酬,"兴来买尽市桥酒……如钜野受黄河倾"(《长歌行》),故"衣上征尘"之外,又杂有"酒痕"。"征尘杂酒痕"是壮志未酬,处处伤心("无处不消魂")的结果,也是"志士凄凉闲处老"(《病起》)的写照。

"远游无处不消魂"的"无处"("无一处"即"处处"),既包括过去所历各地,也包括写此诗时所过的剑门,甚至更侧重于剑门。这就是说:他"远游"而"过剑门"时,"衣上征尘杂酒痕",心中呢?又一次黯然"消魂"。

引起"消魂"的,还是由于秋冬之际,"细雨"蒙蒙,不是"铁马渡河"(《雪中忽起从戎之兴戏作》),而是骑驴回蜀。就"亘古男儿一放翁"(梁启超《读陆放翁集》)来说,他不能不感到伤心。当然,李白、杜甫、贾岛、郑棨都有"骑驴"的诗句或故事,而李白是蜀人,杜甫、高适、岑参、韦庄都曾入蜀,晚唐诗僧贯休从杭州骑驴入蜀,写下了"千水千山得得来"的名句,更为人们所熟知。所以骑驴与入蜀,自然容易想到"诗人"。于是,作者自问:我难道只该(合)是一个诗人吗?为什么在微雨中骑着驴子走入剑门关,而不是过那"铁马秋风大散关"的战地生活呢?不图个人的安逸,不恋都市的繁华,他只是"百无聊赖以诗鸣"(梁启超语),自不甘心以诗人终老,这才是陆游之所以为陆游。这首诗只能这样解释;也只有这样解,才合于陆游的思想实际,才能讲清这首诗的深刻内涵。

一般地说,这首诗诗句顺序应该是:"细雨"一句为第一句,接以"衣上"句,但这样一来,便平弱而无味了。诗人把"衣上"句写在开头,突出了人物形象,接以第二句,把数十年间、千万里路的遭遇与心情,概括于七字之中,而且毫不费力地写了出来。再接以"此身合是诗人未",既自问,也引起读者思索,再结以充满诗情画意的"细雨骑驴入剑门",形象逼真,耐人寻味,真是"状难写之景如在目前,含不尽之意见于言外"。但真正的"功夫"仍"在诗外"(《示子遹》)。(吴孟复)

长歌行　　陆　游

人生不作安期生,醉入东海骑长鲸;
犹当出作李西平,手枭逆贼清旧京。
金印煌煌未入手,白发种种来无情。
成都古寺卧秋晚,落日偏傍僧窗明。
岂其马上破贼手,哦诗长作寒螀鸣?
兴来买尽市桥酒,大车磊落堆长瓶;
哀丝豪竹助剧饮,如钜野受黄河倾。
平时一滴不入口,意气顿使千人惊。
国仇未报壮士老,匣中宝剑夜有声。
何当凯旋宴将士,三更雪压飞狐城!

此诗一起直抒壮怀,"辞气踔厉",有如长江出峡,涛翻浪涌,不可阻遏。前四句诗实际上不是各自独立的四句诗,而是以"人生"为共同主语,所以必须一口气读到底,从而显示其奔腾前进、骏迈无比的气势。

这个长句的意思是:人生如果不能做一个像安期生那样的仙人,醉骑长鲸,在汪洋大海里纵横驰骋,就应当作一个像李西平那样的名将,消灭逆贼,收复旧京,使天下清平。李西平,指唐德宗时平服朱泚之乱、收复西京的名将李晟,因功封为西平郡王,故称为李西平。赵翼曾说陆游"使事必切";又说陆游"才气豪健,议论开辟,引用书卷,皆驱使出之,而非徒以数典为能事,意在笔先,力透纸背"(《瓯北诗话》卷六),这可以说相当准确地概括了陆游使事极切极活的特点。就这个长句而言,用李西平的史实确切地抒发了自己的抱负,用事实际上起了比喻的作用。不难看出,"手枭逆贼清旧京"中的"逆贼"是以朱泚比喻女真统治者,"清旧京"中的"旧京"是以朱泚占据的唐京长安比喻入于女真统治者之手的宋京开封。北中国被占、南宋偏安一隅的历史形势,不都表现得一清二楚吗?

文须蓄势,诗亦宜然。此诗突然而起,二十八字的长句有如长风鼓浪,奔腾前进,但当其全力贯注于"手枭逆贼清旧京"之后,即不复继续前进,来了个"逆折",折向相反的方面:"金印煌煌未入手",壮志难酬,不胜愤懑! 忽顺忽逆,忽扬忽抑,形成了第一个波澜。乍看变幻莫测,细玩脉络分明。李西平之所以能"手枭逆贼清旧京",他的爱国心,他的将才等等,当然都起了作用;但更重要的是他得到执政者的重用,肘悬煌煌金印。自己呢,虽有将才和爱国心,而未能如李西平那样掌握兵权,"手枭逆贼清旧京"的壮志又怎能实现?

"金印煌煌未入手"一句连"折"带"抑","白发种种来无情"一句再"抑","成都古寺卧秋晚,落日偏傍僧窗明"两句更"抑",直把起头用二十八字长句所抒发的一往无前的壮志豪情"抑"向低潮。"金印煌煌",目前虽"未入手",但如果是壮盛之年,来日方长,还可以等待时机。可是呢,无情白发,已如此种种(《左传·昭公三年》:"余发如此种种。"杜注曰:"种种,短也。")! 来日无多,何能久等呢?"成都古寺卧秋晚,落日偏傍僧窗明",既补写出作者投闲置散,独居古寺僧寮的寂寞处境,又抒发了眼看岁月流逝、时不我与的焦灼心情。就一生说,已经白发种种,年过半百;就一年说,已到晚秋,岁事其暮;就一日说,日已西落,黑夜将至。真所谓"志士愁日短"! 而易逝的时光,就在这"古寺"中白白消磨,这对于一个渴望"手枭逆贼清旧京"的爱国志士来说,怎能不焦灼,怎能不痛心!

一"抑"再"抑"之后,忽然用一个反诘句平空提起:"岂其马上破贼手,哦诗长作寒蜇鸣?"形成又一波澜。这两句诗从语法结构上看,不是两句,而是一句,即所谓"十四字句"。意思是:难道我这个马上破贼的英雄,就只能无尽无休地像寒蝉悲鸣般哦诗吗? 平空提起,出人意料;然而细按脉理,仍从"犹当出作李西平,手枭逆贼清旧京"而来。穷极变化而不离法度。

接下去,通过描写"剧饮"抒发"手枭逆贼清旧京"的理想无由实现的悲愤:"兴来买尽市桥酒,大车磊落堆长瓶;哀丝豪竹助剧饮,如钜野受黄河倾。"真有"长鲸吸百川"的气概。但一味夸张地描写"剧饮",难免给人以"酒徒"酗酒的错觉,因而用"平时一滴不入口"陡转,用"意气顿使千人惊"拍合,形成第三个波澜。接下去,波澜迭起,淋漓酣纵:"国仇未报壮士老"一句,正面点明"剧饮"之故,感慨万端,颇含失望之情;"匣中宝剑夜有声"一句,侧面烘托誓报国仇的决心,又燃起希望之火,从而引出结句:"何当凯旋宴将士,三更雪压飞狐城!"

结句从古寺"剧饮"生发,又遥应首句,而境界更为阔大。"飞狐城"指飞狐口,在今河北涞源县北,古代为河北平原与北方边郡间的咽喉。诗人希望有一天能够掌握兵权,在收复北宋旧京之后继续挥师前进,尽复北方边郡,在飞狐城上大宴胜利归来的将士,痛饮狂欢,直至三更;大雪纷飞,也不觉寒冷。读诗至此,才意识到前面写"剧饮"排闷,正是为结句写凯旋欢宴作铺垫。而"三更雪压飞狐城"一句,又是以荒寒寂寥的环境,反衬欢乐热闹的场面。

赵翼说陆游的诗"炼在句前",主要指在命意、谋篇方面的艰苦构思。这首《长歌行》写于淳熙元年(1174),当时诗人已五十岁,离蜀州通判任,寓居成都安福院僧寮。他不从几年来的经历和当前的处境写起,却先写报国宏愿及其无由实现的愤懑,直写到"白发种种来无情",才用"成都古寺卧秋晚,落日偏傍僧窗明"点明了当前的处境。然而这两句诗由于紧承上文而来,其作用又不仅是点处境。于此可见,作者很重视"句前"的"炼"。就这两句诗本身而言,在炼字炼句炼意方面也独具匠心。一个念念不忘"手枭逆贼清旧京"的志士竟然在古寺里闲住,直住到"秋晚",其心绪如何,不难想见。他珍惜光阴,不愿日落,而日已西落;日已西落,不看见也罢了,而"落日"却"偏傍僧窗明",硬是要让"窗"内人看见。这样的诗句,不经过锤炼能够写得出来吗?

陆游的诗,起势雄迈骏伟者很不少;结句有兴会、有意味,而无鼓衰力竭之态者尤其多。但首尾皆工,通体完美的作品在全集中所占的比例也不太大。这首《长歌行》,则是首尾皆工、通体完美的代表作之一,方东树说它是陆游诗的"压卷"(《昭昧詹言》卷十二),确有见地。(霍松林)

对 酒　陆　游

闲愁如飞雪，　　　入酒即消融。
好花如故人，　　　一笑杯自空。
流莺有情亦念我，柳边尽日啼春风。
长安不到十四载，酒徒往往成衰翁。
九环宝带光照地，不如留君双颊红。

这一首诗是淳熙三年(1176)春,陆游任四川制置使范成大的幕僚时作。全诗一韵到底,一气舒卷,可分为三层。

开头四句为第一层,写饮酒的作用和兴致,是"对酒"的经验和感受。这一层以善于运用比喻取胜。"酒能销愁"是诗人们不知道说过多少遍的话了,陆游却借助于"飞雪"进入热酒即被消融作为比喻,便显得新奇。以愁比雪,文不多见;飞雪入酒,事亦少有;通过"雪"把"愁"与"酒"的关系联结起来,便有神思飞来之感。对着"好花"可助饮兴,说来还觉平常,把花比为"故人",便马上使人倍感它的助饮力量之大,因为对着好友容易敞怀畅饮的事,是人们所熟悉的。通过"故人",把"好花"与"空杯"的关系联结起来,便有力量倍增之感。这两个比喻的运用,新鲜、贴切而又曲折,表现了诗人有极丰富的想象力和生活经验,有极高的艺术创造才能,它使诗篇一开始就带来了新奇、突兀而又真切动人的气概。诗人对于"飞雪"一喻是得意的,所以他在《读唐人愁诗戏作》中又有"飞雪安能住酒中,闲愁见酒亦消融"之句;对"故人"一事是深有体会的,所以他在《酒无独饮理》中又有"酒无独饮理,常恨欠佳客。忽得我辈人,岂计晨与夕"之句。

"流莺"两句为第二层,补足上文,表自然景物使人"对酒"想饮之意,并为下层作过渡。

"流莺有情",在"柳边"的"春风"中啼叫,承接上文的"好花",显示花红柳绿、风暖莺歌的大好春光。春光愈好,即愈动人酒兴,写景是围绕"对酒"这一主题。这一层写景细腻、秀丽,笔调又有变化。

结尾四句为第三层,从人事方面抒写"对酒"想饮之故。长安,指代南宋的首都临安。自隆兴元年(1163)陆游三十九岁时免去枢密院编修官离开临安,到写诗之时,已历十四年了,故说"长安不到十四载"。第二句不怀念首都的权贵,而只怀念失意纵饮的"酒徒",则诗人眼中人物的轻重可知,这些"酒徒",当然也包括了一些"故人"。身离首都,"酒徒""故人"转眼成为"衰翁",自然诗人身体的变化也会大体相似,则"衰翁"之叹,又不免包括自己在内。"酒徒"中不无壮志难酬、辜负好身手的人,他们的成为"衰翁",不止有个人的身体变化之叹,而且包含有朝廷不会用人、浪费人才之叹。这句话外示无关紧要,内涵深刻的悲剧意义。这两句在闲淡中出以深沉的感慨,下面两句就在感慨的基础上发出激昂的抗议之声了。"九环宝带",指佩带此种"宝带"的权贵。《北史·李德林传》说隋文帝以李德林、于翼、高颎等修律令有功,赐他们九环带,《唐书·舆服志》则记载不但隋代贵臣多用九环带,连唐太宗也用过。"光照地",又兼用唐敬宗时臣下进贡夜明犀,制为宝带,"光照百步"的典故。这句诗写权贵的光辉显耀。接下去一句,就用"不如"饮酒来否定它。用"留君双颊红"写饮酒,色彩绚丽,足以夺"九环宝带"之光,又与"衰翁"照应,法密而辞妍,既富力量,又饶神韵。

陆游写饮酒的诗篇很多,有侧重写因感慨世事而痛饮的,如《饮酒》《神山歌》《池上醉歌》等;有侧重因愤激于报国壮志难酬而痛饮的,如《长歌行》《夏夜大醉醒后有感》《楼上醉书》等;有想借酒挽回壮志的,如《岁晚书怀》写"梦移乡国近,酒挽壮心回";本诗则侧重蔑视权贵而痛饮。开头奇突豪放,中间细致优美,结尾以壮气表沉痛,笔调灵活多变,而以豪壮为基调。清范大士《历代诗发》评:"始终极颂酒德,亦是放翁寄托之词","起有奇气",是有见地之言。(陈祥耀)

秋晚登城北门   陆　游

幅巾藜杖北城头,　卷地西风满眼愁。
一点烽传①散关信,两行雁带杜陵秋。
山河兴废供搔首,　身世安危入倚楼。
横槊赋诗非复昔,　梦魂犹绕古梁州。

注 ① 烽传:古时边境备警急,筑高土台,积薪草,夜间有寇警,即举火燃烧,以相传告,谓之举烽;白天则燃烧积薪或狼粪以望其烟,谓之燔燧。

这首诗写于宋孝宗淳熙四年(1177)九月。诗人当时在四川成都。一天他拄杖登上了城北门楼,远眺晚秋萧条的景象,激起了对关中失地和要塞大散关的怀念。进而抒发了壮志难酬的悲愤和忧国伤时的深情。

首句"幅巾藜杖北城头","幅巾"指不著冠,只用一幅丝巾束发;"藜杖",藜茎做成的手杖。"北城头"指成都北门城头。这句诗描绘了诗人的装束和出游的地点,反映了他当时闲散的生活,无拘无束和日就衰颓的情况。"卷地西风满眼愁"是写诗人当时的感受。当诗人登上北城门楼时,首先感到的是卷地的西风。"西风"是秋天的象征,"卷地"形容风势猛烈。时序已近深秋,西风劲吹,百草摧折,寒气袭人,四野呈现出一片肃杀景象。当这种萧条凄凉景象映入诗人眼帘时,愁绪不免袭上心来。"满眼愁",正是写与外物相接而起的悲愁。但诗人在登楼前内心已自不欢,只有心怀悲愁的人,外界景物才会引起愁绪。所以与其说是"满眼愁",毋宁说是"满怀愁"。"满眼愁"在这里起承上启下的作用,而"愁"字可以说是诗眼。它既凝聚着诗人当时整个思想感情,全诗又从这里生发开来。这句诗在这里起到了点题的作用。

领联"一点烽传散关信,两行雁带杜陵秋",这两句是写对边境情况的忧虑和对关中国土的怀念。大散关是南宋西北边境上的重要关塞,诗人过去曾在那里驻守过,今天登楼远望从那里传来的烽烟,说明边境上发生紧急情况。作为一个积极主张抗金的诗人,怎能不感到深切的关注和无穷的忧虑呢?这恐怕是诗人所愁之一。深秋来临,北地天寒,鸿雁南飞,带来了"杜陵秋"的信息。古代有鸿雁传书的典故。陆游身在西南地区的成都,常盼望从北方传来好消息。但这次看到鸿雁传来的却是"杜陵秋"。杜陵(在今陕西西安市东南)秦置杜县,汉宣帝陵墓在此,故称杜陵。诗中用杜陵借指长安。长安为宋以前多代王朝建都之地。故在这里又暗喻故都汴京。秋,在这里既指季节,也有岁月更替的意思。"杜陵秋"三字,寄寓着诗人对关中失地的关怀,对故都沦陷的怀念之情。远望烽火,仰视雁阵,想到岁月空逝,兴复无期,不觉愁绪万千,涌上心头。

"山河兴废供搔首,身世安危入倚楼。"这联诗句,抒发了诗人的忧国深情。"山河"在此代表国家,国家可兴亦可废,而谁是兴国的英雄?"身世"指所处的时代。时代可安亦可危,又谁是转危为安、扭转乾坤的豪杰?山河兴废难料,身世安危未卜,瞻望前途,真令人搔首不安,愁肠百结。再看,自己投闲置散,报国无门,只能倚楼而叹了。

"横槊赋诗非复昔,梦魂犹绕古梁州。"这一联既承前意,又总括全诗。"横槊赋诗"意指行军途中,在马上横戈吟诗,语出元稹《唐故检校工部员外郎杜君墓系铭并序》:"曹氏父子鞍马间为文,往往横槊赋诗。"其后苏轼在《前赤壁赋》中也曾写过"横槊赋诗,固一世之雄也。""横槊赋诗"在这里借指乾道八年(1172)陆游于南郑任四川宣抚使幕府职时在军中作诗事。他经常怀念的,正是"铁马秋风大散关"的戎马生涯,而现在这些已成往事。"非复昔"三字包含着多少感慨啊!诗人虽然离开南郑已有五年之久,但金戈铁马,魂绕梦萦,仍未去怀。"梦魂犹绕古梁州"道出了诗人的心声。他为什么念念不忘古梁州呢?古梁州州治在汉中,南郑、大散关皆在这个地区。诗人曾有以此为基地收复失土的宏伟计划,也曾建议四川宣抚使王炎,从这里进取中原。但良机已失,徒唤奈何?虽然如此,可是诗人仍未忘怀古梁州;不仅这时未忘,就是到了老年,退居山阴后,仍高唱着"当年万里觅封侯,匹马戍梁州"的诗句。可见"梦魂犹绕古梁州",正是报国心志的抒发,诗虽结束,而余韵悠长。

这首诗主要写诗人登城所见所想。写法是记叙与抒情相结合。开头两句记叙出游的地点、时间和感受,并点明题旨。第二联写远望烽火,仰观雁阵所兴起的失地之愁。第三联由失地而想到"山河兴废"和"身世安危"。最后追忆"横槊赋诗",激起壮志难酬之悲。全诗以"愁"字为线索,贯穿全篇。边记事边抒情,层次清楚,感情激愤,爱国热情毕呈纸上。此外,如语言的形象,对仗的工整,也是此篇的艺术特点。(孟庆文)

关山月　　陆　游

和戎诏下十五年，将军不战空临边。
朱门沉沉按歌舞，厩马肥死弓断弦。
戍楼刁斗催落月，三十从军今白发。
笛里谁知壮士心，沙头空照征人骨。
中原干戈古亦闻，岂有逆胡传子孙？
遗民忍死望恢复，几处今宵垂泪痕！

《关山月》，本为汉乐府横吹曲名，这里是古题新用。

隆兴元年（1163）宋军在符离大败之后，十一月，孝宗诏集廷臣，计议与金国讲和的得失。旋即达成和议，到了孝宗淳熙四年（1177），距朝廷下诏议和已近十五年了。朝廷文恬武嬉，不图恢复，诗人抚事伤时，不能自已，写下了这首沉痛感人的诗篇，时诗人年五十三。

诗的前几句主要是描写对与金议和所带来的恶果。"戎"，本是中国古代对西方一种少数民族的称呼，这里是指女真族的金国。金国从灭辽、灭北宋之后，形成了与南宋对峙的局面，并不断进攻南宋，攻占了大片土地。腐朽的南宋朝廷不仅不奋发图强，收复失地，反而苟且偷安，屈膝求和。由于这一次的与金议和，所以，将军不战，军备松弛。战马久不临阵，只好在马厩中自肥老死；弓弦多年不用，也陈旧折断；连那白天当炊具夜里作更鼓用的刁斗，也只好催促光阴飞度，别无他用。更有甚者，那些居于沉沉朱户之内的朝廷大员，不顾国家安危，只知道及时行乐，歌舞升平。

然而，此时毕竟不是一个国泰民安的太平盛世。卧榻之侧，分明已让他人酣睡；国门之外，金人虎视眈眈。虽然朝廷上下企图偷安于东南的半壁河山，但中原遗民却盼望恢复，戍边壮士亟欲报国。在这首诗的后半部里，诗人表达的正是这些思想。在诗人看来，中原发生战事，这并不稀奇，因为古已有之。但像现在这样，让外族几十年来安然盘踞中原而不闻不问，听凭他们繁子衍孙，世代相传，真是千古罕见的事了。所以，应该整顿军备，恢复失土。然而，纵把横笛吹破，又有谁知壮士之心？月光照耀着那沙上的征人白骨，但如今朝廷不战，功业无成，他们是白白地失去了生命！中原遗民忍死含垢，南望王师，但朝廷并不打算恢复故地，他们的希望岂有实现之日？今宵该有多少遗民在伤心落泪啊！

这首《关山月》集中体现了陆游一生的政治主张。正如他的其他很多诗作一样，这首诗也是以情取胜，以气见长。初看起来，这首诗并没有什么特别的佳句，但仔细一品味，便会发现它句句是血，声声是泪。它所抓的是一些典型的、触目惊心的、令人愤慨的现象；它所表达的是强烈的忧国忧民的感情。由于此诗抓住了当时现实中的一些最反常的细节来加以描写，并且以一股浓烈深沉的感情和意气贯穿其中，使其浑然一体，不可句摘，故千百年来，人们只要一读起它，便不禁要唏嘘感叹了。（刘禹昌　徐少舟）

书　愤　　陆　游

早岁那知世事艰？　　中原北望气如山。
楼船夜雪瓜洲渡，　　铁马秋风大散关。
塞上长城空自许，　　镜中衰鬓已先斑。
《出师》一表真名世，千载谁堪伯仲间？

　　此诗作于孝宗淳熙十三年(1186)春，这时陆游退居于山阴家中，已是六十二岁的老人。从淳熙七年起，他罢官已六年，挂着一个空衔在故乡蛰居。直到作此诗时，才以朝奉大夫、权知严州军州事起用。因此，诗的内容兼有追怀往事和重新立誓报国的两重感情。

　　诗的前四句是回顾往事。"早岁"句指隆兴元年(1163)他三十九岁在镇江府任通判和乾道八年(1172)他四十八岁在南郑任王炎幕僚事。当时他亲临抗金战争的第一线，北望中原，收复故土的豪情壮志，坚定如山。以下两句分叙两次值得纪念的经历：隆兴元年，主张抗金的张浚以右丞相都督江淮诸路军马，楼船横江，往来于建康、镇江之间，军容甚壮。诗人满怀着收复故土的胜利希望，"气如山"三字描写出他当年的激奋心情。但不久，张浚军在符离大败，狼狈南撤，次年被罢免。诗人的愿望成了泡影。追忆往事，怎不令人叹惋！另一次使诗人不胜感慨的是乾道八年事。王炎当时以枢密使出任四川宣抚使，积极擘画进兵关中恢复中原的军事部署。陆游在军中时，曾有一次在夜间骑马过渭水，后来追忆此事，写下了"念昔少年时，从戎何壮哉！独骑洮河马，涉渭夜衔枚"(《岁暮风雨》)的诗句。他曾几次亲临大散关前线，后来也有"我曾从戎清渭侧，散关嵯峨下临贼。铁衣上马蹴坚冰，有时三日不火食"(《江北庄取米到作饭香甚有感》)的诗句，追写这段战斗生活。当时北望中原，也是浩气如山的。但是这年九月，王炎被调回临安，他的宣抚使府中幕僚也随之星散，北征又一次成了泡影。"楼船夜雪瓜洲渡，铁马秋风大散关"，这十四字中包含着多么丰富的愤激和辛酸的感情啊！

　　岁月不居，壮岁已逝，志未酬而鬓先斑，这在赤心为国的诗人是日夜为之痛心疾首的。陆游不但是诗人，他还是以战略家自负的。可惜毕生未能一展长材。"切勿轻书生，上马能击贼"(《太息》)；"平生万里心，执戈王前驱"(《夜读兵书》)是他念念不忘的心愿。自许为"塞上长城"，是他毕生的抱负。"塞上长城"，典出《南史·檀道济传》，南朝宋文帝杀大将檀道济，檀在临死前投帻怒叱："乃坏汝万里长城！"陆游虽然没有如檀道济的被冤杀，但因主张抗金，多年被贬，"长城"只能是空自期许。这种怅惘是和一般文士的怀才不遇之感大有区别的。

　　但老骥伏枥，陆游的壮心不死，他仍渴望效法诸葛亮的"鞠躬尽瘁"，干一番与伊、吕相伯仲的报国大业。这种志愿至老不移，甚至开禧二年(1206)他已是八十二岁的高龄时，当韩侂胄起兵抗金，"耄年肝胆尚轮囷"(《观邸报感怀》)，他还跃跃欲试。

　　《书愤》是陆游的七律名篇之一，全诗感情沉郁，气韵浑厚，显然得力于杜甫。中两联属对工稳，尤以颔联"楼船""铁马"两句，雄放豪迈，为人们广泛传诵。这样的诗句出自他亲身的经历，饱含着他的政治生活感受，是那些逞才摘藻的作品所无法比拟的。(何满子)

临安春雨初霁　　陆　游

世味年来薄似纱，谁令骑马客京华？
小楼一夜听春雨，深巷明朝卖杏花。
矮纸斜行闲作草，晴窗细乳戏分茶。
素衣莫起风尘叹，犹及清明可到家。

陆游的这首《临安春雨初霁》写于淳熙十三年(1186)，此时他已六十二岁，在家乡山阴(今浙江绍兴)赋闲了五年。诗人少年时的意气风发与壮年时的裘马清狂，都随着岁月的流逝一去不返了。虽然他光复中原的壮志未衰，但对偏安一隅的南宋小朝廷的软弱与黑暗，是日益见得明白了。这一年春天，陆游又被起用为严州知府，赴任之前，先到临安(今浙江杭州)去觐见皇帝，住在西湖边上的客栈里听候召见，在百无聊赖中，写下了这首广泛传诵的名作。

自淳熙五年孝宗召见了陆游以来，他并未得到重用，只是在福建、江西做了两任提举常平茶盐公事；家居五年，更是远离政界，但对于政治舞台上的倾轧变幻，对于世态炎凉，他是体会得更深了。所以诗的开头就用了一个独具匠心的巧譬，感叹世态人情薄得就像半透明的纱。世情既然如此浇薄，何必出来做官？所以下句说：为什么骑了马到京城里来，过这客居寂寞与无聊的生活呢？

"小楼"一联是陆游的名句，语言清新隽永。诗人只身住在小楼上，彻夜听着春雨的淅沥；次日清晨，深幽的小巷中传来了叫卖杏花的声音，告诉人们春已深了。绵绵的春雨，由诗人的听觉中写出；而淡荡的春光，则在卖花声里透出。写得形象而有深致。传说这两句诗后来传入宫中，深为孝宗所称赏，可见一时传诵之广。历来评此诗的人都以为这两句细致贴切，描绘了一幅明艳生动的春光图，但没有注意到它在全诗中的作用不仅在于刻画春光，而是与前后诗意浑然一体的。其实，"小楼一夜听春雨"，正是说绵绵春雨如愁人的思绪。在读这一句诗时，对"一夜"两字不可轻轻放过，它正暗示了诗人一夜未曾入睡，国事家愁，伴着这雨声而涌上了眉间心头。李商隐的"秋阴不散霜飞晚，留得枯荷听雨声"，是以枯荷听雨暗寓怀友之相思。晁君诚"小雨愔愔人不寐，卧听羸马龁残刍"，是以卧听马吃草的声音来刻画作者彻夜不能入眠的情景。陆游这里写得更为含蓄深蕴，他虽然用了比较明快的字眼，但用意还是要表达自己的郁闷与惆怅，而且正是用明媚的春光作为背景，才与自己落寞情怀构成了鲜明的对照。在这明艳的春光中，诗人在做什么呢？于是有了五、六两句。

"矮纸"就是短纸、小纸，"草"就是草书。陆游擅长行草，从现存的陆游手迹看，他的行草疏朗有致，风韵潇洒。这一句实是暗用了张芝的典故。据说张芝擅草书，但平时都写楷字，人问其故，回答说，"匆匆不暇草书"，意即写草书太花时间，所以没工夫写。陆游客居京华，闲极无聊，所以以草书消遣。因为是小雨初霁，所以说"晴窗"；"细乳"即是沏茶时水面呈白色的小泡沫。"分茶"指鉴别茶的等级，这里就是品茶的意思。无事而作草书，晴窗下品着清茗，表面上看，是极闲适恬静的境界，然而在这背后，正藏着诗人无限的感慨与牢骚。陆游素来有为国家作一番轰轰烈烈事业的宏愿，而严州知府的职位本与他的素志不合，何况觐见一次皇帝，不知要在客舍中等待多久！国家正是多事之秋，而诗人却在以作书品茶消磨时光，真是无聊而可悲！于是再也捺不住心头的怨愤，写下了结尾两句。

陆机的《为顾彦先赠妇》诗中云："京洛多风尘，素衣化为缁"，不仅指羁旅风霜之苦，又寓有京中恶浊、久居为其所化的意思。陆游这里反用其意，其实是自我解嘲。"莫起风尘叹"，是因为不等到清明就可以回家了，然回家本非诗人之愿。因京中闲居无聊，志不得伸，故不如回乡躬耕。"犹及清明可到家"实为激楚之言。偌大一个杭州城，竟然容不得诗人有所作为，悲愤之情见于言外。（王镇远）

秋夜将晓出篱门迎凉有感二首　　陆　游

迢迢天汉西南落，喔喔邻鸡一再鸣。
壮志病来消欲尽，出门搔首怆平生。

三万里河东入海，五千仞岳上摩天。
遗民泪尽胡尘里，南望王师又一年！

六十八岁的放翁，被罢斥归山阴故里已经四年了。看来，平静的村居生活并不能使老人的心平静下来。尽管"食且不继"，疾病缠身，他依然心存天下，壮怀激烈。此时虽值初秋，暑威仍厉，天气的热闷与心头的煎沸，使他不能安睡。将晓之际，他步出篱门，以舒烦热，心头怅触，成此二诗。

第一首落笔写银河西坠，鸡鸣欲曙，从所见所闻渲染出一种苍茫静寂的气氛。"一再鸣"三字，可见百感已暗集毫端。三、四句写"有感"正面。一个"欲"字，一个"怆"字表现了有心杀敌、无力回天的感慨。他几乎与宋朝的国难一起降临人间，出生的第三年就遇上徽、钦二帝被掳，北宋灭亡。亡国之痛，流离之苦，与他的年龄一齐增长。六十多年的身世之感、家国之痛，岂是一首绝句容纳得下！诗人把这一切熔铸在"搔首"这一细节中，诗情饱满，溢出纸外。

如果说，第一首以沉郁胜，第二首则是以雄浑胜。第一首似一支序曲，第二首才是主奏，意境更为辽阔，感情也更为沉痛。

"三万里河"指黄河，"五千仞岳"指华山，两者都在金人占领区内。诗一开始劈空而来，气象森严。山河本来是不动的，由于用了"入""摩"二字，就使人感到这黄河、华山不仅雄伟，而且虎虎有生气。但大好河山，陷于敌手，怎能不使人感到无比愤慨！"东入海"的黄河，仿佛夹着愤怒之气，倾泻而来；"上摩天"的华山，昂然挺立，直刺苍穹。这两句意境阔大深沉，对仗工整尤为余事。

"遗民泪尽胡尘里"的"尽"字，更含无限酸辛。眼泪流了六十多年，怎能不尽？但即使"眼枯终见血"，那些心怀故国的遗民依然企望南天；金人马队扬起的灰尘，隔不断他们苦盼王师的视线。以"胡尘"作"泪尽"的背景，感情愈加沉痛。

结句"南望王师又一年"，一个"又"字扩大了时间的上限。遗民苦盼，年复一年，但路远山遥,他们哪里知道,南宋君臣早已把他们忘记得干干净净!诗人极写北地遗民的苦望,实际上是在表露自己心头的失望。但失望又终究不同于绝望。诗人为遗民呼号,目的还是想引起南宋当国者的警觉,激起他们的恢复之志。他不是临终还希望"王师北定中原"吗?于此可见,全诗以"望"字为眼,表现了诗人希望、失望而终不绝望的千回百转的心情。这是悲壮深沉的心声。诗境雄伟、严肃、苍凉、悲愤,读之令人奋起。(赖汉屏)

九月一日夜读诗稿有感走笔作歌　陆　游

我昔学诗未有得,残余未免从人乞。
力屏气馁心自知,妄取虚名有惭色。
四十从戎驻南郑,酣宴军中夜连日。
打球筑场一千步,阅马列厩三万匹。
华灯纵博声满楼,宝钗艳舞光照席。
琵琶弦急冰雹乱,羯鼓手匀风雨疾。
诗家三昧忽见前,屈贾在眼元历历。
天机云锦用在我,剪裁妙处非刀尺。
世间才杰固不乏,秋毫未合天地隔。
放翁老死何足论,广陵散绝还堪惜。

　　陆游的诗歌,前期广泛学习,风格在多样中已有自己的特色;中期豪迈俊逸的气概和爱国主义精神高度发展;后期爱国精神不衰退,诗笔稍趋平淡,而豪气犹存。这首诗写于绍熙三年(1192)六十八岁奉祠家居山阴时,是后期之作,总结他中期诗歌创作发展的经验。

　　起四句为第一段,写从军南郑以前的诗歌。起句"学诗未有得",是说缺乏自得之妙,还未能很好地形成自己的独特风格。第二句,申明"未有得"的表现是还不免要"乞人残余",意即还要在别人的创作中讨生活,向别人取材,向别人学技巧。三、四句说当时在创作上虽然已"妄取"一点"虚名",但对诗笔"力屏气馁",未造雄劲,还有"自知"之明,回顾不免惭愧。这一段是自谦之词,为说明下段诗歌转变的重要性抑遏蓄势,事实上他这时期已有不少雄劲的作品。这段叙述中带议论,节奏较舒平,但语言紧凑、劲炼。

　　中间十二句为第二段,写从军南郑后诗境的转变,是全诗重点。这段以具体的描写为主,笔调急剧转向壮丽,是古代论诗作品的一段极为出色的描写。起联和结两联用散句,其余三联全用对偶。"四十"两句承上转接,为下文总冒。陆游入南郑王炎宣抚使幕时是四十八岁,为期不满一年,时间短,却成为他生活中最乐于回忆的一段,这是和他的"从军乐事世间无"(《独酌有怀南郑》)的志趣分不开的。"四十"岁是举整数;军中"酣宴"的"夜连日"带有夸张,与其志趣密切相关。"打球"一联写校场、球场的广阔,检阅时兵马的众多,"一千步""三万匹",声势极盛。这一联是写室外的讲武、阅兵,写白天。"华灯"一联则是写军幕中晚上的"博弈"、歌舞;以"华灯"与"光照席""声满楼"写场面,以"宝钗艳舞"写人物,极壮丽。"琵琶"一联写乐声和鼓声,也是写幕中、写晚上,承上歌舞而来。弦乐、鼓乐并作,"弦急"表琵琶声的响亮,"手匀"表鼓手的熟练;"冰雹乱"形容弦声并显示弹者非一人,"风雨疾"形容鼓声也显示击者非一人,使人有繁弦急鼓、声声震耳之感。这一联比喻恰切,形象生动,也写得很有气势。这三联以夸张手法描写军中生活,且昼兼备,演武与娱乐并写,突出其壮丽足以震撼人心的场景,但并非单纯写军中生活,而是为证明诗歌创作的体会服务的。本段结束四句即对此作出总结:有了这种生活,就可以使人受到触发而把握到诗歌的"三昧"(佛经语,这里用作要诀、要领之义),眼前"历历"分明地看到屈原、贾谊一类忧国诗赋的精神实质和根源,创作时能像神话传说中的织女"剪裁"用云霞织成的锦绣那样无须动用"刀尺"地巧妙天成。在本段中,诗人形象地告诉人们:他中期诗歌的进一步走向雄壮,是如何受南郑军中生活的刺激的,文学创作所受现实生活的影响是怎样在他自己的实践中体现的。这可与他的《示子遹》诗的"我初学诗日,但欲工藻绘。中年始稍悟,渐若窥弘大"等句参看。

最后四句为第三段,感叹自己的经验未必为他人所理解,从描写转向议论和抒情。他指出自己的实践体会,还未必为其他"才杰"所认识,如果对于生活与创作的关系,认识上有"秋毫"偏差,其效果的相去可能有"天地隔"之远;又说自己虽无补于世,死不足惜,但这点体会不传达给他人,就像魏末嵇康被杀之前,他弹奏起独擅胜场的《广陵散》琴曲,成为世间绝调那样可惜。这里对自己经验体会的大力肯定,以感慨语气出之,感情转向深沉,语言也极劲炼。

这首诗以夸张手法,出色地再现当年军中生活场景,以当年军中生活场景来阐明诗歌创作的经验和规律。理在事中,辞藻工丽而气势雄壮,转接突兀而法度严密,是阐明生活与创作关系极有说服力、极有艺术感染力的不可多得之作。(陈祥耀)

十一月四日风雨大作二首(其二)　陆　游

僵卧孤村不自哀,尚思为国戍轮台。
夜阑卧听风吹雨,铁马冰河入梦来。

南宋光宗绍熙三年(1192)农历十一月四日深夜山阴(今浙江绍兴)骤起一场风雨,震响了僵卧孤村的六十八岁老诗人的心弦。在此前二年他以"嘲弄风月"的罪名被弹劾罢官,归隐于山阴三山故居,但老骥伏枥而志在千里,此刻诗的灵感又随风雨同至。诗中强烈的报国感情、豪迈的诗风,使人读之足可"发扬矜奋,起痿兴痹"(姚范《援鹑堂笔记》)!

当时诗人境遇不佳,罢官时两袖清风,归居后祠禄亦时有中断,故曾有《薪米偶不继戏书》诗;经济上捉襟见肘之外,尚心力交瘁,时常卧病。但他"穷且益坚,不坠青云之志"(王勃《滕王阁序》语),仍发出高亢之音。"卧"而"僵",形体可谓衰朽;"村"而"孤",处境亦属艰难,但是"不自哀"三字颇有力量,显示出崇高的气节与情操。其一,诗人并未沉湎于一己之否泰荣辱而顾影自怜,他仍"杜门忧国复忧民"(《春晚即事》);其二,"老病虽急甚,壮气复有余"(《夜读兵书》),诗人"不自哀"是对复国大业仍充满胜利信心。"不自哀"以"僵卧孤村"来反衬,更显得其志坚定不移。

唯其"尚思为国戍轮台",才能有"不自哀"之壮志。"轮台"原系汉代西域地名,为今新疆轮台县,这是借指宋代北方边疆。"尚思"是针对"僵卧孤村"而言,年近古稀,而又卧病,犹不失其当初渴望马革裹尸的"平胡壮士心"(《新春》),其忧国忧民的拳拳之念,是何等感人!

后两句转入实写。诗人心头始终郁结着慷慨之情,所以当夜深人静,忽听到窗外"风如拔山怒,雨如决河倾"(《大风雨中作》),岂能不触景生情,由风雨大作的气势联想到官军杀敌的神威!心似翻江,夜虽深而难寐;有所思,才有所梦。激动之余,入梦的是"铁马冰河",诗人的感情至此推向高潮。冰河,泛指北方严寒之地,以此衬托抗金义士的坚强勇武及收复失地的斗志。"入梦来",颇值得玩味。诗人化宾为主,写"铁马冰河"直闯入梦境,造成一种先声夺人的气势。这是陆游论诗文"以气为主"(《傅给事外制集序》)说的生动体现。"入梦来"又曲折地反映了现实的可悲。"诸公可叹善谋身,误国当时岂一秦?"(《追感往事》)朝廷衮衮诸公正在断送恢复大业。但诗人并不悲观,此诗总的基调是高昂向上的,情绪是令人鼓舞的。全诗意境开阔,气魄恢宏,又有很强的艺术概括力,赵翼称陆游诗"言简意深,一语胜人千百"(《瓯北诗话》),此诗正是一例。(王英志)

小舟游近村,舍舟步归四首（其四）　　陆　游

斜阳古柳赵家庄,负鼓盲翁正作场①。
死后是非谁管得,满村听说蔡中郎②。

注 ① 作场:指艺人圈地演出。　② 蔡中郎:东汉蔡邕,官至左中郎将,故称蔡中郎。流传的戏曲说唱,将他说成是一个背亲弃妻的负心汉,如《琵琶记》即演他与妻子赵五娘的离合故事。其实蔡邕性至孝,并没有重婚之事。

斜阳古柳,数家茅屋,江树带烟,青山沉雾。有失意骚人,朝天无路,屏居乡里,随意漫步。当此时,但觉湖山秀色,尽染襟袖;人世纷扰,暂离心头;且尽农家之乐,不以是非萦心。放翁暮年所作《小舟游近村》诗四首,对此情景作了真切的表现。

这组诗作于宋宁宗庆元元年(1195),时放翁年逾七旬,隐居山阴已达六年。这里所录的是其中比较别致的一篇。诗人用速写手法,描绘了盲人说书这样一件事,虽着墨不多,然涵泳有致,其佳处在神韵不匮,词意深远。

"神韵"一语,出自唐张彦远《历代名画记》,清王士禛力主神韵之说,使之成为谈艺者的一面大旗。王氏之神韵,乃清远之谓,具体一些说,即王、孟等人笔下的山水清音,但神韵实非清远的同义词,神韵诗也绝不止于山水清音,即使是纪事、写怀、登览、咏史,也都有不少神会韵远之作。

神即诗之精神,韵即言外远致。唯其神至,故更觉韵远。因为重神,故诗人不作琐屑的描写;因为重韵,故诗意决不停留在字面之上。如这首诗本记听盲翁说唱之事,但诗中对此却只用一句轻轻带过,对于盲翁的形状、说唱的场面,只字未提,便以一声感叹,结束全篇。而就在这声感叹之中,流露了诗人的情意,诗之精神顿出。因为诗中有神,故不可拘泥于字句,须将

死句看活,以探求其意;因为诗中有韵,又不可不深入字句之中,讽咏涵濡,玩味其意。盲翁说唱,不过是诗人一时所见,借题发挥,其作诗之意原不在此。至于蔡邕故事,只是民间传说,其是其非,无关紧要,诗人也无意为之正名;即使正名,也正不了。但就在这声感叹之中,诗人晚年无可奈何、聊以自解之情,已尽在不语之中。因为不语,故又留下余地,让读者去寻索,去回味。此即谓之有神,此即谓之有韵,这样的诗,就是神韵不匮之诗。(黄　珅)

枕上作　　陆　游

一室幽幽梦不成,高城传漏过三更。
孤灯无焰穴鼠出,枯叶有声邻犬行。
壮日自期如孟博,残年但欲慕初平。
不然短楫弃家去,万顷松江看月明。

陆游自己曾说过:"诗因少睡成。"(《夜坐庭中》)翻一翻《剑南诗稿》,就会发现"因少睡"而"成"的诗确实不少,单以《枕上》和《枕上作》为题的就有二十九首,如果再加上如《雨夕枕上作》《枕上口占》《枕上感怀》之类便有近五十首。诗人怀恢复之念,伤金瓯之有缺,恨壮志之难成,而今垂垂老矣,从戎无日,而此情此志,犹刻刻不忘,每于夜深人静之际,感慨唏嘘,形诸歌咏。这就是此类"枕上作"的来由。

诗的前四句写诗人在不寐之夜对周围环境的感受。因为夜不成寐,才能听到城楼上的更漏已经报过三更。也因为是在深夜,才能感到"孤灯无焰穴鼠出,枯叶有声邻犬行"。"孤灯无焰",如何能知道"穴鼠出"呢?那只有是听声而知了。这是说室内。在室外,只听得窸窸窣窣的脚踏枯叶之声,可以推知,那是"邻犬"在行走。这两句细致刻画了静夜不寐的情景。

"枕上三更雨,天涯万里游。"(《枕上》)被淹没在如此黑暗、冷寂的气氛中的诗人,岂止是孤独难眠,更使他万千思绪齐涌心头——"壮日自期如孟博,残年但欲慕初平"。东汉人范滂,字孟博,他"少厉清节……有澄清天下之志"(《后汉书·党锢传》)。初平,即黄初平,"丹溪人也,年十五,家使牧羊,有道士将至金华山石室中,四十余年。其兄初起就初平学,共服松脂茯苓,至五百岁而有童子之色"(《神仙传》)。这两句诗将"壮日"与"残年"相对,在时间上有个相当大的跨度,在内容上也有许多省略,要将这省略的内容填补进去,方好理解由"自期如孟博",到"但欲慕初平"的心理变化。陆游生于动乱,长于忧患,人民的悲苦,国家的分裂,父辈爱国思想的感染,使得他很早就立志报国,以天下为己任。这用他自己的话来说,就是"少小遇丧乱,妄意忧元元"(《感兴》);"少年不自量,妄意慕管葛(管仲、诸葛亮)"(《自警》)等等,这些诗句都可以说是"壮日自期如孟博"的注脚。可是,生活所给予他的只有挫折和打击,几十年的岁月就在无数次希望、无数次努力和无数次幻灭中流逝了。行遍天涯千万里,报国欲死无战场。终于,不得不怀着失望的心情,拖着衰老的身躯,寂寞地回到故园。而今已是风烛残年(陆游写这首诗时已八十一岁),"既不能挺长剑以抉九天之云,又不能持斗魁以回万物之春"(《寒夜歌》)。贫病交加,僵卧孤村,抚今追昔,真想能够像黄初平那样走进"金华山石室",

修道成仙,远离尘世。用"壮日自期"与"残年但欲"相对,感慨极深。但是神仙之事悠邈,于是只得另觅安身立命之所,因而诗人到此笔锋一转,"不然短楫弃家去,万顷松江看月明"。松江,即吴淞江,太湖的支流。此处似不必拘泥,可泛指江湖。这两句要联系上文来理解,意思是说,虽不得往"金华山石室",也要泛舟江湖,与清风明月为伴。这看来是超脱语,其实,和李白所说的"人生在世不称意,明朝散发弄扁舟"一样,只是愤激之词罢了。他的另一些诗句:"八十将军能灭虏,白头吾欲事功名"(《冬夜不寐至四鼓起作此诗》);"犹期垂老眼,一睹天下壮"(《秋怀十首……》)。才说出了他真正的心声,真正的期待。

诗的后四句,由回首往事生发开去,以豪放洒脱之词,抒发出深沉激烈之情,排宕开阖,波澜迭起,反复吟咏,只觉得无限辛酸,悲愤难抑。此亦可谓"忠愤蟠郁,自然形见,无意于工而自工"(《唐宋诗醇》评语)。(赵其钧)

沈园二首　陆　游

城上斜阳画角哀,沈园非复旧池台。
伤心桥下春波绿,曾是惊鸿照影来。

梦断香销四十年,沈园柳老不吹绵。
此身行作稽山土,犹吊遗踪一泫然!

陆游被誉为"亘古男儿一放翁"(梁启超《读陆放翁集》),尝自称"老夫壮气横九州"(《冬暖》),渴望"上马击狂胡,下马草军书"(《观大散关图有感》),是一个豪气冲天的大丈夫,写有大量天风海雨般的作品。但这只是其人其诗之一面(当然是主导方面)。他还有另一面,即个人家庭的悲欢离合,儿女之情的缠绵悱恻。他抒发此类感情的作品,写得哀婉动人。他一生最大的个人不幸就是与结发妻唐琬的爱情悲剧。据《齐东野语》等书记载与近人考证:陆游于高宗绍兴十四年(1144)二十岁时与母舅之女唐琬结琴瑟之好,婚后"伉俪相得",但陆母并不喜欢儿媳,终至迫使于婚后三年左右离异。后唐氏改嫁赵士程,陆游亦另娶王氏。绍兴二十五年春,陆游三十一岁,偶然与唐琬夫妇"相遇于禹迹寺南之沈氏园。唐以语赵,遣致酒肴。陆怅然久之,为赋《钗头凤》一词题壁间"。唐氏见后亦奉和一首,从此郁郁寡欢,不久便抱恨而死。陆游自此更加重了心灵的创伤,悲悼之情始终郁积于怀,五十余年间,陆续写了多首悼亡诗,《沈园》即是其中最脍炙人口的两首。

《齐东野语》曰:"翁居鉴湖之三山,晚岁每入城,必登寺眺望,不能胜情,又赋二绝云:(引诗略)。盖庆元己未也。"庆元己未为公元1199年,是年陆游七十五岁。《沈园》乃诗人触景生情之作,此时距沈园邂逅唐氏已四十五年,但缱绻之情丝毫未减,反而随岁月之增而加深。

《沈园》之一回忆沈园相逢之事,悲伤之情充溢楮墨之间。

"城上斜阳",不仅点明傍晚的时间,而且渲染出一种悲凉氛围,作为全诗的背景。斜阳惨淡,给沈园也涂抹上一层悲凉的感情色彩。于此视觉形象之外,又配以"画角哀"的听觉形象,更增悲哀之感。"画角"是一种彩绘的管乐器,古时军中用以警昏晓,其声高亢凄厉。此"哀"字更是诗人悲哀之情外射所致,是当时心境的反映。这一句造成了有声有色的悲境,作为沈园的陪衬。

次句即引出处于悲哀氛围中的"沈园"。诗人于光宗绍熙三年(1192)六十八岁时所写的《禹迹寺南有沈氏小园序》曰:"禹迹寺南有沈氏小园,四十年前(按:实为三十八年)尝题小词壁间,偶复一到,园已三易主,读之怅然。"诗中并有"坏壁醉题尘漠漠"之句。那时沈园已有很大变化;而现在又过七年,更是面目全非,不仅"三易主",且池台景物也不复可认。诗人对沈园具有特殊的感情,这是他与唐氏离异后唯一相见之处,也是永诀之所。这里留下了他刹那间的喜与永久的悲,《钗头凤》这首摧人肝肺之词也题于此。他多么渴望旧事重现,尽管那是悲剧,但毕竟可一睹唐氏芳姿。这当然是幻想,不得已而求其次,他又希望沈园此时的一池一台仍保持当年与唐氏相遇时的情景,以便旧梦重温,借以自慰。但现实太残酷了,今日不仅心上人早已作古,连景物也非复旧观。诗人此刻心境之寥落,可以想见。

但是诗人并不就此作罢,他仍竭力寻找可以引起回忆的景物,于是看到了"桥下春波绿"一如往日,感到似见故人。只是此景引起的不是喜悦而是"伤心"的回忆:"曾是惊鸿照影来"。四十四年前,唐氏恰如曹植《洛神赋》中所描写的"翩若惊鸿"的仙子,飘然降临于春波之上。她是那么婉变温柔,又是那么凄楚欲绝。离异之后的不期而遇所引起的只是无限"伤心"。诗人赋《钗头凤》,抒写出"东风恶,欢情薄"的愤懑,"泪痕红浥鲛绡透"的悲哀,"错!错!错!"的悔恨。唐氏和词亦发出"世情薄,人情恶"的控诉,"今非昨,病魂常恨千秋索"的哀怨。虽然已过了四十余春秋,而诗人"一怀愁绪",绵绵不绝,但"玉骨久成泉下土"(《十二月二日夜梦游沈氏园亭》),一切早已无可挽回,那照影惊鸿一去不复返了。然而只要此心不死,此"影"将永在心中。

《沈园》之二写诗人对爱情的坚贞不渝。

首句感叹唐氏溘然长逝已四十年了。古来往往以"香销玉殒"喻女子之亡,"梦断香销"即指唐氏之死。陆游于八十四岁即临终前一年所作悼念唐氏的《春游》亦云:"也信美人终作土,不堪幽梦太匆匆。"唐氏实际已死四十四年,此"四十年"取其整数。这一句充满了刻骨铭心之真情。

次句既是写沈园即目之景:柳树已老,不再飞绵;也是一种借以自喻的比兴:诗人六十八岁时来沈园已自称"河阳愁鬓怯新霜"(《禹迹寺南有沈氏小园》),此时年逾古稀,正如园中老树,已无所作为,对个人生活更无追求。"此身行作稽山土",则是对"柳老"内涵的进一步说明。"美人终作土",自己亦将埋葬于会稽山下而化为黄土。此句目的是反衬出尾句"犹吊遗踪一泫然",即对唐氏坚贞不渝之情。一个"犹"字,使诗意得到升华:尽管自己将不久于人世,但对唐氏眷念之情永不泯灭;尽管个人生活上已无所追求,但对唐氏之爱历久弥新。所以对沈园遗踪还要凭吊一番而泫然涕下。"泫然"二字,饱含多少复杂的感情!其中有爱,有恨,有悔,诗人不点破,足供读者体味。

这二首诗与陆游慷慨激昂的诗篇风格迥异。感情性质既别,艺术表现自然不同。写得深沉哀婉,含蓄蕴藉,但仍保持其语言朴素自然的一贯特色。(王英志)

梅花绝句　　陆　游

闻道梅花坼^①晓风，雪堆遍满四山中。
何方可化身千亿？　一树梅前一放翁。

注　① 坼(chè)：裂开，此谓花朵绽开。

此诗作于宁宗嘉泰二年(1202)，时放翁七十八岁，闲居山阴。

上联写梅花不畏寒冽，笑迎晨风，纷繁似雪，遍开山中。这种描写，几乎是咏梅诗中的套语，常可看到，如杜甫诗"雪树元同色，江风亦自波。"(《江梅》)许浑诗"素艳雪凝树，清香风满枝。"(《闻薛先辈陪大夫看早梅因寄》)此诗引人注目的是下联。诗人用了一个奇特的设想，极表其爱梅之心：有什么方法能把自己化为千万个人，让每一枝梅花之前都有个放翁呢？吐语不凡。《红楼梦》写宝、黛诸人赋菊，其中史湘云《对菊》，有"萧疏篱畔科头坐，清冷香中抱膝吟"之句，写其依恋菊花之状，十分传神。李纨评道："竟一时舍不得离了菊花，菊花有知，倒还怕腻烦了呢！"前人爱梅，亦有沁香入骨、爱之欲餐之语。但与放翁此诗对梅之状、爱梅之心相比，高下深浅自见。不过，这种设想并非放翁首创，显然出自柳宗元的《与浩初上人同看山寄京华亲故》："海畔尖山似剑铓，秋来处处割愁肠。若为化得身千亿，散上峰头望故乡。"但两首诗所表现的形象和意境，则全然不同。柳宗元谪居岭南，万里投荒，羁情凄凄，愁思郁郁，其状酸心，其语刻骨。而放翁逸兴遄飞，其对梅的狂态、赏梅的痴情，通过这一设想，得到了淋漓尽致的表现，格调极高。

自唐以来，世人盛赏牡丹，爱梅还是爱牡丹，几乎成了人品志趣雅俗高下的一个标准。隐居孤山的林逋，即以爱梅、咏梅著称。梅以韵胜，以格高，林逋所重，在其韵；放翁所重，在其格。放翁早年师事曾几，曾几尝问："梅与牡丹孰胜？"放翁以诗作答："曾与诗翁定诗品，一丘一壑过姚黄。"(《梅花绝句》)梅花的清风亮节，于放翁实为同气，故借梅抒写怀抱。这是放翁性喜咏梅，而且多咏梅的高格，不同于林逋专写其清神逸韵的原因。

此诗在放翁众多的咏梅诗中，更是别具一格。题是梅花，其意在人。不但写人赏梅之状，还隐喻其立身之德。上联写梅，只是下联写人的陪衬。诗人为了能与梅花相亲，不辞冒着清晨的寒风欣赏，则其独抱孤衷之意，自在言外。化身千亿，长在梅前。能与雪洁冰清的梅花心相印、意相通、语相接，则其人之高标绝俗，又跃然纸上。反过来，在百花园中，又有哪种名花，能与时穷见节之士心迹相通？能无愧骨沁幽香、气傲寒雪之美？也许此誉非梅莫属了。咏梅为了咏人，咏人又离不开咏梅，梅乎人乎，两实难分，读这首诗，应于此着眼。

(黄　珅)

示　儿　　陆　游

死去元知万事空，但悲不见九州同。
王师北定中原日，家祭无忘告乃翁。

陆游卒于宁宗嘉定二年十二月。这首《示儿》诗是他临终前写的,既是他的绝笔,也是他的遗嘱。

作为一首绝笔,它无愧于诗人创作的一生。陆游享年八十五岁,现存诗九千余首。其享年之高、作品之多,在古代诗人中是少有的;而以这样一首篇幅短小、分量却十分沉重的压卷之作来结束他的漫长的创作生涯,这在古代诗人中更不多见。

作为一篇遗嘱,它无愧于诗人爱国的一生。一个人在病榻弥留之际,回首平生,百端交集,环顾家人,儿女情深,要抒发的感慨、要留下的语言,是千头万绪的;就连一代英杰的曹操,在辞世前还不免以分香卖履为嘱。而诗人却以“北定中原”来表达其生命中的最后意愿,以“无忘告乃翁”作为对亲人的最后嘱咐,这是极其难能可贵的。在这一点上,古往今来又有几个人能与他相比?

陆游生于北宋覆亡前夕,身历神州陆沉之恨,深以南宋偏安一隅、屈膝乞和为耻,念念不忘收复中原;但他从未得到重用,而且多次罢职闲居,平生志业,百无一酬,最后回到故乡山阴的农村,清贫自守,赍志以没。他的一生是失意的一生,而他的爱国热情始终没有减退,恢复信念始终没有动摇。其可贵之处正在于他的爱是如此强烈,如此执着。这从他的大量诗篇,可以看得出来;从这首《示儿》诗中,更会受到他对国家民族一往情深、九死不悔的精神的强烈感染。

南宋初年屡挫金兵的宗泽,在临终时,也念念不忘恢复大业,曾连呼“渡河”者三。徐伯龄在《蟫精隽》中称赞陆游的《示儿》诗说:“较之宗泽三呼渡河之心,何以异哉!”这一评语看到了这首诗有其悲中见壮的色彩。诗人在他的有生之年内,时时刻刻都以收复中原为念,到他写这首诗时知道再也不能实现这一愿望了。这不能不使他心怀沉痛之情,发为悲怆之音。但在同时,他又满怀信心,坚信最后一定有“北定中原”之一日。因此,这首诗的一个值得重视的特色是寓壮怀于悲痛之中,其基调并不低沉。

从语言看,这首诗的另一特色是不假雕饰,直抒胸臆。这里,诗人表达的是他一生的心愿,倾注的是他满腔的悲慨。诗中所蕴含和蓄积的感情是极其深厚、强烈的,但却出之以极其朴素、平淡的语言,从而自然地达到真切动人的艺术效果。贺贻孙在《诗筏》中就说这首诗“率意直书,悲壮沉痛……可泣鬼神”。这说明,凡真情流露之作,本来是用不着借助于文字渲染的,越朴素、越平淡,反而更能示其感情的真挚。(陈邦炎)

浙江小矶春日　范成大

客里无人共一杯,故园桃李为谁开?
春潮不管天涯恨,更卷西兴暮雨来。

这是范成大青年时期的诗篇,自抒客游之情,又带有感慨时局之意。范氏家居苏州,这时可能是他初游杭州。

起句从客地写起,以“无人共一杯”表孤单寂寞。第二句接入思家,转写故园,“桃李为谁开",表己身不在,春花开放无人欣赏,自占身份,又从花中点出季节。第三、四句写在小矶眺望西兴。小矶,当是杭州东南钱塘江边旧时浙江渡、鱼山渡附近的一个石矶,它隔江面对萧山县的西兴。西兴,也称固陵或西陵。《水经注·浙江》:"浙江又经固陵城北。昔范蠡筑城于浙江之滨,言可以固守,谓之固陵,今之西陵也。"相传春秋吴越交战,越国战败后,越王勾践将入吴国为臣仆,越人在这里和他痛哭钱别,谈论国事,坚定了勾践复仇雪耻的决心。汉末建安时,孙策和王朗在这里进行争夺战;唐末裴甫的农民起义军曾占据此地,钱镠曾在此打败刘汉宏的部队。这是钱塘江边一个商旅出入的交通驿站,又是兵家战守的一个要地。诗写钱塘江潮挟着西兴的暮雨,向小矶飞洒而来。"春"字照应桃李季节,"暮雨"随潮飞"卷",也是春夏气象;杭州去苏州不远,本不必言"天涯","天涯恨"泛指客恨,但诗中又有比客恨更广的意思在,泛言不泛,反觉更能表现诗中意味;"不管"二字,责难中含有无限哀怨,浓化"恨"字;"卷"字有力地表现"春潮"与"暮雨"的关系,西兴与小矶的距离,以及"不管"的力量所在。作客孤单,在江边眺望对岸,春潮暮雨洒面而来,增添寒意,当然也会增添客愁。这两句借景抒情,进一步写了客愁。但它更深一层的言外之意应当是:勾践在西兴一别之后,能发愤图强,雪耻复国;南宋"小朝廷"的统治者却无此志气,无此作为,潮水冲激着这一有历史意义的地方,哪能不勾起人们的更深的反省,更广的愁恨呢? 诗写当前和自身,意包远古和朝廷,大大扩展了诗的境界。

这首诗以朴素白描的语言,清新淡远的格调,抒写惆怅深沉的感情,余味曲包,又富画意,是范成大青年时期的出色绝句之一。(陈祥耀)

催租行　　范成大

输租得钞官更催,　　踉跄里正敲门来。
手持文书杂嗔喜:　"我亦来营醉归尔!"
床头悭囊大如拳,　　扑破正有三百钱:
"不堪与君成一醉,　聊复偿君草鞋费。"

这首诗,只八句五十六字,却有情节、有人物,展现了一个颇有戏剧性的场面,使人既感到可笑,又感到可恨、可悲。

第一句单刀直入,一上来就抓住了"催租"的主题。全篇只有八句,用单刀直入法是适宜的,也是一般人能够想到、也能够做到的。还有,"催租"是个老主题,用一般人能够想到、也能够做到的单刀直入法写老主题,容易流于一般化。然而一读诗,就会感到不但不一般化,而且很新颖。这新颖,首先来自作者选材的角度新。请看:"输租得钞",这四个字,已经简练地概括了官家催租、农民想方设法交清了租、并且拿到了收据的全过程。旧社会的农村流传着一句老话:"早完钱粮不怕官。"既然已经交清租、拿到了收据,这一年就可以安生了! 诗人《催租行》的创作,也就可以搁笔了! 然而不然,官家催租的花样很多。农民欠租,官家催租,这是老一套;农民交了租,官家又来催,这是新名堂。范成大只用"输租得钞"四个字打发了前人多次表现过的老主题,接着用"官更催"三个字揭开了前人还不太注意的新序幕,令人耳目一新。这新序幕一揭开,一个"新"人物就跟着登场了。

紧承"官更催"而来的"踉跄里正敲门来"一句极富表现力。"踉跄"一词,活画出"里正"歪歪斜斜走路的流氓神气。"敲"主要写"里正"的动作,但那动作既有明确的目的性——催租,那动作的承受者就不仅是农民的"门",主要的是农民的心!随着那"敲"的动作落到"门"上,就出现了简陋的院落和破烂的屋子,也出现了神色慌张的农民。凭着多年的经验,农民从急促而沉重的敲门声中已经完全明白敲门者是什么人、他又来干什么,于是赶忙来开门。接下去,自然是"里正"同农民一起入门、进屋,农民低三下四地请"里正"就座、喝水。……这一切,都没有写,但都在意料之中。没有写而产生了写的效果,这就叫不写之写。在这里,不写之写还远不止此,看看下文就会明白。"手持文书杂嗔喜"一句告诉人们:"里正"进屋之后,也许先说了些题外话,但"图穷匕首现",终于露出了催租的凶相。当他责问"你为什么还不交租"的时候,农民就说:"我已经交清了!"并且呈上官府发给的收据。"里正"接过收据,始而发脾气,想说"这是假的",然而看来看去,千真万确,只好转怒为喜,嬉皮笑脸地说:"好!好!交了就好!我没有别的意思,只不过是来你这儿弄几杯酒,喝它个醉醺醺就回家罢了!"通过"杂嗔喜"的表情和"我亦来营醉归尔"的语气,把那个机诈善变、死皮赖脸、假公济私的狗腿子的形象,勾画得多么活灵活现!

"里正"要吃酒,农民将如何对付呢?催租吏一到农家,农民就得设宴款待。"里正"既然明说要尽醉方归,那么接下去,大约就该描写农民如何借鸡觅酒了。然而出人意外,作者却掉转笔锋,写了这么四句:"床头悭囊大如拳,扑破正有三百钱:'不堪与君成一醉,聊复偿君草鞋费。'"钱罐"大如拳",极言其小;放在"床头",极言爱惜。小小的钱罐里好容易积攒了几百钱,平时舍不得用,如今逼不得已,只好敲破罐子一股脑儿送给"里正",还委婉地赔情道歉说:"这点小意思还不够您喝一顿酒,您为公事把鞋都跑烂了,姑且拿去贴补草鞋钱吧!"写到这里,就戛然而止,下面当然还有些情节,却留给读者用想象去补充,这也算是不写之写。

"里正"要求酒席款待,农民却只顾打破悭囊献上草鞋钱,分明牛头不对马嘴,难道不怕碰钉子、触霉头吗?不怕。因为"里正"口头要酒,心里要钱,农民懂得他内心深处的潜台词。何况,他口上说的与心里想的并不矛盾:有了钱,不就可以买酒吃吗?作者的高明之处,在于跨越"里正"的潜台词以及农民对那潜台词的心照不宣,便去写送钱。"扑破"一句,实际上用了杜诗"径须相就饮一斗,恰有三百青铜钱"的典故。扑破"悭囊",不多不少"正有三百钱",说明农民针对"里正""醉归"的要求,正是送酒钱,却又不直说送的是酒钱,而说"不堪与君成一醉,聊复偿君草鞋费",其用笔之灵妙,口角之生动,也值得玩味。

苏辙在《诗病五事》里举《诗经·大雅·绵》及杜甫的《哀江头》为例,说明"事不接,文不属,如连山断岭,虽相去绝远,而气象联络,观者知其脉理之为一",是"为文之高致"。所谓"事不接,文不属",也就是大幅度的跳跃。这首诗的纪事,就不是寸步不遗,而是大幅度的跳跃,同时又"气象联络"。八句诗四换韵:"催""来"押平声韵,"喜""尔"押上声韵,"拳""钱"押平声韵,"醉""费"押去声韵。韵脚忽抑忽扬的急遽转换,也正好与内容上的跳跃相适应。(霍松林)

州　桥　范成大

州桥南北是天街，父老年年等驾回。
忍泪失声询使者：几时真有六军来？

　　这首《州桥》诗是范成大于宋孝宗乾道六年(1170)出使金邦时所写的七十二首绝句之一。州桥，指北宋故都汴京(今河南开封)城内横跨汴河的天汉桥。孟元老《东京梦华录》也多处提到此桥。诗以《州桥》为题，对作者和当时的人民说来，这不是一个寻常的地理名称，而是足以勾起故国黍离之悲的一座桥梁。

　　作者在诗题下自注云："南望朱雀门，北望宣德楼，皆旧御路也。"诗的首句就以白描手法指点出望中所见的桥南桥北的街道。诗句似淡淡着墨，并没有对这座桥、这条街的景象作任何渲染。淡淡着墨，朴素无华，但当年南宋人民读到这句诗时，会感到其分量是异常沉重的。诗笔下的这条街不是寻常的街道，而是象征北宋朝廷、象征人们心目中的故国的"天街"，也就是作者自注中的"御路"。而作者身临这座陷落了的故都，在这条街上"南望朱雀门，北望宣德楼"，当然更不胜今昔兴亡之感。他在这次出使的日记《揽辔录》中写道："过棘星门，侧望端门，旧宣德楼也。金改为承天门，五门如画。……使属官吏望者，皆陨涕不自胜。"联系这一记述，再来看这句诗，就可知其含蕴是多么深厚了。

　　当然，从整首诗看，作者深情所注，主要还不是汴京的桥梁、街道，而是在桥边、街头所接触的百姓，所以紧接着承以"父老年年等驾回"一句。汴京此时被金人占领已四十四年，当日的少年，此时已满头白发了。但岁月尽管流逝，而南宋使者所过之处，仍是"遗黎往往垂涕嗟啧"。(见《揽辔录》)作者以"年年"二字对遗民历久不衰的故国之思表达了极大的同情和敬意。这两个字也表露了，只图偏安的南宋朝廷是怎样年复一年辜负了人民的期待。

　　三、四两句显现出一幕汴京父老遇到南宋使节时的动人场景。上句以"忍泪失声"四字传神地写出父老们的情态。他们面对故国使臣，一时间无穷悲愤齐上心头，恨不得放声痛哭，尽情一吐，而在那样一个环境中却不得不把到了眼眶边的泪水忍住，可又不得不把积压在心底的话讲出。本是千言万语，这片刻间都为悲哀所梗塞，只颤颤巍巍、不成声调地迸出了一句话，那就是：究竟几时才真有王师到来？这句问话中，"真有"二字也是传神之笔，写出了父老们的迫切心情，而且含意深长，暗藏着对南宋当局的诘问。

　　这首诗不仅使读者如临其境，还使读者窥见了诗中人物的曲折的内心活动。诗在到达顶点时戛然而止，可是并非语意都尽，而是余音袅袅，启人深思。诗人没有以使者身份回答这个问题，也没有以作者口吻发表议论；但他的感情，已经与诗笔叙说的事实、描绘的形象融合为一了。

　　如果要探索其"不尽之意"，不妨参读陆游的《夜读范至能〈揽辔录〉，言中原父老见使者多挥涕，感其事，作绝句》："公卿有党排宗泽，帷幄无人用岳飞。遗老不应知此恨，亦逢汉节解沾衣。"可说是对《州桥》诗中父老的提问作了间接的答复。这就是父老年年失望的原因，也是使者无言以对的原因。（陈邦炎）

荆渚中流，回望巫山，无复一点，戏成短歌　　范成大

千峰万峰巴峡里，不信人间有平地。
渚宫回望水连天，却疑平地原无山。
山川相迎复相送，转头变灭都如梦。
归程万里今三千，几梦即到石湖边。

淳熙三年(1176)，范成大辞去四川制置使职务，四年五月，离成都东下。八月，抵达湖北江陵，刚好这时候词人辛弃疾知江陵府兼湖北安抚使，邀他同游渚宫，范氏写了这首诗。江陵旧为荆州治所，荆渚，指江陵；诗写由江陵长江中流回头西望三峡的情景。每二句一韵，凡四转韵，每韵一意。

第一韵，写长江三峡峰峦之多。巴峡，原指四川的嘉陵江峡，这里借指长江三峡，即瞿塘峡、巫峡、西陵峡。作者到了江陵，船已走过三峡，这里是回思。"千峰万峰"，极言峰多；"不信人间有平地"，船在万峰围绕之中，朝夕飘浮，好像永远走不到尽头，故有此想。起句正面写，落句故作疑辞从反面强调，有了落句，三峡地区山多的情景才显得突出，也就是跌宕转折之笔比直写之笔更为有力。

第二韵，写沿江西望，不见峡山。渚宫，春秋时楚国的别宫。范成大《吴船录》："淳熙丁酉八月壬申，癸酉泊沙头，江陵帅辛弃疾幼安招游渚宫。败荷剩水虽有野意，而故时楼观无一存者。后人作小堂亦草草。"可见渚宫当时已荒凉，所以诗意不在写渚宫，而在写由渚宫沿江西望。这一韵写的是与上一韵完全相反的情况，但笔法相同。"水连天"，极言江长水大，也是直写；"却疑平地原无山"，从江陵江边平坦之地遥望，江天一片空阔，略无高处，故又有此想，也是故作疑辞从反面强调。前后两韵，通过心理感受的细致描写，表现出峡里峡外两种完全不同的景象，而又互相映衬：因峡外的平旷而愈显得峡里的山多与山高；因峡里的山多与山高而愈显得峡外的平旷。三峡过了夷陵(今宜昌西北)之后，就进入平旷地区，《吴船录》说三峡中"山之多不知其几千里，不知其几千万峰，山之高且大如是。"然过了夷陵，"回首西望，则渺然不复一点；惟苍烟落日，云平无际，有登高怀远之叹而已。"清人张问陶《出峡泊宜昌府》诗："送尽奇峰双眼豁，江天空阔看夷陵。"描写了相似境界。

第三韵，写对前面山水变换情况的感想，由写景转入抒情。在写这诗时，范成大已几经仕途的转徙，自东至西，从南到北经历了许多山川，世事仕途、自然景象，回思起来，不免有纷纭如梦之感。故这一韵就山川的送迎变化，很自然地触发此感，"转头变灭都如梦"之句，脱口而出。就其经历看，这句显然不止指自然现象，兼含对世事仕途的感慨，两个拟人的"送迎"字面，透露其中内涵，自觉意味深长。

第四韵，写计算何日可以到家，"归程万里"，嫌路程之远；"今三千"，只走完三分之一，嫌行进之缓。"几梦"，做几回梦，承上句，意谓再经几次梦境般的山川旅程的变换。"石湖"，在苏州西南的太湖之滨，风景优美，是作者别业所在，他爱此别业，因以自号。"梦到石湖边"，即梦还家。这两句在叙事中，备见思念石湖、急于还家的心情。上句写长途艰难，下句写盼望速归。

这首诗在八句中四作转折，转得轻妙自然，如行云流水，而音节柔和，神韵悠远，在作者的七言古诗中是最为轻灵的作品之一。（陈祥耀）

初归石湖　　范成大

晓雾朝暾绀碧烘，横塘西岸越城东。
行人半出稻花上，宿鹭孤明菱叶中。
信脚自能知旧路，惊心时复认邻翁。
当时手种斜桥柳，无数鸣蜩翠扫空。

范成大的家乡苏州，城的西南十里有石湖，是太湖的一个支脉，与当时有名的姑苏前后台只相距半里，风景优美。诗人晚年就卜居于此。在写这首诗之前，他曾被朝廷先后派到边远的静江（桂林）和成都去做地方大吏，惠农、固边，都有政绩。回朝后，在淳熙五年（1178）四月，以中大夫作了参知政事（副宰相）。任职两个月，就因与孝宗政见不合，御史借细故弹劾，获罪落职，领祠禄回乡了。诗，就是这年六月，初到石湖时写的。其时，诗人五十三岁，他离开石湖，已经六年了。

这是一首七律。律诗在通常情况下，内容要紧切诗题，诗题也就成了内容的概括。此诗正如题目所标的，是写自己初归石湖时路上所见、所感，是与平日出外游赏不同的。此外，这次虽是罢相而归，但诗中并无失意消沉的情绪；相反的，倒可以使人感觉到作者的心境是开朗的，自适的。他不大在乎仕途的升降得失，对宦海浮沉的厌倦和对石湖山水的眷恋，也使他这次能回家闲居，颇为恬然自安。

律诗论章法，有所谓起、承、转、合。起、承两联，诗意总是衔接得很紧的，所谓"要如骊龙之珠，抱而不脱"（杨载《诗法家数》）。此诗前四句一气相连，用于描写归到石湖时所见景物。首句先写晓光晨雾景象，同时点明是天方曙明。日光初出为暾；青中透红为绀。日光蒙上一层雾气，呈红青色，与天空的碧色相互烘染，色彩艳美。景物是客观的，写在诗中却能反映出作者的心情。杜甫陷贼脱身后，回到羌村探亲，写诗即以"峥嵘赤云西，日脚下平地"的画面起头；虽二者所写，一为夕照，一为晨曦，景物有别，但表现初归愉悦之情则一。第二句写诗人石湖别墅之所在。横塘在苏州西南十里，塘甚大，其北有枫桥，即唐代张继夜泊题诗处。越城，春秋末吴王阖闾所筑的越来溪故城，即石湖别墅所在地，诗人卜筑于此，因其城基，随地势高下而为亭榭。交代了地点方位，便写见到的田野和水塘景色。六月，田间水稻已开花，茂密深秀，一眼望去，路上行人都只露出半截身子；一只水宿的白鹭，在长满菱叶的池塘里，显得特别洁白可爱。这景象给人以清新、欢快的感觉。"行人"正归路所见，"宿鹭"与拂晓相应；而"半出""孤明"等字眼，尤用得富于表现力。唐人陶岘《西塞山下回舟作》诗有"鹭立芦花秋水明"的佳句，与此诗"宿鹭"句的意境仿佛，但又不相同。彼写秋水明澄，似见倒影；此写菱塘覆翠，白羽耀眼。"明"字在这里不形容水而形容鹭，所以与"孤"字配搭，与苏舜钦诗"时有幽花一树明"的"明"用法相同。稻花飘香，菱叶满塘，又是丰年的景象。这当然也会增添初归诗人的兴会。

　　前四句没有正面点出"初归"，只是通过初归者对所见一切都很有兴趣的眼光，来描写客观景物。如果后面仍旧没有交代，那就容易与平时清晨出游相混淆，不能做到紧扣诗题。所以，从第三联的"转"起，就突出了"初归"这层意思；同时也转入以写主观感受为主："信脚自能知旧路，惊心时复认邻翁。"路是旧时认识的，所以只需信步走去，不怕走错；几次碰见老人，仔细辨认，吃惊地发现原来他们都是我从前的邻居。这两句写初归感受十分真切。又好在同置于一联之中，用的是"理殊趣合"的"反对"（刘勰《文心雕龙·丽辞》语）。上句说无心，下句说留意；上句安闲，下句惊讶；"信脚"易走错，反说"能知"，"邻翁"本熟悉，却要辨"认"；初归识路，是似新实旧，惊认邻舍，是熟已变生。总之，从不同角度，写出了阔别多年而重归旧里的感受。

　　末联把今昔之感更明确地抒写了出来："当时手种斜桥柳，无数鸣蜩翠扫空。"斜桥，当是石湖的一座桥名。蜩，即蝉，俗称知了。诗人说，昔日亲手种在桥边的柳树，如今已绿荫蔽天，蝉声满耳了。这里，令人联想到一个常用的典故：东晋大将桓温，北伐时，经过金城，看见自己从前手种的柳树"皆已十围，慨然曰：'木犹如此，人何以堪！'攀枝折条，泫然流泪。"（《世说新语·言语》）但范成大此诗不能算用典，虽然他写诗时肯定也会想到这个典故，甚至可能觉得因为有此熟典，更可以加强今昔之感。所以说不能算用典，因为诗人写的首先是实事实景，再说，今昔之感的性质也不同。范成大见手种柳树长大，并没有"泫然流泪"，倒是流露出欣然赞赏之情，或许他还惋惜自己没有更早一点回到石湖来。"无数鸣蜩翠扫空"，写得有声有色，何等气象！苏轼有诗曰："万里家山一梦中，吴音渐已变儿童。每逢蜀叟谈终日，便觉峨眉翠扫空。"（《秀州报本禅院乡僧》）"翠扫空"三字，即出于此。东坡用以写山，石湖用以状柳，借其语而翻出新意，但仍表示赞美。当然，其中也有感慨。诗以景语作结，映照发端，宕出远神，余味无穷，这是很高明的。（蔡义江）

春日田园杂兴十二绝（其二、其三、其五、其六）　　范成大

土膏欲动雨频催，万草千花一饷开。
舍后芳畦犹绿秀，邻家鞭笋过墙来。

高田二麦接山青，傍水低田绿未耕。
桃杏满村春似锦，踏歌椎鼓过清明。

社下烧钱鼓似雷，日斜扶得醉翁回。
青枝满地花狼藉，知是儿孙斗草①来。

骑吹东来里巷喧，行春车马闹如烟。
系牛莫碍门前路，移系门西碌碡②边。

注 ① 斗草：找些奇异的花草互相比赛，以新奇或品样多者为胜。　② 碌碡（liù zhou）：压平田地、碾脱谷粒的农具。石制，北方称为辗。

范成大是南宋四大家之一，同尤袤、杨万里、陆游齐名。他的诗秀雅清婉，自具一格，在当时就很受称赏。他早年游宦四方，五十七岁以后，退职闲居，在苏州石湖过着优游度岁的生活。在这时期，他写了《四时田园杂兴》六十首，获得"田园诗人"的称号。这一组大型的田家诗，说得上是他晚年的名作。在此之前，如王维等人也写过些"田园诗"，却旨在抒发个人的闲情逸致，鸡犬牛羊和农民不过是借来点缀的诗料，说不上反映农民生活。范成大的"田园诗"就不同，他确能生动真实地写出农家的忧喜悲欢，写出农家的劳动生活，连带农村中的风俗习惯都大量收在笔底，恍如一幅农村风俗画的长卷。在此之前，诗坛还没有出现过，这正是范成大独创一格的作品，所以一向受到广大读者的注意。

这里选的是他《春日田园杂兴》中的四首，只能说是"窥豹一斑"。

这组诗写于孝宗淳熙十三年（1186）。那时宋、金分立，南北对峙，双方暂时处于休战局面。江南的农民，因此也得到稍喘一口气的机会，颇能显出一些生气。本组诗的第一首"土膏欲动雨频催"，是从自己的住宅写起。描写春光遍地涌来的气势，很是生动。

"土膏欲动"是说土地解冻、地气回苏。"雨频催"补一笔天气。天上和地下一齐动作，春的气息就很快蓬勃起来，因此"万草千花"纷纷苗长。"一饷"即一响，是片时间的意思。写花草到处出芽、抽叶、开花，转眼之间，山上、地下、树林、屋角，全都变了样。这两句概括有力，形象鲜明，使人恍如看到一组描写春神活动的"卡通"。

下面两句一转，视野缩小，镜头转到院子一角。在屋后，一片荒废了的园地，虽然久已没人耕耘，可是野花杂草却拼命长起来，依然是绿葱葱的一片。再看墙根底下，忽然长出了几个竹笋的嫩芽。院子里本来没有种竹，怎么能长出笋来啊！仔细一瞧，原来隔邻的竹根从地底横穿过来，毫不客气地把笋长到我家里了。

这最后一句可说是传神之笔。上面写了满山满野，百草千花，也写了舍后荒畦的绿秀，但是还嫌太泛，不够饱满酣足，必须再来一笔放大的特写。这个镜头怎么找呢？凭着诗人的细心观察，终于给他找到了，那几棵破土而出来自隔邻的笋尖儿，不就是最好的诗料吗！于是诗人把它轻轻移来，放进诗中，整首诗顿然血肉充盈，精神饱满。请看，连隔邻的竹鞭（竹根横行伸展，所以叫竹鞭）也不肯受围墙的限制，竟然穿墙破土，钻进我的院子里来，春神的威力这还不厉害吗？诗人把"春"字写得如此生动活泼，形象鲜明，笔酣墨饱，实在不能不令人惊叹佩服。

"高田二麦"一首，着重描写清明节的自然景色。"二麦"是大麦、小麦。麦怕水耐旱，所以江南农民把它种在高田里。据宋应星《天工开物·乃粒篇》载，西起今四川、云南，东至今福建、浙江、江苏，以及安徽、湖南、湖北，这个广大地区中，种植小麦只占粮食总产的二十分之一，大麦更少。明代如此，南宋也该相差不远。因为麦子都种在高地，所以诗里说"二麦接山青"。用"接"字就暗指麦子还青，同山上的草色一样。此时，低处的水田还未到播种时期。《天工开物》说，清明浸种时，每石种子浇几碗冰水，可以解除暑气。可见清明正是浸种时候，所以说"傍水低田绿未耕"。诗人对耕种季节，观察细微准确，绝不是关在屋子里只凭翻书本说空话，而这又正是"田园诗"写得成功还是失败的关键。王维的"青菰临水映，白鸟向山翻"（《辋川闲居》），"牧童望村去，猎犬随人还"（《淇上即事田园》），"田夫荷锄至，相见语依依"（《渭川田家》），还比较好写，因为大概不外如此；而范成大笔下描写的田园，就切实具体得多。

　　后面两句,写插秧之前农民趁闲庆祝节日。他只用"踏歌椎鼓过清明"七个字便交代过去。南宋时,城里人把寒食到清明节作为重大节日来庆祝,郊游、扫墓、插柳、上头、赛龙舟、演奏音乐等等,吴自牧《梦粱录》里记载了许多热闹的事。但在农村,大抵只是踏歌(踏脚作节拍唱歌)椎鼓罢了。这也可以看出城市和农村风俗不完全一样。

　　"社下烧钱"一首写的是春社(立春后第五个戊日为春社)时农民祭社公的热闹情景。《荆楚岁时记》说:"社日,四邻并结宗会社,宰牲牛,为屋于树下,先祭神,然后享其胙。"在当时的农村,这是祈祝丰收的重要节日。诗人运用简练的笔墨,先写祭社的场面,"烧钱"是焚化纸钱,那是向神表示敬意,送上一些财帛,讨好一番。自然又免不了大锣大鼓,尽情敲打,制造气氛。然后就在社公跟前,排开酒席,父老上坐,子弟在下,摆上祭肉之类,大家高兴喝酒。到了天晚,父老们先醉了,于是由年轻人扶着回家。这一节用的虽是粗笔大写,却已显出那种热烈的气氛。

　　下面转入特写镜头:醉了的父老们脚步蹒跚地走在回家的路上,却发觉路旁地上丢满了折下来的青枝绿叶,各色各样的花朵,一片乱糟糟的。老人不禁心里发笑,那些孩子们闹了半天的斗百草,不知到底谁输谁赢,如今却把辛辛苦苦找回来的东西,随便乱丢一气就完事了,想来也真可笑。这两句收拾得很有情韵。一场吵吵闹闹的斗百草没有一字加以描写,却从老人的醉眼中重新呈现出来,但又只是抛残了的东西。使人从中想象出刚才青少年们那股子傻劲。真有悠然不尽的情致。

　　斗百草这种游戏活动,最早见于《荆楚岁时记》,那是南朝时的风俗,唐代相沿下来,时间却是在端午节。那么,宋代有没有这种习俗呢?有人看到《东京梦华录》《武林旧事》《梦粱录》这些书没有记载,只偶见于词人作品中,以为宋代便已不流行了;但从范成大这首诗来看,却又分明还是存在的,只不过改在社日举行而已。

　　第四首"骑吹东来里巷喧",先是写远的一笔:又是车队,又是马队,又是乐队,旗帜招展,好一派气势,乡下人霎时惊动了,大人孩子纷纷跑出家门来瞧,嚷成一片。原来官老爷"行春"来了。那原是汉代就有的故事,太守每年春天,亲自巡视地方,劝耕、赈救。这做法到宋代还有。第二句就是点出这一队人马的来历。"闹如烟",看来是很有一番惊动。乡绅、父老、乡长、保长等,不免都要叩头迎接,在形式上大大摆弄一番。不过诗人没有时间腾出笔墨去细细描写,却又是转过他那灵巧的笔尖,写一个老乡——也许是甲长什么的,吆喝放牛的孩子:"你这家伙呀,不要把牛拦在大路上,快把那畜生拴到那石滚子(北京叫石呆子)旁边去!"这一笔真够生动,官老爷的威风,老百姓的惊慌失措,放牛孩子的天真无知,全都活画出来了。

　　六十首《田园杂兴》,写了南宋苏州一带的农村风光,内容颇为丰富,佳作更是不少。这才是经得起寻味的"田园诗"。(刘逸生)

夏日田园杂兴十二绝(其一、其七、其九、其十一)　　范成大

梅子金黄杏子肥,麦花雪白菜花稀。
日长篱落无人过,惟有蜻蜓蛱蝶飞。

昼出耘田夜绩麻，村庄儿女各当家。
童孙未解供耕织，也傍桑阴学种瓜。

黄尘行客汗如浆，少住侬家漱井香。
借与门前磐石坐，柳阴亭午正风凉。

采菱辛苦废犁锄，血指流丹鬼质枯。
无力买田聊种水，近来湖面亦收租。

　　范成大有干练之才且有爱民之心，他多次做官，官阶也很高，但宦情淡薄，屡次以病乞休。清宋长白《柳亭诗话》有一则记载说，相传宋孝宗想叫他当宰相，但怕他"不知稼穑之艰难"，故未授，范氏闻而作《四时田园杂兴》以自表白。这则传说是无稽的：（一）范氏为人，绝不如此热衷仕宦，他作《四时田园杂兴》，在淳熙十三年（1186）六十一岁时，是做过参知政事、知明州、知建康府以后，自己坚决以病乞归石湖之时，更不会有此情趣。（二）范氏反映"稼穑艰难"、民生疾苦的作品，如前后《催租行》《劳畲耕》等，数量不少，何待借此表白？《四时田园杂兴》这一组诗共六十首，属于"夏日"部分有十二首，现选出其中的四首。

　　其一，起二句写初夏江南农村的景色：虽"菜花"已"稀"而"杏"正"肥"，且"麦花雪白"而"梅子金黄"。以民歌风格写成对偶语句，调子清圆，景色优美，很有吸引力。第三句写夏日初"长"，但农事正忙，白天篱边很少过往的行人。因为江南四月，是割麦分秧的忙碌月份，农民整天在田地上劳动，早出晚归，故白天少见行人。陆游《江村初夏》有"江村夏浅暑犹薄，农事方兴人满野"之句，可见其情况。第四句又写景，说篱边"长日"，只见蜻蜓、蛱蝶在飞动。这一句与杜甫《曲江》"穿花蛱蝶深深见，点水蜻蜓款款飞"两句合而为一，盖关中、江南，春末、夏初，景色有相近之处。陆游《村居初夏》有"小蝶穿花似茧黄"之句，范氏《初夏二首》也有"菜花成荚蝶犹来"之句，就专写蛱蝶了。这首诗三句写景，都显得很优美；只一句叙事，不直接写劳动，却从侧面透露劳动情况，也很有意味。

　　其七，用老农的口气写，这首正面写劳动，写得概括、朴素，结句又能表现农村儿童从小喜爱劳动及其天真情趣。"昼出耘田"指农夫，"夜绩麻"指妇女，合起来即是"男、女"，诗中称之为"儿女"，表出老农口气。"当家"，并非"持家"意，而是指各有"当行"，成为"惯家"能手。"童孙"，明用老农口气；"未解供耕织"，合上"儿女""昼夜"而言；初夏桑叶茂盛成荫，故能"傍桑阴学种瓜"，"学"指的是儿童情态。

　　其九，写农民照料"行客"，从好客中反映他们的仁厚、善良的品德。"行客"在"黄尘"中行走，汗流"如浆"，是盛夏情况。农民自己有在烈日下走路、劳动，汗如水流的经验，他们的关心"行客"，正是理所当然。"少住"句，请"行客"在家中喝喝清香的井水。"漱"为"喝"意，用字柔细；"少住侬家"，吴侬软语，显得温柔有情，"侬"字在古代有"你""人""我"之义，此处是称"我"，称"我"苏州话为"nei"，"香"字尤细，因为井水清凉，在大热天渴极的"行客"口中，自然觉得胜于琼浆，清香异常，此字一显出暑天井水之美，一显出饮者因难得而喜爱之情。"借与门前磐石坐"，写明请"行客""少停"的地点；"柳阴亭午正风凉"，描写地点之好。"亭午"，正午，补出酷热时候，呼应"汗如浆"；"柳阴""风凉"与"黄尘"道路相映照，更显出景色可爱。这首诗叙事中带描写，也极亲切、朴素而优美。

其十一，描写种菱农民被剥削的痛苦。江南的稻田、圩田，收成都不错，但农民负担繁重的租税，生活痛苦，田地也多被兼并，范成大《劳畲耕》一诗，对此已写得很详尽。有些农民，被迫放弃耕种稻谷，改在湖上以种菱为生，但也逃不过盘剥之苦，这首诗就是写江南农村这种情况的。第一句写农民丧失田地，只好废弃"犁锄"来"辛苦"地种菱、采菱。第二句，具体描写采菱的辛苦：采得指头流着"丹"红的血，农民"枯"瘦得不像人形。"鬼质"，憔悴不像人之意，是范氏创造的名词，他《采菱户》的"采菱辛苦似天刑，刺手朱殷鬼质青。"也用过这个词。"无力买田聊种水，近来湖面亦收租。"则大声疾呼，为采菱农民倾诉苦况，无田可种而种菱，哪想到湖面也要收租！这句表明他们所以形成"鬼质枯"，正是由于无孔不入的沉重盘剥。这首诗言语朴素，但感情强烈，揭露深刻，带着农民的血泪和作者的愤恨。

范成大的《四时田园杂兴》，把自陶渊明以来直到唐代的王维、储光羲、孟浩然、韦应物等描写农村自然景物的诗歌传统，以及自《诗经·豳风·七月》以来直到唐代"新乐府"诗派的反映农村社会现实的诗歌传统融合起来了：不过不用古体，而改用七言绝句的形式。它从内容到形式，都有创造性，在我国诗歌发展史上，是很值得重视的。（陈祥耀）

入直召对选德殿，赐茶而退　　周必大

绿槐夹道集昏鸦，敕使传宣坐赐茶。
归到玉堂清不寐，月钩初照紫薇花。

被皇帝召见询问国事，对于臣子而言，自是大事。周必大当此恩遇，赋诗以抒怀，诗题即已明写其事。官员入宫朝见皇帝叫作"入直"，题中"入直"与"召对"相连，意即被皇帝召入宫内应对。

诗人"入直召对选德殿"事，在《宋史》卷三九一《周必大传》中有记载：宋孝宗召周必大等三人在选德殿应对，以"在位久，功未有成，治效优劣"，"命必大等极陈当否"，周必大在退出选德殿后向孝宗上书陈述兵将与郡守交易过于频繁的弊病。《四朝闻见录》对孝宗夜召周必大入宫也有记载，却着重在金卮赐酒、玉盘贮枣的款待上。（见《宋人轶事汇编》卷十七）"入直召对"的原委本是一首长篇叙事诗的题材，但诗人以一首绘景记事的七绝来抒怀。

绝句以"敕使传宣坐赐茶"一句与诗题照应，将事情始末一笔带过，意思是皇帝派出使者传令入宫，朝见时皇帝赐茶款待。"归到玉堂清不寐"一句则是抒写被召见后的思想活动。"玉堂"是翰林学士院的代称，周必大当时在此供职。"归到玉堂"是直叙其事，"清不寐"是抒写情怀，"不寐"见其心潮起伏，"清"字是点睛之笔，反映出诗人此刻感情激动而不狂热，他在冷静地深深思索着朝政的得失；包含有国事重托的责任感在内，形象地展示了政治家的气度胸襟。

首尾两句是绘景。首句写黄昏入宫途中所见，末句写深夜退回玉堂后所见。乍看只是随所见而书，似与"入直召对"没有直接关系。其实不然，是"画中有意"（《白石诗说》），其中有诗人的匠心在。夏季的槐树本散发着细细的幽香，而黄昏已至，又是绿槐夹道，就给人以清幽、沉寂之感，而枝头上日暮返巢的乌鸦又为之涂上一层静穆的色彩，使画面色调偏于冷暗，景物中显示出的正是诗人被召见前肃穆的心情。末句之景与此不同，画面上，开放的紫薇代替了绿槐，如钩新月代替了昏鸦，气氛虽同样清幽，但色调偏于明丽。从"初上"二字可知诗人是看着下弦的新月冉冉升上花梢的，正与上句之"不寐"相照应。景物中所显示的是被召见后深沉而又充满希望和责任感的心情。值得注意的是这句暗中用典：唐开元元年（713），改中书省为紫薇省，中书令（即宰相）为紫薇令。白居易为紫薇侍郎时，有《紫薇花》诗："独坐黄昏谁是伴，紫薇花对紫薇郎。"周必大时为宰相，故用紫薇花写景，妙语双关，令人不觉。

此诗对"入直召对"的过程并没有具体记述，如果不了解那一段本事，通过明确的标题、简括的叙事和景物描摹，依然可以体会到孝宗此次召见决不同于汉文帝召见贾谊时的"不问苍生问鬼神"（李商隐《贾生》）的情景。这是由于诗人把丰富的政治历史内容隐含于写景抒怀之中，含蓄而不隐晦，既流露出对朝政的关切，又充满了画意诗情，耐人品味。（顾之京）

山行即事　王　质

浮云在空碧，来往议阴晴。
荷雨洒衣湿，𬞟风吹袖清。
鹊声喧日出，鸥性狎波平。
山色不言语，唤醒三日酲①。

注　① 酲(chéng)：酒醒后困惫如病的状态。

王质仰慕苏轼，曾说"一百年前""有苏子瞻"，"一百年后，有王景文"（《雪山集·自赞》）。他的诗，俊爽流畅，近似苏诗的风格。

这是一首五律，首联写天气，统摄全局。云朵在碧空浮游，本来是常见的景色；诗人用"浮云在空碧"五字描状，也并不出色。然而继之以"来往议阴晴"，就境界全出，精彩百倍。这十个字要连起来读、连起来讲：浮云在碧空里来来往往，忙些什么呢？忙于"议"，"议"什么？"议"究竟是"阴"好，还是"晴"好。"议"的结果怎么样，没有说，接着便具体描写"山行"的经历、感受。"荷雨洒衣湿，𬞟风吹袖清"——下起雨来了；"鹊声喧日出，鸥性狎波平"——太阳又出来了。浮云议论不定，故阴晴也不定。

宋人诗词中写天气，往往用拟人化手法。姜夔《点绛唇》中"数峰清苦，商略黄昏雨"两句尤有名。但比较而言，王质以"议阴晴"涵盖全篇，更具匠心。

"荷雨"一联，承"阴"而来。不说别的什么雨，而说"荷雨"，一方面写出沿途有荷花，丽色清香，已令人心旷神爽；另一方面，又表明那"雨"不很猛，并不曾给行人带来困难，以致影响他的兴致。李商隐《宿骆氏亭寄怀崔雍崔衮》七绝云："秋阴不散霜飞晚，留得枯荷听雨声。"雨一落在荷叶上，就发出声响。诗人先说"荷雨"、后说"洒衣湿"，见得先闻声而后才发现下雨、才发现"衣湿"。这雨当然比"沾衣欲湿杏花雨"大一些，但大得也很有限。同时，有荷花的季节，衣服被雨洒湿，反而凉爽些；"蘋风吹袖清"一句，正可以补充说明。宋玉《风赋》云："夫风生于地，起于青蘋之末。"李善注引《尔雅》："萍，其大者曰蘋。"可见"蘋风"就是从水面浮萍之间飘来的风，诗人说它"吹袖清"，见得风也并不算狂。雨已湿衣，再加风吹，其主观感受是"清"而不是寒，说明如果没有这风和雨，"山行"者就会感到炎热了。

"鹊声"一联承"晴"而来。喜鹊厌湿喜干，所以又叫"干鹊"，雨过天晴，它就高兴得很，叫起来了。陈与义《雨晴》七律颔联"墙头语鹊衣犹湿，楼外残雷气未平"，就抓取了这一特点。王质也抓取了这一特点，但不说鹊衣犹湿，就飞到墙头讲话，而说"鹊声喧日出"，借喧声表现对"日出"的喜悦——是鹊的喜悦，也是人的喜悦。试想，荷雨湿衣，虽然暂时带来爽意，但如果继续下，没完没了，"山行"者就不会很愉快；所以诗人写鹊"喧"，也正是为了传达自己的心声。"喧"后接"日出"，造句生新，意思是说："喜鹊喧叫：'太阳出来了！'"

"鹊声喧日出"一句引人向上看，由"鹊"及"日"；"鸥性狎波平"一句引人向下看，由"鸥"及"波"。鸥，生性爱水；但如果风急浪涌，它也受不了。如今呢，雨霁日出，风也很柔和；要不然，"波"怎么会"平"呢？"波平"如镜，爱水的"鸥"自然就尽情地玩乐。"狎"字也用得好。"狎"有"亲热"的意思，也有玩乐的意思，这里都讲得通。

尾联"山色不言语，唤醒三日醒"虽然不如梅尧臣的"人家在何许，云外一声鸡"有韵味，但也不是败笔。像首联一样，这一联也用拟人化手法；所不同的是：前者是正用，后者是反用。有正有反。从反面说，"山色不言语"；从正面说，自然是"山色能言语"。唯其能言语，所以下句用了一个"唤"字。午雨还晴，"山色"刚经过雨洗，又加上阳光的照耀，其明净秀丽，真令人赏心悦目。它"不言语"，已经能够"唤醒三日醒"；一"言语"，更会怎样呢？在这里，拟人化手法由于从反面运用而加强了艺术表现力。"醒"是酒醒后的困惫状态。这里并不是说"山行"者真的喝多了酒，需要解酒困；而是用"唤醒三日醒"夸张地表现"山色"的可爱，能够使人神清气爽，困意全消。

以"山行"为题，结尾才点"山"，表明人在"山色"之中。全篇未见"行"字，但从浮云在空，到荷雨湿衣、蘋风吹袖、鹊声喧日、鸥性狎波，都是"山行"过程中的经历、见闻和感受。合起来，就是所谓"山行即事"。全诗写得兴会淋漓，景美情浓；艺术构思，也相当精巧。

这首诗的句法也很别致。"荷雨"一联和"山色"一联，都应该是仄仄平平仄，平平仄仄平，但作者却将上句的末三字改成仄平仄，将下句的末三字改成平仄平，即将上下两句的倒数第三字平仄对换。杜甫的律诗，偶有这种句子。中晚唐以来，有些诗人有意采用这种声调。例如温庭筠《商山早行》的"晨起动征铎，客行悲故乡"，梅尧臣《鲁山山行》的首联"适与野情惬，千山高复低"，就都是上下句倒数第三字平仄对调。这样，就可以避免音调的平滑，给人以峭拔的感觉。（霍松林）

题米元晖潇湘图二首　　尤　袤

万里江天杳霭，一村烟树微茫。
只欠孤篷听雨，恍如身在潇湘。

淡淡晓山横雾，茫茫远水平沙。
安得绿蓑青笠，往来泛宅浮家！

尤袤这两首六言诗，题于米友仁（字元晖）所画《潇湘白云图》后。这卷水墨画约丈余，是米友仁的代表作，卷后有谢伋、尤袤、洪适、洪迈、朱敦儒、朱熹等南宋十几位名人题跋，历代多有著录，现藏上海博物馆。尤袤有跋有诗，诗后署款为"淳熙辛丑中春十八日，梁谿尤袤观于秋浦"。淳熙辛丑，即宋孝宗淳熙八年（1181）。这时尤袤五十五岁，正提举江东常平。秋浦即今安徽贵池。

两首诗虽可相对独立，但实为紧密结合的整体。诗人在构思时，是先有一个主意，然后才谋篇遣词，分写为两首的。两首的结构相同，都是前两句对画中景物作客观描写，后两句是诗人看画的主观感受，但两首的次序却不可颠倒。

"万里江天杳霭，一村烟树微茫。"从大处落墨，展现出画卷的全局，远处是万里江天，近处是一村烟树，杳霭微茫，一派烟雨迷蒙的景象。只这十二个字，便摄取了小米山水的特点，长江中下游寥阔的山川是他画里云山的原型，淡墨渍染、浓墨点簇的技法表现了夏天变幻无端的云情雨意。"只欠孤篷听雨，恍如身在潇湘"，两句是倒装，赞叹观赏小米画笔如见真山水，好像已置身于潇湘之上，只不过没有真的坐在船上听雨罢了。人们在观赏真山水时，往往感到江山如画，诗人在观赏画时，又感到画如江山。黄山谷《题郑防画夹》："惠崇烟雨归雁，坐我潇湘洞庭。欲唤扁舟归去，故人言是丹青。"在赞美画如江山这个意思上，尤与黄相同，但就整首诗而言，尤对画的描写更具体而有特色。

一般说来，尤袤题米画，有了第一首，已可算是完成了任务。然而，他才思未尽，还要补充，还要深入。"淡淡晓山横雾，茫茫远水平沙。"这并非第一首前两句意义的重复，而是潜心玩味后所写出的小米画的精微奇妙之处。一句说山，一句说水，真是气韵生动，难得的艺术成就。大画家李唐有诗曰："雪里烟村雨里滩，看之容易作之难。"大凡作画，静态易，动势难；明确肯定易，缥缈超忽难；写形易，传神难。山横雾、水平沙，还不难画；进而表现特定的时间和空间的态和势，就不那么容易了；再进而"淡淡""茫茫"，传达出山水的风姿神韵，足以移观者之情，境界就更高了。这样，小米墨戏幻化的不可思议之妙，也就轩豁呈露了。诗人进入这个画境，归返自然的遐想，也就油然而生——"安得绿蓑青笠，往来泛宅浮家！"第一首的"恍如身在潇湘"，还是暂时置身其间，而这两句则由艺术的审美活动，深入到人生的理想追求。画中的境界确是令人神往的，可是，要披戴绿蓑青笠，就得抛弃纱帽官服；长在江湖之上泛宅浮家，也就免除了尘俗的纷烦和仕途的荣辱。这在诗人确是个矛盾，"安得"二字，便是发自内心的感慨。如此结束全篇，同时也是对小米画更高的评价：能绘出如此境界的画家，其人之清高绝俗不言可知。

两首诗珠联璧合，不可分离，第一首待第二首而深，第二首也须合第一首而全。这确是宋人题画诗的上选，读者也可由此领会到一题分章的写法。

六言绝句并不多见，其原因为，一是单音节字的使用颇受限制，而单音节的字在近体诗中，常是诗人用心锤炼的诗眼所在；二是与五、七言诗相比，声调显得单调平缓。此体始于唐人，但作者甚少，洪迈《万首唐人绝句》中收录尚不足百首。到了宋代，作这一体的远比唐人多，王安石、苏轼、黄庭坚诸大家都有佳作。每首六言四句为两联，一联之中要求平仄相对，如"万里江天杳霭，一村烟树微茫"，便是"仄仄平平仄仄，仄平平仄平平"。其与五、七绝不同的是，不以失粘为病，如"一村烟树微茫"与"只欠孤篷听雨"（"仄仄平平平仄"），便不相粘连。但也有不失粘的，如"留春一日不可，种树十年未成。芳草断肠花落，绿窗携手莺声"（刘辰翁《春归》）。一句之中，通常读成三节，两字一顿，如"淡淡——晓山——横雾，茫茫——远水——平沙"。间或也有读成两节，三字一顿的，如"广平作——梅花赋，少陵无——海棠诗"（陆游《杂兴》）。四句两联中，一般是前联要求工整的对仗，如尤袤这两首的前联。也有前后两联都对仗的，如"买田何须近郭，作屋却要依山。青松共我终始，白鸟随人往还。"（彭汝砺《拟田园乐》）也有两联都不对仗的，如王安石《题西太一宫壁》的第二首。六言绝句有较多的佳作，也是宋人在中国诗史上的新贡献。（徐永年）

都下无忧馆小楼春尽旅怀二首①　　杨万里

病眼逢书不敢开，春泥谢客亦无来。
更无短计销长日，且绕栏干一百回。

不关老去愿春迟，只恨春归我未归。
最是杨花欺客子，向人一一作西飞。

> 注　① 南宋孝宗乾道三年（1167），杨万里由于张浚的推荐，除临安府教授。临安府即今浙江杭州，为南宋首都。开始还称临安府为"行在"，表示不忘故都汴梁。后来便直称为都城，故本诗题曰"都下"。而"无忧馆"则是作者给自己寓所起的名号。

第一首写寂寞无聊，第二首写思乡盼归。由于寂寞无聊，所以产生思乡盼归之念；也正由于深感寂寞无聊，所以思乡盼归之念也愈切。两首诗就是这样密切地联系着。

南宋时代，最高统治者安于现状、不思进取，从总的情况看，投降派在政府中占着主导地位，整个官场中的风气是沉闷、消极、得过且过的。杨万里正是处在这样的大环境里，很难有所作为。加以他是学官，似乎事情也不多，不过读读书会会客而已。第一首一、二两句都是因果句：由于"病眼"，所以"逢书不敢开"；由于"春泥"，所以"谢客亦无来"。而这正是他感到寂寞的来由。

"更无短计销长日"，春末时节，日并不长，然而偏偏说"长日"，大概是从《诗经》的"春日迟迟"化来。这个"长"字，有力地表明了作者的寂寞无聊。因为越是无事可做，便越感到日长，这正反映了作者对这种生活的厌恶。"短计"，即肤浅之计，"短"与"长"字相对，连个短计也还想不出来，真是无法打发这漫长的一天。

他终于想出一个办法，便是"且绕栏干一百回"。围绕栏干行走，而且至于百回之多，岂不可笑！当然有点夸张，可是读者又感到真实，因为这正是绞尽脑汁想出的"短计"；他的"短计"，似乎只有如此。这句话写得很具体，也很形象，似乎可以看到一个百无聊赖的人，围绕着栏干不停地打转转。这个形象，似乎是可笑的，然而却是可悲的。

以上两句，特别是末句，质朴无华，形同口语，这正是杨诗在语言上的一个特点。

在百无聊赖中，不免思归了。作者此次寓居临安，是短暂的，没有多久，便由于"丁父忧"

而回乡了。看来他很不习惯于这种"饱食终日,无所用心"的生活。

第二首"不关老去愿春迟",暗点题目的"春尽"。春天已经过去,但他还希望春天走得慢一点。他明确表白这个愿望是"不关老去"的,那么究竟为什么"愿春迟"呢?

"只恨春归我未归",这就道出了作者的积愫,也点出了题目的"旅怀",原来是因为春已归去而自己却不能归去的缘故。"恨"字直贯"春归我未归"。看到春归,"我未归"之恨愈甚。

"最是杨花欺客子",又转向"杨花"。杨花者,柳絮也。东风劲吹,杨花自然要飞向西去。"向人一一作西飞",乃是春天的自然现象,然而作者却认为这是杨花的有意恼人,有意跟"客子"为难似的。杨万里江西吉州人,吉州在临安之西,杨花从临安西飞,飞向自己的故乡吉州,可是自己却不能西归! 一个寄寓临安的"客子",而且对临安的生活又是那样厌倦,怎能不对西飞的杨花既羡慕而又嫉妒呢!

这两句的构思较之上两句尤为巧妙。周必大说:"诚斋(杨万里)大篇短章……状物姿态,写人情意,则铺叙纤悉,曲尽其妙,笔端有口,句中有眼。"(《宋诗纪事》五十一引)"春归"已令人恨,更可恨者则是"杨花",故用"最是"二字以表达进一层的"恨"。杨花无知,何能恼人? 然而它的"一一向西飞",岂不是明明有意向人炫耀? 作者把无知的杨花写成有知,把杨花由于东风而西飞的自然现象,说成是故意恼人。把西飞的杨花,涂上了浓厚的感情色彩,从而表达了作者深重的思归心情。不知道周必大的评论是否也包括作者的构思,然而这种构思的确够得上"写人情意,曲尽其妙"的。(李景白)

夏夜追凉　杨万里

夜热依然午热同,开门小立月明中。
竹深树密虫鸣处,时有微凉不是风。

"追凉",即觅凉、取凉。较之"觅""取","追"更能表现对"凉"的渴求,杜甫"忆昔好追凉,故绕池边树"(《羌村三首》其二)诗意可见。夏夜苦热,外出取凉,这是古代诗人经常描写的题材,诚斋集中,以"夏夜"为题者便有多首。但这首诗在艺术处理上却有其独到之处:它撇开了暑热难耐之类的感受,而仅就"追凉"着墨,以淡淡的几笔,勾勒出一幅夏夜追凉图,其中有皎洁的月光,有浓密的树荫,有婆娑的竹林,有悦耳的虫吟,当然,还有作者悄然伫立的身影。

首句貌似平直,其实也有一层曲折:中午时分,烈日暴晒,是一天中最为酷热的时刻,而今,"夜热"竟然与"午热"相仿佛,则"夜热"之甚,可想而知。唯其如此,才引出次句诗人月下独立的形象。"开门",点出作者原在室内。或许他本已就寝,因夜热故,辗转反侧,难以入梦,迫于无奈,才出门纳凉。而"月明",则点出正值"月华皎洁"的三五之夜。这样,作者"独立"的目的,应该说是"追凉"与"赏月"兼而有之。追凉可得体肤之适,赏月则可得精神之快,难怪他要独立不移、执着若此了。第三句是对周围环境的点染:竹林深深,树荫密密,虫鸣唧唧。"竹深树密",见其清幽;"虫鸣",则见其静谧——唯其静谧,"虫鸣"之声才能清晰入耳。诗人置身其间,凉意顿生,于是又引出结句"时有微凉不是风"这一真切、细微的体验。"不是风",点明所谓凉意,不过是夜深气清,静中生凉而已,并非夜风送爽。范成大《六月七日夜起坐殿庑取凉》诗亦云:"风从何处来? 殿阁微凉生。桂旗俨不动,藻井森上征。"虽设问风从何来,但既然桂旗不动,可见非真有风,殿阁之"微凉"不过因静而生。人们通常说"心静自凉",其理相若。因此,范诗实可与这首诗参读。

　　显然静中生凉正是作者所要表现的意趣,但这一意趣并未直接点明。如果没有"不是风"三字,读者很可能将"凉"与"风"联系在一起。陈衍《石遗室诗话》早就指出:"若将末三字掩了,必猜是说甚么风矣,岂知其不是哉。"然而,这首诗的妙处恰恰也就在这里。作者故意直到最后才将微露其本意的线索交给读者——既然明言"不是风",善于神会的读者自当想到静与凉之间的因果关系;随即又当想到,前面出现的月光、竹林、树荫、虫鸣,都只是为揭示静中生凉之理所作的铺垫。这样,自然要比直截了当地道出本意更有诗味。大概这就是《石遗室诗话》所称道的"浅意深一层说,直意曲一层说"的旨趣。(萧瑞峰)

小　池　杨万里

泉眼无声惜细流,树阴照水爱晴柔。
小荷才露尖尖角,早有蜻蜓立上头。

　　这首绝句取景很别致,"泉"则曰"眼","流"则言"细",荷是"小荷",叶是"尖尖角",这"尖尖角"上还立着个小小的蜻蜓:诗中之物,无不透着一个"小"字,加上诗题"小池",通体小巧玲珑,天真妩媚。不待安排句法,只这些小巧天真的形象,已令人目悦神怡。

　　细玩这首诗,又不仅以小巧玲珑取胜,佳绝处在于巧妙地写出了自然物之间的亲密关系,表现了诗人静观自得的心情。起句"泉眼""细流",本夏日平常光景,下一"惜"字,则仿佛泉眼故惜涓滴,无情化为有情。次句写"树阴""池水",着一"爱"字,则又似绿树以池水作妆镜,展现其绰约丰姿。这两句把读者引入一个精致、温柔的境界,情味益然,饶有兴趣。三、四句更推出胜境:新荷刚出水面,睡眼未开,那小小蜻蜓已自立于其上。一个"才露",一个"早立",前后接续,把蜻蜓和荷花相依相偎这一自然界和谐情景形容尽致。无限生机,多少天趣,集中在这个聚光点上,照亮了全诗。

　　诚斋写景小诗,最善于表现动态之美。他仿佛是一位高明的摄影师,用快速镜头捕捉到这稍纵即逝、妙趣横生的一瞬,在一瞬间留下永恒。他有精微的观察力,加以手眼敏捷、语言明快,能把这刹那所感表而出之,使人共喻。陈与义《春日》诗说:"忽有好诗生眼底,安排句法已难寻。"诚斋诗妙在一个"趣"字。他不仅善于句法安排,而且善于速写那"忽有"的一瞬,构成气韵生动、情趣益然的诗情画意,以此独步于南宋诗坛。(赖汉屏)

闲居初夏午睡起二绝句　杨万里

梅子留酸软齿牙,芭蕉分绿与窗纱。

日长睡起无情思，闲看儿童捉柳花。

松阴一架半弓苔，偶欲看书又懒开。
戏掬清泉洒蕉叶，儿童误认雨声来。

杨万里的密友张镃曾论其诗云："造化精神无尽期，跳腾踔厉即时追。目前言句知多少，罕见先生活法诗。"读诚斋这二首绝句，颇有助于我们对他的"活法"的理解。

第一首写诗人午睡初醒，齿颊间还存留着梅子的余酸。梅为解醒之物，可知诗人睡前曾以斗酒自遣，一个"软"字，表现出他的闲散的意态。四周一片静谧，一片碧绿，"分"字为蕉叶映窗传神。首二句点明了"初夏"之时。"日长睡起无情思"，承上，表明夏日昼长、百无聊赖之意，于是他只有"闲看儿童捉柳花"。写此诗时杨万里才四十岁，正在年富力强之时，看来真是闲得无聊之极了。

第二首写他由书斋闲步向庭中，清阴宜人，正可读书，却又懒得将书卷展开。上二句中"一""半""偶""懒"四字，又将闲散之态写得入木三分。他闲得无聊，捧起一掬清泉，随意撒向青葱的蕉叶，水声飒飒，使得那些正在捕捉柳花的儿童吃了一惊，诧异日照晴空，雨声究从何处而来。

然而这两首诗是否真是刻意表现百无聊赖的空虚心情呢？诗人《颐庵诗稿序》云："然则诗果焉在？曰：尝食夫饴与茶乎？人孰不饴之嗜也？初而甘，卒而酸。至于茶也，人病其苦也；然苦未既，而不胜其甘。诗亦如是而已矣。"明乎此理，则可知上述这些字面上的意思，只是茶汁初上口时的"苦"味，如果细细品味一下，在"闲适"以至"懒散"的后面实有着一种清新的活泼泼的兴味。

陈衍《石遗室诗话》云，诚斋诗"大抵浅意深一层说，直意曲一层说，正意反一层说，侧一层说"。此二诗正是用侧写影借之法，通过自身与儿童的精神交通，在极言闲散的同时委婉地表达了对充满活力的生活的向往追求。其深意均在二诗的结尾，对周遭止水一般的生活，他确实是恹恹无情绪。然而群童烂漫天真的游戏他却饶有兴味地关注。白居易有句云"谁能更学儿童戏，寻逐春风捉柳花"（《前日别柳枝绝句梦得继和又复戏答》），诚斋易"谁能"为"闲看"，虽然诗人已年届不惑，不能再与孩童们追逐嬉笑，然而"闲看"之中，正有着不胜歆羡之意。对于长年相伴的书本，不管是古圣述作，抑或时贤新著，现今诗人都已厌倦了，即使偶尔翻阅亦已懒得。他只想摆脱这一切，聆听一下天籁之音，泉洒蕉叶，结果更引起了群童的惊诧。可以想象，当诗人看到儿童们诧异的眼神，一定会发出由衷的微笑。于是诗人寂寞的心灵就在天真的儿童身上获得了苏生。

其时诗人丁父忧赋闲在家。先是，抗金派的首领张浚已荐他为临安府教授。这是他入仕以来第一个较重要的职务。然而因居丧三年之制所限，他只得放弃一展抱负的机会。返家不久，战局失利，朝廷中以汤思退等人为首的主和派占了上风。张浚罢相，不久忧愤而亡。宋孝宗对金朝再次割地赔款，以叔侄之国相称。明白这一时代与个人环境，可进而理解这二诗中的闲散意绪，实是英雄无用武之地的烦愁，而对童心的向往又正是力图摆脱的抗争。诗中的这种潜意识，只要了解他服满后知隆兴县时的斐然政绩与乾道六年（1170）震动一时的《千虑策》，就不难看出了。

　　二诗创作的触机并不在午睡醒后的烦闷,而在于稍后见到童戏时瞬间的精神交通。儿童世界的天真无邪与成人生活的种种不惬意,适成鲜明的对照,使闲居苦闷的诗人得到一种由衷的快慰。他抓住了这"跳腾踔厉即时追"的生活场景与由此而生的感兴,熔铸在二首小诗中。在这里诗人的闲愁与快乐始终不脱离这一场景。二诗看来各自成章,其实却以场景与感情的自然转换相联系,他将闲愁与儿童交替写来,由室内而室外,心情则由"闲看儿童捉柳花"到"儿童误认雨声来",更逐渐展开,他笔笔写的都是闲。而从这闲中自然"酿"出最后的乐来。可见诚斋的活法的第一要义是善于捕捉活生生的生活场景,瞬间的活泼泼的感触兴会,加以自然的真朴的表现。他的意趣完全融洽在丰富的多样的生活画面中,因此意趣也就显得丰满而有层次,有立体性。这样他的诗就不枯瘠,不执着,鲜透活泼,自有别趣了。诚然,诗人的活法有反写,侧写,三折一反等法门,然而这些技法之所以往往获得成功,正在于是生活情景自然层次的提炼,因此他的好诗都有新茗一般清新而醇厚的韵味。舍此而仅从技法论活法,则必堕入尖新轻薄的恶趣。(赵昌平)

插秧歌　杨万里

田夫抛秧田妇接,　小儿拔秧大儿插。
笠是兜鍪蓑是甲,　雨从头上湿到胛。
唤渠朝餐歇半霎,　低头折腰只不答:
"秧根未牢莳未匝,　照管鹅儿与雏鸭。"

　　此诗题为《插秧歌》,入手即表现了插秧的繁忙。插秧关系到收成的好坏,万不能失时。因而,值此时节,无论男女老少,一齐来到田头,各有所司,不敢稍有懈怠。三、四两句通过对雨具和雨势的刻画,表现了插秧的艰苦。"笠是兜鍪蓑是甲","笠"指斗笠,是一种用竹篾编制的遮雨的帽子。"兜鍪",即头盔,古代士兵常戴以防护头部。"蓑",是用草或棕毛制成的一种可披挂在身上的雨具。"甲"指古代士兵所穿的护身铁衣。天公不甚作美,连连洒下雨水,正在插秧的农家夫妇只好戴上斗笠,披上蓑衣。这里,作者别出心裁地将"斗笠"比作头盔,"蓑衣"比作铁甲,不仅是为了变化生新,而且也是向读者暗示:插秧简直就是一场紧张的战斗,农家儿女正像全副武装的士兵一样在与天奋斗、与地拼搏。同时,两个形象化的譬喻的叠用,还化板滞为飞动,造成一种前人所盛赞的"活泼泼"的气势。"雨从头上湿到胛","胛",指肩胛。雨势甚猛,尽管戴"盔"披"甲",仍淋得浑身湿透,在如此恶劣的气候条件下插秧不辍,其艰苦可以想见。"农时不饶人"固然是其冒雨劳作的主要原因,但农家吃苦耐劳的精神藉此"一斑"也得到了充分的显现。五至八句通过描写农家夫妇的对话及对话时的情态,进一步表现了农家的勤劳和农事的紧张。前四句以朴素的语言、白描的手法,向读者展示了一幅生动的画面;这四句,作者除继续对活跃在画面上的农家夫妇进行点染外,还给它配上了声声入耳的画外音。"唤渠朝餐歇半霎",渠,意即他;霎,即一会儿。这是写农妇招呼农夫小憩片刻,且去用餐。"朝餐",点出农夫起早出工,直到现在还水米未沾。要不是农事已紧张到极点,何至如此？"低头折腰只不答"，这是写农夫的反应：他仍然保持着插秧的姿势，手脚不停地忙着，仿佛连抬起头来望一眼的功夫也没有。这里，"只不答"，并不是说他对农妇的呼唤置若罔闻，一声不吭，而是说他没有答应农妇"歇半霎"的请求。事实上，他用别的话题将农妇支吾了开去。"秧根未牢莳未匝，照管鹅儿与雏鸭"，便是他的答话。"莳"指栽种，"匝"指完毕。他说，秧苗刚种下去，尚未挺劲；况且，也还没有栽种完毕。言外之意是，在这当口，我怎么能歇得下呢？话虽简短，意实明了。同时他还嘱咐妻子：照管好家中饲养的雏鸭，提防它们来田里作践。真是时时尽力，事事操心！农家的勤劳、艰辛，全部凝聚在这朴实的答话中。

杨万里早年学诗曾从江西派入门，后来冲出江西诗派阵营，尽毁少作千余首，转而自开户牖，创立了"诚斋体"。诚斋体的特点之一是语言生动、自然、新鲜、活泼，富于幽默诙谐的风趣。这与"活法"自是相联系的。所谓"活法"，包括新、奇、活、快等内容。这首《插秧歌》似是率口而出，却又不失耐人寻味的新鲜之意和活泼之趣，因而从中也可看出诚斋体的这一特点。较之当时故作艰深、讲究"无一字无来历"的江西派末流，这样的作品自然是别具一格。当然，所谓"活法"，本是《江西诗社宗派图》的作者吕本中提出来的，其意在启发诗人"变化于法度之中，神明于规矩之外"。杨万里所倡导的"活法"，底蕴都比这要丰富得多。除了上述的内容外，他还主张"万象毕来"，"生擒活捉"，即努力用自己的眼和手，将"活泼泼"的自然风景和生活场景捕捉到笔底来加以表现，而不是像江西诗派那样向故纸堆中讨灵感。这首诗所表现的便是从丰富多彩的现实生活中撷取来的劳动场景，所以逼真而又自然。（萧瑞峰）

明发房溪二首　　杨万里

山路婷婷小树梅，为谁零落为谁开？
多情也恨无人赏，故遣低枝拂面来。

青天白日十分晴，轿上萧萧忽雨声。
却是松梢霜水落，雨声那得此声清？

《明发房溪》，在本集中收在《南海集》，当是淳熙七年（1180）赴广州提举广东常平茶盐任途中所作。

第一首写路边的梅花。前两句写梅花的寂寞。"婷婷"，是美好的样子。山路旁一小树梅花，正在盛开，呈现出动人的意态。可是生长在这荒僻的地方，又有谁注意到呢？在寂寞中开花，又在寂寞中零落，这就是它的处境和命运。这两句的内容、意境与王维《辛夷坞》"木末芙蓉花，山中发红萼。涧户寂无人，纷纷开且落"相近，但王诗含蓄内敛，杨诗则外露直致。

三、四两句转写梅花的"多情"："多情也恨无人赏，故遣低枝拂面来。"这里所描写的实际上只是梅枝拂面这样一个细节。但在诗人的想象中，这正是寂寞开无主的山梅多情的表现，它多么希望有人见赏啊。三句点"多情"、点"恨"，四句说"故遣"，这山梅就被人格化了，变成了有情之物。诗人在山梅身上发现了多情而又无人见赏的幽谷佳人的形象与个性，或者说，是诗人把这样一种形象与个性赋予了路边的山梅。不用说,这山梅中有诗人自己的影子。

第二首写松梢霜水的清韵。首句先写天气的晴朗,次句突作意外的转折:"轿上萧萧忽雨声。"这就出现了波澜,构成了悬念,逗出下两句。

"却是松梢霜水落,雨声那得此声清?"抬头仔细观察,这"雨声"原来并非自天而降,而是从松梢滴落。这才知道,适才的"雨声"乃是松梢凝霜融化后滴落的霜水声。霜既洁白晶莹,松梢也是清洁无尘,松梢上的霜水自然极"清",不但晶莹澄澈,而且还带着泠泠清韵。诗人虽然只写其声之"清",但在读者的感觉印象中,这松梢霜水却具有清声、清色、清质等一切清纯的美。按一般绝句的写法,一、二两句构成悬念之后,三、四两句只要加以解释就可以了。但诗人却把晴日雨声的谜底在第三句直接挑明,然后又在这基础上,回过头去将"霜水"声与一般的"雨声"作比较,逗出第四句来。这就使诗意多了一层曲折,诗境也显得更为深邃。陈衍说:"他人诗,只一折,不过一曲折而已;诚斋则至少两曲折。他人一折向左,再折又向左;诚斋则一折向左,再折向左,三折总而向右矣"(《陈石遗先生谈艺录》)。这段精到的评论很可以用来说明这首小诗的艺术构思。(刘学锴)

晓出净慈寺送林子方　　杨万里

毕竟西湖六月中,风光不与四时同:
接天莲叶无穷碧,映日荷花别样红。

这是一首描写西湖六月风光的七言绝句。

六月的杭州已经暑热难耐。但在清早还算凉快,尤其是位于西湖西南边的净慈寺一带,由于地处山水之间,更为凉爽。一天早晨,诗人呼吸着凉爽的新鲜空气,步出净慈寺,送友人林子方(官居直阁秘书)他去,路过西湖边。大概是因为很久未到西湖边了,突然间,满湖的莲叶荷花闯入了他的眼帘,大自然的美色一下子把他征服了。他不禁脱口而出,吟唱出了这首小诗。

开头两句是一个以"毕竟"领起的十四字句。在前七字中,"西湖""六月中"分别交代地点和时间;后七字指明此时此地的风光自有特色。如果按照一般语序,这十四字当为"西湖六月中风光,毕竟不与四时同"。诗人将"毕竟"提前,一是为了协调平仄;但主要的还是为了借助"毕竟"二字强调"风光不与四时同"的特定地点("西湖")与时间("六月中"),同时由于修饰词("毕竟"远离开被修饰的词("不同"),又便于造成一气贯穿的语势,恰恰符合触目兴叹、即兴吟成的口语化的特点。"四时",即春夏秋冬四季。诗人原意是想说,满湖莲叶荷花的景色为六月所独具。但六月属夏,"六月中"的风光只能与春秋冬三时有异,岂能与四时不同? 不过这正如"四季如春"的成语一样,是一种约定俗成的说法,不可拘泥于字面。"四时",在这里只是泛指其他季节。

以上两句仿佛是诗人的一阵喝彩声,虽然并不具体,却饱含着感情。喝彩声过后,诗人具体地再现了使他动情至深的西湖六月的特异风光,这就是后两句所描写的:满湖莲叶、荷花,一直铺到水天相接的远方,在朝阳的辉映下,无边无际的碧绿与艳红真是好看极了!对于这后两句诗的理解,不可忽略的是彼此的互文关系,也就是说,在文义上是交错互见的:莲叶接天,荷花当然也是接天的;荷花映日,莲叶当然也是映日的。同样道理,莲叶既无穷又别样,荷花也别样又无穷。互文,这是古汉语中常见的一种修辞格式。古典诗歌由于精练的要求与格律上的限制,运用互文更为常见。有时表现在两句之间,如上例;有时也表现在一句之内,如"秦时明月汉时关"(王昌龄《出塞》),"秦"与"汉","明月"与"关",都是错举见义,并非专属的,意思是秦汉时的明月映照着秦汉时的边关。

杨万里善于七绝,工于写景,以白描见长。就这几点来说,这首《晓出净慈寺送林子方》不失为他的代表作之一。从艺术上来看,除了白描以外,此诗还有两点值得注意:一是虚实相生。前两句直陈,只是泛说,为虚;后两句描绘,展现具体形象,为实。如果有虚无实,即只有一、二句而无三、四句,感情就会显得空泛,叫人无从把捉;如果有实无虚,即只有三、四句而无一、二句,只有具体的景色而不知道是何时何地之景,形象也就失去了它的规定性,影响到它存在的价值。此诗由于虚实结合,收到了相得益彰的效果。二是刚柔相济。后两句所写的莲叶荷花,一般归入阴柔美一类。诗人却写得极为壮美——境界阔大,有"天",有"日";语言也很有气势,"接天","无穷"。这样,阳刚与阴柔,壮美与柔媚,就在诗歌形象中得到了统一。难怪这首诗得到广泛的传诵。(陈志明)

初入淮河四绝句　杨万里

船离洪泽岸头沙,人到淮河意不佳。
何必桑乾方是远,中流以北即天涯!

刘岳张韩宣国威,赵张二相筑皇基。
长淮咫尺分南北,泪湿秋风欲怨谁?

两岸舟船各背驰,波痕交涉亦难为。
只余鸥鹭无拘管,北去南来自在飞。

中原父老莫空谈,逢着王人诉不堪。
却是归鸿不能语,一年一度到江南。

淳熙十六年(1189)冬,杨万里奉命去迎接金廷派来的"贺正使"(互贺新年的使者),这是他进入淮河后触景伤怀所写下的四首绝句。

第一首写诗人入淮时的心情。

首两句总起、入题。交代了出使的行程和抑郁的心情,为这一组诗奠定了基调。诗人乘船离开了洪泽湖,由西北折入淮河,心情便已十分不快了。

自"绍兴和议"(1141)起,宋、金两国已由原来的兄弟关系降格为臣君关系。"隆兴和议"又改为侄叔关系。当时双方划定东起淮水,西至陕西宝鸡西南的大散关一线,为宋、金两国的国界线;宋每年向金纳银、绢各二十五万(两、匹);金"册立"赵构为宋帝,双方往来文书,金人称"诏",宋人称"表"。当时,出使金廷的使者,在感情上常感屈辱。诗人奉君命出使,只好憋着一肚子气,这种精神上的痛苦可想而知。

三、四句写感慨,是"意不佳"的原因之一。"桑乾",即永定河上游的桑乾河,在今山西省北部和河北省的西北部,唐代这里是与北方少数民族的交接处。"天涯",原指极远的地区,这里指宋、金以淮河为界的边境线。这两句是说:何必要到遥远的桑乾河才是塞北边境呢,而今淮河以北不就是天的尽头了么!淮河以北本是中原腹地,五十年以来,这里已成了南北隔绝之处。诗人面对淮河,不由得发出感叹,虽不大声疾呼,而诗人沉痛之情毕现。

第二首是对造成山河破碎的南宋朝廷的谴责。

南宋初年的名将刘锜、岳飞、张俊、韩世忠,力主抗金,屡建功勋。赵、张指赵鼎和张浚,都在南宋前期两度任相,重用岳、韩,奠定南宋基业。这些名将、贤相中除张俊后期投靠秦桧、参与陷害岳飞而加官晋爵外,其余都先后为秦桧及其党羽所害。

诗人在这里采取了欲抑先扬的手法。在第三句来了一个陡转,转到反面,而今竟然出现了"长淮咫尺分南北"的奇耻大辱的结果。前面的因和这里的果似乎产生了明显的矛盾,再加上结尾的"欲怨谁"一语,更是发人深思:究竟是怎么一回事?该由谁来负责?当时以高宗赵构和秦桧为首的主和派,执意与金妥协,因而出现了前方不断地打胜仗,后方却一再向金乞和的情况,把大片国土举以奉人,以换得暂时的苟安局面;更令人痛心的是,把一批抗金最有力的优秀将领、大臣杀的杀,贬的贬,这怎能不使人在肃杀的"秋风"中涕泪满襟呢!诗人的愤懑之情,以婉语微讽,曲折道出,显得更为深沉。

第三首因眼前景物起兴,以抒发感慨。

淮河两岸舟船背驰而去,了无关涉;一过淮水,似乎成了天造地设之界。这里最幸运的要数那些在水面翱翔的鸥鹭了,只有它们才能北去南来,任意翻飞。两者相比,感慨之情自见。"波痕交涉"之后,著以"亦难为"三字,凝聚着作者的深沉感喟,藏锋不露,含思婉转,颇具匠心。

第四首写中原父老不堪忍受金朝统治之苦以及他们对南宋朝廷的向往。

前两句说:中原父老见到了南使("王人":帝王的使者),像遇到了久别的亲人一样,滔滔不绝地诉起苦来。"莫空谈"中一个"莫"字,即指排除了一切泛泛的应酬客套话。他们向使者谈的话题都集中在"诉不堪"(诉说不堪忍受金朝压迫之苦)这一点上。这是诗人想象中的情景,并非实事。因为根据当时的实际情况,南宋使者到了北方后不可能直接跟遗民通话,中原父老更不会面对面地向南使"诉不堪"。如韩元吉在《朔行日记》中说,出使的人"率畏风尘,避嫌疑,紧闭车内,一语不敢接……"但是中原遗民向往南宋朝廷之心,却用各种方式来表白:楼钥《北行日录》载:"都人列观……戴白之老多叹息掩泣,或指副使曰:'此宣和官员也'!"又曹勋在他的《出、入塞》诗前小序说:"闻南使过,骈肩引颈,气哽不能语,但泣数行下,或以感慨。"范成大也在《揽辔录》中写道:"遗黎往往垂涕嗟啧,指使人云:'此中华佛国人也。'老妪跪拜者尤多。"所以此诗所表达的中原父老的故国情思,虽非实事,但确是实情。

三、四句借羡慕能南飞鸿雁来表达遗民们对故国的向往。"却是",反是、倒是之意;羡慕的是鸿雁一年一度的南归;遗憾的是鸿雁不解人意,不能代为传达这故国之情。真是含不尽之意于言外。

这一组诗以"意不佳"为贯串全诗的感情主线:有"长淮咫尺分南北""中流以北即天涯"的沉痛感喟;也有"北去南来自在飞"和不能"一年一度到天涯"的向往和痛苦。前两首侧重于诗人主观感情的抒写,后两首则为淮河两岸人民,特别是中原遗民代言,主题鲜明,裁剪得体。全诗寓悲愤于和婉,把悲愤之情寄托在客观景物的叙写之中,怨而不怒,风格沉郁。语言平易自然,时用口语。这些都体现了"诚斋体"诗的特色。(金子湘)

过松源,晨炊漆公店六首(其五)　　杨万里

莫言下岭便无难,赚得行人错喜欢。
正入万山圈子里,一山放出一山拦。

本篇收在《江东集》,原为六首,这是第五首,是绍熙三年(1192)诗人在建康江东转运副使任上外出纪行之作。松源、漆公店,当在今皖南山区。

诗的内容很平常,读来却有一种新鲜感。它的佳处,就在于作者善于从日常生活里人们习见的现象中,敏感地发现和领悟某种新鲜的经验,并用通俗生动而又富于理趣的语言表现出来,能给人以某种联想与启示。人们可以哲理诗视之。

第一句当头喝起。"莫言下岭便无难",这是一个富于包孕的诗句。它包含了下岭前艰难攀登的整个上山过程,以及对所历艰难的种种感受。正因为上山艰难,人们便往往把下岭看得容易和轻松。开头一句,正像是针对这种普遍心理所发的棒喝。"莫言"二字,像是自诫,又像是提醒别人,耐人寻味。

第二句申说、补足首句。"赚得行人错喜欢。""赚"字富于幽默的风趣。行人心目中下岭的坦易,与它实际上的艰难正成鲜明对比,因此说"赚"——行人是被自己对下岭的主观想象骗了。诗人在这里只点出而不说破,给读者留下悬念,使下两句的出现更引人注目。

"正入万山圈子里,一山放出一山拦。"三、四两句,承"错喜欢",对第二句留下的悬念进行解释。本来,上山过程中要攀登多少道山岭,下岭过程中也相应地会遇到多少重山岭。但历尽上山艰难的行人登上最高峰后,往往因兴奋喜悦而一心只顾享受下岭的坦易轻快,忘记了前面还有一系列山岭需要跨越。因此,当缺乏思想准备的行人下了一个山头,又遇到一个山头,发现自己正处在万山围绕的圈子里,这才恍然大悟:下岭的路程照样要遇到一系列的艰难险阻。山本无知,"一山放出一山拦"的形容却把山变成了有生命有灵性的东西。它仿佛给行人布置了一个迷魂阵,设置了层层叠叠的圈套。而行人的种种心情——意外、惊诧、厌烦,直至恍然大悟,也都在这一"放"一"拦"的重复中透露出来了。

然而,这首诗之所以讨人喜欢,却并不仅仅由于所直接抒写的这点内容和意趣,而且由于所描绘的现象,所抒写的体验,具有某种典型性,容易使人联想起生活中的类似现象,唤起类似的体验。例如,人们往往对最艰巨的行程比较有思想准备,而对走过这段行程后还会出现

的艰难缺乏思想准备；只知道人们习知的艰难，而不懂得人们常常忽略的另一种艰难；这首诗似乎可以引起这方面的思索。（刘学锴）

戏马台　吕　定

> 据鞍指挥八千兵，昔日中原几战争。
> 追鹿已无秦社稷，逝骓方叹楚歌声。
> 英雄事往人何在？寂寞台空草自生。
> 回首云山青矗矗，黄流依旧绕彭城。

这是一首吊古诗。戏马台在今江苏徐州城南，高数十仞，项羽因山筑台，以观戏马，故名（见《徐州志》），是项羽在古彭城的重要遗迹。

项羽在秦朝末年与其叔父项梁，响应陈胜、吴广的号召，起兵抗秦。在推翻暴秦的斗争中起了决定性的作用。在和刘邦的斗争中归于失败。"成则王，败则寇"，他的身后冷落得很。只有司马迁满怀激情写出了《史记》中的《项羽本纪》，详细而生动地叙写了他的英雄业绩，并予以热烈的赞扬。魏晋南北朝的文学作品很少涉及他。东晋末年，刘裕北伐，屯兵彭城，重阳日游戏马台，令当时著名诗人谢瞻、谢灵运等作诗欢送孔靖东归。在戏马台上作诗，照理总该提到项羽了，而二谢的《九日从宋公（刘裕时封为宋公）戏马台集送孔令》（见《文选》卷二十）的两首诗中竟无一语及之，项羽似乎已被人遗忘。在唐代，现存的近五万首诗篇中，有关项羽的作品也只有十多篇。对他责备的多，同情的少。有的把他的失败归之于无宏图远略，例如李白《登广武古战场怀古》诗中说："楚灭无英图，汉兴有成功"；有的把他的失败归之于天命，例如孟迟的《乌江》诗中说："中分岂是无遗策，百战空劳不逝骓。大业固非人所及，乌江亭长又何知！"都是以成败论人，而把他的历史功绩完全抹杀。宋朝诗人看得起他的也很少。苏东坡在徐州修建黄楼，缺乏木料，把霸王厅拆掉，反映出项羽在此老心目中的地位是微不足道的，而吕定这首《戏马台》诗则是别具卓见、情味深长的作品。

项羽在吴中起兵反秦后，率领八千子弟兵渡江而西，及渡淮河，已发展到数万人，大军浩浩荡荡，挺进中原地区，向秦王朝发动了强大的攻势。登上戏马台，很自然地会想起这些往事，诗的开头两句"据鞍指挥八千兵，昔日中原几战争。"起势雄伟，只两句已描绘出一位叱咤风云的人物形象，"据鞍"二字尤见神采，且隐伏第四句诗意。两句诗里既未点出项羽姓名，也未标出霸王称号，即使抛开题目，也可以立即辨认出这个人物形象非项羽不足以当之。

颔联"追鹿已无秦社稷，逝骓方叹楚歌声"。上句盛赞他推翻秦朝的历史功绩，下句慨叹他的失败。"追"字本应作"逐"，为了调整音节，改"逐"为"追"。"逐鹿"出自《汉书·蒯通传》："秦失其鹿，天下共逐之。"颜师古注引张晏曰："以鹿喻帝位也。"本意是说，秦朝的残暴统治激起了人们的反抗，群起而攻之，要夺取它的政权。但在这里除了用本意以外，还有另一种含义，即指巨鹿救赵之战。这是项羽指挥的反抗秦朝的一次大规模的战争，结果杀了秦朝大将王离，招降了秦军主帅章邯，秦军主力全部投降，决定了它必然灭亡之势。所谓"已无秦社稷",是说它的政权土崩瓦解。经过这一战,项羽威名大振,成为诸侯之首,实际上已掌握宰割天下大权,这是他的鼎盛时期。又经过五年的较量,刘邦胜利,他失败了。"逝骓"一词出自垓下之围中项羽和虞姬诀别时所唱的歌辞:"时不利兮骓不逝,骓不逝兮可奈何!虞兮虞兮奈若何!"他听到楚歌四起,以为汉兵尽得楚地,乃突围南逃,到达乌江北岸自杀。从"追鹿"到"逝骓",经过了一个错综复杂的斗争过程,但这两句诗语却把它形象地概括出来,两句诗构成了两个生动的历史画面,形成了鲜明的对比,诗情跌宕,而又对仗工切,声调谐婉,可以看出诗人对史事的烂熟于胸以及在诗的语言艺术上的锤炼功力。

以上四句写项羽的生前,以下四句写他的身后。

颈联两句紧承颔联,抒发感慨。惊天动地的事业尽成往事,叱咤风云的人物已不可得见。戏马台是他当年观戏马的地方,可以想象,当他在这里时,曾出现过三军欢呼、万马腾跃的壮观场面,而今天呢?"寂寞台空草自生"。"台空"表明台上已空无一物,原来的建筑物已荡然无存,所看到的是"草自生",这个"自"字用得很精,它表现出台上杂草纵横,无人料理。"寂寞"、"台空"、"草自生",层层递进,描绘出台上的荒凉景象。这两句诗所表露的思想感情很耐人寻思,可以体会出诗人是在怀古伤今,且有自伤的成分。吕定活动在南宋中期,历任武职,做过殿前都指挥,龙虎上将军。南宋衰微的政治形势他是很清楚的,作为一个能诗的将军,他很懂得一个杰出人物会对政局起多么大的作用,他希望有一位像项羽这样的人物出来,恢复中原,重整山河。他这种意思,细玩"人何在"三字可以体会得到。他没有、也不可能认识到,南宋小朝廷对金的屈辱妥协已成为不可改变的国策,任何英雄人物也不可能施展他的才略,只要稍露锋芒就会被扼杀,岳飞的结局就是明证。又因为他本人也是一位将军,功勋盖世的项羽,身后尚且这样冷落,他本人呢,不言而喻,他自然地会对项羽身后的冷落产生伤感情绪,这种情绪在下句里表露得比较清楚。伤今与自伤就构成了这两句诗苍凉凄楚的情调。最后两句"回首云山青矗矗,黄流依旧绕彭城",以自然形势作结。人事的变化是很快的,自然界的变化是极为缓慢的,往事已越千年,而彭城四周的青山如故,绕城的黄流依然,那么,将来的历史又是怎样发展呢?这就要让读者、后人去体会了。

这首诗立意高,用意深,情韵兼胜,毫无腐气,在宋人的同类诗中自是优秀之作。(李廷先)

春 日　朱熹

胜日①寻芳泗水滨,无边光景一时新。
等闲②识得东风面,万紫千红总是春。

注　①胜日:原指节日或亲朋相聚之日,此指晴日。　②等闲:寻常、随便。

诗中说理,历来遭到非议。理语和诗歌,仿佛是两个冤家,不能相容。但王夫之认为诗原于情,理原于性,未必一定分辕反驾,而晦翁的某些说理诗,尤为他所称赏。在晦翁集中,确有一些虽然说理,但不堕理障、富于情趣的作品,《春日》便是其中极出色的一篇,一直为人传诵。

王相注《千家诗》,认为这是游春踏青之作。从诗所写的景物来看,也很像是这样。首句"胜日"点时,"泗水"点地,"寻芳"二字,点明主题,下面三句,都是寻芳所见、所得。"寻"字不仅写出作者逸兴,也给诗添了不少情趣。次句虚写眼前所见,觉无限风光景物,焕然一新。这

"新"，既是春回大地、万象更新的新，也是出郊游赏、耳目一新的新。非春日不会有此新的景象，非寻芳也不会有此新的感觉。

下联用形象的语言，描绘了光景之新，抒写了寻芳所得。东风荡漾，拂面而来，眼前万紫千红的景象，尽是春光点染而成。"识"字承"寻"字，因"寻"而"识"。"万紫千红"承"光景一新"，正是那色彩缤纷、生意盎然的鲜花，使风景焕然一新。东风将百花吹得烂漫多姿，故诗人从万紫千红之中，认识了东风；而又正是百花给春日带来了蓬勃的生气，故诗人又从万紫千红之中，感到了春天的气息。

从字面上看，这首诗写得生动流丽，浅显明白，人尽能解。但正是这种浅显明白，将不少人瞒过，引起了人们的误解。晦翁作此诗，其意决不在春光骀荡。诗的首句即道所游在泗水之滨，其地春秋属鲁，孔子尝居洙、泗之间，教授弟子。宋室南渡，泗水已入金人掌握之中，晦翁未曾北上，怎能于此游春吟赏？其实，诗中"泗水"，乃暗指孔门，所谓"寻芳"，即求圣人之道。在这首诗中，晦翁谕人，仁是性之体，仁的外现就是生意，所以万物的生意最可观，触处皆有生意，正如万紫千红，触处皆春。

提起晦翁说理诗的佳作，人们常举《观书有感》为例，称赞它寓哲理于生动、形象的比喻之中，富于理趣。但《观书有感》尽管不同于一般的说理诗，毕竟一望可知是说理诗，而《春日》诗形象更加鲜明，情景更加生动，描写更加自然，读了但觉春光满眼，如身游其间，竟不知是在说理，则其构思运笔之妙，尤胜于《观书有感》。

和一般道学家不同，晦翁比较重视创作的艺术技巧，重视作品文与质的统一。当然，他重文，完全是出于明道的需要，是为了使其道能行之久远。但在艺术作品中，形象永远大于思想，故后人读这首诗，所注意的只是诗中景象，而很少去求索它的本意，作为一篇单纯的游春诗看，它也具有很大的艺术感染力。对晦翁来说，却是他意料所不及的。（黄　珅）

观书有感二首　朱　熹

半亩方塘一鉴开，天光云影共徘徊。
问渠那得清如许？为有源头活水来。

昨夜江边春水生，蒙冲巨舰一毛轻。
向来枉费推移力，此日中流自在行。

从题目看，这两首诗是谈"观书"体会的，意在讲道理、发议论；弄不好，很可能写成"语录讲义之押韵者"。但作者写的却是诗，因为是从自然界和社会生活中捕捉了形象，让形象本身来说话。

先看第一首。

"半亩方塘一鉴开，天光云影共徘徊"，这景象就很喜人。"半亩方塘"，不算大，但它像一面镜子那样澄澈明净，天光云影，都被它反映出来，闪耀浮动，情态毕见。作为景物描写，这也是成功的。这两句展示的形象本身,能给人以美感,能使人心情澄净,心胸开朗。

　　这感性形象本身还蕴含着理性的东西,最明显的一点就是:"半亩方塘"里的水很深很清,所以能够反映天光云影;反之,如果很浅、很污浊,就不能反映,或者不能准确地反映。诗人正抓住了这一点,作进一步地挖掘,写出了颇有"理趣"的三、四两句:"问渠那得清如许?为有源头活水来。""渠"是个代词,相当于"他",这里代"方塘"。"清",已包含了"深",因为塘水如果没有一定的深度,即使很清,也反映不出"天光云影共徘徊"的情态。诗人抓住了塘水深而且清就能反映天光云影的特点,但没有到此为止,进而提出了一个问题:"方塘"为什么能够这样"清"?而这个问题,孤立地看"方塘"本身,是无从找到答案的。诗人于是放开眼界,终于看到"源头",找到了答案:就因为这"方塘"不是无源之水,而是有那永不枯竭的"源头",源源不断地为它输送"活水"。

　　后两句,当然是讲道理、发议论,朱熹虽是理学家,但这和"语录讲义"很不相同:第一,这是对前两句所描绘的感性形象的理性认识;第二,"清如许"和"源头活水来",又补充了前面所描绘的感性形象。因此,这是从客观世界提炼出来的富有哲理意味的诗,而不是"哲学讲义"。用古代诗论家的话说,它很有"理趣",而无"理障"。

　　"方塘"由于有"源头活水"不断输入,所以永不枯竭,永不陈腐,永不污浊,永远深而且"清","清"得不仅能够反映出"天光云影",而且能够反映出它们"共徘徊"的细微情态。——这就是这首小诗所展现的形象及其思想意义。

　　再谈第二首。

　　"昨夜江边春水生,蒙冲巨舰一毛轻",其中的"蒙冲"也写作"艨艟",是古代的一种战船。因为"昨夜"下了大雨,"江边春水",万溪千流,滚滚滔滔,汇入大江,所以本来搁浅的"蒙冲巨舰",就像鸿毛那样浮了起来。这两句诗,也对客观事物作了描写,形象比较鲜明。但诗人的目的不在单纯写景,而是因"观书有感"而联想到这些景象,从而揭示一种哲理。

　　"向来枉费推移力,此日中流自在行",就是对这种哲理的揭示。当"蒙冲巨舰"因江水枯竭而搁浅的时候,多少人费力气推,力气都是枉费,哪能推动呢?可是严冬过尽,"春水"方"生",形势就一下子改变了,从前推也推不动的"蒙冲巨舰","此日"在一江春水中自在航行,多轻快!

　　蒙冲巨舰,需要大江大海,才能不搁浅,才能轻快地、自在地航行。如果离开了这样的必要条件,违反了它们在水上航行的规律,硬是要用人力去"推移",即使发挥了人们的冲天干劲,也还是白费气力。——这就是这首小诗的艺术形象所包含的客观意义。作者的创作意图未必完全如此,但我们作这样的理解,并不违背诗意。

　　前一首,至今为人们所传诵、所引用,是公认的好诗。后一首,似乎久已被人们遗忘了,但它同样是好诗,能给人以哲理的启迪:别做在干岸上推船的蠢事,而应为"蒙冲巨舰"的自在航行输送一江春水。(霍松林)

田家谣　　陈　造

麦上场,蚕出筐,　此时只有田家忙。

半月天晴一夜雨，前日麦地皆青秧。

阴晴随意古难得，妇后夫先各努力。

倏凉骤暖茧易蛾，大妇络丝中妇织。

中妇辍闲事铅华，不比大妇能忧家。

饭熟何曾趁时吃，辛苦仅得蚕事毕。

小妇初嫁当少宽，令伴阿姑顽①过日。

明年愿得如今年，剩贮二麦饶丝绵。

小妇莫辞担上肩，却放大妇当姑前。

> 注　① 顽：作者自注："房谓嬉为顽。"案，时陈造为湖北房陵知州。

陈造是南宋较能反映社会现实以及劳动人民疾苦的一位诗人，很受陆游、范成大等大诗家的赏识。陆游为他的诗集作序，说他能"居今笃古，卓然杰立于颓波之外"，又说他的诗"不事浮响"，可见他诗歌的现实性是很强的，诗风也很质朴。

作者这一首古体叙事诗《田家谣》，宛如一幅田家劳动生活的风俗画，质朴纯美，充溢着浓郁的生活情趣。

全诗可分三个层次。第一层由农时入笔，写夏麦上场，春蚕出筐，这正是田家大忙的时节，恰好又是风调雨顺，"阴晴随意"。麦收过后，新秧又已泛青，只见那夫妻双双在田地里忙碌。这真是农家难得的好时光。这一层作者用夹叙夹议的笔法，写出了田家不误农时的勤劳和劳动的热情，赞叹之意已包融在字里行间。第二层集中笔墨写农家三妇。在蚕已作茧、蚕事正忙之时，大妇绕丝，中妇织帛。中妇年轻，忙里偷闲，不时还要用胭脂打扮一番，比不上大妇操劳顾家，忙得连吃饭都不能及时，一直辛苦到蚕事结束。小妇刚刚过门，不好就让她辛苦，只是陪着阿婆玩笑度日。这田家辛劳而又和美的情景，是通过家中三位媳妇各自不同的神态举止表现出来的。这里的笔法与辛稼轩《清平乐》词"大儿锄豆溪东，中儿正织鸡笼。最喜小儿无赖，溪头卧剥莲蓬"相似。辛词依次刻画人物以赞美农家的劳动生活。陈诗则从农家妇女来落笔，排列地位分明，神情各异，更富有浓郁的生活气息和诗的情趣。第三层写对明年继续得到好收成的祝愿，"剩贮二麦饶丝绵"，农家是多么希望辛苦劳动能结出丰硕的果实啊！作者在全诗的结尾，又补写一笔"小妇莫辞担上肩，却放大妇当姑前。"小妇今年是新嫁娘，理当照顾，明年就应该减轻大妇的负担，让她去陪陪阿婆了。

作者在这首古诗里反映了风调雨顺年景农民一家的辛勤劳动生活，也写出了劳动之家纯朴和美的家风，以及获得丰收的喜悦和愿望。作者的赞美田家之情是以质朴真切而又饶有情趣的笔触表现出来的。全诗风调纯美，情趣盎然。（左成文）

分题得渔村晚照　　徐　照

渔师得鱼绕溪卖，小船横系柴门外。

出门老妪唤鸡犬，收敛蓑衣屋顶晒。

卖鱼得酒又得钱,归来醉倒地上眠。
小儿啾啾问煮米,白鸥飞去芦花烟。

　　诗人徐照(字灵晖),是永嘉四灵之一。他和徐玑(号灵渊)、翁卷(字灵舒)、赵师秀(号灵秀)等人一样,标榜清瘦秀逸的诗风。他们学唐诗,只以姚合、贾岛为法。主张"捐书以为诗",以"不用事"为第一格。他们的诗歌,气派都很小,情意枯窘,很少变化,一般只重视写点灵秀的思致。这首《分题得渔村晚照》,是作者《芳兰轩诗集》中比较耐人寻味的诗篇。

　　这是一首反映渔民生活的小诗,全诗没有用一个典故。诗中描述了渔村中的一位渔夫,在辛苦地打了近一整天的鱼以后,时已傍晚,他把小渔艇拢了回来,横系在自家的柴门外,然后就沿溪叫卖去了。这时渔妇出得门来,先是召唤了门外的鸡狗,然后就趁着斜照替丈夫在屋顶上晾晒蓑衣。她期待着丈夫卖鱼得钱,好买点米回来,作成晚餐,让辛劳了一天的丈夫,和在家中饿着的小儿子能吃顿饱饭。久而久之,丈夫果然回来了。他卖鱼钱又买了酒,却把这点薄酒在回家的路上就胡乱地喝得个一醉,等赶到家的时候,闷声不响地躺在地上睡了。家里的小儿子却啼叫着索问煮饭的米。诗中并没有交代渔妇此时的情况,人们兴许会想到她大概在拉着儿子在一边啜泣了。这当儿天色已晚,溪边的白鸥,也都飞到烟霭苍茫的芦花丛中,去寻它们的安息之地了。这家生活的惨景,就自然地被摄入诗句中间。到此全诗戛然而止,以后的情况就留给读者自己去想象。

　　在这首诗中,读者寻不到像张志和《渔歌子》中的渔父那样"青箬笠,绿蓑衣,斜风细雨不须归"的悠然自得的形象;也寻不着柳宗元《渔翁》诗中的"烟消日出不见人,欸乃一声山水绿"那种令人神往的意境和山水清音。作者告诉人们:渔家的生活,并不像前人诗歌中描绘的那样美好;他写的不是什么"烟波钓徒"之类的高人隐士,而是一个道道地地的贫苦的渔民。因而用不着去勾勒那些诗情画意的美妙境界,只把一种悲辛而又质朴的渔家生活,从一个侧面展示在人们面前,使人们意识到渔村中的渔民,他们既然是低层的劳动人民,他们清苦辛酸的处境,就应当引起人们的同情和重视,这首诗的意义就在于此。

　　全诗扣题很紧,在表现手法上,多用暗示的笔墨。如第四句暗示已是晚照,所以渔妇在屋顶晾晒蓑衣。第五句暗示渔人卖鱼得钱极少,他心情极度懊丧,才拼个薄酒自醉。第七句暗示这渔家已经断粮,卖鱼所得的钱也买不上一点米,这才横下心来,让全家去忍饥受饿。这些,都不难想象出来。作者大致认为这样的诗越朴素无华越好吧,所以只在结句用"白鸥飞去芦花烟",淡淡地抹上一笔傍晚的景象,算是给人们一点灵秀之感。(马祖熙)

送湖南部曲^①　　辛弃疾

青衫^②匹马万人呼,幕府当年急急符^③。
愧我明珠成薏苡^④,负君赤手缚於菟^⑤。
观书老眼明如镜,论事惊人胆满躯。
万里云霄送君去,不妨风雨破吾庐^⑥。

注 ① 部曲：部属。古代大将军营,设有各司其事的属官,称部曲。(见《后汉书·百官志》) ② 青衫：唐时为从九品小官的官服,其色青,称青衫。 ③ 幕府：古代大将行军,在帐幕中办公,称幕府。后来地方军政长官的官衙,也称幕府。急急符：紧急命令,也称"急急如律令"。 ④ 明珠成薏苡：《后汉书·马援传》:"初,援在交趾,常饵薏苡实,用能轻身省欲,以胜瘴气,南方薏苡实大,援欲以为种,军还,载之一车……及卒后,有上书谮之者,以为前所载还,皆明珠文犀。"后世用薏苡明珠这个典故,指因涉嫌而受诬谤的人。薏苡,即薏米。 ⑤ 於菟：楚人称虎叫於菟,见《左传》。⑥ 风雨破吾庐：杜甫《茅屋为秋风所破歌》:"吾庐独破受冻死亦足。"

　　辛弃疾是南宋最杰出的爱国词人,但他的诗篇却很少为人所知。这首《送湖南部曲》作于宋孝宗淳熙七年(1180)冬季,其时作者正由湖南安抚使调职江西,一位部属小官前来告别,他赠送了这首律诗。全诗字里行间跳荡着热爱部属的激奋心情,展现出作者为人光明磊落的英雄本色。诗中虽然用了一些典故,但表达得极其自然,既寄寓了自己壮志未酬遭谗受谤的一腔忠愤,又显示出热情鼓励武勇有为的后进,使之为国效忠的胸怀。

　　从诗的内容来看,作者所送的部属,是位勇猛的壮士。诗的开头两句,气势突兀高昂,如疾风破空而来,军府下达了紧急的命令,这位壮士接下军令,身穿青色制服,跨上骏马,在万众欢呼声中腾跃向前,表现出惊人的勇敢。首句"青衫匹马万人呼",乃化用杜甫《送蔡希曾都尉还陇右》诗句:"身轻一鸟过,枪急万人呼"而浑然无迹。这位壮士完成了怎样的军务,这里却含而未发,以便开展下文。第三、四两句,"愧我明珠成薏苡,负君赤手缚於菟",承前而来,也只从侧面回答,引人思考。据刘克庄《后村诗话》记这首诗的本事说:"辛稼轩帅湖南,有小官,山前宣劳,既上功级,未报而辛去,赏格未下。其人来访,辛有诗别之云云。"联系诗句,原来这位壮士赤手缚虎(楚地方言称虎叫"於菟"),立了功劳,但作者此时却受谗去职,以致没有得到应得的赏赐。第三句用"薏苡明珠"这个典故,表明自己的去职,是因为遭受别人的诬谤,正像东汉马援当年南征交趾归来,载回一车薏米种子,被人诬枉成带回一车明珠一样。作者在湖南安抚使任中,当时只有两年,不仅建成一支湖南飞虎军,成为铁马金甲一应俱全的劲旅;而且还动用官仓储粮,以工代赈,浚筑陂塘,使农田收到灌溉之利。明明是在推行利国便民的善政,却因此受到权贵的诬控和排挤,那么"愧"从何来? 可见作者所"愧"的,是自己部属有功未能把奖赏落实,不是在政治军事措施上有了差错。第四句"负君赤手缚於菟",正是点明了"愧"的原因。从诗的一"愧"一"负"当中,可以看出作者关怀部属而不计较个人荣辱的高尚风格。

　　第五、六两句是作者"素负志节"的自白。"观书老眼明如镜,论事惊人胆满躯",表明自己惯于观书的老眼,明如宝镜,有知人之明。自己在论事方面,有胆有识,敢于挺身而出,仗义执言,不像他人那样畏首畏尾,顾虑重重。作者赤心为国,始终抱着恢复中原抗金必胜的信念,在孝宗乾道元年(1165),他上过《美芹十论》,就宋金双方和与战的形势作具体分析,指出对金的斗争应积极争取主动,不要让"和战之权常出于敌"。他痛斥秦桧媚敌求和所起的摧抑民心、销沮士气的极坏作用。在乾道六年又对当时较有作为的宰相虞允文献过《九议》,指出抗击金人恢复国土,是关系国家和生民的大业,不是属于皇帝或宰相的私事。他的议论,英伟磊落,在当时主和派当权的时代是颇为惊人的。即使在淳熙七年他创建湖南飞虎营的时候,也曾经受中枢多次的阻挠和指责,甚至诬为"聚敛扰民",但他敢于顶住这股压力,为了忠于国家,根本不顾个人的利害。诗中的"胆满躯"三字,正表明他之所以受谗被谤的原因。

　　诗的结尾两句,着重点明送别之情,第七句重点在被送者,祝愿对方鹏程万里,直上青云。

第八句写自己送人的心情,只要被送的壮士有广阔的前途,到后来能为国家效忠宣劳,即使自己遭受政治上的挫折,在风雨交加的日子里,忍受"吾庐独破"的困厄生活也心甘情愿。这句用杜甫诗"吾庐独破受冻死亦足"句意,"不妨"两字,展示诗人先公后私、先人后己的优秀品质,表现一位久经沙场锻炼的大将热爱部属的可贵精神。

全诗脉络井然,中间四句意在笔先,力透纸背,第六句和第三句相应,第五句和第四句相应。诗中充满豪宕不平之气,显得悲壮而苍凉,雄健而沉郁。(马祖熙)

即事十首(其三、其十)　　章　甫

天意诚难测,人言果有不?
便令江汉竭,未厌虎狼求。
独下伤时泪,谁陈活国谋?
君王自神武,况乃富貔貅!

初失清河日,駸駸遂逼人。
余生偷岁月,无地避风尘。
精锐看诸将,谟谋仰大臣。
懦夫忧国泪,欲忍已沾巾。

　　这是章甫一组十首诗中的两首。约为宋孝宗隆兴二年(1164)所作。这年金兵南侵,由清河口入淮,张浚败绩。南宋朝廷失却抗金的信心,拟退守长江,结果与金再次签订屈辱和约。这就是"隆兴和约",宋称金为叔,岁贡银减为二十万两、绢二十万匹,并割地以求和。南宋统治者所奉行的这一屈辱投降政策,不仅为广大人民所抵制,也使朝野众多正直爱国的人士深为忧虑和不满。章甫这组诗,题为"即事",即就时事而抒发了议论和感慨,表现了伤时忧国的深情。

　　这里所选的第一首,主要是围绕决策于朝廷的帝王,写诗人的愤懑。首联用"天意"和"人言"对举的笔法说:皇帝的心思,实在是臣下所难以揣测;那宫外人们的种种传言,到底是否属实?这一联单刀直入,将众说纷纭的焦点集中在皇帝身上,反映了人心的惶惑。但从种种人言的迹象看来,似乎不仅赔款,还要割地,以求和局。皇帝果真是这样的意旨么?诗人不敢这样想,也不愿认为这是真实的。所以接两句议论:"便令江汉竭,未厌虎狼求",如果真是乞和于金,即使竭尽江南的财力、物力,也不会满足他们的欲望。这两句虽属推论,恰恰道出了实情。想到这里,诗人不禁暗自流下了伤时忧国的清泪,并在伤心中又想到:有谁能够救危扶安,向皇帝陈述使国家强盛的计谋?这"独下伤时泪,谁陈活国谋"两句,是感慨和希望的交织,从中反映出诗人一片爱国的深情。结尾两句紧紧照应首联,"君主自神武,况乃富貔貅!"天意难测,人言信否?究其端,不过是战与和的问题,战则可以图强求胜,和则只能屈辱苟安以至覆亡。求战是有条件取胜的,尾联中的"自神武""富貔貅",就申明了这一点。但是"战"

是"和",完全取决于皇帝的决策。所以这关合全诗的尾联,还包蕴着对帝王的讽谏:君王本是神明威武的,何况还有许多勇猛的士兵!言外犹如说:为什么不坚持抵抗?偏偏要割地赔款屈辱求和!

第二首写诗人对当时急迫形势的慨叹和忧心。失掉清河后,金兵继续南下,咄咄逼人。在这种形势下,诗人不禁慨叹:患难余生,虽可偷度岁月,却已无地可避战乱的烟尘。这里的患难余生,当指经历"靖康之难"等而言。完颜亮南侵不久,喘息甫定,烽烟又起,还能到哪里去躲避战火?"无地"二字感慨极深,喻示国土日蹙,再也不能退让逃亡了。接着作者生发两句议论:王师是否精锐,要看各位将军如何统率;而收复失地的大计,则仰仗于朝廷重臣的谋划。这里写出了诗人的劝勉之意,同时也含有讽意。对比之下,人微言轻的作者,自会被视为"懦夫",可就是这样一位草茅下士,忧国情殷,忍不住热泪盈眶,泣下沾襟。这最后两句直抒胸臆,感慨悲凉。

这两首诗,作者以"位卑未敢忘忧国"的心情,直陈时弊,并且含蓄地指责了君王、权臣的苟安行径。表达了一片赤诚之心。诗用夹叙夹议的笔法,时带抒情的笔调,倾诉了作者的忧愤。语言质朴,风格沉郁,逼近老杜。(左成文)

梅　花　陈　亮

疏枝横玉瘦,小萼点珠光。
一朵忽先变,百花皆后香。
欲传春信息,不怕雪埋藏。
玉笛休三弄,东君①正主张。

> **注**　①东君:司春之神。

陈亮是南宋著名的哲学家、政论家、词人,他胸怀大志,力主抗金恢复中原,和他的挚友辛弃疾一样,是一位爱国志士。他很少作诗,集中仅存这首咏梅花的五律。历来评选宋诗者,也很少注意,但这首诗是咏梅的佳作,也确能代表作者的气质和性格,和《龙川词》中几首咏梅词相比,显得更有特色。

诗的头两句"疏枝横玉瘦,小萼点珠光。"对梅花的形态,略加描绘。作者以疏枝横玉,写已开的梅花;以小萼缀珠,写未开的梅萼。"瘦",以见梅花的清姿;"光",以见梅萼的俊采。用语相当质朴。明代毛晋跋陈亮的《龙川词》说:陈同甫词"不作一妖语媚语。"他的诗文也是这样,在《书作论法后》一文中他曾写道:"大凡论不必作好语言,意与理胜,则文字自然超众。故大手之文,不为诡异之体而自然宏富,不为险怪之辞而自然典丽。"他的《咏梅》诗,正是以"意与理胜"见长的。

第三、四两句:"一朵忽先变,百花皆后香。"写梅花的标格。梅花开放,正当隆冬,百花还在沉睡当中,梅花却最先苏醒。向南的枝条,只要一朵冲寒先放,马上就带动全枝的次第争开。南枝开了,北枝也不甘示弱,不管是水边篱落、雪后园林,全不选择。"梅占百花魁",它香在百花之先,不与百花竞艳。它是一种温馨高洁的花,冷艳幽香,赢得千古诗人的赞赏。第

五、六两句,写梅花的精神,"欲传春信息,不怕雪埋藏。""数点梅花天地心",见到梅花,人们便有春已归来的感觉。她不怕冰风的摧折,不怕寒雪的埋藏,这种傲雪凌霜的精神,正是梅花品格高贵之所在。

结尾两句"玉笛休三弄,东君正主张。"是写梅花的命运。笛曲有"梅花落",又称"梅花三弄""落梅花"。花谢花开自有时,在梅花原不介意,但诗人表示惜花之意,感到玉笛横吹"落梅花",似乎在催花早谢,所以感叹说:玉笛呵!你休得吹这三弄的哀曲吧,梅花自有自己的命运,东君正在为梅花作主张呢!"我劝东君多作主,永留清瘦雪霜姿。"这兴许是作者的愿望吧!

此诗令人想到这样的情况:南宋的陆游、陈亮、辛弃疾等人,他们都爱以梅花的标格比拟自己。陆游《卜算子·咏梅》:"无意苦争春,一任群芳妒。零落成泥碾作尘,只有香如故。"以梅花的劲节自比。陈亮词:"墙外红尘飞不到,彻骨清寒。"(《浪淘沙·梅》)以梅花的高洁自比。辛弃疾词:"更无花态度,全是雪精神。"(《临江仙·探梅》)以梅花仪态自比。这些写法,都着重抒情,以情韵胜;而陈亮的这首咏梅诗,则着重说理,以义理胜。(马祖熙)

鉏　荒　叶　适

> 鉏荒培薄寺东隈,一种风光百样栽。
> 谁妒眼中无俗物,前花开遍后花开。

叶适的诗,以用力勤苦,造语生新见称。叶适晚年,曾参与宰相韩侂胄北伐的规划。但韩轻躁冒进,急于事功,自取败亡。韩侂胄被杀后,叶适也被解去建康知府之职,投闲置散达十余年。这首《鉏荒》诗,就是他晚年所作。

诗题《鉏荒》。"鉏"即"锄";鉏荒,就是垦荒锄草。这是一篇歌咏田园生活的诗。诗材虽是常见,但意味却也不浅。

"鉏荒培薄寺东隈",写劳作之勤。不但垦荒除草,而且培土施肥,其经营之勤勉,亦煞费苦心。"寺东隈",僧寺的东偏。隈,偏僻低下之地。作者选取僧寺外面的一角生地,辟置园林,是因为这里远离尘俗。从这一句里,就已经透露出这首标作《鉏荒》诗的意趣了。

"一种风光百样栽。"一种,同样。"风光"指花木绚丽的光彩。虽然不过是栽种花木("一种风光"),但不是一色,而是"百样"。唯其"百样",才见"风光";要见"风光",必须"百样"。鉏荒培薄,万紫千红,那个"风光",也的确来之不易。

"谁妒眼中无俗物。"这一句却是诗中主脑。那样精心地莳弄,那样加意地区处安顿,为的就是"眼中无俗物"。现在,恶草除尽,花木葱茏,风色满眼,光景旖旎。在主人来说,可以赏心悦目;在旁观者看去,就难免有些嫉妒了。"谁妒",任凭谁人去嫉妒。如果有谁嫉妒,那就随他去,而在我,不仅眼中无俗物,亦且心中无俗念。我之不俗,人奈我何!

"前花开遍后花开。"这结末的一句,补足了第二句"风光"的诗意,又点添了第三句"谁妒"的内容。不独眼中没有尘俗杂乱之物,还更有可夸的是,不待前花开遍,而后花又开;一番花色,一番光景。那些嫉妒我的人,岂不是妒不胜妒,又岂不枉然?

叶适此诗,虽表面上是咏写开荒除草,移花接木,以高雅夸于流俗,其实恐怕是还有更深的意趣。细检他的生平,可知他早年曾有许多作为,如他曾向孝宗举荐陈傅良等三十多人为朝士,又多次上书孝宗,痛切陈述国家机宜,后在建康知府任上,保卫江防又多贡献。这样一个有所作为者,在他一旦罢官投闲以后,是绝不会甘心退处的,必然是希望再有报效的时机。《鉏荒》一诗,"鉏荒培薄""风光百样"等句,怕就是隐寓着他的政治生活经历,而"前花开遍后花开",更道出了他的胸臆,更见出他的风节,似乎不应草草看过。(韩小默)

竹轩诗兴　　张　镃

柴门风卷却吹开,狭径初成竹旋栽。
梢影细从茶碗入,叶声轻逐篆烟来。
暑天倦卧星穿过,冬昼闲吟雪压摧。
预想此时应更好,莫移墙下一株梅。

这首七律题为《竹轩诗兴》,写竹轩景物,自然清丽。从所写的景致中,可以看出作者本身的志趣。作者虽然出身于勋业很高的富贵之家,但心志清隽,爱好闲雅,摆脱了富贵子弟庸俗的气习。修竹本以它的高洁和潇洒,历来为文人雅士所激赏。在作者所处的竹轩中,四时都有佳趣,而这首诗所描写的,则以夏季的景物为主。

开头两句:"柴门风卷却吹开,狭径初成竹旋栽。"写竹轩面对柴门,清风卷来,柴门被自然地吹开了。轩的前面,是刚刚开辟不久的小径,径边栽上了许多篁竹,环境是非常幽雅的。第三、四两句:"梢影细从茶碗入,叶声轻逐篆烟来。"写竹梢的清影和竹叶被风吹动的响声。妙在结合轩中的清事来写,显得自然而洒脱,足以引起诗人的诗兴。当轩静坐,竹梢的影子,都好像通过茗碗细细地落在轩中似的。篆烟飞起了,竹叶的音响,宛如随着篆烟轻轻地飘来。在静观当中,确实是体会得非常细致。第五、六两句:"暑天倦卧星穿过,冬昼闲吟雪压摧。"仍然是写竹轩清趣,但和前两句意境显然不同。前两句写的是平时,这两句却写的是暑天的夜晚和冬天下雪的白昼。前两句以写竹为主,以轩中的品茗、焚香为辅。这两句以轩内倦卧看星和冬天对雪闲吟为主,而以"星穿过"和"雪压摧"相应地写竹,达到水乳交融、情景俱妙的程度。从诗句中作者告诉人们:暑天,这里宜于乘凉倦卧,可以看到星从修竹的上面穿过;冬天,坐在这儿吟诗,可以看到素雪压在竹枝的清景。这样倦卧也好,闲吟也好,竹轩都可以供以诗情、诗兴,而此情此景,都非在其他的处所所能领略到的。作者为诗,不求工而自工,从这几句诗中,也就可以使人心领而神会了。

结尾两句:"预想此时应更好,莫移墙下一株梅。"作者因此时尚在夏季,所以第六句所写的情事,只是虚写,是预想如此。作者设想到了冬季,这儿的清景,一定格外宜人。冬天是梅花的季节,梅花的寒香冷蕊,配上修竹的疏枝翠叶,纵使不是雪天,也便梅竹同清,使竹轩更有幽致。若是下雪的话,那么雪地咽梅花,静听竹林里敲金戛玉的声音,此境岂不更加清绝。

所以作者在诗中叮嘱自己说:"莫移墙下一株梅,"梅花将为竹轩带来更多的诗兴啊!到那时节,是"日暮倚修竹",还是欣赏月下的梅花,那就听自己的便了。

此诗清而不瘦,隽而不寒。句句扣题,但并不拘泥。作者尝从杨万里学诗,得其自然清丽。就此诗来说,风格也和姜夔相近,姜夔诗风俊雅,受到杨万里的激赏。杨万里报姜夔诗云:"新拜南湖为上将,近差白石作先锋。"南湖就是指作者,白石是指姜夔。作者有《南湖集》,为诗得力于诚斋(杨万里)、放翁(陆游)诸人,是南宋有影响的诗人之一。方回对他评价很高。(马祖熙)

夜思中原　　刘　过

中原邈邈路何长,文物^①衣冠^②天一方。
独有孤臣挥血泪,更无奇杰叫天阍。
关河夜月冰霜重,宫殿春风草木荒。
犹耿孤忠思报主,插天剑气夜光芒。

> **注**　① 文物:礼乐、典章制度的统称。　② 衣冠:指士绅、世家大族。

南宋从孝宗隆兴和议之后,长期对金邦屈服,君臣上下,忍辱偷生,逍遥岁月,激起了一些有为、有识之士的强烈不满,先后出现不少爱国诗人、词人,利用诗词抒发他们的忠愤。年辈较早的有陆游、张孝祥,其次是辛弃疾、陈亮,晚一点的是刘克庄。刘过是和辛弃疾同时且为好友的一位重要诗人、词人。他的爱国思想是一贯的,他在早年就曾上书朝廷,陈述恢复中原的方略,没有结果。他自负经纶之才而始终不遇,但热情到老不衰。在长期的流浪生活中,从多方面抒写他的忧国忧民的情怀,表现出他的恢复中原的思想,可以说是触景即发,例如《大雪登越州城楼》:"我独忍冻城上楼,欲擒元济入蔡州。"《望幸金陵》:"西湖真水真山好,吾君岂亦忘中原?"《题润州多景楼》:"烟尘茫茫路渺渺,神京(汴京)不见双泪流!"《题高远亭》:"胡尘只隔淮河在,谁为长驱一扫空?"《登凌云高处》:"更欲杖藜穷望眼,眼中何处是神州?"皆是。这首《夜思中原》也是其中的一首,写得沉郁悲壮,最为感人。

宋钦宗靖康元年(1126)十一月,金兵攻下汴京,次年春,把徽、钦二帝遣送东北,北宋灭亡。在以后的宋、金对峙中,南宋对金,一屈于高宗的绍兴和议,称臣纳币;再屈于孝宗的隆兴和议,纳币割地,以淮河为界,北方广大土地尽入金人之手,到作者写此诗时,至少已经六十多年。诗的起首两句紧扣题目中的"思"字,把笔势展开:"中原邈邈路何长,文物衣冠天一方。"以沉痛的笔调写出了对中原、对汴京的怀念:中原邈远,道路绵长;礼乐典制、世家大族所聚的汴京,天各一方。这两句是下边的抒写拓广了领域。所谓"路何长",是一种委婉的说法,实际上从南宋的都城临安(浙江杭州)到淮河南岸重镇淮阴,不过千里路程;从淮阴渡淮河,进入中原,可以朝发夕至;如从荆州、襄阳一带北上中原,轻骑兼日可达。作者在他的《西吴曲·忆襄阳》一首词里说过"乾坤谁望?六百里路中原,空老尽英雄,肠断剑锋冷。"可见"文物衣冠天一方"的距离,不是空间辽远所造成,而是人为的政治因素所造成。从隆兴和议之后,宋廷畏金如虎,"恪守"协议,即使近在咫尺之地,也不敢轻越雷池一步,至于恢复中原,更非所想,年复一年,而形势如故,志士怎能不为之凄然伤怀!

领联"独有孤臣挥血泪,更无奇杰叫天阍。"转到了自己方面,追想当年曾为国家挥过血泪。这里是指他早年向朝廷上书陈述恢复方略而言。他的孤忠并没有受到赏识,他的才略没有得到施展,空落得四处流浪。他在《念奴娇·留别辛稼轩》一首词里说:"不是奏赋明光,上书北阙,无惊人之语。我自匆忙天未许,赢得衣裾尘土。"表现出他的怀才不遇的哀怨情绪,这几句词语,也正是"独有孤臣挥血泪"诗句的言外之意,弦外之音。下句慨叹当时没有奇杰的人物像他那样上书朝廷,力陈恢复大计。天阍,即天门,出自《离骚》"吾令帝阍开关兮,倚阊阖而望予",这里借指朝廷。这一联诗句反映了当时朝政萎弱不振,同时也反映了他对宋廷仍抱有幻想,认为多几个奇杰人物把天门叫开,据理力争,就会震动"宸衷",幡然醒悟,使国家兴复。是不是可能呢? 在隆兴和议之后,最早叫天门的奇杰人物是辛弃疾,他曾向孝宗皇帝上《美芹十论》,全面论述兴复方略,洋洋洒洒,达数万言,结果呢,只不过叫他当个小小的朝官司农寺主簿,一个很有军事韬略的人物,却分配去管理农业生产。孝宗末年又一个叫天门的奇杰人物是陈亮,曾向孝宗连上三书,力倡恢复,不仅没有受到重视,反而激怒了一批庸懦官僚,交相攻击,斥之为"狂怪之士"。事实证明,隆兴和议之后,宋廷君臣已被吓破了胆,根本不会振作起来,不管有多少奇杰人物齐集天门叫喊,也是枉然。我们不能要求诗人对宋廷的腐朽虚弱本质有全面的认识,他的爱国精神毕竟是可贵的,这一联诗句感情激越,忠愤之气,溢于言外,有振聋发聩之力。

颈联"关河夜月冰霜重,宫殿春风草木荒。"再宕开一笔,把思绪集中到边疆,集中到汴京方面。"冰霜重"是说天气严寒,这只是表面的意思,它的真正的内涵是说宋军无力闯过边关,挺进中原,使得恢复汴京,渺茫无期。"宫殿"承首联次句。春风吹来,本是草木争荣的时候,而汴京的帝王宫殿因为处在金人的统治之下,在春天里却是一片荒凉景象。那么,广大人民呢? 其生活状况是可想而知的了。陆游在一首诗里说:"遗民泪尽胡尘里,南望王师又一年"(《秋夜将晓出篱门迎凉有感》),表达了金统治之下的广大人民深盼南师的情意。这个意思在此联里也可以体会得到。在艺术上对仗精切,而气韵流动,饶有唐人风味。

尾联两句"犹耿孤忠思报主,插天剑气夜光芒。"再转到自己方面。上句承第三句,表明过去挥过血泪,现在报主之志仍然未衰。下句用的是龙泉剑的典故。这把剑相传是春秋时期吴国的干将和越国的欧冶子二人合铸而成,锋利无比,后被沉埋于丰城(今属江西)监狱下的地层中。传说西晋初年,司空张华夜观天象,见牛宿、斗宿之间(江西地区的星宿分野)有紫气冲天,后遣人就地发掘,这把宝剑才又现于人间(见《晋书·张华传》)。这里诗人用来自比,虽被沉埋而精光不灭,仍然可以上插于天。这是壮语,也是真情语,他早在《下第》诗中就有"振海潮声春汹涌,插天剑气夜峥嵘"之句,这里再次用这个典故,表现出诗人的坚强性格,它的思想感情的基础是对国家人民的忠诚和热爱,这种思想感情往往是通过"报主""忠君"的形式表现出来,成为巨大的精神力量。这是不应以其人的事业成败,或是否有实际行动来论的。

七言律诗难在发端和结句,发端要放得开,要气象宏远;结语要收得住,要辞尽而意不尽。这首诗以悲语起,先把视线伸到中原,伸到汴京,领联倒插,追忆当年挥洒血泪,颈联再推拓开去,把视线伸到边疆,再伸到汴京,最后以壮语作结,全诗开阖变化神完气足,过接自然,在七言律诗中是一首形式完美、情感动人的佳作。(李廷先)

题张仲隆快目楼壁　　刘仙伦

天上张公百尺楼，眼高四海气横秋。
只愁笑语惊阊阖，不管栏干犯斗牛。
远水拍天迷钓艇，西风万里入貂裘。
面前不着淮山碍，望到中原天尽头。

这首诗录自毛晋《南宋六十家集》本《招山小集》，和岳珂《桯史》所载有数字不同。《宋百家诗存》所录与《招山小集》同。

刘仙伦是一位布衣诗人，和刘过同乡、同时，刘过的《龙洲集》里有《赠刘叔拟（仙伦字）招山》的诗。他们二人不仅诗风相近，政治思想亦相近。他的《招山小集》里有《送陈惟定，惟定有伏阙上书之意，因以箴之》诗二首，第一首中有"江湖是处堪垂钓，虎豹当关莫上书"之句，可以看出他对南宋的政局是很不满的。岳珂《桯史》里还采录了他赠给岳周伯（岳珂兄）的两首诗，第一首是："昔年枹鼓事边庭，公相身为国重轻。四海几人思武穆（岳飞谥号），百年今日见仪刑。笔头风月三千字，齿颊冰霜十万兵。天亦知人有遗恨，定应分付与中兴。"他热烈地颂扬岳飞的勋业，而把中兴的希望寄托在岳飞的孙子岳周伯的身上。他这首《题张仲隆快目楼壁》诗也不是一般的流连光景之作，而含有爱国的情意，外豪放而内实深沉。

张仲隆把他建的楼名为"快目"，可以想见，楼很高，登临其上，可以赏心快目，故以名楼。诗的起首两句"天上张公百尺楼，眼高四海气横秋。"以饱挟风雨之笔写出了楼的巍峨形势，可以睥睨四海，使人壮气横溢。为下边的具体抒写作了铺垫。这两句豪壮语看似自然浑成，一挥而就，实际上得来是很艰辛的。"天上张公"出自杜甫《赠翰林张四学士》"天上张公子，人间客使星"诗句。古代相传，玉皇大帝也姓张，如南朝诗人徐陵诗说："由来张姓本连天"（《杂曲》）。这四字不仅切张仲隆之姓，也切天帝之姓，可以说是妙语双关。"百尺楼"出自《三国志·魏志·陈登传》转引刘备对许汜语："如小人欲卧百尺楼上，卧君于地，何但上下床之间耶！"下句里的"横秋"也是有来历的，最早见于孔稚珪《北山移文》"霜气横秋"，杜甫《送韦评事赴同州判官》诗："老气横九州"，黄庭坚《次韵德孺五丈惠贶秋字之句》诗："老来忠义气横秋"。黄庭坚是刘仙伦的乡贤，他的诗句很可能是直接从黄句化出。他把几个典故、几句前人的诗融合成体气浑厚、寓意深刻的两句诗，而毫无饾饤之痕，这种锤炼之功是很惊人的，高出于一般江西派诗人之上。颔联"只愁笑语惊阊阖，不管栏干犯斗牛"。上句里的阊阖，指天门。出自《离骚》："吾令帝阍开关兮，倚阊阖而望予。"下句里的斗牛，指斗宿和牛宿，按照古代分野，吴地属于斗、牛之墟，即今浙江、江苏、安徽、江西诸省地。这两句诗承起联，突出写楼的高峻，人们在上边游目骋怀，谈笑风生，只恐惊动了天宫，却不管楼的栏干的直冲霄汉。上句虚写，下句实写。"愁"字活写出人们对楼的高峻感到惊奇的欢乐心理。这种兴致淋漓的描写目的是为末两句蓄势。

颈联"远水拍天迷钓艇，西风万里入貂裘。"再从视觉上、感觉上写楼的高峻。远远望去，天水相连，一叶钓艇，隐现其间；万里长风，透过貂裘，浸入肌骨，高处不胜寒。再作夸张描写，为末两句蓄势。尾联两句陡转:"面前不着淮山碍,望到中原天尽头。"这是全诗的警句,也是全诗的点睛之笔。这么高的楼怎么会有淮山碍眼呢? 原来当时宋、金以淮河为界,所谓淮山,显然是指淮南的山,而淮南的高山并不多,即使有些比较高的山,怎么也高不过诗里所写的"眼高四海"、栏干直冲斗牛的快目楼。淮山之所以会成为楼上远望的障碍,并不是淮山造成的,而是人为的政治因素造成的。隆兴二年(1164)宋孝宗主持的对金的和议,把淮河以北的广阔土地拱手奉于金人,从此中原被隔绝,难跨淮河一步,视之虽近而邈若山河。诗情波澜,奔腾而下,到这里就像巨流到了悬崖一样,一跌千丈,使登楼的人们顿时清醒过来:楼再高也望不到中原啊! 也就是说,当人们登楼快目之际,不要忘记中原。诗人的盼望恢复之情和对快目楼主人的箴讽之义,从这两句里婉转地表现出来,戛然而止,使人唏嘘感叹,回味不尽,也使全诗放出光彩。如果没有这两句结语,这首诗可以说毫无意义。是真《骚》《雅》之遗音,置之宋代第一流诗作中而无愧。(李廷先)

竹间新辟一地,可坐十客,用前韵刻竹上　敖陶孙

竹君得姓起何代①? 渭川鼻祖慈云来。
主人好事富千坰, 日报平安知几回?
平生好山仍好画, 意匠经营学盘马。
别裁斗地规摩围, 自汲清池行播洒。
一杯寿君三径成, 请君静听风来声。
醉眠煮得石根烂, 以次平章身与名。

> **注**　①"竹君"句:相传殷末孤竹君之子伯夷、叔齐让国,周代殷,遂隐于首阳山,不食周粟,后其子孙以竹为姓。(见《通志·氏族·以国为氏》)

作为岁寒三友,竹历来颇得文人青睐,自古为之吟唱不绝。或咏其外观形态:"作龙还葛水,为马向并州。"(梁元帝《赋得竹》)或咏其耐寒秉性:"欲识凌冬性,唯有岁寒知。"(虞世南《赋得临池竹》)或咏其价值作用:"叶酝宜成酒,皮治薛县冠。"(阴铿《侍宴赋得夹池竹》)更有借竹喻人、孤芳自赏者:"无人赏高节,徒自抱贞心!"(刘孝先《竹》)但敖陶孙的这首叙事古风却不同,诗虽亦咏竹,却不直说竹的好处,而是通过描述主人公如何种竹、护竹、事竹、画竹,直至自辟庭园、邀友赏竹的高行雅意,显露其对竹的无比倾心,并曲折表达了自己准备醉卧竹径,终老林下,不复过问世事的祈向。

首二句因物赋形,缘情随事,写了竹的来历和有关竹的传说。诗以拟人化手法,取自问自答的形式,一开始便发人深思。一般说,凤尾森森,龙吟细细,对竹摇曳多姿的外形美,人们早已领略;"贞而不介,弱而不亏"(谢庄《竹赞》),对竹虚中劲节的内在美,人们也击节叹赏。唯独对竹的"得姓起何代",除了考据家,大概谁也无意去追根寻源。而诗人匠心独运,先声夺人处,正在于此。第二句一连用了两个典故,一出《史记·货殖列传》:"渭川千亩竹,比其人皆与千户侯等。"一源《鸡跖集》:"如来慈心,如彼大云,荫注世界。"全句意谓:"渭川千亩"是关于竹君身世的最早传闻,其芸芸丛生、泽被人世者,无不由此繁衍而来。诗中的设问形式,吐语挺拔,出乎自然,不仅引起读者对下文、对竹君的浓厚兴趣,而且为诗末"醉眠"竹下、无视"身

名"，愿作别一种"千户侯"的主旨暗下伏笔。这一问一答，看似平凡，实质得益于古人不少，诸如："天上何所有？历历种白榆"（《陇西行》），"谁能为此曲？无乃杞梁妻"（《古诗十九首》），"藁砧今何在？山上复有山"（《古绝句》）等等，应该说给诗人的启发不小。

按常规，诗人承接之笔应具体写竹君之姿态潇洒、极可人意，但以下四句却未停留于一般的描写和议论，而以有力的转笔将读者的思绪一下引向眼前的主人。因竹写人，以人见竹。作者撷取的是有关主人公日常生活中种竹、画竹的两个典型事例，以显示其爱竹之深。诗句运用了竹报平安与盘马弯弓两个典故，援古以证今。

段成式《酉阳杂俎续集·支植下》"童子寺竹"条云："卫公（按：指唐相李德裕）言北都（按：今山西太原）唯童子寺有竹一窠，才长数尺，相传其寺纲维（按：指主持僧寺事务的和尚），每日报竹平安。"北竹罕见，弥足珍贵，"其寺纲维"视若珍奇、万般爱护，于此可知。作者以主人公比之，则其对竹的拳拳之心，殷殷之意，跃然纸面。唯因爱竹之情深，那就不只以事竹、护竹为满足，而是更求精心刻画，画出竹君之神采风韵！诗的第六句即用杜甫《丹青引》"诏谓将军拂绢素，意匠惨淡经营中"句意。句中"盘马"，乃"盘马弯弓"之省词，语本韩愈《雉带箭》："将军欲以巧伏人，盘马弯弓惜不发。"将军驰马盘旋，张弓欲射，但为求以巧伏人，故意引而不发；这位主人呢？为了以巧取胜，得其神似，也故意凝神握笔，等待灵感的到来，一挥而就。

"别裁斗地规摩围，自汲清池行播洒。"至此，作者才回扣诗题。这种欲擒故纵的手法，使全诗洄洑透迤、跌宕生姿，避免了平铺直叙的单调和呆板。"竹间新辟一地，可坐十客"，主人公精心选择，亲手于竹林辟出旋马之地，收拾得干干净净，邀了知己朋友来饮酒赏竹，原来是要将独乐变为同乐。

最后四句写作者的感受，也是诗的主旨所在。寿，向人进酒。三径，指代家园。语本汉赵岐《三辅决录·逃名》："蒋诩隐于杜陵，舍中三径，唯羊仲、求仲从之游。"这位蒋诩，曾任兖州刺史，因不满王莽专政，遂告病辞官，隐居乡里，于院中自辟三径，杜门谢客，唯与羊仲、求仲来往交游。如今，身坐三径之中，耳听凤鸣龙吟，诗人酒酣耳热，心驰物外。在举杯频频向主人祝贺之际，最终表示了自己愿长醉而不醒、视富贵如浮云的志趣。这种洁身自好的隐逸思想，与竹君的潇洒瘦劲融为一体，互相映衬。这种对竹的倾心，不由得使人想起晋代的王徽之："常居空宅中，便令种竹。闻其声，徽之啸咏，指竹曰：'不可一日无此君'！"（《晋书·王徽之传》）

值得注意的是，"醉眠煮得石根烂"，其发语摘词初不可解，然细细玩味，可谓意蕴丰富，兴旨遥深。据《水经·沔水》注："石根如竹根而黄色。"由竹根而联想到石根，此一奇也；由煮笋而联想到煮石，此二奇也。而奇中之奇，乃在"醉眠"中竟连"石根"也"煮烂"！这在事实上是不可想象的。"石根"难以"煮烂"，则诗人之长醉不醒由此可知。

统观全诗，脉络清晰，层次分明；轻唇利吻，音韵整饬。看似不着意经营，信笔挥洒，实则法度谨严，委曲条鬯。清陈衍曾评此诗："笔致潇洒，真是诗人之诗。"（《宋诗精华录》卷四）信然。（聂世美）

过德清二首　姜夔

木末谁家缥缈亭，画堂临水更虚明。

经过此处无相识，塔下秋云为我生。

溪上佳人看客舟，舟中行客思悠悠。
烟波渐远桥东去，犹见阑干一点愁。

　　姜夔自三十三岁后寓居湖州，经常往来于湖州、杭州之间，德清县位子湖、杭中间，有水路与两地相通。《过德清》二首是一年秋季，诗人乘船过德清时所作。姜夔一生屡试不第，不曾任官，后期主要过着依附豪门的生活。因此在他的一些作品中，常表现出一种失意的落寞之情，《过德清》就是这样两首绝句。

　　诗人先写船行所见之景。舟经德清，远处的一角危亭首先从树梢间隐约显露出来，"缥缈"是高远隐约的样子，亭而缥缈，又隐隐出于木末（树梢），使人产生飘浮无定之感；再经"谁家"这一问，更具有虚幻色彩。"画堂"是华丽的厅堂，但它"临水"，清冷明澈的秋水映出它的倒影，便见空明灵透。这样的景物只会给诗人增加惆怅与寂寞，于是产生了友情慰藉的需要。这感情上的要求正是诗歌转入下句叙事的契机。"经过此处无相识"，没有相识的人，友情只是空想，诗人是孤独的。"无相识"与首句"谁家"相印证，更见诗人的孤单。这时，"塔下秋云为我生"，只有秋云像是理解诗人的孤独，前来陪伴了。塔下秋云，没有绚丽的色调，只有清冷的气息，再加上"为我生"三字，更见四顾无人，诗人的心境越发显得落寞。

　　第二首开头，诗人把笔从自身宕开，以自己所见的"溪上佳人"为主人公，自己的"客舟"成为佳人的目中之物。佳人为什么"看客舟"？这从温庭筠之《忆江南》"梳洗罢，独倚望江楼"而"望尽千帆"与柳永《八声甘州》之"想佳人妆楼颙望，误几回，天际识归舟"可知，佳人是在盼望亲人乘舟归来。诗人由佳人之望归舟自然联想到妻子之望自己，所以次句转写自己。"舟中行客思悠悠"，行客、佳人并不相识，但行客的悠悠之思却是佳人之"看"所触发，所以思的内容如何，无须明说，已尽在不言中了。情既无须明言，下句便转入景物渲染，注情于景，"烟波渐远桥东去"，客舟随着烟波渐行渐远，穿桥而东去了，这是实写。同时，渐远的烟波也象征着行客思绪的绵缈不尽。诗人的构思是细密的，行客的思绪是佳人所触发，所以结尾一句又回到佳人身上，但不同于首句的直写，而是反过来从行客眼中落笔："犹见阑干一点愁。""阑干"同栏杆，指佳人所在之处，"愁"是诗人内在之情。"犹见"二字，见佳人伫立之久；"一点"二字，既写船行的遥远，又表现愁思的凝聚。两首绝句，第一首以写景为主，间以叙事，第二首以叙事为主，间以写景，但景与事都是为了写情。末句推出一个"愁"字，这"愁"正是贯串两首的内在感情线索。

　　诗人采取自身与外物在情感上相交融的方式来抒情。所选取的外物第一首是秋云，第二首是佳人，秋云本无知感，佳人虽有知有情却与诗人既不相识又无关联，诗人只是通过"移情"的作用，将自己的情感赋予外物，使秋云为我而生，使佳人成为愁的对象，达到感情上的交融。无论诗人本身，还是秋云、佳人，都在"愁"中融为一体。

　　诗人在抒情中还运用了化实为虚、化虚为实的艺术手法。第一首，危亭画堂本是实体，但危亭着以"缥缈"二字，又加上"谁家"的疑问；再让画堂因"临水"而使它"虚明"，实物便带上了虚幻色彩。塔下秋云本是无情之物，诗人却把它幻化为有知有情以陪伴自己，使虚者转而为实。第二首"客舟"本是客观实体,但诗人从佳人眼中来写,实者转而为虚。悠悠思绪本是无形,诗人用浩渺无尽的烟波使之形象化,虚而有了实的效果。结尾处以"愁"凝结于阑干之上,更是以虚代实了。宋末张炎曾以"清空"二字概括姜夔的词风,这并不全面;但此诗虚实相生,却颇有"清空"的意味。(顾之京)

过垂虹　姜　夔

自作新词韵最娇,小红低唱我吹箫。
曲终过尽松陵路,回首烟波十四桥。

这首七绝,是诗人于宋光宗绍熙二年(1191)除夕,携小红由石湖(苏州与吴江之间的风景区,范成大的别墅所在)范成大家,乘船归湖州(今属浙江),路过垂虹桥时所写,因此诗题也命为《过垂虹》。垂虹桥,北宋时建,地处今江苏吴县。桥东西长千余尺,前临太湖,横截松陵(吴江县的别称)。河光海气,荡漾一色,乃三吴之绝景。(此桥清代已废)

元人陆友《砚北杂志》有段记载:"小红,顺阳公(即范成大)青衣(家妓)也,有色艺。顺阳公之请老,姜尧章诣之。一日,授简征新声,尧章制《暗香》《疏影》二曲,公使二妓肄习之,音节清婉。姜尧章归吴兴,公寻以小红赠之。其夕,大雪过垂虹,赋诗曰……"讲的便是这首诗的写作经过。

首句"新词",即指《暗香》《疏影》两首咏梅自度曲。"韵最娇",便是上文所说"音节清婉",或诗人自谓"音节谐婉"(《暗香·序》)。首句说,自己所填的《暗香》《疏影》两首新词,音节谐和,声调柔婉。白石乃词坛名家,因此他对自己这两曲名作,并不过谦,许为"韵最娇"。欣然自得之情,溢于言外。

次句,欢乐情绪达到高潮。诗人高兴地说,归途中,有小红为伴。一路上,小红轻启樱唇,宛转低唱我的《暗香》《疏影》;我自己则在一旁吹箫伴奏。诗人乐不可支,似有萧史、弄玉之想。

末两句写曲终回首。二支曲子唱毕,船已经走过了很长一段路程。"过尽松陵路",实谓走过了垂虹桥,因桥"横截松陵"。故而下句道:回首远眺,但见刚刚经过的一座座画桥,如今都时隐时现,飘浮在缥缈烟波之中。其景恍如仙境,使诗人更添无限快意。

携伴佳人,吹吹唱唱,一路轻舟过垂虹,诗人陶然心醉,因此虽是隆冬雪天,诗中却毫无肃杀寒意,而是气氛热烈,情趣盎然,音调谐和,意象清雅,咏之沁人心脾。(周慧珍)

姑苏怀古　姜　夔

夜暗归云绕柁牙,江涵星影鹭眠沙。
行人怅望苏台柳,曾与吴王扫落花。

　　大凡怀古诗,起句破题,直抒古今盛衰之感。本诗则起笔疏宕,不涉题旨,以恬淡的景语出之,别具一格。

　　首句一个"绕"字,归云的飞动之势可感,显示出大自然正处在微妙的瞬息变幻之中。刹那间云消天开,诗人站在船上,俯视江中,只见江水澄澈,群星璀璨。在这静谧开阔的背景上,白鹭眠于沙滩,悠然自得。前句写动,后句写静,动静相形,充满画意。白石以为,作诗的最高境界是自然高妙。他说:"语贵含蓄。……若句中无余字,篇中无长语,非善之善者也;句中有余味,篇中有余意,善之善者也。"(《白石道人诗说》)透过景物,追求象外之旨,则石之韫玉,水之怀珠可探。晚云悠闲,江水澄清,星斗灿烂,白鹭自适,此乃江山永恒之意。诗人蓄意刻画一个清幽的境界,是借不变的姑苏夜景暗寓变化的人事。

　　"鹭眠沙"一句,笔宕得极远。下联一转,"怅望"两字将全篇约束在"怀古"之思上,引入正题。此转看似突兀,实与上句脉络贯穿,极尽纵收开阖之致。"苏台柳"的形象,在宁静的夜色中依稀可见,竟使旅人愀然动色。姑苏台乃当年吴王夫差所筑之宫殿,奢侈、豪华,以供吴王淫乐。"今王既变鲧、禹之功,而高高下下,以罢民于姑苏。"(《国语·吴语》)于是越国乘虚而入,"范蠡……击鼓兴师以随使者,至于姑苏之宫……遂灭吴。"吴王身死国灭,皆因逸豫忘身所致。诗人触景生情,他身处宋末世,国势衰微之感油然而起。当时宋金对峙,南宋朝廷苟安半壁,以为已臻承平之世,高枕无忧,于是极园囿之乐,尽声色之娱。"山外青山楼外楼,西湖歌舞几时休"的诗句,乃当时社会的真实写照。姜夔虽一生困顿,寄身豪门,然对世事国运不是漠然置之的。只不过他流露的是淡淡的内心情感而已。此处"苏台柳"俨然是历史的见证。结句"曾与吴王扫落花",道尽了千余年来"苏台"的沧桑,怀古伤今,饶有远韵。

　　此诗妙在碍而实通,放得开,收得拢。一起两句不着题旨,看似闲笔,却暗逗下文,让结句翻出深意。"空中荡漾最是词家妙诀。上意本可接下意,却偏偏不入,而于其间传神写照,乃愈使下意栩栩欲动。"(刘熙载《艺概》)此诗正是达到了这样的境界。罗大经《鹤林玉露》说:"姜尧章学诗于萧千岩,琢句精工。有诗云:'……曾与吴王扫落花'杨诚斋喜诵之。"白石七绝的佳处,在于既有情韵,又能设意新奇,具有笔力,可说是兼唐宋两派之长。难怪重"新趣"与"活法"的杨万里,要喜而诵之。(许理绚)

石头城　　刘　翰

离离芳草满吴宫,绿到台城旧苑东。
一夜空江烟水冷,石头明月雁声中。

　　唐代诗人刘禹锡《金陵五题》的第一首《石头城》,是专咏石头城的。刘翰的这首诗,虽然也以石头城为题,吟咏的对象却是整个金陵(今江苏南京)。这是一首吊古之作。作者抒写了对金陵"繁华事散"、古今沧桑的感慨。

　　首先映入诗人眼帘的,是草满吴宫的荒凉景象。"吴宫",指三国时吴国的宫殿;"台城六代竞豪华"(刘禹锡《金陵五题·台城》),第一代吴国的朝廷其实不在台城,而是在吴宫。首句从吴宫写起，接着，诗人的眼光从南到北，只见长满吴宫的野草，一直延伸到台城一带。台城原是吴国的后苑城，东晋成帝咸和年间（326—334）修建为新宫，名建康宫，从此成为东晋和南朝宋、齐、梁、陈的台省（中央政府）和宫殿的所在地。这样，第二句虽然只说台城一地，实际上却囊括了六朝的后五个朝代。以上两句，以空间写时间，用笔冷峻，寄慨深沉。当年的吴宫、台城，如今成了野草的世界。只这样一幅写生，没有直抒，不用议论，却抵得上千言万语。动词"满"的写形，"绿"的着色，形容词"旧"的映衬，更加深了抚今忆昔的伤悼之情。

后两句转而写夜间所见的景象，地点转到了城西北的石头城。当诗人来到石头城时，已是入夜时分。石头城是汉献帝建安十七年（212）孙权在石头山上构筑的。背靠清凉山，面临长江，形势险要，因而诸葛亮有过"石城虎踞"的赞语（见《太平御览》卷一五六引张勃《吴录》）。西晋初年，"一片降幡出石头"（刘禹锡《西塞山怀古》），吴主孙皓在这里竖起投降的白旗；"潮打空城寂寞回"（刘禹锡《金陵五题·石头城》），刘禹锡曾在附近蹀躞，谛听过拍岸的江涛声。如今，诗人也来到了这里，眼望沿着城北流逝的长江，但见开阔的江面上空荡荡的，水汽蒙蒙的江水给人以一种寒冷的感觉。再看石头城，寂寞地对着明月。这时，夜空中又传来了声声雁鸣。这城、这月、这夜空、这雁声，仿佛融成了一体，在诉说着六朝衰败以后的沉寂与凄清。第三句是转笔，写长江是为了落到末一句写石头城上。粗粗看去，后两句的写景似乎更为纯粹。但石头城连着整个六朝的历史，是六朝兴亡的见证。前两句以吴宫、台城分写六朝，到了这两句则已综合了吴宫、台城，而以"石头"在总说六朝了。此外，诗人的感情色彩在后两句的用字上也有所表露："空""冷"等字暗藏着古今盛衰的对比；"一夜"，见出诗人徘徊之久与感慨之深。

全诗四句，读来如展长轴，由吴宫而台城而石头城，诗人的目光在空间横扫的同时，也完成了时间上的纵贯，几个画面说尽了金陵城古今的盛衰变化。末句的"雁声"，不只是增加了画外音，而且唯有添此"雁声"一语，全诗的意境才得以完成，结尾处方能显得唱叹有情，余音不尽。

在刘翰之前，刘禹锡的《石头城》曾使白居易叹为观止；许浑的《金陵怀古》，是金陵吊古诗中的又一首杰作。刘翰的《石头城》，既不同于许浑一气流转、以直抒见长的《金陵怀古》，也有别于刘禹锡同是以景写情的同题诗。尽管两篇《石头城》都有大江、明月，甚至都有"旧""空""月"等字，但刘翰这一首，写出了从白天到夜间的所见所闻，时间的脉络似更为清晰，所呈现的意境则更为凄冷。两首《石头城》，可谓春兰秋菊不同时而俱芳。（陈志明）

次潘别驾①韵　　汪莘

野店溪桥柳色新，千愁万恨为何人？
殷勤织就黄金缕，带雨笼烟过一春。

> 注 ① 别驾：宋制，诸州通判亦称别驾。

古人写柳的诗不少。这些作品，内容虽说不一，但总以描画春景、抒写离愁别恨者居多。汪莘此诗从初春嫩柳中看到愁恨，看到衰败，是一首饶有新意的好作品。

"柳色新"本来是春天到来的象征，对一般人来说，它所带给的应当是生机盎然，是欣喜，是欢畅。可是由于作者汪莘是南宋遗民，他带着伤时伤别的心理去看待周围事物，因而偏偏在"柳色新"中看见了"千愁万恨"。他这种感受,大约是经过了两重推理:第一,诗人用"柳色新"这一美景同"野店溪桥"这一荒凉寂寞的背景相映衬,自然便从柳的被冷落想到人的不如意,因而就产生了愁与恨。第二,从柳的生长过程看,长出"黄金缕"一般的千枝万条是极不容易的,柳若有知,定然经过千般"殷勤"方始织就。但是这番殷勤的结果又将如何呢?不过是"带雨""笼烟"过一春就衰老、凋残了事,这怎能不使人"愁恨"呢?作者的思路演进,是自然的,又是别致的。把"千愁万恨"放在第二句,而把愁恨的原因分两层放在前后写,其安排布置也是巧妙的。

这首诗咏物寄情,好几处使用了把事物拟人化的手法。拟人,是一种非常复杂的修辞格,手法多样,譬如这首诗"带雨笼烟过一春"的"带""笼"二字,虽说表示的是动作,属于行为范畴,然而它们的意识性并非十分强烈,因此用之于没有思想的柳,也还多少可通——也就是说这一句更多的是写实,"拟人",只具备一点影子。再如,"千愁万恨"的确是只有人才有的感情,用它来写柳,当然更接近于通常所说的拟人。不过诗中说"千愁万恨为何人",显然还是说在"我"看来"你"如何如何,这跟直接写物怎么愁、怎么恨的纯粹的拟人化手法似乎也还有点区别——换句话说,这一句更多地表现为把事物人格化,但其中又不乏客观描写的成分。唯有"殷勤织就黄金缕"一句,干脆说柳很"殷勤",尚且能"织",因此就成为纯粹的拟人化。一篇只有四句的诗,手法如此丰富多变,已经是很费苦心了。更重要的是作者在物、我之间设计出多种多样的关系,就更有利于灵活、全面地抒发自己的感情。

另外,此诗写柳,但作者采用遗貌取神的表现方法,抛弃对优美柳姿的精雕细琢,而着力捕捉其神韵。以图画为喻,这是一幅揭示内在美的写意画,不是注重形似的工笔画。还有,诗人咏物,却能不为物役。在写得出神入化的柳色柳姿中,他能不留痕迹地注入自己的思想感情,使咏物与抒情熔于一炉。贺裳评姜夔咏蟋蟀的《齐天乐》词时说:"蟋蟀无可言,而言听蟋蟀者;正姚铉所谓'赋水,不当仅言水,而言水之前后左右'也。"(《皱水轩词筌》)我们不妨也说:柳本身没有多少好写的,重要的是写看柳的人。这首诗咏物得其神理,抒情不滞不露,是一首文情并茂的佳作。(李济阻)

早　作　　袁万顷

井梧飞叶送秋声,篱菊缄香待晚晴。
斗柄横斜河欲没,数山青处乱鸦鸣。

这首诗题曰"早作",写的是秋天黎明时分的景色。"井梧飞叶送秋声,篱菊缄香待晚晴。"审一叶而知秋,诗的头两句即从落叶、篱菊这些富有鲜明季节特征的景物着笔,描画出富有诗意的金秋景色。那井旁的梧桐在晨风中落叶纷飞,传达着秋天的声息;篱边的菊花含苞待放,香气尚未发散,故曰"缄香"。这里写落叶,说"飞叶送秋声";写篱菊,说"缄香待晚晴"。一个"送"字,一个"缄"字,一个"待"字,写出了浓重的秋意,意态蕴藉,极有情韵。

后两句"斗柄横斜河欲没,数山青处乱鸦鸣",写黎明破晓的景象:北斗星的勺柄横斜天际,银河在晨曦中渐渐隐没,远处青山上传来群鸦的鸣噪声。诗人从星河的沉没,写到山鸦的啼叫,很有层次地展现了黎明的曙光和清晨的喧噪。"数山青处"是远山景象,与前面的"飞叶""篱菊"相映成趣,在这个背景上,诗笔一点,用"乱鸦鸣"三字收束全诗,点染出黎明时的欢闹气氛。

这首小诗,紧扣题中的"早"字,抓住秋天的季节特征,描绘了农村黎明时的景色:飞叶、黄花、星河、远山,并有"秋声""鸦鸣"点缀其间,不仅是一幅雅洁的秋晨图,而且是一首优美的晨光曲。诗中的篱菊、远山,颇有陶渊明"采菊东篱下,悠然见南山"的意境,但并不像陶诗那样偏于静态和心境的描写。这里的菊景山色,在晨风啼鸦的烘托下,显得颇有生气。(阎昭典)

新　凉　徐　玑

水满田畴稻叶齐,日光穿树晓烟低。
黄莺也爱新凉好,飞过青山影里啼。

徐玑是"永嘉四灵"之一,他的这首七绝,很能代表"江湖派"所主张的"捐书以为诗"的白描风格。

诗的题目叫"新凉",但开头两句并没有直接写天气的凉爽,而是画出了一幅初秋乡村的晨景:田畦水满,稻苗成行,这显然是刚刚插好秧的晚稻田;初阳的光芒从树木中透射出来,早晨的雾气低低地压在田野上,这是水色、阳光、绿树、雾霭交织在一起的图画。句中的"满""齐""穿""低"等字,看似平凡,实际上都准确地画出了在初秋这个特定季节、早晨这个特定时间的景物特点。这幅图画虽然是视觉性的,但正因为诗人准确地抓住了初秋早晨景物的特征,所以就很自然地在读者心中引起"通感",从而使字面上所没有的凉意在景物中透了出来。如果不是高手,死抱着题旨不放,直接就"凉"来刻画,充其量只能告诉读者凉,而不能使读者亲切地感到凉,这就是诗中歌咏事物"不窘于题"与"粘着于题"的区别。

下边两句虽露出"新凉"二字,但也还是没有直接写"新凉"本身,而是写黄莺:这个自然界的小生灵,熬过了暑热蒸腾的炎夏之后,也仿佛对新到的秋凉欢欣鼓舞,飞到晨雾迷蒙的青山中发出悦耳的啼鸣。这两句,在前两句的"色"上又加上了"声",诗的意境也就更加丰富,更加立体化了。这里莺鸟的形象以拟人化的方式写出,实际上,是诗人把自己在新凉中惬意的心境外射到鸟上了。

这首小诗的语言朴素、自然,没有凿削雕饰,也没有掉书袋,但给人的感受是清新、明快的。这种写诗方法,一反江西派末流资书以为诗的风气,虽略嫌小巧,但具灵秀之致,代表了"四灵"诗的佳处。(李壮鹰)

野　望　翁　卷

一天秋色冷晴湾,无数峰峦远近间。

闲上山来看野水，忽于水底见青山。

　　包括翁卷在内的"永嘉四灵"，诗格狭小，才力也弱，然其作品的佳处即在有一种灵秀之气，给人以清新淡雅的美感，尤其是一些写景的小诗，不用浓彩重色，不用苦涩生造的语言，也不依靠典实和成语的点缀，纯用白描的手法、简单的意象，构成了醒豁清晰的画面，这首《野望》就是一例。

　　"一天秋色冷晴湾"，并非奇语，然诗意却颇可寻味。秋色是无处不在的，而以"一天"形容之，更可见其无边无际。然而秋色本是虚无的，着一"冷"字，即令无形的秋色变得实在：晴日中的水湾已带上了寒意，那岂不是秋色溶入了水中？杜牧有"银烛秋光冷画屏"的句子，秋日的寒光自然可以令人生寒；而"秋色冷晴湾"，则是靠着诗人的想象，将无形的秋色与实在的晴湾结合起来，将诉诸视觉的秋色与冷暖的感觉沟通起来，便造成了这句貌似平易却耐人咀嚼的诗句。

　　"无数峰峦远近间"一句也还是用了白描手法，写秋色中远近高低的山峦重叠，一直伸向天边。这两句诗的境界较阔大，但都是刻画静景，所以读来并未觉有刚健雄肆之感，还是不脱"四灵"清新秀朗的风格。它令人产生的艺术联想，不是"群山万壑赴荆门"式的气势，而是"山色有无中"的情趣。两句一写水，一写山，逗引起下文，于是三、四两句就从山和水生发开去，写来妙趣横生。

　　三、四两句的诗意是很简单的：诗人登山是为了看水，而在水里却看见了青山的影子。这是一个很普通的经验，却将南方秋色中青山绿水的美景尽收笔底了。"闲"字令人想见诗人闲云野鹤般的疏放风神，与景色的清空悠远正相契合；"野水""青山"给画面增添了萧散的野趣，与诗人的闲情逸兴融合无间。

　　作者很懂得诗贵有波折的道理。如这两句诗直接写水中见到青山之影，也就只是一般的写景状物。而此诗却先以上山看水作铺垫，顺理成章地想，下一句应是写水，水之悠远、清澈，水上之草，水边之树都可以成为诗人描写的对象，然而诗人笔锋一转，还是回到写山上来。"水底见青山"五字中将水之清、山之翠都包含了进去，而诗人有意将它放在全篇之末，又加上一"忽"字，便令这层意思特别醒豁突出，这本是诗人在此诗中想呈现给读者的主要意象，并巧妙地将它安排在最显眼、最突出的位置上，给读者留下了极深的印象。这种构思上的匠心，是值得借鉴的。

　　此诗题为"野望"，其实所写的景物很有限，只说了山和水，而且都是粗线条的勾勒，就像几笔淡墨挥洒的写意画，虽无细致的工笔重彩，但倒也能传出山水的精神，这可以说是"四灵"才短气弱的表现，但正是这种浅淡、单纯和明净的风格，成就了他们独特的诗艺。（王镇远）

乡村四月　　翁　卷

绿遍山原白满川，子规声里雨如烟。
乡村四月闲人少，才了蚕桑又插田。

这是一首写江南农村初夏风光的诗。

前两句写自然景象。"绿",写树木葱郁,"白"状水光映天。妙的是不直接点明树和水,而是从视觉角度着眼,用"绿"和"白"这两种对比之色来表现远望中的整体景象,色彩明丽动人。更妙的是,诗人不仅以捕捉到山水的色彩形象为满足,他还要写出山水的精神。农历四月已是初夏,自然不同于芽叶方抽、朦胧新绿的初春景象,所以在"绿"字之后用一"遍"字,"白"字之后著一"满"字。诗人写的不是一棵树、一片林,而是满山遍野的树;不是一条水溪、几畦秧田,而是视力所及的所有川渎。这才是初夏的景象。这是乡村的静景。下面又进一步描写:"子规声里雨如烟"。以烟喻雨,把那如烟似雾、霏霏霖霖的细雨形象,描摹得非常传神。更妙的是还加上了"田家候之,以兴农事"(《本草·杜鹃》)的子规鸣声。雨是润物无声的细雨,景色凄迷,一加上这催耕的鸟声,便由静入动,显示了活泼的生机。

后两句写农事的繁忙。"乡村四月闲人少"一句,括尽乡村四月的景象。第四句补足上句之意。蚕桑,照应首句的"绿遍山原";插田,照应首句的"白满川"。"才"和"又"两个虚字用得灵活,不言"忙"而"忙"意自见。

四句诗,有静有动,绘声绘色,鲜明如画,却又能补绘事所不及。述事纯用口语,颇似民歌,却又比民歌深沉。山水描写是为农民劳动勾画的背景,诗人对乡村生活的热爱之情见于言外。(张燕瑾)

悟道诗　某　尼

尽日寻春不见春,芒鞋踏遍陇头云。
归来笑拈梅花嗅,春在枝头已十分。

此诗出自宋罗大经《鹤林玉露》。诗中写某尼四出寻春,找不到春的踪迹,归来从枝上的梅花,忽悟春原来就在自己身边,以此说明"道不远人",不应"道在迩而求诸远"。某尼所悟,自孔、孟至禅宗,已屡有所言,但作为一首说理诗,能写得如此生动、形象,确不多见。即使撇开哲理不谈,作为一首单纯的寻春诗看,也是一篇佳作。

全诗仅四句,分二层写,上联是求道,下联悟道。前二句从时、空二个方面,分写寻春之事,"尽日"言其历时之久,"踏遍"见其行程之广。南朝陆凯与范晔交善,自江南寄梅花一枝,兼赠诗:"折花逢驿使,寄与陇头人。江南无所有,聊赠一枝春。"作者因梅见春,故在诗中不说踏遍"塞北烟""岭南雾",而只提"陇头云"。次句写一个云游尼姑,竹杖芒鞋,出入于白云明灭之间,意境缥缈,风神超逸,诗中有画。苏曼殊名句"芒鞋破钵无人识,踏过樱花第几桥",所表现的情景,与此诗极为相似。

上联写求春不得,从一"尽"字、一"遍"字,已闻山穷水尽之叹,但下联通过一"笑"字、一"已"字,表现了作者的顿悟,有柳暗花明之妙。正因为尽日不见、寻遍难觅,故一旦见春,喜上眉梢,一笑驱散了心头的愁云。梅花独冒冰霜,凌寒先开,无意争春,只报春信,此诗却说见梅而知"春已十分",作者的喜悦之情,见于言外,并非当时真已春光烂漫了。末句与宋祁"红杏枝头春意闹"(《玉楼春》),词意仿佛。宋词著一"闹"字而境界全出,千古传诵,相比之下,此诗末句要平淡得多。但写红杏可用"闹"字,咏梅则绝不可。疏影横斜、暗香浮动,方是梅的本色。"篱角黄昏,无言自倚修竹。"(姜夔《疏影》)前人咏梅,常誉之为一个冰清玉洁的美人,故写梅而用"闹"字,会贬低它的高格。"竹外疏花,香冷入瑶席。"(姜夔《暗香》)前人赏梅,无不为其清香所醉,故此诗用一"嗅"字,勾出了梅的精魂。在这"嗅"字之中,还流露出作者会心的喜悦、玩味不倦的感情。若改"嗅"为"看",虽其意犹在,但神味索然了。

谈道诗最易堕入理障,流于枯涩,这首诗却写得极其生动传神。诗中的女尼,看来不是一个刻板、冷漠的出家人,而是一个天真活泼、充满人生乐趣的少女,所以这首说理诗,写得极其富于感情——这正是此诗艺术魅力的所在。(黄　珅)

开禧纪事二首　　刘　宰

"泥滑滑","仆姑姑",　唤晴唤雨无时无。
晓窗未曙闻啼呼,　　更劝沽酒"提壶芦"。
年来米贵无酒沽!

"婆饼焦","车载板",　饼焦有味婆可食,
有板盈车死不晚。　　君不见比来翁姥尽饥死,
狐狸嘬骨乌啄眼!

北宋灭亡以后,大批官僚及军人涌向南方,给那里的百姓增加了沉重的经济负担。当权者们苟安偷生、肆意搜刮,更加重了劳动群众的苦难。据《续资治通鉴》记载,宁宗以开禧为年号的三年(1205—1207)中,江南一带又连年旱涝,尤其是开禧三年七月,"大旱,飞蝗蔽天,食浙西豆粟皆尽",同一年里又"沿江诸州水"(见《宋史·宁宗纪》)。纷至沓来的天灾人祸,使南宋人民经受着罕见的煎熬。

《开禧纪事》是两首禽言诗。这种诗的产生同给鸟儿命名有关,"模仿着叫声给鸟儿起一个有意义的名字,再从这个名字上引申生发,来抒写情感,就是'禽言'诗"(钱钟书《宋诗选注》)。这首诗中加有引号的"泥滑滑"等就都是鸟的名字。

禽言诗的基础是联想。如果一首诗中出现两个以上的鸟名,联想就更困难。《开禧纪事》第一首就连用了三种鸟名。开头三句先由"泥滑滑"想到雨,由催人干活的"仆姑姑"想到晴。本来,雨和晴并不足怪,但因为这两种鸟的啼唤声"无时无",以致"晓窗未曙"即来啼呼,所以在作者的心目中便自然地把过度的雨和晴同生活中的涝和旱联系起来。第四句中又由鸟鸣"提壶芦"联想到那是催人去沽酒。于是,几种联想碰在一起,因为旱涝频仍,"米贵无酒沽"的主题就悄然在作者的笔下流出了。

诗人的想象在第一首中是直线发展的,也就是说,诗中的想象同鸟声的含义是大体一致的。第二首则不然。"婆饼焦"当然不能吃,但诗人反而想象成"饼焦有味婆可食";有"车载

板",至少是小康人家,正该好自营生,可是作者想出来的反而是"死不晚"。这里,诗人的联想来了个大转折,大腾跃。生而有饼可以充饥,死而有板可以入葬,如果也用第一首的方法推理,那么这样的人生在当时算是很幸运的了。然而诗中接下去却说:"君不见比来翁姥尽饥死,狐狸嘬骨乌啄眼!"这里作者的思路又一次出现大转折。

从整体上看,第一首比较含蓄,暴露也只到"米贵无酒沽"为止。到了第二首,作者不留情面地揭示南宋后期"中兴"的真相,展现了一幅惨不忍睹的画图。之所以能达到这个目的,同作者联想的几次飞跃是分不开的。比如:说饼焦可食,这"可食"足使人心酸;"有板盈车"因而"死不晚",那么有板者的生存定是比死还难忍受。不过,"翁姥尽饥死",死后落得个"狐狸嘬骨乌啄眼"的结局。相比之下,有焦饼充饥,有板作棺木,尽管辗转难熬,还算是上上大吉的了。可见诗人感慨之深沉。

禽言诗大都通俗活泼,幽默明快,富有讽刺情趣。好的禽言诗中别致的联想,出人意表的造语,常使人耳目一新。《苕溪渔隐丛话》说:"禽言诗当如药名诗,用其名字隐入诗句中,造语稳贴,无异寻常诗,乃为造微入妙。"《开禧纪事》二首措意造语均不在"寻常诗"之下,且感慨深沉,算得上禽言诗中的妙品。

作者刘宰,只在光宗朝作过江宁县尉、真州司法,"嘉定间,屡召不起,士论高之"(韦居安《梅磵诗话》)。从这两首诗看,他之"屡召不起",很可能是因为看透了南宋社会的腐朽本质,因而洁身自好,入山唯恐不深。(李济阻)

江阴浮远堂　　戴复古

横冈下瞰大江流,浮远堂前万里愁。
最苦无山遮望眼,淮南极目尽神州。

这首诗写作者在浮远堂眺望中所产生的山河破碎之感。

江阴位于长江之滨,诗中大江,即指长江。起句暗点江阴,次句明提浮远堂。唐人许浑尝于秋夕登楼作诗曰:"一上高城万里愁"(《咸阳城东楼》),次句遣词、写意、造境,与许浑诗均相似。

"万里愁"是诗人登浮远堂的感喟。"愁"本是无形之物;"万里"是抽象的数词,一般都作夸张之用,如"万里心""万里情""万里忧"等。在这首诗中,由于借助江、山二个方面来烘托、表现这种深愁,遂使原本抽象的情感,显得十分形象、真切,直贯末句。

上联写江,是近瞰。前人言"愁",喜将"愁"与"水流"直接联系起来,比喻愁之深长。如李白诗"抽刀断水水更流,举杯消愁愁更愁"(《宣城谢朓楼饯别校书叔云》),李煜词"问君能有几多愁,恰似一江春水向东流"(《虞美人》)。此诗将"大江流"与"万里愁"并提,既是望江水生愁、于江水寄愁,也是借江水喻愁。长江万里,愁亦万里;江流不尽,愁亦无尽;非"大江流",不足言"万里愁"。

下联点山,是远望。前人写愁,也喜欢用山映衬,虽不像以水喻愁那么直接、明白,但往往更加含蓄、深切。借山寄愁,有两种表现形式。一种以山遮断视线为愁,以不见所思为恨,如欧阳修词"平芜尽处是春山,行人更在春山外",(《踏莎行》)李觏诗"已恨碧山相阻隔,碧山还被暮云遮"(《乡思》)。另一种正相反,以无山遮掩为愁,以满目凄凉为恨,如此诗便道只因无山遮隔,致使中原沦陷之地尽在眼底,触目辛酸,令人生悲。由于"无山",故能"极目",因"极目"而视通万里,由此而生"万里愁"。戴复古尚有《盱眙北望》一诗:"北望茫茫渺渺间,鸟飞不尽又飞还。难禁满目中原泪,莫上都梁第一山。"写登高远望,无所遮隔,致使疮痍满目,涕泪难禁。这二首诗,虽一无山,一有山,但情意相似,只是《北望》诗用语显得更加含蓄。(黄　珅)

大热五首(其一)　　戴复古

天地一大窑,阳炭烹六月。
万物此陶镕,人何怨炎热?
君看百谷秋,亦自暑中结。
田水沸如汤,背汗湿如泼。
农夫方夏耘,安坐吾敢食?

古代诗歌中,描写酷热炎蒸的诗不少,戴复古的这一首却颇有新意。

开头两句,把天地比作一座炽热的大窑,把暑热炎蒸比作充满阳气的炭火在猛烈燃烧。这比喻形象、贴切,却不算新鲜,因为《庄子》中即有"今以天地为大炉"的说法,贾谊《鹏鸟赋》"天地为炉兮,造化为工;阴阳为炭兮,万物为铜"更直接为戴诗所本。"烹"字生动地展现出暑热犹如炭火的烹烧,给人以炎威灼人之感,现在浙江南部方言中犹有"烹窑热"这样的形容语。

按这两句所写的情况,人是不能不"怨炎热"的。但三、四两句却突然转出新意:"万物此陶镕,人何怨炎热?"此,指天地这座大窑。这里突出强调了"炎热"之功:陶镕万物,使之成长。这一转折,从大处高处着眼,把人的"怨"从个人范围中解脱出来。在全篇中,这是一个关键。有此一转,下面的内容便如顺水之舟,乘流直下了。

"君看百谷秋,亦自暑中结。"五、六两句,进一步发挥"万物此陶镕"这一主旨。暑热,正是庄稼生长结实的重要条件。这个事实极平常,但从来写暑热的诗人却很少想到这一点。这不能不说是与人民的生活比较隔膜的缘故。反过来,也就说明戴复古对生活有较深的体验。"百谷秋"的"秋"字,是个动词,指秋天谷物的成熟收获。

七、八两句因"百谷秋"而联想到农夫的劳动,转出另一层新意:"田水沸如汤,背汗湿如泼。"这两句写六月水田劳动的辛苦,虽然是寻常语,却非有实际体会者不能道,与唐人李绅的"锄禾日当午,汗滴禾下土"可以后先媲美,都是本色的语言。汤,指开水。由于前面讲了"百谷""暑中结",这里续写炎夏艰苦的田间劳动,就使人进一步领悟这"暑中结"并不单纯指自然条件,而是应该包括农夫的暑中劳动。

这就自然引出最后两句:"农夫方夏耘,安坐吾敢食?"这一类的话,在白居易、韦应物等人的作品中，已经见过，但由于戴复古是从苦热这样一个新的角度说的，读来仍感新鲜。

北宋诗人王令《暑旱苦热》的后半说："昆仑之高有积雪，蓬莱之远常遗寒。不能手提天下往，何忍身去游其间！"气魄的雄大超过了许多诗人，也为戴复古此诗所不及；但戴诗却比王诗更接近现实生活。至于民胞物与的精神，则又是两首诗共同的思想基础。

将气候描写与悯农的内容结合起来，前代诗人不乏其例，但将它们和理趣结合，则是戴复古此诗的特点。（刘学锴）

约 客　赵师秀

黄梅时节家家雨，青草池塘处处蛙。
有约不来过夜半，闲敲棋子落灯花。

与人约会而久候不至，难免焦躁不安，这大概是每个人都会有的经验，以此入诗，就难以写得蕴藉有味。然而赵师秀的这首小诗状此种情致，却写得深蕴含蓄，余味曲包。

"黄梅时节"，正是江南的梅雨季节，"家家雨"极言雨水之多。因为雨多天闷，长满了青草的池塘中蛙声不断，处处皆是。这两句遣字造句平易畅达，而所描绘的景象也只是江南夏夜常见之景。然而这绝不是诗人信笔拈来的泛泛之语，而是一个孤寂者深夜期客不至的特殊感受。雨声、蛙声为什么对他显得特别清晰？原来，他静候着的是友人的叩门声，然而入耳的却是雨声、蛙声，夜越深就显得越响。

"有约不来过夜半"，这一句才点明了诗题，也使得上面两句景物、声响的描绘有了着落。与客原先有约，但是过了夜半还不见人来，无疑是因为这绵绵不断的夜雨阻止了友人前来践约。夜深不寐，足见诗人期待之久，希望之殷，读诗至此，似乎将期客不至的情形已经写尽，然而末句一个小小的衬垫，翻令诗意大为生色。

"闲敲棋子落灯花"，这句只是写了诗人一个小小的动态，然而在这个动态中，将诗人焦躁而期望的心情刻画得细致入微。因为孤独一人，下不成棋，所以说"闲敲棋子"，棋子本不是敲的，但用来敲打，正体现了孤独中的苦闷；"闲"字说明了无聊，而正在这个"闲"字的背后，隐含着诗人失望焦躁的情绪。

人在孤寂焦虑的时候，往往会下意识地作一种单调机械的动作，像是有意要弄出一点声响去打破沉寂、冲淡忧虑，诗人这里的"闲敲棋子"，正是这样的动作。"落灯花"固然是敲棋所致，但也委婉地表现了灯芯燃久，期客时长的情形，诗人怅惘失意的形象也就跃然纸上了。敲棋这一细节中，包含了多层意蕴，有语近情遥、含吐不露的韵味。可见艺术创作中捕捉典型细节的重要。

这首诗另一个明显的特点是对比手法的运用。前两句写户外的"家家雨""处处蛙"，直如两部鼓吹，喧聒盈耳。后两句写户内的一灯如豆，枯坐敲棋，阒静无聊，恰与前文构成鲜明对照，通过这种对照，更深地表现了诗人落寞失望的情怀。由此可知，赵师秀等"四灵"诗人虽以淡泊清新的面目出现，其实颇有精心结撰的功夫。（王镇远）

春 怀 高 翥

江南春尽尚春寒，添尽征衣独掩关。
日暮酒醒闻谢豹，所思多在水云间。

　　江南春早而今已春暮，江南春暖而春尽尚寒，惊时序之不常，念家山之迢遥，情怀不堪。用春尽、春寒作两层明说，却于暗中隐约透露内心深处乡思之苦、隐忧之深。头一句说江南春尽，含意实为不应再寒，不应寒而实寒亦有两层含义，即一、真正时令之不常，于人心无关，可不论。二、本已不寒，而离人愁苦，因足不出户，体力既衰，加之心情忧郁，故他人不寒而自己独寒。此谓之话中之话。自然界固有所谓倒春寒之说，但亦只是"春寒侧侧"，客中衣物虽少，而长年在外或不致不足过冬，则更不致"添尽"征衣，而仍需"掩关"。诗为诗人心头事，以表达心中情绪为主，初不论事物之合乎情理与否，但求传神而已，是谓之"夸张"。
　　既无奈何只好忍此孤寂而"独掩关"，则门外事似已不欲见闻，以求得一时之平静，可是日暮更值酒醒，而杜鹃声声偏来恼人。则此时此境却欲将此一片"春怀"往何处发落？谢豹，杜鹃别称，啼声如："不如归去"，故亦称思归鸟。为春寒而添尽征衣，对征衣而又闻杜鹃，独掩关却又关不住杜鹃于远处催归，则掩关何益？本自心上多事，并不关时序，亦不关杜鹃，王岩叟诗曰："怨风怨雨两俱非，风雨不来春亦归，"郝经诗曰："夜久有怀独闻鹤，春归无语怨杜鹃。"归既不得，不怨风雨，不怨杜鹃，却又能去怨谁？该怨亦罢，不该怨亦罢，要使人不怨，总非易事。连用两个"尽"字，起到进一层说的作用。
　　绝句结处之佳者，要在寄意深远，故宁虚勿实，往往实处见工整，虚处见空灵，而愈虚，则愈易收回荡含蓄之功。因之第三句之转折为诗家公认为要害之处，无第三句为之跌宕起伏，则第四句无水到渠成之势。
　　前两句既云春尽矣而春寒凌人，征衣虽添尽矣，仍需掩关。春深似海，而春愁亦复似海，其间客中情怀，已如醉如梦，如怨如诉了，更何堪酒醒，更何堪酒醒时正值黄昏？而最恼人的杜鹃却偏偏在此时此地又向耳边哀啼。
　　此情此景，眼前既无人可以倾诉，即使有人可诉，而千言万语，又不知从何说起，甚至连自己亦不知道满腹愁思究竟想要说些什么。"剪不断，理还乱"，正就是这种既抛不掉，又说不出、理不清的滋味，于惆怅中只是感到在自己的感情中只有一片苍茫的云水，无限心事尽都融汇在这云水苍茫之中。是云水，抑是愁思，已无法分别，亦无需分别，只此苍茫朦胧一片春愁而已。
　　前三句说得很具体，但情怀郁结，哀怨有之，而不免衰飒，诗人的精神世界，只至末句方出。此犹佛家之一声断吓，警悟多少世人。前三句只是最后一句的陪衬，至此句则一片苍茫，油然而至，气韵为之骤变。读者至此，方见作者胸怀。
　　"多在云水间"的"多"字，一解大部分，一解往往，时常。此处以时时、往往为胜。以此处与时序密切联系，谓谢豹啼后，应归而不得归，故所思常在云水之间。
　　"云水"一词，不单指自然景物，还有其他含义。所谓"江湖（云水云云）魏阙"，以明官不易为,有出世归隐之志。南宋江湖派诗人名其集曰"江湖",且因作诗引出一场文字狱,这就很难说他们只是"食客""游士"的猥琐小人。不管他们是"狷者"也罢,"狂者"也罢,南宋腐朽的政府均不予宽假,这是事实。

在南宋那样的政局中,江湖派大多数诗人都有两重困难:一是做官难,因为不愿同流合污,贻害国人;二是不做官也难,作两句含蓄幽怨的诗亦会身遭横祸。此即为当时诗人"寄情云水"的一项重要原因。所以,这首诗中的结句,亦不应视为"逃避现实",这在当时黑暗势力统治之下,是否也可以作为一种颇为含蓄的控诉呢?(孙艺秋)

途 中　　赵汝鐩

雨中奔走十来程,风卷云开陡顿晴。
双燕引雏花下教,一鸠唤妇树梢鸣。
烟江远认帆樯影,山舍微闻机杼声。
最爱水边数株柳,翠条浓处两三莺。

这是一篇途中纪景的诗篇,记诗人在一次春日出行时路途所见。当然诗人也并非只是客观地写景,着重表现的乃是自己的感受,实际上是一篇春日旅途的即兴诗。

诗的开首写这次出行是在雨中赶路,长途出行而又恰逢阴雨,这是十分令人懊丧的。因为冒雨,不得不急急匆匆地"奔走",而路途又远,其狼狈之态可见。但下句却突然一转,"风卷云开陡顿晴",阵风起处,天开云散,天气忽然放晴。风卷去了满天的乌云,晴光四射;赶路者的烦闷心情,也从而被一扫而光。下面紧接着写诗人途中所见到的一片清新动人的春景。

"双燕引雏花下教,一鸠唤妇树梢鸣。"前句写乳燕习飞,后句写鸠鸟唤偶,这正是春日所特有的景象。习飞的幼雏,无力高翔,只是在双亲的引导下,在花丛中时起时落,此写低处所见;而鸠鸟的叫声,又引着诗人向高处望去。原来不甘寂寞的鸠鸟,正满怀希望地唱着他的爱情之歌。称鸠鸟觅偶为"唤妇",颇具谐趣。这两句联在一起,表现出一俯一仰、所见所闻,皆一片动人的春景、春情、春色。

五、六两句,一写远眺,一写侧闻。春日雨后的江面,笼罩着迷迷蒙蒙的雾气,但远处的帆影依稀可辨;侧耳静听,山中农舍中,札札的机杼声,隐约可闻。"远认""微闻",表现诗人在如画的春景中,不断地、极力地在调动自己的感官,捕捉着和体味着春日途中的乐趣。诗的最后,用"最爱"轻轻一转,把最令人陶醉的春景呈现出来,传达给读者:"最爱水边数株柳,翠条浓处两三莺。"水畔翠柳浓密之处,有两三只婉转歌唱的黄莺,时藏时现。柳树翠带飘扬,一片新绿,黄莺跳跃枝头,活泼可爱,多么美的春光,多么生意盎然的气氛啊!

本诗写诗人春日途中所见,从苦雨忽而放晴写起,开始就流露出一种惊喜愉悦之情。下面两联写花下引雏的双燕,写枝头唤偶的鸣鸠,写远处江面的帆影,写空山农舍的机杼声,给人一种上下远近、耳目所及、美不胜收的印象。最后则集中突出一个镜头,用最美的意境结束全诗,赏心悦目,令人难忘。(褚斌杰)

促织二首　　洪咨夔

一点光分草际萤，缲车未了纬车鸣。
催科知要先期办，风露饥肠织到明。

水碧衫裙透骨鲜，飘摇机杼夜凉边。
隔林恐有人闻得，报县来拘土产钱。

这两首诗题为"促织"，但并非咏物，只不过以"促织"为喻，借题发挥，言在此而意在彼。

"促织"，蟋蟀之别名。崔豹《古今注·鱼虫》云："促织，一名投机，谓其声如急织也。"故名曰促织，民间亦称之为纺织娘。作者抓住"促织"与纺织之间的联系，借"促织"巧妙关合社会现象，揭露了赋税之繁苛，反映了民生的艰难，取材虽小，其意深远。

第一首以促织比织妇，着力描写织妇的艰辛。时已夜半，草地上只有流萤在飞闪；然而村中仍然回荡着织机的声音。缲车，缲丝用具，有轮旋转以收丝，故称缲车。纬车，即纺车。这里也暗含着"促织"的鸣声。首二句无一字写人，只作侧面烘托，笔墨简劲，神余言外。

三、四句直接点出蟋蟀。催科，指催租税（租税有法令科条，故称催科）。作者以拟人化的笔法，写蟋蟀也仿佛知道交官的租税应早早备办好，于是它伴着织机的鸣声，沐着风露，忍着饥肠，促织到天明。这里明写蟋蟀，暗喻织妇。"风露饥肠"状蟋蟀酸辛之态，暗含织妇劳苦之义，其中又深寓着作者的怜悯之情。写促织，正是写织妇。

这首诗不从正面落笔，而是通过环境的点染，典型细节的提炼，描绘出一幅夜织图。笔法简练，耐人寻味。

第二首的重点则在对赋税制度的揭露与讽刺。"水碧衫裙"拟促织之态，又与织妇的形象关合，描写细腻而又形象。"飘摇机杼夜凉边"写蟋蟀在织机旁浅吟低唱，笔触轻灵。三、四两句笔锋一转，诗人郑重地向蟋蟀发出了警告：蟋蟀啊蟋蟀，你们可要小心，不要高唱"促织、促织"，只怕树林那边有人听见，报告到县里，那些官吏也会来收你们土产钱的。这真是极度的夸张，然而达到了本质的真实。不言人民的负担如何沉重，却说蟋蟀只因鸣声如同织机之声，那些官吏便会闻声追踪而来，索要租税。这是最辛辣的讽刺，又是最深刻的揭露。

古诗中言苛政者甚多。有人直说，如杜荀鹤《山中寡妇》云："任是深山更深处，也应无计避征徭"。有人说得很含蓄，如陆龟蒙《新沙》："蓬莱有路教人到，亦应年年税紫芝。"而洪氏此诗，既像事实（因为说得郑重其事）又是虚拟（因为这毕竟不是生活的真实）。戏语中含着苦痛，诙谐中透出严峻，讥讽之意见于言外。

这两首绝句，所言各有重点，可独立成篇，但内在联系紧密，又是一个完整的艺术统一体。在表现手法上，通篇采用比体，揭露深刻却又曲折委婉，讽刺辛辣又能以幽默出之，很具感染力。此外，此诗音调和谐，颇有韵致，避免了有些宋调诗的粗硬之病。（徐定祥　鲍　恒）

骤 雨　华 岳

牛尾乌云泼浓墨，牛头风雨翻车轴。
怒涛顷刻卷沙滩，十万军声吼鸣瀑。
牧童家住溪西曲，侵晓骑牛牧溪北。
慌忙冒雨急渡溪，雨势骤晴山又绿。

　　这是一首写景诗。写农村中夏日急雨之壮观，与唐代田园诗人写静中逸趣，有所不同；而且它是从牧童眼中来的，作为牧童生活的插曲，比之曾巩"朱楼四面钩疏箔，卧看千山急雨来"（《西楼》），苏轼"黑云泼墨未遮山，白雨跳珠乱入船"（《六月二十七日望湖楼醉书》），虽语言之精工稍逊，但又别有生活气息。

　　诗中写的是：一个家住溪西的牧童，一早就骑着牛去溪北放牧。正在放牧时，忽然乌云翻滚，风雨骤至。牧童慌忙冒雨向西南方向渡溪回村，可是雨又"骤晴"，"山又绿"了。

　　作者巧妙地把风雨骤至之场景提到开头，突兀而起，使人惊心动魄。头两句写的与苏轼所写有些相似，但又有不同。苏轼是远处观赏，而作者所写是雨中感觉。远观故看得远（如云之遮山）、看得细（白雨跳珠）；雨中感觉就不会如此，那只能是云色雨声。"泼浓墨"，喻云色之黑；它未写"遮山"，但从后面之"山又绿"看，"遮山"便在言外。"翻车轴"的"车"是水车，水车戽水，轴翻水涌，发出声音，这里用以形容风雨之声。一以喻色，一以喻声。一以写暴雨将至未至；一以写风雨已经到来。而两者相距，只有牛头牛尾之间，正如今天俗谚说的"夏雨分牛脊"。这里确能把夏雨特征写出。

　　三、四两句进一步用多种比喻写出风雨之势。"顷刻"言来势之猛，"十万军声"状雨声之壮。"怒涛卷"上"沙滩"，借潮水之汹涌，以喻雨势奔腾。"军声吼"如"鸣瀑"，以"鸣瀑（瀑布）"喻"军声"，又以"军声"喻风雨之声。梅尧臣《江心遇雷雨》："声喧釜豆裂，点急盎茧立"，郑獬《滞客》："忽惊黑云涌西北，风号万窍秋涛奔"，皆可互参。苏轼说"壮观应须好句夸"（《望海楼晚景》），作者正是着力以"好句"来夸"壮观"。

　　后三句是补笔。"溪西"应指西南，"溪北"应指西北，即修辞学上所谓"互文"。牧童迎着风雨向西南走，故牛头已经下雨，而牛后还只是乌云。点得清楚，补得必要。尤妙的是第四句忽又一转，写出雨晴山绿，与苏轼"雨过潮平江海碧"一样，写出夏日阴晴瞬息变化的奇观。"山又绿"的"又"尤足玩味。

　　作者刻画壮观，自见豪气。虽精炼纯熟不如苏轼，而放笔写去，转折自如，多用口语，朴素清新，富有生活气息，足以显示出他的"粗豪使气"的诗格。比"江西派"之难涩与"四灵"之小巧，又自不同。（吴孟复）

读渡江诸将传　王 迈

读到诸贤传，令人泪洒衣。

功高成怨府，权盛是危机。

勇似韩彭有，心如廉蔺希。

中原岂天上？尺土不能归！

这是一首议论时事的诗。诗中发议论太多，易令人生厌，但这首诗却写得深沉感人。《渡江诸将传》可能是指章颖的《南渡十将传》。

首联以作者读传洒泪破题，起势峭拔突兀。诗人洒衣之泪不仅构成悬念，使读者产生急欲竟读的强烈要求，而且给全诗定下一个沉郁、悲怆的基调。

中间四句略举《渡江诸将传》的内容，是作者洒泪的原因。第三句写立功之后，忌者甚众，所以成了"怨府"。第四句写诸将握权，遭秉政者的嫉妒，危机即伏于此。《南渡十将传》卷一说刘锜抗金有方，屡建战功，但"一时辈流嫉其能，力沮遏之"。卷二说"(秦)桧之贪功以自专，忌贤害能，堕中兴之大计"。作者在诗中用了"成"字、"是"字，可见这类现象并不是仅有的。颈联中的韩、彭指刘邦时的韩信、彭越，均以武功著称；廉、蔺指战国时赵国名臣廉颇、蔺相如，他们以能捐弃私嫌、共御国敌而传"负荆请罪"的佳话。"希"通"稀"，是少的意思。这两句肯定诸将的"勇"，同时对他们的"心"提出指责。《文献通考·兵考六》中有这样一段话："诸将自夸雄豪，刘光世、张俊、吴玠兄弟、韩世忠、岳飞，各以成军雄视海内。……廪饩唯其所赋，功勋唯其所奏。……朝廷以转运使主馈饷，随意诛剥，无复顾措。志盛意满，仇疾互生。"似乎可以用来作第五、六句的注脚。

最后两句把对诸将的品评归结到当时社会的主要问题——恢复中原上。"天上"极言高不可及，但着一"岂"字，则故意一纵，把收复失地写得并非艰难；"尺土"极言其少，在同"岂天上"的对照中，把作者恢复中原的愿望和对诸将的惋惜推到了极度。

这首诗一方面对不以国家民族利益为重的谗嫉者加以抨击，另一方面也对南渡诸将不能精诚团结、一致抗敌提出了批评，揭示了南宋上层集团之间，以及将相之间一种为一般人所忽略的矛盾，表现了诗人敢于议论是非的性格和他认识问题的深刻性。但诗中把"尺土不能归"的主要责任归于诸将之不能团结对敌，却稍失偏颇。

在写法上值得注意的首先是这首诗巧妙的结构方式。诗的首尾四句是作者的感慨，中间是对诸将的评议：这种首尾包融的写法，使全诗形成一个浑然的整体。其次，中间四句又用对比的方式抒写议论，因而议论的中心"功""权""勇""心"四者显得格外突出、明晰。最后，在遣词用字方面，首句说"读到"不说"读完"或"读竟"，因而作者那种边读边哭的强烈感情得到了有力的表露。第五句中的"有"，意即"尚有"，与下句的"希"对照，暗示与勇力相比，精诚团结更为重要，这是很有见识的。（李济阻）

秋斋即事　　许　棐

桂香吹过中秋了，菊傍重阳未肯开。

几日铜瓶无可浸，赚他饥蝶入窗来。

"秋斋",秋日的房舍;"即事",就眼前事物抒感;《秋斋即事》,写秋日居处之所见所感。它以平淡的笔触,渲染出一种寂寥的氛围,衬托出诗人内心的无聊与不平之意。

前两句先写秋斋外自然景色,寓空寂之感。但诗人并未直截了当地点破诗意。他只是讲:桂花芳香与中秋佳节相与逝去。"桂香"的记忆或许仍在心头残留几分,不过真"桂香"毕竟早已于时空中"吹过",难于寻觅,这就更令诗人怅然若失了。此时正近重阳,根据经验,该是"园菊抱黄华"(江总《衡州九日诗》)之日,大可与中秋时飘香之金桂比美。更使人向往的是古来相传的习俗:"九月九日采菊花与茯苓松脂,久服之令人不老"(《初学记》);"九月九日佩茱萸,食饵,饮菊花酒,云令人长寿"(《西京杂记》)。魏人钟会《菊花赋》描写过:"何秋菊之奇兮,独华茂乎凝霜。……于是季秋初月,九日数并,置酒华堂,高会娱情,百卉雕瘁,芳菊始荣,纷葩晔晔,或黄或青。"可见重阳菊盛,该是赏心悦目、尽兴娱情的良辰美景。但诗人此刻的"即事"竟是"菊傍重阳未肯开"。这菊不知为何要性子,明明已近重阳佳节却甘于寂寞而不肯"秋耀金华"(左贵嫔《菊花颂》)。但愿它不是故意作弄诗人。不过"未肯开"三字说明它的固执,诗人对此,无可奈何。

秋斋之外的环境既如此清寂,那么秋斋之内又如何? 室内可写之物甚多,但诗人目光为何唯独注视着"铜瓶"呢? 因此瓶乃花瓶,与花有关。"铜瓶"昔日当有过花团锦簇、姹紫嫣红的际遇,春兰秋菊曾为它装点。但今日重阳它却孑然一身,空空如也,"几日"而"无可浸",其凄清冷落之情,不言而喻,于是过渡到末句。"赚"者,诳骗之意。蝴蝶本是"秋园花落尽,芳菊数来归"(徐昉《赋得蝶依草应令诗》)的,此称"饥蝶",可知是无菊可餐之蝶。尽管斋内花瓶本空,但它仍引诱饥不可耐之蝶"入窗来"。人之"饥"是真,蝶之"饥"是幻,这里真幻交融,人蝶相映,人的心绪借蝶的感受以表出之,把诗人内心烦闷无聊之感写到了极点,充分体现了宋诗的特色。诗人这种心情,无疑是对现实不满的一种折光。

此诗把感情抒写得曲折有致,似淡而浓。语言通俗易懂,又不乏炼字工夫,诸如"肯""赚""饥",皆生动传神。沈德潜《说诗晬语》曰:"七言绝句,以语近情遥,含吐不露为主,只眼前景、口头语,而有弦外音、味外味,使人神远。"许棐此诗庶几近之。(王英志)

戊辰即事　　刘克庄

诗人安得有青衫? 今岁和戎①百万缣②!
从此西湖休插柳,剩栽桑树养吴蚕③。

> **注**　①和戎:指与金人议和。　②缣(jiān):古代一种质地细软的丝织品。百万(匹)是累计数,其中有夸张的成分。　③吴蚕:品种精良的蚕。古以姑苏(今江苏苏州)为中心的吴地盛产蚕丝,故称。

开禧二年(1206),宋宁宗采纳大臣韩侂胄的意见,出兵攻金。结果因谋划不周,指挥不力,打了败仗,于是归"罪"于韩,把他杀了,而后函封其首,派人送往金廷乞和。嘉定元年(1208),即夏历戊辰年,和议告成。从此,宋每年向金增纳白银三十万两,细绢三十万匹。这是继"隆兴和议"之后的又一次和约,"戊辰即事"指的就是这次媾和之事。

诗从个人生活境况的变迁落笔:冬去春来,理应脱下棉衣,改着青衫。"青衫"一词似从"青衿"演化而来,它是读书人穿的一种衣服。而今,这种衣服已无从获得,因为朝廷搜刮了百万匹细绢,奉献给金人,以换取暂时安定,哪里还考虑平民百姓的生活! 于是诗人情不能遏,进出下面两句:从今以后,不要再在西湖一带莳花插柳,所有空地都栽种上桑树,大力养蚕,这样一来,百万匹缣也就有了着落,我这寒士也就可以再度穿上青衫了。

　　这首诗开头设问,引起读者的思考,接着说明原因。短短两句话,从个人说到国家,揭出南宋当局"和戎"政策的实质,概括的生活面极广。例如"诗人安得有青衫",既表明作者个人的贫困,又反映了普遍存在着的社会现象,这样写,寓一般于个别之中,意思更为深广。诗的末二句很幽默;"从此西湖休插柳,剩栽桑树养吴蚕",虽然语含讥刺,但也不纯然是反语。因为"和戎"的国策如不改变,即使遍地树桑,也难填金人的欲壑。诗人的言外之意是,希望朝廷文臣武将,不再歌舞湖山,醉生梦死。作者同时词人陈德武在《水龙吟》词里表达了类似的想法:"东南第一名州,西湖自古多佳丽。……十里荷花,三秋桂子,四山晴翠。使百年南渡,一时豪杰,都忘却平生志。""力士推山,天吴移水,作农桑地。"为了不让人们继续沉溺下去,他们都说应使西湖成为农桑之地。当然,这说不上是认真的设想,他们真正的意思是要求朝廷注意国计民生,不再文恬武嬉。总之,这首绝句写得委婉而又辛辣,情溢乎辞,令人激动不已。用诗说理,能达到此等境界,委实难能可贵。(朱世英)

苦寒行　　刘克庄

　　十月边头风色恶,官军身上衣裘薄。
　　押衣敕使来不来? 夜长甲冷睡难着。
　　长安城中多热官,朱门日高未启关。
　　重重帏箔施屏山,中酒不知屏外寒。

　　南宋政权局于东南一隅,先是受到金邦、后是受到蒙古政权的威胁,怎样巩固边防,防止外来侵扰,是关系到国家存亡的重大问题,刘克庄这首诗是从一个侧面反映出当时边防情况。

　　前四句写边疆的士卒生活。十月的边疆,气候恶劣,守边的兵士,却衣裘单薄。仅仅两句,就写出了十分反常的现象。"风色恶",即使一般百姓,也已厚衣上身,而边防士卒却是衣单身寒。这就突出了问题的严重性。"押衣敕使来不来? 夜长甲冷睡难着。"这两句把士卒的苦寒同"押衣使"联系起来了。押衣使迟迟不来,不仅士卒身受其苦,更重要的是造成了边防危机:军士衣冷难睡,一旦有了敌情,将何以应付? 那么,押衣使又为何迟迟不来呢? 诗人并不直接作答,反而描绘了另一种景象。

　　诗的后四句描写京城大官的生活。长安是汉、唐旧都,往往用以代指京城,这里指南宋都城临安。那些京城高官,日上三竿,依然重门深锁,在层层的暖帘和屏风之内,高卧未起。他们酒醉饭饱,怎知道屋外的寒冷!

　　表面看来,诗人只是把两种截然不同的生活情景并列在一起,作客观的描绘,不加任何评论。实际上,这种对比本身就包含着爱憎褒贬,显示着二者之间的内在联系。在具体描写中,诗人又注意了多方照应,比如,"热官",就是有权势的大官,著一"热"字,其气焰熏天之状可见,与军士的"冷"适成对照。贵人的"朱门日高未启"和戍卒的"夜长甲冷难睡",则构成了更为鲜明的对照。一方面,是十月边头风色恶,身上衣裳薄;另一方面,则是中酒不知寒,芙蓉帐暖度春宵。这是以上层统治集团纸醉金迷之"乐",来反衬边防戍卒之"苦"。诗人把强烈的感情,寓于形象描写之中,既显豁,又蕴藉。此外,达官贵人之所以能歌舞升平,全仗戍卒的艰苦守边,而这些显贵们但知热衷于功名利禄,对此是不会加以考虑的,即使是押送寒衣的例行公事,也迟迟不办。试问,一旦大敌猝至,将如何抵御? 那时,今日的热官只有沦为阶下囚,巨宅细软、歌儿舞姬,也只有成为他人的囊中物。这些,都是题外的话,留待读者去思索了。(张燕瑾)

郊 行　　刘克庄

一雨浣残热,忻然思杖藜。
野田沙鹳立,古木庙鸦啼。
失仆行迷路,逢樵负过溪。
独游吾有趣,何必问栖栖?

这首诗紧扣题目,写郊野独行景象和感受。一起先写郊行之因:"一雨浣残热,忻然思杖藜。"意谓夏天的阵雨驱走了炎热,雨后清新凉爽的空气唤起了诗人郊游的雅兴,忻然扶杖而行。"忻然"一词道出了作者因雨后清凉而产生的身心两方面的快感。一个"浣"字形容雨后暑气消散情景,活泼传神。

中间两联正面描写郊行。颔联写郊行所见:"野田沙鹳立,古木庙鸦啼。"诗人放眼望去,只见在一望无际的野田里栖息着点点沙鹳,从参天古木的浓荫深处不时传来几声乌鸦的啼叫,给这幽寂的旷野更增添了几分凄清。作者不事藻饰,不着颜色,只捕捉住富有特征的景物,寥寥几笔便勾勒出一派静谧旷远的郊野景象,从中透露出闲适恬淡的心情。

颈联承上继写诗人郊外的行踪:"失仆行迷路,逢樵负过溪。"这两句不作任何刻画渲染,但读者正可从中领悟到郊原景色的天然野趣,令人流连忘返,以及诗人郊行时萧散自得的神态和浓烈的游兴。

末联进一步抒发自己的感情:"独游吾有趣,何必问栖栖?""栖栖",形容忙碌不安的样子,语本《论语·宪问》:"微生亩谓孔子曰:'丘何为是栖栖者与? 无乃为佞乎?'"问,从事的意思。此联意谓:此地尽可避世,我倚杖独游,颇有自得之趣,何必栖栖惶惶,奔走道途呢? 至此,读者便不难明白,作者在这首诗里所要表现的便不只是一次郊行的过程,而是表现了避世之想,以示对现实的不满。这才是诗作的旨趣所在。

此诗句句扣题,首联写郊行兴起之因,中间两联写郊行,末联抒郊行之趣。结构完整,针线细密。文笔清疏简淡,气韵流畅,既展现了郊野清幽的境界,又透露出作者萧散的情怀,颇有姚合、贾岛诗的风味。(张明非)

游园不值　叶绍翁

应怜屐齿印苍苔，小扣柴扉久不开。
春色满园关不住，一枝红杏出墙来。

叶绍翁属江湖诗派，擅长写七言绝句，这首《游园不值》更是万口传诵。

这首诗的好处之一是写春景而抓住了特点，突出了重点。

诗人不是写一般的春景，而是写早春之景。早春之景，最有特征性的一是柳色，二是杏花。陆游的《马上作》说："平桥小陌雨初收，淡日穿云翠霭浮。杨柳不遮春色断，一枝红杏出墙头。"用"杨柳"的金黄、嫩绿衬托"红杏"的艳丽，可谓善于突出重点；叶绍翁的诗，特别是第四句，也许是从此脱胎的。但题目各异，写法也不同。陆游以《马上作》为题，故由大景到小景，先点"平桥""小陌""翠霭""杨柳"等等，然后突出"一枝红杏"。叶绍翁则以《游园不值》为题，故用小景写大景，先概括大地"春色"于一"园"，强调"春色"不但满园，而且"满"到"关不住"的程度，其具体表现是："一枝红杏出墙来。"陆诗和叶诗都用一个"出"字把"红杏"拟人化，但前者没有写明非"出"不可的理由；后者却先用"关不住"一"呼"，再用"出墙来"一"应"，把"一枝红杏"写得更活。

这首诗的好处之二是"以少总多"，含蓄蕴藉。例如"屐齿印苍苔"，就包含许多东西。仅就写景而言，"苍苔"生于阴雨，"屐"多用于踏泥，"苍苔"而"屐齿"可"印"，更非久晴景象。陈与义《怀天经智老因访之》说："客子光阴诗卷里，杏花消息雨声中。"陆游《临安春雨初霁》则说："小楼一夜听春雨，深巷明朝卖杏花。"叶绍翁看来也是从"春雨"声中听到了杏花消息，但他避熟就生，不明写"春雨"，却用"屐齿印苍苔"加以暗示。"春色"既已"满园"，而且"满"得"关"也"关不住"，那么进园去逐一观赏，该多好！然而就是进不去，只能在墙外看看那"出墙来"的"红杏"，而且仅仅是"一枝"，岂非莫大的遗憾！可是这"一枝红杏"，正是"满园春色"的集中表现，眼看出墙"红杏"，心想墙内百花；眼看出墙"一枝"，心想墙内万树，不正是一种余味无穷的美的享受吗？

这首诗的好处之三是景中有情，诗中有人，而且是优美的情、高洁的人。

题为《游园不值》，"不值"者，不遇也。作者想进园一游，却见不上园主人。那么主人是怎样的人呢？门虽设而常关，"叩"之又"久不开"，其人懒于社交，无心利禄，已不言可知。门虽常关，而满园春色却溢于墙外，其人怡情自然，风神俊朗，更动人遐想。

这首诗的好处之四是不仅景中含情，而且景中寓理，能够引起许多联想，从而给人以哲理的启示和精神的鼓舞。"春色"一旦"满园"，那"一枝红杏"就要"出墙来"向人们宣告春天的来临。一切美好的、向上的、生机勃勃的事物，都具有顽强的生命力，难道是墙能围得住、门能关得住的吗？（霍松林）

夜书所见　叶绍翁

萧萧梧叶送寒声，江上秋风动客情。

知有儿童挑促织，夜深篱落一灯明。

节候迁移，景物变换，最容易引起旅人的乡愁。《文心雕龙·物色》说："春秋代序，阴阳惨舒，物色之动，心亦摇焉。"作者客居异乡，静夜感秋，写下了这首情思婉转的小诗。

草木凋零，百卉衰残，是秋天的突出景象。诗词中常以具有物候特征的"梧叶"，置放在风雨之夜的典型环境中，表现秋的萧索。韦应物《秋夜南宫寄沣上弟及诸生》诗"况兹风雨夜，萧条梧叶秋"，就采用了这一艺术手法。

此诗以叠字象声词置于句首，一开始就唤起读者听觉形象的联想，造成秋气萧森的意象，并且用声音反衬出秋夜的寂静。接着用一"送"字，静中显动，引出"寒声"。在梧叶摇落的萧萧声中，仿佛含有砭骨的寒气；以听觉引起触觉的通感之法渲染了环境的凄清幽冷。

"寒声"是谁送来的呢？第二句方点出"秋风"。"月寒江风起"，来自江上的阵阵秋风，触发了羁旅行客的孤寂情怀。晋人张翰，在洛阳做官，见秋风起，因思故乡的莼菜羹和鲈鱼脍，就辞官回家了。此诗作者耳闻秋风之声，牵动了旅中情思，也怅然欲归。这两句用"梧叶""寒声"和"江上秋风"写出了秋意的清冷，实际上是用以衬托客居心境的凄凉。再以"动"字揭出"客情"，情景凑泊，自然贴切，弥见羁愁之深。

三、四两句，从庭内移到户外，来了个大跨度的跳跃。这两句是倒装句，按意思顺序，应该前后互移。诗人意绪纷繁，难以入睡，转身步出户外，以排遣萦绕心头的羁思离愁，但眼前的夜景又给他以新的感受。

"秋夜促织鸣，南邻捣衣急。"（谢朓《秋夜》）那茫茫的夜色中，闪现在篱落间的灯火，不正是"儿童挑促织"吗？这种无忧无虑、活泼天真的举动，与诗人的凄然情伤、低回不已，形成鲜明的对比。姜夔《齐天乐》词咏蟋蟀句："笑篱落呼灯，世间儿女。"也是写的这种景象。清人陈廷焯认为这是"以无知儿女之乐，反衬出有心人之苦，最为入妙"（《白雨斋词话》卷二）。

这首诗也有这个意思。暗夜中的一盏灯光，在诗人心灵的屏幕上映现出童年生活的片断："儿时曾记得，呼灯灌穴，敛步随音。"（张镃《满庭芳·促织儿》）眼前之景与心中之情相遇合，使诗人陷入了对故乡的深沉思念之中。他以"篱落一灯"隐寓自己的"孤栖天涯"，借景物传达一片乡心，与"江上"句相关联，收束全篇，尤觉秋思洋溢，引人遐想。

这首诗先写秋风之声，次写听此声之感慨，末两句点题，写户外所见。全诗语言流畅，层次分明，中间转折，句似断而意脉贯串。诗人善于通过艺术形象，把不易说出的秋夜旅人况味委婉托出而不落入衰飒的境界。最后以景结情，辞淡意远，颇耐人咀嚼。和他同时的诗人许棐，在《赠叶靖逸》诗中说："声华馥似当风桂，气味清于著露兰"（见《梅屋诗稿》），正可以用来说明这首诗的风格特征。（李　敏）

次萧冰崖梅花韵　　赵希㯶

冰姿琼骨净无瑕，竹外溪边处士家。
若使牡丹开得早，有谁风雪看梅花？

赵希槸,在理宗宝庆年间(1225—1227)"颇著诗声",但传世作品不多,有《抱拙小稿》一卷,诗不及百首。后人评论他的七绝"尤觉瑰妍有态",是江湖派诗人的流亚。这首《次萧冰崖梅花韵》是唱和之作,但萧冰崖的《梅花》原韵已亡佚,无从比较,所以只能从和诗本身来体味了。

首句"冰姿琼骨"描摹梅花的形态,与毛滂的"冰肌玉骨终安在,赖有清诗为写真"、陆游的"广寒宫里长生药,医得冰魂雪魄回",词语相类似。冰、琼等字无非是形容梅花的晶莹剔透,紧接着一个"净"字,便概括了这种特性。首句虽起得平淡,但十分贴切。

第二句写梅花开在竹篱外、小溪边这些清幽的处所。古来咏梅诗何啻千百,而梅花绽开的地点,在诗人笔下却是迥异的。杜子美见梅而起客愁,他吟咏的梅花开在江边(雪树元同色,江风亦自波);王介甫以梅象征高士,他笔下的梅花僻处墙角(墙角数枝梅,凌寒独自开);陆放翁孤芳自赏,他词中的梅花便落寞地立在驿站断桥(驿外断桥边,寂寞开无主)。这首诗写梅花开在高洁的处士之家,暗用林逋典故,自然也有其感慨和喻意。这一句以映衬的笔法,不正面写梅而梅花的身份自见。

第三、四句是全诗精神所在。诗人从反面着笔,忽发奇想,提出牡丹与梅花孰早孰迟的设问。是啊,倘若牡丹花开早于梅花,姚黄魏紫,国色天香,观者如云,趋之若鹜,又有谁会顾及幽香一缕、寂寞零落的梅花呢？如此一设一问,诗人心中一股落落寡合的牢骚便跃然纸上。赵希槸的生平今天已不可详知,从这首诗看来,恐怕他也是颇有些抑郁不平之气的。但是,诗的意味并不止于此。牡丹虽好,毕竟不可能开在梅花之前;早春凛冽的寒风中,能够斗艳吐芳的,毕竟只有冰姿玉骨的梅花。于是乎,这种冰清玉洁的名花,终于受到人们的青睐,不惜冲风踏雪,来相寻访,它真正的标格和价值于兹乃见,赵氏咏梅的真正用意亦于兹乃见。这种欲扬故抑的方法,曲折变幻,比平铺直陈的赋法更具感染力。而读者在咀嚼之余,自能体会到第一、二句看似平淡,但所起的铺垫作用,却不可小觑。

自古咏梅佳句,层出不穷。林逋的"疏影横斜水清浅,暗香浮动月黄昏",形容尽致;齐己的"前村深雪里,昨夜一枝开",意境清丽。这首诗虽无此类警句,但它宕开一层,与牡丹作比,一句反问,两层波澜,使读者兴到神驰,联想到一定的哲理,含蓄隽永,是很耐回味的。(蒋见元)

秋日行村路　　乐雷发

儿童篱落带斜阳,豆荚姜芽社肉①香。　　**注** ① 社肉：社祭时所供之肉,祭后分给各户。
一路稻花谁是主？红蜻蛉伴绿螳螂。

这是一首描写田园风光的诗。作者乐雷发少年时代就以聪明机敏闻名,但成年后却屡试不第。后经宋理宗亲自招试,才赐特科第一。然而在职期间又因多次议论时政,不为当权者所容,失望之余,只好退隐云矶。这首诗中对淳朴、自由、优美的农村风光的描绘,显然反映了作者政治上失意之后对新的生活道路的探求。

　　反映在诗中的是作者在秋日村路上的一段感受：渐渐地，作者行近了一处村落，这里的一切同熙熙攘攘、明争暗斗的城市生活是那样的大异其趣。大人们劳累了一天，有的也许在作收工前的最后整理，有的也许已经在家里安然歇息，因而篱笆前嬉戏着的顽皮儿童，使这幅村舍图充满了纯真无邪的稚气。再近一点，则可见篱笆内高高悬挂着的豆荚，和茁壮地冒出地面的姜芽相映生辉，青翠可爱。这时一股奇香随风袭来，作者精神不禁为之一振：原来是大家在烹煮社肉——这种原始的古风，不正反映出村民的淳朴性格吗？回头再看小路两旁，依然是绵延不断的稻田，红的蜻蛉、绿的螳螂，点缀着竞相怒放的稻花，其间和谐、自然的情调，不由得使刚从尔虞我诈的官场中退出的诗人感到深深的陶醉。

　　这首短诗清新可爱，含蓄隽永。作者主要采用了白描手法，由事物本身显示其美。出现在诗中的，有儿童、篱落、斜阳、豆荚、姜芽、社肉的香味以及稻花、红蜻蛉、绿螳螂等一系列农村里常见景物，这一系列的景物构成的画面，到底美不美？诗中没有正面表明，而是留给读者去想象。这种用名词来显示事物的性质、状态等方法，主要依靠的是作者对事物的精细选择和巧妙安排，其难度较大，然而使用得好，却可以收到含蓄不露、意味深长的效果。

　　值得注意的是，这首诗在白描中，并不是纯客观地把景物罗列出来，而是贯穿着诗人的感情，对景物着力点染。比如第三句问"一路稻花谁是主"。稻花自开，本来是没有主人的；但经作者这么一问，稻花自由自在、无拘无束开放的特点更其突出了——这种明明知道稻花无主，但写作中却先假设它有主，然后问一声主人是谁，最后得出"原来无主"的结论，这就是古人所说的"勾勒法"。再比如，末句写蜻蛉、螳螂，不仅用了"红""绿"这种非常鲜明悦目的颜色，而且在中间嵌进一个"伴"字，把两种没有思想的小生物写得相依相伴、和美融洽，委婉地寄托了作者的理想，这种写法也是十分别致的。（李济阻）

农谣五首　　方　岳

春雨初晴水拍堤，村南村北鹁鸪啼。
含风宿麦青相接，刺水柔秧绿未齐。

问舍求田计未成，一蓑锄月每含情。
春山树暖莺相觅，晓陇雨晴人独耕。

小麦青青大麦黄，护田沙径绕羊肠。
秧畦岸岸水初饱，尘甑家家饭已香。

雨过一村桑柘烟，林梢日暮鸟声妍。
青裙老姥遥相语：今岁春寒蚕未眠。

漠漠余香着草花，森森柔绿长桑麻。

池塘水满蛙成市，门巷春深燕作家。

这是由五首七绝组成的一组农事风光诗。每首诗写一景一事，既各自成篇，又脉络相连。总题"农谣"，可作一篇来读。

这组诗由第一首"春雨初晴"起笔，至第五首"门巷春深"收结，依次描绘了由春初至春末农村田园的场景风光。其中有农田的自然风景，也有农事劳动和农村生活的画面。全诗清新自然，透露着诗人安于农村耕织生活的一派欣喜之情。

第一首描绘了春初雨后农田风光。春来水涨拍击着护田的河堤，小村南北都响起了鹁鸪求偶的啼叫声。在生机盎然的春光里，只见那摇风的冬麦早已泛出一片青绿，而稻田里刺破水面的嫩秧却还没有长齐。这第一首作为组诗的开端，有声有色地描绘了田园春初的风光，满含郁勃的生意。

第二首联系自身生计写春日农忙的情景。首句"问舍求田计未成"意蕴就颇为丰富。"求田问舍"，出自《三国志·魏志·陈登传》，本意为唯知广置田产房舍而无远大之志，是刘备讥讽许汜之语。方岳本为有志之士，因忤权要史嵩之、贾似道、丁大全而罢官居乡，坎坷终身。曾自吟："吾贫自无家，客户寄村疃"（《秋崖先生小稿·燕来巢》），又曾说："仕宦已忘如隔世，力田断不似逢时。"（《山中》诗）所以这里用"问舍求田"典，实为自嘲并有嘲世之意，犹如说自己丢官务农而家贫，自然谈不上求田问舍，这也正好与贪欲如史、贾之流者殊途。因而虽然戴月披蓑来夜锄，却也每含躬耕自乐之情。尽管"晓陇晴晴人独耕"，却也有"春山树暖莺相觅"这宜人的美景来相伴，并不觉得独自"力田"有什么辛苦和寂寞。

第三首写收成季节的田园风光和有劳而获的欣喜之情。一、二两句写：田野里的小麦虽然还是一片青葱，而大麦则已枯黄，稻田的周围有一条条弯弯曲曲的沙路环绕着。首句乃化用汉桓帝时童谣："小麦青青大麦枯"，仅易"枯"为"黄"。第三句"秧畦岸岸水初饱"照应第一首末句"刺水柔秧绿未齐"，以"岸岸"形容畦秧高高的长势，预示着今年的好收成。怀着喜悦的心情，日暮归村，闻到了家家新麦饭的香气。"尘甑"，典出东汉范冉（字史云）。范冉有气节，家贫，有时绝食，而穷居自若，闾里为之歌曰："甑中生尘范史云。"（《后汉书·独行传》）这里以"尘甑"代指贫苦人家，说他们平时锅里落满灰尘，现在家家都有米煮饭了。这后两句细致的描绘，有着浓郁的生活气息，也是亲身参加了劳动，并享受劳动后欣喜之情的人，才会有的深切体验。

第四首写村中蚕事。首二句描绘雨后村中烘干桑叶、柘叶的景象，一阵春雨过后，几乎家家都在燃柴烘桑，烟气升腾，笼罩全村。到傍晚，烟雾散去，悦耳的鸟鸣在林梢响起。为什么村中会出现这样的景象呢？一位青裙白发的老妇人遥遥相告，原来是今年春寒，蚕宝宝迄今未能入眠，还需饲以桑叶、柘叶的缘故啊！在如画的描绘中，平添一笔老农妇的话语，使全首诗更富于活泼的生气。

最后一首描写春深的景色，并以燕子来巢收结全组诗歌。春深草长花艳，香气四溢，缭绕不尽，桑麻也是一片青葱茂密。由于今春雨水充足，池塘俱满，蛙声喧闹，直如集市的嚣音。春去夏来，小燕也在人家门巷间飞来飞去，忙于作巢孵雏。诗人以恬静闲适的外境写出了淡泊自适、安于此乡的心情。

这一点,在方岳的许多诗篇中都是可以找到证明的,如《梦寻梅》,又如《读白诗效其体》之二:"归来亦云幸,潇散月下杯。山池芰荷过,野岸芙蓉开。幅巾一筇竹,适可眠秋崖。"

诗人经过了险恶仕途之后,将身心抒放于山林田园之间,自有其"白鸟无尘事,青山自故人"(见《次严陵》)的无穷乐趣,何况还能躬耕于田亩之间,体验到农事劳动的甘苦,更是别有一番滋味。《秋崖先生小稿》中多数诗篇是放归山林以后之作,因而"诗主清新"(见《宋诗钞》按语。下同)并能"刻意入妙","逸韵横流"。这组《农谣》五首正体现了这些特色,可称为他的代表作。(左成文)

春 思 方 岳

春风多可太忙生:长共花边柳外行。
与燕作泥蜂酿蜜,才吹小雨又须晴。

首句就把春风拟人化,说她总太忙,使人有亲切之感。是全诗的纲领,用以提起后面三句。多可,即"多所许可",有宽容、随和的意思。"太忙生"的"生"字,是语助词,如杨万里《过五里径》诗:"野水奔来不小停,知渠何事太忙生",方岳《雨中有感》诗:"山蛰惊尘已发声,移花移竹正生忙。"这一句是说春风很随和,什么事都肯干。作者不只是说春风"忙",而且说"太忙",何以见得呢?以下三句作了说明。

"长共花边柳外行。"长,长久的意思。共,喻形迹密迩。"长共"二字,一从时间,一从空间,写出了东风与花柳关系之密切。"立春之日,东风解冻。"(《礼记·月令》)"东风暗换年华"(秦观《望海潮》)。东风似一位携着一枝神奇彩笔的出色画家,一路行来,一路给花柳着上颜色。他"密添宫柳翠,暗泄路(一作'露')桃红"(杨衡《咏春色》)。由于他的爱抚,春花由疏而密:开始时的"竹外桃花三两枝"(苏轼《题惠崇春江晓景》),转眼成了"乱花渐欲迷人眼"(白居易《钱塘湖春行》),随后又变为"千朵万朵压枝低"(杜甫《江畔独步寻花》)。至于柳树,先是"绿柳才黄半未匀"(杨巨源《城东早春》),不久变为"轻条未全绿"(沈约《伤春》),进而化作"万条垂下绿丝绦"(贺知章《咏柳》)。终至于:"李白桃红杨柳绿,天涯无处不春风"(刘秉忠《三月》),"绿树交加山鸟啼,晴风荡漾落花飞"(欧阳修《丰乐亭游春》)。三个月中,春风一刻不停,真是"太忙"了。

"与燕作泥蜂酿蜜。"替燕子造出春泥,帮蜜蜂酿成蜜糖。句中的"与"字,是"替""帮"的意思。所谓"与燕作泥",是说春风解冻,给燕子准备了做窝的春泥;"(与)蜂酿蜜",是说春风吹开了花朵,为蜜蜂酿蜜创造了条件。一句说着二事,"燕作泥""蜂酿蜜",共用一个"与"字,造成促迫的语势,不说"太忙"而愈见其忙了。

末句说天时,"才吹小雨又须晴"。春风带来春雨,春雨过后,天又转晴。一个"才"字,接以一个"又"字,相承而下,语调急促。加上一个"须"字,就更有意味。大地回春,自然界的一切,都要仰仗春风照应,万物生长,需要细雨滋润,但下得太久,也要转为祸害。所以雨下不久,就得赶快放晴。须,必须之意。这句把春风忙碌之状写得更足。

此诗格调清新,不用典实,通篇拟人,富于动感,体物入微,又很有韵致。(陈志明)

夜过鉴湖　戴昺

推篷四望水连空,一片蒲帆正饱风。
山际白云云际月,子规声在白云中。

"山阴道上行,如在镜中游"(《会稽县志》引王羲之语),概括了鉴湖山水的美。鉴湖在今绍兴市南郊,古跨山阴、会稽两县。历代文人歌咏鉴湖之作颇多。戴昺《夜过鉴湖》艺术上与众不同的是,它不假雕琢,不事粉饰,径直以朴素的语言,白描的手法,如实绘出鉴湖夜色的天然风采,以其本身的美而引人入胜。

诗题点明时间、地点、事件:诗人乘船夜过鉴湖。首句,"推篷"两字,暗示船身低矮狭小,一伸手就能推开顶篷,动作情态活现。抬头"四望",但见水天相连,茫茫无垠。诗人乘坐"一片蒲帆"之船,"正饱风"疾进。帆,是蒲草编织的,可见设备简陋,船身轻巧。"饱"字,既画出"蒲帆"承风鼓起的形象,又显示船行速度的飞快,用词准确传神。

"蒲帆"离湖岸不远了。岸边的山,隐隐约约浮现在视线之内。"山际",白云缭绕;"云际",月轮高挂;风吹云移,山峦起伏,月色时明时暗,图景晦明不定,如真似幻。鉴湖清幽、瞬息多变的夜景,足以令人心旷神怡。

"蒲帆"继续飞驰。子规的啼声刺破夜空,传入耳鼓。这迹象说明:船距岸越来越近了,天快亮了。循声望去,原来子规却隐藏在白云深处,迷离朦胧,可闻而不可见。

全诗四句,多层次地勾画出鉴湖扬帆夜景:"水连空"的湖面,"饱风"的"蒲帆",起伏的山峦,浮动的白云,出没云海的明月以及"云际"传来的子规声声。这一切图像,构成一个"真中有幻,动中有静,寂处有音,冷处有神"(吴雷发《说诗菅蒯》)的立体空间境界,画面形象随"蒲帆"的移动而变换,既有可触性,又有流动感。读此诗,恍若身临其境,夜过鉴湖,心胸为之一畅。二十八字中,"白云"二见,"山际""云际"各一见。文字的复出,造成回环的声韵,轻快的节奏,增强了诗的音乐美。(邓光礼)

山 行　叶茵

青山不识我姓字,我亦不识青山名。
飞来白鸟似相识,对我对山三两声。

这首小诗,在内容和写法上都有点特别:写山行与"姓字"何干? 白鸟"三两声"究属何意? 前无交代,后无说明,突然而起,戛然而收。乍读颇费解,但细细吟哦,却能从中体察出一种意境,领略到一种情趣。

出现于诗的前两句,只有"青山"和"我",没有第三者,可见诗人是独行于山间;两个"不识",又说明诗人是新来,而非重游。由此不难想象,踽踽独行的诗人,眼前所见只有陌生的青山。"山"与"我",互不相识,冷眼相觑,这气氛该有多么沉闷。在这样的情景中,诗人发出"青山不识我姓字,我亦不识青山名"的叹息,不是很自然吗?独行的"我"与孤峙的"山",都想互通姓名,相结为友,苦于无人从中介绍。这时正巧"白鸟"飞来。这位第三者的出现,顿时使气氛活跃起来——

"飞来白鸟似相识,对我对山三两声。"白鸟,泛指鸥鹭之类长着白羽的鸟。白鸟为山间溪上所常见,它的出现,本属平常,但此时此地,诗人见到这"似相识"的白鸟,不能不产生"他乡遇故知"之感。"我"见白鸟"似相识","山"见白鸟当然更不陌生,因此这"白鸟"俨然是"我"与"山"这一对陌生伙伴的共同好友。于是这位热心者连忙出面介绍,"对我对山三两声"。白鸟叫唤当然出自无心,但因为"我""有心",于是仿佛觉得鸟也并非无意。诗到此戛然而止,好像很突兀,其实恰到好处,山行之乐至此和盘托出,独行山间原不寂寞。

这首山行拾趣的即兴小诗,文字见天真,饶有风趣。在写法上,采取剪影式,捕捉住最唤起"诗心"的吉光片羽,不加修饰,以存其真。但中有包孕,读者自能领会。(何庆善)

溪上谣　　林希逸

溪上行吟山里应,山边闲步溪间影;
每应人语识山声,却向溪光见人性。
溪流自漱溪不喧,山鸟相呼山愈静。
野鸡伏卵似养丹,睡鸭栖芦如入定。
人生何必学臞仙,我行自乐如散圣。
无人独赋溪山谣,山能远和溪能听。

本诗作者林希逸,是南宋有名的山水画家。南宋时期山水画很盛行,写山水的诗也很多。那时朝廷偏安一隅,国事不可问,许多文人厌倦世事,遁入山林。他们啸傲湖山,作画吟诗,借以寻求精神的寄托。《溪上谣》正是在这一社会背景下产生的。

诗人以传神之笔,绘出了一幅意境幽远的"溪山图"。溪绕山间,泉流石上。诗人行吟闲步,罕闻人语,但见溪光。溪流自漱,泠泠作响;山鸟相呼,嘤嘤成韵。野鸡伏卵,似高士养丹;睡鸭栖芦,如老僧入定。……这里,没有喧嚣,没有束缚,一切宁静、和谐、自由自在。置身其间,真有出尘之感。

这幅宁静的画面,与当时动乱的社会现实形成了鲜明的对照。这也曲折反映了当时南宋人民渴望安定的心愿。

这首诗着力创造静的意境。诗人善于捕捉静的景物在特定环境中所显示的动态。诗中的主景是山和溪,诗人并没有孤立地描述山如何幽,溪如何静,而是抓住行吟时溪山的独特反应来描写溪山："溪上行吟山里应,山边闲步溪间影;每应人语识山声,却向溪光见人性。"这四句写得很逼真。在深山独行过的人都会有这样的体验:满眼溪山,寂静无人,求伴心切,对声和影特别敏感,见到溪中倒影,会感到那小溪分外亲切;听到空谷回声,会感到那青山特别可亲。这四句诗正写出了这种体验。"每应人语识山声"一语,尤其体察入微。山,因有远近、高低、隐显等差别,因此"每应人语"的回音,就不会是一个腔调,而是或疾或徐,或强或弱,此起彼伏,各有其妙,故"山声"可以识别。"识"字使人们听到了众山回应的不同声响;也反映出"行吟者"与山相识之深,故听其声而即能识。总之,这四句化静为动,把溪和山都写活了。它们似乎有灵性,有感情,诗人吟啸,山同声应和;诗人闲步,溪形影不离。山和溪成了行吟诗人的会心好友,因此他虽"独步"而不孤,"无人"而有伴。溪影山声,使这幅静的画面显露出生气,富于情趣。而且,移动的溪影,回应的山声,又恰恰衬托出这里的幽静。

为了进一步创造静的意境,诗中还选取"溪流自漱""山鸟相呼"之声和"野鸡伏卵""睡鸭栖芦"之态,作为山声、溪影的点缀。前者继续从声音上以动显静,故曰"溪不喧""山愈静"。后者则变换手法,直接写静态:"野鸡伏卵似养丹,睡鸭栖芦如入定。"这一联状物工巧,以道士"养丹"(静候金丹炼成)比喻野鸡伏卵,以老僧"入定"(静坐敛心,入于禅定)比喻睡鸭栖芦,新颖独到,风趣盎然,使这幅恬静的溪山图更添情韵。身处此境,诗人"自乐如散圣",因为山溪都是能"和"、能"听",似有灵性,何其可爱。

这首诗采用歌谣体式,随意而吟,自然闲散,如行云流水。这与诗人抒写闲逸恬静之情是很合拍的。韵用去声,也很得体。去声为下滑音,尾音长,读起来轻和悠远,给人以幽静之感,从音响上烘托了静的意境。

诗和画相同,要创造静的意境,并非容易。欧阳修《六一题跋》云:"飞走迟速,意近之物易见,而闲和俨静,趣远之心难形。"这首《溪山谣》,创造静的意境颇为成功。由于作者既是诗人,又是画家,所以能兼取诗画之长,把诗情和画意结合起来,在选景、构图、表现手法以及韵律诸方面,都有独到之处。(何庆善)

春寒叹　萧立之

一月春寒缩牛马,	束桂薪刍不当价。
去年霜早谷蕃熟,	雨烂秧青无日晒。
深山处处人夷齐,	锄荒饭蕨填朝饥。
干戈满地此乐土,	不谓乃有凶荒时。
今年有田谁力种?	恃牛为命牛亦冻。
君不见邻翁八十不得死,	昨夜哭牛如哭子。

在"干戈满地"的动乱之秋,江南广大地区又遭受着多雨烂秧和天寒地冻的严重自然灾害。这首诗以高度的概括,深刻的同情,展现出真实的社会生活画面,情调沉郁苍凉。

"一月春寒缩牛马",首句即扣题,点出春寒降临、酷冷难耐的天气,这句诗本自鲍昭《代出自蓟北门行》："马毛缩如猬，角弓不可张。"杜甫《前苦寒行》："汉时长安一丈雪，牛马毛寒缩如猬。"皆谓天气骤冷，牛马被冻得把毛踡跼起来，像刺猬一样。本诗则把上述生动描写凝集在"缩牛马"三字之中，起到渲染春寒严酷的作用。"束桂薪刍不当价"，这是化用"米珠薪桂"的成语。《战国策·楚策三》云："楚国之食贵于玉，薪贵于桂。"后人常以"米珠薪桂"喻物价昂贵。薪虽贵于桂，但是为了免于冻死，只得不计高价，忍痛购买，由此愈可见春寒之烈给人们带来的苦痛。

"去年霜早谷蕃熟，雨烂秧青无日晒"。从章法上看，这两句是进一步追述"束桂薪刍不当价"的原因。"雨烂""霜早"引起庄稼歉收，薪刍自当昂贵。饥荒又加春寒，升斗小民将何以度日呢？于是引出中间四句。自"深山处处人夷齐"，至"不谓乃有凶荒时"。大意是说伯夷、叔齐为表明气节，不食周粟，采薇度饥，终至饿死首阳山。那些避难深山的遗民，原来以为兵荒马乱、干戈满地之际，所居之地尚属世外桃源，岂料到秧烂田中，颗粒未收，连采食薇蕨也不可能了。这四句不着议论，以叙事寄感慨，为下文的抒情蓄势。

最后四句，突然收束到眼前现实中来，作者的感情迸发而出，直抒胸臆：农人以耕田为命，耕牛被冻死以后，纵使有田，又如何去耕种？邻家的八十老翁，遭此惨祸，恸哭失声，就像死了儿子一般，真正是字字血泪，感人至深。

这首诗艺术上颇有特色，作者不发空泛的议论，而是尽量抑制感情，渲染环境的悲剧气氛最后选取八十邻翁这一人物形象，描述他"哭牛如哭子"的情节。因小见大，即事言情，比起大声疾呼更能打动读者的心弦。值得注意的是，作者未发个人的牢骚，而是把慨叹植根于现实生活的不幸和灾难之中，表现出时代的苦难。他不仅仅是从宋遗民角度谴责元廷不顾民生，而是有着更深广的同情心，显示了系心民瘼的博大胸怀，立意超出了单纯发抒旧君故国之思的遗民诗，当是空谷传音之作。（张锡厚）

江心寺　柴　望

寺北金焦彻夜开，一山却似小蓬莱①。
塔分两岸波中影，潮长三门②石上苔。
遗老为言前日事，上皇曾渡此江来。
中流滚滚英雄泪，输与高僧入定回。

注 ① 蓬莱：旧传海山有蓬莱、方丈、瀛洲三座神山（见《史记·封禅书》）。　② 三门：寺院大门，也称山门。佛家有三解脱门之说，即空门、无相门、无住门。

这首咏江心寺的七律，是作者在南宋亡国以后不久所作。作者于宋亡之后，自称宋朝逋臣，飘流各地，在经过江心寺时，感念今昔，写了此诗。江心寺位于今温州瓯江江心的小岛上，建炎四年（1130）金兵南犯，宋高宗由临安南奔，曾经渡过此江，当时的行宫就设在江心寺里。在作此诗不久之前，文天祥为了组织抗元力量，也曾越过重重的艰险，由海道来到永嘉（今浙江温州）。

首联："寺北金焦彻夜开，一山却似小蓬莱。"作者感叹此寺北方的金山、焦山一带，原是南宋的江防要地，韩世忠和岳飞的军队，曾经在这一线大破金兵。金山的江天寺、焦山的定慧寺,都能为英雄们保卫国家的功勋作见证。如今镇江早为元军占领,金焦门户彻夜开放,江防不复存在,而此处的小山,却还像海中的小蓬莱一样,"安然"峙立在瓯江的中流。"彻夜开""却似"二语,颇含感慨。

第三、四两句写景:"塔分两岸波中影,潮长三门石上苔。"先写寺塔,塔势平分着沉浸在江心的山影;再写潮水,潮涨时,山门石上的苔痕也浸在水中,环境极为幽美。可叹的是江山换了主人,看到这里的光景,只能增加人们的哀痛。"遗老为言前日事,上皇曾渡此江来"二句,从遗老口中,谈论起往日上皇(指宋高宗赵构)曾经避兵此地,渡过瓯江,往昔国家虽然也处于阽危的境地,后来终能形成偏安之局。如今却是山寺依然存在,而复国的希望已很渺茫。

尾联写情,并总结全诗:"中流滚滚英雄泪,输与高僧入定回。"这两句表述兴亡之痛,东流滚滚的瓯江,这中间浸沉过多少英雄的泪水,而国事已无可挽回。抗元英杰文天祥等人,虽然也曾来到过永嘉,而在今天,他们的血泪,也只有留下千古的遗恨。因之此情此景,只能使山寺里的高僧在入定以后,增加些难忘的哀思了。

全诗意旨沉痛,运笔微婉,多用暗示笔墨,如以"金焦彻夜开"暗示江防不再存在,"遗老"句暗示亡国之恨,"输与"句暗示国运难回。"人世几回伤往事,山形依旧枕寒流。"(刘禹锡句)不觉慨乎言之。(马祖熙)

寄江南故人　　家铉翁

曾向钱塘住,闻鹃忆蜀乡。
不知今夕梦,到蜀到钱塘?

家铉翁是眉州(治所在今四川眉山)人,长期在南宋朝廷做官,亡国时已官至端明殿学士、签署枢密院事。因不署招降檄文而招怨元军,随吴坚使元被扣留,但拒不出仕,始终眷念故国,所以元人修的《宋史》也说他"义不二君,辞无诡对"。这首《寄江南故人》,就是羁留燕京时所作。

"曾向钱塘住","钱塘"指南宋都城临安,"向"犹"在"。"闻鹃忆蜀乡",是说对故乡四川,虽然早就离开,但只要一听到那"不如归去"的杜鹃声,便勾起无限乡情。这两句从字面上看,四川是他的故乡,临安是他的第二故乡,写的都是乡情。但细细品味,又使人隐约感到包含有深沉的故国之思。所谓"曾向钱塘住",话说得很婉转,意思是指曾长期在临安做官,与宋王朝关系密切;临安是值得怀念的地方,仕宋是难以忘怀的岁月。第二句由"闻鹃"而"忆蜀乡",一因鹃鸣似唤人归去,再则因蜀人闻鹃而怀念古帝杜宇。这两句在顺序上,置钱塘于蜀乡前,又以内涵丰富的闻鹃事关合前后,下面领起"忆蜀乡",上面则暗与宋都临安相照应。通过这样的词语组合所隐约表现的家国之痛是极为深沉的。

可是故乡也好,故都也好,都在遥远的南方。一个被羁留北国的亡国之臣,是不可能飘然南归的。但他的家国之思是这样执着,这样强烈,现实中无法满足的情思,只有到梦中去追求了。三、四两句的精警处正在于此,尤其妙在"不知"二字。"不知"是揣测之词,"今夕梦"是还没有到来的情境；今夕有梦是肯定的，只是不知梦到钱塘，还是梦到巴蜀。今夕有梦之所以能肯定，在于往时夜夜有梦；不知今夕梦到钱塘还是梦到巴蜀，是因为往时夜夜之梦皆在钱塘、巴蜀而不及他处。这就把这个亡宋遗臣在羁留中执着强烈的家国之思表现得淋漓尽致。而这，又是用一句似不经意的平易口语说出来的。执着强烈而又不经意出之，反能使读者感受更深。

出语平淡而寄情深邃，也是诗歌的一种高境。这首小诗，字句朴素如道家常，内涵却很丰富。加上"寄江南故人"这样一个同样朴素的诗题相衬托，诗中蕴含的家国之思就不唯自感而已，还有它明显的落处。当时流落南北的遗老孤臣还大有人在，诗中的深情，不也是对这些"江南故人"的精神鼓舞吗！（程一中）

吊贾秋壑故居① 李彭老

瑶房锦榭曲相通，能几番春事已空。
惆怅旧时吹笛处，隔窗风雨剥青红。

〔注〕 ① 此诗见周密《齐东野语》卷十九"贾氏园池"条。题目为《宋诗纪事》所加。

贾秋壑即贾似道，南宋理宗、度宗两朝宰相。他蒙上欺下，弄权误国。开庆元年（1259），蒙古兵围攻鄂州（今湖北武昌），他率兵援救，私自向蒙古忽必烈求和，答应称臣纳币。蒙古兵撤退后，他又诳报军情，说是"诸路大捷"。宋理宗昏庸轻信，给他加官为少师，封爵为卫国公。他更加作威作福，掠夺别人的财产，奸淫别人的妻女，打击异己的正直官吏，杀害正直的太学生。而理宗竟在景定三年（1262）正月，下了一道诏书，说贾似道"有再造功"，把前代皇帝在西湖边上修建的一座御花园赐给他。度宗时，权势更盛，封他为太师，平章军国重事，总揽朝政，生杀由己，无恶不作，民愤达于顶点。

这座御花园原名"集芳园"，其中"古木寿藤，多南渡以前所植者，积翠回抱，仰不见日，架廊迤磴，幽眇透迤，极营度之巧"。贾似道对这个御花园还不满足，又在旁边扩修了"后乐园"和"养乐园"，亭台楼阁有一百多处，成为西湖边上最大的住宅和花园。贾似道在这儿荒淫作乐，自以为应该如此享受，一些阿谀逢迎的文人，替他做文章，说他能够"后天下之乐而乐"，公然把他比成范仲淹。德祐元年（1275）元兵大举渡江，贾似道罪行暴露，被革职放逐，在南遣途中，被监送人杀死，不久宋朝也随之而亡。西湖边上的贾似道故居，自然也日趋荒凉了。

于是，就有些诗人看到贾似道故居的兴废而发生感叹，如汤益的"檀板歌残陌上花，过墙荆棘刺檐牙……败屋春归无主燕，废池雨产在官蛙"（见周密《齐东野语》），就表现了兴废之感。李彭老这首七绝，首句拈出"瑶房锦榭曲相通"七字，用"瑶"和"锦"的修饰词，点明建筑物的华丽，用"曲"字点明了园亭的深邃、繁复，而贾似道故居的全貌，隐然在目。次句点明时间并不太久，昔日的繁华已经消失。这繁华消失到什么程度了呢？当然不可能一一写出来，也不必一一写出来。"风雨剥青红"五字，作了代表性的回答。贾似道故居，是以花木见长的，不过十多年，"旧时吹笛"之"处"，也就是旧时奢纵享乐之处，"红"花和"青"叶都被"风雨"剥落了，其他建筑物可想而知。在这首诗里，作者对贾似道似乎没有谴责，但对贾似道的失败，也

无疑是感到高兴的，"能几番春事已空"，难道不是拍手称快的语气么？（刘知渐　鲜述文）

夜过西湖　　陈　起

鹊巢犹挂三更月，渔板惊回一片鸥。
吟得诗成无笔写，蘸他春水画船头。

诗的题目叫"夜过西湖"，那就不是"夜游西湖"，更不是"游湖觅诗"了。从第三句"吟得诗成无笔写"，也可见并不是作好准备有意去寻诗；却偏偏写出了诗，真是所谓"几处觅不得，有时还自来"（贯休《诗》）。

前两句写景，词意平平。首句点题中之"夜"，时已"三更"，弦月犹在，抬头望去，似挂在鹊巢之上。这时候，早已群动全息，万籁无声。次句接写诗题中的"湖"字。就在这一寂静的背景上，响起了敲击渔板的声音。渔板，即桹板，一称"渔桹"。多用于夜间捕鱼时。潘岳《西征赋》中有"鸣桹"，李善注引《说文》说："桹，高木也，以长木叩舷为声……所以惊鱼令入网也。"元人刘永之诗云："余烬落寒灯，卧闻渔板响。"此刻，它响得那样突然，以致熟睡的鸥鸟被惊醒，成片地竞相飞回。

大概是鹊巢、弦月、渔板响、鸥鸟飞，触发了诗人的雅兴，诗思突然在他心中萌动，从而转出了后两句来。诗已吟成，却无笔墨可以写定，岂不扫兴？正是在这一跌宕中翻出了以指代笔、以水代墨、以船板当纸的精彩的末句。蘸水写字当然留不下印迹，此句妙处就在明知留不下印迹，却偏要"蘸他春水画船头"。这种雅兴本身，岂不就颇具诗情么？

陆游说："文章本天成，妙手偶得之。"（《文章》）明代谢榛说："诗有天机，待时而发，触物而成，虽幽寻苦索，不易得也。"（《四溟诗话》卷二）陈起《夜过西湖》诗的成功，也许就属于这一类情况。（陈志明）

田家即事　　利　登

小雨初晴岁事新，一犁江上趁初春。
豆畦种罢无人守，缚得黄茅更似人。

"春雨贵似油"，"小雨润如酥"，这场雨唯其"小"，才适合春耕的需要。"小雨初晴"，雨下得及时，也晴得及时。春日初晴，万物如洗，正是犁田的大好时光，不言喜而喜悦之情自见。在众多农事中，诗人单选春耕来说。春耕活动缺不了人、牛和犁。三者中，又略去前二者不写，只突出了"犁"。光滑的犁面迎着"初晴"的阳光，闪闪驰动，不写人的牵牛扶犁，而一幅春耕的图画就展现在眼前，形象宛然。

"豆畦种罢无人守"，剪去人们播种的情事不写，而径直点出"豆畦"已经"种罢"，人和牛早就转移，又到别的田亩里抢春耕去了。无人守护新播种的"豆畦"，难道不怕飞鸟来啄食吗？农夫自有办法："缚得黄茅更似人"，黄茅人在田里迎风摇动，鸟雀望而却步，这是在农田里常常看到的景物，但一入诗，便觉别开生面，风趣横生，构成了一幅色彩鲜明的农村画面。

此诗一步一景，移步换形，从雨晴写起，犁田、种豆、缚草人等事，一一顺序道来，剪裁得宜。语言通俗，不事雕琢，于平淡中见新奇，寓风趣于朴实。在南宋后期专讲工致细巧的江湖派诗风中，可谓独树一帜，别具情韵。（邓光礼）

题临安邸　　林　升

山外青山楼外楼，西湖歌舞几时休！
暖风熏得游人醉，直把杭州作汴州。

这是一首古代的"墙头诗"。据《宋诗纪事》，作者林升是宋孝宗淳熙间临安一位士人，生平无考。

用对辽、西夏、金的屈辱退让换取苟安，是赵宋王朝自开国起即已推行的基本国策。其结果是，中原被占，两朝皇帝做了俘虏。然而，此一教训并未使南宋最高统治集团略为清醒；他们不思恢复，继续谋求"王业之偏安"。绍兴二年（1132），宋高宗第二次回到杭州，这水光山色冠绝东南的"人间天堂"被他看中了，有终焉之志，于是建明堂，修太庙，宫殿楼观一时兴起，达官显宦、富商大贾也相继经营宅第，壮大这"帝王之居"。几十年中，杭州终如北宋的汴州，成了这班寄生虫们的安乐窝。

"山外青山楼外楼，西湖歌舞几时休"，诗人抓住了最有代表性的两个形象——华丽的楼台和靡曼的歌舞，从空间的无限量与时间的无休止，写尽了杭州的豪华和所谓承平气象。然而正言若反，这层层的楼台不能不使人联想到殷纣王的鹿台、楚王的章华台、吴王的馆娃宫与隋炀帝的江都宫；这无休止的歌舞，即舍远而言近，犹令人想起陈后主的《玉树后庭花》和唐明皇的《霓裳羽衣曲》。"暖风熏得游人醉"，"熏"字极为传神。江淹《别赋》云："闺中风暖，陌上草熏。"那些西湖上的"游人"，大约正是因此而陶醉。一个"熏"字，把这些人的醉梦之态写足。这些醉生梦死之徒，毫无忧患意识，忘乎所以，竟把杭州当成了汴州！昔日汴京城内，巨宅别墅，秦楼楚馆，歌舞无虚日，终至朝廷倾覆，歌儿舞女，金银珠玉，尽入金人的囊中。今日南渡的贵富之家，歌舞湖山，乐不思蜀，正蹈汴京陷落的覆辙而不知。岂不可悲！含蕴甚富，愤慨极深，然而不作谩骂之语，正是此诗特点。（艾荫范）

客　怀　　何应龙

客怀处处不宜秋，秋到梧桐动客愁。
想得故人无字到，雁声远过夕阳楼。

《客怀》一诗,抒发了异乡客怀念家乡、怀念亲故的情怀。诗人没有像宋玉在《九辩》中那样直抒胸臆,而是缓缓写来、轻轻落笔:"客怀处处不宜秋。"起句不见景物,开宗明义,道出了天涯游子四处奔波、百无聊赖的心情。因为"秋到梧桐动客愁",无情的秋天终于来了:那秋雨梧桐的萧瑟景象即时引起了"羁旅而无友生"的无限惆怅! 第一、二句没有描写秋景,只交代了时令与景物;也没有细腻地刻画"客"的心理,只是平淡地用了一个"愁"字。从"梧桐",读者可以联想到"秋雨梧桐叶落时"的情景,牵动了处在"雨滴梧桐秋夜长"之际的异乡客,使他萌生了寂寞、空虚、孤独的情怀。客怀本是难遣,加以秋风秋雨,使人更何以堪。"处处"二字更加深了这种意思。

"想得故人无字到"承上句之"愁"而来,诗人没有直泻而下,笔意至此一顿,表明他亟切地盼望能见到亲人、故人从家乡来的片言只语,借以自慰,结果是"无字到"——毫无信息,更是愁上添愁。"雁声远过夕阳楼",倚楼远眺,听到的是远去的"雁声",看到的是黄昏的"夕阳"。没有用缠绵的情词描写思念之情,只用了一个"想"字;也没有着力渲染"触景生情"之景,只写了"声"和"光"。雁,使人产生传递书信的联想。这里诗人用虚笔写。不写"雁"而写其"声":大雁已飞过晒满夕阳的高楼而渐渐远去,唯有即将消失的雁声尚在耳际回响。不见彩笺,空闻雁声,漂泊天涯的孤客又作何想呢?

清人曹庭栋(号六圃)在何应龙(字子翔)的《橘潭诗稿》(曹庭栋辑《宋百家诗存》卷十四)的序中说,何应龙的"七言绝句,本法晚唐,所存之作兼多缠绵旖旎之思"。又曰:"此种句调全似韩偓'香奁体'。"何应龙的诗,当时已列为"江湖体"。从《客怀》一诗所反映的思想和表现的艺术手法看,似不宜归诸"香奁体"。因为他的诗尽管缠绵旖旎,但还没有"脂粉气",如本诗便是。

何应龙是钱塘(今浙江杭州)人,被遣四川。此诗就是客地清寒生活的写照,虽境界不怎样高,然而写来娓娓动人,情味悠长,具晚唐神韵,在江湖派中属于上乘之作。(卢文周)

商　歌　　罗与之

东风满天地,贫家独无春。
负薪花下过,燕语似讥人。

《商歌》是一个古老的诗歌题式。春秋时的宁戚就曾唱过两首自鸣不平的《商歌》。"商"是我国古代五音中象征萧瑟秋天的,所以"商歌"属秋。可是罗与之的《商歌》,讲的却是春天里的事。

《礼记·月令》云:"孟春之月,东风解冻。"东风乃是春天的象征。《商歌》用"东风满天地"开头,说明春色充盈于天地之间。春风送暖,万物复苏,这是一个多么令人陶醉的季节。可是诗人紧接着笔锋一转,写道:"贫家独无春。"这个"独"字用得很有力。本来春天是造化对人类的厚赐,它应该属于所有的人,可是在诗人所生活的现实环境中,那些贫苦人却"独无春"。一个"独"字,把贫苦人排斥于春天之外。是因为春风对穷人特别吝啬吗? 请听诗人的回答:"负薪花下过,燕语似讥人。"原来大自然给予每个人的机会都是均等的,只是因为贫富的不同,那些为了生计而苦苦劳作的人才不能享受到春天的温暖。为了谋生,贫苦人不得不整天背负沉重的柴薪,去换取"身上衣裳口中食"(白居易《卖炭翁》)。虽然从鲜艳芬芳的花丛下经过,他们也不可能有欣赏一番的闲情逸致。这种情景和富人的踏青赏花形成鲜明对照。连那些在花间呢喃私语的燕子,也好像是在讥笑这些不懂得珍惜春光的人。这是多么辛酸的场面!

这首诗语言朴素明快,多用烘托对比的手法。一方面渲染春天无处不在,一方面又用"独无春"来表示春并不属于所有的人;写"贫家"无春,言外之意是唯有富室有春;写"负薪",同时又写"花下"。这就使对比鲜明,动人心魄。此外,作者巧妙运用传统诗题作反面文章,诗言春,而题却言秋。这就使人联想到晋代成公绥《啸赋》中的一句话:"动商则秋霖春降。"作者的用意很明白,春,对穷苦人家来说,无异于秋天的萧瑟凄凉。

像《商歌》这样写"春非我春"(《汉郊祀歌·日出入》),"愁思看春不当春"(杜审言《春日京中有怀》),"万物皆及时,独余不觉春"(孟郊《长安羁旅行》)的诗,在罗与之以前并不少见,但这首《商歌》着力表现贫富劳逸的不均,就使诗的主题从个人感情的樊篱中跳出来,具有更深刻的社会意义。同时诗中所表现的对下层劳动人民的同情,也属难能可贵。(朱杰人)

可 惜 丁 开

日者今何及? 天乎有不平!
功高人共嫉,事定我当烹。
父老俱呜咽,天王本圣明。
不愁唯党祸,携泪向孤城。

这首诗是为南宋末年的名将向士璧鸣不平的,大约作于向士璧被诬致死,即宋度宗咸淳三年(1267)前后。

向士璧,字君玉,常州(今属江苏)人。他精明干练,才气过人。当元兵南下,合州(治所在今四川合川)告急时,士璧不待朝命,进军归州(治所在今湖北秭归)并捐赠家产百万资助军费,屡立奇功。开庆元年(1259),涪州(治所在今四川涪陵)危急,权臣贾似道以枢密使宣抚六路,阴谋解除士璧兵权,士璧拒不从命,以计奏捷,后又一战有功,解除潭州(治所在今湖南长沙)之围。事后,朝廷赐士璧金带,并晋升为兵部侍郎兼转运使。

贾似道入相后,权倾中外,进用群小,对德高望重的向士璧深为嫉恨,暗中指使走卒以莫须有的罪名一再弹劾。士璧被撤职罢官,送漳州(治所在今福建龙海西)居住。贾似道又稽查士璧守城时所用钱粮,将士璧逮至行部,责成赔偿。似道幕属极意迎合其意图,必欲置士璧于死地而后快,士璧终被残害致死。士璧死后,贾似道仍不肯罢休,又将其妻妾拘捕,责偿钱粮。

丁开为人正直敢言,向士璧被诬时,他义愤填膺,独自诣阙上疏,力陈士璧赫赫战功,以为军府小费不宜再加推究。他的刚直激怒了当局,被羁管扬州(今属江苏),一年后便死去了。他为仗义执言,付出了自己的生命。

诗题为"可惜",态度极为明朗。开头两句,呼天抢地:时间一去不复返,天哪,你为什么这样不公平! 这是愤怒的呼声,正义的呼声。"日者今何及",说时间已经过去,向士璧被诬已成定局。狂澜既倒,社稷苍生已经无望。"天乎有不平",是对昏主权相的愤怒控诉,也是对向士璧的高度赞扬。

颔联用一个工整的对句,就首联"不平"二字展开。劳苦功高,必然要遭到奸佞的嫉恨,功臣注定了要遭杀身之祸。烹,古时的一种酷刑,即以鼎镬煮杀人。"飞鸟尽,良弓藏;狡兔死,走狗烹。"这不仅是向士璧个人的遭遇,也是历史上许多有为之士的共同遭遇。"功高人共嫉,事定我当烹。"两句诗具有高度的概括性、丰富的历史内容,愤激之气溢于言表。

向士璧战功赫赫,仍不能逃脱贾似道的魔掌,难怪一切正直的父老兄弟要为他的遭遇一洒同情之泪了。着一"俱"字,可见士璧平素深得民心,他被诬一事,在南宋朝野引起了多大的震动。在惋惜、呜咽之余,人们自然要推究士璧被问一事的前因后果。据说"天王"本是"圣明"的,为什么会出现这样的冤狱呢?("天王圣明",语出韩愈《拘幽操》)矛头再一次直接指向昏主奸相。一个"本"字,笔意微婉,讽刺尖刻。

尾联转写个人心境。向士璧被诬致死,自己又因党祸牵连遭贬,满腹愁怨无可名状,作者却说"不愁",既是不愁,贬谪孤城,当可泰然处之,却又接以"携泪"。始之以"不愁",继之以"携泪",貌似自相矛盾。但"不愁"上着一"唯"字表明作者"不愁"的只是个人的遭遇。除此之外,大有可愁可痛哭者在。元军频繁进攻,国势危殆,向士璧今又惨死,又怎能不使诗人潸然泪下呢? 作者的泪,并非个人自伤身世、慨叹飘零之泪,而是忧国忧民之泪。

"不平则鸣",向士璧如此功高反遭杀身之祸,激起了诗人极大的愤慨,有如骨鲠在喉,不得不吐。全诗直抒胸臆,感情激越,语言犀利。尾联沉郁凝重,更加强了诗情的感染力。全诗苍凉沉痛,逼近杜甫五律。(雷履平 赵晓兰)

访益上人兰若① 严 羽

独寻青莲宇, 行过白沙滩。
一径入松雪, 数峰生暮寒。
山僧喜客至, 林阁供人看。
吟罢拂衣去, 钟声云外残。

注 ① 兰若:即寺庙,梵文 Āranya 音译"阿兰若"的略语。

严羽以《沧浪诗话》最为后世说诗者所称道。他以禅喻诗,对诗歌创作提出了一些精到的见解。尽管其中在禅、诗两方面都有错误之处,但他对佛学还是有一定研究的。他与佛门弟子不仅有联系,而且过从甚密。这首诗就是记叙他为了寻访一位法名益的和尚,过沙滩,穿松林,踏积雪,冒严寒,跋山涉水,只身进山的情景。

上人,对和尚的敬称;青莲宇,即和尚庙。由于青莲瓣长而广,形如眼目,佛书中多用来比喻佛祖的眼睛,所以人们就用"青莲宇"来代指和尚住的寺庙。首先,作者着力点出"青""白"二字,接着又以青松白雪为主体,层峦叠嶂为背景,描绘出一幅清淡雅致的山林图,用这种清雅的环境、静谧的气氛,来渲染还未露面的益上人及其兰若的超俗不凡。可以想象,居住在这样既"青"且"白"的环境中的益上人,一定是位操行清白的高僧;位于这深山中的寺庙,也一定是个清静肃穆的去处。果然,诗人的不期而至,使平时深居简出的僧人喜出望外,他殷勤地陪伴客人观赏景致,参观庙宇。山水佳胜,建筑精美,僧人又好客,诗人自然要对这样一个远离尘嚣之处羡慕不已了。他与寺庙主人一起吟诗作赋,欣然忘情。告辞归去时,恋恋不舍之意油然而生,那悠悠飘扬于云天之外的钟声牵动着他的情怀,寄托着他对僧友的思念,也给全诗带来了无限的韵致。

一般诗评家都以为严羽"论诗甚高",而写诗却"专宗王孟","囿于思想,短于才力"(陈衍《宋诗精华录》卷四)。这首诗亦是学习王、孟诗那种清雅的格调、冷寂的气氛、静谧的意境,以及化静为动、以虚衬实等表现手法。从字面看,"独""青""白""寒""暮""残"等都给人一种凉飕飕的感觉;"青莲""白沙""松雪""山僧""林阁""钟声"又共同构成了一个格调高雅的整体。"一径入松雪",巧妙地化景物为情思。本是静止的弯弯山路用"入"字一形容,就有了动态,有了情感。"数峰生暮寒",写出了静谧深僻的环境。诗人感受到的寒冷,本是来无影、去无踪的,而此刻仿佛正从斜阳照射下白雪覆盖着的山峰顶上升腾而起,若在热闹场合,能产生这种细微的感觉吗?结尾的钟声,给人的印象格外深刻。这是以景结情的手法。作者认为,诗的最高妙之处,在于"羚羊挂角,无迹可求",在于"透彻玲珑,不可凑泊,如空中之音,相中之色,水中之月,镜中之像,言有尽而意无穷"。也就是说,诗歌创作在艺术表现上不应该太实、太切,应该给人可以意会难以言传的美感,给人回味无穷的余地。从这首诗、特别是结句来看,作者是在努力实践自己的理论的。(詹杭伦 沈时蓉)

林和靖墓　　吴锡畴

遗稿曾无封禅文,鹤归何处认孤坟。
清风千载梅花共,说着梅花定说君。

这是一首凭吊林和靖墓的诗。林和靖即林逋,字君复,钱塘人,性恬淡好古,不趋荣利,后隐居西湖孤山,死后葬于孤山北麓,其墓南宋绍兴年间建。

开端一句:"遗稿曾无封禅文",是对林逋高尚人格的赞颂。梅尧臣在《林和靖先生诗集序》中说:"若高峰瀑泉,望之可爱,即之愈清,挹之甘洁。"就是这种人格的写照。林逋曾作《自作寿堂因书一绝以志之》一诗,末两句说:"茂陵他日求遗稿,犹喜曾无封禅书。"这首诗作于大中祥符年间,可能是讽刺均州参军许洞在路途献文颂谀真宗封禅。前句引用汉武帝求司马相如遗稿得封禅书的典故。封禅,是古代帝王在泰山祭天地的一种活动,场面很大,既扰民又伤财。秦始皇、汉武帝、唐玄宗都有过封禅大典,而宋真宗又继而为之,许洞之流,不但不规谏,反而贡谀,林逋对此大为不满。他回顾自己一生,自诩没有写过这类谀词。他的清高成了洁身自好的士大夫师法的楷模。而今作者来到林逋墓前,首先想到的是他的高洁情操,于是把握住他一生中最引以为豪的事,以抒发自己的胸怀。南宋度宗咸淳年间,作者被南唐知州叶闻聘为白鹿洞书院山长,不就。他的心本与林和靖息息相通,二人都是清高的隐君子,所以,诗一开端就突兀顿起,气足神满,给人以深刻的印象。

紧接第二句"鹤归何处认孤坟",从林逋生前为人的幽独高洁,写到死后的孤寂悲凉,暗寓着作者对林逋的深切同情和身后寂寞的不平!作者为什么要写"鹤归"?是因林逋对鹤有着特别的深情。他的"梅妻鹤子"是人们所熟知的。"鹤归"一句,借以衬托林逋墓前杂草丛生以致使鹤难以辨认的荒凉冷漠的景象。这句既是叙事,更是抒情,托物寓意,韵味悠长。

作者似乎觉得这一句还不足以表现这位和靖先生身后的寂寞,于是接着又写道:"清风千载梅花共",这是一个凄清的意境,是上一句的补充;而梅花则是其高洁人格的极好陪衬。如果说第二句是写林逋死后的孤寂,那么这一句既是写现在,又是写未来,把他身后的清高幽独延伸到一个遥远的时空之中,以显示其人品之高,可与清风梅花共千古。

二、三两句通过景物寄寓情怀,而第四句则与首句一样,是感情的直接抒发:"说着梅花定说君。"孤山探梅,自古就是西湖胜事之一,每当人们探梅时,他们自然就会想起、说起林逋来。他们说些什么呢?也许是赞颂他咏梅的名句:"疏影横斜水清浅,暗香浮动月黄昏";也许是夸耀他爱梅喜鹤、鄙视荣利的高洁情操……此句语浅而意深,词淡而味浓,情思绵邈,令人遐想,与首句暗相照应,而作者自己的仰止之情也就意在言外了。(苏者聪)

庆全庵桃花　　谢枋得

寻得桃源好避秦,桃红又见一年春。
花飞莫遣随流水,怕有渔郎来问津。

陶渊明写过一篇《桃花源记》和一首《桃花源》诗,描述了一个与现实对立的理想世界。谢枋得这首《庆全庵桃花》诗,借桃花引出桃源故事,力图把他转徙山间的眼前现实转化为陶渊明笔下那个理想世界,以抒写自己比桃源中人更为决绝的谢世之志。

"寻得桃源好避秦",全用《桃花源记》原意。这里的"避秦",当然是"避元"。作者避元入山,只身转徙,当然不会像世外桃源那样"屋舍俨然,鸡犬相闻";只在精神上有相通处:"桃红又见一年春",就是这种孤寂中的"怡然自乐"了。三、四两句陡然一转,翻出新意。当年那个捕鱼为业的武陵人不是因见落英缤纷才缘溪发现了避世达五百年的绝境吗?现在桃花又开,可不能让飞落的花瓣再随流水漂出。为什么呢?因怕又有一位渔郎循此发现自己的隐居处,这个当代的世外桃源啊!

《桃花源记》中的那个武陵渔郎入桃源曾受到热情款待,挨家吃过酒食,临行时,桃源中人请求他"不足为外人道"。但渔郎无信,归途处处作标志,回去告诉了太守,还引人再来寻找。"花飞莫遣随流水,怕有渔郎来问津",曲折地表现出作者决意绝世之志。翻出这一层意思,并非为了求诗意的新奇。"渔郎问津"在当时确有所指。《宋史》本传载:至元二十三年(1286)程文海荐宋臣二十二人,以枋得为首,辞不起;二十四年忽必烈降旨召之,又不赴;二十五年,降元的老师留梦炎复出荐举,枋得遗《却聘书》绝之,终不行。最后,福建行省参政魏天祐为了邀

功,竟将他强押入都,终至绝食而死。这些昭昭史事,正是"渔郎问津"的具体内容,谢枋得又焉得不"怕"呢!(程一中)

野 步 周密

麦陇风来翠浪斜,草根肥水噪新蛙。
羡他无事双蝴蝶,烂醉东风野草花。

这是一首即景而作的小诗。诗题"野步",意谓郊野漫步。诗中描写的,是诗人漫步郊野所见的春日景色。

漫步春日郊野,处处可见整齐的麦垄、青青的麦苗。首句"麦陇风来翠浪斜",从远处着眼,将麦田动景捕捉入诗,用素描笔法,写出郊野的勃勃生机,透出一派春意。"翠"字点出麦色,也带出季节。"斜"字描摹动态,又照应"风来",点出春风徐徐吹拂,麦陇泛起绿波的生动图景。总观起句七字,色彩鲜明,动态宛然,是心与景,妙语天成的佳句。

接下去,再从近处着笔:"草根肥水噪新蛙。"春天是生命萌动、万物复苏的季节。沟中草根蓄孳,水草肥美,更有栖于水草中的新蛙,争相欢鸣,噪声一片,让人强烈感受到生命的活力与春天的气息。

"羡他无事双蝴蝶,烂醉东风野草花。"三、四两句从细微处落墨,把描写的焦点集中到双双彩蝶上。这两句以"羡"字领起,一气旋转,运笔如行云流水。诗人带着欣羡的主观感情色彩,"以我观物,故物皆着我之色彩"(王国维《人间词话》)。他赋予笔下蝴蝶以人的感情,彩蝶翩跹,为和煦的春风所陶醉,为野草花的鲜妍芬芳所吸引,以至沉醉花丛,流连不去。"烂醉"二字,语新意丰,既传达出春天的芳馨氛围与醉人魅力,描绘出蝴蝶追逐春色的如醉情态,也将诗人目睹此景时的陶然之情和盘托出。其实,岂止是蝴蝶"烂醉",诗人也已陶然醉矣。

此诗以漫步郊野为线索,移步换景,依次展现春日郊野的物色。字里行间充溢着盎然生意,给人以触目皆新之感。诗境宛如画景,但似画又不同于画,赋予读者的是多种感官的审美感受。古人对写景诗有"诗传画外意,贵有画中态"(晁以道《和苏翰林题李甲画雁》)之说,《野步》正是这样一首诗情与画意巧妙融合的佳作。(刘德重 顾伟列)

夜 坐 文天祥

淡烟枫叶路,细雨蓼花时。
宿雁半江画,寒蛩四壁诗。
少年成老大,吾道付逶迤。
终有剑心在,闻鸡坐欲驰。

文天祥在德祐元年(1275)起兵勤王以前,过着一种被迫罢官、退归文山的闲适生活,烟雨寒江非但没能销蚀他报效国家的决心,反而更加坚定挽狂澜于既倒的信念。这首诗正是文天祥抒发雄心壮志的力作。

前四句描写秋天景色,以一种疏淡自然的笔触,巧妙地捕捉住大自然怀抱中最动人的镜头。

首联写近景。"淡烟枫叶路,细雨蓼花时。"随着天色向晚,缀满枫叶的路面笼罩在淡淡的轻烟之中,在如丝的细雨里蓼花开放得愈发娇艳。"淡烟""细雨",用得很有分寸,预示着秋夜愈来愈近,景色也渐渐迷蒙起来,只有染红的枫叶和开着红花的蓼蓝还是那样的引人注目,短短十字把具有浓淡之别的秋夜景色描绘得如此真切,既见巧思,又深得自然之妙。

颔联写远景。"宿雁半江画,寒蛩四壁诗。"作者以一种由远及近,又由静及动的艺术手法进一步表现秋夜的沉寂。"宿雁半江画",半江秋水,宿雁成群,这是静景的勾勒。"寒蛩四壁诗",秋气清寒,蛩(蟋蟀)声四壁,这是动景的描写。这种动静结合的描写,相映成趣。"悲哉,秋之为气也。"诗人当此之际,不禁慷慨悲歌,一抒胸中积愫,引发出下面四句。

颈联触景生情。"少年成老大,吾道付逶迤。"紧承前四句,诗人笔锋一转,对自己即将进入不惑之年,反躬自问。"少年成老大",是化用"少壮不努力,老大乃伤悲"(《文选·长歌行》)的古辞。文天祥二十一岁时,状元及第,二十四岁入京为官,但因秉性刚正不阿,直言上疏,常常得罪权贵,罢官而去。这对一个要求根除弊端、整治朝纲,力图保住半壁江山的有为之士,无疑是莫大的打击,故而有"少年老大"的慨叹。"吾道付逶迤",紧接上句,喟然兴叹。儒家历来以"行道"为己任,而要行道,就必须出仕。如今独自一人,枯坐空山,又如何能把"吾道"付诸实施呢?"逶迤",此处形容遥遥无期。但是,诗人志在报国,岂能就此甘休呢!

末联意思直转,诗情陡然振起。"终有剑心在,闻鸡坐欲驰。""闻鸡"是用刘琨、祖逖"闻鸡起舞"的典故。《晋书·祖逖传》云:"(逖)与司空刘琨,俱为司州主簿,情好绸缪,共被同寝。中夜闻荒鸡鸣,蹴琨曰:'此非恶声也。'因起舞。"后以"闻鸡"喻立志报国、习武不辍。"坐欲驰",《庄子·养生主》:"夫且不止,是谓坐驰。"成玄英疏:"谓形坐而心驰。"这里谓诗人心绪不宁,神往着匡扶大业。最后两句是全诗主旨所在,着意抒发诗人秋夜独坐时的内心活动,率直地表示"丈夫壮气须冲斗"(《生日和谢爱山长句》)的雄心和报效国家建立不朽勋业的抱负。可谓健笔纵横,气宇轩昂,真实地表现出诗人的品格和节操。

诗的前四句写景绘色,后四句抒情言志。写景时不刻意模山范水,而是淡墨渲染;抒情时辞真意切,直抒胸臆,忠肝义胆,历历可见。这种苍茫浑厚的意境,不露雕琢痕迹而富有真情实感的表现手法,深得老杜五言律的神髓。(张锡厚)

过零丁洋　文天祥

辛苦遭逢起一经,干戈寥落四周星。
山河破碎风飘絮,身世浮沉雨打萍。
惶恐滩头说惶恐,零丁洋里叹零丁。

人生自古谁无死，留取丹心照汗青！

此诗是文天祥《指南录》中的一篇，为其代表作之一，约作于祥兴二年(1279)——被元军俘获的第二年正月过零丁洋之时。后来元军元帅张弘范一再逼他写信招降南宋在海上坚持抵抗的张世杰，他出示此诗以明志节。

"辛苦遭逢起一经，干戈寥落四周星。"作者面临生死关头，回忆一生，感慨万千，从何写起呢？他只抓住两件大事，一是以明经入仕，这是关系他个人政治前途的大事；二是"勤王"，这是关系宋王朝存亡的大事。他深感知遇之恩，满怀救国图报之志，以此两端起笔，就极好地写出了当时的历史背景和个人的心境。"四周星"，是指德祐元年(1275)正月，文天祥以全部家产充当军费，响应朝廷号召"勤王"，至祥兴元年十二月在五坡岭战败被俘，恰是四年时间。这四年，为了挽救王室，他竭尽全力，折冲樽俎，展转兵间，但仍未能挽回局势。"干戈寥落"，是就国家整个局势而言。据《宋史》记载，朝廷征天下兵，但像文天祥那样高举义旗为国捐躯者寥寥无几。因为干戈寥落，孤军奋战，难以御敌，战争打得愈来愈惨，致使宋朝危在旦夕。作者用"干戈寥落"四字，暗含着对苟且偷生者的愤激，对投降派吕师孟、贾余庆、刘岊等一伙的谴责！"寥落"，一作"落落"，其意相反，则是指作者自己频繁的战斗生涯，但所揭示的内涵远不及"寥落"广阔。

接着还是从国家和个人两方面抒写，如果说首联是从纵的方面追述，那么，领联则是从横的方面渲染，不过写得更为深沉。"山河破碎风飘絮，身世浮沉雨打萍"，它是"干戈寥落"、孤掌难鸣的必然结局。一个以巩固王室为己任的重臣，眼见山河破碎，端宗在逃难中惊悸病死，八岁的卫王赵昺在陆秀夫等拥立下，行朝设在崖山海中，追兵一到，随时都有覆灭的可能，大宋江山已如风中柳絮，无法挽回，能不痛心泣血？作者用凄凉的自然景象喻国事的衰微，极深切地表现了他的哀恸。果不出诗人所料，写此诗后约二十天——祥兴二年二月初六，陆秀夫背负帝昺投海殉国，南宋就此灭亡。亡国孤臣有如无根的浮萍漂泊水上，无所依附。这际遇本来就够惨了，而作者再在"萍"上着"雨打"二字，就更显凄苦。而这不正象征着文天祥政治上的一生么！他当初入朝不久，即因忤权贵董宋臣、贾似道而屡被罢斥；在抗元斗争中，出生入死，一次被扣，两次被俘，为尽节自杀，曾服毒，又绝食，却偏偏不死。而今家破人亡，老母被俘，妻妾被囚，大儿丧亡，自己也身陷敌手。这遭遇还不够惨么！所以说，这"身世浮沉"，并非是指个人仕途的穷通，而是概括着作者艰苦卓绝的斗争和坎坷不平的一生。这一联对仗工整，比喻贴切，形象鲜明，感情炽烈，读之使人怆然！

五、六句紧承前意，进一步渲染生发。惶恐滩，原名黄公滩，在今江西万安县赣江之中，是赣江十八滩之一，水流湍急，是最险的一滩，人们乘船渡此滩十分惊恐，故又称"惶恐滩"。景炎二年(1277)，文天祥的军队在空坑(江西吉水附近)被元兵打败后，曾从惶恐滩一带撤退到福建汀州。前临大海，后有追兵，如何闯过那九死一生的险境，转败为胜，求得"救国之策"？这是他当时最忧虑、最惶悚不安的事了。而今军队溃散，身为俘虏，被押送过零丁洋，能不感到孤苦伶仃？这一联特别富有情味，"惶恐滩"与"零丁洋"两个带有感情色彩的地名自然相对，而又被作者运用来表现他昔日的"惶恐"与眼前的"零丁"，真可谓诗史上的绝唱！设若没有如此的亲身经历和出众的艺术才华，是绝难写出这样出色的对句来的。

以上六句,作者把家国之恨、艰危困厄渲染到极致,哀怨之情汇聚为高潮,而尾联却一笔宕开:"人生自古谁无死,留取丹心照汗青!"以磅礴的气势、高亢的情调收束全篇,表现出他的民族气节和舍生取义的生死观。这联壮语感召了后代多少志士仁人为正义事业而英勇献身!谢榛说:"结句当如撞钟,清音有余"(《四溟诗话》)。由于结尾高妙,致使全篇由悲而壮,由郁而扬,形成一曲千古不朽的壮歌。(苏者聪)

南安军　文天祥

梅花南北路,风雨湿征衣。
出岭谁同出?归乡如不归!
山河千古在,城郭一时非。
饿死真吾事,梦中行采薇。

帝昺祥兴二年(1279),南宋最后一个据点厓山被元军攻陷,宋朝灭亡。文天祥在前一年被俘北行,于五月四日出大庾岭,经南安军(治所在今江西大余)时写此诗。

一、二两句略点行程中的地点和景色。大庾岭上多梅树,又称梅岭,岭南是广东南雄,岭北是江西大庾,作者至南安军,正跨越了梅岭的南北两路。此处写梅花不是实景,而是因梅岭而说到梅花,借以和"风雨"对照,初步显示了行程中心情的沉重。

颔联两句,上句是说行程的孤单,而用问话的语气写出,显得分外沉痛。下句是说这次的北行,本来可以回到故乡庐陵(今江西吉安),但身系拘囚,不能自由,虽经故乡而犹如不归。这两句抒写了这次行程中的悲苦心情,而两"出"字和两"归"字的重复对照,更使得声情激荡起来。

颈联两句承首联抒写悲愤。上句化用杜甫《春望》"国破山河在"名句,而说"山河千古在",意思是说,宋朝的山河是永远存在的,不会被元朝永远占领,言外之意是宋朝还会复兴,山河有重光之日。下句是化用丁令威化鹤歌中"城郭犹是人民非"句意,是说"城郭之非"只是暂时的,也就是说,宋朝人民还要继续反抗,继续斗争,广大的城池不会被元朝永远占据。这两句对仗整饰,蕴蓄着极深厚的爱国感情和自信心。

最后两句表明自己的态度:决心饿死殉国。他出之以言,继之以行,于是开始绝食,意欲死在家乡。而在绝食第五天时,即已行过庐陵,没有能死在家乡。又过了三天,在监护人的强迫下,只好开始进食。诗中用伯夷、叔齐指责周武王代商为"以暴易暴",因而隐居首阳山,不食周粟,采薇而食,以至饿死的故事(见《史记·伯夷列传》),表示了誓不投降的决心。"饿死真吾事",说得斩钉截铁,大义凛然,而且有实际行动,不是徒托空言,读来感人肺腑。

文天祥被俘四年,一直坚拒投降,最后为元朝所杀,表现出高度的气节,光耀史册。他在被俘以至被杀期间,写了许多诗,还用杜甫诗句集成许多首诗,抒写自己的胸怀,表现出强烈的爱国感情,显示出民族正气,这首诗只是其中的一首。这首诗逐层递进,声情激荡,不假雕饰,而自见功力。作者对杜甫的诗用力甚深,其风格亦颇相近,即于质朴之中见深厚之性情,可以说是用血和泪写成的作品。(张志岳)

金陵驿二首(其一)　　文天祥

草合离宫转夕晖，孤云飘泊复何依？
山河风景元无异，城郭人民半已非。
满地芦花和我老，旧家燕子傍谁飞？
从今别却江南路，化作啼鹃带血归。

这首诗是祥兴元年(1278)文天祥被俘后，次年押赴元都燕京(今北京)途经金陵(今江苏南京)时所作。

在元军大举南下之时，为挽救摇摇欲坠的赵宋王朝，诗人曾积极募集将士，组织抗战。谁曾料，如今竟成了阶下囚！自己壮志未酬，而故国河山已经沦亡，诗人心中怎能不感慨万千？在这首诗中，诗人既写出了黍离之悲，亡国之痛，又写出了爱国之情和报国之心。

金陵是六朝故都。南宋初，高宗曾短期留驻于此，建有行宫。当初，这里画廊飞檐，金碧辉煌，何等繁华，何等气派！可如今，却是衰草斜阳，满目疮痍，一片凄凉。封建社会里，皇帝是国家的象征，而皇宫又是皇帝的所在。宫室的荒凉破败，就意味着政权的丧失，国家的沉沦。这里，诗人正是以一片惨淡的夕阳斜照着长满衰草的离宫的景色，暗寓南宋朝廷已如夕阳之沉沦，宗国覆灭，诗人也就无所依托了。于是不禁仰天长叹，自己就像那天边漂浮的孤云，归宿在哪里？漂泊向何方？这里"孤云"既是实景也是自比。

面对这残酷现实，身为囚徒的诗人已经无能为力。他只能发出"山河依旧，人事已非"的感慨。"山河风景元无异，城郭人民半已非"，前句化用"新亭对泣"、后句化用丁令威化鹤回辽东的典故，采用对比手法，用依然如故的青山绿水反衬经战争摧残后城垣颓坏、人民离散死亡，感慨极深。

接着，又以"满地芦花"和"旧家燕子"表达了家国沧桑之感。在"故垒萧萧芦荻秋"的季节里，"金陵王气黯然收"(刘禹锡《西塞山怀古》)。自己同秋天的芦花一样随风飘零，并且即将为故国殉难。刘禹锡《乌衣巷》诗云："旧时王谢堂前燕，飞入寻常百姓家。"现在，一片浩劫，旧家燕子将飞往何处呢？这里，既有身家之感，又有黍离之悲。

社稷如此，个人的命运也就微不足道了。诗人决心以一死来报效国家。最后两句，化用《楚辞·招魂》"魂兮归来哀江南"的语意和望帝死后化为杜鹃的神话，表示现在我虽被迫离开故乡，绝无生还之望，但一片忠魂，终归南土。我死之后要化成啼血的杜鹃鸟，飞回江南。诗人这种心志，可谓哀苦之至，同他流传千古的名句"人生自古谁无死，留取丹心照汗青"一样，表现了视死如归的英雄气概和坚定不渝的民族气节，感动了后世的许多人。

文天祥在宋亡后写的诗，悲壮慷慨，气贯长虹，这首是代表作之一。此诗触景生情，景中寓情，巧妙地化用典故，将自己的亲身感受、金陵的历代兴亡以及前人的咏叹等交织在一起，抒发了自己深沉而又复杂的内心情感，柔婉含蓄但又淋漓尽致，外柔内刚，沉挚悲壮。这种以鲜血和生命写出来的诗篇，值得珍视。(詹杭伦)

正气歌　文天祥

　　余囚北庭①，坐一土室。室广八尺，深可四寻②。单扉低小，白间③短窄，污下④而幽暗。当此夏日，诸气萃然：雨潦四集，浮动床几，时则为水气；涂泥半朝⑤，蒸沤历澜⑥，时则为土气；乍晴暴热，风道四塞，时则为日气；檐阴薪爨⑦，助长炎虐，时则为火气；仓腐寄顿⑧，陈陈⑨逼人，时则为米气；骈肩杂遝⑩，腥臊污垢，时则为人气；或圊溷⑪，或毁尸，或腐鼠，恶气杂出，时则为秽气。叠是数气，当侵沴鲜不为厉⑫，而予以孱弱俯仰其间，于兹二年矣，无恙。是殆有养致然，然尔⑬亦安知所养何哉？孟子曰⑭："我善养吾浩然之气。"彼气有七，吾气有一，以一敌七，吾何患焉！况浩然者，乃天地之正气也。作《正气歌》一首。

　　天地有正气，杂然赋流形⑮。下则为河岳，上则为日星。于人曰浩然，沛乎塞苍冥⑯。皇路当清夷⑰，含和吐明庭⑱；时穷节乃见，一一垂丹青⑲：

　　在齐太史简⑳，在晋董狐笔㉑，在秦张良椎㉒，在汉苏武节㉓；为严将军头㉔，为嵇侍中血㉕，为张睢阳齿㉖，为颜常山舌㉗；或为辽东帽，清操厉冰雪；或为《出师表》㉙，鬼神泣壮烈；或为渡江楫㉚，慷慨吞胡羯；或为击贼笏㉛，逆竖头破裂。是气所磅礴，凛烈万古存。当其贯日月，生死安足论！地维㉜赖以立，天柱㉝赖以尊。三纲㉞实系命，道义为之根。嗟予遘阳九㉟，隶也实不力㊱。楚囚缨其冠㊲，传车送穷北㊳。鼎镬甘如饴㊴，求之不可得。阴房阒鬼火㊵，春院闭㊶天黑。牛骥同一皂㊷，鸡栖凤凰食。一朝蒙雾露㊸，分作沟中瘠㊹。如此再寒暑，百沴自辟易㊺。哀哉沮洳场㊻，为我安乐国。岂有他谬巧，阴阳不能贼！顾此耿耿在，仰视浮云白。悠悠我心忧，苍天曷有极！

　　哲人日已远，典刑在夙昔。风檐展书读，古道照颜色。

注 ①北庭：汉代以匈奴所居之地为北庭，这里指元都燕京。　②寻：八尺为寻。　③白间：垩白的窗户。　④污下：低洼。　⑤半朝：半个屋子。朝(cháo)：官室。　⑥历澜：泥潦翻滚。　⑦爨(cuàn)：烧火做饭。　⑧仓腐：仓中腐烂的粮食。寄顿：存放。　⑨陈陈：语本《史记·平准书》："太仓之粟，陈陈相因。"指积压陈久。　⑩骈肩：肩靠肩。两物并列称骈(pián)。杂遝(tà)：纷乱。　⑪圊溷(qīng hùn)：厕所。　⑫侵沴(lì)：恶气侵袭。厉：疾病。　⑬然尔：然而，尔同而。　⑭孟子曰：见《孟子·公孙丑上》。　⑮流形：各种品类、形体，指宇宙间的万物。　⑯沛乎：盛大的样子。苍冥：天空。　⑰皇路：国运，国家的政治局面。清夷：清明而安定。　⑱明庭：圣明的朝廷。　⑲丹青：本指绘画。代指史册。　⑳在齐太史简：《左传》襄公二十五载齐大夫崔杼杀齐庄公，"太史书曰：'崔杼弑其君。'崔子杀之。其弟嗣书而死者二人，其弟又书，乃舍之。南史氏闻太史尽死，执简以往，闻既书矣，乃还。"简，竹片，古代无纸，文字书在竹简上。　㉑在晋董狐笔：《左传》宣公二年载赵穿杀晋灵公。"太史(董狐)书曰：'赵盾弑其君。'以示于朝。宣子(赵盾)曰：'不然！'对曰：'子为正卿，亡不越境，返不讨贼，非子而谁？'……孔子曰：'董狐，古之良史也，书法不隐。'"　㉒在秦张良椎：张良，先世为韩国人。秦灭韩，张良募力士为韩报仇，得力士沧海君，为铁椎重百二十斤，狙击秦始皇于博浪沙，误中副车，后更姓名亡匿，始皇下令大索不得。(见《史记·留侯世家》)　㉓在汉苏武节：苏武出使匈奴，持汉节十九年，坚贞不屈，匈奴流放他在北海牧羊。(见《汉书·苏武传》)　㉔为严将军头：东汉末，刘璋命严颜守巴郡，张飞攻巴郡，俘严颜，要他投降，严说："我州但有断头将军，无降将军。"(见《三国志·蜀书·张飞传》)　㉕为嵇侍中血：晋惠帝永兴元年，侍中嵇绍从惠帝战于汤阴，军败，飞矢雨集，侍卫皆散，绍以身蔽帝，死，血沾惠帝衣，事后，左右要取衣洗净，惠帝说："此嵇侍中血，勿去！"(见《晋书·嵇绍传》)　㉖为张睢阳齿：唐代安史之乱时张巡守睢阳。《旧唐书·张巡传》："巡神气慷慨，每与贼战，大呼誓师，眦裂流血，齿牙皆碎。……及城陷，尹子奇谓巡曰:'闻君每战,眦裂,嚼齿皆碎,何至此耶?'巡曰:'吾欲气吞逆贼,但力不遂耳!'子奇以大刀剔巡口,视其齿,存者不过三数。" ㉗ 为颜常山舌:颜常山,指安史之乱时常山太守颜杲卿。安禄山反,杲卿起兵讨贼,城破被俘。骂贼不绝,贼钩断其舌,曰:"复能骂否?"杲卿被节解,含糊而绝。(见《新唐书·颜杲卿传》) ㉘ "或为辽东帽"二句:管宁字幼安,以汉末政治混乱,避居辽东,着皂帽力田,自励清操终身不仕。(见《三国志·魏志·管宁传》) ㉙ "或为出师表"二句:蜀汉后主建兴五年,诸葛亮率大军北伐曹魏,当出兵前,上《出师表》。(见《三国志·蜀志·诸葛亮传》) ㉚ "或为渡江楫"二句:祖逖,东晋元帝时为奋威将军,誓志收复中原。《晋书·祖逖传》:"逖统兵北伐,渡江,中流击楫而誓曰:'不能清中原而复济者,有如此江!'词气慷慨,闻者感动。" ㉛ "或为击贼笏"二句:唐德宗时,朱泚谋反,太尉段秀实以笏击泚,并唾面大骂,泚举臂自捍,中额流血匍匐而走。秀实遂遇害。(见《旧唐书·段秀实传》) ㉜ 地维:古时以为大地四方,四角有大绹(指粗绳)维系,故称地维。 ㉝ 天柱:古人相传,天有八柱承之,故称天柱。(见《山海经·神异经》) ㉞ 三纲:指儒家伦理"君为臣纲,父为子纲,夫为妻纲"(见《白虎通义》),称为三纲,用以维持社会与家庭的等级秩序。 ㉟ 阳九:犹言厄运,道家以天厄为阳九。遭:遭逢。 ㊱ 隶也实不力:隶,仆役。这是作者对自己的谦称。 ㊲ "楚囚"句:《左传》成公九年:"晋侯观于军府,见钟仪,问之曰:'南冠而絷者谁也?'有司对曰:'郑人所献楚囚也。'"钟仪,楚国人;南冠,示不忍忘楚国。 ㊳ 传(zhuàn)车:驿车。穷北:荒远的北方。 ㊴ 鼎镬(huò):皆锅属。古代有用鼎镬将人煮死的酷刑。饴:糖。 ㊵ 阴房:囚室。阒:寂静。鬼火:磷火。 ㊶ 闭(bì):锁闭。 ㊷ 皂:马槽。 ㊸ 蒙雾露:感染疾病。 ㊹ 分(fèn):分所应该。蒨:枯骨。 ㊺ 百沴(lì):各种邪恶之气。辟易:退避。 ㊻ 沮洳(jù rù)场:低湿的地方。

《正气歌》是一首光华灿烂的诗篇。诗中充满了浩然正气,表现出作者坚贞的民族气节,威武不能屈、富贵不能淫的战斗精神以及死生不渝的崇高信念。

作者于宋帝昺祥兴元年(1278)十二月,在潮阳五坡岭兵败被俘,次年十月解达元都燕京。因系土室,环境污浊,艰苦备尝,而毅然拒绝了元统治者多番的利诱威胁。作者认为支持他坚持不屈的精神力量就是正气。也就是孟子所说的充塞于天地之间的至大至刚的浩然之气。因而以"正气"为题,以正气发端,作成此歌。作歌时间是在被囚二年之后,即元世祖忽必烈至元十八年(1281)的夏天。

诗可分为三大段:从"天地有正气"到"一一垂丹青"十句为第一段。首言浩然之气的根源,是天地正气在人身上的体现。表明天地间的正气,万物各有不同的承受,"杂然"赋予"流形"。"流形"指各种物体。其在地面,则为奔流浩瀚的长江大河,巍峨雄峙的岱宗华岳;其在天上,则为光华的日月,璀璨的星辰;其赋之于人,则为浩然之气。这种正气,无往而不在,不以时间的推移而改变,充塞于天地之间。表明当国家承平的时代,禀有正气的人,在圣明的朝廷上,得以和平地表露出来,为国家出力报效,而使国泰民安;当国家遇到危难之时,就显出刚毅坚贞的志节,不辞见危授命、为国捐躯,在史册上留下万古长存的英名。这四句写得堂堂正正,气象阔大。重点在于表明"时穷节见",才是正气禀赋于人的严重考验,"皇路清夷"的治世,只作为陪衬的笔墨。

自"在齐太史简"至"道义为之根"二十四句为第二段。以下列举历史上十二位忠义之士的壮烈事迹,都是"时穷节见"的体现,是正气所发挥的巨大威力:齐太史的简书,晋董狐的直笔,秦张良的博浪沙铁椎,汉苏武十九年坚毅不屈的壮节,东汉严颜的宁愿断头,晋嵇绍的宁倾热血,唐张巡的嚼齿穿龈,颜杲卿骂贼断舌,固已使自己义烈行为惊天地而泣鬼神。即如诸葛亮《出师表》的"鞠躬尽瘁,死而后已";晋代祖逖的渡江击楫,誓复中原;汉末管宁的辽东力耕,清操自励;段秀实的持笏击贼,血染逆庭,都在史册上留下了不可磨灭的一页。

上述事例表明正气是维系天柱、地维、人伦并使之绵亘古今而不绝的巨大力量。作者赞叹正气广大雄厚,磅礴所及,凛烈万古。当正气横贯日月的时候,人们可以把生死置之度外,由此而地维赖之以立,天柱赖之而尊,纲常因之而得以维系,人世的一切伦理道德,莫不系于正气而存在。借以说明宇宙间各方面的关系之所以井然有序，都以正气作为根本。人世之能够维持，全凭道义为其支柱；而道义的根本就是正气，所以正气尤为可贵。

自"嗟余遭阳九"到结尾共二十六句是第三段，可分为三个层次：

第一层六句："嗟余遭阳九"至"求之不可得"。感叹自己遭逢国家大变乱的厄运。身为朝廷仆役，没有能够竭忠效诚，尽力挽回国运，实在感到惭愧。更不幸的是自己也沦为楚囚，被元军用驿车送往荒远的北方。句中用楚人钟仪被俘后囚系晋国，始终戴着南方的冠帽，以示不忘故国的深情。用"穷北"一词，以示对元人的蔑视。继而表示自己在被俘之后，就已决心为国献身，即使鼎镬酷刑摆在面前，也甘之如饴，决不避退。作者的心志坚如磐石，尽管元朝统治者使尽威胁利诱的伎俩，毫不动摇，他的凛然正气，曾使元人为之震慑。

第二层十六句，由"阴房阒鬼火"至"苍天曷有极"，写狱中情况。牢房里寂静无声，磷火出没。虽在春天，囚房紧闭，阴森幽暗。自己被囚禁在这里，和其他狱卒、囚徒杂处在一起，就好像骏马被拴在牛槽里，凤凰被关在鸡笼里和鸡共食一样，其辛酸是不待言的。在这样恶劣的境地里，承受着诸种恶气的侵袭，一旦蒙受雾露，得病而死，可以料知必定要成为沟壑中的死尸。可我在这儿已经再易寒暑，却依然无恙，种种邪恶之气，竟至为我避退了。如此卑下潮湿不堪人居的囚牢，现在倒成了我的安乐国，难道我有什么特殊智谋巧计，能使诸种阴阳外气不能侵害我吗？正是正气赋予我的耿耿忠心，使我把自己的荣辱、生死看作浮云，不萦于心，置之度外。可我怀抱的忧心，仍然是无穷无尽的，正像苍天一样广阔无垠，何曾有个尽头呢！显然作者此时所忧的，并不是他自己的生命，而是残破的山河，苦难的人民。当此沧海横流之际，他又怎能不忧心如焚呢！

第三层四句，点明作歌主旨。往古的贤哲（指上文所举的十二位义烈之士），虽然离开我们已经远了，但他们留下了正气所钟的义烈行为，给人们树立了做人的榜样。我坐在檐边，展诵圣贤的书籍，不觉古代传统的美德，正以其光华照彻我的容颜，使我明确了成仁取义的道理，怀着满腔正气，坚定执着地激励我自己，永远为正义而生，为正义而死，上不愧国，下不愧民，不惜付出我的鲜血。

《正气歌》全诗集中、强烈地表现出作者光辉的思想和高尚的胸怀，展示了诗人崇高的精神面貌，把爱国主义精神发扬到前所未有的高度。特别是诗中展现的浩然的正气和坚贞的节操，对后世志士仁人有巨大的影响。全诗不尚雕饰而大气包举，感情真挚而韵味深厚，显受杜甫诗的启发。诗中虽有大段议论，但是读来不觉得有高头讲章式的腐气，而只觉得真力弥漫，大气磅礴。原因在于，诗人所言，句句发于肺腑，绝非门面言道。（马祖熙）

醉歌十首（其三）　汪元量

淮襄州郡尽归降，鼙鼓喧天入古杭。
国母已无心听政，书生空有泪成①行。

注　① 成：一作"千"。

汪元量《醉歌》十首，写德祐二年（1276）春南宋亡国的史事。当时帝㬎不足五周岁，由祖母谢太后临朝称制，皇室阘弱；文武大臣则"日坐朝堂相争戾"。当元军进抵临安东北的皋亭山时,孤儿寡母不战而降。接着是皇帝、全太后(谢太后因病暂留临安)、宗室大臣、宫妃等皆被掳北去。汪元量是宋度宗的侍臣,出入内廷,得宠宫闱,他眼见这种种情状,有许多难言的痛苦。除《醉歌》外,还写了《湖州歌》九十八首、《越州歌》二十首和许多七律七古,都是抒发亡国之痛。汪的友人李鹤田说:"其亡国之戚,去国之苦,艰关愁叹之状,备见于诗。"(《湖山类稿跋》)另一位南宋遗民刘辰翁说:在这些诗里,"忧、悲、恨、叹无不有"(《湖山类稿叙》)。

诗题《醉歌》,隐含众人皆醉之意。"皋亭山上青烟起,宰执相看似醉酣"(《湖州歌》之一),正是题意注脚,也是"忧悲恨叹"的中心。汪元量认为,南宋亡国,罪在宰执大臣。《醉歌》第一首,把坚守六年终于举城降元的吕文焕誉为"十载襄阳铁脊梁",而对隐匿军报、坐视不救的贾似道则踩脚捶胸:"声声骂杀贾平章"。组诗从开始落笔,字句间就充满极为悲愤的感情。

这一首写大兵压境。淮,指两淮,襄,指荆襄。"淮襄州郡尽归降"——长江中下游南北两岸的广袤领土上,在一年多点的时间内,守将望风披靡,一片降幡。如此惨败的结果,自然是导致元军"鼙鼓喧天入古杭"。古杭,即临安,隋文帝时已置杭州,故称古杭。鼙鼓,本是军中战鼓,此处用以指代元军。"鼙鼓喧天",极写敌军声势;"入古杭"之"入"字,则表明如蹈无人之境,哪有一点交兵的气氛? 大局如此,罪不在州郡守将,汪元量另有诗云:"师相平章误我朝,千秋万古恨难消。萧墙祸起非今日,不赏军功在断桥。"(《越州歌》之六)语虽浅露,但对朝廷执政的恨叹之声却极响亮。

第三句中的"国母"指帝㬎的祖母谢太后,即组诗第五首中提到的谢道清。她临朝称制,当时年已六十七岁,多次受宰执权臣的愚弄,面对这个残破局面,何来挽狂澜的心力? 所以说"已无心听政"。末句的"书生",应是汪元量自称,也可泛指不在位谋政的忧国儒生。这些人读圣贤书,沾朝廷恩,当此国亡家破之时,只有长歌当哭。"有泪成行",已是悲痛,着一"空"字于前,则尤显悲凉。读至此,不免使人想到李贺的名句:"不见年年辽海上,文章何处哭秋风!"(《南园》之六)虽别是一种心境,悲愤之情则完全相通。

这首诗的前两句明写战局惨败,暗写权臣误国;镜头从万里淮襄的一片降幡摇向元军直入都城临安,再推出两个特写:宫廷黯淡,儒生痛哭。远近疏密,自成格局。(程一中)

醉歌十首(其八)   汪元量

涌金门外雨晴初,多少红船①上下趋②。
龙管凤笙无韵调,却挝③战鼓下西湖!

> **注** ① 红船:即彩船。 ② 趋:急行疾驰。
> ③ 挝(zhuā):敲打。

临安西城,沿湖有四座禁门:钱塘、涌金、清波、钱湖。"涌金门外",就是西湖;"雨晴初"即"雨初晴",因押韵倒装。春雨放晴,湖面上水光潋滟,堤岸澄明,山色堆翠,每当此时,南宋君臣总要游湖赏春。汪元量在《越州歌》中曾沉痛回忆亡国前的往事,第十八首写的便是这种游乐景象:"内湖三月赏新荷,锦缆龙舟缓缓拖。醉里君王宣乐部,隔花教唱采莲歌。"

首句所点明的时间、地点,很容易使人想到南宋君臣的"西湖歌舞"。现在呢,又是春到人间,雨过天晴;风物依旧,湖面上仍然有无数彩船,——"多少红船上下趋"。但已不是"锦缆龙舟缓缓拖"那种富贵安适的情景而是占领军一片狂欢,上下穿梭。最后两句说:彩船上已听不到皇家乐部的悦耳音乐,只有战鼓噪耳,满湖喧嚣,取代了龙管凤笙;彩船的主人已不是宋朝君臣,而是元军将士了!

全诗写元军游西湖。"上下趋""挝战鼓",一派杂乱景象,与恬然秀丽的西湖风光形成对照。四句写的都是眼前实景:胜利者的喧嚣恣肆。它又与旧朝昔日的迷恋湖山、沉湎歌舞相对照。西湖风光的恬然秀丽、南宋君臣的迷恋歌舞,人所共知,故诗中"不着一字",仍有"象外之象",一经吟咏,便可"尽得风流"。所谓"暖风吹得游人醉,直把杭州作汴州",终于演成这样的事实:山河易主,美丽的西湖也跟着变为南下铁骑的喧闹场所了。(程一中)

徐 州① 汪元量

白杨猎猎起悲风, 满目黄埃涨太空。
野壁山墙彭祖②宅, 尘花粪草项王宫③。
古今尽付三杯外, 豪杰同归一梦中。
更上层楼见城郭, 乱鸦古木夕阳红。

注 ① 此诗写作时间尚难确定,可能作于被俘北上途中或南归途中。 ② 彭祖:即彭铿,传说中的长寿人物,尧帝封之于彭城,故名。据说活了八百岁,到周代才死。彭城后来改名徐州,故徐州有传说的彭祖墓。 ③ 尘(mò):尘埃。项王宫:项羽曾以彭城为西楚都城,故徐州有项王宫古迹。

徐州是淮海地区的名城,是历来兵家必争之地。金兵南下,元兵南下,都遭到破坏。到南宋灭亡,元朝一统之时,诗人来到徐州,就只看到一片荒凉的景象了。风吹白杨,猎猎(风声)作响,如悲泣之声;黄色的尘埃,好像要涨到太空,彭祖宅和项王宫这些古迹,都破败不堪,凄凉满目了。他喝着酒遐想,古往今来的兴衰成败,都不用再管,只管喝酒罢,世间多少英雄豪杰,都不过是同归一梦而已。他上楼望望,看见城郭之外,只剩下孤零零的一两株古树,点点乱鸦点缀着夕阳,除了凄凉的景色之外,便一无所有了。

全诗层次分明,首二句点出环境,白杨叶子脆硬,有风时碰击作响,使人感到悲哀,这里是化用古诗"白杨多悲风"的旧句,表现诗人目中所见的凄凉景物。黄尘满天,也是北方特有的景象,因为黄土层的城市和道路积累细土很多,一起风时,黄尘就弥漫天空,在凄凉之外,又加上了沉闷。三、四两句,写名胜古迹无人游赏而被湮没。彭祖是一个号称长寿的古代名人,但现在墓前只剩下野壁山墙;项羽是个"力拔山兮气盖世"的英雄,而今剩下的遗迹,也只不过是一些蒙尘的杂花和污秽的杂草而已。在这种环境下,诗人悲愤无端,只好借酒浇愁,排遣悲愤,五、六两句都是"万事不如杯在手"之类的套话,但其中仍然蕴涵着无限的悲愤。他说的"古"和"今",自然包括南宋王朝在内,南宋灭亡了,自己无能为力,只好"尽付三杯"之"外";他所说的"豪杰",自然也包括文天祥等在内,文天祥失败而且牺牲了,也是"同归一梦"。但诗人的思想境界是以悲愤出之的。写到这里,他悲愤达到极点,只好上城楼看看夕阳中的徐州城郭,看看城郭内外的乱鸦和古木,环境是凄凉的,心境当然也是凄凉的。

此诗炼字很有特色。如"黄埃涨太空"的"涨"字,似乎是该用"满"字,他却用"涨"字,使读者感到黄尘由地面向上浮动,有似水涨,增加了立体感。又如"尘花粪草"的"尘"字和"粪"字,都是修饰词,尘,相当于尘埃的意思,尘花即沾满尘埃的花。"粪"字本来是名词,引申为污秽,就可作修饰词来使用了。读者从"塵花粪草"四字中,可以想象出大兵之后的名胜古迹,无人游览,无人欣赏,景象凄凉,立体感也很强。(刘知渐 鲜述文)

湖州歌九十八首(其六) 汪元量

北望燕云①不尽头,大江东去水悠悠。
夕阳一片寒鸦外, 目断东南四百州②。

> **注** ① 燕云:宋代曾设置燕山府路及云中府路,包括今河北、山西两省北部地区,简称燕云。燕山后为元都城所在。
> ② 东南:一本作"东西"。四百州:指南宋统治下的府、州、军一级行政区域。宋朝全盛时,号称"八百军州";南宋以后,失去北方土地,减去一半为"四百军州"。此处"四百州"即指南宋治下的区域,是约数而非实数。

南宋亡后,诗人作为元军的俘虏之一,和宫女们离开临安,坐船北上的途中,想到自己是被押送到燕山一带去的,燕山原是唐朝的土地,五代时的石敬瑭,曾经把"燕云十六州"出卖给契丹,北宋末年虽曾一度收复,后来被女真占领,燕山府就成为金朝的政治中心,如今又成了元朝的政治中心。诗人北望燕云,顿生茫茫之感,此次北去,前程渺渺,未知来日如何。眼前江水东流,仍然是悠悠不断,象征南宋的国运一去不复返了。放眼一看,西坠的夕阳下,只剩一片寒鸦,而寒鸦飞过的空间一望无际,这辽阔的空间,不正是南宋统治下的"四百州"吗?"四百州"的军民是不是还在继续反抗呢? 诗人的双目,望"断"了"四百州",望"断"了"四百州"的土地和人民,感情是十分沉痛的。

四句诗只写一个"望"字,向北边"望"着自己将被押前往的燕云,不知命运如何? 向眼前"望"着大江东去,江水"悠悠",无力挽回颓势;向整个东南的"四百州"一望,不胜依恋之情。这依恋之情,不是诗人个人的,而是全部俘虏的。诗人在另一首《越州歌》里面写过:"东南半壁日昏昏,万骑临轩趣幼君。三十六宫随辇去,不堪回首望吴云。"不正说明这一依恋之情的普遍性么!(鲜述文)

山亭避暑 真山民

怕碍清风入,丁宁莫下帘。
地皆宜避暑,人自要趋炎。
竹色水千顷,松声风四檐。
此中有幽致,多取未伤廉。

真山民是宋朝的遗民,他痛遭国亡,隐姓埋名,而以山民自呼。山民,即山野之民,表示他决意仕进,与元朝不合作的态度。

"山亭",坐落在山间的亭子。这个山亭就是气候凉爽而宜于避暑的地方。"暑"字还寓有深意，暗指元朝统治的残酷；当时它实行民族歧视的政策，特别对"南人"（元朝分全国人民为蒙古人、色目人、汉人、南人四等，南人即原南宋地区的汉人，地位最低下）采取高压的手段。林景熙《枯树》诗中的"暑路行人惜"，寓意相同。

"怕碍清风入，丁宁莫下帘。"山亭之所以宜于避暑，是由于地势高旷，树木茂密，经常刮风，要让风吹进亭来，就得把帘子挂起。"丁宁"，嘱咐之意，可以是嘱咐别人，也可以是心语口地嘱咐自己。

"地皆宜避暑，人自要趋炎。"上面"丁宁"句已暗藏"亭"字，这里"地皆"句明点"避暑"。又"宜避暑"承上"清风入"来，因有清风入而宜于避暑，所以到到山亭来。但有些人却与他不同调，欢喜向热处行。程晓所说的："今世褦襶子，触热到人家"（《嘲热客诗》）就是这种人。这句诗寄托了作者自己避开元朝的虐政而隐居不仕的意思，包含了民族感情。"趋炎附势"是一句成语，此处的"趋炎"，可看作与"附势"同义，暗指降元朝做贰臣的那些人，和他自己成了鲜明的对照。

"竹色水千顷，松声风四檐。"二句写山亭的幽致。一则亭边长着竹子，竹子临水，水广千顷。杜甫有"修竹不受暑"（《陪李北海宴历下亭》）的诗句，何况竹外有水，水竹相映，更添凉意。再则亭边还长着松树，高而且大，经风能起波涛之声。"乔木易高风"（杜甫诗句），风满四檐，多么凉爽！杜甫《四松》云："清风为我起，洒面若微霜。"这山亭的松风，不也可以使人有着同样的感受么？

"此中有幽致，多取未伤廉。""幽致"，清幽的景致，这已经在第五、六句作了具体的描写，第七句就用"幽致"二字点出来。"廉"，不贪，不苟取。风之为风，不为任何人所私有，可以多取，无伤于廉。苏东坡《前赤壁赋》有云："惟江上之清风，与山间之明月，耳得之而为声，目遇之而成色，取之无禁，用之不竭。"正是同一道理。联系第三、四句来理解，这"廉"字也寄托了不仕元朝的意思。因为出仕新朝，就是贪图富贵，丧尽廉耻，像上面所斥责的趋炎附势那种人了。

这首诗主要是写景，景中寓情。就写景来说，地多清风，树有松竹，还有水，这是山亭的幽致，正宜作为避暑的胜地。诗分两层写，前四句为一层，写挂帘纳风，来此避暑，题面"山亭避暑"四个字全写到了。后四句为一层，写水竹，写松风，景色殊为幽致，乃补足上文，愈见得此山亭于避暑为宜。故虽分两层写，而下层深化了上层的意思，彼此有区别又有联系，成为一个有机的整体。从这些写景的诗句中，不是可以看出作者的情趣和襟怀吗？而且有的地方还寄托了深意，如"避暑""趋炎"，乃表明自己不降志辱身，与以做贰臣为荣者大异其趣。结处仅就自己一面说，与"避暑"句相承接，因为这是他意中侧重之点。古云"诗如其人"，于此可见。

（胡守仁）

山　中　邵　定

白日看云坐，清秋对雨眠。
眉头无一事，笔下有千年。

这是一首两两作对的五言绝句。白日清秋，看云对雨，应作互文看，白日指终日如此，清秋概括四季,这两句写出主人公的超尘脱俗,除了天然景物,一切不放在心上。第三句是承一、二句来,既然一切都不值得放在心上,自然不会愁眉不展。邵雍诗"生平不作皱眉事,天下应无切齿人",可以作此句注脚。如果诗中只表现这点意思,那主人公只是一个脱俗之士而已。这末一句却看出作者的自信来,表示自己的著述必可传之永久。这句看起来好像和上边三句不相干,其实前三句正是末句的条件。正因为思想上不受世俗的干扰,对世俗所追求的东西毫不放在心上,才能专心著述,可望达到"笔下有千年"的境地。这几句诗是邵定的自我写照。他温粹博雅,精通《周易》和《春秋》。在住宅边种植梅、竹、兰、桂、莲、菊等各十几棵,大约取它们的高洁脱俗。他自己穿上古装衣服,逍遥其中,自称"六艺老人"。了解邵定这样的生活,就可体会,这首诗确可称为实录。

邵定是宋遗民,他的脱俗是气节坚贞的一种表现,所以"笔下有千年"的核心思想是保持操守,仰不愧天,俯不怍人,也就是龚开评方凤诗所说的"由本论之,在人伦,不在人事。等而上之,在天地,不在古今"(见《宋诗纪事》卷七八)的意思。(周本淳)

伯牙绝弦图　　郑思肖

终不求人更赏音,只当仰面看山林。
一双闲手无聊赖,满地斜阳是此心。

《伯牙绝弦图》见于《所南翁一百二十图诗集》,诗人在自序里说:"今或遇图而作,或遇事而作,而或者又欲俱图之。"《伯牙绝弦图》是否即诗人所画,已不可考,这首诗是题在此幅画上的。

伯牙绝弦的故事,见于《列子·汤问》。伯牙,传说是春秋时人,擅长鼓琴。钟子期,楚国人,精通音律。伯牙鼓琴时,若志在高山,子期便以为"巍巍若太山",伯牙志在流水,子期亦以为"汤汤若江河"。子期死后,伯牙以为世无知音,便破琴绝弦,终身不复鼓琴。《伯牙绝弦图》即取材于此。

在《一百二十图诗集》里,可以参看的还有一首《钟子期听琴图》,诗是这样写的:"一契高山流水心,形神空静两忘情。似非父母所生耳,听见伯牙声外声。"形神空静,两心相契,这是多么难得的知音。子期一旦溘然长逝,给伯牙留下的深刻心灵创痛,也就可想而知了。这首诗正是借伯牙绝弦的故事,以写自己家国兴亡的痛苦和悲哀。

第一句写绝弦的原因。"再也不要去寻求知音吧!"起得突兀,声泪俱下,是绝望的哀鸣。"海内存知己,天涯若比邻",渴求知音,本是人之常情,这里却一反常情,说得这样明确和决断,使人不得不进一步追寻其中的情由。不求赏音,绝不是不需要知音。伯牙琴中旨趣,只有子期能解,现在子期与世长辞,解者渺不可得。破琴绝弦,便是当然之举了。绝弦破琴,语气决断,更见其痛苦的深沉。

在这一声叹惋之后,诗人似乎应当抒写伯牙失去知音的哀痛之情了。然而并没有写,只出之以淡淡一笔:"只当仰面看山林"。"知音永别,琴毁弦绝,无可言说,只得'仰面看山林'"。

不作悲愤语而更见其悲愤之情。

然而失去知音的痛苦,又如何能够忘却呢!一双手之所以"闲",是因为破琴绝弦,不复鼓琴。一个"闲"字,写出了伯牙深刻的孤寂之感,显示出伯牙极大的内心痛苦。

末句写伯牙绝弦后的心情,不是一泻无余,而是从景见情,表现十分含蓄。"满地斜阳",景色是美丽的,可惜它"已近黄昏"。对夕阳的留恋和叹惋,正象征着伯牙内心难以言传的情绪。

郑思肖工诗善画,但他在诗集自序里又说,宋亡后,"凡有求皆不作,绝交游,绝著作,绝倡和,渐绝诸绝以了残妄"。他在宋亡后"渐绝诸绝"的忠肝义胆,和伯牙在子期死后毁琴绝弦的高尚情操息息相通。"满地斜阳是此心",正是借伯牙以喻自己宋亡后画兰不画土的耿耿之心,是全诗之警策。(雷履平　赵晓兰)

哭陆秀夫　　方　凤

祚微方拥幼,势极尚扶颠。
鳌背舟中国,龙胡水底天。
巩存周已晚,蜀尽汉无年。
独有丹心皎,长依海日悬。

德祐二年(1276)春,南宋恭帝降元,时居礼部侍郎的陆秀夫与张世杰等先后立度宗的两个庶子赵昰、赵昺为帝,自温州、福州而南海各地继续抗元三年,最后退至今广东新会南面的厓山。祥兴二年(1279)二月,元将张弘范据海口,绝汲道,强攻厓山。张世杰腹背受敌,败走帝昺舟中,复断缆夺港而去。"秀夫度不可脱,乃杖剑驱妻子入海,即负王赴海死,年四十四。"(《宋史·忠义传》)陆秀夫面对强兵,苦撑危局,一片孤忠,壮烈殉国。此诗以《哭陆秀夫》为题,作者作为南宋遗民,哀痛之情可以想见。

首句中的"祚",指皇位、国统;其时谢后、恭帝已降国,宋室倾覆,诗人不忍称"亡国"故言"祚微"。而陆秀夫于危局中拥立幼主,以延宋祚,在作者看来,这本身就是值得赞誉的壮举。句中着一"方",强化了对"祚微拥幼"的赞誉,又隐伏着无力回天的一丝悲凉。次句是首句的补充。"势极"指危急的时局。极,尽。"颠",指颠沛于东南沿海的流亡政权。"势极尚扶颠",也是含有悲凉的赞誉,但进一步补足了"祚微拥幼"的困顿危难,因而也更显出陆秀夫的品格可贵。这两句中,历史事迹都被略去,陆秀夫的气骨精神却被鲜明地提炼出来。龚开评方凤诗"在人伦不在人事","在天地不在古今",是说他的诗不斤斤于事变得失,而着重写出一种磅礴天地间的正气来。这个特色,于此可见。

领联两句,用了两个典故关合实事以颂扬赵昺政权和陆秀夫负帝投海。赵昺自今硇洲移厓山,居舟中;张世杰迎战张弘范时,"结大舶千余作水寨",亦在舟中。赵昺政权本不过栖于舟中,但此舟一日在,宋朝一日不亡,所以称为"舟中国";"鳌背",指海中,语见《玉篇》卷二十五"鳌"字下:"传曰:有神灵之鳌,背负蓬莱山,在海中。"又《太平御览》卷三十八引《玄中记》:

"东南之大者,巨鳌焉;以背负蓬莱山,周回千里。"第四句写陆秀夫背着八岁的赵昺投水殉国,所以说追随天子乘龙上了天;但投水是实,上天为虚,只好说"水底天"。这里的"龙胡",用的是黄帝轩辕氏的典故:"黄帝采首山铜,铸鼎于荆山下。鼎既成,有龙垂胡髯下迎黄帝。黄帝上骑,群臣后宫从上者七十余人,龙乃上去。"(见《史记·封禅书》)又相传陆秀夫等立赵昺于碙洲时,有黄龙见于海上。诗作者将这些古今传说苦心关合,炼出对仗工整意蕴丰富的一句——"龙胡水底天",就使陆秀夫君臣的投海结局,于悲壮之外,增添了崇高之美。

颈联也是两句用典。周的末代君主赧王死后,虽有两个宗室政权西周和东周继续存在,但周势已衰,七雄并争,封于巩(今河南巩县)的东周在三十余年后最为秦所灭,周室遂亡。所谓"巩存周已晚",即指此。建安二十五年(220),曹丕废刘协称帝,汉亡;第二年,自称中山靖王之后的刘备继汉祚建元章武,国号汉,都于成都,史称"蜀汉"。四十三年后,蜀汉终亡于魏。所谓"蜀尽汉无年",指此。方凤举周末、汉末的宗室政权延续国祚,都因大势而短暂告终,正是不忍直指同为宗室的赵昺政权也无力回天,终遭覆灭。这个事实,是借古言及,在无限叹惜中委婉道出的。宋朝确实是沦亡了,但陆秀夫这样的忠臣烈士虽败犹荣,虽死犹生。所以最后两句说:独有这一片皎皎丹心,伴随高悬于海上的红日,将永远照耀着千秋后世!

(程一中)

山中夜坐　　文及翁

悠悠天地间,草木献奇怪。
投老一蒲团,山中大自在。

文及翁,号本心,绵州(今四川绵阳)人,曾任参知政事,宋亡不仕,闭门著书。这首诗就是写他在山中的隐居生活的。

诗题为《山中夜坐》,山中景色,已属清幽,加之时当夜晚,蒲团静坐,气氛更为恬静淡泊,定下了诗的基调。

开头两句写山中景色。悠悠,状天地的寥廓,景象开阔深远。献,奉献,这里将草木拟人化,即在浩瀚的宇宙中,草木都有了知觉,竞相呈现各种奇形怪状的姿态。这句隐喻宋亡后世态翻覆,种种怪事不堪入目。

后两句承"奇怪"而来,由写景转而写心境。蒲团,用蒲草编织的垫子,僧人打坐或跪拜时用。投老、到老、临老。在草木争奇斗怪的热闹场合中插入"蒲团",本来是不协调的。加之是"投老",坐一辈子,直到生命终结,不能不使人为之叹惋。但面对社会现实而富于正义感的诗人,既不能力挽狂澜,又不甘心依附元朝,除终老蒲团外别无他途。"自在"而冠以"大",似乎诗人对这种归隐生活,是十分喜爱和赞赏的。

据李有《古杭杂记》记载,文及翁及第后,与同科进士游览西湖,即席赋《贺新郎》一首。词中说:"余生自负澄清志。"又说:"借问孤山林处士,但掉头笑指梅花蕊。天下事,可知矣!"可见文及翁本来是一个胸有大志、一心图谋恢复的有为之士,从他对林处士的讥诮,也可看出他对那些自命风雅、不问国事的所谓"高人隐士"是如何深恶痛绝了。这样一位血性男儿,要在寂静的山林里孤坐蒲团以了残生,这里头当蕴含多少难言的隐痛!平和的外表下深藏着的,是亡国的哀痛和愤激,外表越是恬淡和闲适,内心的痛苦也就越是深切和沉重。应该说,这种"自在"的归隐生活,是作为社会的对立面而存在的,是对现实的抗争。

南宋末年的词人刘辰翁有一首《柳梢青》词,其中写道:"那堪独坐青灯!想故国高台月明。辇下风光,山中岁月,海上心情。"在清冷的山中夜晚,青灯独坐,念念不能忘情的,仍然是旧君故国,前朝父老。文及翁和刘辰翁的身世和心境,完全相通。(雷履平　赵晓兰)

渊明携酒图　　梁　栋

渊明无心云,才出便归岫。
东皋半顷秋, 所种不常有;
苦恨无酒钱, 闲却持杯手;
今朝有一壶, 携之访亲友。
惜无好事人, 能消几壶酒;
区区谋一醉, 岂望名不朽!
闲吟篱下菊, 自传门前柳。
试问刘寄奴, 还识此人不?

这是一首题画诗,原画及画的作者已不可考,然而从诗篇传神的描绘中,仍可想见画图的风貌。

陶渊明是我国东晋时代的大诗人。他在作彭泽县令时,不肯"为五斗米折腰",弃官回乡,"夫耕于前,妻犁于后",过着"击壤以自欢"的隐居生活,直至去世。

陶渊明归隐以后,因为对农村生活有了深刻、真切的体验,创作了不少优秀的诗篇。他的愤世嫉俗,不愿和统治者同流合污的高尚情操和他的诗歌的独特艺术成就,千百年来,赢得了人们的尊敬,他蔑视权贵,不向黑暗现实妥协的可贵气节,成为中国士大夫阶层反抗黑暗社会的精神支柱。这首诗就是借对陶渊明隐居生活的赞美和向往,曲折地表达了自己隐迹山林,不求名利和反抗黑暗现实的决心。

题画诗始见于唐代,杜甫就曾写过不少题画诗。因为是对画的题咏之作,所以一定要与原画切合,从这一点说来,诗的内容受到画面的制约。但诗歌作为文学的一个部类,和画又有区别。跟绘画相比,诗歌纵横驰骋,有更广阔的表现力。因此题画诗不是画面内容的简单再现,而是要借题发挥,充分调动作者的创造能力,借助画面直接形象的触发,表现画面难以表现的内容。诗画交辉,形象便更加丰满。

绘画作为一种造型艺术,只能表现一刹那的景象和意态,因此,画家总是选取一个"最有包孕的时刻"作为表现的对象。"今朝有一壶,携之访亲友"正是这样一个最富想象的片断,全诗就是从此生发开来的。

诗篇开门见山，触及本题。先总写一笔，用一个贴切的比喻，概括了陶渊明的形象。开头两句说，陶渊明像山头一朵无心的白云，出仕是迫不得已的，方才出仕，便告归隐。岫，山洞。才出，极言时间之短。渊明曾三次出仕，每次时间都不长，最后一次任彭泽县令，只有八十多天，便弃官归隐。他在《归去来辞》中说："云无心以出岫，鸟倦飞而知还"。开首两句便从陶作脱化而来。以下六句写陶渊明的归隐生活。渊明归隐后曾在《归去来辞》中抒写田园生活的种种乐趣：涉园成趣、矫首遐观、亲戚情话、琴书消忧、登高舒啸、临流赋诗等等。在众多的情事中，作者只写了种秫，从而引出下文的酒，过渡很自然。东皋种秫是泛说。东皋，东边的高地，指田地。秫，高粱，这里指酿酒用的粮食。萧统《陶渊明传》记载，渊明任彭泽令时，"公田悉令吏种秫，曰：'吾常得醉于酒足矣。'"渊明归隐后，"幼稚盈室，瓶无储粟"，生活拮据。"半顷"，已见所种之少，而"所种"又"不常有"，更见境况之窘迫。然而渊明乐乎天命，不以"口腹自役"，对此倒不在乎，所引为憾事的，只是无钱沽酒。这几句写渊明携酒的前因，有了这些曲折，便能以昨日之"无"衬托今日之"有"，一旦一壶在手，其心情之欢快是可以想见的。以下二句转入画面形象的直接描绘，即渊明手携一壶，出访亲友。但作者的笔墨并不作细部刻画，仅此二句，便戛然而止。下文即就渊明携酒寄慨抒怀：可惜没有共酌之人，独自一人，能饮几壶呢？一个"惜"字，既写渊明，也写作者自身的孤寂感。接下去的几句概述渊明的高洁志趣，渊明曾作《饮酒》诗，诗中写道："采菊东篱下，悠然见南山。"又作《五柳先生传》以自况，寄托"不戚戚于贫贱，不汲汲于富贵"的情操。末两句即从此宕开，并以诘问句作结。刘寄奴，南朝宋武帝刘裕的小名，东晋末年刘裕率兵北伐，灭南燕、后秦，并曾收复洛阳、长安等地，后代晋称帝。陶渊明与刘裕曾同官晋朝，可说是旧相识，他在刘裕代晋后，耻事二姓，作品只书甲子，不用刘宋年号。这里不说渊明不愿臣服新朝，而说刘寄奴"还识此人不"，表达了对渊明高尚人格的赞美向往之情，也曲折地表现了作者洁身自好，决不与元朝统治者合作的决心，寓意很深刻。

然而陶渊明的隐居是不得已的，在黑暗现实面前，不得不采取消极反抗的形式，他笔下精卫与刑天的坚毅顽强形象（见《读山海经》诗），荆轲"西上刺秦王"的英雄气概（见《咏荆轲》诗），正曲折表现了他内心深处的用世之志。梁栋在宋亡后，不愿为新朝效力，先归武林闲处，后又隐居大茅山中。他是怀着悲愤的心情走上归隐之路的，最后二句就是这种心情的迸发。所以此诗的基调是悲愤而非闲适。

一般题画诗往往先描绘画面形象。这首诗却从虚处着笔，不是工笔，而是写意，重在传神，寥寥数语，呼之欲出，看似写渊明，实则处处写自己，几乎可以看作是"自题造象"之作。

（雷履平　赵晓兰）

京口月夕书怀　　林景熙

山风吹酒醒，秋入夜灯凉。

万事已华发，百年多异乡。

远城江气白，高树月痕苍。

忽忆凭楼处，淮天雁叫霜。

　　林景熙生于宋理宗淳祐二年（1242），从这首诗在《白石樵唱集》中的位置和诗中"华发""百年"等词句看，应当是宋亡以后的作品。

　　作者的老家在温州平阳，这首诗是他旅居京口时的感怀之作。京口，即今江苏镇江。月夕，即月夜。年老漂泊，是人生途中最难堪的境遇之一，尤其是在自己功业无成，国破家残之后。这当儿如果再碰上衰飒的秋天，面对衰败的景象，那么凄凉酸楚的情怀就更加难以抑制了。杜甫有句云："万里悲秋常作客，百年多病独登台。"（《登高》）便是这种特殊的感情和典型环境相统一的范例。林景熙此诗在景物的描写上，颇有杜意。

　　诗以"山风吹酒醒"开端，用"淮天雁叫霜"煞尾，略去了饮酒前的苦恼，也不写借酒浇愁的衷肠，只用酒醒后一刹那间的所见、所想、所忆来抒发郁结在胸中的愁绪，深得含蓄蕴藉之致。首联写初醒，山风、秋、夜、灯、凉都是室内所感觉到的。在这两句诗的背后，可以清晰地看见一位深夜对孤灯而闷坐的诗人形象。颔联是初醒时所想："万事"而使生白发，可见事事皆不如意；百年又"多"在异乡，可见长期漂泊生涯之艰苦——这是全诗中最为明确地披露了作者心迹的两句，于此我们可以体会到诗人把含而不露的艺术手法运用得何等成功。颈联是所见。上句写平视，由于在夜晚，因而远城的方向只有一片"江气"；下句写仰望，因为天空云遮雾罩，所以树梢头唯存一点"月痕"——这里，作者用"江""白""痕""苍"等字把左右上下写得混沌一片，既符合当时的时令天气，又符合诗人酒才醒时朦胧的视觉，更符合他苍凉迷茫的内心世界，显示了作者驾驭语言的功力。尾联写所忆，是对白天登楼情景的回想。"雁"和"霜"同样是牵惹情思之物，末句以"雁叫霜"戛然而止，一方面是对饮酒前情绪的暗示，另一方面，这种"欲说还休"的写作方法可以启发读者不尽的遐想。

　　这首诗以酒微醒时身边事物发端，继写清醒后对灯感怀，再写为摆脱苦闷而抬头时所见，又由仰首望天联想到入醉前登楼所见的水天一色的长淮，写得自然连贯、首尾完整。此外，诗句结构特殊，也是这首诗的一个显著特点。比如第二、三、四、八各句，就都不是按照汉语句子的通常结构方式组成的。这种特殊句型的采用，不但能在有限的字句中汇入丰富的事物，使这些事物间产生各种巧妙的联系，而且使诗句摇曳多姿，形成一种峭拔清隽的风格。（李济阻）

书陆放翁诗卷后　　林景熙

天宝诗人诗有史，杜鹃再拜泪如水。
龟堂一老旗鼓雄，劲气往往摩其垒。
轻裘骏马成都花，冰瓯雪椀建溪茶。
承平麾节半海宇，归来镜曲盟鸥沙。
诗墨淋漓不负酒，但恨未饮月氏首。
床头孤剑空有声，坐看中原落人手。

青山一发愁蒙蒙，干戈况满天南东。
来孙却见九州同，家祭如何告乃翁！

这首诗主要抒发作者读陆游诗卷以后的感想，壮怀激烈、气势雄浑，充分表现了南宋遗民的爱国情怀。

开头两句"天宝诗人诗有史，杜鹃再拜泪如水。"引用两个典故：一是"诗史"，杜甫经天宝之乱，时事概见于诗，史称其善陈时事，律切精深，号为"诗史"。二是"杜鹃"，传说周朝末年蜀国君主望帝，名叫杜宇，后禅让退隐，死后魂化为鸟，暮春啼叫，以致口中流血，名为杜鹃。杜甫《杜鹃》诗云："杜鹃暮春至，哀哀叫其间。我见常再拜，重是古帝魂。""杜鹃"一词遂寓有"思君"之意。开头两句的起法，即与众不同，它不是直书陆游及其诗卷，而是从远处写起，由天宝离乱引出诗史，由诗史引出杜甫，又由杜甫引出"杜鹃"之句。反复渲染生当乱世而又忧国思君的悲剧氛围，为后面赞颂陆游的英雄气概和高尚情操作了铺垫。这种由远及近、由此及彼的写法，便把全诗所要表达的忧国思君的主旨，生动地显现出来。三、四两句称赞放翁的诗歌造诣。"龟堂"，是放翁在绍兴故居所建的堂名。"一老"即指放翁。"旗鼓雄""摩其垒"是用军事作比，说他才力雄富，可以直追杜甫，深入堂奥。

自"轻裘骏马成都花"，至"坐看中原落人手"八句诗分别描绘陆游壮岁从戎，暮年归隐的生涯，以及有心杀敌，无力回天的情怀，是全诗的关键所在，既是叹放翁，也是叹自己，更是叹国家。"成都""建溪"皆是放翁游宦之地。"镜曲"，指绍兴鉴湖，放翁晚年退居之处。"月氏首"，典出《汉书·匈奴传》，谓老上单于杀月氏王，以其头为饮器，这里借指金朝皇帝。陆游的诗篇慷慨悲歌，爱国情殷，本诗作者甚表钦佩，但是他不是笼统的颂赞，而是选取陆游一生中最具典型意义的事件，予以生动的艺术描绘，"成都花""建溪茶""盟鸥沙"等诗句，把陆游一生的各个侧面，一一展现在读者眼前，剪裁得当，情景相生。作者对放翁为人有着深刻的理解，虽时隔几十年，然而心心相印，犹旦暮遇之。原因在于有共同的爱国心。

"床头孤剑空有声，坐看中原落人手。"这是反用陆游诗句"逆胡未灭心未平，孤剑床头铿有声"（《三月十七日夜醉中作》）。意思是说床头孤剑虽然还能铿然作响，报效国家的雄心尚在，但已无济于事，中原大地已完全易手。"空有""坐看"，既对陆游的壮志未酬寄以无限同情，又抒发了自己的亡国之痛。"青山一发愁蒙蒙，干戈况满天南东。""青山一发"，用苏轼《澄迈驿通潮阁》"青山一发是中原"句。青山一发之处，是中原的大好河山，可惜早已入于元人之手，剩下的只是一片蒙蒙哀愁。何况元军又向东南，正在彻底摧毁偏居一隅的南宋王朝，其愁如何，更可想见了。

"来孙却见九州同，家祭如何告乃翁。"最后这两句，本于陆游的《示儿》诗："死去元知万事空，但悲不见九州同。王师北定中原日，家祭毋忘告乃翁。"放翁临死之际，还念念不忘王师北定中原，使九州一统。而今其裔孙确实看到了"九州同"，但这是元朝统治下的"九州同"，不是乃祖心目中的"九州同"，当家祭之日，又如何告禀呢？

此诗将叙事与抒情紧紧融合在一起，雄浑而劲健。结构上既有腾挪变化，又承接自然。诗的风格是言近旨远、意深辞婉，句句发自肺腑，缠绵中见悲壮，在林景熙诗中很有代表性。

（张锡厚）

西台①哭所思　　谢　翱

残年哭知己，　白日下荒台。
泪落吴江②水，随潮到海回。
故衣犹染碧，　后土③不怜才。
未老山中客，　惟应赋《八哀》④。

注①西台：浙江桐庐县富春江岸，有东台、西台，俱传为严光垂钓的钓台。　②吴江：指富春江，三国时属吴地，故称为吴江。　③后土：本指大地，这里是"皇天后土"这一复词的偏举，实指天地而言。　④八哀：即杜甫在夔府所作的《八哀》诗。内容为哀悼张九龄、李光弼、王思礼等八位人物。

诗人谢翱二十八岁时(1276)，元兵攻下临安，俘虏了宋朝皇帝赵㬎。文天祥在福建起兵抗元，诗人追随文天祥，参加了勤王军。至元十九年(1282)十二月初九日，文天祥在大都就义。谢翱隐居南方，每逢文天祥就义的日子，总要找个秘密的地方来哭祭他。至元二十七年是文天祥就义后的第九个年头，谢翱于这年的十二月初九日傍晚，来到浙江桐庐县富春江的西台，设置文天祥灵主，悄悄哭祭。回到船上时，写下了这首五言律诗。(见谢翱《登西台恸哭记》及黄宗羲所作注释。据《梨洲遗著汇刊》本。)

十二月初九日是文天祥就义的日子，也是年岁将残的日子，诗人登上富春江畔"高数百尺"的西台，冒着被元兵搜捕的风险，哭祭了文天祥。他回想十五年前，自己还是一个"布衣"青年的时候，由于抗元的共同愿望，被文天祥选拔为谘议参军，确可称为"知己"。十五年后的今天来哭祭"知己"，正好是白日落下西台的黄昏时候，心境十分凄凉，他感到自己的眼泪流入了富春江，将会随着钱塘江潮而流入东海，又将随着海潮而返回富春江里，海潮常常要返回来，自己的眼泪也将永无休止地返回来，对民族英雄表示哀悼。

他想象文天祥就义之前，在大都被囚禁了三、四年，多次拒绝元朝的诱降，身上穿着宋朝的"故衣"，不肯更换，最后终于碧血染"故衣"而保持了自己的名节，这句是化用《庄子》"苌弘血化为碧"语意。无情的皇天后土，为什么不爱惜这样的人才而让他失败呢？四十二岁的诗人想到自己虽然"未老"，也只能无所作为而隐居山中，像杜甫写《八哀》诗来哀悼张九龄、李光弼等英雄人物一样，写诗来哀悼文天祥了。

全诗只有八句，第一句点出哭祭的日子是"残年"，第二句点出哭祭的时间是傍晚，第三、四句写自己泪随潮涌，东流而复返，悲痛之情，回旋往复，不能自己。五、六两句哀痛文天祥的牺牲，埋怨天地的无情。七、八两句诉说自己只能悄悄地写诗来表示哀痛。整个诗篇都显得平平淡淡，不假雕琢而自然悲痛，但这悲痛是从热血中喷射出来的，因而整个诗篇也是用血写成的。读了此诗，不难想象诗人在荒台之上，"以竹如意击石"招魂，而"竹石俱碎"(《登西台恸哭记》)的情景，多么令人悲怆啊！(刘知渐　鲜述文)

书文山卷后　　谢　翱

魂飞万里程，天地隔幽明。
死不从公死，生如无此生。

> 丹心浑未化，碧血已先成。
>
> 无处堪挥泪，吾今变姓名。

这是文天祥就义后不久，谢翱为他的诗文集题写的诗。卷，这里指诗文集。文天祥的集子是他斗争生活的艺术记录，他的后期诗文作品大都写得慷慨悲壮，气势磅礴。谢翱的题诗没有直接评述文天祥的诗文作品，而是抒写情怀，寄托哀思。抒发对为国献身的民族英雄的深切哀悼之情，实际上也就是对他的诗文集作出了历史的公正评价。

起句劈空而来，元世祖至正十九年（1282），文天祥在历尽磨难之后，在大都（今北京）壮烈牺牲。文天祥殉国的不幸消息传来，谢翱肝胆俱裂，痛不欲生。但作者并不简单叙述自己悲痛欲绝的心情，而是写自己在噩耗传来后的极度痛苦和迷乱中，突然产生了一个强烈的愿望，要飞越千山万水，到万里之外的北国去和死者见面。据记载，宋端宗景炎元年（1276），谢翱投文天祥戎幕，次年二月，他们在漳水之滨洒泪而别，从此未能再见。对知友的思念，使谢翱"每一动念，即于梦中寻之"，而与文天祥临歧执手时的切切话语，也时时萦绕耳际。分别久长，思念深切，因此在乍一听见英雄的死讯后，产生了这样的愿望，看来奇特，其实也是很自然的。"飞"，写出了作者心情的焦灼不安。明知对方已经死去但仍希望见面，这里头有多少痴情，多少渴望！"魂飞万里程"，这是从比悲痛更深的层次落墨的，即所谓"透过一层"的写法。

次句承上而来，却又急转直下。当精魂不辞万里之遥，跋山涉水，到达北国之后，却又"上穷碧落下黄泉，两处茫茫皆不见"，在深深的悲哀和失望中，梦魂猛醒过来，原来所知已物化，幽明隔绝，再无相见之时。这是何等痛心的事，对飞越万里的精魂来说，无异于一声晴天霹雳。然而这是严酷的事实。"飞"的急切和"隔"的绝望，在这里形成了极其强烈的对照。诗人悲不能已，痛哭着迸出了下面两句："死不从公死，生如无此生。"忠臣死得其所，自己苟且偷生，又有什么意趣？这两句用"死""生"二字所组成的奇特对偶句，蕴蓄着极深挚的感情，格外哀切动人。

第三联转向正面写文天祥，进一步抒发哀痛心情。"人生自古谁无死？留取丹心照汗青"，这是文天祥表明心迹、充满正气的诗句。如今，耿耿丹心仍在，而英雄却带着未酬的壮志，含恨离开了人世。碧血，用苌弘事。《庄子·外物》："苌弘死于蜀，藏其血，三年化为碧。"唯其丹心未化，愈觉其碧血先成的可悲可叹；唯其碧血先成，愈觉其丹心未化的可歌可泣。这联写文天祥，仍归结于自己的悼念之情，感情郁结而悲壮。

尾联推进一层。痛苦是需要发泄的，尤其是郁结已久之情。然而在残酷的现实生活中，竟然没有可以发泄自己感情之处。伤心之泪，未能明流，只得暗吞。懂得了诗人"无处堪挥泪"的难以言说的隐痛，在此后多年中，他浪迹四方，"每至辄感哭"之情，也就可以理解了。末句委婉地表示决心，将埋名隐姓，遁迹山林，决不与统治者合作。语气平和，但忠愤抑郁之气仍勃勃于言意之表。

《书文山卷后》以饱含感情的笔触，抒写深沉的家国兴亡之痛。由闻知死讯、渴求重见到死生相隔、无缘重逢；再由壮志未酬、血沃大地，到无处挥泪，决心归隐，百转千回，从深处着笔，写到至情处，不辨是诗是泪。作者本以工于锤炼著称，这首诗却以白描见长，字字用血泪凝成，读之令人泣下。（雷履平　赵晓兰）

在燕京作[①] 赵㬎

寄语林和靖,[②] 梅花几度开?
黄金台[③]下客, 应是不归来。

注 ① 原诗见陶宗仪《南村辍耕录》,标题为《宋诗纪事》所加。　② 林和靖:北宋诗人,隐居西湖,在孤山种梅甚多。
③ 黄金台:燕昭王曾筑黄金台以待贤士,遗迹在今河北蓟县,此处代指燕京(即大都)。

　　赵㬎(xiǎn),是南宋王朝的末代皇帝,四岁时,父亲度宗赵禥死,他继承了帝位,由祖母太皇太后谢氏代管朝政,改元德祐元年(1275)。这时,元兵已经南下,次年二月攻下临安(今浙江杭州),群臣替太皇太后谢氏领衔写了归降表,年幼的皇帝赵㬎当然也投降了。汪元量"侍臣已写归降表,臣妾签名谢道清"(《醉歌》)的诗句,就反映了这个事件。
　　太皇太后谢氏(名道清)、皇太后全氏和皇帝赵㬎号称"三宫",于德祐二年(1276)三月,被元兵作为俘虏,押送到大都,赵㬎被降为瀛国公。到元世祖至元二十五年(1288)又被送到甘州(今甘肃张掖)去学佛,法名合尊,又称为木波讲师。他在大都作"客"十二年,出家时才十八岁。出家前十二个年头,在俘虏生活中长大,从汪元量读过些书,学会了作诗。这首诗应当是"客"居大都时所作的。(或云此诗系送汪元量南归之作,实误。此从《南村辍耕录》。)
　　诗意很简单,他不敢明说怀念临安,因为临安是宋朝的故都,一怀念就可能被杀,南唐后主李煜不就是因为写了"小楼昨夜又东风,故国不堪回首月明中"这首《虞美人》词而被宋太宗赵光义毒死么? 自己今天的境遇,和三百年前的李煜完全相似,他怎敢怀念临安呢? 于是,他想到了西湖孤山的梅花,想到二百年前栽种梅花的林和靖。"寄语林和靖,梅花几度开"十字,可以解为:问问栽种梅花的主人,我离开临安以后,梅花开过几次了。两者都是无意识的"痴语",牵扯不到"故国之思"上去,而淡淡的哀愁却从这"痴语"中流露出来。
　　接着,他写了"黄金台下客,应是不归来"十字,似乎想表明自己是燕昭王黄金台下之"客",受到了"礼貌的招待"而并非俘虏,不打算回临安去了。事实上是"命中注定"不可能回去了。他不敢像李煜那样,说什么"无限江山,别时容易见时难",致遭杀身之祸,但"应是不归来"的"应是"二字,仍然包含了"无可奈何"的感情。陶宗仪说:"二十字含蓄无限凄戚意思,读之而不兴感者几希。"(《南村辍耕录》)对于感受较深的元代士人来说,这种评论是可以理解的。(刘知渐　鲜述文)

图书在版编目(CIP)数据

文学经典鉴赏.宋诗三百首 / 上海辞书出版社文学
鉴赏辞典编纂中心编.—上海：上海辞书出版社，2021
ISBN 978-7-5326-5898-5

Ⅰ.①文… Ⅱ.①上… Ⅲ.①宋诗－诗歌欣赏－中国
Ⅳ.①I206

中国版本图书馆 CIP 数据核字(2021)第 277488 号

WENXUE JINGDIAN JIANSHANG · SONGSHI SANBAISHOU

文学经典鉴赏·宋诗三百首

上海辞书出版社文学鉴赏辞典编纂中心　编

责任编辑　吕荣莉
装帧设计　姜　明
责任印制　楼微雯

出版发行　上海世纪出版集团
　　　　　　上海辞书出版社(www.cishu.com.cn)
地　　址　上海市闵行区号景路 159 弄 B 座(邮编 201101)
印　　刷　上海盛通时代印刷有限公司
开　　本　720×1000 毫米　1/16
印　　张　21.75
字　　数　509 000
版　　次　2021 年 12 月第 1 版　2021 年 12 月第 1 次印刷
书　　号　ISBN 978-7-5326-5898-5/I·503
定　　价　68.00 元

本书如有质量问题,请与承印厂联系。电话：021-37910000